Née en Écosse dans les années 1950, Val McDermid est, à 17 ans, la première élève issue d'une école publique à fréquenter la célèbre université d'Oxford. Elle travaille comme journaliste pendant quinze ans, notamment à Glasgow et à Manchester, avant de vivre de sa plume. Elle est désormais critique de littérature policière pour la presse et participe à des programmes sur BBC Radio 4 et BBC Radio Scotland.

Auteur de trois séries policières d'une grande noirceur, notamment celle mettant en scène l'inspectrice Carol Jordan et le profileur Tony Hill dans *Le chant des sirènes* ou encore *La fureur dans le sang*, elle développe dans ses romans ses thèmes de prédilection de femme engagée et féministe.

Elle a reçu de nombreux prix littéraires anglo-saxons, dont le Gold Dagger Award en 1995 pour *Le chant des sirènes*, le Anthony Award pour *Au lieu d'exécution* en 2001, premier polar anglais à remporter cette récompense américaine, et le Barry Award pour *Quatre garçons dans la nuit* en 2004. Elle a reçu le prestigieux Diamond Dagger Award 2010 pour l'ensemble de son œuvre.

La dernière tentation

Du même auteur
aux Éditions J'ai lu

LES ENQUÊTES DE CAROL JORDAN ET TONY HILL

LA DERNIÈRE TENTATION
N° 7409
LA FUREUR DANS LE SANG
N° 8391
LE CHANT DES SIRÈNES
N° 8392
LA SOUFFRANCE DES AUTRES
N° 8672
SOUS LES MAINS SANGLANTES
N° 9545

LE TUEUR DES OMBRES
N° 6778

AU LIEU D'EXÉCUTION
N° 6779

QUATRE GARÇONS DANS LA NUIT
N° 8025

NOIRS TATOUAGES
N° 8964

VAL
MCDERMID

La dernière tentation

Traduit de l'anglais
par Catherine Richard

J'AI LU

Titre original
THE LAST TEMPTATION

REMERCIEMENTS

S'aventurer hors de son territoire comporte bien des risques. Nombreux sont ceux qui m'ont aidée à les minimiser : Pieke Bierman et Tom Wortche ont découvert le Pub irlandais, à Berlin, et m'ont fourni par ailleurs beaucoup d'autres précieuses pistes de recherches ; Jeanet van Wazel m'a fait visiter Leyde ; Jurgen et Marita Alberts m'ont familiarisée avec Brême ; Ron Mackay m'a fait entrer là où je n'étais pas censée me trouver ; Hartmut Geisser m'a emmenée sur la Spree et m'a fait profiter de sa vaste expérience du monde des *schippermen* de la navigation commerciale ; le capitaine Kirk Schoorman et Nils Clausen m'ont donné des renseignements sur la vie à bord d'un bateau ; Adrian Muller m'a aidée pour ce qui concernait le fonctionnement de la police hollandaise, et le Dr Sue Black pour les détails anatomiques. Je remercie également le British Council, grâce auquel je me suis rendue à Cologne et Berlin, et le LitFest de Cologne, qui m'a permis d'approfondir ma connaissance de la ville.

J'aimerais remercier aussi Gill Lockwood et l'équipe qui s'occupe du standard électronique de l'Hôpital général de Leeds, ainsi que celles de l'hôpital de jour et du service SM4 de génétique clinique de l'hôpital St. Mary, de Manchester : sans leur contribution, cet ouvrage aurait été beaucoup plus facile à rédiger ! Merci également à toutes celles qui ont apporté leur soutien à divers moments de la rédaction : Lisanne, Julia, Jane, Diana, Kate, Leslie, et tout particulièrement Brigid.

J'ai pris des libertés infernales avec la géographie de plusieurs grandes villes d'Europe, ainsi qu'avec l'organisation des différentes instances de maintien de l'ordre. Mais il s'agit d'un ouvrage de fiction, aussi je demanderai au lecteur de bien vouloir me pardonner de mener la réalité à hue et à dia. Pour ce qui est des cours d'eau, en revanche, j'ai tout juste !

La dernière tentation
est la plus grande des trahisons :
Faire un acte juste pour une mauvaise raison.

Meurtre dans la cathédrale
T.S. ELIOT

La psychologie n'a de réelle importance
que lorsqu'elle se charge de fournir des diagnostics
psychologiques afin de servir l'État.

Max SIMONEIT, directeur scientifique
de *Wehrmacht Psychology*, 1938

MER DU NORD
HOLLANDE
BRÊME
Mitteland Canal
Osnabruk
AMSTERDAM
Leyde
LA HAYE
Urrecht
Münster
Dortmund Erns Canal
Neder Rijn
Arnhem
Nieuwe Maas
ROTTERDAM
Wharves
Lek
Waal
Wesel
Maas
Rhin
Duisburg
Düsseldorf
COLOGNE
Maas
Bonn
Rhin
Coblence
Moselle
Bingen
0 10 20 40 60 80 100 km

HAMBOURG
Elbe
Weser
Hanovre
Minden
BERLIN
POTSDAM
Elbe
ALLEMAGNE
MER DU NORD
MER BALTIQUE
Gdansk
Emden
Vistule
Rotterdam
Elbe
Oder
Meuse
Moselle
Francfort
Danube
Rhin
FRANCFORT
Main
Rhin
Rhône
Sulina
MER NOIRE
Danube
Marseille
Heidelberg

notes d'observation

Nom : Walter Neumann

Séance numéro : 1

Remarques : Le patient est clairement atteint depuis quelque temps d'un sentiment d'infaillibilité démesuré. Il a développé un niveau inquiétant de confiance en ses propres capacités et une image surévaluée de lui-même. Il rechigne à admettre la critique, même fondée. En cas de contestation, il se vexe et a manifestement beaucoup de mal à dissimuler son indignation. Il n'éprouve pas le besoin de se justifier, car il est persuadé d'avoir raison, bien que tout indique le contraire. Sa capacité d'auto-analyse est visiblement limitée. Lorsqu'on l'interroge, son attitude caractéristique consiste à répondre par une autre question. Il rechigne nettement à remettre en cause son comportement ou les conséquences de ses actes.
La lucidité sur soi et le sens élargi des responsabilités lui font défaut. Il semble maîtriser l'irruption des affects, mais il est fort probable que ceci ne soit qu'une façade conventionnelle.

Action thérapeutique : programme de redressement de la personnalité entrepris.

1

S'il y a une couleur que le Danube ne prend jamais, c'est bien le bleu. Gris mastic, marron boueux, rougeâtre, kaki sale, tous ces tons-là et leurs variantes intermédiaires massacrent les beaux rêves romantiques qui viennent le contempler de la berge. De temps à autre, aux endroits où les bateaux s'amarrent en groupe, le fleuve se pare d'un aspect miroitant quand le soleil fait scintiller une pellicule de gasoil et y allume des reflets gorge-de-pigeon iridescents. Les soirs de nuit profonde, quand les nuages masquent les étoiles, il est aussi noir que le Styx. Mais en Europe centrale, à l'aube du nouveau millénaire, la traversée coûte plus qu'une simple pièce.

Vu de la terre comme du fleuve, l'endroit ressemblait à un chantier de réparation de bateaux délabré et abandonné. Les carcasses pourrissantes de deux ou trois péniches, des pièces rouillées de vieux engins non identifiés, voilà tout ce qu'on discernait entre les planches du grand portail. Quiconque aurait eu la curiosité d'arrêter sa voiture sur le bord de la petite route tranquille qui passait derrière, pour jeter un coup d'œil à l'intérieur du chantier, se serait dit qu'il ne voyait là que le énième fantôme d'une entreprise communiste défunte.

Mais il n'y avait aucune raison apparente pour que ce coin perdu suscite la moindre curiosité. Le seul mystère, c'était que même en des temps totalitaires dépourvus de logique on ait pu un jour juger utile d'établir une entreprise à cet endroit-là. Il n'y avait aucun centre urbain important sur des kilomètres à la ronde. Les rares fermes des environs avaient toujours exigé de leurs exploitants plus de travail qu'ils ne pouvaient en fournir ; pas de main-d'œuvre oisive dans les parages. À l'époque où ce chantier était en activité, on y amenait des ouvriers qu'il fallait aller chercher en bus à vingt kilomètres de là. Son unique avantage était sa situation sur le fleuve, abritée du courant par un long banc sablonneux couvert de buissons malingres et de quelques arbres rabougris courbés dans le sens du vent dominant.

C'était là sa principale qualité aux yeux de ceux qui utilisaient clandestinement ce vestige visiblement moribond d'architecture industrielle datant du sale vieux temps. Car contrairement aux apparences, cet endroit qui passait pour délabré était une étape vitale de navigation. Si quelqu'un s'était donné la peine d'y regarder de plus près, il n'aurait pas tardé à déceler des bizarreries. La palissade d'enceinte, par exemple, faite de plaques de fibrociment armé, était en étonnamment bon état. Le barbelé qui courait au sommet semblait bien plus récent que la chute du communisme. Cela ne signifiait pas grand-chose, à vrai dire, mais c'étaient des indications propres à éveiller l'intérêt d'un spécialiste en détails louches.

D'ailleurs, s'il s'en était trouvé un, ce soir-là, pour surveiller ce chantier fluvial apparemment désaffecté, il aurait été récompensé de sa peine. Mais quand l'élégante Mercedes noire se coula silencieusement sur la petite route, aucun regard curieux n'était là pour la voir. La voiture s'arrêta peu avant le portail et le conducteur descendit, frissonna brièvement en passant de l'air conditionné à l'humidité froide, puis il fouilla dans les poches de sa veste de cuir et en sortit un trousseau de clés. Il lui fallut quelques instants pour venir à bout des quatre cadenas, puis les battants du portail pivotèrent sans bruit sous sa poussée. Il les ouvrit en grand, regagna sa Mercedes à la hâte et entra dans l'enceinte.

Tandis qu'il refermait le portail, deux hommes surgirent de l'arrière de la berline. Tadeusz Radecki étira ses longues jambes, défroissa son costume Armani et attrapa son pardessus de zibeline à l'arrière de la voiture. Jamais il n'avait été aussi sensible au froid, et par cette nuit glaciale, son souffle lui dessinait deux nuages de vapeur blanche aux narines. Il serra sur lui les pans du manteau de fourrure et inspecta les alentours. Il avait perdu du poids, récemment, si bien qu'à la lueur blafarde des phares, l'ossature puissante de son visage révélait le crâne sous les chairs. Seul, son lumineux regard noisette dénotait la vitalité en lui.

Darko Krasic fit le tour de la voiture à grandes enjambées pour le rejoindre et consulta sa grosse montre en or.

— 11 heures et demie. Le camion sera là d'ici une minute.

Tadeusz acquiesça d'un petit signe de tête.

— Je crois qu'on va se charger du paquet nous-mêmes.

Krasic se rembrunit.

— Ce n'est pas une bonne idée, Tadzio. Tout est prévu. Ce n'est pas la peine que tu t'intéresses de trop près à la marchandise.

— Ah non ?

Le ton était d'une trompeuse désinvolture mais Krasic savait qu'il valait mieux ne pas répondre. Vu le comportement du patron ces derniers temps, même ses plus proches associés évitaient la moindre contrariété susceptible de leur attirer ses foudres. Krasic leva les mains en un geste apaisant.

— C'est comme tu veux, dit-il.

Tadeusz s'éloigna de la voiture pour aller arpenter le chantier. Son œil s'accommodait peu à peu à l'obscurité. Krasic avait raison, dans un sens, ce n'était pas la peine qu'il s'investisse lui-même directement dans ses activités. Mais ces temps-ci, il ne fallait jurer de rien. Il tenait cet état d'esprit de sa grand-mère qui, en dépit du sang noble qui coulait dans ses veines, disait-elle, était aussi superstitieuse que n'importe lequel de ces paysans qu'elle méprisait tant. Elle déguisait cependant ses croyances irrationnelles en références littéraires, si bien qu'au lieu d'apprendre au jeune garçon qu'un ennui ne vient jamais seul, elle avait repris l'adage shakespearien selon lequel « quand les malheurs arrivent, ils ne viennent pas en éclaireurs solitaires, mais en bataillons ».

En matière de malheur, la mort de Katerina aurait dû suffire. Tadeusz se flattait de ne jamais laisser son expression le trahir, que ce soit en affaires ou dans les relations personnelles. Mais ce décès avait transformé son visage en masque de chagrin, les larmes coulant de ses yeux tandis qu'un hurlement muet le déchirait. Il avait toujours su qu'il aimait Katerina, simplement il n'avait pas mesuré à quel point.

Le pire, c'était que les choses se soient passées de façon aussi ridicule. Katerina tout craché. Au volant de sa Mercedes SLK décapotée, elle venait de quitter l'autoroute qui contournait Berlin par la sortie qui desservait le Ku'damm, et elle roulait sans doute encore trop vite au moment où une moto surgit d'une rue adjacente juste devant son capot. Pour l'éviter, elle avait donné un coup de volant en direction du trottoir, perdu le contrôle du puissant cabriolet et percuté de plein fouet un kiosque à journaux. Elle était morte dans les bras d'un infirmier, trop grièvement atteinte à la tête pour comprendre ce qui lui arrivait.

Le motard, lui, était déjà loin, inconscient du carnage qu'il avait provoqué. Un examen mécanique avait révélé un défaut dans le circuit de freinage ABS de la Mercedes. C'était du moins la version officielle.

Mais une fois que son chagrin initial eut reflué au point de le laisser réfléchir à nouveau, Tadeusz commença à douter. Krasic, le fidèle lieutenant de toujours, lui avait rapporté que durant son absence momentanée, deux ou trois tentatives plus ou moins adroites avaient été menées visant à empiéter sur son secteur. Krasic, qui refusait mordicus de profiter du deuil de son patron pour se laisser dévoyer, avait réprimé sans pitié ces menaces, mais dès que Tadeusz donna à nouveau signe de vie, il lui exposa toute l'affaire.

Désormais, le mot d'ordre était lancé. Tadeusz voulait mettre la main sur le motard. Les policiers à sa solde ne lui avaient pas été d'une grande aide ; les témoignages étaient rares. Tout s'était passé si vite. Il venait juste de se mettre à pleuvoir et les piétons marchaient tête baissée pour se protéger. Il n'y avait pas de caméra de surveillance dans les environs.

Le détective privé que Tadeusz engagea pour réinterroger les témoins avait glané un petit peu plus : un adolescent, lui-même assez passionné de moto pour prêter attention à ce genre de choses, avait remarqué que l'engin était une BMW. Maintenant, Tadeusz attendait impatiemment que ses affidés au sein de la police lui fournissent une liste des candidats possibles. De toute façon, que la mort de Katerina ait été un accident ou l'aboutissement d'un dessein malveillant, quelqu'un allait payer.

Tadeusz savait qu'en attendant, il devait s'occuper. D'ordinaire, il laissait Krasic se charger de l'aménagement sur le terrain avec l'aide de l'équipe d'organisateurs compétents qu'ils avaient rassemblée autour d'eux au fil des années. Lui s'occupait de la supervision globale, les détails n'étaient pas de son ressort. Mais il se sentait nerveux. Le moindre recoin sombre grouillait de menaces ; il était temps de s'assurer que tous les maillons étaient aussi solides qu'à l'époque où la chaîne avait été constituée.

Et ça ne faisait aucun mal, une fois de temps en temps, de rappeler au petit personnel qui commandait.

Il marcha jusqu'à la berge et contempla l'eau, en contrebas. Il distinguait les feux avant d'un énorme bateau rhénan dont le grondement du moteur lui parvenait, porté par le fleuve. La péniche tourna pour s'engager dans le chenal étroit et profond qui la mènerait jusqu'au quai du chantier désaffecté. Dans son dos, Tadeusz entendit le portail se rouvrir.

Il tourna la tête pour voir entrer une fourgonnette déglinguée qui alla se garer près de la Mercedes. Quelques instants plus tard, le bip électronique d'un signal de marche arrière lui parvint. Un semi-remorque entra à reculons dans le chantier. Trois hommes sautèrent de la fourgonnette. Deux d'entre eux se dirigèrent vers le quai pendant que le troisième, qui portait un uniforme de douanier roumain, allait à l'arrière du camion où le rejoignit le chauffeur. À eux deux, ils ôtèrent le scellé de douane de la remorque, puis firent jouer les verrous et pivoter les battants.

À l'intérieur, étaient empilées des caisses de cerises en boîte. Tadeusz eut un rictus méprisant. Quel individu normalement constitué envisagerait de consommer des cerises roumaines en boîte, sans parler d'en importer par pleins camions ? Sous ses yeux, le douanier et le chauffeur commencèrent à décharger les caisses. Pendant ce temps-là, derrière lui, la péniche approchait sans bruit du quai où les deux hommes l'aidèrent adroitement à s'amarrer.

Très vite, un étroit couloir fut ménagé entre les cartons de conserves. Il y eut un temps mort, et soudain, des silhouettes surgirent de ce passage et sautèrent au sol. La faible lueur des phares des véhicules et de la péniche éclaira des visages asiatiques éberlués, luisants de sueur. Puis le flot humain ralentit et se tarit. Une quarantaine de Chinois se tenaient là, blottis les uns contre les autres, serrant contre eux ballots et sacs à dos, décochant de petits regards apeurés d'un côté puis de l'autre du chantier inconnu, tels des chevaux flairant l'odeur du sang. Ils frissonnaient dans leurs vêtements légers, saisis par le courant d'air froid venu du fleuve. Leur silence gêné était plus déconcertant que tous les bavardages.

Un souffle de vent apporta une nappe d'air vicié de l'arrière du camion vers Tadeusz qui fronça le nez, dégoûté par les relents mêlés de sueur, d'urine et de merde teintés d'un léger effluve chimique. *Il faut vraiment être désespéré pour choisir ce moyen de transport*. Un désespoir qui contribuait de façon non négligeable à sa fortune personnelle, si bien qu'à son corps défendant, il nourrissait un certain respect pour ceux qui avaient le courage d'emprunter le chemin vers la liberté qu'il proposait.

Très vite, le chauffeur du camion, les deux hommes de la fourgonnette et l'équipage de la péniche prirent leur chargement en main. Comme deux ou trois des Chinois parlaient assez d'allemand pour servir d'interprètes, les clandestins furent bientôt mis à contribution. Ils sortirent d'abord du camion les caisses de cerises et les W-C chimiques, puis nettoyèrent l'intérieur de la remorque au jet. Ensuite, ils formèrent une chaîne et transférèrent les caisses de fruits en conserve d'un conteneur à bord de la péniche jusqu'au camion. Pour finir, les Chinois montèrent à bord de la péniche et, sans manifester la moindre hésitation, ils entrèrent dans le conteneur vide. L'équipe de Tadeusz éleva une seule rangée de caisses entre les clandestins et les portes du conteneur, puis le douanier apposa des scellés identiques à ceux qu'il avait retirés un peu plus tôt.

L'opération se déroula sans heurts, Tadeusz s'en fit la remarque non sans une certaine fierté. Les Chinois étaient arrivés à Budapest avec des visas touristiques. Un des hommes de Krasic les y avait retrouvés et conduits jusqu'à un entrepôt où on les chargea dans le semi-remorque. Deux jours plus tôt, près de Bucarest, la péniche avait embarqué un chargement totalement légal sous les yeux des officiers de douanes. Et là, au beau milieu de nulle part, camion et péniche s'étaient retrouvés pour procéder à l'échange. La péniche allait mettre beaucoup plus longtemps à rallier Rotterdam que le camion, mais il y avait moins de chances qu'elle soit perquisitionnée compte tenu de ses papiers en règle et des scellés de douane. Le moindre fonctionnaire curieux qui manifesterait des doutes pourrait être renvoyé aux douanes qui avaient supervisé le chargement. Quant au camion, qui avait beaucoup plus de chances d'être arrêté et fouillé, il allait continuer jusqu'à sa destination avec un chargement irréprochable. Quiconque ayant vu, à l'aéroport ou à l'entrepôt, quelque chose d'assez louche pour alerter les autorités ne leur permettrait de saisir qu'une pleine remorque de cerises en boîte. Et si on venait à remarquer que les scellés de douane hongrois avaient été trafiqués, le chauffeur pourrait toujours s'en sortir en parlant de vandalisme ou de tentative de vol.

Tadeusz arrêta au passage le douanier qui retournait au camion.

— Une seconde, vous permettez ? Où est le paquet pour Berlin ?

Krasic se renfrogna. Il en était presque venu à penser que son patron s'était ravisé, à juste titre, à propos de l'héroïne que les clandestins avaient apportée de Chine pour payer une partie de leur voyage. Il n'y avait aucune raison pour que Tadzio modifie le scénario minutieusement mis au point par Krasic. Aucune raison autre que la superstition idiote qui s'était emparée de lui depuis la mort de Katerina.

Le douanier haussa les épaules.

— Demandez plutôt ça au chauffeur, répondit-il avec un grand sourire crispé.

C'était la première fois qu'il avait directement affaire au big boss, un privilège dont il se serait bien passé. La dureté impitoyable dont Krasic faisait preuve au nom de Tadeusz était légendaire au sein de la mafia d'Europe Centrale.

Tadeusz haussa un sourcil à l'intention du chauffeur.

— Je l'ai mise dans le boîtier de ma CB, expliqua l'homme.

Il contourna son camion en compagnie de Tadeusz et alla retirer son émetteur du boîtier, révélant un espace assez grand pour y loger quatre pains de poudre brune hermétiquement emballée.

— Merci, fit Tadzio. Inutile de vous tracasser avec ça pendant ce trajet. (Il plongea la main dans le boîtier et en retira les paquets.) Vous toucherez quand même l'argent, bien entendu.

Krasic observait. Un frisson lui glaça l'échine. Il était incapable de se rappeler la dernière fois qu'il avait franchi une frontière avec ne serait-ce qu'un joint de cannabis. Alors traverser l'Europe avec quatre kilos d'héroïne dans la voiture, c'était de la folie furieuse. Son patron était peut-être tenu par un vœu posthume, mais lui ne tenait pas à être de la partie. Tout en marmonnant une prière à la Vierge Marie, il regagna la Mercedes en compagnie de Tadeusz.

2

Carol Jordan adressa un grand sourire au miroir des toilettes pour femmes et moulina silencieusement des poings d'un air triomphant. L'entretien ne se serait pas mieux passé si elle en avait elle-même rédigé le scénario. Elle connaissait son sujet et on lui avait posé le genre de questions qui permettaient de le montrer. L'équipe d'examinateurs (deux hommes et une femme) avait acquiescé et souri d'un air approbateur plus souvent qu'elle aurait pu le souhaiter dans ses rêves les plus fous.

Elle avait travaillé deux ans pour en arriver là. Elle avait quitté son poste à la tête de la brigade criminelle de Seaford, dans l'East Yorkshire, pour réintégrer la Police métropolitaine, ce qui l'avantageait pour glisser vers le corps d'élite qu'était le National Criminal Intelligence Service, le NCIS. Dans cette optique, elle avait suivi tous les cours possibles et imaginables sur l'analyse des renseignements criminels, et consacré la quasi-totalité de son temps libre à des lectures et des recherches complémentaires. Elle avait même sacrifié une semaine de ses congés pour travailler comme stagiaire dans une entreprise canadienne de conception de logiciels spécialisée dans les programmes informatiques de recoupements dans le domaine criminel. Il lui importait peu que sa vie sociale soit réduite au strict minimum ; elle adorait ce qu'elle faisait et s'était imposé pour discipline de ne pas souhaiter plus. Elle aurait parié que le pays ne comptait pas un seul inspecteur principal qui domine le sujet mieux qu'elle. Et maintenant, elle était prête à sauter le pas.

Ses états de service devaient être irréprochables, elle le savait. Son ancien chef, le commissaire principal John Brandon, la pressait depuis longtemps de laisser tomber le travail de terrain pour entrer dans le domaine stratégique du renseignement et de l'analyse. Au début, elle avait résisté car si ses précédentes incursions dans ce domaine-là avaient fait grimper substantiellement sa cote professionnelle, elles avaient aussi ravagé son équilibre émotionnel et dégradé durablement son estime de soi. Le simple fait d'y repenser effaça d'ailleurs instantanément son grand sourire. Elle contempla son regard bleu et grave et se demanda pendant combien de temps encore elle allait éprouver cette sensation de vide au creux de l'estomac chaque fois qu'elle pensait à Tony Hill.

Elle avait contribué à livrer à la justice deux tueurs en série. Mais l'entente unique qu'elle avait établie avec Tony, un psychologue profileur à la psyché assez alambiquée pour pouvoir confondre les esprits les plus retors, fit voler en éclats toutes les défenses personnelles qu'elle avait échafaudées au fil d'une douzaine d'années passées dans la police. Elle avait commis l'erreur majeure de s'éprendre de quelqu'un qui ne pouvait pas s'autoriser à l'aimer en retour.

Quand Tony décida de quitter le monde des profileurs pour se rabattre sur une carrière universitaire, Carol s'était sentie libérée. Elle allait enfin pouvoir suivre librement son talent et son désir pour se consacrer pleinement au type de travail dans lequel elle excellait sans que la présence de Tony l'en détourne.

Sauf qu'il était présent en permanence, que sa voix résonnait dans les souvenirs de Carol et que sa vision du monde donnait forme aux pensées qu'elle nourrissait.

Elle passa une main impatiente dans ses cheveux blonds en bataille.

— Suffit les conneries ! s'exclama-t-elle tout haut. C'est mon monde maintenant, Tony !

Elle fouilla dans son sac et en sortit son rouge à lèvres. Après une retouche rapide, elle sourit à son reflet, avec beaucoup plus d'aplomb cette fois. L'équipe d'examinateurs lui avait demandé de revenir une heure plus tard pour le verdict. Elle décida de descendre à la cantine du premier étage et d'y prendre le déjeuner qu'elle n'avait pas pu avaler plus tôt, l'estomac noué par la nervosité.

Elle sortit des toilettes à grands pas énergiques. Devant elle, plus loin dans le couloir, l'ascenseur s'immobilisa. Les portes coulissèrent et il en sortit un homme de haute taille en uniforme qui tourna à droite et s'éloigna sans regarder dans la direction de la jeune femme. Carol ralentit en reconnaissant le commandant Paul Bishop et se demanda ce qu'il pouvait bien faire au NCIS. Aux dernières nouvelles, il avait été détaché à la tête d'une unité de police du ministère de l'Intérieur. Après les débuts retentissants et chaotiques du Corps national des Profileurs qu'il commandait, plus aucun officiel ne souhaitait voir Bishop occuper un poste exposé au public. À la stupéfaction de Carol, Bishop entra directement dans la salle d'entretien qu'elle avait quittée dix minutes pus tôt.

Qu'est-ce qui se tramait, bon sang ? Pourquoi parlaient-ils d'elle avec Bishop ? Il n'avait jamais été son supérieur hiérarchique. Elle avait refusé une mutation au sein du Corps, encore embryonnaire, des profileurs principalement parce que c'était le fief attitré de Tony et qu'elle voulait éviter de travailler en étroite collaboration avec lui une deuxième fois. Pourtant, en dépit de ses intentions louables, elle avait été aspirée dans le tourbillon d'une enquête qui n'aurait jamais dû avoir lieu, au cours de laquelle elle avait enfreint des règles et franchi des limites auxquelles elle n'avait pas trop envie de repenser. Et elle ne tenait certes pas à ce que les examinateurs qui envisageaient de lui confier le poste d'analyste en chef entendent Paul Bishop disséquer sa conduite passée. Il n'avait jamais apprécié Carol, et comme elle avait été l'officier le plus gradé impliqué dans la capture du tueur en série le plus célèbre de Grande-Bretagne, Bishop lui avait réservé toute la hargne que lui inspirait cette opération de francs-tireurs.

Elle se dit qu'à sa place, elle en aurait sans doute fait autant. Il n'en restait pas moins que Paul Bishop venait d'entrer dans la pièce où son avenir était en train de se jouer. Subitement, Carol perdit tout appétit.

— Nous avions vu juste, elle est parfaite, déclara Morgan en piquant tour à tour l'une, puis l'autre extrémité de son stylo sur son calepin, geste mesuré destiné à accroître le prestige dont il se croyait doté auprès de ses collègues.

Thorson fronça les sourcils. Elle ne savait que trop combien de choses risquaient de mal tourner dès lors que des émotions insondables étaient mêlées à une opération.

— Qu'est-ce qui vous permet de croire qu'elle a la trempe requise ?

Morgan haussa les épaules.

— Nous n'en serons sûrs qu'après l'avoir vue sur le terrain. Mais je vous le dis, nous n'aurions pas trouvé mieux si nous avions cherché. Il releva ses manches sur ses avant-bras musculeux d'un geste empreint de compétence professionnelle.

On frappa à la porte. Surtees se leva et alla ouvrir au commandant Paul Bishop. Absorbés par leur conversation, ses collègues ne levèrent même pas les yeux.

— Tant mieux. En arriver là pour ensuite avouer que nous ne disposons pas d'un agent crédible, nous aurions eu l'air fin ! Il n'empêche que ça reste très risqué, ajouta Thorson.

D'un geste, Surtees invita Bishop à prendre la chaise que Carol avait libérée peu auparavant. Il s'installa, pinçant le pli de son pantalon entre le pouce et l'index pour donner de l'aisance au niveau du genou.

— Elle s'est déjà trouvée dans des situations périlleuses. N'oublions pas l'affaire Jacko Vance, rappela Morgan à Thorson, le menton buté.

— Chers collègues, voici le commandant Bishop, annonça Surtees énergiquement.

Paul Bishop s'éclaircit la voix.

— Puisqu'il en est question... Pourrais-je dire un mot de l'affaire Vance ?

Morgan acquiesça.

— Excusez-moi, commandant, je ne voulais pas me montrer aussi grossier. Dites-nous ce dont vous vous souvenez. C'est la raison pour laquelle nous vous avons prié de venir.

Bishop inclina gracieusement son beau visage.

— Quand une opération donne l'impression d'avoir atteint une conclusion satisfaisante, on a tendance à enterrer tout ce qui s'est mal passé. Mais la poursuite et la capture finale de Jacko Vance restent un cauchemar policier à tous les points de vue. Je définirais ça comme une action de têtes brûlées. Franchement, à côté, les Douze Salopards seraient passés pour une unité de combat disciplinée. Tout s'est déroulé sans la moindre autorisation, en piétinant les notions de hiérarchie policière et en franchissant des limites en force avec un manque de respect tout à fait cavalier, et c'est un véritable miracle que nous ayons finalement réussi à tirer les marrons du feu. Si Carol Jordan avait appartenu à mon équipe, elle aurait fait l'objet d'une enquête interne et je suis convaincu qu'elle aurait été démise de ses fonctions. Je n'ai jamais compris pourquoi John Brandon ne l'avait pas sanctionnée.

Il s'adossa à sa chaise, le cœur réchauffé par le souffle tiède d'une légitime revanche. Jordan et sa clique de justiciers lui avaient coûté cher, et c'était la première véritable occasion qu'il ait jamais eue de se payer de retour. Un vrai plaisir.

À sa surprise, cependant, l'équipe d'examinateurs eut l'air singulièrement peu intéressée. Morgan souriait même.

— Ce que vous êtes en train de dire, c'est que mise au pied du mur, Jordan fonce dans le tas et réagit à sa façon ? Qu'elle n'a aucun problème à témoigner d'initiative pour faire face à l'inattendu ?

Bishop se rembrunit légèrement.

— Je ne formulerais pas tout à fait les choses de cette façon-là. Je dirais plutôt qu'elle a l'air de penser que les lois ne s'appliquent pas nécessairement à elle.

— Ses actes ont-ils mis en danger sa survie ou celle de ses collègues ? demanda Thorson.

Bishop haussa les épaules avec élégance.

— Difficile à dire. En toute honnêteté, les collègues en question n'ont pas fait preuve de la plus grande franchise en ce qui concernait certains aspects de leur enquête.

Surtees, le troisième examinateur de l'équipe, leva la tête, la pâleur de son visage presque lumineuse dans le soleil déclinant de l'après-midi.

— Si je peux me permettre de résumer ? Simplement pour nous assurer que nous sommes bien sur la même longueur d'onde. Vance a utilisé sa notoriété de personnalité de la télévision comme façade pour perpétrer au moins huit meurtres de jeunes adolescentes. Les autorités n'ont absolument rien soupçonné de ses activités jusqu'au jour où un exercice de travaux dirigés du Corps national des Profileurs a révélé un étonnant éventail d'affaires potentiellement liées. Et pourtant, personne à l'extérieur du groupe n'a pris l'affaire au sérieux, même après qu'un des leurs fut sauvagement assassiné. Je ne pense pas me tromper en affirmant que l'inspecteur Jordan a seulement commencé de s'intéresser à l'affaire qu'une fois que Vance a frappé hors de sa cible habituelle, n'est-ce pas ? Quand il est apparu clairement que si on ne faisait rien pour l'arrêter, il tuerait à nouveau ?

Bishop eut l'air un peu gêné.

— On peut formuler les choses de cette façon. Cela dit, au moment où elle a rallié l'équipe, la police du West Yorkshire enquêtait déjà sur cette affaire. Des mesures appropriées étaient prises et on menait des investigations en bonne et due forme. Si Jordan avait voulu apporter sa contribution, c'est cette voie-là qu'elle aurait dû emprunter.

Morgan sourit à nouveau.

— C'est pourtant Jordan et sa clique qui sont venus à bout de cette affaire, enchaîna-t-il doucement. Pensez-vous qu'elle a fait preuve de force de caractère dans sa façon d'agir pendant l'enquête Vance ?

Bishop haussa les sourcils.

— Elle est têtue, ça ne fait aucun doute.

— Tenace, suggéra Morgan.

— Je suppose que oui.

— Et courageuse ? glissa Thorson.

— Je ne sais pas s'il faut appeler ça du courage ou plutôt tête de mule, répliqua Bishop. Mais pour quoi au juste m'avez-vous fait venir ? Ce n'est pas la procédure habituelle pour engager un agent du NCIS, même de haut grade.

Morgan ne répondit pas. Il suivait des yeux le va-et-vient de son stylo. Si Bishop demandait pourquoi on l'avait fait venir, c'était parce qu'il venait de comprendre que loin de pouvoir enfoncer Jordan, il s'adressait à des gens qui ne partageaient pas son point de vue hiérarchique. En conséquence, selon Morgan, il ne méritait pas qu'on réponde à sa question.

Surtees meubla le silence.

— Nous envisageons de confier à l'inspecteur Jordan un rôle très exigeant dans une mission cruciale. Tout est hautement confidentiel, vous comprendrez donc qu'on ne puisse pas vous donner de précisions. Mais ce que vous venez de nous dire est très utile.

On lui signifiait son congé. Bishop n'arrivait pas à croire qu'on l'ait fait venir de l'autre bout de Londres pour ça. Il se leva :

— Si c'est tout ce que... ?

— Ses subalternes gradés l'apprécient ? le coupa Thorson.

— S'ils *l'apprécient* ? répéta Bishop, l'air franchement perplexe.

— Diriez-vous d'elle qu'elle a du charme ? Du charisme ? insista son interlocutrice.

— Je ne peux pas en juger personnellement. Cela dit, les officiers de mon équipe de profileurs lui mangeaient dans la main, c'est certain. Elle les emmenait où elle voulait. (Le ton était indéniablement amer, à présent.) Quels que soient les artifices féminins dont elle s'est servie, elle n'avait qu'à lever le petit doigt pour les envoyer courir dans tout le pays en oubliant entraînement et conscience professionnelle.

— Merci, commandant. Votre aide nous est précieuse, conclut Surtees.

Les examinateurs se turent le temps que Bishop quitte la pièce. Morgan hocha la tête, un grand sourire aux lèvres.

— Il l'a vraiment dans le nez, hein ?

— Nous avons tout de même appris ce que nous avions besoin de savoir : elle a du cran, elle sait faire preuve d'initiative, et elle est capable de faire marcher n'importe qui sur la tête. (Surtees griffonnait des notes sur son calepin.) Et avec ça, elle ne craint pas d'affronter le danger bille en tête.

— Mais pas un comme celui-là, en revanche. Il faudra déployer des moyens de protection qu'on n'a encore jamais envisagés. Il serait impossible de la mettre sur écoute, par exemple. On ne pourrait pas prendre un tel risque. Du coup, toutes ses informations seront caduques faute de pouvoir être corroborées, objecta Thorson.

Surtees haussa les épaules.

— Elle a une mémoire éidétique en ce qui concerne les impressions auditives. Cette précision figure dans le dossier. Elle a été testée isolément. Elle se souvient texto de tout ce qu'elle entend. Ses rapports seront sûrement plus précis que les bribes étouffées qu'on reçoit la moitié du temps quand on procède à des écoutes.

Morgan lui adressa un sourire triomphant.

— Je vous le disais, elle est parfaite. La cible ne pourra pas résister.

Thorson fit la moue.

— J'espère que non, dans notre intérêt à tous. Mais avant de prendre une décision, je tiens à la voir sur le terrain. D'accord ?

Les deux hommes échangèrent un regard, puis Morgan acquiesça.

— D'accord. Voyons comment elle se comporte sous pression.

3

Le soleil déclinant adoptait un angle bizarre tandis que Tony Hill gravissait en voiture la longue côte au sortir de St. Andrews. Il abaissa le pare-soleil et jeta un coup d'œil dans le rétroviseur. Derrière lui, le vert de Tentsmuir Forest tranchait sur le scintillement bleu du Firth of Tay et de la mer du Nord, au-delà. Il entrevit la ligne d'horizon grise hachée de la ville avec ses ruines au coude à coude et d'imposants édifices du XIXe siècle, tous confondus de si loin. C'était devenu un décor familier au fil des dix-huit mois écoulés depuis qu'il avait pris son poste de professeur en psychologie comportementale à l'Université, mais il continuait à en savourer la tranquillité. L'éloignement lui conférait de la magie, transformait les squelettes de la tour St. Regulus et de la cathédrale en silhouettes grotesques à la Disney. Et pour couronner le tout, d'ici il n'avait pas à composer avec les collègues ou les étudiants.

Son chef de service s'était comporté comme si l'arrivée de Tony Hill représentait un bonus incontestable pour les perspectives du département, et pourtant Tony n'était pas sûr de s'être révélé à la hauteur. Il savait depuis toujours qu'il n'était pas vraiment fait pour la vie universitaire. Il n'avait pas l'esprit politique, et finissait encore ses cours les mains moites et l'estomac noué par le trac. Mais quand on lui avait proposé le poste, il s'était dit qu'il valait mieux prendre cette option-là plutôt que continuer un travail qui ne lui convenait plus. Il avait commencé comme psychologue clinicien, sur le terrain, dans le quartier de haute sécurité d'un hôpital psychiatrique, où il s'occupait de criminels récidivistes. Quand le ministère de l'Intérieur avait commencé à s'intéresser aux possibilités qu'offrait le profilage criminel dans les enquêtes policières, Tony Hill faisait naturellement partie des candidats qui participèrent à l'étude de faisabilité.

Au cours de celle-ci, il s'était retrouvé directement impliqué dans la capture d'un tueur psychopathe qui s'en prenait aux hommes jeunes, et si sa réputation en avait bénéficié, sa psyché, elle, en avait souffert. Au cours de l'enquête, ses propres faiblesses avaient failli le détruire. L'intensité de son engagement dans cette affaire lui causait encore des cauchemars terrifiants dont il se réveillait en sueur, déchiré par les réminiscences de souffrances passées.

Quand le corps des profileurs fut mis sur pied d'après ses recommandations, on lui proposa naturellement de chapeauter la formation d'une équipe de jeunes policiers triés sur le volet, qu'il fallait initier aux techniques du profilage psychologique. Ce qui aurait dû être une affectation tranquille se révéla une descente en enfer pour Tony et ses élèves. Pour la deuxième fois, il fut contraint de transgresser les règles en vertu desquelles il devait observer un certain recul vis-à-vis de son rôle. Pour la deuxième fois, il eut du sang sur les mains. Et la certitude absolue qu'il ne voulait plus jamais avoir à faire ce genre de choses.

Ses activités au sein du monde secret du profilage criminel lui avaient coûté plus qu'il n'aurait voulu. Deux ans plus tard, il ne s'était toujours pas affranchi de ce passé. Il ne pouvait s'empêcher, en s'acquittant chaque jour des obligations d'une vie professionnelle en laquelle il ne croyait pas vraiment, de penser à ce qu'il avait quitté. Il avait excellé dans son domaine, il le savait, mais en fin de compte, ça n'avait pas suffi.

Agacé par ses propres réflexions, il éjecta la cassette de Philip Glass. La musique laissait trop de place à ses spéculations oiseuses. Des mots, voilà ce qu'il lui fallait pour le détourner de ses ruminations inutiles. Il écouta la fin d'un débat sur l'apparition de nouveaux virus en Afrique noire, les yeux rivés sur la route qui serpentait à travers le paysage pittoresque de l'East Neuk. Au moment où il bifurquait en direction du petit port de pêche de Cellardyke, les quatre bips familiers annoncèrent le communiqué de 16 heures.

La voix rassurante du présentateur commença à énoncer les informations : « Jacko Vance, l'ex-animateur de débats télévisés condamné comme tueur en série, a comparu à l'audience de son procès en appel. Vance, ancien champion national de lancer de javelot, avait été condamné à la détention à perpétuité il y a dix-huit mois pour le meurtre d'un officier de police. L'audience de la procédure d'appel est prévue pour durer au moins deux jours.

« La police invite la population à garder son calme ce soir en Irlande du Nord... »

Les commentaires se poursuivirent mais Tony n'écoutait plus. Un dernier obstacle à franchir, puis c'en serait enfin terminé. Une angoisse de plus s'apaiserait, il l'espérait de tout son cœur. Intellectuellement, il savait que le procès en appel de Vance n'avait aucune chance d'aboutir. Mais tant que les choses n'étaient pas réglées, il subsistait une petite pointe d'incertitude. Tony avait contribué à mettre Vance derrière les barreaux, mais le tueur avait toujours affirmé avec arrogance qu'il débusquerait un vice caché qui lui permettrait de recouvrer la liberté. Tony espérait qu'il ne s'agissait là que d'un fantasme.

Tout en négociant les virages de la petite route conduisant à la fermette en bord de mer qu'il avait achetée l'année précédente, Tony se demanda si Carol était au courant du procès en appel. Il allait lui envoyer un e-mail dès ce soir pour s'en assurer. Bénie soit la communication électronique, qui évitait tant ces instants de gêne apparemment inévitables lorsqu'ils se retrouvaient face à face, ou même au téléphone. Tony savait qu'il avait loupé le coche avec Carol, et du coup avec lui-même. Elle n'était jamais très loin de ses pensées, mais le lui dire aurait été une forme de trahison à laquelle il ne pouvait se résoudre.

Il se gara devant chez lui, à cheval sur le trottoir. Il y avait de la lumière à la fenêtre du salon. Fut un temps où, à la vue de ce seul détail, une peur glacée lui aurait étreint le cœur. Mais son univers avait changé, bien plus qu'il aurait jamais pu l'imaginer. Et désormais, il tenait à ce que tout reste tel quel, clair, pratique, bien compartimenté.

Tout n'était pas parfait, loin de là. Mais c'était plus que supportable. Et pour Tony, plus que supportable, c'était le mieux qu'il ait jamais connu.

La vibration des moteurs l'apaisa, comme toujours. Il ne lui était jamais rien arrivé de mal sur l'eau. Aussi loin qu'il s'en souvienne, les bateaux l'avaient toujours protégé. Il y avait des règles de vie à bord, des règles qui avaient toujours été claires et simples, qui existaient pour de bonnes raisons, des raisons logiques. Mais même au temps où il était trop jeune pour comprendre, quand par mégarde il faisait des choses qu'il n'aurait pas dû faire, le châtiment avait toujours attendu qu'ils soient à terre pour s'abattre sur lui. Il savait qu'il allait arriver, mais il parvenait toujours à tenir la peur à distance tant que les moteurs grondaient et que les odeurs mêlées de la crasse des hommes d'équipage, de l'huile de cuisine rance et des vapeurs de diesel lui emplissaient les narines.

Il ne rencontrait la souffrance que lorsqu'ils quittaient leur existence sur l'eau et regagnaient l'appartement malodorant, non loin des quais de pêche de Hambourg, où son grand-père donnait alors libre cours à sa tyrannie. Le garçon n'avait pas le temps de recouvrer son équilibre de terrien, et déjà les châtiments commençaient à pleuvoir.

Aujourd'hui encore, quand il y repensait, ses poumons semblaient se bloquer, sa peau se rétracter sur ses chairs. Pendant des années, il s'était efforcé de ne pas y penser tant cela lui donnait l'impression d'être disloqué, fragile. Mais peu à peu, il en était venu à comprendre que ce n'était pas une solution. Simplement un ajournement. À présent, il voulait se souvenir, il chérissait presque ces sensations physiques atroces parce qu'elles lui prouvaient qu'il était assez fort pour triompher de son passé.

Pour les petites infractions, il devait s'accroupir dans un coin de la cuisine pendant que son grand-père faisait revenir saucisses, oignons et pommes de terre dans la poêle. La préparation semblait meilleure que tout ce que le cuisinier de la péniche avait jamais servi à bord. Le garçon ne sut jamais si le goût était meilleur, car pendant le repas, il devait rester dans son coin et regarder son grand-père avaler la totalité du plat fumant. Baigné de cette odeur appétissante, il sentait son estomac affamé se crisper douloureusement et sa bouche s'emplir de salive.

Le vieil homme engloutissait son repas comme un chien de chasse de retour au chenil, en coulant des regards furibonds au garçon terré dans son coin. Quand il avait terminé, il essuyait son assiette à l'aide d'une épaisse tranche de pain de seigle. Puis il dépliait son couteau de marinier et coupait du pain en morceaux, sortait du placard une boîte de nourriture pour chiens qu'il versait dans un saladier avant d'y ajouter le pain, et déposait le tout devant le garçon.

— Tu es le fils d'une chienne. Voilà ce que tu mérites tant que tu n'auras pas appris à te comporter comme un homme. J'ai eu des chiens qui apprenaient plus vite que toi. Je suis ton maître, alors tu vis comme je te dis de vivre.

Tremblant d'angoisse, le garçon devait se mettre à quatre pattes et manger sans toucher la nourriture avec les mains. Ça aussi, il l'avait appris à la dure. Chaque fois qu'il esquissait un geste des mains vers le saladier ou son contenu, le grand-père lui décochait un coup de botte à bout ferré dans les côtes. Ce fut une leçon qu'il sut très vite par cœur.

S'il n'avait commis que des incartades mineures, il arrivait qu'il ait le droit de dormir sur le lit de camp, dans l'entrée qui desservait la chambre de son grand-père et la salle de bains sordide. Mais s'il était jugé indigne d'un tel luxe, il devait dormir à même le sol de la cuisine, sur une couverture crasseuse encore imprégnée de l'odeur du dernier chien de son grand-père, un bull-terrier atteint d'incontinence à la fin de sa vie. Il se recroquevillait, souvent trop terrifié pour trouver le sommeil, torturé par les démons de l'incompréhension.

Pour peu que ses péchés fortuits soient de nature encore plus grave, il lui fallait passer la nuit debout dans le coin de la chambre de son grand-père, une ampoule de 150 watts braquée sur le visage. La lumière qui se répandait dans la chambre ne semblait pas incommoder le vieil homme qui ronflait comme un porc toute la nuit. Mais s'il arrivait que d'épuisement, le garçon tombe à genoux ou s'affale endormi contre le mur, une sorte de sixième sens tirait systématiquement le vieux de son sommeil. Au bout d'une ou deux fois, le garçon apprit à se tenir éveillé de force. Tout plutôt que d'avoir à endurer à nouveau cette douleur abominable au bas-ventre.

S'il était taxé de méchanceté gratuite, pour un jeu d'enfant représentant une infraction au protocole qu'il aurait dû comprendre d'instinct, alors il lui fallait affronter un châtiment encore pire. On l'envoyait se poster debout dans la cuvette des toilettes. Nu, grelottant, il s'évertuait à trouver une position qui ne lui cause pas de violentes crampes dans les jambes. Son grand-père entrait dans la salle de bains comme si le garçon était invisible, déboutonnait son pantalon et vidait sa vessie en un jet puant et chaud sur les pieds du gamin. Il secouait les dernières gouttes, puis s'en allait, sans jamais tirer la chasse. Le garçon luttait pour garder l'équilibre, un pied au fond de la cuvette, plongé dans le mélange d'urine et d'eau, l'autre arc-bouté contre la paroi de porcelaine.

La première fois, il avait failli vomir. Il ne pensait pas pouvoir connaître pire. Mais cela arriva, bien entendu. La fois suivante, son grand-père entra, laissa tomber son pantalon à ses pieds et s'assit pour se soulager. Le garçon était coincé, le rebord de la cuvette incrusté dans la chair des mollets, le dos plaqué contre le mur glacé de la salle de bains, les fesses chaudes de son grand-père pressées contre ses tibias. L'odeur âcre qui s'élevait le suffoquait. Mais cette fois encore, le vieux fit comme si son petit-fils n'était qu'un fantôme sans substance. Il termina, s'essuya et sortit, le laissant patauger dans les excréments. Le message était criant : le gamin n'avait aucune valeur à ses yeux.

Le matin, le grand-père entrait dans la salle de bains, faisait couler de l'eau froide dans une grande bassine et, toujours sans accorder la moindre attention au garçon, il tirait la chasse d'eau. Puis, comme s'il voyait son petit-fils pour la première fois, il lui donnait l'ordre de se décrasser, l'empoignait et le jetait dans l'eau du bain.

Rien d'étonnant à ce que, dès qu'il avait su compter, l'enfant ait calculé combien d'heures les séparaient du retour à la péniche. Ils ne restaient jamais à terre plus de trois jours, mais quand son grand-père était en colère contre lui, ces trois jours pouvaient sembler trois vies entières d'humiliation, de malaise et de souffrance. Il ne se plaignit pourtant jamais auprès des membres de l'équipage. Il ne se rendait pas compte qu'il puisse y avoir matière à se plaindre. Isolé de ses semblables, il n'avait pas d'autre choix que de penser que tout le monde vivait ainsi.

Il mit du temps à découvrir qu'il existait d'autres vérités au monde. Quand il l'eut compris, cette certitude s'imposa à lui avec la force d'un raz-de-marée, et déclencha un sentiment de manque indéterminé aspirant avidement à être comblé.

Il ne se sentait calme que sur l'eau. Là, il avait la maîtrise à la fois de lui-même et du monde qui l'environnait. Mais ça ne suffisait pas. Il savait qu'il existait autre chose, et il voulait y avoir accès. Avant de pouvoir trouver sa place dans le monde, il devait se débarrasser du passé qui, tel un linceul, voilait chacun de ses jours. Les autres avaient l'air d'arriver à être heureux sans effort. Mais pendant la majeure partie de sa vie, lui n'avait connu que la poigne d'acier de la peur, qui excluait tout autre sentiment. Même lorsqu'il n'y avait rien de concret pour susciter l'appréhension, les faibles palpitations de l'angoisse n'étaient jamais très loin.

Peu à peu, il apprenait à changer tout cela. Il avait une mission, à présent. Il ne savait pas combien de temps il mettrait à l'accomplir. Il n'était même pas sûr de savoir quand elle serait accomplie : sans doute pourrait-il alors penser à son enfance sans se mettre à trembler comme un moteur surmené. Mais ce qu'il avait entrepris était nécessaire, et possible. Il avait fait le premier pas qui amorçait le voyage. Et déjà, il se sentait mieux.

À présent, pendant que la péniche fendait lourdement les eaux du Rhin en direction de la frontière hollandaise, il était temps de mettre au point les projets concernant la deuxième phase. Seul dans la cabine, il s'empara de son téléphone mobile et composa un numéro à Leyde.

4

Carol regarda les trois examinateurs, totalement perplexe.

— Vous voulez que je fasse une simulation ? demanda-t-elle en s'efforçant de ne pas laisser transparaître son incrédulité.

— Je sais que ça peut paraître un peu... inhabituel, dit Morgan.

Carol ne put se retenir de hausser les sourcils.

— Je croyais prendre part à l'entretien d'embauche concernant le poste pour lequel j'ai postulé. Agent de Liaison Europol avec le NCIS. Maintenant, je ne suis plus très sûre de comprendre de *quoi* il s'agit.

Thorson hocha la tête d'un air compréhensif.

— Je conçois votre perplexité, Carol. Mais nous avons besoin d'évaluer vos aptitudes à opérer sous une identité d'emprunt.

Morgan l'interrompit alors.

— Nous menons en ce moment une opération de collecte de renseignements qui couvre plusieurs pays d'Europe. Nous pensons que vous allez pouvoir apporter une contribution unique à cette opération, mais nous devons nous assurer que vous possédez bien les qualités requises. Que vous êtes capable *d'enfiler les chaussures* de quelqu'un d'autre sans vous prendre les pieds dans le tapis.

Carol fronça les sourcils.

— Excusez-moi, mais j'ai l'impression que ça ne relève pas vraiment des attributions d'un Agent de Liaison Europol. Je croyais que mon rôle serait essentiellement analytique, et non pratique.

Morgan adressa un bref regard à Surtees qui opina et reprit le flambeau :

— Personne ne doute, dans cette pièce, que vous ferez un excellent ALE, Carol. Mais en examinant votre candidature, il nous est clairement apparu qu'il y a chez vous quelque chose de très particulier que vous et vous seule pouvez mettre en œuvre dans le contexte de cette opération spécifique et complexe. C'est la raison pour laquelle nous aimerions que vous vous soumettiez à une simulation d'une journée pendant laquelle vous agiriez sous une identité d'emprunt pour que nous puissions observer vos réactions en situation critique. Quelle qu'en soit l'issue, je peux vous garantir qu'elle n'aura aucune conséquence négative sur notre décision concernant votre aptitude à intégrer le NCIS en tant qu'agent de liaison.

Carol traduisit aussitôt ce que Surtees venait de dire. Il lui semblait bien s'entendre signifier que le poste était pour elle quoi qu'il advienne. Et on lui précisait qu'elle n'avait rien à perdre à se conformer à leur suggestion farfelue.

— Qu'attendez-vous de moi au juste ? demanda-t-elle d'un ton neutre, le visage impénétrable.

Thorson enchaîna à son tour :

— Demain, vous recevrez un dossier contenant des explications détaillées sur le rôle que vous allez devoir jouer. Le jour dit, vous vous rendrez à l'endroit qu'on vous aura indiqué et vous ferez de votre mieux pour atteindre les objectifs qui vous auront été assignés dans le dossier. Vous conserverez votre identité d'emprunt à partir du moment où vous quitterez votre domicile et jusqu'à ce qu'un de nous vous annonce que la simulation est terminée. C'est clair ?

— Est-ce que j'aurai affaire à des civils ordinaires, ou seulement à d'autres agents ? demanda Carol.

Le visage rougeaud de Morgan se fendit d'un large sourire.

— Navré, mais nous ne pouvons rien vous dire de plus pour le moment. Vous recevrez le dossier demain matin. À partir de maintenant, vous avez quartier libre. C'est entendu avec votre équipe de supérieurs. Vous allez avoir besoin de ce laps de temps pour faire quelques recherches et vous préparer en vue de votre rôle. D'autres questions ?

Carol le fixa du regard gris froid qui avait si souvent fait merveille dans les salles d'interrogatoire de la police.

— Ma candidature est retenue ?

Morgan sourit.

— Elle l'est, inspecteur Jordan. Peut-être pas pour la mission que vous attendiez, mais je crois pouvoir affirmer que vous ne resterez plus très longtemps dans la police métropolitaine.

Carol regagna son appartement de Barbican presque indifférente au flot de circulation dans lequel elle roulait. Elle se plaisait à penser que, professionnellement, elle s'attendait toujours à l'inattendu, mais le déroulement de l'après-midi l'avait complètement déconcertée. D'abord Paul Bishop, surgi de nulle part. Puis le tour bizarre qu'avait pris l'entretien.

Quelque part au niveau de la portion surélevée de la Westway, la perplexité de Carol commença à se muer en agacement. C'était louche. Le boulot d'un ALE n'avait rien de pratique. Il était analytique. Ce n'était pas un travail de terrain ; elle dirigerait un service, trierait et classerait des renseignements issus d'un large éventail de sources réparties dans toute l'Union européenne. Grand banditisme, drogue, trafic d'immigrants clandestins, voilà de quoi elle s'occuperait principalement. Un ALE possédait à la fois les connaissances informatiques et la jugeote nécessaire en matière d'investigations pour établir des liens, filtrer les informations parasites et livrer un tableau le plus clair possible de l'activité criminelle susceptible de toucher le Royaume-Uni. Le rapport le plus étroit qu'un ALE puisse avoir avec les sources initiales consistait à entretenir des contacts avec les agents d'autres pays pour nouer des relations propres à lui garantir des informations exactes et complètes.

Alors pourquoi voulait-on lui faire faire quelque chose qu'elle n'avait encore jamais fait ? Ils devaient bien avoir lu dans son dossier qu'elle n'avait jamais travaillé sous une identité d'emprunt. Rien, dans son passé, ne suggérait qu'elle ait la moindre aptitude pour se glisser dans la peau de quelqu'un d'autre.

Dans les bouchons de Marylebone Road, il lui vint soudain à l'esprit que c'était précisément ce qui la tracassait le plus. Elle ne savait pas si elle en était capable. Et s'il y avait une chose que Carol détestait encore plus que d'avancer à l'aveuglette, c'était la perspective d'échouer.

Si elle voulait relever ce défi, il allait falloir qu'elle mène quelques recherches sérieuses. Et vite.

Frances était en train d'émincer des légumes quand Tony entra, les voix de Radio 4 apportant un contrepoint péremptoire au bruit du couteau sur la planche à découper. Tony s'arrêta dans l'embrasure de la porte pour contempler le spectacle si ordinaire, si confortable, si peu familier dans sa vie d'une femme préparant le dîner chez lui, dans sa cuisine. Frances Mackay avait trente-sept ans et enseignait le français et l'espagnol au lycée de St. Andrews. Des cheveux aile de corbeau, des yeux bleu saphir et une peau laiteuse typiques des îles Hébrides, la silhouette mince d'une golfeuse, l'humour noir et acéré d'une cynique. Ils avaient fait connaissance au cercle local de bridge, quand Tony s'y était inscrit. Il n'avait pas joué depuis ses premières années d'université, mais il savait qu'il pouvait s'y remettre quand il voulait, que cette partie de son passé restait accessible et lui permettrait d'ajouter une rangée supplémentaire de briques à sa perpétuelle façade. Ce qu'en son for intérieur, il appelait « passer pour un être humain ».

Le partenaire avec lequel elle jouait auparavant venait d'être muté à Aberdeen. Du coup, comme Tony, elle cherchait quelqu'un avec qui mettre au point une stratégie de jeu cohérente. D'emblée, ils s'étaient entendus au-dessus du tapis vert. D'autres parties de bridge avaient suivi, ailleurs qu'au club, puis une invitation à dîner pour régler quelques subtilités avant un tournoi. En quelques semaines, ils étaient allés au Byre Theatre, ils avaient déjeuné dans des pubs tout au long de l'East Neuk et arpenté les plages des West Sands cinglées par un vent de nord-est. Tony l'aimait bien mais il n'était pas amoureux, et ce fut précisément ce qui rendit l'étape suivante envisageable.

Le traitement contre l'impuissance qui empoisonnait son existence était à portée de main depuis quelque temps. Tony avait d'abord résisté à l'attrait du Viagra. Il ne tenait pas à user d'un produit pharmaceutique pour traiter un problème psychologique. Mais s'il devait envisager sérieusement une nouvelle vie, il n'y avait aucune raison de s'agripper aux formules de l'ancienne. Il avait donc pris les comprimés.

Pouvoir se mettre au lit avec une femme sans que le spectre du fiasco se glisse lui aussi entre les draps était une nouveauté. Libéré du gros de son angoisse, Tony avait surmonté la maladresse dont il avait toujours fait preuve pendant les préliminaires, obsédé par l'échec qu'il redoutait d'avance. Il s'était senti plein d'assurance, capable de s'enquérir des désirs de sa partenaire et sûr de pouvoir les combler. Elle avait indéniablement apprécié, au point d'en redemander. Et il avait compris, pour la première fois, la fierté macho de l'homme qui s'enorgueillit d'avoir satisfait sa femme.

Et pourtant, pourtant. En dépit du plaisir physique, il ne parvenait pas à se défaire de l'idée que cette solution était plus superficielle que curative. Il n'avait pas soigné les symptômes, il s'était contenté de les dissimuler. Tout ce qu'il avait fait, c'était trouver un nouveau masque plus efficace, derrière lequel cacher son insuffisance humaine.

Les choses auraient sans doute été différentes s'il y avait eu une charge émotionnelle dans ses relations sexuelles avec Frances. Mais l'amour était réservé aux autres, aux gens qui avaient quelque chose à offrir en retour, autre chose que des dégâts et des manques. Tony s'était entraîné à exclure l'amour des options possibles. C'était un langage dont la grammaire le dépassait, et aucune nostalgie mélancolique ne pourrait y remédier. Il enterra donc son angoisse avec son impuissance, et trouva un genre de paix auprès de Frances.

Il avait même appris à considérer cela comme naturel. Les moments comme ce soir, où il prenait un peu de recul et analysait la situation, se faisaient de plus en plus rares dans l'existence circonspecte qu'ils s'étaient bâtie ensemble. Tony se sentait vacillant, tel un enfant qui fait ses premiers pas. Au début, cela demande une concentration énorme et on récolte bien des bleus et des coups inattendus. Mais peu à peu, le corps oublie que chaque pas en avant est en fait une chute habilement négociée. La marche devient possible sans plus passer pour un petit miracle.

Il en allait de même de sa liaison. Frances avait conservé sa propre maison, une construction mitoyenne moderne des abords de St. Andrews. La plupart des semaines, ils passaient une nuit ou deux chez elle, une nuit ou deux chez lui, et le reste chacun chez soi. C'était un rythme qui leur convenait à tous les deux, une vie étonnamment dépourvue de frictions. Quand il y pensait, Tony se disait que ce calme était sans doute la conséquence directe de l'absence de cette passion qui consume, aussi dévorante qu'intense.

Frances leva la tête des poivrons qu'elle détaillait en cubes avec soin.

— La journée a été bonne ? demanda-t-elle.

Il haussa les épaules, traversa la pièce et la serra contre lui avec affection.

— Pas mal. Et toi ?

Elle fit la grimace.

— À cette époque de l'année, c'est toujours infernal. Le printemps déclenche des éruptions d'hormones chez les élèves, et à l'approche des examens l'air ambiant fleure l'hystérie. Autant faire cours à un ramassis de macaques en chaleur. J'ai commis l'erreur de donner aux plus grands de mes élèves d'espagnol un essai intitulé « Mon dimanche idéal ». La moitié des filles m'ont rendu des niaiseries sentimentales à faire passer Barbara Cartland pour un écrivain de porno. Quant aux garçons, ils parlent tous de foot.

Tony s'esclaffa.

— C'est un miracle que l'espèce réussisse à se perpétuer quand on voit le peu que les ados ont en commun avec le sexe opposé.

— À la fin du dernier cours, je me demande qui était le plus impatient d'entendre la sonnerie, eux ou moi. Par moments, je me dis que ce n'est vraiment pas une façon de gagner sa vie quand on est un adulte intelligent. On se casse la tête à essayer de leur révéler les merveilles d'une langue étrangère et il y en a toujours un pour traduire *coup de grâce*[1] par tondeuse à gazon.

— Là, tu inventes, riposta Tony en piochant un champignon de Paris.

— Je voudrais bien. Au fait, le téléphone sonnait juste quand je suis arrivée, mais j'avais des sacs de courses plein les bras alors j'ai laissé le répondeur.

— Je vais aller voir ça. Qu'est-ce qu'on mange ? ajouta-t-il en se dirigeant vers son bureau, une pièce minuscule qui donnait sur la rue.

— *Maiale con latte,* avec légumes au four, cria Frances de la cuisine. Pour ta gouverne, c'est du porc cuit au lait.

— Tiens donc, intéressant, répondit-il sur le même ton en enfonçant la touche du répondeur.

Il y eut un long bip, puis il entendit la voix : « Bonsoir Tony. » Un long moment d'hésitation suivit. Deux ans de quasi-silence, d'une communication réduite à d'occasionnels accès d'e-mails. Mais quatre syllabes suffirent à entamer la carapace derrière laquelle il abritait ses émotions. « C'est Carol. » Trois syllabes de plus, totalement superflues. Il aurait reconnu sa voix au travers d'un océan de friture. Elle devait avoir appris la nouvelle à propos de Vance. « Il faut que je te parle », reprit-elle d'un ton plus ferme. Un appel professionnel, donc, et non personnel. « On m'a confié une mission pour laquelle j'ai vraiment besoin de ton aide. » Tony sentit son estomac se tordre. Pourquoi lui faisait-elle une chose pareille ? Elle savait pourquoi il avait abandonné le profilage. Elle aurait dû, plus que tout autre, lui épargner ce genre de choses. « Ça n'a rien à voir avec le profilage »,

1. En français dans le texte (NdT).

ajouta-t-elle, les mots se télescopant dans sa hâte à vouloir le rassurer. « C'est pour moi, personnellement. Quelque chose que je dois faire, mais je ne sais pas comment m'y prendre. Je me suis dit que toi, tu pourrais m'aider. Je t'aurais bien envoyé un e-mail mais ce serait sans doute plus simple d'en parler de vive voix. Tu peux me rappeler, s'il te plaît ? Merci. »

Tony resta planté devant la fenêtre, et contempla les façades muettes des maisons d'en face. Il n'avait jamais vraiment cru que désormais Carol faisait partie de son passé.

— Je te sers un verre de vin ? proposa Frances, interrompant ses réflexions.

Il regagna la cuisine.

— Je m'en occupe, déclara-t-il en se glissant derrière elle pour atteindre le réfrigérateur.

— Qui appelait ? demanda Frances, plus par politesse que par curiosité.

— Quelqu'un avec qui je travaillais dans le temps. (Tony baissa la tête pour dissimuler son expression autant que pour extraire le bouchon, puis verser du vin dans leurs deux verres. Il s'éclaircit la gorge.) Carol Jordan. Un flic.

Frances fronça les sourcils, l'air préoccupé.

— Celle avec qui... ?

— Celle avec qui j'ai travaillé sur deux enquêtes concernant des tueurs en série, en effet.

Frances comprit à son ton que le sujet ne serait pas développé. Elle connaissait les grandes lignes du passé de Tony et avait toujours senti le non-dit qui existait entre son ancienne collègue et lui. Le moment était peut-être enfin venu d'ouvrir ce placard et de voir ce qui allait en sortir.

— Vous étiez très proches, elle et toi, non ? sonda-t-elle.

— Travailler sur des affaires de ce type rapproche

toujours les gens pendant l'enquête. On a un but commun. Quand c'est terminé, on ne peut plus supporter de les côtoyer, ça rappelle trop de choses qu'on ne demande qu'à effacer de sa mémoire.

Il était conscient d'avoir fait une réponse qui n'en était pas une.

— Elle appelait à propos de ce salopard de Vance ? reprit Frances, consciente d'avoir été éconduite.

Tony posa le verre de Frances à côté de la planche à découper.

— Tu as su ?

— Ils en ont parlé aux nouvelles.

— Tu ne m'as rien dit.

Frances trempa les lèvres dans le vin blanc frais.

— C'est ton domaine à toi, ça, Tony. Je me suis dit que tu aborderais le sujet quand bon te semblerait, si tu avais envie de le faire. Et que dans le cas contraire, tu n'en parlerais pas.

Il lui adressa un sourire narquois.

— Tu es bien la seule femme de ma connaissance qui n'ait pas le gène de la curiosité.

— Oh ! je suis capable d'être aussi curieuse que n'importe qui. Mais j'ai payé le prix fort pour apprendre que mettre mon nez dans les affaires des autres était le meilleur moyen de bousiller une relation.

L'allusion à l'échec de son mariage était aussi détournée que celle de Tony à ses activités de profileur, mais il la perçut haut et fort.

— Je vais lui passer un coup de fil vite fait pendant que tu finis, annonça-t-il.

Frances suspendit son geste et regarda Tony s'éloigner. Quelque chose lui disait que cette nuit allait faire partie de celles où, juste avant l'aube, elle était tirée de son sommeil par les cris que Tony endormi poussait en se débattant violemment entre les draps. Jamais elle ne lui en avait fait reproche. Elle avait assez lu sur le compte des tueurs en série pour se douter des terreurs qui se nichaient dans sa conscience. Elle appréciait ce qu'ils partageaient, mais ne tenait pas pour autant à ce que ses démons en fassent partie.

Elle ne pouvait pas imaginer à quel point cela la différenciait de Carol Jordan.

5

Carol se renversa contre le dossier du canapé, le téléphone dans une main, l'autre pétrissant la fourrure de Nelson, son chat noir.

— Tu es sûr que ça ne te dérange pas ? demanda-t-elle pour la forme, sachant que Tony ne proposait jamais rien qui ne soit parfaitement sincère.

— Si tu veux que je t'aide, il faudra que je voie le dossier qu'ils vont te remettre. Ce serait vraiment bien si tu pouvais l'amener ici pour qu'on l'examine ensemble, suggéra Tony d'un ton détaché.

J'apprécie, Tony, vraiment.

— Pas de quoi. À côté de ce qu'on a débrouillé par le passé, ce sera un plaisir.

Carol réprima une soudaine angoisse qui lui fit froid dans le dos.

— Tu as su, pour le procès en appel de Vance ?

— Ils l'ont annoncé à la radio, répondit-il.

— Il n'obtiendra rien, tu le sais, enchaîna-t-elle avec plus d'assurance qu'elle n'en éprouvait. Il va rester pensionnaire de Sa Majesté, grâce à nous. Il a usé de toutes les ficelles légales plus quelques autres pendant le procès, et on a quand même réussi à convaincre un jury tout disposé à lui manger dans la main. Il ne passera pas la rampe devant trois lords.

Nelson protesta en sentant les doigts de Carol s'enfoncer un peu trop profond.

— J'aimerais en être sûr. Mais j'ai toujours eu un sale pressentiment avec Vance.

— Oublions ça. Demain, dès réception du dossier, je file à l'aéroport et je prends le premier vol pour Édimbourg. Je louerai une voiture sur place. Je t'appellerai quand j'aurai une idée plus précise de mon heure d'arrivée.

— Ça marche. Tu... peux t'installer chez moi, tu es la bienvenue, ajouta Tony.

Difficile, au téléphone, de faire la différence entre hésitation et mauvaise grâce.

Curieuse de savoir où ces deux ans d'éloignement les avaient conduits, Carol pensait qu'il était toutefois préférable de se ménager une issue de secours.

— Merci, mais je te dérange déjà assez comme ça. Si tu peux me réserver une chambre dans un hôtel du coin, ou une chambre d'hôte. Le plus simple.

Un court silence s'ensuivit, puis Tony répondit :

— J'ai entendu parler de deux ou trois endroits pas mal. Je réglerai ça demain matin. Si jamais tu changes d'avis...

— Je te le ferai savoir.

C'était une promesse dans le vide. L'initiative aurait dû venir de lui.

— J'ai vraiment hâte de te revoir, Carol.

— Moi aussi. Ça fait trop longtemps.

Elle perçut un rire étouffé.

— Sans doute pas. C'est sûrement juste ce qu'il fallait. Alors à demain.

— Bonne nuit, Tony. Et merci.

— C'est bien le moins que je puisse faire. Bonsoir Carol.

La communication terminée, Carol laissa tomber le combiné sur le tapis. Puis, Nelson calé au creux du bras, elle alla se poster devant la baie vitrée qui faisait face à la vieille église en pierre, bizarrement préservée au beau milieu du complexe moderne tout béton qui était devenu son foyer. Le matin même, elle contemplait la place avec un sentiment d'adieu mélancolique, s'imaginait en train de faire ses bagages pour La Haye où elle prendrait son poste en tant que nouvel ALE. Tout lui paraissait alors très clair, une préfiguration assez puissante pour se manifester d'elle-même. Et voilà qu'à présent, elle avait bien du mal à se représenter ce que l'avenir lui réservait au-delà de la nuit de sommeil et du petit déjeuner à venir.

Le *Wilhelmina Rosen* avait dépassé Arnhem et s'était amarré pour la nuit. Les deux hommes d'équipage aimaient bien ce quai, auquel le bateau accostait toujours lorsqu'il remontait le Nederrijn. Il y avait un village doté d'un excellent bar-restaurant à moins de cinq minutes à pied. En une demi-heure, ils s'étaient acquittés de leurs corvées puis ils laissèrent leur capitaine seul à bord de la grande péniche. Ils ne lui avaient même pas demandé s'il souhaitait les accompagner. Ils avaient beau travailler ensemble depuis des années, la seule fois où il s'était joint à eux pour une soirée de beuverie, c'était le jour où la femme de Manfred avait accouché. Le mécanicien avait insisté pour qu'il vienne arroser la naissance avec Gunther et lui. Le capitaine en gardait un souvenir écœuré. Ils étaient allés faire la tournée des bars, près de Ratisbonne, des établissements où on savait ce que cherchaient les bateliers. Trop de bière, trop de schnaps, trop de bruit, trop de traînées qui le tentaient en lui proposant leur corps.

Mieux valait rester à bord, où il pouvait savourer ses secrets sans craindre d'être dérangé. Du reste, il y avait toujours à faire pour maintenir le vieux bateau rhénan au mieux de sa forme. Il fallait astiquer les cuivres, rafraîchir les peintures pour éviter qu'elles s'écaillent. L'acajou ancien de la cabine et du logement avait le lustre patiné d'années d'encaustique, ses mains perpétuant une tradition transmise au fil des générations. Il avait hérité le bateau de son grand-père, unique bienfait que lui ait jamais témoigné ce salopard.

Il n'avait jamais oublié la libération que fut pour lui l'accident du vieil homme. Aucun des hommes à bord n'en avait rien su avant le matin. Le vieux était descendu à terre pour passer la soirée dans un bar, comme cela lui arrivait de temps en temps. Il ne buvait jamais avec l'équipage, préférait toujours se rendre dans un coin tranquille, au fond de quelque *Bierkeller*, loin des autres mariniers. Il se comportait toujours comme s'il était trop bien pour eux tous, mais son petit-fils soupçonnait qu'en fait, à force d'afficher une supériorité intransigeante, il s'était brouillé avec tous les autres pilotes du fleuve.

Au matin, il n'y avait pas trace du vieil homme à bord. En soi, c'était étonnant, car il faisait preuve d'une régularité immuable. Aucune maladie n'avait jamais réussi à l'abattre, aucune complaisance à le maintenir au lit après 6 heures. Été comme hiver, le vieil homme était lavé, rasé et habillé dès 6 h 20, le capot des moteurs était relevé et il livrait une inspection soupçonneuse pour s'assurer qu'il ne leur était rien arrivé de mal pendant la nuit. Mais ce matin-là, un silence funeste pesait sur la péniche.

Lui gardait la tête basse, s'affairait dans le fond du bateau, désossait une pompe, s'occupait les mains pour éviter de trahir la moindre nervosité qui puisse susciter des commentaires par la suite, pour peu que quelqu'un en vienne à nourrir des soupçons. Mais tout ce temps-là, il s'était senti illuminé par un feu intérieur, il prenait son avenir en main. Enfin, il allait être le maître de son propre destin. Des millions de gens aspiraient à se libérer comme il l'avait fait, mais seule une poignée d'entre eux trouvaient un jour le courage d'agir. Une bouffée d'orgueil comme il en éprouvait rarement l'envahit quand il se rendit compte qu'il était spécial, bien plus que quiconque aurait jamais pu le penser, et surtout pas son grand-père.

Gunther, occupé à préparer le petit déjeuner dans la cuisine, n'avait rien remarqué d'anormal. Son emploi du temps, forcément, était aussi régulier que celui de son capitaine. Ce fut Manfred, le mécanicien, qui donna l'alerte. Inquiet du silence du vieil homme, il avait pris son courage à deux mains et entrebâillé la porte de la chambre. Il n'y avait personne dans le lit aux couvertures si bien bordées qu'une pièce de cinq marks y aurait rebondi jusqu'au plafond. Soucieux, il était ressorti sur le pont et avait commencé à chercher. La cale était vide, le chargement de gravier devait arriver dans la matinée. Manfred souleva un pan de la bâche et descendit l'échelle pour inspecter le bateau de l'avant à l'arrière, craignant que le vieil homme ait entrepris une vérification nocturne comme il lui arrivait parfois d'en faire, et qu'il soit tombé ou ait été victime d'un malaise. Mais la cale était vide.

Un mauvais pressentiment lui était venu. De retour sur le pont, il avait fait le tour du plat-bord en scrutant l'eau du fleuve. À l'avant, il tomba sur ce qu'il craignait. Coincé entre le flanc de la péniche et les piles du quai, le vieil homme flottait, la face vers le fond.

La conclusion s'imposait. Il avait trop bu, s'était entravé dans les amarres qui maintenaient le bateau à quai et avait basculé. D'après l'autopsie, il s'était assommé en tombant, si bien qu'il devait être inconscient au moment de la mort. Mais même s'il n'avait été qu'étourdi, les effets de l'alcool et du choc s'étaient associés pour rendre la noyade inévitable.

Le diagnostic officiel conclut à une mort accidentelle. Personne n'en douta un seul instant.

Tout comme il l'avait prévu. Il avait eu des sueurs froides jusqu'à l'annonce du verdict, mais tout s'était déroulé comme il l'avait imaginé. La découverte du sentiment de joie le déconcerta.

Ce fut son premier aperçu du pouvoir, qu'il trouva aussi luxueusement agréable qu'un frôlement de soie sur sa peau, aussi puissant qu'une gorgée de cognac. Il avait fini par exhumer la minuscule étincelle de force que les humiliations constantes et brutales de son grand-père n'avaient pas réussi à étouffer, et elle lui avait permis d'aviver en lui les rêves chimériques, puis les flammes vives de la haine et du dégoût de soi qui finirent par l'échauffer au point de le propulser dans l'action. Finalement, il avait prouvé à ce vieux salopard sadique qui des deux était l'homme.

Il n'avait eu aucun remords, ni juste après ni plus tard, quand l'intérêt des bateliers se fut détourné de la mort de son grand-père vers d'autres racontars. Quand il repensait à ce qu'il avait fait, il se sentait envahi d'une légèreté qu'il n'avait encore jamais éprouvée. Une ardente envie de prolonger ce sentiment le consumait, mais il ne savait pas comment l'assouvir.

Chose curieuse, la réponse lui vint à l'occasion de l'enterrement, qui heureusement rassembla peu de monde. Le vieil homme avait été batelier toute sa vie, mais il n'avait jamais été doué du sens de l'amitié. Personne ne se souciait de lui au point d'abandonner un chargement pour venir lui rendre un dernier hommage au crématorium. Le nouveau patron du *Wilhelmina Rosen* reconnut en la plupart de ceux qui assistèrent au service d'anciens matelots et capitaines à la retraite qui n'avaient rien de mieux à faire de leurs journées.

Mais comme ils défilaient à la fin de la cérémonie impersonnelle, un homme âgé qu'il n'avait jamais vu le tira par la manche.

— J'ai bien connu ton grand-père, dit-il. Viens, je te paie à boire.

N'ayant presque jamais été invité, il n'avait pas eu à apprendre les formules d'usage permettant de se dégager d'une obligation sociale intempestive.

— D'accord, répondit-il.

Sur quoi il quitta le funérarium austère à la suite du vieillard.

— Tu as une voiture ? demanda le vieux. Je suis venu en taxi.

Il acquiesça et entraîna l'homme en direction de la vieille Ford de son grand-père. Un véhicule qu'il projetait de changer dès que les hommes de loi lui donneraient le feu vert pour commencer à dépenser l'argent du vieux. Une fois dans la voiture, son passager le guida pour sortir de la ville et gagner la campagne où ils atterrirent dans une auberge. Le vieil homme commanda deux bières et d'un geste, lui indiqua le jardin.

Ils s'installèrent dans un coin abrité, car le soleil humide du printemps était tout juste assez chaud pour permettre de boire un verre à l'extérieur.

— Je m'appelle Heinrich Holtz. (L'annonce s'accompagnait d'un regard interrogateur.) Ton grand-père ne t'a jamais parlé de moi ? De Heini ?

Il hocha la tête.

— Non, jamais.

Holtz lâcha un long soupir.

— Je ne peux pas dire que ça m'étonne. Ce qu'on a partagé, aucun de nous n'aime en parler, dit-il en trempant les lèvres dans sa bière avec la méticulosité du buveur occasionnel.

Qui que soit ce Holtz, il n'appartenait visiblement pas au monde de la navigation commerciale. C'était un petit homme rabougri, aux épaules étroites et à la poitrine cave qui avait l'air d'affronter en permanence un vent froid. Ses yeux gris larmoyants dardaient un regard scrutateur au milieu des rides. Un regard oblique plutôt que direct.

— Où avez-vous connu mon grand-père ? demanda le jeune homme.

La réponse changea sa vie. Il comprit enfin pourquoi on avait fait de son enfance un enfer. Mais ce fut de la rage, et non le pardon, que ce récit fit monter en lui. Il entrevoyait enfin la lumière. Il était enfin investi d'une mission qui allait faire voler en éclats l'étau de peur glacée qui le paralysait depuis si longtemps et le privait de ce que les autres trouvaient tout naturel.

Ce soir-là à Heidelberg ne fut que l'étape suivante de son projet. Il avait tout prévu avec le plus grand soin et n'avait manifestement pas commis d'erreur grave, puisqu'il était toujours en liberté. Mais cette première exécution lui avait beaucoup appris. Il y avait deux ou trois choses qu'il ferait différemment à l'avenir.

Un avenir qu'il envisageait faire durer très longtemps.

Il démarra la petite grue qui allait hisser sa Golf rutilante de l'arrière du *Wilhelmina Rosen* sur le quai. Puis il vérifia qu'il avait bien le nécessaire dans son sac : calepin, stylo, scalpel, lames de rechange, ruban adhésif, cordelette et entonnoir. Le petit bocal contenant le formol, bien vissé. Tout y était, en parfait état. Il consulta sa montre. Largement le temps de se rendre à Leyde où il avait rendez-vous. Il glissa son téléphone mobile dans la poche de sa veste et entreprit d'arrimer les sangles de la grue à la voiture.

6

Les salves d'applaudissements se succédaient telles des vagues au-dessus de la tête de Daniel Barenboïm tandis qu'il se retournait vers les musiciens pour les inviter à se lever. *Rien de tel que Mozart pour éveiller la bonté dans le cœur des hommes*, songea Tadeusz en applaudissant sans bruit dans la loge qu'il occupait en solitaire. Katerina avait adoré l'opéra, presque autant que choisir une robe pour aller passer la soirée dans leur loge du Staatsoper. Qui se souciait de savoir d'où provenait l'argent ? Ce qui comptait, c'était la façon dont on le dépensait. Or Katerina avait compris comment dépenser avec classe, de façon à donner une saveur particulière à la vie de tous ceux qui l'entouraient. L'idée des places de première catégorie à l'opéra venait d'elle, mais Tadeusz avait trouvé cela parfaitement à son goût. Venir ce soir était presque comme un rite de passage, mais il n'avait pas eu envie de partager son espace, surtout pas avec une des nombreuses femmes maniérées qui avaient tenu à lui présenter leurs condoléances dans le foyer, avant le début du concert.

Il resta dans sa loge en attendant que le gros du public soit sorti, contemplant sans le voir le rideau pare-feu qui masquait la scène. Puis il se leva, défroissa les plis de sa veste de smoking, se coula dans son pardessus de zibeline et glissa la main dans une poche pour rallumer son téléphone mobile. Puis il quitta l'opéra pour regagner la nuit printanière étoilée. Il dépassa des groupes bavards et bifurqua sur Unter den Linden, se dirigeant vers le spectacle illuminé qu'offrait la Porte de Brandebourg, flanquée du nouveau Reichstag, resplendissant, sur la droite. Quelques kilomètres le séparaient de son appartement de Charlottenburg, mais ce soir, il préférait être dehors dans les rues de Berlin plutôt qu'enfermé dans sa voiture. Tel un vampire, il avait besoin d'une transfusion de vie. Il ne pouvait pas encore supporter la comédie sociale, mais il se nourrissait de l'énergie bénéfique que la ville dégageait la nuit.

Il venait de passer le Mémorial soviétique, à l'entrée du Tiergarten, quand son téléphone se mit à vibrer contre sa hanche. Agacé, il le sortit de sa poche.

— Allô ?

— Patron ?

Il reconnut la voix de basse profonde de Krasic.

— Oui ?

Pas de noms lorsqu'on communiquait par téléphone mobile ; il y avait trop de crétins dans la nature qui n'avaient rien de mieux à faire que d'écumer les ondes pour écouter les conversations. Sans parler des divers suppôts de l'État, qui surveillaient constamment leurs citoyens, avec autant d'assiduité qu'à l'époque où les Rouges les encerclaient encore.

— On a un problème, annonça Krasic. Il faut que je te parle. Où est-ce que je te retrouve ?

— Je rentre chez moi à pied. Je serai au Siegessäule d'ici environ cinq minutes.

— Je passe te prendre, déclara Krasic avant de raccrocher.

Tadeusz gémit. Il s'arrêta un instant, contempla le ciel entre les branches des arbres en bourgeons.

— Katerina, murmura-t-il comme s'il s'adressait à son amante.

Dans les moments comme celui-ci, il se demandait si le vide funèbre qu'elle avait laissé derrière elle se comblerait jamais. Pour l'heure, il semblait se creuser un peu plus tous les jours.

Il redressa les épaules et se dirigea à grands pas vers l'imposant monument à la mémoire des victoires militaires prussiennes, déplacé par Hitler pour favoriser la circulation, cela mettait un peu plus en évidence sa hauteur écrasante. La victoire ailée dorée qui trônait au sommet du Siegessäule flamboyait comme un fanal dans les lumières de la ville, dressée face à la France en un défi qui niait les défaites du siècle écoulé. Tadeusz s'arrêta au croisement. Pas trace de Krasic pour le moment, or il ne tenait pas à flâner ni à attirer l'attention. La prudence était toujours payante, il le savait d'expérience. Il traversa pour gagner le monument lui-même et en fit lentement le tour, feignant d'examiner les mosaïques ouvragées illustrant la réunification du peuple allemand. *Le cœur polonais de ma grand-mère se serrerait dans sa poitrine si elle me voyait ici*, songea-t-il. *Je l'entendrais presque me crier : « Je ne t'ai pas élevé pour que tu deviennes le Prince de Charlottenburg.* » À ce souvenir, ses lèvres se retroussèrent en un sourire sarcastique.

Une Mercedes noire se rangea le long du trottoir et émit un discret appel de phares. Tadeusz traversa le rond-point et s'engouffra par la portière ouverte.

— Désolé de gâcher ta soirée, Tadzio, lança Krasic. Mais comme je te le disais, on a un problème.

— C'est bon, répondit Tadeusz en se renversant contre le dossier du siège pour déboutonner son pardessus pendant que la Mercedes se mettait en route vers Bismarckstrasse. Ma soirée, c'est un connard sur une BMW qui me l'a gâchée, pas toi. Alors c'est quoi, ce problème ?

— En temps normal, je ne m'en ferais pas pour un truc comme ça, mais... Ce paquet de poudre qu'on a reçu des Chinois, tu te souviens ?

— Je ne risque pas d'oublier. Ça fait des lustres que je ne m'étais pas occupé de ça moi-même, j'aurais du mal à confondre. Qu'est-ce qu'elle a, cette poudre ?

— Apparemment, elle serait coupée avec une saloperie. Quatre junkies sont morts dans SO36, et d'après ce que je sais, il y en aurait sept autres à l'hôpital, en réa.

Tadeusz haussa les sourcils. Kreuzberg, ou SO36, son code postal d'avant la réunification, était le cœur berlinois de la culture alternative. Bars, boîtes de nuit, clubs de musique animaient les alentours de l'Oranienstrasse toutes les nuits jusqu'à l'aube. C'était aussi le quartier turc, mais il y avait probablement plus de vendeurs de drogue à la sauvette que de marchands de kebabs dans ces rues délabrées et survoltées.

— Depuis quand tu te préoccupes des junkies, Darko ? demanda-t-il.

Krasic haussa les épaules, agacé.

— J'en ai rien à foutre. Demain, il y en aura quatre autres qui viendront faire la queue à leur place. En fait, Tadzio, personne ne s'intéresse à un junkie mort. Mais les flics sont bien obligés de se casser un peu la tête quand ils en retrouvent quatre sur le carreau et qu'apparemment, d'autres vont suivre.

— Qu'est-ce qui te fait dire que c'est notre came qui les tue ? On n'est pas la seule entreprise sur la place publique.

— Je me suis renseigné. Tous ceux qui sont morts se servaient chez des dealers de notre filière. Ça va chauffer, sur ce coup-là.

— C'est déjà arrivé que ça chauffe, répondit doucement Tadeusz. Qu'est-ce qu'il y a de si spécial, cette fois ?

Krasic émit un claquement de langue agacé.

— Ça ne s'est pas passé comme d'habitude. Tu te rappelles ? Tu as remis le paquet à Kamal toi-même.

Tadeusz se rembrunit. La sensation de vide au creux de l'estomac était revenue. Il se souvint de la mauvaise impression que lui avait faite cette transaction, du malaise qui s'était emparé de lui dans le chantier naval, au bord du Danube. Il avait voulu braver le sort en bousculant les procédures habituelles, mais visiblement, les mesures qu'il avait prises pour écarter les risques n'avaient fait que les ramener plus directement à sa porte.

— Il y a du monde entre Kamal et les dealers de rue, fit-il remarquer.

— Peut-être pas assez, gronda Krasic. Jusqu'à maintenant, il y a toujours eu des intermédiaires entre Kamal et toi. Il n'a jamais été en mesure d'affirmer : « Tadeusz Radecki m'a fourni cette héroïne en personne. » On ne sait pas de quoi les flics sont au courant. Ils sont peut-être à deux doigts de mettre la main sur lui. Et pour peu qu'on lui propose un marché qui lui évite de rester trop longtemps au trou, il pourrait bien envisager de te balancer.

Tadeusz était tout ouïe, à présent, envolée sa désinvolte indifférence.

— Je croyais que Kamal était fiable ?

— Personne ne l'est quand ça coûte trop cher.

Tadeusz se tourna sur son siège et fixa Krasic de son regard perçant.

— Même pas toi, Darko ?

— Moi je suis fiable parce que personne ne peut payer assez cher, Tadzio, répondit Krasic en posant une main charnue sur le genou de son patron

— Alors qu'est-ce que tu en dis ?

Tadeusz éloigna sa jambe, matérialisant inconsciemment la distance qui existait entre Krasic et lui.

Ce dernier tourna la tête pour regarder par la vitre.

— On peut se permettre de perdre Kamal.

Deux mois plus tôt, Tadeusz se serait contenté d'opiner et de répondre quelque chose du genre « Fais le nécessaire ». Mais deux mois plus tôt, Katerina était encore en vie. À l'époque, il n'avait pas encore connu le deuil. Il n'était pas assez sentimental pour se dire que Kamal représentait peut-être pour quelqu'un ce que Katerina était pour lui ; il connaissait Kamal, sa vénalité, ses petits jeux avec le pouvoir, ses efforts pathétiques pour s'imposer. Mais l'expérience récente du déchirement causé par une mort soudaine avait ouvert la voie à la compassion dans des domaines tout à fait inattendus. Faire supprimer Kamal pour servir ses propres intérêts mettait Tadeusz mal à l'aise, à présent. Et pour ne rien arranger, il ne pouvait pas se permettre de laisser transparaître ce que Krasic considérerait sans doute comme une faiblesse. Il aurait fallu être vraiment inconscient pour se mettre à nu devant un type pourtant loyal comme Krasic. Ces considérations traversèrent l'esprit de Tadeusz en un éclair.

— On va attendre et on verra bien, déclara-t-il. Se débarrasser de Kamal dès maintenant ne ferait qu'attirer l'attention des flics dans cette direction. En revanche, si quoi que ce soit indique qu'ils se rapprochent de lui... tu sauras quoi faire, Darko.

Krasic acquiesça, satisfait.

— Je m'en occupe. Je vais passer quelques coups de fil.

La voiture longea le château de Charlottenburg et tourna dans la petite rue tranquille où Tadeusz habitait.

— Appelle-moi demain matin, lança-t-il avant de refermer doucement la portière avec une calme détermination.

Il entra dans l'immeuble sans un regard en arrière.

Le ciel, dehors, avait beau être gris et couvert, il fallut quelques instants à Carol pour s'accoutumer à la pénombre du petit pub sur le quai, où Tony avait proposé qu'ils se retrouvent. Elle cligna les yeux en percevant la musique country qui passait en sourdine. Le serveur regarda par-dessus son journal et lui adressa un petit sourire. Elle jeta un coup d'œil à la ronde, s'arrêta aux filets de pêche suspendus au plafond, avec leurs flotteurs multicolores délavés par des années de nicotine. Les murs lambrissés étaient ponctués d'aquarelles des ports de pêche de l'East Neuk. Les seuls autres clients semblaient être deux hommes âgés, concentrés sur leur partie de dominos. Pas trace de Tony.

— Qu'est-ce que je vous sers ? demanda le barman quand elle s'approcha.

— Vous avez du café ?

— Oui.

Il se tourna et brancha une bouilloire perchée parmi les bouteilles de liqueurs et d'apéritifs, en dessous de l'étagère des alcools forts.

Dans son dos, la porte s'ouvrit. Carol tourna la tête et sentit sa poitrine se comprimer.

— Bonjour ! lança-t-elle.

Tony s'avança jusqu'au bar, un sourire naissant aux lèvres. Il détonnait autant dans ce pub que partout ailleurs à l'exception de son bureau.

— Excuse-moi, je suis en retard. Le téléphone n'arrêtait pas de sonner.

Ils hésitèrent un instant, puis Carol vint vers lui et ils s'étreignirent. Le contact de la vieille veste en tweed éveilla en elle des souvenirs. Le mètre quatre-vingts de Tony ne la dominait que de cinq ou six centimètres.

— Ça fait du bien de te revoir, lui souffla-t-il doucement près de l'oreille.

Ils s'écartèrent et se toisèrent du regard. Elle remarqua quelques fils argentés aux tempes de Tony. Les rides qui soulignaient ses yeux bleus étaient plus profondes, mais les fantômes qui habitaient autrefois son regard avaient, semble-t-il, fini par s'apaiser. Il paraissait en meilleure santé qu'elle l'avait jamais vu, toujours aussi mince et noueux, mais plus ferme lorsqu'elle l'avait serré contre elle, comme si sa charpente solide s'était étoffée de muscles.

— Tu as l'air en forme, dit-elle.

— C'est tout cet air marin. Mais toi... tu es superbe. Tu as changé de coiffure ? Il y a quelque chose de différent.

Elle haussa les épaules.

— Changé de coiffeur, c'est tout. Il me fait une coupe un peu plus personnelle, je trouve. (*Je n'arrive pas à croire que je suis là, en train de parler coiffure,* se dit-elle, incrédule. *Voilà deux ans qu'on ne s'est pas vus et on discute comme si on n'avait jamais été plus que de simples connaissances.*)

— En tout cas, ça te va très bien.

— Qu'est-ce que je vous sers ? lança le serveur en posant une tasse devant Carol. Le lait et le sucre sont dans le panier, au bout du bar, ajouta-t-il.

— Une pinte de brune, répondit Tony en sortant son portefeuille. Je règle le tout.

Carol prit son café et regarda alentour.

— Une préférence pour l'endroit ? demanda-t-elle.

— La table tout au fond, près de la fenêtre, répondit-il.

Il régla les consommations et la rejoignit à la table isolée du reste de la salle par une banquette à haut dossier. Carol prit le temps de tourner son café, sachant qu'avec sa perspicacité détachée, Tony ne manquerait pas d'y voir une activité de remplacement. Quand elle leva la tête, elle fut surprise de constater qu'il contemplait sa bière avec tout autant d'intensité. Ainsi, au cours de ces deux années, il avait modifié son comportement et appris à ne pas disséquer en permanence celui des autres.

— J'apprécie que tu prennes le temps de faire ça pour moi, lui dit-elle.

Il sourit.

— Si c'est le moyen de te faire venir ici, Carol, tout ce que je peux dire c'est que le prix à payer n'est pas très élevé. Échanger des e-mails c'est très bien, mais c'est aussi une excellente façon de se cacher.

— Ça vaut pour nous deux.

— Je ne dis pas le contraire. Mais le temps passe.

Elle lui rendit son sourire.

— Bon alors, tu veux savoir en quoi consiste ma Mission Impossible ?

— Droit au but, comme toujours. Écoute, je propose, si ça te convient, que tu t'installes à ton hôtel, et qu'ensuite nous allions chez moi pour discuter de ce qu'ils t'ont préparé. C'est plus intime qu'un pub. Je t'ai donné rendez-vous ici parce que c'est plus facile à trouver que la maison.

Il y avait autre chose, qu'il ne disait pas. Elle se rendit compte avec soulagement qu'elle savait encore déchiffrer le comportement de Tony.

— Ça me va. Je suis curieuse de voir où tu vis. Je n'étais encore jamais venue par ici... C'est d'un pittoresque fou.

— Pour être pittoresque, ça l'est ! Presque trop, même. On oublie facilement que les passions se déchaînent autant dans un village de pêcheurs de carte postale que dans les rues mal famées.

Carol trempa les lèvres dans son café qu'elle trouva étonnamment bon.

— Un endroit idéal pour récupérer, c'est ça ?

— À plus d'un égard. (Il détourna un instant les yeux, puis la regarda à nouveau bien en face. Le pli de sa bouche révélait la détermination. Carol avait une idée assez précise de ce qui allait suivre. Elle s'arma de courage, décidée à ne montrer que de l'enthousiasme.) Je... j'ai rencontré quelqu'un, reprit-il.

Elle sourit, consciente du moindre muscle que cet effort sollicitait.

— Je suis contente pour toi, répondit-elle en espérant que le poids qui lui lestait l'estomac veuille bien s'alléger.

— Merci, fit-il d'un air surpris.

— Je suis sincère. Ça me fait plaisir pour toi. (Elle abaissa les yeux vers le marron déprimant de son café.) Tu le mérites. Alors, comment est-elle ? reprit-elle en se forçant à prendre un ton enjoué.

— Elle s'appelle Frances. Elle est prof. Très calme, très élégante. Très gentille. Je l'ai rencontrée au club de bridge de St. Andrews. Je voulais te le dire, mais pas avant d'être sûr que ça soit parti pour durer. Et puis..., comme je le disais, communiquer par e-mails, c'est idéal pour se cacher, ajouta-t-il écartant les mains en signe d'excuse.

— C'est bon, tu ne me dois aucune explication. (Leurs regards se soudèrent. Ils savaient l'un et l'autre que ce n'était pas vrai. Elle eut envie de lui demander s'il aimait Frances, mais elle ne tenait pas à entendre la mauvaise réponse.) Et donc, je vais faire sa connaissance ?

— Je lui ai dit qu'on allait travailler ce soir, donc elle ne viendra pas. Mais je peux l'appeler, lui proposer de nous rejoindre pour le dîner, si tu veux ? proposa-t-il d'un ton dubitatif.

— Je ne crois pas que ce soit une bonne idée. J'ai vraiment besoin de consulter tes lumières, et je dois repartir demain.

Elle finit sa tasse. Tony l'imita et se leva.

— Ça fait vraiment plaisir de te revoir, tu sais, répéta-t-il d'une voix plus douce que la première fois. Tu m'as manqué, Carol.

Pas assez, se dit-elle, mais elle répondit :

— Toi aussi. Allez viens, on a du boulot.

7

Toutes les morts violentes sont choquantes. Mais un meurtre perpétré dans une belle demeure du XIXe siècle face à un canal tranquille, un centre d'érudition médiéval et un clocher impressionnant, suscitait une horreur plus profonde chez le Hoofdinspecteur Kees Maartens que s'il avait eu lieu dans une petite rue de Rotterdam. Il avait percé dans le grand port de la mer du Nord avant d'obtenir une mutation qui lui avait permis de regagner le Regio Hollands Midden, et jusqu'à présent, ce retour au territoire de son enfance avait tenu ses promesses d'existence plus paisible. Non que la criminalité soit absente de cette partie de la Hollande, il s'en fallait de beaucoup, mais la ville universitaire de Leyde était moins violente, c'était un fait.

Du moins le croyait-il la veille encore. Il n'ignorait pas quels traitements un être humain (ou plusieurs associés dans une même furie aveugle) est capable d'infliger à un autre. Les échauffourées dans les bars du port, les bagarres de pubs où les insultes, réelles ou imaginaires, déclenchaient des rixes phénoménales, les agressions voire les meurtres dont les prostituées étaient victimes, tout cela faisait partie du quotidien de l'équipe chargée de la grande criminalité à Rotterdam, et Maartens avait dû développer une seconde peau au fil des années passées à côtoyer les ravages causés par la fureur. Il avait décidé d'être insensible à l'horreur. Mais là encore, il s'était trompé.

En vingt-trois ans sur le terrain, rien ne l'avait préparé à quoi que ce soit de tel. C'était indécent, et ça l'était plus encore dans ce décor incongru. Maartens se tenait sur le seuil d'une pièce qui n'avait sans doute guère changé depuis la construction de la maison. Les murs étaient tapissés du sol au plafond d'étagères en acajou dont les cimaises ouvragées luisaient d'un éclat chaud entretenu par des générations d'encaustique. Livres et cartons à dossiers couvraient les rayonnages, sans qu'il puisse en voir le détail d'où il était. Deux tapis, qui lui parurent un peu usés et fanés, couvraient le parquet patiné. *Je n'aurais pas choisi ça pour une pièce aussi sombre*, se dit-il, conscient qu'il mettait toute son énergie mentale à éviter le détail central de la pièce. Deux hautes fenêtres donnaient sur le Maresingel et au-delà, sur le centre historique de la ville. Dans le ciel bleu délavé, des nuages blancs effilochés restaient en suspens, comme si le temps s'était arrêté.

Il s'était certes arrêté pour celui qui se trouvait au centre de ce bureau d'érudit. L'homme était indéniablement mort. Il gisait, couché à plat dos sur le vaste bureau d'acajou qui occupait le milieu de la pièce, poignets et chevilles ligotés aux pieds renflés du meuble à l'aide de cordelettes, de façon à le maintenir écartelé. Apparemment, son assassin l'avait ligoté tout habillé, puis avait découpé ses vêtements et mis à nu la peau légèrement hâlée et la marque plus claire du caleçon de bain.

Ç'aurait déjà été suffisamment pénible en soi, le genre de profanation que Maartens espérait épargner à son propre corps mûr, mais l'indignité se muait en obscénité avec la boucherie rouge engluée de caillots qui soulignait le bas-ventre. Une plaie hideuse d'où des filets de sang maintenant figé avaient ruisselé sur le bureau le long de la chair blanche. Maartens ferma un instant les yeux, s'efforçant de ne pas y penser.

Un bruit de pas s'éleva dans l'escalier, derrière lui. Une grande femme aux cheveux d'un blond chaud retenus en queue de cheval, vêtue d'un tailleur bleu marine, apparut sur le palier. Son visage rond était grave, son regard bleu sous la ligne brune des sourcils. Elle était jolie dans le genre discret, maquillée avec une sobriété qui accentuait encore son air candide et inoffensif. Maartens se tourna pour saluer le brigadier Marijke van Hasselt, un des deux coordinateurs de son équipe.

— Qu'est-ce qu'on sait de tout ça, Marijke ? demanda-t-il.

La jeune femme tira un calepin de la poche de sa veste.

— La maison appartient au Dr Pieter de Groot qui enseigne à l'Université. Conférencier en psychologie expérimentale. Divorcé il y a trois ans, il vit seul. Ses enfants adolescents viennent le voir un week-end sur deux. Ils habitent la banlieue de La Haye, avec son ex-femme. La femme de ménage a découvert le corps ce matin. Elle est entrée avec sa clé, comme d'habitude, et n'a rien remarqué d'anormal. Elle a nettoyé le rez-de-chaussée puis elle est montée. En jetant un coup d'œil à l'intérieur du bureau, elle a vu ça... (Marijke désigna la porte d'un geste du pouce.) D'après ce qu'elle dit, elle s'est avancée de quelques pas dans la pièce, puis elle a dévalé l'escalier pour nous appeler.

— C'est la femme qui attendait sur le pas de la porte avec l'agent, quand nous sommes arrivés ?

— C'est ça. Elle ne voulait plus remettre un pied dans la maison. Je la comprends. Il a fallu que je l'interroge dans la voiture. Tom a rameuté les membres de l'équipe et les a envoyés faire du porte-à-porte dans les alentours.

D'un hochement de tête, Maartens approuva les mesures prises par le binôme de Marijke.

— Plus tard, vous ferez un saut à l'Université, voir ce qu'on pourra nous dire au sujet du Dr de Groot. L'équipe des légistes est arrivée ?

— Ils sont dehors, avec leur médecin. Ils attendent votre feu vert.

Maartens se détourna.

— Eh bien ! allons-y. Y a plus rien qu'on puisse faire tant qu'ils n'en auront pas terminé avec leur bazar.

Marijke jeta un regard par-dessus son épaule au moment où il se dirigeait vers l'escalier.

— Une idée de la cause du décès ? demanda-t-elle.

— Pour autant que je puisse voir, il n'y a qu'une plaie.

— Je sais, mais ça paraît un peu... (Elle s'interrompit.)

Maartens hocha la tête.

— Pas assez de sang. Il a dû être castré à peu près au moment où il est mort. On va voir ce qu'en dira le médecin légiste. En tout cas, pour le moment, on enquête bel et bien sur une mort suspecte.

Marijke scruta le visage renfrogné de son chef pour y déceler une éventuelle ironie, mais elle n'y vit pas trace d'humour. Du reste, en deux ans de collaboration avec Maartens, elle l'avait rarement vu plaisanter. Les autres flics s'abritaient derrière le rempart de l'humour noir, réaction instinctive qu'elle trouvait plutôt agréable. Mais l'agrément était une chose dont Maartens tenait apparemment à priver son équipe. Et l'austérité du patron ne suffirait sans doute pas à leur faire encaisser un meurtre aussi horrible que celui-là. Elle le regarda descendre d'un pas lourd. Son propre cœur était aussi pesant, dans sa poitrine.

Puis elle franchit le seuil de la pièce où s'était déroulé le crime. La *recherche bijstandsteam* avait un mode de fonctionnement bien arrêté, même si les meurtres n'étaient pas assez fréquents dans leur secteur pour relever de la routine. Son rôle à elle pendant que Maartens informait l'équipe médico-légale et l'anatomopathologiste consistait à veiller sur le théâtre du crime. Elle sortit des gants en latex et des chaussons de protection en plastique du cartable en cuir dont elle ne se séparait jamais, les enfila, puis se dirigea en ligne droite de la porte au bureau, ce qui l'amena à la hauteur de la tête du mort. L'inspection du corps lui incombait, une tâche que Maartens évitait systématiquement. Était-ce parce qu'il avait l'estomac fragile, ou avait-il mieux à faire ? Il excellait à attribuer aux autres les tâches qui leur convenaient, or Marijke n'avait jamais flanché à la vue d'un cadavre. Elle attribuait cette endurance à son enfance campagnarde. Le bétail mort, elle y avait été habituée toute petite. Le silence des agneaux lui importait peu.

Ce qui importait, en revanche, c'étaient les informations que ce corps allait livrer sur la victime et l'assassin. Marijke était ambitieuse, elle n'avait pas l'intention de finir sa carrière comme brigadier dans le Hollands Midden. Chaque nouvelle enquête était un palier potentiel vers l'une des brigades d'élite d'Amsterdam ou de La Haye, et Marijke était décidée à briller chaque fois qu'elle en avait l'occasion.

Elle contempla la dépouille de Pieter de Groot avec un détachement clinique, testa du doigt l'abdomen distendu. Froid. Il était donc mort depuis un certain temps. Elle fronça les sourcils et poursuivit son examen. Une auréole circulaire tachait la surface brillante du bureau tout autour de la tête, comme si un liquide y avait été versé. Marijke se promit de signaler ce détail à l'équipe des légistes. Tout ce qui sortait de l'ordinaire devait être vérifié.

Bien qu'elle ait décidé d'examiner méthodiquement chaque centimètre du cadavre et des abords immédiats, son regard retournait irrésistiblement au sang figé autour de la plaie à vif. La chair dénudée ressemblait à de la viande restée toute la nuit à l'air libre sur le plan de travail d'une cuisine. En comprenant ce qu'elle voyait, Marijke sentit son estomac se soulever en un haut-le-cœur inattendu. De loin, elle avait supposé la même chose que Maartens. Mais de Groot n'avait pas été castré. Ses organes génitaux étaient encore en place, quoique horriblement barbouillés de sang. Elle prit une grande gorgée d'air.

L'individu qui avait assassiné le psychologue ne lui avait pas tranché les organes génitaux. Il lui avait scalpé le pubis.

Carol s'appuya contre le rebord de la fenêtre. La vapeur de son café embuait la vitre. Le temps s'était dégradé pendant la nuit, et le Firth of Forth n'était plus qu'une nappe fripée de soie grise chinée de blanc çà et là, aux endroits où des vagues se brisaient loin de la grève. La ligne d'horizon familière de Londres lui manquait.

Ç'avait été une erreur de venir. Le bénéfice professionnel qu'elle tirerait peut-être de ce voyage était annihilé par la violence de l'émotion que Tony réveillait en elle. Elle s'avoua avec amertume qu'elle n'avait jamais cessé de se cramponner au mince espoir que leur relation puisse enfin s'embraser au terme d'une durée et d'un éloignement suffisants. Espoir qui s'était effondré comme un château de sable lorsqu'il lui avait révélé qu'il avait fait du chemin, ce qu'elle avait toujours espéré sauf qu'elle n'était pas l'élue.

Pourvu qu'elle n'ait pas laissé transparaître à quel point sa déception était profonde, au sortir du pub, tandis qu'elle s'arrachait un sourire de félicitation amicale. Puis elle s'était détournée, et le vent vif avait servi d'excuse au picotement de ses yeux. Elle l'avait suivi en voiture et ils avaient quitté le petit port de carte postale pour se rendre à l'hôtel où il lui avait réservé une chambre. Elle s'était octroyé dix bonnes minutes pour retoucher son maquillage et se recoiffer de façon à être le plus à son avantage, puis troquer son jean contre une jupe droite qui révélait plus de sa silhouette que la police métropolitaine n'en avait jamais vu. Elle avait peut-être perdu une bataille, mais ça ne signifiait pas pour autant qu'elle doive opérer une retraite lamentable. *Qu'il voie à côté de quoi il passe,* se dit-elle avec une insolence qui s'adressait à elle aussi bien qu'à Tony.

Sur le trajet qui les menait chez lui, ils parlèrent de choses sans importance. La maison était à peu près telle que Carol se l'était imaginée. Cette femme comptait peut-être pour Tony, mais elle n'avait pas apposé son empreinte chez lui. Carol reconnaissait la plupart des meubles, les gravures, les livres rangés sur les étagères qui couraient le long du mur du bureau. *Jusqu'au répondeur,* se dit-elle avec un léger frisson, piégée par le souvenir.

— Tu as l'air d'être installé, constata-t-elle.

Il haussa les épaules.

— Je n'ai jamais vraiment su aménager mon intérieur. Je me suis contenté de repeindre en blanc, puis j'ai apporté toutes mes vieilles affaires. Par chance, presque tout rentrait.

Une fois qu'ils furent installés dans le bureau avec du café, les contraintes du présent s'évanouirent et la complicité d'autrefois resurgit. Pendant que Tony prenait connaissance du dossier que Morgan avait fait parvenir à Carol le matin même, elle se lova dans un vieux fauteuil et se mit à feuilleter une pile de revues allant du *New Scientist* à *Marie-Claire*. Tony s'était toujours intéressé à tout, se rappela-t-elle affectueusement. Elle n'avait jamais été en panne de lecture chez lui.

À mesure qu'il parcourait le dossier, Tony prenait des notes sur un calepin posé sur l'accoudoir de son fauteuil. De temps à autre, il fronçait les sourcils ou esquissait une moue interrogative sans formuler sa question. Le dossier n'était pas très long, mais il le lut lentement, avec un soin méticuleux, le reprit au début lorsqu'il arriva à la fin et le parcourut à nouveau. Finalement, il leva les yeux.

— Je dois avouer que ça m'étonne, dit-il.

— Quoi, précisément ?

— Qu'ils te demandent de faire une chose pareille. C'est tellement éloigné de ton domaine habituel.

— C'est ce que je me suis dit. Je suppose que quelque chose, dans mon expérience ou mes compétences, doit compenser ma méconnaissance des opérations clandestines.

Tony repoussa les cheveux de son front d'un geste familier.

— C'est ce que j'en dirais. Le dossier en soi est assez explicite. Tu prends la came que te donnera ton fournisseur, et tu vas échanger le paquet contre de l'argent liquide que tu remets ensuite à ton contact initial. Bien entendu, je suppose qu'ils vont te mettre des bâtons dans les roues. Sans quoi ça n'aurait aucun sens.

— C'est supposé être un test d'aptitudes, donc je m'attends à de l'inattendu, c'est de bonne guerre. (Carol jeta la revue qu'elle était en train de lire et replia les jambes sur son fauteuil.) Alors, comment je m'y prends ?

Tony consulta ses notes.

— Il y a deux aspects, là-dedans. Le pratique et le psychologique. Comment conçois-tu les choses ?

— L'aspect pratique ne pose pas de problème. Je dispose de quatre jours pour creuser ça. Je connais l'adresse à laquelle je dois récupérer le fric et je connais le quartier où je dois livrer. Je vais commencer par repérer l'immeuble dans lequel je dois aller chercher l'argent. Et ensuite, je vais m'arranger pour connaître sur le bout des doigts tous les itinéraires qui mènent de A à B. Il faut que je sois capable de m'adapter à tous les imprévus, ce qui implique de connaître assez bien le terrain pour modifier mes projets sans avoir à tergiverser. Je dois penser à ce que je vais porter et à la façon de transformer mon apparence physique pour bluffer tous ceux qui pourraient me surveiller.

Tony approuva d'un hochement de tête.

— Sachant, bien sûr, que certains aspects pratiques sont conditionnés par le psychologique.

— Ça, c'est la partie sur laquelle je n'ai aucune prise. La raison pour laquelle je suis ici. Je consulte l'oracle.

Elle lui adressa un petit salut auquel il répondit d'un sourire malicieux.

— J'aimerais que mes étudiants fassent preuve du même respect pour mes compétences.

— Ils ne t'ont pas vu agir. Là, ce ne serait plus la même chanson.

Le sourire de Tony se mua en un pli grave et elle vit resurgir dans son regard une ombre qui en avait disparu.

— Oui, c'est ça, lâcha-t-il après un court silence. Suivez-moi et vous verrez des cercles infernaux que Dante n'aurait jamais pu imaginer.

— Cela dépend du lieu, affirma Carol.

— C'est pourquoi je n'habite plus là-bas. (Il détourna les yeux pour contempler la rue. Puis il inspira profondément.) Tu as donc besoin de savoir comment te mettre dans les pompes de quelqu'un d'autre, c'est ça ?

Il la regarda à nouveau, en se forçant à prendre l'air enjoué.

— Et comment me glisser dans sa peau.

— Exactement. Alors voilà par où on commence. On jauge les gens d'après leur allure, leurs actes et leurs propos. Toutes nos estimations se fondent là-dessus. Attitudes corporelles, vêtements, actions et réactions. Discours et silences. Quand on rencontre quelqu'un, notre cerveau entame des comparaisons entre ce qu'il est en train d'enregistrer et ce qu'il a emmagasiné dans ses réserves de mémoire. La plupart du temps, on n'utilise ce qu'on y a consigné qu'en guise de contrôle, pour évaluer les nouvelles rencontres. Mais on peut aussi s'en servir comme d'un catalogue d'échantillons à partir duquel élaborer de nouvelles façons d'agir.

— D'après toi, si je comprends bien, je saurais déjà ce que je cherche à savoir ? demanda Carol, dubitative.

— Si ce n'est pas le cas, même quelqu'un d'aussi dégourdi que toi ne pourra pas l'apprendre d'ici à la semaine prochaine. La première chose que je te demande de faire, c'est de penser à quelqu'un que tu connais et qui serait assez à l'aise dans ce scénario. (Il tapota le dossier du bout de son stylo.) Pas exagérément sûr de lui, juste à l'aise.

Sourcils froncés, Carol entreprit de parcourir les souvenirs qu'elle conservait des criminels auxquels elle s'était colletée par le passé. Elle n'avait jamais travaillé avec les Stups, mais elle avait eu affaire aux dealers et à leurs hommes de main plus souvent qu'à son tour à l'époque où elle dirigeait la brigade criminelle du port de Seaford, sur la mer du Nord. Aucun ne semblait cadrer. Les dealers étaient trop têtes brûlées ou trop bouffés par leur propre came, les autres manquaient d'initiative. Puis elle se souvint de Janine.

— Je crois que j'ai quelqu'un en tête, annonça-t-elle. Janine Jerrold.

— Parle-moi d'elle.

— Elle a commencé comme tapineuse sur les quais. Elle était spéciale parce qu'elle n'a jamais eu de mac. Elle travaillait à son compte, dans une pièce au-dessus d'un pub tenu par sa tante. Quand j'ai fait sa connaissance, elle était passée à un truc un peu plus lucratif et moins dangereux physiquement. Elle dirigeait une équipe organisée de voleuses qui opéraient dans les magasins. De temps en temps, on en chopait une, mais on n'a jamais pu mettre la main sur Janine. Tout le monde savait qu'elle était derrière, mais aucune des filles ne l'a jamais balancée parce qu'elle s'occupait bien d'elles. Elle se présentait au tribunal pour régler leurs amendes, rubis sur l'ongle. Et si elles plongeaient, Janine veillait à ce que quelqu'un s'occupe de leurs gosses. Elle était futée, et elle avait vraiment du cran.

Tony sourit.

— Bon, alors on a Janine en ligne de mire. Ça, c'est la partie facile. Ce que tu dois faire maintenant, c'est reconstruire Janine pour toi-même. Il faut te creuser la tête et repenser à ses actes et à ses paroles, puis dresser la liste des ingrédients qui se sont combinés pour faire d'elle la femme qu'elle est devenue.

— En quatre jours ?

— Bien entendu, ça ne sera qu'un brouillon, mais tu as le temps de mettre quelque chose au point en si peu de temps. Ensuite, on passe à la partie vraiment coriace. Il faut que tu vires Carol Jordan et que tu deviennes Janine Jerrold.

Carol eut l'air inquiet.

— Tu crois que j'en suis capable ?

Il réfléchit un instant.

— Oh ! je crois que oui, Carol. Je crois que tu es

capable d'à peu près tout ce que tu décides d'entreprendre.

Un moment de silence s'écoula, électrique et lourd. Puis Tony se leva d'un bond et décréta :

— Du café. J'ai besoin de café. Et ensuite, il faudra qu'on prévoie ce qu'on va faire dans un deuxième temps.

— Dans un deuxième temps ? releva Carol en le suivant dans l'entrée.

— Oui. On n'a pas beaucoup de temps. Il faut qu'on attaque tout de suite la simulation.

Avant que Carol ait pu répondre, le bruit caractéristique d'une clé tournant dans la serrure se fit entendre. Ils pivotèrent tous les deux vers la porte, interdits. La porte s'ouvrit et une femme mince, d'une bonne trentaine d'années, apparut. Elle retira sa clé de la serrure et leur adressa un sourire mais son regard en démentait la chaleur.

— Bonjour, vous devez être Carol ? lança Frances en refermant la porte.

Elle glissa ses clés dans sa poche et tendit la main tout en toisant Carol de la tête aux pieds, enregistrant au passage la jupe courte avec un haussement de sourcils. Carol serra machinalement la main tendue.

— Carol, je te présente Frances, bredouilla Tony.

— Mais qu'est-ce que vous faites dans cette entrée ? reprit Frances.

— On allait préparer du café, répondit Tony, battant en retraite dans la cuisine.

— Excusez-moi de m'imposer, lança Frances en dirigeant Carol vers le salon. Je sais que c'est idiot de ma part, mais j'ai oublié la pile de cahiers de troisièmes que je corrigeais hier soir. J'étais tellement pressée que ça m'est carrément sorti de la tête ce matin. Et il faut que je leur rende leurs rédactions demain.

Mais oui, c'est ça, se dit Carol en regardant d'un

œil ironique Frances ramasser une pile de cahiers posée par terre, à côté du canapé.

— Je comptais simplement faire un saut pour les reprendre. Mais puisque vous alliez boire un café, je pourrais peut-être me joindre à vous ? (Frances se tourna et dévisagea Carol d'un regard aigu.) À moins que je vous dérange ?

— On avait justement besoin d'une pause, répondit sèchement Carol.

Elle savait qu'elle aurait dû exprimer son plaisir de faire la connaissance de Frances, mais si elle était capable d'endosser une autre identité, elle n'était pas à l'aise avec les convenances mondaines.

— Tony ? appela Frances. Je reste prendre un petit café rapide, si ça ne dérange pas.

— Bon, répondit la voix depuis la cuisine.

Carol fut rassurée de constater qu'il avait l'air aussi enchanté qu'elle.

— Vous n'êtes pas du tout comme je vous imaginais, déclara Frances d'un ton qui trahissait une désapprobation glacée.

Carol eut l'impression d'avoir à nouveau quatorze ans, et d'être crucifiée par les commentaires sarcastiques de son prof de maths.

— La grande majorité des gens n'a aucune idée de quoi un flic peut avoir l'air en réalité. On est tous allés à l'école, on sait à quoi ressemblent les profs, par contre on a tendance à se représenter les policiers d'après les séries télé.

— Pour ma part, je ne les regarde pas beaucoup, répondit Frances. Mais d'après le peu que Tony m'avait dit de vous, je m'attendais à quelqu'un de plus... mûr, je suppose que c'est le terme qui convient. Mais à vous voir, je trouve que vous ressemblez plus à mes élèves de terminale qu'à un officier de police.

Le retour de Tony dispensa Carol de continuer

cette joute verbale. Ils passèrent une vingtaine de minutes à bavarder de choses et d'autres, puis Frances rassembla ses cahiers et s'en alla. Après l'avoir raccompagnée à la porte, Tony revint au salon en hochant la tête d'un air navré.

— Désolé de cet intermède.

— Tu ne peux pas lui en vouloir, répondit Carol. Heureusement que tu n'avais pas choisi ce moment-là pour me montrer tes estampes japonaises !

La remarque aurait dû le faire rire, mais Tony garda les yeux rivés au tapis, les mains dans les poches de son jean.

— On continue ? proposa-t-il.

Ils travaillèrent à diverses simulations tout le reste de la soirée, sans même s'arrêter pour dîner. C'était un exercice prenant, qui exigeait toute la concentration de Carol. Quand le taxi arriva pour la ramener à l'hôtel, elle était épuisée d'avoir sollicité son imagination et tenté de conjurer ses émotions. Ils se dirent au revoir sur le seuil, échangèrent une étreinte maladroite, les lèvres de Tony effleurèrent la peau douce derrière son oreille. Elle faillit fondre en larmes mais se retint fermement. Le temps de regagner l'hôtel, elle ne ressentait plus qu'un vide au creux de l'estomac.

À présent, tout en contemplant la mer, Carol s'autorisait à libérer sa colère. Elle n'était pas dirigée contre Tony ; Carol savait qu'il ne lui avait jamais fait aucune promesse qu'il n'ait tenue. Sa rage s'adressait à elle-même. À qui d'autre aurait-elle pu attribuer la responsabilité du malaise émotionnel qui la tenaillait ?

Elle n'avait que deux options : soit elle laissait cette rage s'envenimer en elle telle une infection qui risquait d'empoisonner son organisme tout entier, soit elle tirait définitivement un trait sur le passé et utilisait cette énergie pour se propulser vers l'avenir. Elle savait ce qu'elle devait faire. La seule chose qui la tracassait, c'était de savoir si elle en serait capable.

notes d'observation

Nom : Pieter de Groot

Séance numéro : 1

Remarques : Le manque d'affect du patient est frappant. Il évite tout engagement et fait preuve d'un niveau de passivité inquiétant. Il a cependant une haute opinion de ses capacités. Le seul sujet dont il semble disposé à s'entretenir est sa propre supériorité intellectuelle. L'image qu'il a de lui-même est surévaluée à l'extrême.

Son comportement ne saurait être justifié par sa réussite, qu'on peut qualifier au mieux de médiocre. Cependant, il a été conforté dans l'idée qu'il se fait de ses capacités par un noyau de collègues qui, pour des raisons inconnues, n'ont pas cherché à mettre en doute son opinion de lui-même. Il cite leur échec à cet égard comme preuve de leur adhésion à l'évaluation qu'il fait de son propre statut au sein de la collectivité.

La lucidité quant à son état fait défaut au patient.

Action thérapeutique : programme de redressement de la personnalité entrepris.

8

Le bateau chargé fendait lourdement les eaux du Rhin en direction de Rotterdam. La vague cristalline que soulevait sa proue se troubla à peine quand le fleuve brun s'élargit, le Nederrijn devenant imperceptiblement le Lek avant de recueillir le flot large du Nieuwe Maas. Pendant la majeure partie de la matinée, l'homme n'avait rien perçu du paysage qui défilait le long des berges. Le bateau avait traversé de petites villes prospères, où se côtoyaient maisons particulières, bâtiments industriels trapus et clochers fichés droit vers le ciel gris uni, mais il n'aurait pas été capable d'en décrire une seule, sauf peut-être de mémoire de précédents voyages. Il n'avait remarqué ni les digues herbeuses qui masquaient les longues étendues plates de campagne, ni les courbes gracieuses que décrivaient les routes et les ponts de chemin de fer qui ponctuaient les longues portions de fleuve.

Les images qu'il avait en tête étaient bien différentes. La façon dont Pieter de Groot s'était effondré à terre quand il lui avait assené derrière la tête un coup de la massue qu'il avait fabriquée lui-même, une peau de chamois souple cousue à grands points et bourrée de grenaille. Il n'imaginait pas une seconde faire un jour ce que de Groot avait fait, se fier à un inconnu au point de lui tourner le dos à peine cinq minutes après l'avoir rencontré. Quelqu'un qui se souciait si peu de sa propre sécurité ne méritait que ce qui lui arrivait.

Nouvel afflux d'images galvanisantes. La panique dans le regard de ce salopard sans cœur lorsqu'en revenant à lui, il s'était retrouvé nu, ligoté sur son propre bureau. Curieusement, sa terreur avait disparu quand le marinier avait pris la parole : « Tu vas mourir ici. Tu ne mérites que ça. Tu t'es pris pour Dieu. Eh bien ! maintenant, je vais te montrer ce qui se passe quand on a affaire à quelqu'un qui se prend pour Dieu. Tu bousilles des cerveaux depuis trop longtemps, maintenant c'est ton tour de te faire bousiller. Je peux faire ça très vite parce que, crois-moi, tu ne tiendrais pas à ce que ça s'éternise. Mais si tu cries quand je t'enlève le bâillon, je vais t'en faire tellement baver que tu me supplieras de t'achever. » La réaction de l'autre l'avait étonné. Sa première victime s'était débattue, sans vouloir comprendre que c'était inutile. À ses yeux à lui, c'était une réponse naturelle. Il en avait été irrité parce que ça lui compliquait la tâche. Mais il respectait cette réaction. C'était ainsi que devait se comporter un homme.

Le professeur de Leyde, en revanche, n'avait pas réagi pareil. Comme s'il avait instantanément compris que l'homme qui le contemplait n'était pas accessible aux arguments qu'il pourrait développer pour contester son sort. Il avait rendu l'âme tout de suite, la défaite inscrite dans son regard vitreux.

Prudemment, il avait retiré le bâillon. Le psychologue n'avait même pas essayé de transiger. En cet instant précis, il éprouva des affinités terribles avec sa victime. Il ignorait ce qui s'était passé dans la vie de cet homme pour qu'il acquière une telle capacité de résignation, mais cela fit écho à son propre comportement et il n'en détesta de Groot que davantage. « Vaut mieux que tu le prennes comme ça ! »

avait-il marmonné d'un ton bourru en se détournant pour masquer sa gêne.

Il n'avait pas envie de repenser à ce moment-là.

D'autres images superbes. Le torse qui se soulève, les convulsions spasmodiques d'un corps qui lutte pour rester du bon côté de l'éternité. Cela le rasséré-nait de se remémorer des souvenirs tout frais comme celui-là. Rien d'autre, à sa connaissance, ne l'avait jamais mis de si bonne humeur.

Et ensuite, l'autre plaisir dont il avait fait la découverte imprévue. Maintenant, enfin, il pouvait leur montrer qui commandait, à ces putes. Après avoir tué le professeur de Heidelberg, il s'était rendu compte avec stupeur, en rentrant au bateau, qu'il avait envie d'une femme. Il se méfiait de cet élan qui lui avait valu tant d'humiliation par le passé, mais il se dit qu'à présent, il était un autre homme et qu'il pouvait faire ce qu'il voulait, nom de Dieu.

Il avait donc fait un détour par les petites rues derrière le port, et choisi une prostituée. Elle l'avait emmené dans une chambre, et il avait versé un supplément pour pouvoir l'attacher, l'écarteler sur les draps tachés comme il avait écartelé sa victime sur son bureau. Et cette fois, il n'y avait pas eu de fiasco. Il bandait comme un taureau et l'avait baisée avec une rapidité brutale, au point de la faire gémir, qu'elle en redemande, mais ce n'était pas elle qu'il voyait, c'était le corps mutilé qu'il avait abandonné là-bas. Il se sentait un vrai dieu. Quand il eut terminé, il la détacha et la força à se mettre à plat ventre pour pouvoir fêter sa puissance toute neuve en la sodomisant. Puis il partit, après lui avoir jeté une poignée de pièces pour lui signifier son mépris.

Il avait regagné le bateau en voiture dans un état d'euphorie qu'il n'avait encore jamais connu, même après avoir tué le vieux.

Ce n'étaient pas les révélations de Heinrich Holtz après la cérémonie qui avaient levé le voile de ténèbres en lui, ou l'avaient aidé à pardonner à son grand-père. Parfois il se demandait s'il avait la capacité de pardonner. Tant de comportements que les autres considéraient comme naturels avaient été éradiqués de force chez lui. Si tant est qu'ils aient jamais existé.

En revanche, il avait compris qui il allait pouvoir utiliser pour se constituer une bibliothèque de souvenirs où puiser lumière et joie. Longtemps, il avait réfléchi, s'était demandé comment faire payer ses tortionnaires. En fin de compte, l'humiliation terrible subie entre les mains de cette chienne de putain hongroise éclaira la voie vers sa libération. Ce n'était pas la première fois qu'on le rabaissait, mais la première fois, en revanche, que quelqu'un lui parlait exactement comme son grand-père. Un tourbillon noir l'avait englouti, excluant tout à l'exception d'une rage insatiable. En un clin d'œil, il lui avait empoigné le cou et il serrait si fort que le visage de la fille vira au pourpre, sa langue pointant, dardée comme celle d'une gargouille. À ce moment-là, pourtant, alors qu'il tenait littéralement la vie de cette fille entre ses mains, il s'était brusquement rendu compte que ce n'était pas elle qu'il avait envie de tuer.

Il s'était arraché à elle, le souffle court, en sueur, mais l'esprit clair, tourné dans une nouvelle direction, et il avait regagné la nuit d'un pas titubant. Il était devenu un autre homme. Désormais, il avait une mission.

Le plaisir qu'il prenait à évoquer ces souvenirs fut interrompu par l'arrivée de Manfred qui lui apportait une tasse de café fumant. Elle était la bienvenue, toutefois. Il était temps que quelque chose le ramène sur terre. Il avait navigué toute la matinée en pilote automatique, mais ça n'allait pas être possible sur la portion de fleuve à venir. Les eaux encombrées de Rotterdam étaient mortelles pour les pilotes inattentifs. À mesure que le Nieuwe Maas déployait ses larges courbes en direction des divers chenaux menant aux quais et aux mouillages, pousseurs, péniches et vedettes ne cessaient de circuler. Ils surgissaient parfois d'endroits invisibles sans prendre garde et à toute vitesse. Éviter les collisions exigeait toute sa vigilance. Il devait garder un œil sur l'écran du radar aussi bien que sur le fleuve. Tout au bout, à l'avant, Gunther scrutait en amont, deuxième paire d'yeux prête à repérer ce que ne décelait pas le capitaine dont le champ visuel était souvent restreint.

Pour le moment, il devait se concentrer pour les amener à bon port. Seul, le bateau comptait, car sans lui, il n'était rien ; sa mission faisait long feu. D'ailleurs il était fier de son talent de pilote du Rhin, et n'avait aucune intention de devenir la risée du monde de la batellerie.

Plus tard, il aurait tout le temps d'en profiter, de laisser les ténèbres refluer et de se gorger de lumière. Pendant qu'ils déchargeraient, il pourrait retourner à ses souvenirs. Et peut-être prévoir de quelle façon il allait accroître son palmarès.

Le brigadier Marijke van Hasselt fronça le nez. Ne pas craindre les cadavres était une chose, mais supporter les odeurs et spectacles divers d'une autopsie exigeait davantage de cran. Les premières étapes s'étaient bien passées. Rien ne la dérangeait dans le fait de voir peser, mesurer, dégager la tête et les mains du plastique dans lequel elles étaient emballées, prélever des rognures sous chacun des ongles, le tout méticuleusement consigné sur bande audio et vidéo par Wim de Vries, l'anatomopathologiste. Mais elle savait ce qui l'attendait, et ce n'était pas une perspective réjouissante pour les gens à l'estomac délicat.

Au moins de Vries ne faisait-il pas partie de ceux

qui se délectent du malaise des policiers tenus d'assister aux autopsies. Jamais il ne brandissait d'organes comme un boucher jovial agite des abats. Il était calme et efficace, aussi respectueux des morts que le lui permettait son travail de dépeçage de leurs secrets physiques. Et il s'exprimait clairement quand il découvrait quelque chose dont l'officier présent devait être informé. Toutes choses qui soulageaient Marijke.

Il poursuivit délicatement son examen externe.

— Quelques lésions dans les narines, annonça-t-il. On voit ça en cas de noyade. Pas dans la bouche, en revanche, ce qui m'étonne, ajouta-t-il en inspectant la cavité buccale de Groot à l'aide d'une torche. Attendez voir... (Il scruta plus attentivement, puis s'empara d'une loupe.) Le fond de la gorge est tuméfié, là, et la face intérieure des lèvres et des joues présente des contusions.

— Qu'est-ce que ça signifie ? s'enquit Marijke.

— C'est trop tôt pour le dire précisément, mais on dirait qu'on lui a introduit quelque chose dans la gorge. On en saura plus un peu plus tard. (Avec dextérité, il effectua des prélèvements à l'aide de cotons-tiges dans les divers orifices du corps et entreprit d'examiner les plaies externes.) L'ablation des poils pubiens a été faite avec soin, reprit-il. Il n'y a que quelques traces d'entailles là, au nombril, qui révèlent de l'hésitation. (Il les désigna d'un index ganté de latex.) Vous voyez ? Je n'avais encore jamais vu ça. Scalp pubien, je suppose qu'il va falloir appeler ça comme ça. Votre assassin a pris soin de ne pas endommager les parties génitales à proprement parler.

— La victime était-elle encore en vie, à ce moment-là ?

De Vries haussa les épaules.

— Il a été scalpé au moment de la mort elle-même. Il venait ou était en train de mourir quand ç'a été pratiqué. (Il continua à examiner le corps, s'arrêtant au côté gauche du crâne.) Vilaine contusion, ici. (Il tâta la bosse). Légère abrasion de la peau. Traumatisme dû à un coup violent, assené à la tête quelque temps avant la mort. (Il adressa un hochement de tête au technicien). Allez, on le retourne.

Marijke contempla le tracé que les lividités avaient inscrit sur le dos de Groot. La région cervicale, les fosses lombaires, la face postérieure des genoux étaient violacés, le sang y ayant afflué sous l'effet inexorable de la force de gravité. Aux endroits où le corps avait été en contact avec le dessus du bureau, épaules, fesses, mollets, la chair était d'un blanc spectral évoquant à Marijke quelque étrange tableau abstrait. De Vries appuya sur l'épaule du cadavre. Quand il retira le doigt, il n'y eut aucun changement.

— Alors, lança-t-il, la cadavérisation en est à sa deuxième phase. Une fois mort, il a dû rester dans cette position au moins dix à douze heures. Et il n'a pas été déplacé après la mort.

Venait ensuite la partie dont Marijke avait horreur. On retourna le corps sur le dos et la dissection commença. Elle baissa les yeux. À y regarder brièvement, on aurait pu la croire en train de suivre attentivement ce que faisait de Vries, mais en réalité, elle fixait le plateau d'instruments comme si sa vie dépendait d'une parfaite mémorisation de l'ensemble, de quelque trouble jeu de Kim. La pince à disséquer, pour inciser et retirer les organes, avec son manche double et ses lames à usage unique de dix centimètres de long. La pince à biopsies, avec sa lame fine de douze centimètres, destinée à trancher avec précision les tissus délicats. Les ciseaux, bistouris et pinces, à l'usage desquels elle ne voulait pas penser. La scie Stryker à lame vibrante, pour découper les os sans abîmer les tissus. L'écarteur en T, pour faire levier entre les os lorsqu'il fallait ouvrir la boîte crânienne.

C'est ainsi qu'elle loupa le moment où de Vries ouvrit le thorax et que les poumons exsangues et distendus surgirent de la cavité.

— C'est bien ce que je pensais, annonça-t-il d'un ton où la satisfaction transparaissait malgré la retenue professionnelle, ce qui attira aussitôt l'attention de Marijke.

— Quoi donc ? demanda-t-elle en s'arrachant à regret à la contemplation du plateau d'instruments.

— Regardez l'état des poumons. (Il enfonça un doigt dans la plèvre grise qui apparaissait, congestionnée, dans l'espace intercostal. Lorsqu'il le retira, l'œdème conserva l'empreinte du doigt.) Il a été noyé.

— Noyé ?

De Vries acquiesça.

— Il n'y a aucun doute là-dessus.

— Mais vous disiez qu'il est mort à l'endroit où on l'a retrouvé ?

— En effet.

Marijke fronça les sourcils.

— Il n'y a pourtant pas d'eau ici. Il a été ligoté à son bureau. Si encore ça s'était passé dans une salle de bains ou une cuisine, je comprendrais. Comment a-t-il pu être noyé ?

— De très vilaine manière, répondit de Vries d'un ton neutre, le regard rivé sur ce que faisaient ses mains. À en juger d'après l'état du larynx et de la trachée, je pense qu'on lui a introduit un genre d'entonnoir ou de tuyau dans les voies respiratoires, puis qu'on y a versé de l'eau. Comme vous le disiez, il a été ligoté, d'ailleurs je constate moi-même les traces de ligatures. Il n'a pas dû pouvoir se débattre beaucoup.

Marijke frémit.

— Ça donne la chair de poule, bon sang.

— C'est votre secteur, ça, pas le mien, répondit de Vries en haussant les épaules. Moi je me contente de lire les indications que donne le corps. Dieu merci, je n'ai pas à m'occuper du cerveau qui était à l'origine de tout ça.

Mais moi, si, protesta le brigadier en son for intérieur. *Et c'en est un salement retors.*

— Donc, vous dites que la cause du décès serait la noyade ? enchaîna-t-elle tout haut.

— À ce stade de l'autopsie, je ne peux pas en être sûr, vous savez. Mais ça en a tout l'air.

De Vries se retourna vers le cadavre, glissa les mains à l'intérieur de la cavité abdominale et en sortit l'ensemble des organes.

La noyade, songea-t-elle. *Ce n'est pas quelque chose qu'on improvise dans le feu de l'action. Qui que soit l'assassin, il avait soigneusement tout prévu. Il est venu avec le matériel nécessaire.* Et s'il s'agissait d'un crime passionnel, c'était une bien étrange passion, en vérité.

Carol referma la lourde porte de son appartement et s'adossa au battant le temps de se débarrasser de ses chaussures. Puis elle replia une jambe sur le genou de l'autre et massa ses orteils endoloris. Elle venait de passer la journée à arpenter les petites rues de Stoke Newington, Dalston et Hackney en observant l'environnement avec le regard d'un criminel. Ce n'était pas très différent de celui qu'un flic porte sur le monde. L'un comme l'autre, ils recherchent les issues possibles, les cibles d'agression potentielles, les failles éventuelles dans la sécurité. Jusqu'à maintenant, cependant, elle avait été celle qui chasse. À présent, elle devait calculer quels pouvaient être les besoins de la proie.

Elle avait mémorisé les ruelles, les terrains vagues, les endroits où s'embusquer, vérifié quels pubs étaient dotés d'une sortie de secours, quelles boutiques de kebabs par l'arrière desquelles pourrait s'enfuir quelqu'un ayant l'esprit assez vif et les coudes assez pointus, les compagnies de taxis au noir dont les chauffeurs se garaient au coin de la rue principale, prêts à déguerpir. Elle avait repéré les jardins privés susceptibles de servir aussi d'issues. Elle avait passé trois jours dans les gaz d'échappement, les odeurs de graillon et les parfums bon marché des rues, habillée de façon à se fondre dans le mélange hétéroclite des gens qui se voulaient en pleine ascension sociale et de ceux qui vivaient avec la certitude qu'ils n'allaient nulle part sinon à leur perte. Elle avait écouté des conversations charriant les accents des cinq continents, observé qui attirait l'attention, qui passait inaperçu.

C'était loin de suffire, mais il faudrait que ça fasse l'affaire. Elle allait passer la journée du lendemain à roder son rôle, puis ce serait l'heure d'y aller pour de bon.

9

C'était comme lorsqu'on gratte une piqûre. La douleur était cuisante, mais l'acte lui-même, irrésistible. Tadeusz était installé devant la table en loupe de chêne qui lui tenait lieu de bureau chez lui, et triait ses photos de Katerina. Il y avait d'abord celles prises en public – eux deux arrivant à la première d'un film où, du fait de son charme radieux, les photographes prenaient Katerina pour une starlette ; dans un dîner de charité, Katerina lui tendant un bout de homard avec les doigts ; Katerina à l'inauguration officielle de la garderie d'enfants pour laquelle elle avait contribué à collecter des fonds. Et aussi une série de portraits d'art qu'elle avait fait réaliser quand il avait décrété ne pas vouloir d'autre cadeau d'anniversaire de sa part. La sensualité qui s'en dégageait révélait à quel point l'objectif l'avait aimée.

Puis il y avait les dizaines de clichés qu'il avait pris d'elle, certains sur le vif, d'autres soigneusement composés. Katerina à Paris, posant tête inclinée, si bien que la tour Eiffel se reflétait dans ses lunettes miroir. Katerina à Prague, avec la place Wenceslas comme toile de fond spectaculaire. Katerina au marché à Florence, en train de frotter la truffe de bronze d'une statue de sanglier porte-bonheur. Katerina en bikini, allongée dans un transat, une jambe relevée, en train de lire un roman de gare à trois sous. Il n'arrivait même pas à se rappeler si cette dernière photo avait été prise à Capri ou à Grand Cayman. Pour une raison inconnue, elle avait atterri au milieu de la série de Prague. C'est fou comme chaque photo racontait toute une histoire !

Tadeusz avait toujours eu l'intention de ranger ces photos dans des albums, mais du vivant de Katerina, il n'en avait jamais eu le temps, et il ne cessait d'accroître les archives. À présent, il avait tout le temps pour les classer dans l'ordre qui lui plaisait. Il soupira et attrapa l'un des albums à reliure de cuir qu'il avait lui-même choisis cette semaine-là, chez un fournisseur en gros pour photographes. Il souleva le rabat d'un autre paquet et commença à parcourir les photos, délaissant paysages et détails architecturaux intéressants pour mettre de côté les meilleurs portraits de Katerina, disposant les trois premières sur la page. Avec grand soin, il les fixa, puis de son écriture nette, il inscrivit à côté : « Katerina, Amsterdam. Notre premier week-end. » Il allait devoir vérifier la date précise dans son calepin, constatation qui le contraria. Il trouvait consternant que le moindre détail ne soit pas gravé dans sa mémoire, il prenait cela comme un petit manque de respect à l'égard de Katerina.

Le bourdonnement de l'interphone vidéo l'interrompit. Il referma l'album, se leva et traversa le vestibule jusqu'à l'écran discrètement encastré à côté de la porte. Darko Krasic attendait dehors, à demi tourné vers l'avenue, balayant les parages du regard. Même ici, dans les rues respectables de Charlottenburg, son lieutenant ne s'estimait pas en sécurité. Krasic citait toujours son père, un ancien pêcheur : « Une main pour le bateau, une main pour soi. » Tadeusz ne voyait rien à redire à ce que d'autres considéraient comme de la paranoïa. C'était, selon lui, la garantie de sa protection et celle de Krasic, donc un avantage plus qu'une cause de souci.

Il appuya sur la touche qui permettait à Krasic d'entrer au rez-de-chaussée, entrouvrit la porte et gagna la cuisine pour faire du café. Il sortait le paquet du réfrigérateur quand Krasic entra à grands pas, tête basse, les épaules carrées, image vivante de l'homme qui cherche où déverser son agressivité. Mais connaissant son patron, il n'allait certes pas la diriger contre lui.

— On a des ennuis, annonça-t-il d'un ton étonnamment calme.

Tadeusz hocha la tête.

— J'ai entendu les nouvelles à la radio. Deux junkies de plus sont morts dans je ne sais quelle boîte de nuit merdique d'Oranienstrasse.

— Ça fait sept en tout, en comptant celui qui est mort en soins intensifs.

Krasic déboutonna son pardessus et tira un étui à cigares de sa poche intérieure.

— Je sais. (Tadeusz versa les grains dans le moulin électrique et coupa court à toute conversation pendant quelques secondes.) Je sais compter, Darko.

— Les journalistes aussi, Tadzio. Et ils sont en train d'en faire tout un plat. Ça ne s'arrangera pas tout seul. Les flics sont sur les dents.

— C'est pour ça qu'on les paie, non ? Pour qu'ils se chargent d'encaisser la pression et qu'ils nous laissent en paix.

Il versa la poudre, puis l'eau chaude dans une cafetière.

— Il y a des choses sur lesquelles ils ne peuvent pas fermer les yeux. Sept morts, par exemple.

Tadeusz se rembrunit.

— Qu'est-ce que tu racontes, Darko ?

— C'en est au point où notre système de protection normal ne peut plus couvrir ça. Ils vont arrêter

Kamal ce soir. On est repérés, c'est tout ce que notre flic peut nous dire pour le moment.

Il alluma son cigare et aspira une profonde bouffée.

— Merde. On a la situation en main ?

Krasic haussa les épaules.

— Il faut voir. S'il doit faire face à sept accusations de meurtre, Kamal jugera peut-être qu'il vaut mieux prendre le risque de me balancer. Ou même de te balancer toi. Pour peu qu'on lui propose l'immunité, il pourrait décider que le mieux pour lui, c'est de nous faire plonger. Ça lui ferait un peu d'air et il aurait toujours la protection de l'assistance aux témoins.

Tadeusz enfonça lentement le piston tout en passant en revue les diverses solutions.

— On ne va pas laisser les choses en arriver là, déclara-t-il. Il est temps de sacrifier ton pion, Darko.

Krasic s'autorisa un léger sourire. Tadzio n'avait pas perdu la main.

— Tu veux que je fasse en sorte qu'il n'arrive jamais jusqu'au poste de police ?

— Je veux que tu fasses ce qui s'impose. Mais que ça assure, Darko. Donne aux journalistes quelque chose à se mettre sous la dent qui leur fasse oublier la mort de tous ces crevards.

Il servit deux cafés et poussa une tasse vers le Serbe.

— J'ai déjà une idée ou deux pour ça. (Il leva sa tasse comme pour porter un toast.) Je m'en occupe. Tu ne seras pas déçu.

— Non, confirma Tadeusz d'une voix ferme. Pas de danger. Cela dit, Darko, on va être obligés de remplacer Kamal. Qui pourra bien faire l'affaire ? Qui va savoir se glisser dans la peau d'un mort ?

La journée avait été longue, mais le brigadier Marijke van Hasselt était trop survoltée pour dormir.

Elle avait communiqué le résultat de l'autopsie (mort par noyade, comme de Vries l'avait supposé au début de l'examen) au cours d'une réunion avec son chef, Maartens, et son équipier, Tom Brucke. Aucun des deux ne l'avait formulé en ces termes, mais ils n'avaient pas la moindre piste.

Ils avaient dissimulé l'inquiétude inévitable derrière les comportements de routine qu'ils connaissaient tous sur le bout du doigt. Maartens avait défini les grandes lignes de l'enquête, assigné des tâches à l'une ou l'autre équipe en faisant comme s'il s'agissait d'une enquête en cours dont les termes étaient déjà clairement établis. Mais ils savaient tous qu'ils tâtonnaient à l'aveuglette pour ce qui était de rechercher l'assassin de Pieter de Groot.

La plupart des meurtres ne posent pas de problèmes. Ils entrent dans l'une des trois grandes catégories suivantes : les disputes conjugales poussées un cran trop loin, les bagarres d'ivrognes qui dégénèrent, ou les à-côtés d'autres activités criminelles, généralement en rapport avec la drogue ou les cambriolages à main armée. Le meurtre de Leyde n'appartenait à aucune des trois. Personne, dans l'entourage immédiat de la victime, n'avait de mobile évident, et ce n'était pas non plus le genre de meurtre qu'engendrent les passions refoulées ou aigries de la vie conjugale. Du reste, l'ex-femme et la compagne du moment avaient toutes deux un alibi, l'une étant chez elle avec ses enfants, l'autre en visite chez sa sœur à Maastricht.

Maartens avait souligné qu'il fallait jeter un coup d'œil dans la vie professionnelle du mort. Il n'arrivait pas à concevoir que quiconque à l'université ait choisi le meurtre pour résoudre on ne savait quelle querelle universitaire, mais, compte tenu du peu de pistes auxquelles se raccrocher, il fallait s'assurer qu'on ne passait pas à côté de l'évidence. Il avait entendu dire que les tensions pouvaient être extrêmes dans l'atmosphère raréfiée de la recherche, et que ce milieu comptait des gens très particuliers, surtout dans les domaines comme la psychologie.

Marijke n'avait rien dit, pour ne pas aggraver les préjugés de son chef à l'égard des universitaires comme elle. Maartens avait beau être aussi branché que n'importe lequel de ses collègues en matière de techniques policières modernes, il se cramponnait aux attitudes de la vieille école qui prévalaient dans sa jeunesse, et elle ne tenait pas à ce qu'une investigation déjà compliquée le devienne encore plus. Elle accueillit d'un hochement de tête l'enquête en milieu universitaire dont écopa son équipe. Ce serait certainement une perte de temps totale, et il allait falloir la remettre au début de la semaine suivante, mais elle veillerait à ce que ce soit fait et bien fait.

L'équipe de Tom Brucke avait commencé de passer le voisinage au peigne fin, mais jusque-là, ils avaient fait chou blanc. Personne n'avait rien vu ni entendu qui semble avoir un rapport avec le meurtre. Le quartier n'était pas de ceux où une voiture inconnue attire immédiatement l'attention des voisins, et peu de gens s'intéressaient aux passants dans cette rue où on circulait volontiers à pied. L'assassin de Pieter de Groot ne s'était pas fait remarquer.

Marijke avait passé le reste de la journée à superviser la perquisition du domicile de la victime, pour voir s'il n'y avait rien là qui puisse être considéré comme un indice relatif au scénario bizarre qui s'était déroulé dans la pièce du haut. Mais on ne trouva rien. Elle se posait pourtant des questions à propos de ce qui manquait. Il n'y avait pas trace d'agenda, calendrier de bureau ou carnet dans la pièce. Elle ne pouvait croire qu'un homme comme de Groot n'ait pas à son domicile une sorte d'*aide-*

mémoire[1] pour noter ses rendez-vous. Elle avait même demandé aux techniciens de vérifier sur l'ordinateur de la victime pour voir s'il n'avait pas un agenda électronique, mais ça n'avait rien donné non plus.

Certaines absences sont des indices en soi. Pour Marijke, celle-ci signifiait que l'assassin de Pieter de Groot n'était pas un visiteur inopiné. Il était attendu, et avait pris soin de faire disparaître toute trace de ce rendez-vous. À moins qu'elle se trompe, le rendez-vous devait être consigné en double dans l'agenda que de Groot tenait à l'université. Elle nota de s'en assurer lors de leur inspection du bureau, et confia à un de ses hommes le soin d'obtenir les autorisations nécessaires pour le lendemain matin dès la première heure.

Finalement, elle dut admettre qu'elle ne pouvait rien faire de plus. Son équipe vaquait à la corvée fastidieuse qui consistait à trier des documents et informations qui se révéleraient probablement inutiles. On n'avait pas besoin d'elle. Le mieux, dans l'intérêt de l'enquête, était de rentrer chez elle et laisser décanter le peu qu'ils avaient appris. Le sommeil, elle l'avait toujours constaté, était l'état le plus propice à la découverte de nouveaux angles d'approche.

Mais le sommeil n'était pas près d'arriver, Marijke le savait. Elle se servit un verre de vin et s'installa devant son ordinateur. Quelques mois plus tôt, elle s'était inscrite sur une liste de discussion en ligne pour les officiers de police homosexuels. Non que le fait d'être lesbienne et de travailler dans la police hollandaise pose un problème, ni d'ailleurs qu'elle ait l'esprit de ghetto. Mais par moments, ce qu'elle concevait comme une chambre à soi lui semblait

1. En français dans le texte (NdT).

nécessaire, et grâce à la liste, elle avait tissé des liens d'amitié étroits avec quelques policiers dont le rapport au monde s'accordait avec le sien, ce qu'elle trouvait réconfortant. Elle avait même établi une relation particulièrement intime avec une collègue allemande. Petra Becker était officier dans les renseignements criminels à Berlin et, comme Marijke, d'un grade suffisamment élevé pour ne pas se sentir totalement libre de faire des confidences à ses collègues. Comme Marijke, Petra vivait seule, victime elle aussi de l'emprise usante de sa carrière sur les relations personnelles. Elles s'étaient d'abord montrées prudentes l'une envers l'autre, puis s'étaient évadées de la discussion collective de leur liste vers des *chat-rooms* personnelles où elles pouvaient écrire plus librement ce qu'elles pensaient et ressentaient. Conscientes l'une comme l'autre d'avoir établi un contact précieux, elles hésitaient toutes deux à provoquer une rencontre de peur de tout faire voler en éclats.

C'est ainsi qu'elles avaient pris l'habitude de passer près d'une heure ensemble à savourer cette compagnie virtuelle plusieurs soirs par semaine. Ce soir-là, rien n'avait été convenu, mais Marijke savait que si Petra était chez elle et ne dormait pas encore, elle serait dans l'une des *chat-rooms* du site gay, prête à se laisser entraîner à l'écart pour discuter en privé avec elle.

Elle se connecta au site et cliqua sur l'icône . Une liste de sujets de discussion apparut. Elle se dirigea tout de suite vers le Forum, une *chat-room* où les gens débattaient plutôt de la politique et de ses effets sur leur travail. Une demi-douzaine d'abonnés y échangeaient des arguments houleux à propos d'identités d'emprunt, et les opinions fusaient aussi vite que les doigts pouvaient taper, mais Petra n'était pas là. Marijke quitta le Forum et gagna la *chat-room* des sujets lesbiens. Cette fois, la chance lui sourit. Petra et deux autres femmes se repassaient une affaire de supposé viol lesbien survenue au Danemark peu auparavant, mais en voyant le nom de Marijke s'inscrire sur son écran, Petra quitta la discussion et s'isola avec elle dans une *chat-room* privée.

Petra : salut ma belle, comment tu vas ce soir ?

Marijke : Je viens de me connecter. On a écopé d'un meurtre, aujourd'hui.

P : jamais marrant, ça.

M : Non. Et c'en est un bien moche.

P : conjugal ? de rue ?

M : Ni l'un ni l'autre. Le pire : ritualisé, organisé, aucun suspect à première vue. Visiblement personnel, mais perpétré de façon impersonnelle, si tu vois ce que je veux dire.

P : qui est la victime ?

M : Un prof d'université de Leyde. Pieter de Groot. C'est sa femme de ménage qui a découvert son corps. Il était chez lui, dans son bureau, attaché nu sur sa table. On l'avait noyé en lui introduisant un entonnoir ou un tuyau dans la gorge, avant d'y verser de l'eau.

P : très moche, ça. il faisait partie de ces scientifiques qui expérimentent sur les animaux ?

M : C'était un psychologue expérimental. Je n'ai pas beaucoup de détails sur ce qu'il faisait, mais je ne pense pas que sa mort ait à voir avec les droits des animaux. Je crois qu'en l'occurrence, c'était une affaire d'individus. Mais ce n'est pas tout. L'assassin (ou les assassins) ne s'est pas contenté de tuer. Il y a eu mutilation, en plus.

P : génitale ?

M : Oui et non. L'assassin a laissé la bite et les couilles intactes, mais il lui a scalpé le pubis. Je n'ai jamais rien vu de pareil. C'était presque pire que s'il avait été castré. Ça aurait eu plus de sens, ça serait plus conforme à un tueur qui obéit à des motivations sexuelles.

P : ça me dit quelque chose, tu sais. ça me rappelle je ne sais quel bulletin que j'ai vu quelque part. ça ne venait pas de chez nous, c'était une autre police qui demandait un coup de main.

M : Tu veux dire qu'il y a eu une affaire du même genre en Allemagne ?

P : pas sûr, mais il y a un truc qui me titille la mémoire. je ferai une recherche sur internet au bureau.

M : Je ne te mérite pas, tu le sais ça ?

P : tu mérites bien mieux. bon, maintenant qu'on a fini de parler boulot, tu veux passer à des choses personnelles ?

Marijke sourit. Petra venait déjà de lui rappeler qu'il y avait autre chose que les meurtres dans la vie. Grâce à elle, elle entrevoyait enfin une possibilité de s'acheminer vers le sommeil.

10

Le *Wilhelmina Rosen* flottait inhabituellement haut sur le fleuve. La cargaison avait été vidée le matin, mais quelqu'un de la bourse d'affrètement s'était planté et le chargement qui aurait dû se faire dans le courant de l'après-midi était remis au lendemain. Le capitaine ne s'inquiétait pas outre mesure. Il rattraperait sûrement la journée perdue quand ils seraient en route, même s'il fallait enfreindre un peu les lois qui régissaient la durée des quarts. Du reste, l'équipage était plutôt satisfait. Les hommes ne se plaindraient pas de devoir passer une nuit à quai à Rotterdam, puisque ça n'entamerait pas leur paie.

Seul dans sa cabine, il déverrouilla un coffret à fermoirs de cuivre qui avait appartenu à son grand-père et en examina le contenu. Les deux bocaux avaient jadis contenu des cornichons au vinaigre, mais il y flottait désormais beaucoup plus sinistre. Dans le formol qu'il avait volé chez un entrepreneur de pompes funèbres, la peau avait perdu sa teinte carnée pour prendre la couleur du thon en boîte. Les petits lambeaux de muscles, plus sombres, ressortaient sur la peau claire comme les traces entrecroisées qu'un grill imprime sur un steak de thon. Les poils restaient frisés, mais ils avaient désormais l'aspect terne d'une perruque de mauvaise qualité. Il n'y avait pourtant aucun moyen de se méprendre sur ce qu'il contemplait.

Dès les premières fois où il avait fantasmé sur ses prouesses à venir, il avait prévu d'emporter un souvenir qui lui rappelle à quel point il avait été brillant. Il avait lu des livres à propos d'assassins sectionnant les seins, les parties génitales, ou écorchant leurs victimes pour se vêtir de leur peau, mais rien de tout ça ne lui semblait convenir. Ces types-là étaient des malades, des pervers, alors que lui, était animé d'une motivation bien plus pure. Cela dit, il voulait un souvenir, et il voulait que ce souvenir n'ait de signification qu'à ses propres yeux.

Il se remémora le catalogue des infamies que son grand-père lui avait infligées. Elles gardaient toute leur acuité dans sa mémoire. Même les tortures répétées n'arrivaient pas à se fondre en un tableau unique. Chaque mortification était inscrite en détail, ciselée à vif. Qu'allait-il choisir qui maintienne la fraîcheur, la clarté et le sens de son intention ?

Il se rappela alors le rasage. Cela datait de peu après son douzième anniversaire. Il connaissait le jour uniquement parce qu'il avait entrevu son acte de naissance quelques mois auparavant, quand son grand-père avait trié des papiers. Jusqu'alors, il n'avait aucune date à considérer comme la sienne. Jamais il n'avait eu droit à la moindre carte, sans même parler de cadeaux, gâteau ou fête. D'ailleurs qui aurait-il bien pu inviter à une fête d'anniversaire ? Il n'avait pas d'amis, pas d'autre famille que le vieil homme. Pour autant qu'il le sache, les seules personnes qui connaissaient seulement son nom étaient les hommes d'équipage du *Wilhelmina Rosen*.

Il savait qu'il était né en automne parce qu'à l'époque de la chute des feuilles, la litanie furibonde qui se déversait dans ses oreilles se modifiait. Au lieu de : « Tu as huit ans mais tu te tiens comme un gamin », le vieil homme grommelait d'un ton hargneux :

« Maintenant que tu as neuf ans, il est temps que tu commences à prendre des responsabilités. »

Aux alentours de son douzième anniversaire, il commença à remarquer des transformations en lui. Il avait grandi, ses épaules malmenaient les coutures de ses chemises en grosse flanelle. Sa voix devenait incontrôlable, changeait de registre comme s'il était habité par un démon. Autour de son sexe, des poils noirs drus commençaient à pousser. Il savait que cela finirait par arriver. Il avait trop longtemps vécu en étroite promiscuité avec trois hommes adultes pour ne pas comprendre qu'à un moment donné, son corps deviendrait comme le leur. La réalité ne fut pourtant qu'une nouvelle source d'angoisse. Il laissait l'enfance derrière lui, sans avoir aucune certitude quant à sa capacité à devenir un jour un homme.

Son grand-père avait remarqué les transformations, lui aussi. Difficile d'imaginer comment il aurait pu se montrer plus brutal, mais il parut voir là un défi exigeant de nouvelles humiliations. Un nouveau record d'horreur fut atteint le jour où une amarre lâcha, un matin où ils étaient à quai à Hambourg. Ça faisait partie des choses qui arrivent, mais le vieil homme décida que quelqu'un devait payer.

Quand ils regagnèrent l'appartement, il avait ordonné au garçon de se déshabiller. Il s'était exécuté, grelottant dans la cuisine en se demandant lequel des sévices habituels il allait endurer, pendant que son grand-père, hors de lui, écumait la salle de bains en jurant et en l'insultant. Lorsqu'il en revint, il tenait à la main son rasoir. La lame dépliée du coupe-chou luisait dans la lumière diffuse de l'après-midi. Le garçon avait senti la terreur affluer dans sa gorge comme de la bile. Convaincu qu'il allait être castré, il s'était jeté sur le vieil homme, l'avait criblé de coups de poings, cherchant désespérément à échapper au sort qui l'attendait.

Il ne vit pas venir le coup qui l'assomma, telle une massue. Tout ce qu'il perçut, ce fut une foudroyante douleur à la tempe, puis le néant. Quand il rouvrit les yeux, il faisait nuit. Sa joue reposait dans une flaque de vomi, par terre. La douleur lancinante qu'il éprouvait au bas-ventre l'effraya au point de lui faire oublier celle qui lui martelait le crâne. Il resta un long moment allongé, recroquevillé sur le lino froid, n'osant pas risquer les mains sur son propre corps de peur de ce qu'elles pourraient découvrir.

Finalement, il se risqua. Ses doigts descendirent lentement le long de son ventre, hésitants. Ils ne trouvèrent d'abord que la peau fraîche et lisse de son estomac. Puis, juste au-dessus de l'os du pubis, la peau changea tout à coup de texture et un éclair douloureux lui arracha une inspiration saccadée. Il crispa les mâchoires et se redressa sur un coude. Il faisait trop noir pour voir quoi que ce soit, mais il décida de braver le danger et d'allumer. Ce faisant, il risquait de s'attirer de nouvelles foudres, mais il ne pouvait supporter d'ignorer ce qui lui était arrivé.

Le moindre mouvement lui causait des souffrances à lui arracher des larmes, mais il réussit à se mettre à genoux, marquant une pause le temps que la nausée reflue. Il se redressa ensuite tant bien que mal en s'aidant de la table et chancela jusqu'au commutateur de la cuisine, s'adossa au mur, alluma d'un doigt tremblant. La lumière jaune emplit la pièce défraîchie. Il rassembla son courage pour jeter un coup d'œil.

Autour de ses parties génitales, la peau était rouge vif. Toute trace de poils pubiens avait disparu, en même temps que l'épiderme. De petites gouttes de sang séché indiquaient où le rasoir était allé plus profond, mais c'était l'abrasion de la peau qui causait la douleur cuisante au bas-ventre. Il avait été plus que rasé : écorché. On lui rappelait brutalement qu'il n'était pas habilité à se considérer comme un homme. Il se faisait horreur, à présent, le mépris l'engloutit comme une marée noire.

Rétrospectivement, il se rendait compte que sa révolte affolée marqua un tournant. À partir de là, son grand-père se montra moins enclin à lui infliger ses sévices habituels, il se tint à distance, se limita à la torture verbale qui parvenait encore à réduire le garçon à un silence angoissé. Il envisagea de s'enfuir, mais où aller ? Le *Wilhelmina Rosen* était le seul monde qu'il eût, et il doutait de sa capacité à survivre dans un autre. Peu à peu, à l'abord de la vingtaine, il prit conscience qu'il y avait peut-être une autre façon de gagner sa liberté. Ce fut lent et douloureux, mais en fin de compte, il l'emporta.

Cette victoire ne lui suffit pourtant pas. Il le savait avant que Heinrich Holtz lui raconte son histoire devant un verre de bière. Holtz lui avait laissé entrevoir la façon dont il allait pouvoir se rattraper. Il lui avait indiqué comment devenir un homme.

Il prit un des bocaux et le fit tourner devant ses yeux, regardant le contenu évoluer en une lente *danse macabre*[1]. Il sourit et défit la braguette de son jean.

Tadeusz Radecki était bien trop intelligent pour n'être qu'un gangster. Il s'était bâti un empire légal de boutiques de location de vidéos qui lui assurait non seulement des revenus justifiables qui convenaient aux autorités, mais lui laissait aussi une marge de manœuvre suffisante dans sa comptabilité pour blanchir des sommes substantielles. Si ses concurrents avaient vu ses livres de comptes, ils se seraient demandé comment il réalisait de tels bénéfices avec des vidéos et ils auraient sans doute licencié leurs

1. En français dans le texte (NdT).

propres équipes de marketing par dépit. Mais ça ne risquait pas d'arriver. Tadeusz veillait à ce que son commerce officiel soit irréprochable. La boutique mal éclairée, avec son rayon porno planqué sous le comptoir, ou les sachets de poudre qui s'échangeaient dans les cabines, ce n'était pas pour lui. Peut-être était-ce ses produits qu'on y trafiquait, mais il ne voulait avoir aucun rapport avec ça.

Cet après-midi-là, il était allé voir sa boutique phare, en haut du boulevard Ku'damm, où se vendaient autant de cassettes vidéos qu'il s'en louait. Il était allé voir quelle tournure prenaient les travaux qu'y avaient entrepris les décorateurs les plus branchés de la ville, et le résultat l'avait impressionné. Lignes nettes, éclairage tamisé, et un espace café au beau milieu de la boutique contribuaient à créer une atmosphère idéale pour consulter et dépenser.

Après lui avoir fait faire le tour de la boutique, le gérant l'avait emmené dans son bureau pour fêter cette visite d'un verre de vin. Au moment où ils entrèrent, la télévision était branchée sur une chaîne d'informations. Un journaliste commentait depuis une rue que Tadeusz reconnut tout de suite : Friesenstrasse, à Kreuzberg. Derrière, se dressait le bâtiment de quatre étages qui abritait la GeSa, le centre de détention où étaient placés tous les criminels arrêtés depuis peu. Ce n'était pas un lieu que Tadeusz connaissait personnellement ; mais c'est dans cette rue qu'il faisait toujours ses achats de livres, à la librairie Hammett, spécialisée dans les romans policiers.

Les lèvres du journaliste remuaient sans qu'il en sorte un son, ses sourcils froncés indiquant la gravité de ce qu'il révélait au monde en attente. La prise suivante était une vidéo amateur montrant un homme qu'on descendait de voiture sans ménagement puis qu'on emmenait en direction de la lourde porte grise de la GeSa, encadré de deux policiers. Tout à coup, une femme plongea sous la barrière qui empêchait les voitures d'entrer directement dans la cour. Les policiers de faction dans les postes de garde furent pris au dépourvu. Quand ils sortirent de leur guérite, la femme accourait déjà derrière le prisonnier et son escorte, brandissant quelque chose devant elle. Elle s'arrêta à deux ou trois mètres, juste derrière le prisonnier. En un clin d'œil, la tête de ce dernier se transforma en une éclaboussure rouge, comme une giclée de sauce tomate sur une table de cuisine. Les policiers roulèrent sur eux-mêmes à l'écart de l'homme qui s'effondrait. Ils se jetèrent au sol, leurs visages blêmes tournés vers la femme. Même à cette distance, la terreur se lisait dans leurs yeux.

Tadeusz fixait l'écran du regard, consterné. Il n'avait fait qu'entrevoir la victime, mais il savait de qui il s'agissait. Il entendit le gérant dire quelque chose et détourna les yeux de l'écran.

— Pardon ?

— Je disais, c'est curieux mais les vraies fusillades ne sont jamais aussi spectaculaires que celles qu'on vend.

Il attrapa la bouteille de vin ouverte sur son bureau et servit deux verres.

— Je ne crois pas en avoir jamais vu dans la réalité, mentit Tadeusz. Je trouve choquant qu'on montre ça dans toute sa splendeur à une heure de grande écoute.

Le gérant lâcha un rire en tendant le verre à son patron.

— Je suis sûr qu'à cette heure, les gardiens de la moralité qui veillent sur notre jeunesse sont en train de faire exploser le standard de la chaîne. Santé, Tadeusz ! C'était une bonne idée d'embaucher ces types. Ils ont fait du beau boulot dans la boutique.

Tadeusz leva machinalement son verre, et de l'autre main, attrapa son mobile.

— Oui. Maintenant il va falloir que je trouve un prétexte pour justifier le coût des réfections dans toutes les autres boutiques de la chaîne. Excuse-moi. (Il composa le numéro abrégé de Krasic.) C'est moi, annonça-t-il. Il faut qu'on se voie. Je te retrouve chez moi d'ici une demi-heure. (Il interrompit la communication sans laisser le temps à Krasic de répondre, puis trempa les lèvres dans son verre.) Super-vin, Jurgen. J'ai bien peur de devoir filer. Des empires à bâtir, de nouveaux mondes à conquérir... tu sais ce que c'est.

Vingt minutes plus tard, il faisait les cent pas devant son poste de télévision, zappait pour voir s'il trouvait une chaîne locale qui diffuse la vidéo de l'assassinat de Kamal. En fin de compte, il tomba sur les dernières secondes du film et monta aussitôt le volume. Le présentateur du journal enchaîna pour relater les faits. « La victime, dont le nom n'a pas encore été communiqué, avait été arrêtée dans le cadre de l'enquête sur les sept morts par héroïne survenues dans la ville cette semaine. Selon des sources proches de l'enquête, la femme qui a tiré était la maîtresse d'un des toxicomanes mort après s'être injecté de la drogue frelatée. Une enquête est d'ores et déjà ouverte pour savoir comment la femme a eu connaissance de l'arrestation avant que le prisonnier ait seulement été emmené en garde à vue. » Il consulta ses notes. « Nous allons maintenant passer l'antenne à notre correspondant au Reichstag, où les élus ont débattu de nouvelles mesures destinées à combattre l'ESB... »

Tadeusz coupa le son. Il avait entendu ce qu'il avait besoin de savoir. Quand Krasic arriva avec cinq minutes de retard en se plaignant des embouteillages, il aborda directement le sujet.

— Qu'est-ce que tu as foutu, bon Dieu ?

— De quoi tu parles, Tadzio ?

Krasic cherchait à gagner du temps. L'inquiétude qui se lisait dans ses yeux révélait clairement qu'il savait très bien de quoi parlait son patron.

— Épargne-moi les petits jeux à la con, Darko. Qu'est-ce qui t'a pris ? Faire liquider Kamal sur les marches du poste de police, merde ! Je croyais qu'on essayait de détourner l'attention, pas de faire de cette enquête le sujet numéro un dans tout le pays ! Tu ne pouvais pas faire plus public, bon sang !

— Et j'étais censé faire quoi ? On n'a pas eu le temps de concocter un accident de la route bien ficelé...

Sa voix s'éteignit quand il se rendit compte de ce qu'il venait de dire.

Toute couleur déserta le visage de Tadeusz. Les ombres créées par l'éclairage diffus de la pièce lui sculptaient un faciès terrifiant.

— Espèce de salopard, proféra-t-il d'une voix sourde. Ne t'imagine pas que tu vas pouvoir me faire oublier le fiasco de ce matin en me parlant de Katerina.

Krasic détourna le regard et grimaça.

— Ce n'est pas ce que je voulais dire. Simplement je n'ai pas eu le temps de mettre au point quelque chose qui puisse passer pour un accident. Alors je me suis dit que tant qu'à avoir l'air d'un meurtre, il valait mieux miser sur le conjugal que sur un truc lié au milieu. J'ai chargé Marlene du sale boulot. Elle travaille pour nous, elle fourgue à Mitte depuis deux ou trois ans, mais elle, elle n'y touche pas. Et elle est assez futée pour jouer la petite amie éplorée que le chagrin a rendue folle. Elle s'en sortira avec trois fois rien au tribunal. Et elle ne balancera pas. Elle a une gamine de six ans et j'ai promis qu'on s'en occuperait. Elle me connaît suffisamment pour savoir ce que ça veut dire. Un mot de travers, et on s'occupe de la gosse, mais pas tout à fait comme elle l'entend. C'était le seul moyen, patron. Il fallait que ça se fasse, et que ça se fasse comme ça.

Le ton de Krasic n'avait rien de suppliant, il était ferme et convaincu.

Tadeusz le foudroya du regard.

— Ça vire au merdier total, lâcha-t-il. On était censé enterrer tout ce truc, et voilà que la vie de Kamal va être passée au peigne fin.

— Non, patron, tu te goures. C'est sur le cas de Marlene qu'ils vont se pencher. D'ici un rien de temps, on aura fait d'elle l'héroïne qui a délivré la ville du vilain salopard de dealer. Je te l'ai dit, elle n'y touche pas, elle. Sa vie est irréprochable, putain ! Et on peut dégoter des tas de gens qui la feraient passer pour Mère Teresa. Des photos de la petite, l'air perdu sans sa maman. Des histoires comme quoi elle essayait de faire décrocher son mec. Et d'ailleurs, vu comment on s'y est pris avec Kamal, plus personne ne dira rien aux flics. Fais-moi confiance, Tadzio, j'ai agi au mieux.

— Tu as intérêt, Darko. Parce que si ça doit tourner au merdier, je sais précisément de qui ça sera la faute.

11

Tony jeta un coup d'œil à la pendule en quittant la salle de séminaire. 11 h 05. Carol était sûrement à l'œuvre, à cette heure. Il se demanda où elle était, comment elle s'en sortait et ce qu'elle éprouvait. La revoir l'avait déstabilisé, bien plus qu'il ne tenait à l'admettre. Pas simplement parce qu'elle l'avait remué sur le plan personnel ; il s'y attendait et avait fait tout son possible pour se blinder, mais chaque fois qu'ils se revoyaient, cela les malmenait profondément.

En revanche, il n'avait pas prévu qu'elle le bouscule sur le plan professionnel. Le plaisir qu'il avait pris à la mise au point de ces préparatifs lui avait fait l'effet d'une douche froide mentale. Il avait senti ses synapses se réveiller. Jamais les relations avec les étudiants ne le stimulaient ainsi. Et cela lui avait rappelé qu'il travaillait à peu près à la moitié de ses capacités ici, à l'université. On pouvait considérer ça comme un genre de convalescence après le laminage qu'il avait subi entre les mains de Jacko Vance, mais ce n'était pas vivable jusqu'à la fin de ses jours. Si Tony avait eu besoin d'un argument de plus, il venait de lui en tomber un du ciel.

Il avait toujours redouté ce moment. Au fond de lui, il sentait que son talent était susceptible de l'appeler à nouveau, de le réveiller de la vie léthargique qu'il s'était choisie. Il avait donc fait tout ce qui était en son pouvoir pour éviter ce moment-là. Mais les nouvelles concernant Jacko Vance plus le retour de Carol Jordan, c'était trop pour les défenses qu'il s'était bâties.

Les choses avaient changé depuis qu'il avait quitté le terrain, il le savait. En douceur, sans le clamer sur les toits, le ministère de l'Intérieur avait marqué un peu de distance vis-à-vis des psychologues professionnels qu'il employait en tant que consultants lors des enquêtes complexes concernant des meurtres en série. La publicité engendrée par leur précédente politique avait causé trop de sueurs froides aux cadres du ministère pour qu'ils souhaitent la poursuivre indéfiniment. Tout le monde n'avait pas le talent de Tony et rares étaient ceux qui savaient tenir leur langue comme lui. Même s'il restait une poignée de spécialistes auxquels on faisait ponctuellement appel, la police travaillait en coulisses à former ses propres experts à la faculté de criminologie de Bramshill. Il existait à présent une nouvelle lignée de criminologistes, des officiers maîtrisant un éventail impressionnant de compétences psychologiques et de savoir informatique. Comme le FBI et son homologue canadien le RCMP, le ministère de l'Intérieur avait décidé qu'il valait mieux se fier à des policiers instruits dans ces branches spécifiques plutôt que faire appel aux compétences parfois discutables des cliniciens et universitaires qui, après tout, n'avaient aucune expérience directe de la manière d'attraper un criminel. Ainsi, dans un sens, il n'y avait plus vraiment d'endroit où Tony puisse pratiquer ce pour quoi il pensait posséder un talent unique. Et à la suite de la dernière débâcle, aucun politicien n'aurait accepté de lui confier le moindre rôle de formation ou de développement.

Mais peut-être avait-il autre chose à proposer ? Peut-être pourrait-il se trouver une place qui lui permette d'exercer de temps à autre ses muscles analytiques en recherchant les cerveaux profondément perturbés à l'origine des crimes les plus indéchiffrables.

Et peut-être, cette fois, puisque Carol allait très certainement occuper un nouveau poste au sein d'Europol, Tony allait-il pouvoir s'épargner les remous causés par les deux dernières affaires où il avait profilé des tueurs en série. La perspective méritait certes quelque réflexion.

Une seule question subsistait à présent : comment allait-il pouvoir s'y prendre pour raccrocher ? Le procès en appel de Vance allait sans doute rappeler l'existence de Tony à certaines personnes. Peut-être le moment était-il bien choisi pour leur rafraîchir un peu la mémoire, les convaincre qu'il était à même d'apporter quelque chose que personne d'autre ne possédait. Non seulement il comprenait comment le cerveau d'un tueur en série fonctionnait, mais il faisait partie des rares personnes sur terre qui aient effectivement contribué à en mettre quelques-uns en lieu sûr, où ils ne pourraient plus nuire.

Ça ne coûtait rien d'essayer.

Ce lundi matin-là, à Berlin, Petra Becker pensait elle aussi aux tueurs en série. Si elle arrivait à faire reconnaître qu'elle avait su repérer le tueur en série agissant dans plusieurs nations d'Europe, sa carrière ferait un bond spectaculaire.

Mais il lui fallait d'abord retrouver l'affaire à laquelle elle avait repensé. Elle s'installa devant son ordinateur, sourcils froncés, la sévérité de son expression démentie par l'exubérance de sa courte chevelure brune hérissée. Des rides creusèrent son haut front et ses sourcils assombrirent son regard qui vira au bleu marine. Elle se souvenait d'avoir lu quelque chose à ce propos assez récemment, et de l'avoir laissé de côté en se disant que ça ne présentait pas d'intérêt. Petra travaillait dans les renseignements. Son équipe était chargée de recueillir des informations concernant le grand banditisme, de jeter les bases d'un dossier classique, puis de transmettre aux institutions appropriées chargées du maintien de l'ordre. Maintenant que les frontières européennes autorisaient le libre passage du criminel aussi bien que du citoyen ordinaire dans le cadre des accords de Schengen, ces institutions désignaient bien souvent des collègues d'autres pays, entre lesquels Europol servait de voie de communication. Au cours des trois dernières années, Petra avait enquêté dans des domaines aussi divers que les fraudes de denrées alimentaires, de cartes bancaires, le trafic de drogue et de main-d'œuvre humaine. Les meurtres n'entraient pas dans ses attributions d'ordinaire, sauf quand les policiers chargés de l'enquête estimaient qu'il pouvait y avoir un rapport avec le grand banditisme. Une façon comme une autre, songea-t-elle cyniquement, de se débarrasser de toutes les affaires difficiles évoquant vaguement un meurtre entre délinquants, le genre d'affaires pourries sur lesquelles la plupart des polices ne s'attardaient pas si elles n'arrivaient pas à épingler un coupable.

L'affaire de meurtre qu'elle recherchait devait donc lui être parvenue en tant que possible massacre mafieux. Mais si elle avait été rejetée parce qu'elle ne cadrait avec aucun de leurs paramètres, Petra ne la trouverait nulle part dans les dossiers conservés sur l'ordinateur. Il se pouvait même qu'elle ait été effacée du disque dur.

Mais Petra était trop maniaquement scrupuleuse pour écraser des informations sans en garder la moindre trace. Sait-on jamais, un détail que tout le monde écartait pouvait très bien trouver son utilité dans une enquête ultérieure. Elle avait donc pris l'habitude de rédiger des notes brèves même à propos de choses apparemment sans rapport. Ce qui lui permettait toujours de remonter jusqu'aux policiers chargés de l'enquête initiale.

Elle ouvrit le dossier qui contenait ses notes et passa en revue les fichiers récents. Il y avait là quatre meurtres datant des sept dernières semaines. Elle laissa tomber une fusillade en voiture dans une petite ville entre Dresde et la frontière polonaise, ainsi que le meurtre d'un Turc à Stuttgart. L'homme s'était vidé de son sang après avoir été amputé des deux mains à la machette. Les flics locaux n'ayant rien pu reprocher à l'homme en question sinon une affaire de visa expiré, Petra s'était dit qu'il s'agissait sans doute plutôt d'un règlement de comptes que d'une manifestation de grand banditisme.

Restaient donc deux affaires. Un meurtre très étrange à Heidelberg et la crucifixion d'un dealer bien connu à Hambourg. Ses notes ne mentionnaient pas le scalp pubien, mais il lui semblait se souvenir que ce détail figurait dans l'une ou l'autre de ces affaires. Elle vérifia les numéros de référence et envoya des e-mails aux deux divisions de police concernées. Avec un peu de chance, elle aurait une réponse avant la fin de la journée.

Elle se dirigea ensuite vers la machine à café, satisfaite d'elle-même. Elle versait un sachet de sucre dans sa tasse quand sa chef, Hanna Plesch, la rejoignit.

— Vous avez l'air en pleine forme.

— Alors vous vous apprêtez à me faire déchanter, c'est ça ? répliqua Petra en haussant un sourcil.

— Cet assassinat sur Friesenstrasse, à la GeSa... je veux que vous fassiez quelques recherches là-dessus, histoire de voir ce que vous dénichez.

Plesch se pencha et appuya sur la touche du café noir.

Petra remua pensivement son café.

— Ce n'est pas vraiment notre secteur, si ? J'ai ouï dire qu'on considérait ça comme un meurtre personnel. La femme qui a tiré était bien la petite amie d'une des victimes de l'héroïne frelatée, non ?

Plesch lui adressa un sourire sarcastique.

— Ça, c'est la version officielle. Moi, je trouve que ça sent mauvais. Vous savez, elle figure dans nos dossiers, cette femme, Marlene Krebs. Selon nos renseignements, elle dealait à Mitte. Menu fretin, alors on l'a laissée tranquille. Mais d'après ce qui se dit, elle serait en rapport avec Darko Krasic.

— Ce qui signifie qu'on pourrait se servir d'elle pour remonter jusqu'à Radecki, enchaîna Petra. Et vous voulez que j'aille lui parler ?

Plesch acquiesça.

— Ça pourrait valoir le coup. Elle se figure sans doute qu'en misant sur la compassion, elle n'encourra qu'une peine légère : la femme éperdue de chagrin se venge du méchant dealer qui a anéanti son amant. Si on arrive à la convaincre que les choses ne vont pas se passer comme ça...

— Il se pourrait qu'elle nous révèle de quoi inculper Krasic et Radecki.

Petra grimaça en buvant une lampée de café brûlant.

— Tout juste.

— Je m'en occupe, déclara-t-elle. À mon avis, dès qu'elle apprendra qui je suis et ce que je sais d'elle, elle comprendra qu'elle n'a pas la plus petite chance de jouer la carte de la maîtresse éperdue. Vous pouvez me transmettre tout ce dont on dispose à son sujet ?

— C'est déjà sur votre bureau, répondit Plesch en commençant à s'éloigner.

— Oh ! et dites voir, Hanna... ?

Plesch s'arrêta et jeta un bref regard par-dessus son épaule.

— Il vous faut autre chose.

Elle constatait plus qu'elle questionnait.

— *Quelqu'un* d'autre. J'ai besoin de quelqu'un qui aille traîner dans les rues de Mitte. Il faut s'assurer que le type abattu par Marlene n'était pas vraiment son amant.

— Difficile d'établir une preuve négative.

— Peut-être, mais si on arrive à savoir qui Marlene se tapait, ça nous permettra sans doute d'éliminer le supposé lien avec le mort. Dans le même ordre, si on peut déterminer si oui ou non, ce type avait quelqu'un de régulier dans sa vie...

Plesch haussa les épaules.

— Ça vaut sans doute le coup d'essayer. Le Requin n'a rien d'urgent à se mettre sous la dent. Envoyez-le chercher un peu de barbaque.

Le moral de Petra sombra tandis qu'elle regagnait son bureau. Le Requin était le benjamin de la brigade, ainsi surnommé en raison de l'horreur que lui inspirait le sang et de son incapacité à revenir en arrière pour réviser de nouveaux éléments à la lumière de l'expérience. Personne ne pensait qu'il resterait longtemps dans la brigade. Ce n'était pas lui que Petra aurait choisi pour aller écumer les bars et les cafés de Mitte, y interroger leurs informateurs et apprendre le maximum sur Marlene Krebs. Ça prouvait bien à quel point Plesch considérait cette démarche comme une perte de temps. Mais ce serait toujours mieux que rien. Et elle pouvait toujours décider d'y aller seule ce soir si elle n'arrivait pas à soutirer quoi que ce soit d'utile à Krebs en échange d'un arrangement concernant sa condamnation.

De toute façon, elle n'avait rien de mieux à faire.

La journée avait beau être glaciale et mordante, Carol transpirait à grosses gouttes. Elle avait rempli la première partie de sa mission sans anicroche, mais elle savait qu'il s'écoulerait encore un certain temps avant qu'elle se retrouve chez elle au sec. Le dossier détaillé lui était arrivé par coursier peu après 7 heures. Elle avait déchiré l'enveloppe et, dans sa hâte, presque le contenu avec. Il n'y avait qu'un feuillet l'informant qu'elle devait se présenter à 10 heures à l'adresse indiquée précédemment. Le reste des consignes lui serait donné sur place.

Elle avait tout d'abord envisagé d'arriver pile à l'heure sur le lieu de rendez-vous, une maison mitoyenne anonyme, dans Stoke Newington. Mais il se pouvait que ce soit là le premier test. Peut-être était-elle censée ne pas faire ce qu'on attendait d'elle ? Elle se doucha en vitesse et enfila la tenue qu'à son avis, Janine Jerrold aurait portée pour ce genre d'occasion : minijupe en lycra noire, T-shirt blanc ras du cou à manches longues sous un blouson en skaï ajusté. La besace qu'elle portait à l'épaule contenait de quoi changer d'apparence : une casquette de base-ball, des lunettes d'aviateur à verres transparents, un caleçon en chambray et un coupe-vent imperméable d'un bleu pâle hideux. Ainsi qu'une bombe de gaz lacrymogène, objet illicite, et un peigne métallique à manche affûté, tous deux rescapés de son passage au sein de la brigade criminelle du port de Seaford, confisqués et jamais restitués. Elle ne savait pas trop comment ses observateurs réagiraient pour peu qu'elle soit amenée à s'en servir, mais elle était censée faire preuve d'initiatives et se comporter comme un véritable convoyeur de drogue. Elle pourrait toujours se justifier par la suite.

Ayant décidé d'arriver en avance, Carol quitta son appartement juste après 8 heures et emprunta un itinéraire détourné. Elle serait suivie, bien sûr, mais elle n'avait pas l'intention de faciliter la tâche à ceux qui la filaient. Profiter de l'heure de pointe serait un bon moyen d'accroître son avantage. Ce qui ne l'empêcha pas de sauter du métro au dernier moment, puis de revenir trois stations en arrière pour regagner la rue et prendre un bus.

Quand elle bifurqua dans la petite rue paisible, il n'y avait personne derrière elle. Mais ça ne signifiait pas pour autant qu'elle ne faisait pas l'objet d'une surveillance attentive. Elle gravit les trois marches menant à la maison qu'on lui avait indiquée. La porte était couverte d'une couche de crasse londonienne, mais elle avait l'air en assez bon état. Carol sonna et attendit. Plusieurs secondes s'écoulèrent, puis la porte s'entrouvrit de quelques centimètres. Un visage blême hérissé de barbe et surmonté d'une tignasse noire en brosse la dévisagea.

— Je viens voir Gary, annonça-t-elle conformément aux consignes.

— Tu es qui ?

— Une amie de Jason.

La porte s'ouvrit, l'homme fit entrer Carol en prenant soin de rester invisible de la rue.

— Gary, c'est moi, dit-il en passant dans la pièce de devant.

Il était pieds nus, vêtu d'un 501 délavé et d'un T-shirt blanc étonnamment propre. Des voilages défraîchis pendaient à la fenêtre, masquant la rue. Un tapis d'une teinte indéterminée entre le marron et le gris, quasiment usé jusqu'à la corde, était jeté devant un canapé défoncé, face à un téléviseur NICAM grand écran flanqué d'un lecteur de DVD.

— Assieds-toi, proposa Gary en désignant le canapé. (La perspective n'était pas alléchante.) Je reviens tout de suite.

Il la laissa seule devant l'installation vidéo. Une pile de DVD trônait à côté du lecteur, mais c'était l'unique détail personnel de la pièce, par ailleurs à peu près aussi accueillante qu'une salle d'interrogatoire de police. À en juger d'après les titres, Gary était un mordu de films d'action violents. Pas un seul pour lequel Carol se serait fendue d'une place de cinéma, et plusieurs, en revanche, qu'elle aurait payé cher pour ne pas voir.

Gary ne s'absenta qu'une minute. Il revint avec un pain de poudre blanche emballé dans du plastique, et un stick d'herbe fumant dans l'autre main.

— Voilà la marchandise, annonça-t-il en lançant le paquet vers Carol.

Elle l'attrapa sans réfléchir, puis se rendit compte qu'elle venait d'y apposer ses empreintes digitales et se promit mentalement d'essuyer le plastique dès qu'elle en aurait l'occasion. Elle ignorait complètement s'il s'agissait de vraie poudre ou pas, mais elle en doutait. La dernière des choses à risquer, c'était bien de se faire alpaguer en possession d'un demi-kilo de cocaïne truffé de ses empreintes par un flic plein de zèle qui ne ferait pas partie de l'opération.

— Où est-ce que je suis censée livrer ça ?

Gary s'assit sur l'accoudoir du canapé et tira une grosse bouffée de son pétard malingre. Carol scruta le visage en lame de couteau en détaillant les traits marquants comme à son habitude. Au cas où. Long nez mince, joues creuses. Yeux marron enfoncés dans les orbites. Anneau en argent dans le sourcil gauche. Dents de lapin, projetées en avant.

— Dans Dean Street, il y a un bar qui s'appelle le Damoclès, expliqua-t-il. Le mec que tu dois rencontrer sera là, assis à la table du fond, dans le coin, à côté des toilettes. Tu lui files le paquet et lui, il te donne des biftons. Et ensuite tu me rapportes le fric ici. C'est clair ?

— Comment je saurai que c'est le bon type ? Des fois qu'il ne puisse pas avoir cette table-là ?

Gary leva les yeux au ciel.

— Il sera en train de lire *Q Magazine*. Et il fume des Gitanes. Ça va comme ça ou tu veux son tour de taille en plus ?

— Une description, ça pourrait aider.

— Dans tes rêves.

— Ou un nom ?

Le rictus de Gary révéla des dents régulières tachées de nicotine.

— Ben pardi, pourquoi pas. Écoute, tu fais ce qu'on te dit et c'est tout, d'accord ? Je t'attends ici à 2 heures.

Carol fourra le paquet de poudre dans sa besace, rabattit le caleçon par-dessus et frotta pour effacer les empreintes. Elle se fichait pas mal que Gary la voie faire. Qu'il soit témoin de sa prudence ne pouvait pas nuire s'il faisait bel et bien partie, comme elle le soupçonnait, des agents de Morgan.

— Bon, eh bien ! à plus tard, lança-t-elle en s'efforçant de masquer l'antipathie qu'il lui inspirait.

Après tout, il n'y avait pas de raison. Ce type-là était sans doute quelqu'un comme elle, un flic à qui on imposait de jouer un rôle dans un but que ni l'un ni l'autre n'était habilité à connaître.

Elle regagna la rue et frissonna quand le vent glacial transperça ses vêtements fins. Le plus court chemin pour Soho consistait à tourner à gauche et rebrousser chemin vers l'artère principale où elle pourrait prendre un bus. Ce qu'on attendait d'elle, sans aucun doute. Elle tourna donc à droite et s'engagea d'un pas vif vers le bout de la rue. Pour y être déjà venue en reconnaissance, Carol savait qu'elle pouvait couper au travers du dédale de petites rues jusqu'à une courte ruelle sur laquelle donnaient plusieurs boutiques, ce qui la mènerait à l'autre bout de Stoke Newington, d'où elle pourrait prendre un train. On ne s'attendait pas à ça de sa part, elle l'aurait parié.

Au coin de la rue, elle pressa le pas dans l'espoir de rallier le carrefour suivant avant que ceux qui la filaient puissent la rattraper. Elle traversa et s'engagea dans la rue d'en face tout en tirant le coupe-vent de son sac. Elle n'allait pas tarder à tourner de nouveau. Elle s'engouffra donc vivement dans une encoignure de porte, enfila le coupe-vent et enfonça la casquette de base-ball sur ses cheveux blonds. Puis elle repartit, d'un pas lent et plein de morgue cette fois, comme si elle avait tout son temps.

En arrivant au carrefour, elle jeta un coup d'œil par-dessus son épaule. Personne en vue, hormis un vieillard qui descendait l'autre trottoir d'un pas traînant, un sac de supermarché à la main. Ce qui ne voulait rien dire, elle le savait. Elle ne pouvait se permettre de faire comme si elle s'était débarrassée de ses poursuivants.

L'entrée de la ruelle était en vue, à présent. C'était un passage étroit entre deux hauts murs de brique, facile à louper si on ne savait pas qu'il se trouvait là. Une bouffée d'adrénaline due au soulagement s'empara de Carol tandis qu'elle s'engageait dans l'embouchure obscure.

Elle devait en être au tiers de la ruelle quand elle comprit son erreur. Deux jeunes venaient à sa rencontre. La ruelle n'était pas assez large pour qu'ils avancent côte à côte, mais ils se tenaient si près l'un de l'autre qu'elle n'allait pas pouvoir les croiser. Ils avaient l'air de braqueurs, mais c'était le cas de la majeure partie des jeunes d'une vingtaine d'années. Carol se demanda, bêtement, depuis quand il était de bon ton qu'un jeune correct ait l'air d'un hooligan en puissance. Ces deux-là présentaient tous les signes caractéristiques : crâne rasé de quelques jours, blouson Nike par-dessus un T-shirt de foot, pantalons de toile et Doc Martens. Rien qui permette de les distinguer de milliers d'autres. *C'est peut-être justement ça*, pensa-t-elle tandis qu'ils se rapprochaient.

Carol aurait donné gros pour pouvoir jeter un coup d'œil derrière elle, s'assurer que sa voie d'issue était libre, mais elle savait que ce serait instantanément perçu comme un indice de faiblesse. La distance entre elle et les deux hommes s'amenuisait de seconde en seconde et elle vit leur démarche se modifier imperceptiblement. À présent, ils avançaient avec plus de précaution, sur la pointe des pieds, tels deux prédateurs jaugeant leur proie. Carol était obligée de considérer qu'ils faisaient partie de la mise en scène. Ce qui signifiait qu'ils ne lui feraient pas trop de mal. Elle ne pouvait concevoir les choses autrement, c'était trop perturbant. Elle était bien trop habituée à maîtriser son environnement pour s'attarder sur la facilité avec laquelle elle s'était transformée toute seule en victime potentielle.

Tout à coup ils furent sur elle, l'encadrèrent sans ménagement et la plaquèrent dos au mur.

— Tiens donc, c'est quoi ça ? lança le plus grand des deux avec un accent guttural du nord de Londres.

— Ouais, dis voir comment tu t'appelles, beauté ? enchaîna l'autre.

Carol risqua un regard vers l'autre bout de la ruelle : la voie était libre. Il n'y avait personne d'autre que ses deux agresseurs.

Son moment d'inattention leur avait fourni l'occasion qu'ils attendaient. Le plus grand empoigna la besace de Carol.

— Donne ça, lança-t-il. Tu t'éviteras une raclée.

Carol s'agrippa ferme, adossée au mur, et prit ses appuis. Sa jambe gauche partit en un violent balayage qui atteignit l'agresseur à la rotule. Il poussa un hurlement de douleur et de rage, recula en titubant et roula à terre, lâchant la sangle du sac pour se tenir le genou.

— Salope, gronda l'autre d'une voix sourde bien plus effrayante que s'il avait crié.

Il se rua sur elle, le bras droit prêt à décocher un coup de poing. Carol nota tout cela comme si elle visionnait un ralenti. Quand il arriva sur elle, elle se baissa. Emporté par son élan, l'homme percuta le mur, ce qui donna à Carol deux ou trois précieuses secondes pour extraire la bombe lacrymogène de son sac. Au moment où son premier agresseur se relevait tant bien que mal, elle lui en vaporisa une bouffée en pleine figure. L'homme hurla littéralement à la mort, tel un animal pris au piège.

Son compagnon se retourna, prêt à revenir à la charge. Quand il vit Carol lui brandir sous le nez la bombe lacrymogène, un grand sourire hystérique aux lèvres, il leva les deux mains, paumes tournées vers elle, en un geste universel de reddition.

— Putain, fais gaffe avec ça, salope, cria-t-il.

— Ôte-toi de mon chemin, connard, gronda Carol.

L'homme obéit, se plaqua contre le mur. Elle se coula devant lui, sans cesser de braquer la bombe. L'autre braillait toujours, les yeux ruisselants et la bouche tordue de douleur. Carol gagna le bout du passage à reculons, sans lâcher des yeux ses agresseurs. Celui qui s'était écrasé le poing contre le mur soutenait l'autre, à présent, et ils s'éloignaient en titubant vers l'autre bout de la ruelle, vidés de leur arrogance comme deux ballons crevés. Elle s'accorda un petit sourire. Si c'était là le mieux que puisse lui envoyer Morgan, elle allait s'en sortir haut la main.

Elle tourna le dos à ses agresseurs et déboucha dans la rue animée. Difficile de croire qu'à quelques mètres à peine de ce grouillement de passants, en pleine matinée, elle avait dû faire face à un danger physique. Comme l'adrénaline refluait, Carol reprit conscience de l'endroit où elle se trouvait. Elle était trempée de sueur jusqu'à la taille, la double épaisseur de sa veste en nylon et du coupe-vent agissant sur sa peau comme un sauna. Elle sentait ses cheveux plaqués sous la casquette. Et elle mourait de faim. Si elle devait mener sa mission à terme, elle serait mal avisée de ne pas tenir compte des avertissements de son organisme.

Un peu plus loin, elle aperçut la double arche jaune d'un McDonald's. Elle allait pouvoir y manger quelque chose, se laver dans les toilettes et y troquer sa jupe contre le caleçon en jean. Avec un peu de chance, il y aurait un sèche-mains en état de marche. Elle pourrait même changer de coiffure, trempée comme elle l'était après son accès de panique.

Vingt minutes plus tard, elle regagnait la rue. Elle s'était peignée en arrière, les cheveux plaqués au gel. Les lunettes d'aviateur modifiaient imperceptiblement sa physionomie. La fermeture Éclair du blouson était remontée jusqu'en haut, dissimulant le T-shirt. Aux yeux d'un observateur inattentif, elle ne ressemblait plus tellement à celle qui était allée sonner chez Gary. Elle savait que ça ne suffirait pas à déjouer le genre d'observateurs auxquels elle pensait avoir affaire, mais ça lui permettrait sans doute de gagner quelques secondes le moment venu.

Elle prit son temps pour aller jusqu'à la gare en léchant les vitrines comme si elle n'était qu'une passante désœuvrée de plus se demandant ce qu'elle allait acheter pour le dîner. Une fois arrivée, en revanche, elle monta au pas de course les marches qui menaient aux quais et attrapa son train juste à temps. Heureusement que j'avais vérifié les horaires, se dit-elle en se laissant tomber dans un siège.

Le compartiment sentait la poussière. Elle allait pouvoir souffler un moment. Il était temps de penser à la suite des événements.

12

Petra entra dans la salle de repos de la GeSa. L'endroit était aussi déprimant que tout le reste. Les voilages qui masquaient les barreaux aux trois fenêtres étaient jaune sale, couleur nicotine, les murs et le sol, du même dégradé de gris caractéristique des locaux de la GeSa. *Cette gamme subtile de beige et de mastic*, pensa Petra, narquoise. Les Wachpolizisten affectés à la GeSa avaient tenté d'égayer l'endroit à l'aide de l'habituel assortiment kitsch de cartes postales, dessins humoristiques et photos de leurs animaux familiers. Une ou deux plantes en pot s'efforçaient de survivre malgré l'absence de lumière directe. Le tout rendait la pièce encore plus lugubre.

Il n'y avait là qu'une seule WaPo, en train de ranger sur une étagère une boîte en plastique contenant les effets personnels d'un prisonnier. Elle se retourna quand Petra s'accouda au comptoir et s'éclaircit la gorge.

— Je suis Petra Becker, des Renseignements de la criminelle. Je viens voir Marlene Krebs, annonça-t-elle. Elle est bien toujours chez vous, non ?

La WaPo acquiesça.

— Elle doit voir le juge d'ici une heure ou deux, et ensuite elle sera transférée, je suppose. Vous ne voulez pas attendre que ça soit fait ?

— Il faut que je la voie maintenant. Je peux prendre la salle des avocats ?

Son interlocutrice parut hésiter.

— Il vaudrait mieux demander au chef. Il est en salle de réunion.

— Tout au bout du bâtiment des cellules, c'est ça ?

— Oui, après la salle des empreintes. Il va falloir déposer votre arme ici.

Petra sortit son revolver du holster qu'elle portait au creux du dos et l'enferma dans un des casiers réservés aux officiers de passage. Puis elle sortit de la salle de repos et prit la direction du couloir des cellules. Elle leva les yeux vers le placard du système d'alarme électronique que les flics surnommaient ironiquement le tableau du room-service. Aucune des lampes témoins n'était allumée ; pour une fois, les prisonniers se tenaient tranquilles, ne harcelaient pas les gardiens de la GeSa en les appelant sans cesse.

Le bâtiment des cellules à proprement parler était étonnamment propre et moderne. Le sempiternel lino cédait la place à du carrelage couleur brique au sol et aux murs. La plupart des portes étaient fermées, ce qui signifiait que les cellules étaient occupées. Il en restait une ou deux d'ouvertes qui laissaient entrevoir un petit sas d'entrée, puis des barreaux transversaux d'une paroi à l'autre qui délimitaient les quatre mètres carrés de la cellule équipée d'un lit et d'un regard rectangulaire au sol, recouvert d'une grille en acier chromé, des fois que les détenus décident de ne pas sonner pour demander à se rendre aux toilettes et se bornent à souiller leur cellule. Une erreur qu'ils ne faisaient pas deux fois, pour la plupart : le coût du nettoyage de la cellule leur était directement facturé.

Petra se demanda derrière quelle porte se trouvait Marlene Krebs, et comment elle prenait sa détention. Mal, espéra-t-elle. Ça ne ferait que lui faciliter la tâche.

Elle trouva le commandant de service dans la Schreibzimmer, sourcils froncés devant l'écran d'un ordinateur Berliner Modell. Elle lui exposa sa mission, et il lui demanda d'attendre le temps qu'il organise l'entrevue.

— Elle ne devrait pas vraiment être chez nous, grommela-t-il. On aurait dû l'emmener directement chez la KriPo, mais étant donné que ça s'est passé devant notre porte, on nous a dit de la garder.

— C'est seulement l'affaire de vingt-quatre heures maxi, fit remarquer Petra.

— Ça fait vingt-trois de trop à mon goût. Elle se répand en jérémiades depuis son arrivée. Elle veut un avocat, elle veut aller aux toilettes, elle veut à boire. Elle a l'air de se figurer que c'est un hôtel, ici, pas un lieu de détention. Et elle se comporte comme s'il fallait qu'on la traite en héroïne et non en criminelle. (Il se leva lourdement et se dirigea vers la porte.) Je vous envoie quelqu'un d'ici un petit moment. Vous pouvez jeter un coup d'œil à la paperasse... les comptes rendus sont là-bas.

D'un revers du pouce, il désigna une corbeille dans laquelle s'élevait une haute pile de dossiers.

Il tint parole. Dix minutes plus tard, Petra était dans l'Anwaltsraum, face à Marlene Krebs assise de l'autre côté d'une table vissée au sol. On lui aurait donné n'importe quel âge entre trente et quarante, mais Petra avait lu dans le rapport que son interlocutrice n'avait que vingt-huit ans. Les cheveux teints d'un noir dense étaient emmêlés par une nuit en cellule. Le maquillage avait coulé, sans doute pour la même raison. Krebs avait les mains et le visage soufflés d'une alcoolique, et le blanc de ses yeux vert pâle était vaguement jaune. Elle dégageait cependant la sensualité languide de la femme qui plaît aux hommes et qui le sait.

— Marlene, je suis Petra Becker, des Renseignements de la criminelle, annonça Petra avant de se renverser contre le dossier de sa chaise pour laisser à l'autre femme le temps de comprendre.

Le visage de Krebs ne trahit rien.

— Vous auriez pas des cigarettes ? demanda-t-elle.

Petra tira un demi-paquet de sa poche et le poussa vers son interlocutrice. Krebs le rafla et ficha une cigarette entre ses lèvres pleines.

— Et du feu ? reprit-elle.

— La cigarette, c'était gratuit. Le feu, ça se paie.

L'autre femme eut un rictus.

— Salope, lâcha-t-elle.

— Ce n'est pas un bon début, commenta Petra en hochant la tête.

— De quoi il s'agit, de toute manière ? Qu'est-ce que j'ai à voir avec les Renseignements de la criminelle ?

— C'est un peu tard pour demander, Marlene. Ç'aurait dû être ta première question.

Krebs retira la cigarette de sa bouche et tapota l'extrémité comme s'il y avait de la cendre à faire tomber.

— Bon d'accord, je reconnais que j'ai abattu cet enfoiré de dealer de Kamal.

— On n'a pas vraiment de raison d'en douter.

— Mais j'en avais une bonne pour ça. C'est lui qui a vendu à mon Danni la dope qui l'a tué. Qu'est-ce que vous voulez que je vous dise ? J'étais folle de chagrin.

Petra hocha lentement la tête.

— Tu ne feras jamais carrière en tant qu'actrice, Marlene. Ce genre de plan, ça demande à être sérieusement travaillé avant de passer devant le juge. Écoute, on sait l'une comme l'autre que ton histoire, c'est du flan. Si on arrêtait les salades, qu'on voie ce que je peux faire pour toi ?

— Je sais pas de quoi vous parlez. Je vous l'ai dit.

Kamal a tué Danni. Et moi, Danni, je l'aimais. Quelque chose a fait tilt en moi quand j'ai appris que Kamal avait été arrêté, et je me suis dit que j'allais me venger de ce qu'il m'avait fait.

Petra sourit. Du sourire reptilien du prédateur qui vient de déceler l'odeur du sang.

— Justement, Marlene, c'est bien là qu'est le premier problème. Les types qui ont amené Kamal ici, ils n'ont pas traîné en route. Ils sont allés directement à son restaurant, ils l'ont sorti par la porte principale et ils l'ont embarqué dans leur voiture. Et ils l'ont amené ici. J'ai vu les registres. Il s'est à peine écoulé assez de temps pour que tu apprennes qu'il avait été arrêté, mais jamais de la vie pour que tu trouves un flingue et que tu fonces à Friesenstrasse pour lui coller une balle dans la tête. (Petra laissa Marlene réfléchir.) À moins, bien sûr, que quelqu'un t'ait rencardée sur l'arrestation. Mais pourquoi quelqu'un ferait-il une chose pareille, à moins de vouloir la mort de Kamal ? Alors, comment tu as su que Kamal allait être arrêté ?

— Je suis pas obligée de vous répondre.

— Non, en effet. Mais il faut que tu m'écoutes parce que tout ce que je suis en train de te dire, c'est un gros pain de dynamite qui peut faire voler ta défense en éclats. Ça ne va pas se passer comme l'ont annoncé ceux qui t'ont embarquée là-dedans, Marlene. Ton histoire va tomber à plat dès que la KriPo y fourrera son nez. Tu penses qu'ils ne t'empoisonneront pas trop avec ça, je le sais, parce que non seulement ça leur a épargné des poursuites difficiles vis-à-vis de Kamal, mais ça fait un dealer pourri de moins dans les rues. Seulement moi, tu vois, ça m'empoisonne. Parce que je m'intéresse aux gens qu'il y a au-dessus de Kamal.

— J'y comprends rien, répondit Krebs, butée. Alors, vous l'allumez, cette putain de clope, ou pas ?

— Je te l'ai dit, ça se paie, Marlene. Bon alors, regarde les choses en face : tu vas plonger pour un sacré bout de temps. Il ne s'agissait pas d'un crime passionnel, mais d'un assassinat. Et on va le prouver. Le temps de ressortir, tu seras grand-mère.

Pour la première fois, Petra vit s'allumer une lueur dans les yeux froids de Krebs.

— Vous pouvez pas prouver des trucs faux.

Petra s'esclaffa haut et fort.

— Oh, je t'en prie, Marlene. Je croyais que les gens comme toi étaient persuadés que nous autres, les flics, c'est ce qu'on fait à longueur de temps ? D'accord, prouver quelque chose qui n'est pas vrai, c'est quelquefois... difficile. Mais à côté de ça, prouver un truc qu'on *sait* vrai, c'est du pipi de chat. Je sais que quelqu'un t'a monté le coup. Et ces gens-là ont misé sur le fait qu'on ne se soucierait pas trop de découvrir qui a fait descendre Kamal, ni pourquoi. Seulement, eux, ils ne se sont pas mouillés. C'est toi qu'ils ont envoyée au charbon. Donc, on a déjà une lacune à propos du temps. Je crois que la suivante, ça sera la provenance de ton flingue.

— C'était celui de Danni, répondit aussitôt Krebs. Il l'avait laissé chez moi.

— Ce qui fait à peu près à une dizaine de minutes en voiture du restaurant de Kamal, et une vingtaine d'ici. Mais les flics, eux, n'ont mis que treize minutes pour amener Kamal ici. Tu ne pouvais pas être sur place à temps, même si quelqu'un t'avait appelée à la minute même où les flics ont embarqué Kamal en garde à vue. Donc, dire que c'était le flingue de Danni constitue une deuxième lacune dans ton histoire. (Petra ramassa le paquet de cigarettes et le remit dans sa poche.) En ce moment même, reprit-elle, j'ai *envoyé une équipe à Mitte pour discuter avec tous* ceux qui te connaissent et qui connaissaient Danni. Je parierais qu'on ne trouvera pas une seule personne qui puisse vous associer l'un à l'autre. Enfin bon, on en trouvera peut-être une ou deux, mais je parierais qu'elles auront des liens aussi étroits que toi avec Darko Krasic.

Au nom de Krasic, Krebs réagit. Son pouce décocha une chiquenaude si vive au bout de la cigarette qu'elle décapita le filtre. L'espace d'un instant, quelque chose étincela dans ses yeux. Petra s'en réjouit intérieurement. La première faille venait d'apparaître. Il était temps de passer au pied-de-biche.

— Laisse-le tomber, Marlene. Il t'a envoyé dans les griffes du loup. Si tu me parles, tu pourras t'en sortir. Tu pourras voir grandir ta gosse.

Il y eut un changement dans le regard de Krebs et Petra se rendit compte qu'elle venait de la perdre. Le fait d'avoir mentionné sa fille, c'était ça. *Bien sûr,* songea-t-elle. *Krasic tient la gosse. C'est sa police d'assurance.* Avant qu'elle puisse briser les résistances de Krebs, il allait falloir retrouver la fille. Tout de même, ça méritait une dernière tentative.

— Tu vas bientôt passer devant le juge, poursuivit-elle. On te remettra en garde à vue. Ton avocat peut être aussi beau parleur qu'il veut, il peut seriner tant que ça lui chante que tu ne représentes pas un danger pour la société, on ne te relâchera pas sous caution. Parce que moi je vais expliquer au procureur que pour nous, tu es en relation avec le grand banditisme. On va te mettre avec les droit-commun. Tu imagines à quel point ça sera facile pour moi de répandre le bruit que tu coopères avec nous ? Et le peu de temps qu'il faudra à Darko Krasic pour faire en sorte que tu ne parles plus jamais à qui que ce soit ? Réfléchis, Marlene. Il lui a fallu combien de temps pour régler le compte de Kamal ? (Petra se leva.) Réfléchis.

Elle se leva et alla frapper à la porte pour signifier que l'entretien était terminé.

Pendant que le WaPo ouvrait, Petra jeta un regard en arrière. Marlene Krebs était penchée en avant, les cheveux devant le visage.

— Je repasserai te voir, Marlene.

Krebs leva la tête. Une haine flambante se lisait dans le regard qu'elle décocha à Petra.

— Allez vous faire foutre, cracha-t-elle.

Je considère ça comme une réponse affirmative, se dit triomphalement Petra en retournant chercher son arme à la Wachte. Elle avait réussi à allumer sous les pieds de Darko Krasic une mèche qui pourrait bien finir par faire exploser Tadeusz Radecki.

Carol avait toujours aimé l'ambiance de Soho. Elle avait vu le quartier passer de la misère sordide de l'industrie du porno à l'animation joyeuse et chic des cafés homosexuels qui avaient fleuri dans les années 1990, et elle n'avait jamais cessé de le trouver captivant. Chinatown y côtoyait le monde des théâtres, des hommes vêtus de cuir circulaient sur les mêmes trottoirs que les clients furtifs des prostituées, gourous médiatiques et apprentis mafieux se disputaient les taxis. Sans avoir jamais travaillé dans ces rues étroites, engorgées par la circulation, elle y avait passé beaucoup de temps, notamment dans un club privé de Beak Street dont l'une de ses plus vieilles amies, devenue journaliste littéraire, faisait partie des membres fondateurs.

Ce jour-là, c'était complètement différent. Carol regardait le monde au travers d'une autre lorgnette. Le point de vue d'un livreur de drogue changeait tout. Le moindre visage dans la rue devenait une cause d'inquiétude potentielle. La moindre embrasure de porte un peu louche recelait des menaces latentes. Descendre Old Compton Street, c'était s'aventurer dans la zone dangereuse, toutes antennes en alerte, tous les sens en éveil. Elle se demanda comment les criminels parvenaient à encaisser de tels niveaux d'adrénaline. Une seule matinée, et elle était complètement à cran, l'estomac noué et la peau moite. Le simple fait de ralentir exigeait tous les efforts dont elle était capable.

Elle tourna dans Dean Street, balayant du regard les trottoirs et la chaussée, vérifiant constamment que personne ne s'intéressait à elle. Quelque chose l'attendait forcément au tournant, elle tenait à le sentir arriver.

Elle repéra le Damoclès un peu plus loin, sur le trottoir d'en face. C'était un café-bar typique de Soho, avec ses chaises design et ses tables en marbre, des bouquets de fleurs exotiques visibles derrière les vitrines fumées. Elle poussa jusqu'au carrefour suivant, puis fit le tour du pâté d'immeubles pour redescendre Dean Street dans l'autre sens.

Elle arrivait presque à leur hauteur quand elle les vit. Elle n'avait jamais travaillé dans les Stups, mais elle connaissait les voitures banalisées qu'ils utilisaient. Celle-ci avait l'air d'une Ford Mondeo merdique ordinaire, mais ce qui la trahissait, c'était le double pot d'échappement. Il y en avait beaucoup plus sous le capot que sur un modèle d'usine. La grosse antenne radio qui pointait derrière le pare-brise arrière en était la confirmation, si nécessaire. Le conducteur était au volant, en train de lire le journal avec ostentation, une casquette de base-ball enfoncée sur le front pour dissimuler le haut de son visage.

S'il y en avait un, il y en avait d'autres. Maintenant qu'elle savait un peu mieux ce qu'elle cherchait, Carol continua sur sa lancée. Il y avait une autre voiture qui devait être des Stups, elle en aurait mis sa main au feu. Là encore, le chauffeur au volant, derrière son journal. Pile en face du Damoclès, deux hommes s'affairaient avec beaucoup de soin à laver la vitrine d'un vendeur de journaux. Un troisième, penché sur un vélo, regonflait très lentement le pneu arrière qu'il tâtait toutes les deux secondes.

Deux pleines voitures, se dit-elle. Ce qui faisait six ou huit policiers. Elle en avait repéré cinq, il devait donc y en avoir trois autres qu'elle n'avait pas vus. Pour peu que leur objectif ne soit autre qu'elle, il y avait de grandes chances pour qu'ils soient déjà à l'intérieur du café. Bon. Très bien.

Il était temps d'improviser un peu.

Ce que Carol n'avait pas remarqué, c'était la petite fourgonnette cabossée garée derrière la Mondeo. L'intérieur était équipé du nec plus ultra du matériel de surveillance. Morgan, Thorson et Surtees étaient installés sur des tabourets pivotants, un casque sur les oreilles.

— C'est elle, n'est-ce pas ? demanda Thorson. Elle a changé d'allure, mais c'est bien elle.

— On reconnaît toujours la démarche, déclara Surtees en se penchant devant sa collègue pour attraper le thermos qu'il avait fait remplir de café *latte* à son bar préféré de Old Compton Street. C'est le seul truc impossible à maquiller.

Morgan scrutait intensément l'un des écrans vidéos.

— Elle continue vers le carrefour. Ça fait deux fois qu'elle repasse. La prochaine fois, elle va entrer.

— Elle s'en est bien sortie avec les deux braqueurs, commenta Surtees.

Il se servit un café et évita sciemment d'en proposer à ses collègues. Il savait que Morgan devait avoir son inévitable bouteille de San Pellegrino avec lui, quelque part. Quant à Thorson, il ne l'appréciait pas assez pour avoir envie de partager quoi que ce soit avec elle.

Cette dernière le foudroya du regard quand l'arôme puissant du café atteignit ses narines. Elle n'arrivait jamais à se préparer en vue des événements comme ce salopard de Surtees. En sa présence, elle se sentait toujours à côté de la plaque. Elle soupçonnait Morgan de s'en être rendu compte et se disait que c'était une des raisons pour lesquelles il continuait de les faire travailler ensemble. Il aimait maintenir les gens sur la corde raide. Ça lui permettait d'obtenir des résultats, mais Thorson ne pouvait pas s'empêcher de penser que c'était au détriment des nerfs de son équipe. Elle tendit le cou pour regarder l'écran pardessus l'épaule de Morgan. « Toutes les unités à leur poste, cible en vue, entendit-elle au travers de la friture que crachait son casque. À mon commandement, pas avant. »

Carol était revenue dans le champ. Cette fois, elle avançait à grandes enjambées décidées en direction des lourdes portes de verre et de chrome du Damoclès. D'un clic de la souris reliée à l'écran vidéo, Morgan changea de prise et passa à l'intérieur du café. Nouveau clic, et l'image se scinda en deux. L'une montrait l'intérieur du café dans sa totalité, l'autre se concentrait sur l'homme assis en train de fumer et de lire à la table du fond. Ils regardèrent Carol entrer et se diriger droit vers le bar. Elle prit un tabouret situé près du fond de la salle, à quelque distance de l'homme qu'elle devait rencontrer. Mais elle ne chercha pas à attirer son attention. Elle s'adressa au barman, qui lui apporta de l'eau minérale.

— Dommage qu'on n'ait pas pu installer de micro, fit Surtees.

— Le bruit de fond est trop puissant, enchaîna Thorson. On a essayé d'en mettre un sous la table, mais le marbre ne laisse rien passer.

Carol sortit un paquet de cigarettes de son sac. Elle en prit une et la coinça entre ses lèvres.

Je croyais qu'elle ne fumait pas, reprit Thorson.

— Non, elle ne fume pas. (Morgan regarda l'écran, sourcils froncés.) Qu'est-ce qu'elle fabrique ?

Carol fit mine de fouiller dans son sac avec une grimace de dépit. Puis elle regarda autour d'elle et son visage s'éclaira quand elle avisa l'homme assis à la table du fond. Elle s'arracha à son tabouret, laissant son sac au bar et se dirigeant vers l'homme. À présent, sa silhouette bloquait le champ de la caméra, si bien que les trois observateurs ne voyaient plus ce qui se passait. Elle se pencha, puis se releva, la cigarette allumée entre les doigts.

— Il lui en faut du temps pour allumer une cigarette, commenta Morgan d'un ton suspicieux. Elle ne suit pas le scénario.

— Tant mieux, répondit Thorson à mi-voix pendant que Carol regagnait son tabouret.

Elle trempa les lèvres dans son verre et joua avec sa cigarette, l'écrasant avant d'en avoir fumé la moitié. Puis elle sauta sur ses pieds, attrapa son sac et se dirigea vers les toilettes. Au moment où elle ouvrait la porte, son contact se leva d'un bond et lui emboîta le pas, abandonnant sa revue sur la table.

— Et merde, s'exclama Morgan. Ça sort sur l'arrière ?

Surtees haussa les épaules.

— Aucune idée. C'est Mary qui s'est chargée d'inspecter l'endroit.

Thorson s'empourpra.

— Il y a une sortie de secours. Branchée sur alarme...

Au moment où elle prononçait ces mots, une sirène se mit à hurler. Un vacarme assourdissant leur emplit les oreilles.

Carol dévala l'étroite ruelle de service entre les deux immeubles. Elle n'eut pas besoin de regarder derrière elle pour s'assurer que son contact la suivait : elle entendait ses pas lourds se rapprocher d'une seconde à l'autre. Ils débouchèrent dans une petite rue secondaire grouillant de gens retournant au bureau après le déjeuner. Carol ralentit un peu l'allure et son contact surgit à sa hauteur, alignant son pas sur celui de Carol.

— Putain, merde, lança-t-il. Vous voulez ma mort ?

— J'ai repéré un type des Stups dans une voiture, devant le café, répondit-elle, toujours bien ancrée dans son personnage. Lui et son équipe, ils ont ravagé l'appartement d'un ami à moi il y a deux mois. Ils n'ont rien trouvé ce jour-là, et ce n'est pas aujourd'hui que je vais leur donner l'occasion de trouver quelque chose, nom d'un chien ! (Une sirène de police se mit à hululer non loin de là.) Il faut qu'on dégage d'ici.

— Ma bagnole est garée dans Greek Street, dit-il.

— Il se peut qu'ils l'aient repérée, répliqua Carol d'un ton agacé.

Elle s'élança entre les voitures bloquées dans un embouteillage et traversa la chaussée en direction d'un pub miteux au coin de la rue. Elle poussa la porte. L'endroit était encore plein de gens venus déjeuner ; elle se fraya un chemin jusqu'au fond de la salle en s'assurant que l'homme la suivait toujours. Ils se glissèrent dans l'angle, entre le bar et le mur. Carol gardait la main dans son sac.

— Vous avez le fric ?

L'homme mit la main dans sa poche de veste et en tira une enveloppe repliée à la taille d'un billet de vingt livres, épaisse comme un indicateur des rues londoniennes. Ils gardaient les mains en dessous du niveau de la table. L'homme s'était posté de façon à ce que son dos masque la transaction aux regards extérieurs. Carol lui remit le paquet de poudre et prit l'argent.

— Bon business, ça, fit-elle d'un ton ironique.

Puis elle passa devant lui, chercha du regard les toilettes pour femmes, fendit la foule et s'engouffra dans une cabine. Là, elle s'assit sur la cuvette, la tête entre les mains, tremblant de la tête aux pieds. Quelle putain de mission lui réservait-on s'ils considéraient ça comme un exercice ?

Petit à petit, elle reprit son souffle et son pouls retrouva un rythme normal. Elle se demanda s'il était utile de changer à nouveau de tenue. Elle ôta le caleçon et le remplaça par la jupe, puis s'enfonça la casquette de base-ball sur la tête. Tant qu'à faire, autant tenter le coup. Il ne lui restait plus qu'à regagner Stoke Newington entière. Ce qui ne devrait pas poser trop de problèmes, se dit-elle gravement.

Une fois dans la rue, elle ne vit pas trace de poursuivants. Elle rallia la station de métro de Tottenham Court Road par un itinéraire détourné en tâchant de ne pas penser aux ennuis qui l'attendaient peut-être encore. En tout cas, elle n'avait plus de drogue sur elle. L'argent, c'était toujours justifiable. L'unique objet louche qu'elle ait en sa possession, c'était la bombe lacrymogène. Profitant de ce que personne ne regardait, elle la fourra entre le siège et la cloison du wagon. Pas le geste le plus responsable qu'elle ait jamais fait, mais elle ne pensait plus en tant que Carol Jordan. Elle réagissait comme Janine Jerrold, à cent pour-cent.

Trois quarts d'heure plus tard, elle reprenait la rue dans laquelle sa mission de la journée avait commencé. Rien n'avait l'air anormal. Étonnant comme, en quelques heures à peine, le normal pouvait soudain se charger d'une telle menace. Mais la fin était en vue. Elle prit une profonde inspiration et s'avança d'un pas décidé vers la porte.

Cette fois, ce ne fut pas Gary qui ouvrit. L'homme qui apparut sur le pas de la porte avait un torse d'haltérophile, une brosse de cheveux roux, et des yeux bleu pâle protubérants au regard pénétrant.

— Ouais ? Qu'est-ce que vous voulez ? lança-t-il d'un ton agressif.

— Je viens voir Gary, répondit Carol.

Ses nerfs étaient tendus, à nouveau. L'homme n'avait pas l'air d'un flic, mais si c'était encore un piège ?

Il fit la moue, puis lança par-dessus son épaule :

— Gary, tu attends une gonzesse ?

Un « Ouais, fais-la entrer » lui parvint de la pièce où Gary l'avait reçue le matin.

L'haltérophile recula d'un pas et ouvrit la porte en grand. Comme il n'y avait rien d'inquiétant dans l'entrée, Carol fit taire ses doutes et s'avança. L'homme repassa aussitôt derrière elle et claqua la porte.

C'était un signal, de toute évidence. Trois hommes surgirent des portes qui donnaient dans l'entrée.

— Police ! Restez où vous êtes, lança celui qui lui avait ouvert.

— Mais merde, qu'est-ce que... ? parvint-elle à articuler avant qu'ils s'emparent d'elle.

Des mains l'empoignèrent et l'entraînèrent, la poussèrent sans ménagement dans le salon. L'un des hommes attrapa le sac de Carol. Elle s'y agrippa fermement avec un air d'innocence outragée.

— Ne me touchez pas, cria-t-elle.

Ils la poussèrent en direction du canapé.

— Vous êtes ? lança l'haltérophile.

— Karen Barstow, répondit-elle conformément à ce qui figurait dans le dossier.

— Bon alors, Karen, qu'est-ce que vous fabriquez avec Gary ?

Carol prit l'air ébahi.

— Attendez voir, c'est quoi cette histoire ? Qu'est-ce qui me prouve que vous êtes bien des flics ?

L'homme tira un portefeuille de sa poche de jogging et lui mit une carte sous le nez, trop vite pour qu'elle ait le temps de lire le nom. Mais c'était une vraie carte de police, elle le savait.

— Satisfaite ?

Elle hocha la tête.

— Je comprends toujours pas. Qu'est-ce qui se passe ? Pourquoi vous me sautez sur le poil ?

— Inutile de jouer les innocentes. On sait que vous travaillez pour Gary. Vous livrez de la drogue pour lui. On connaît la chanson.

— C'est des conneries, ça. Je passe lui donner le fric qu'il a gagné au tiercé. Je suis pas au courant de ces histoires de drogue, moi, lança-t-elle d'un ton agressif. (Elle lui brandit sa besace sous le nez, soulagée de s'être débarrassée de la bombe lacrymogène.) Allez-y, fouillez. Y a que dalle, là-dedans.

L'homme prit le sac et le vida par terre sans cérémonie. Il ramassa immédiatement l'enveloppe et en déchira le rabat, puis passa le pouce sur la tranche des billets.

— Ça doit faire deux ou trois mille livres, ça, constata-t-il.

— Je sais pas, moi, j'ai pas regardé. Vous trouverez pas d'empreintes à moi sur un seul de ces billets. Tout ce que je sais, c'est que ma copine Linda m'a demandé de passer donner à Gary le fric qu'il a gagné au tiercé.

— Il a dû miser méchamment gros, lança un des policiers, négligemment adossé au mur.

— J'en sais rien du tout, moi. Mais vous pouvez me croire, je sais pas de quoi vous parlez. Je touche déjà pas à la drogue, c'est pas pour en dealer.

— *Qui a parlé de dealer ? releva l'haltérophile en* remettant l'argent dans l'enveloppe.

— Dealer, livrer, n'importe, j'ai rien à voir là-dedans, moi. Je le jure sur la tombe de ma mère. Je faisais qu'apporter à Gary ce qu'il a gagné au tiercé.

Elle prenait de l'assurance, à présent. Ils ne pouvaient rien retenir contre elle. Personne ne l'avait vue remettre la drogue à son contact, elle en était certaine.

— Gary dit qu'il vous a confié un paquet de poudre ce matin, déclara l'haltérophile.

— Je vois pas pourquoi il aurait dit ça, en tout cas c'est faux.

Carol était à peu près sûre que le flic bluffait. Elle n'avait qu'une chose à faire, c'était de s'en tenir à sa version à elle. Qu'ils lui balancent des détails concrets, et on verrait.

— Vous êtes partie avec la poudre et vous deviez revenir avec le fric. Et vous voilà, avec une enveloppe pleine de liquide.

Elle haussa les épaules.

— Je vous l'ai dit, c'est ce qu'il a gagné aux courses. Je m'en fous, de ce que Gary a bien pu vous raconter, ce que je vous dis, moi, c'est la vérité, et vous pouvez pas prouver le contraire.

— C'est ce qu'on va voir. Un petit tour au poste, une femme-policier pour vous faire la fouille corporelle complète, et ensuite on verra bien si vous nous servez toujours les mêmes salades.

Carol faillit sourire. Au moins, elle se sentait en terrain plus sûr. Elle connaissait ses droits.

— Je vais nulle part avec vous tant que je suis pas en état d'arrestation. Et si vous m'arrêtez, je dirai rien tant que j'aurai pas vu mon avocat.

L'haltérophile se tourna vers ses collègues. Carol n'avait pas besoin d'en voir plus : ils n'avaient aucun élément contre elle. Ils avaient menti à propos de ce qu'avait dit Gary : s'il l'avait balancée, ç'aurait suffi à l'arrêter sur présomption. Elle se leva.

— Bon alors qu'est-ce que vous choisissez ? Vous

m'arrêtez, ou je m'en vais tranquillement ? Avec le fric de Gary, je précise, parce que vous n'avez aucun droit là-dessus.

Elle s'agenouilla et entreprit de rassembler ses affaires dans sa besace.

Avant que quiconque ait le temps de répondre, la porte s'ouvrit et Morgan entra dans la pièce.

— Messieurs, merci, lança-t-il. Votre aide nous a été précieuse. Je me charge de la suite.

L'haltérophile eut l'air sur le point de protester, mais un de ses collègues lui posa la main sur le bras. Les quatre hommes auxquels Carol venait d'avoir affaire quittèrent la pièce en file indienne. Avant de franchir la porte, celui qui était resté adossé au mur se retourna :

— Soit dit en passant, commissaire, nous ne sommes pas vraiment satisfaits de la façon dont tout ça s'est déroulé.

— Entendu, répondit brièvement Morgan. (Il adressa un clin d'œil à Carol, un doigt sur les lèvres. Quand la porte se fut refermée sur les quatre hommes, il sourit.) Vous nous avez mis les gars des Stups en rogne, reprit-il.

— Qui, moi ?

— C'était une vraie livraison, à laquelle vous avez participé, expliqua-t-il en allant s'asseoir sur le canapé. Les Stups avaient l'intention d'épingler le type à qui vous avez remis la poudre. Vous étiez censée avoir chaud aux fesses, mais on vous aurait laissé une occasion de filer. Malheureusement, vous n'avez pas mené les choses comme on s'y attendait tous. Et le gusse a mis les voiles avec un paquet de poudre qu'on était censés récupérer avant ce soir.

Carol déglutit. C'était précisément le genre de merdier qu'elle tenait à éviter.

— Je suis désolée.

Morgan haussa les épaules.

— Vous n'avez pas à l'être. Quelqu'un aurait dû avoir l'intelligence de surveiller la sortie de secours. Vous, de votre côté, vous avez fait preuve d'initiative dans l'adversité. Vous vous êtes comportée d'un bout à l'autre en cohérence avec votre identité d'emprunt. Vous avez réagi avec intelligence et classe face aux deux casseurs de la brigade anti-hooligans du NCIS, vous avez fait tout ce qu'il fallait pour couvrir vos traces et modifier votre aspect physique et vous avez déjoué l'adversaire tout du long. On n'aurait pas pu demander meilleure démonstration de vos compétences, inspecteur Jordan.

Carol se redressa légèrement.

— Merci, commissaire. Alors, ma candidature est retenue ?

Le visage habituellement ouvert de Morgan se rembrunit.

— Mais oui, elle est retenue. (Il fouilla sa poche intérieure de veste et en tira une carte.) Demain matin, dans mon bureau. On vous informera dans le détail à ce moment-là. Dans l'immédiat, je vous conseille de rentrer chez vous et de prendre toutes les dispositions que nécessitera votre absence. Vous allez rester partie un certain temps. Et vous ne pourrez rentrer chez vous qu'une fois la mission terminée.

Carol fronça les sourcils.

— Je n'intègre pas Europol ?

— Pas tout de suite. (Il se pencha en avant, les coudes sur les genoux.) Mais si vous menez à bien cette mission, Carol, vous pourrez même poser vos conditions.

Elle remarqua l'emploi de son prénom. Pour autant qu'elle ait pu le constater, les officiers supérieurs autres que ceux dont on dépendait directement ne faisaient usage de cette familiarité que lorsque la merde menaçait d'éclabousser tout le monde et qu'ils espéraient s'abriter derrière plus petit qu'eux.

— Et si je me plante ?

Morgan hocha la tête.

— Inutile d'y songer une seule seconde.

13

On ne manquait jamais d'ouvrage pour les oisifs à bord du *Wilhelmina Rosen*. Le vieux avait imposé la cadence, et le jeune capitaine n'entendait pas tomber en dessous. L'équipage le considérait visiblement comme un maniaque, mais peu lui importait. À quoi servait d'avoir l'un des plus beaux bateaux qui naviguent sur le Rhin si on ne le faisait pas fonctionner à plein rendement ? Autant piloter une de ces boîtes de conserve modernes qui avaient autant de personnalité qu'un paquet de corn-flakes.

Ses projets personnels l'accaparaient, ce qui était bien compréhensible, mais le matin, ayant remarqué que les cuivres du pont devenaient ternes, il s'était assigné pour tâche de leur rendre leur éclat. Il s'était donc mis dans la tête de passer la soirée armé de chiffons, bien décidé à tuer dans l'œuf sa négligence avant qu'elle devienne une habitude.

Inévitablement, ses pensées dérivèrent de cette tâche monotone pour revenir à ce qui lui tenait à cœur. Le lendemain, ils allaient commencer à redescendre le Rhin en direction de l'endroit où tout avait commencé. Le Schloss Hochenstein, dressé au sommet d'un escarpement qui dominait le fleuve en amont de Bingen, ses fenêtres gothiques toisant les eaux turbulentes encaissées à cet endroit, ses murailles grises aussi rébarbatives qu'un nuage orageux, héritage de quelque baron médiéval hors-la-loi presque tombé dans l'oubli. Pendant des années, le *Wilhelmina Rosen* avait parcouru cette portion du fleuve dans les deux sens, sans que son grand-père, du poste de pilotage, daigne jamais glisser au schloss le moindre regard qui trahisse l'importance qu'il avait eue dans sa vie.

Si la forteresse avait été située aux abords d'un passage navigable moins difficile, peut-être cette indifférence étudiée aurait-elle pris toute sa signification. Mais dans les gorges du Rhin, les pilotes doivent consacrer leur entière attention au fleuve. L'endroit a toujours mis la compétence des bateliers à rude épreuve, avec ses virages serrés, ses berges hérissées de rochers, ses tourbillons et courants inattendus, et la rapidité de ses eaux. Désormais, la tâche était facilitée par de profonds chenaux creusés et dragués de façon à régulariser le cours capricieux. Mais cela restait une portion du fleuve dont un touriste était davantage à même d'apprécier le paysage au bout d'un seul voyage, qu'un pilote au bout de cent. Enfant, il n'avait donc jamais remarqué que son grand-père refusait obstinément de laisser son regard s'attarder du côté du Schloss Hochenstein.

Maintenant qu'il savait pourquoi, il s'était pris d'une fascination profonde et durable pour le château. Il y était même allé en voiture, un soir qu'ils étaient amarrés quelques kilomètres en amont. Il était arrivé trop tard pour acheter un billet et suivre la visite, mais il était resté au pied de l'arche d'entrée gravée que son grand-père avait franchie soixante ans plus tôt. Comment pouvait-on contempler cette façade lugubre sans percevoir les horreurs qui s'étaient déroulées derrière ces fenêtres étroites ? Il s'imagina les centaines d'enfants dont les cris et les hurlements restaient inscrits dans les pierres. Les murs mêmes retenaient la douleur et la terreur. Le simple fait de les regarder lui donnait des sueurs froides, et le souvenir de ses propres souffrances lui revenait, brusque et terrible, comme au jour où elles lui avaient été infligées. Le schloss aurait dû être rasé et non transformé en attraction pour touristes. Il se demanda si aucun des guides qui commentaient les visites à bord de ces bateaux touristiques dont le fleuve était encombré, mentionnait jamais l'histoire récente qui entachait irrémédiablement le Schloss Hochenstein. Il en doutait. Personne ne tenait à entendre évoquer cet aspect-là du passé. On préférait faire comme si ça n'était jamais arrivé. Et c'était bien pour ça que personne n'avait jamais eu à payer. Eh bien ! lui, à présent, il les faisait payer, ces salopards, pas de doute là-dessus.

Il se remit à astiquer les cuivres tout en se repassant mentalement sa conversation avec Heinrich Holtz. Plus un monologue qu'une conversation, d'ailleurs. « On était les seuls qui aient eu de la chance, pour ainsi dire », avait expliqué le vieil homme dont les yeux chassieux ne se posaient jamais longtemps au même endroit. « On a survécu. – Survécu à quoi ? » demanda le jeune homme.

Holtz poursuivit comme s'il n'avait pas entendu la question. « Tout le monde connaît l'existence des camps de concentration. Tout le monde parle des horreurs qu'y ont subies les Juifs, les Tziganes, les homosexuels. Mais il y a eu d'autres victimes. Les oubliés. Ton grand-père et moi, on en faisait partie. Parce que l'endroit où on avait échoué, ça portait le nom d'hôpital, pas de camp. Tu savais qu'en 1939, il y avait plus de trois cent mille patients dans les hôpitaux psychiatriques allemands alors que seuls, quarante mille d'entre eux étaient encore en vie en 1946 ? Les autres étaient tous morts entre les mains des psychiatres et des psychologues. Sans compter tous les enfants et les bébés qui ont été massacrés au nom de la pureté de la race. Il existait même un établissement qui se disait hôpital où la crémation du dix millième malade mental avait fait l'objet d'une cérémonie spéciale. Médecins, infirmières, aides-soignants, personnel administratif, tout le monde y participait. Ils avaient tous eu droit à une bouteille de bière gratuite pour l'occasion.

» Mais il ne fallait pas nécessairement être fou pour tomber entre leurs griffes. Les sourds, les aveugles, les attardés ou les handicapés, il fallait tous les faire disparaître au nom de la race dominante. Bégaiement ou bec-de-lièvre, ça suffisait à être envoyé à l'abattoir. (Le vieil homme s'interrompit et trempa précautionneusement les lèvres dans sa bière, les épaules plus voûtées qu'on l'eût cru possible.) Ton grand-père et moi, on n'était ni retardés ni handicapés. Pas fous non plus. Juste un peu voyous sur les bords. Comportement antisocial, c'est l'étiquette qu'on nous a donnée. Je cherchais toujours une bêtise à faire. Je n'obéissais jamais à ma mère. Mon père était mort et elle ne savait pas très bien s'y prendre pour m'élever. Alors je faisais les quatre cents coups. Je commettais des vols, je lançais des pierres, je me moquais des soldats qui marchaient au pas de l'oie dans les rues. (Il hocha la tête.) J'avais à peine huit ans. Je ne savais pas à quoi m'en tenir.

» Toujours est-il qu'un matin, un médecin est arrivé à la maison accompagné de deux hommes en blouse blanche et bottes de SS. Je me suis débattu comme un fauve, mais ils m'ont tabassé jusqu'à ce que je tombe dans les pommes et ils m'ont jeté à l'arrière d'une ancienne ambulance. Ça ressemblait plutôt à un fourgon de police. Ils m'ont enchaîné à la paroi et on s'est mis en route. À la fin de la journée, on était douze là-dedans, morts de trouille, à mariner dans nos propres excréments. Ton grand-père en faisait partie. On était assis l'un à côté de l'autre, et c'est là que notre amitié a commencé. Je crois que c'est ce qui nous a tenus en vie. On a réussi à conserver un genre de contact humain entre nous, malgré tout ce qui s'est passé. (Holtz regarda enfin le jeune pilote dans les yeux.) C'est ça, le plus dur : se souvenir qu'on est un être humain.

— Où est-ce qu'ils vous ont emmenés ? » demanda le pilote. Sa question était sans doute la plus anodine qu'il puisse poser, il le savait, mais il pressentait que le récit de Holtz n'allait pas être beau à entendre. Tout semblait bon pour le dévier de son cours, ou le retarder.

« Schloss Hochenstein. Jamais je n'oublierai la première vision que j'en ai eue. Il suffisait de le regarder pour sentir la peur nous monter à la gorge et nous étrangler. Un grand château, qui semblait sorti d'un film d'horreur. Dedans, il faisait toujours sombre, toujours froid. Dalles en pierre par terre, hautes fenêtres étroites et murs qui avaient l'air de suinter l'humidité. La nuit, on grelottait dans les lits, en se demandant si on serait encore en vie au matin. On ne pleurait jamais, par contre. Si on faisait des histoires, on avait droit à une piqûre. Et la piqûre, c'était la mort. On aurait cru vivre dans un cauchemar permanent, dont on ne se réveillait jamais.

» Le gouvernement avait réquisitionné le schloss et l'avait transformé en ce qu'ils appelaient l'Institut de Psychologie du Développement. Mais tu sais, ce qui les intéressait, ce n'était pas tout bêtement de nous tuer, nous autres gamins, qui n'entrions pas dans le moule. Ils voulaient nous utiliser, vivants et morts. Les morts, on conservait leur cerveau dans l'alcool pour le disséquer plus tard. Les vivants, on leur bousillait le cerveau aussi, mais il s'est trouvé qu'on a dû vivre ensuite avec les séquelles. »

Holtz fouilla dans la poche intérieure de son manteau et en tira un paquet de fins cigares bruns. Il en fit glisser un du paquet et le tendit ensuite au jeune homme, mais celui-ci déclina d'un signe de tête. Holtz ôta la cellophane et prit son temps pour allumer le cigare.

« Tu sais comment les scientifiques s'y prennent avec les rats et les singes, dans les laboratoires ? Eh bien ! au schloss Hochenstein, c'était pareil, mais avec nous, les gosses. (Holtz joua avec son cigare qu'il manipulait comme un accessoire plus qu'il ne le fumait.) Les futés, comme ton grand-père et moi, on a vite appris. Donc on a survécu. Mais c'était un enfer. D'après toi, comment les Nazis avaient-ils mis au point leurs techniques d'interrogatoire ? Ils s'étaient entraînés sur nous. On nous privait de sommeil pendant des semaines d'affilée, jusqu'à ce qu'on ait des hallucinations, ou qu'on soit tellement paumés qu'on ne savait même plus comment on s'appelait. On nous administrait des électrochocs aux parties génitales pour voir combien de temps on était capables de garder un secret. Les filles étaient violées avant et après la puberté, pour observer les conséquences affectives. Il arrivait que les garçons doivent participer aux viols sous la contrainte, pour qu'on puisse étudier leurs réactions. On nous enfonçait des tubes en caoutchouc dans la gorge et on nous versait de l'eau directement dans les poumons. Ton grand-père et moi, on a survécu à ça. Dieu sait comment. Pendant des jours, je n'ai rien pu avaler, j'avais la trachée à vif sur toute la longueur. Mais il y en a eu plein qui n'en ont pas réchappé. Ils sont morts noyés.

» Ils organisaient des présentations. Ils faisaient venir des médecins d'autres hôpitaux, des officiers SS, des élus locaux. Ils choisissaient un pauvre couillon d'idiot, un gosse trisomique ou un handicapé moteur. Les médecins les faisaient défiler devant le public en expliquant qu'il fallait les exterminer pour le bien du peuple. Sous prétexte qu'on pompait les ressources de l'État. Ils disaient des choses comme :

« Le coût mensuel du maintien d'un seul de ces légumes dans une institution permettrait d'entraîner une douzaine de soldats. »

» Et il n'y avait aucune échappatoire. Je me souviens d'un gamin, Ernst, qui était arrivé en même temps que nous. Son seul tort, c'était que son père avait été condamné comme ennemi de l'État pour cause de paresse. Ernst s'était figuré qu'il pourrait se montrer plus malin qu'eux. Il a essayé de gagner leur confiance en travaillant aussi dur qu'il le pouvait. Il n'arrêtait pas de balayer, de faire les toilettes, de se rendre utile. Un jour, il s'est débrouillé pour sortir dans la cour, et il s'est sauvé en courant. (Holtz frissonna.)

» Ils l'ont rattrapé, bien sûr. On était dans le réfectoire, en train d'avaler la lavasse qu'on nous servait au dîner, quand ils l'ont ramené en le traînant par les cheveux. Puis ils l'ont déshabillé. Quatre infirmières le tenaient sur une table pendant que deux des médecins lui fouettaient la plante des pieds avec des badines, en comptant les coups à voix haute. Ernst hurlait comme un bébé ébouillanté. Ils ont continué à le frapper jusqu'à ce que ses pieds ne soient plus que deux bouts de viande, la chair détachée des os, le sang ruisselant jusque par terre. En fin de compte, il a perdu connaissance. Et le directeur de l'institut était là, avec son bloc, en train de noter combien de coups de badine et combien de temps il avait fallu pour en arriver là. Il s'est ensuite tourné vers nous et nous a dit, calmement, comme s'il annonçait le dessert, que nous devions tous nous souvenir de ce qui arriverait si la moindre partie de notre corps ne se comportait pas comme il convenait. (Holtz passa la main sur son front emperlé de sueur.) Tu sais que ce salopard de sadique est resté membre de l'Association des Psychiatres allemands jusqu'à sa mort, en

1974 ? Personne ne veut reconnaître ce qu'on nous a fait subir.

» Ça fait trop de culpabilité, vois-tu. L'Allemagne a déjà eu du mal à admettre ce qu'elle a fait aux Juifs. Mais ce qu'on nous a fait à nous, c'était pire. Parce que nos bons parents allemands ont laissé faire. Ils ont laissé l'État s'emparer de nous, sans protester. Ils se sont contentés d'accepter ce qu'on leur racontait, qu'il fallait se débarrasser de nous pour le bien de tous. Et par la suite, plus personne n'a voulu entendre le son de nos voix.

» Pour tout dire, j'ai fait en sorte d'oublier beaucoup de ce qui s'est passé là-bas. C'est comme ça que je m'en suis sorti. Mais les cicatrices sont toujours là, enfouies. »

Il y eut un long silence, puis le jeune pilote vida son verre de bière et demanda : « Pourquoi est-ce que vous me racontez tout ça ? – Parce que je sais que ton grand-père ne l'a pas fait. On se voyait de temps en temps, on allait boire un coup ensemble et il m'a dit qu'il ne t'avait jamais rien raconté. Moi je trouvais qu'il avait tort. Je crois que tu mérites de savoir ce qui a fait de lui l'homme qu'il était. (Holtz posa sa main osseuse par-dessus celle de son jeune compagnon.) Je n'en sais rien, mais je pense que ça n'a pas dû être facile d'être élevé par ton grand-père. Mais il faut que tu saches que s'il était dur avec toi, c'était pour te protéger. Il ne voulait pas que tu risques de devenir le gamin qu'il avait été, avec toutes les conséquences susceptibles d'en découler.

» Les hommes comme ton grand-père et moi, on sait peut-être consciemment que les Nazis ne sont plus là, que personne ne va faire à nos enfants et nos petits-enfants ce qu'on nous a fait à nous. Mais tout au fond, on reste terrorisés à l'idée qu'il y ait encore des salopards qui puissent faire la même chose aux gens qu'on aime. Ces médecins, ils n'étaient pas sortis de nulle part. Les monstres n'ont pas duré seulement une génération. Ils n'ont jamais payé pour ce qu'ils ont fait, tu sais. Ils ont continué, respectés, honorés, ils se sont élevés jusqu'au sommet de leur pseudo-profession, en se servant de ce qu'ils avaient appris pour former leurs successeurs. Des monstres, il y en a encore dans la nature, seulement ils sont mieux cachés, à présent. Ou ils sont ailleurs. Alors il faut bien que tu saches que si tu l'as parfois trouvé cruel ou dur, il agissait avec la meilleure des intentions. Il essayait de te protéger. »

Le jeune homme avait alors retiré sa main. Il ne pouvait pas supporter le contact de cette vieille peau sèche et parcheminée contre la sienne. Il avait la migraine, une douleur sourde qui prenait naissance dans la nuque et déployait vers son crâne des doigts d'acier qui lui broyaient le cerveau. Il sentit la nappe noire qu'il connaissait si bien monter en lui, engloutir tout le plaisir que lui avait procuré ce dernier adieu à son grand-père. Il ne savait pas que faire de ce qu'il venait d'apprendre, et le contact physique avec ce vieil homme brisé n'arrangeait pas les choses. « Il faut que j'y aille, dit-il. Mes matelots. Ils m'attendent. »

Holtz gardait les yeux baissés, rivés à la table. « Je comprends. »

Pendant le trajet du retour, ils étaient restés silencieux, contemplant la route. Quand ils arrivèrent aux abords de la ville, Holtz lança : « Tu peux me laisser là. Je vais prendre un bus. Je ne veux pas te faire faire un détour. (Il sortit un bout de papier de sa poche.) Voici mon adresse et mon numéro de téléphone. Si tu as besoin de reparler de ça, appelle-moi. »

Puis il descendit de voiture et s'éloigna dans le jour déclinant de cette fin d'après-midi, sans un regard en arrière. Ils savaient tous les deux qu'ils ne se reverraient jamais.

Le jeune homme se massa les tempes, essayant de chasser ses mornes pensées pour retrouver la joie qu'il avait éprouvée en poussant le vieil homme à l'eau. Mais ce fut sans effet. Il embraya et repartit pour les quais, au volant de la vieille Ford. Il avait toujours su qu'il devait y avoir une raison à tout ce qu'il avait subi. La brutalité, l'isolement des autres enfants, le refus de le laisser suivre plus qu'une scolarité minimum sous prétexte que l'instruction n'apporte que des ennuis, tout cela devait avoir une origine. Mais quoi qu'il ait pu imaginer, ce n'était pas ce qu'il venait d'apprendre. Maintenant, il savait enfin à qui imputer la faute.

Tony se gara dans l'allée du pavillon de Frances. Tout était net, au cordeau. Construit avant que les promoteurs immobiliers ne commencent à enjoliver leurs modèles de maisons pour cadres, celle-ci était totalement dépouillée et, contrairement à certains de ses voisins, Frances avait soigneusement évité tout ce qui aurait pu briser les lignes droites des portes, fenêtres, pignon et jardin. Pas de vitres en faux verre soufflé chez elle, ni de porte d'entrée chargée de moulures et de panneaux rapportés. Pas de massifs ni de faux puits dans le jardin, mais de simples bordures de rosiers taillés au plus court à la saison. Au début, Tony avait apprécié cet ordre qui contrastait avec le flou et la confusion de sa propre vie.

Mais à présent, il se rendait compte qu'il y avait de bonnes raisons pour qu'il se soit choisi un cottage ancien dont aucun des murs n'était d'aplomb, entouré d'un bout de jardin empli d'une jungle de géraniums rampants et de véroniques. À mesure qu'il en venait à mieux connaître Frances, il s'était rappelé qu'un ordre draconien trahit souvent, chez celui qui l'impose, la crainte des débordements irrattrapables de son âme indisciplinée.

Il se serait bien accommodé de quelques débordements, par moments.

Ce soir, ils devaient jouer au bridge à Cupar, avec des gens de leur connaissance. Frances, il le savait, avait sûrement préparé le dîner, prête à servir dès l'arrivée de Tony pour qu'ils soient sûrs d'arriver à l'heure. Tony avait envie de parler à Carol, de savoir comment s'était passée la journée sous son identité d'emprunt, et il savait que plus tard, ce ne serait plus possible. Il avait essayé de la joindre avant de quitter son bureau, mais elle n'était pas chez elle. Peut-être était-elle rentrée pendant les dix minutes qu'il avait mis à revenir de St. Andrews.

Il composa son numéro sur son mobile et attendit. Trois sonneries, puis la messagerie l'accueillit.

— Bonjour Carol, Tony à l'appareil. Je me demandais comment...

— Tony ? Je viens juste de franchir la porte. Une seconde. (Il entendit le bip du répondeur qu'elle interrompait, puis elle reprit :) C'est vraiment sympa d'appeler.

— Mets ça sur le compte de la curiosité professionnelle. J'avais envie de savoir comment ça s'était passé.

— Je m'apprêtais à t'envoyer un mail un peu plus tard, mais de vive voix, c'est encore mieux.

Même à plusieurs centaines de kilomètres, il percevait l'enthousiasme dans sa voix.

— Tu as l'air d'être en pleine euphorie. Alors, comment ça s'est passé ?

Elle émit un gloussement contagieux. Tony sourit lui aussi.

— J'imagine que ça dépend des points de vue.

— Commence par le tien.

— Super ! Il y a eu deux ou trois moments où j'ai eu méchamment les jetons, mais je n'ai jamais eu le sentiment que les choses m'échappaient. Le boulot qu'on avait fait ensemble m'avait vraiment donné l'impression que j'étais de taille à encaisser tout ce qu'ils me réservaient, et ç'a été le cas.

— Je suis content de l'apprendre, répondit-il. Alors, qui a trouvé ça moins à son goût ?

— Ah ! misère, gémit-elle. Ce soir, je suis l'ennemi à abattre sur la liste des Stups.

— Pourquoi ?

Carol ne put réprimer l'hilarité qui filtrait dans sa voix tandis qu'elle décrivait le fiasco à Tony.

— Je sais que je devrais être dans les trente-sixièmes dessous, mais je suis trop contente de moi.

— Je n'arrive pas à croire qu'ils t'aient fait si peu confiance, enchaîna Tony. Ils auraient dû savoir que tu es assez futée pour repérer une filature. Tu en as organisé suffisamment, depuis le temps. Ce n'était pas très compliqué d'en déduire que tu allais trouver un moyen de leur filer entre les doigts. Mais qu'est-ce qu'ils t'avaient mijoté d'autre ? (Il se cala dans son siège et écouta Carol lui décrire la journée. Quand elle retrouva son souffle, il lança :) Eh bien ! tu peux être fière de toi. À peine une journée dans les rues et voilà que tu perds déjà la mentalité du prédateur pour adopter celle de la proie. Je suis soufflé.

— Je n'y serais pas arrivée sans ton aide.

Il sourit.

— Tu n'imagines pas le pied que j'ai pris à repiquer au truc, même de loin. Ma vie est tellement réglée, ces temps-ci ! C'était vraiment un plaisir de me remettre au boulot avec toi. En fait, c'était encore mieux qu'avant, parce que cette fois, aucune vie n'en dépendait.

— Tu devrais peut-être envisager de reprendre du service ? suggéra Carol.

Tony soupira.

— Il n'y a pas de place pour les gens comme moi dans le monde actuel du profilage.

— Pas forcément sur le terrain. Tu pourrais former des gens. Penses-y, Tony. Si le ministère de l'Intérieur ne veut pas tenter le coup, tu pourrais envisager l'Europe. Tous ces agents d'Europol, ils ont besoin d'apprendre comment on établit le profil d'un crime ou d'un criminel, pour pouvoir trier les renseignements. Il doit bien y avoir une place pour quelqu'un de ton talent, insista Carol.

— Ouais, bon, on verra. Et donc, ils t'ont dit si tu étais retenue ?

— Oui. C'est bon, je suis retenue. Mais je ne sais toujours pas pour quoi. Ils vont m'informer demain. Et la meilleure, c'est que si je réussis, j'intègre Europol sous mes propres conditions. Le monde est à moi !

Tony ne put réprimer le léger frisson qui lui parcourut l'échine. S'ils avaient fait à Carol une promesse d'une telle ampleur, alors la mission qui l'attendait devait être carrément dangereuse. Le genre d'entreprise susceptible de déclencher un refus réflexe. Pour être dorée à ce point, la pilule devait être sacrément amère.

— C'est génial, répondit-il. (Il avisa l'heure affichée sur le cadran de bord. Il était temps d'aller manger avant de partir pour Cupar.) Carol, il faut que j'y aille. Mais promets-moi de m'appeler dès que tu sauras ce qu'ils attendent de toi. Je ne dis pas ça parce que je doute de tes compétences. C'est seulement que... apparemment, tu vas avoir besoin de toute l'aide disponible, et ils vont sûrement te mettre dans une situation où l'aide sera difficile à trouver. Quoi qu'il advienne, je serai là si tu as besoin de moi, sache-le.

Il y eut un silence, puis elle répondit :

— Tu n'imagines pas l'importance que ça a pour moi. Merci, Tony. Je te rappellerai.

— Sois prudente.

— À bientôt. Et merci d'avoir appelé.

Il coupa la communication, fourra son téléphone dans sa poche et descendit de voiture. Une délicieuse odeur de sauce tomate à la viande l'accueillit à son entrée. Au moment où il passait devant la porte du salon plongé dans l'obscurité, il entendit la voix de Frances lancer :

— Je suis là.

Tony ne voyait pas grand-chose dans la pièce, mais il discernait la silhouette de Frances qui se découpait devant la fenêtre.

— J'ai entendu ta voiture et comme je ne comprenais pas pourquoi tu n'arrivais pas, je suis venue jeter un coup d'œil, m'assurer que tout allait bien, expliqua-t-elle.

— Le téléphone a sonné au moment où je me garais.

Certains mensonges sont un vernis nécessaire, songea-t-il tristement.

— Tu n'en finissais pas, reprit Frances.

Tony ne distinguait pas son visage, mais quelque chose dans son ton le chiffonna.

— Excuse-moi. J'espère que le dîner n'a pas souffert.

— Je crois que ma cuisine résisterait à pire que ça. (Frances pivota, le dos à la fenêtre. Tony ne voyait toujours pas son visage.) C'était Carol ?

— Qu'est-ce qui te fait croire ça ?

Les mots eurent à peine franchi ses lèvres qu'il en perçut l'aveu. C'était en partie un réflexe professionnel. Répondre à une question par une autre question. Ne pas laisser le sujet prendre la direction de la conversation. Mais c'était aussi la réaction instinctive de celui qui a quelque chose à cacher. Un innocent aurait dit : « Oui, c'était Carol, contente parce qu'elle vient de décrocher le boulot qu'elle briguait. »

Mais dès qu'il était question de Carol Jordan, Tony perdait toute innocence.

— C'est la seule personne avec qui tu ne veuilles pas parler si je suis dans les parages.

Tony s'empourpra.

— Ce qui veut dire ?

— Que tu as quelque chose à cacher au sujet de Carol Jordan.

— Tu te trompes. Elle me parlait d'une mission confidentielle de police, c'est l'unique raison pour laquelle j'ai répondu à son appel dans la voiture.

Frances ricana.

— Tu me prends pour une demeurée ? Tu as répondu dans la voiture parce que tu sais très bien que je remarquerais forcément ce qui crève les yeux.

Tony s'avança vers elle.

— Je n'ai pas la moindre idée de ce que tu sous-entends, Frances.

— Ne joue pas ce jeu-là avec moi. Tu es amoureux de cette fille. Bon sang, Tony, il ne m'a pas fallu plus de cinq minutes en votre compagnie pour m'en rendre compte.

— Non, rétorqua-t-il. Tu te trompes.

— Je ne me trompe pas du tout. Et j'ai trop d'amour-propre pour me laisser rouler dans la farine.

— Écoute, Carol est une ancienne collègue, une amie. Comment peux-tu être jalouse de quelqu'un avec qui je n'ai jamais couché ?

— Eh bien ! c'est fort dommage ! Tu aurais dû essayer les petits comprimés bleus un peu plus tôt, tu ne crois pas ? Parce que visiblement, elle en crève d'envie.

Les remarques de Frances lui firent l'effet d'une gifle.

— Ne mêle pas Carol à ça. Quoi que tu te sois mis dans la tête, ça se passe entre toi et moi.

— C'est bien le hic, Tony. Ce n'est pas entre toi et moi que ça se passe. Ça a toujours été entre toi et Carol, seulement tu ne m'as jamais laissé l'occasion de m'en apercevoir. Tu as gardé ça bien enfoui, en prétendant que tu avais envie d'être avec moi alors qu'en vérité, c'était avec elle.

— Tu fais complètement fausse route, Frances. Il n'y aura jamais rien entre Carol et moi. Et tout ce qu'il y a actuellement, c'est un passé archipénible. Je suis avec toi parce que j'ai envie d'être avec toi.

Tout à coup, Frances s'empara d'un petit vase en cristal posé sur l'appui de la fenêtre et le jeta à la tête de Tony.

— Sale menteur, hurla-t-elle au moment où il esquivait. (Le vase s'écrasa contre le mur avec fracas.) Je ne suis pas maso, Tony, reprit-elle, hors d'haleine sous l'effet de la colère. La vie est bien trop courte pour que je gaspille mes sentiments avec un type qui rêve d'une autre. Alors tire-toi.

Tony ne trouva rien à répondre. Il s'étonna d'être si peu affecté par le fait qu'à l'évidence, c'était terminé entre lui et Frances. Il fit demi-tour et se dirigea vers la porte.

— Laisse tes clés sur la table de l'entrée en partant, cria Frances.

Tony continua à s'éloigner. À sa surprise, il se rendit compte qu'il éprouvait surtout du soulagement. Du soulagement et une brusque montée d'espoir. Il y avait des années qu'il ne s'était pas senti aussi optimiste.

14

Certains jours, Petra aurait bien aimé que Marijke habite un peu moins loin. Ce soir, ç'aurait été agréable de discuter de la journée autour d'une bouteille de vin, avec quelqu'un qui n'avait aucun intérêt en jeu mais qui comprenait les subtilités du travail de la police. En tout cas, ce soir, Marijke était connectée aussi, constata Petra dont le moral remonta. Elles passèrent dans une *chat-room* privée et Petra aborda aussitôt la question qui l'intéressait particulièrement. Tout était bon pour oublier les impasses de l'enquête Kamal/Marlene.

P : alors, ce meurtre, ça avance ?

M : Beaucoup de boulot mais guère de résultat. J'ai passé la journée à l'université pour interroger ses collègues et les étudiants, mais on n'a relevé aucune piste qui mérite d'être exploitée.

P : quoi, tu veux dire que tu as fini par tomber sur une victime que tout le monde aime ?

M : Il y avait plein de gens qui n'aimaient pas de Groot, mais aucun n'a quoi que ce soit qui ressemble à un mobile. Personne ne se fait descendre pour avoir saqué une thèse ou empêché une promotion.

P : bon sang, vous êtes bien civilisés, vous les Hollandais...

M : Le plus énervant, c'est qu'on n'a pas retrouvé de carnet de rendez-vous. Apparemment, il se servait d'un Palm-Pilot qu'il avait toujours sur lui. Mais aucune trace du truc.

P : l'assassin l'a sans doute emporté pour ne laisser aucune trace de sa visite.

M : Sinon tu as retrouvé ce qui t'avait rappelé quelque chose quand je t'ai parlé de Groot ?

P : j'ai rétréci le champ à deux possibilités, mais pour le moment, je n'ai eu de retour sur aucune. tu connais les provinciaux, aucun sens de l'urgence.

M : Pffff, il n'y a rien de rien dans nos archives en Hollande qui corresponde au meurtre de Groot.

P : donc, tu tournes en rond ? et rien du labo médico-légal ?

M : Jusqu'à maintenant, non. C'est vraiment énervant, tout ça, faire semblant d'enquêter alors qu'on n'a aucune idée de ce qu'on cherche.

P : rien de plus coriace que ce genre de meurtres.

M : Je sais. Mais raconte-moi plutôt ta journée, ça me changera les idées.

P : énervante aussi. j'essaie de prouver un truc négatif – une femme qui prétend qu'elle était la maîtresse d'un type mort entre-temps, alors que moi je pense qu'ils ne se connaissaient même pas. je crois qu'on a peut-être une chance d'utiliser ça pour faire pression sur une personnalité essentielle du grand banditisme. le type en question ne s'est jamais mouillé, il a tenu ses distances avec les premières lignes. on n'a jamais levé le petit doigt contre lui, et je veux absolument l'épingler moi-même. le seul ennui, c'est que la femme dont je te parle a une gosse, et je soupçonne le type de séquestrer la gamine je ne sais où pour faire pression sur la mère. donc il faut que je trouve aussi la gamine.

M : Tu es en veine ?

P : pas jusqu'à maintenant. si elle ne se présente pas à l'école demain, je vais expliquer à Plesch qu'il faut lancer un avis de recherche national. faire comme si elle risquait d'être victime d'un pédophile. la mère va péter les plombs et ça mettra celui qui retient la gamine très très mal à l'aise.

M : Tant que vous ne les mettez pas mal à l'aise au point qu'ils fassent une connerie.

P : je ne crois pas que pour un truc aussi délicat, ces mecs-là emploieraient quelqu'un qui panique. s'il arrive quoi que ce soit à la gamine, ils perdent leur ascendant sur la mère. pire, même, ils en font une furie prête à les dépecer pour se venger.

M : Mais dans quelle mesure la mère sera-t-elle en sécurité si tu arrives à mettre la main sur sa fille ?

P : sa vie ne vaudra plus une poignée d'euros. ce qui signifie que dès qu'on trouve la gosse, on sort la mère du quartier des droits communs et on la met en lieu très, très sûr.

M : Tu as l'air de prendre la chose super au sérieux.

P : ce type-là, je veux tellement sa peau que je la sens entre mes dents. mais ce qu'il y a en plus, c'est que j'ai eu vent d'une opération de grande envergure qui se monterait contre lui et qui nous retirerait la primeur. du coup, j'ai l'impression de jouer contre la montre.

M : Fais attention. C'est difficile de donner le meilleur de soi-même tout en regardant par-dessus son épaule. C'est là qu'on fait des erreurs, il me semble ?

P : d'accord d'un côté je sais bien qu'après tout, peu importe qui le chope, du moment qu'on le chope. mais d'un autre côté j'ai envie.

M : Comme si je ne le savais pas...

P : tu veux que je te dise de quoi j'ai envie ?

M : Je me demandais si tu allais finir par poser la question...

Petra sourit. Par moments, l'éloignement n'était plus vraiment un problème, en fin de compte.

Le bureau de Morgan correspondait tout à fait à l'idée que Carol s'en faisait. C'était un grand cagibi gagné sur un espace ouvert de bureaux. Les vitres en verre dépoli censées procurer un semblant d'intimité avaient été transformées en panneaux d'affichage. Cartes ou plans, photos et bouts de papier sur lesquels figuraient quelques mots en grosses capitales, rédigés au surligneur fluo et scotchés au panneau de verre, dissimulaient totalement l'occupant du lieu et ses activités à tout regard extérieur.

Les rangements et les placards alignés le long des cloisons étaient chargés de piles de dossiers et de registres. L'ordinateur qui trônait sur le bureau avait l'air d'un îlot de lignes droites perdu dans un océan onduleux de papier. L'anarchie semblait régner, mais Carol soupçonnait Morgan de savoir exactement où trouver le moindre document en quelques secondes. Il n'y avait rien de personnel dans la pièce, pas de photos de proches, ou de Morgan en train de serrer la main des puissants ou des célèbres. Le seul détail personnel était la veste accrochée derrière la porte. Même pas sur un cintre, simplement pendue à la patère.

Il était venu l'attendre à la sortie de l'ascenseur, lui avait fait traverser l'espace des bureaux si vite qu'elle n'avait saisi qu'une impression superficielle des postes de travail disposés là, inoccupés pour la plupart. Les policiers installés aux autres levèrent à peine la tête quand Morgan et Carol passèrent, puis ils retournèrent, indifférents, à leurs écrans ou leurs téléphones. Morgan ouvrit la porte de son bureau et s'effaça pour la laisser entrer en annonçant :

— Je reviens dans cinq minutes. J'ai quelque chose à régler. Thé ou café ?

Carol s'installa dans le fauteuil réservé aux visiteurs, mais il s'écoula un quart d'heure avant que Morgan pousse la porte d'un coup de hanche et entre, une tasse dans chaque main. Il en posa une sur la pile de papiers la plus proche de Carol.

— Et voilà, fit-il. Désolé de vous avoir fait attendre.

Il contourna le bureau et tira la chaise de côté pour que l'ordinateur ne les empêche pas de se voir. L'exiguïté de la pièce ne faisait que souligner à quel point son occupant était grand. Il mesurait facilement un mètre quatre-vingts et il était bâti en proportion. Mais s'il avoisinait les quarante-cinq ans, il avait gardé la ligne. Carol remarqua le galbe des muscles des épaules, sous la chemise, et il n'y avait pas trace du moindre embonpoint. Il avait un visage carré, franc, et les yeux écartés, ce qui lui donnait un air candide que Carol savait totalement trompeur. Il lui sourit, et des rides lui plissèrent le coin des yeux.

— Super-boulot, hier, lança-t-il. Les Stups se sont fait avoir, c'est sûr, mais c'est leur faute si les choses ont tourné au vinaigre. Leur chef m'est tombé dessus au téléphone, à m'en crever le tympan, mais comme je lui ai dit : il ne faut pas sous-estimer l'adversaire, surtout quand c'est quelqu'un de mon équipe qui bosse de l'autre côté de la barrière.

— Ça ne vous dérange pas qu'un paquet de coke coure les rues ? demanda Carol en partie parce qu'elle ne voulait pas avoir l'air trop satisfaite, mais surtout pour rappeler à Morgan qu'elle était toujours flic.

— Il faut savoir tolérer quelques dommages collatéraux, parfois. Moi je vois les choses à beaucoup plus grande échelle. (Morgan trempa les lèvres dans sa tasse de café tout en jaugeant Carol d'un bref regard, puis se détendit.) Du reste les Stups ont coffré le mec hier soir. Ils savaient qu'il n'aurait pas eu le temps de transmettre la marchandise, alors ils ont défoncé sa porte à peu près une demi-heure après votre arrivée. Ils l'ont chopé en train de couper la poudre histoire de faire la culbute à la revente. Vous pouvez avoir la conscience tranquille, inspecteur Jordan, ajouta-t-il avec un grand sourire entendu. Content de constater que le fait d'agir sous une identité d'emprunt n'a pas émoussé vos réflexes de flic.

Carol prit sa tasse sans répondre et goûta précautionneusement. Le café était presque aussi bon que si elle l'avait fait elle-même, c'est-à-dire trois fois meilleur que tout ce qu'il lui était jamais arrivé de boire dans des locaux de police. Son respect pour Morgan s'accrut encore.

Il se pencha et tira un dossier d'un tas de documents manuscrits, l'ouvrit, en parcourut le contenu, puis le glissa en direction de Carol.

— Allez-y, fit-il. Jetez un coup d'œil là-dessus.

Elle ouvrit la chemise sur laquelle ne figurait aucune inscription, et tomba sur un agrandissement 20 x 30 noir et blanc représentant un extrêmement bel homme. Ce n'était pas un portrait posé ; le tirage avait le grain d'une photo prise à l'insu du sujet. L'homme était de trois-quarts. Il regardait quelque chose qui se trouvait sur la droite du photographe, sourcils légèrement froncés, ce qui lui creusait une ride entre les yeux. Sa chevelure noire brillante rejetée en arrière formait des vagues souples et révélait un haut front et des oreilles finement ourlées. Les yeux étaient profondément sertis au-dessus des larges pommettes slaves. Son nez avait la courbure d'un bec d'aigle. Les lèvres pleines, entrouvertes, révélaient des dents blanches. L'homme avait l'air aussi acéré et poli qu'un diamant.

— Tadeusz Radecki. Tadzio pour ses amis, annonça Morgan. D'origine polonaise, mais il est né à Paris et a fait ses études en Angleterre et en Allemagne. Il vit maintenant dans un appartement princier, à Berlin. Sa grand-mère était vaguement comtesse. Du sang bleu tant et plus, mais le père était joueur et au moment où Tadeusz est sorti de l'université, tout était dilapidé. Il a donc opté pour une carrière de chef d'entreprise. Sur le papier, il possède en Allemagne une chaîne de boutiques de location vidéos qui marche très bien. Ses affaires ont vraiment décollé au moment de la chute du mur ; il a fait son beurre grâce à tous les types de l'Est, les Ossies, jusqu'alors sevrés de culture hollywoodienne.

Carol attendit. Elle savait qu'il y avait davantage, bien davantage à apprendre. Mais elle n'avait jamais jugé utile de poser des questions pour le seul plaisir d'entendre le son de sa propre voix. Morgan se carra dans son fauteuil et noua les mains derrière la nuque.

— Bien entendu, les choses ne s'arrêtent pas là. Notre ami Tadzio a compris très vite qu'il y avait bien plus de fric à gagner illégalement que légalement. Grâce à ses relations familiales, il a donc entrepris de fournir des armes aux seigneurs de la guerre de l'ex-Yougoslavie une fois le pays divisé. Il disposait des contacts nécessaires en ex-URSS pour s'approvisionner en matériel et s'est établi comme intermédiaire. Là encore, il gardait les mains propres et tout s'est très bien goupillé pour lui. Il a ramassé un bon paquet et c'est alors qu'il a déniché son bras droit, un petit Serbe très dangereux nommé Darko Krasic.

» Avec les bénéfices du trafic d'armes, Tadzio et Darko se sont assuré une protection sérieuse et ont commencé à importer de grandes quantités de drogue. Ils ont toujours pris soin de se tenir à assez bonne distance de la rue pour ne pas être impliqués tout en s'assurant de pouvoir piocher à même le plat. Ces quelques dernières années, ils se sont taillé la part du lion sur le marché des drogues dures du centre de l'Allemagne, et ils ont financé quelques deals internationaux aussi, notamment l'acheminement d'héroïne par bateau en Grande-Bretagne. S'ils tiennent le haut du pavé, c'est surtout parce que Darko a la réputation d'être un type totalement impitoyable. Celui qui le double est un homme mort. Et il ne meurt pas d'une belle mort.

Morgan se redressa et fit signe à Carol de poursuivre l'examen du dossier. Sur la photo suivante, figurait une gare de triage. Les portes ouvertes d'un wagon de marchandises révélaient une demi-douzaine de corps entassés.

— Vous vous souvenez de ça ? demanda-t-il.

— Oui, fit Carol. Huit Kurdes irakiens retrouvés morts dans un wagon à Felixstowe. L'été dernier, c'est bien ça ?

— En effet. Le chargement du ferry avait été retardé de l'autre côté de la Manche, et les pauvres bougres avaient littéralement rôti sur place une fois leur réserve d'air épuisée. Victimes de la dernière opération de Tadeusz Radecki. On peut se demander ce qui contribue le plus à accroître la misère humaine, son trafic de drogue ou de sans-papiers. Mais ce qui nous intéresse nous, ce n'est pas de savoir combien de types il a fait plonger dans la drogue et auxquels nos collègues allemands vont avoir affaire. Ce qui nous intéresse, c'est de mettre un terme à ses importations de clandestins.

Carol esquissa un geste pour passer à la photo suivante.

— Attendez, coupa Morgan d'un ton qui ne souffrait pas la réplique.

— Donc c'est un gros ? demanda-t-elle.

— Un des plus gros. Il a les fonds qui lui permettent d'organiser les choses sur le plan pratique. Et il dispose déjà de l'infrastructure. Quand on graisse la patte aux bureaucrates pour faire circuler la drogue en toute impunité, ça ne coûte pas beaucoup plus cher de leur faire fermer les yeux sur le trafic d'êtres humains par camions entiers. Il les fait venir de Chine, du Moyen Orient, des Balkans, d'Afghanistan.

Du moment qu'ils ont le fric ou la drogue pour payer leur voyage, il les emmène où ils veulent. Et pour la plupart, c'est en Grande-Bretagne qu'ils veulent aller.

— Qu'est-ce qui se passe pour eux, à l'arrivée ? Il les met en relation avec un réseau quelconque ? Ou bien il se contente de les larguer dans la nature et de les laisser se débrouiller ?

Morgan sourit.

— Bonne question. On suppose que ça dépend de la somme qu'ils ont versée. Moyennant un certain prix, ils fournissent sans doute aux clandestins des papiers et même un boulot pour quelques-uns. Mais si les types n'ont pas assez, ils sont largués quelque part, dans un endroit déjà truffé de sans-abri où ils n'ont plus qu'à se fondre dans le décor.

— J'imagine que ce serait naïf de demander pourquoi la police allemande n'a pas encore arrêté Radecki ?

— Pour la raison habituelle : faute de preuves. Comme je le disais, Radecki garde ses distances. Entre lui et le business qui se pratique dans la rue, il y a des coupe-feu. Et les boutiques de vidéos sont idéales pour blanchir l'argent d'une grande partie de ses activités. Il a donc une source de revenus légitime en apparence, qui lui permet de vivre sur un très grand pied. Ça fait un bout de temps que la brigade allemande qui s'occupe du grand banditisme cherche à obtenir des tuyaux sur Krasic et Radecki, mais ils n'ont jamais rien trouvé de sérieux. Il ne doit pas y avoir plus d'une poignée de gens à même de prouver que Radecki trempe dans tout ça, mais ils ont trop la trouille pour parler. Regardez donc la photo suivante.

C'était le cadavre d'un homme gisant sur les quelques marches d'un escalier en pierre. Il lui manquait une bonne partie de la tête. Ce n'était pas beau à voir.

— Ce type-là faisait partie de ceux sur qui les Allemands comptaient pour mouiller Radecki. La police l'a arrêté il y a deux jours, prétextant qu'il avait mis en circulation un paquet de poudre foireuse qui a tué une demi-douzaine de junkies. Il a pris une balle dans la tête sur le perron du commissariat. Comme quoi ces types n'ont vraiment pas froid aux yeux.

Carol ressentit ce frisson d'appréhension et d'enthousiasme mêlés qui accompagnait toujours la perspective de la traque. Même si elle n'avait aucune idée de ce que Morgan lui réservait, elle allait manifestement jouer dans la catégorie des gros calibres.

— Et moi, où j'interviens ?

Morgan se prit d'un intérêt subit pour le fond de sa tasse.

— Radecki avait une maîtresse. Katerina Basler. Ils ont passé quatre ans ensemble. Si Radecki avait un défaut à la cuirasse, c'était Katerina. (Son regard croisa celui de Carol.) De notoriété publique, il était fou d'elle.

— Il était ?

— Katerina est morte il y a deux mois dans un accident de voiture. Ça a anéanti Radecki. Quand elle est morte, il a sombré. Il s'est enfermé dans son appartement de luxe et a laissé Krasic gérer l'affaire au quotidien. Mais voilà qu'à présent, il refait surface. Et c'est là que vous intervenez. Jetez un coup d'œil à la photo suivante.

Carol tourna la page. Un frisson la glaça. Elle contemplait son double. La femme de la photo avait les cheveux longs, mais à part ça, elles auraient pu être jumelles. Tomber nez à nez avec son sosie dans un dossier de police était une des choses les plus trou*blantes qui lui soient jamais arrivées. Elle avait les* mains moites et se rendit compte qu'elle retenait sa respiration. Elle exhala discrètement, comme si, en chassant l'air de ses poumons, elle allait dissiper cette illusion.

— Nom d'un chien, lâcha-t-elle, comme pour protester contre cette usurpation.

— Incroyable, non ?

Carol examina plus attentivement le cliché. À présent, elle discernait des différences : les yeux de Katerina étaient un peu plus foncés, leurs bouches n'avaient pas la même forme. Carol avait le menton plus affirmé. Côte à côte, on les aurait sans doute distinguées l'une de l'autre sans peine. Mais pour Carol, la première impression de similitude subsistait.

— Ça fait drôle de se dire qu'on possède un double. Quelle drôle de coïncidence.

— Ce sont des choses qui arrivent, enchaîna Morgan. Vous n'imaginez pas à quel point ça m'a soufflé de tomber face à votre visage sur un dossier de candidature. C'est là que nous est venue l'idée de cette opération.

— Ça pourrait être ma sœur, fit Carol en secouant la tête, incrédule.

Le sourire que lui adressa Morgan lui évoqua le bâillement d'un lion.

— On espère bien que Tadzio se dira la même chose.

15

Le *Wilhelmina Rosen* était en route, se creusant un chemin dans les eaux boueuses du fleuve. Comme il n'y avait ni écluses ni difficulté de navigation sur cette portion-là du fleuve, Gunther pilotait, lui permettant à lui de se retirer dans son logement avec un tas de papiers à remplir. Factures de chargement, reçus de gasoil, registres de paie, tout était là et attendait qu'il s'en occupe. Mais son esprit ne cessait de s'évader.

Le récit de Heinrich Holtz avait suscité d'innombrables questions. Peut-être ses hommes d'équipage le croyaient-ils un peu simple, sans finesse, mais il s'était toujours passé beaucoup plus de choses derrière ses yeux qu'il n'en laissait transparaître. Il avait toujours dû vivre retranché dans sa tête, coupé de la compagnie de ceux de son âge. La seule chose qui ait empêché les ténèbres de l'engloutir, ç'avait été la lecture, bien que son grand-père ait tenté de l'en priver aussi. À l'adolescence, il était passé maître dans l'art d'introduire clandestinement de quoi lire à bord, des livres de poche en loques achetés dans des dépôts-ventes de charité ou des échoppes de bouquinistes. Il lisait tard le soir, dans le secret de sa minuscule cabine, à l'avant, dévorant des romans d'aventure violents, des biographies ou des récits de crimes authentiques qu'il jetait à l'eau une fois finis, de peur que le vieil homme le surprenne à une occupation qu'il méprisait, pour ne pas dire plus, parce qu'à ses yeux, elle représentait une perte de temps. Cela lui avait appris à voir au-delà des apparences.

La révélation du secret du schloss Hochenstein fut donc la clé qui lui ouvrit la demeure de son propre passé. Il lui restait encore à en explorer les couloirs, les pièces, pour pouvoir appréhender ce qui se trouvait là. Certaines de ces pièces restaient obstinément plongées dans le noir, sans aucun espoir d'illumination. Sa grand-mère, par exemple. Elle était morte bien avant que lui-même vienne au monde. Il ignorait complètement si elle avait eu à subir le sadisme de son mari, ou si de son vivant, son amour avait suffi à calmer la rage de ce dernier. Il n'y avait aucun moyen de le savoir.

Il ne savait quasiment rien de sa mère. Son grand-père ne parlait d'elle que pour la traiter de pute, de chienne ou de garce qui avait chié devant sa propre porte. Il n'avait pas même trouvé une photo d'elle dans les effets personnels du vieux. Il aurait pu la croiser cent fois dans la rue qu'il ne l'aurait pas reconnue. Il aimait se dire que l'onde électrique de sa haine l'avertirait de la présence de cette garce, mais il savait que ce n'était qu'un souhait, sans plus.

Son extrait de naissance lui révéla quelques précisions. Sa mère s'appelait Inge. Elle avait dix-neuf ans quand il était né, et la mention « secrétaire » figurait dans la case de la profession. À l'endroit où le nom du père aurait dû apparaître, il y avait un blanc. Soit elle n'avait pas su dire de qui il s'agissait, soit elle avait eu des raisons personnelles de taire son nom. Peut-être était-ce un homme marié. Ou un crétin avec qui elle n'avait aucune envie de passer le restant de ses jours. Peut-être cherchait-elle à le mettre à l'abri de la fureur de son père. Ces hypothèses étaient aussi plausibles les unes que les autres, car il ne savait rien de l'individu qu'elle était, ni même si elle avait été aussi brutalement opprimée par le vieux que lui-même. Ce qui ne l'empêchait pas de la mépriser pour l'avoir laissé, lui, affronter le sort qu'elle avait fui.

Après l'enterrement du vieux, il avait demandé aux hommes de l'équipage ce qu'ils savaient de sa mère. Ils n'auraient pas osé ouvrir la bouche tant que le vieux était en vie, mais maintenant qu'il était mort et bien mort, Gunther lui avait révélé le peu qu'il savait.

Inge avait été éduquée de façon très stricte. Sa mère la vissait, l'élevait pour faire d'elle une femme allemande convenable. Mais à la mort de cette dernière, Inge avait saisi sa chance. Quand le vieux était à la maison, elle se montrait aussi réservée que d'habitude, lui préparait ses repas, veillait à ce que l'appartement soit propre et net, s'habillait de façon discrète et ne parlait que lorsqu'on lui adressait la parole. Quand le *Wilhelmina Rosen* était en route, en revanche, c'était une autre histoire.

Gunther avait entendu dire par d'autres bateliers que Inge fréquentait régulièrement les bars des quais où elle buvait jusqu'à l'aube en compagnie des matelots. Bien entendu, il y eut des hommes dans sa vie, assez pour lui valoir une réputation de fille légère, sinon de traînée.

Elle devait bien savoir qu'elle jouait avec le feu, se dit-il. Dans la navigation, les gens ont un sens de la communauté très développé et vivent dans un monde restreint. Il était inévitable que les incartades de la fille remontent un jour jusqu'aux oreilles du père. Mais avant que cela ait pu se produire, elle se retrouva enceinte. Chose étonnante, maintenant qu'il y réfléchissait, elle ne s'était pas débarrassée de lui. Ce n'était pas si difficile d'avorter à Hambourg au milieu des années 1970. *Il fallait qu'elle ait vraiment* voulu le garder pour être prête à encourir la colère paternelle.

D'après Gunther, elle avait réussi à dissimuler sa grossesse sous des pulls informes jusqu'au cinquième ou sixième mois. Quand le vieux découvrit la chose, il entra dans une fureur quasi muette. La vie à bord fut un véritable enfer pendant quelques semaines, avec le vieux d'une humeur tellement massacrante que l'équipage ne savait plus où se mettre. Il s'imaginait sans peine ce que ç'avait pu être, et se réjouissait de ne pas avoir connu ça.

Puis un silence pesant s'installa pendant un mois ou deux. Et un matin, après une relâche de trois jours à Hambourg, le vieux était revenu à quai avec une voiture pleine. L'équipage l'avait regardé, bouche bée, décharger calmement un berceau et deux jeux complets de draps de rechange, plusieurs sacs de supermarché pleins de vêtements d'enfants, un carton de biberons, lait en poudre et comprimés de stérilisation. Et finalement, il avait traversé la passerelle en poussant un landau dans lequel dormait un bébé.

Personne n'avait eu le cran de demander au vieux où était passée Inge, et ils étaient repartis avant que la rumeur ait le temps de leur parvenir. Mais à la halte suivante, Gunther avait foncé droit dans les bars du port pour glaner tous les bruits qui couraient. Comme il s'en était douté, en rentrant chez lui, le vieux avait trouvé Inge installée avec son enfant. Il l'avait jetée à la rue, suivie de sa valise, puis il avait changé les serrures et entrepris d'élever lui-même l'enfant.

Inge avait quitté la ville, disait-on. Un de ses ex-petits amis travaillait sur un bateau de croisière et lui avait trouvé un emploi de serveuse à bord. Quand le *Wilhelmina Rosen* rentra à Hambourg, Inge avait disparu. À Bergen, elle donna sa démission et disparut dans la nuit norvégienne sans laisser d'adresse. Plus personne, à Hambourg, n'entendit jamais parler d'elle.

Il se demandait ce qu'elle était devenue, mais de façon détachée, sans passion. Même enfant, il n'avait jamais nourri de fantasmes de retrouvailles. Jamais il ne lui était venu à l'idée d'espérer que sa mère surgisse à bord, vêtue d'un vison et chargée de diamants, pour le tirer de son enfer et l'envelopper dans le cocon du luxe.

Il se disait désormais qu'elle avait sans doute fini par se vendre, soit carrément en tant que prostituée, soit de façon détournée, en épousant quelqu'un en qui elle voyait un protecteur. Et d'après lui, elle n'en méritait pas tant.

Mais le récit de Heinrich Holtz lui avait fait comprendre qu'en vouloir à sa mère ou à son grand-père ne servait à rien. Autant reprocher à la balle ou au fusil de tuer. Le doigt qui avait appuyé sur la détente de son sort personnel n'était pas celui du vieil homme. C'était celui des psychologues qui avaient considéré les gens comme des cobayes pour leurs expériences.

Tout le monde faisait comme si tout ça avait pris fin en même temps que l'époque nazie. Mais lui savait bien que non. Il s'était renseigné. Son passé entre les mains de son grand-père lui avait appris que rien ne sert de précipiter la vengeance. Il faut apprendre à connaître l'ennemi, étudier ses forces aussi bien que ses faiblesses. Après l'enterrement, il s'était assigné pour tâche de lire tout ce qu'il pouvait trouver sur la théorie et la pratique de la psychologie. Au début, il eut l'impression de se colleter à une langue étrangère. Il avait dû lire et relire jusqu'à ce que les mots se brouillent et que la tête lui tourne, mais il s'était accroché. Et maintenant, il était capable de retourner leurs propres armes contre eux. Il connaissait leurs vérités aussi bien que la sienne propre. Il savait formuler ses pensées dans leur jargon secret.

Lequel d'entre eux aurait imaginé qu'un simple batelier puisse s'immiscer dans leur monde ?

Il savait qu'ils continuaient à utiliser des gens comme cobayes. Qu'ils continuaient à bousiller leurs victimes, à s'abriter derrière l'intérêt professionnel pour perpétrer leurs massacres. Même lorsqu'ils étaient censés apporter de l'aide, ils ne faisaient qu'aggraver les choses. Tant qu'ils existeraient, son sort à lui ne serait pas un cas isolé. D'autres pauvres bougres finiraient aussi esquintés que lui. Sa mission était limpide. Il devait faire passer un message qui ne puisse pas rester ignoré.

Frapper de façon à faire un exemple ou deux n'aurait servi à rien. Ce qu'il fallait, c'était sabrer dans le tas. Il avait choisi ses victimes avec un soin méticuleux, après avoir écumé des tonnes de publications dans la presse spécialisée en psychologie expérimentale. Seuls l'intéressaient ceux qui pouvaient être considérés comme les légitimes descendants de ses persécuteurs : les Allemands, bien sûr, et leurs traîtres de collaborateurs français, belges, autrichiens et hollandais. Il avait laissé de côté ceux qui expérimentaient sur des animaux pour ne rechercher que les salopards malfaisants qui, non seulement se servaient d'êtres humains comme tremplins de leur propre promotion, mais s'en vantaient par écrit. C'était écœurant la façon dont ils exposaient leurs manipulations des sujets, des cerveaux, des comportements. Il s'était étonné qu'ils soient si peu nombreux, mais il en vint à se dire qu'ils n'étaient pas tous bêtes au point d'étaler au grand jour leur propre cruauté. Cela prit un certain temps, mais il finit par dresser une liste de vingt noms. Il décida de commencer par ceux qui vivaient le plus près des voies navigables, mais au besoin, il pourrait ensuite pousser sa mission plus à l'intérieur des terres.

Désormais, il devait se montrer très, très prudent. Planifier chacun de ses déplacements avec la précision d'une opération militaire. Et pour le moment, ce soin se révélait payant.

Il regarda l'eau noirâtre qui ondulait derrière le hublot. Brême serait la prochaine étape. Le bocal était déjà prêt.

Petra Becker était aussi fumasse qu'un chat à qui un humain dégoûté aurait confisqué sa souris. Elle venait de passer une nouvelle journée désespérante à se débattre pour établir une preuve négative. Ils avaient retrouvé le type avec qui Marlene Krebs couchait, mais il ne leur avait rien appris d'intéressant. Marlene agissait seule, avait-il affirmé. Oui, il avait entendu dire qu'elle fréquentait Danni, mais il s'en foutait dans la mesure où elle utilisait des capotes, ce qu'elle faisait toujours avec lui. Il ne fallait pas prendre de risques avec les junkies, avait-il ajouté d'un ton vertueux.

La petite amie de Danni, elle, affirma ne jamais avoir entendu parler de la supposée liaison avec Marlene, mais comme Danni et elle ne vivaient pas ensemble, elle ne pouvait pas être certaine de ce qu'il faisait les soirs où il n'était pas avec elle.

À eux deux, Petra et le Requin avaient retrouvé trois personnes qui prétendaient être au courant de la liaison. Les agents de la KriPo s'estimaient peut-être satisfaits, mais pas Petra. L'un des trois individus en question avait fait l'objet de condamnations pour petit trafic de drogue, un autre travaillait dans une des boutiques vidéos de Radecki. Quant au troisième, il devait tellement d'argent aux usuriers locaux que moyennant un prix correct, il aurait avoué qu'il couchait avec le Chancelier. Elle ne croyait aucun des trois. Mais elle n'était certes pas en mesure de prouver que la version à laquelle Marlene se cramponnait était fausse.

Elle avait regagné le bureau, bien décidée à déblayer la phase suivante de sa stratégie. Aucun de ses indicateurs habituels n'avait pu lui fournir la moindre piste quant à l'endroit où se trouvait la fille de Marlene. Tout ce qu'elle avait réussi à établir, c'était que, le jour de la fusillade, quelqu'un était venu chercher la petite Tanja à la sortie de l'école dans une grosse Mercedes noire. Personne n'avait remarqué qui était au volant, ni relevé de détail utile comme le numéro minéralogique. La petite pouvait être n'importe où, à cette heure. Et compte tenu du réseau de Radecki, elle n'était peut-être même plus en Allemagne.

Il fallait pourtant essayer. Elle avait donc opéré une virée dans le bureau de Hanna Plesch pour exposer son idée. Plesch l'avait écoutée, sourcils froncés. Puis elle avait secoué sa chevelure acajou.

— C'est trop risqué.

— C'est le seul moyen. Si on lance l'opération comme un avis de recherche à grande échelle pour enfant disparu, on aura forcément des retours. N'importe où que la gosse soit détenue, quelqu'un doit l'avoir vue. Ou du moins, avoir remarqué quelque chose d'un peu bizarre. Si on veut que Marlene nous dise ce qu'elle sait, il faut retrouver la gamine.

— Et s'ils décident d'arrêter les frais et de tuer la petite ? Qu'est-ce qu'on dira à la presse, à ce moment-là ? Vous pensez vraiment que Krebs va vous parler si elle vous croit responsable de la mort de sa fille ?

Plesch toisa son interlocutrice. Visiblement, elles avaient les idées aussi arrêtées l'une que l'autre.

— On n'a pas le choix, répondit Petra, butée.

— Là, on n'avance pas. Il va falloir admettre qu'il s'agit d'une impasse de plus. On va continuer l'enquête, mais je refuse de mettre en péril la vie d'une enfant.

— Elle l'est déjà.

— Krebs le sait. Et elle sait ce qu'elle a à faire pour que sa gamine reste en vie. Vous ne changerez rien à ça. Vous allez sans doute devoir lâcher le morceau, pour cette fois. Il y aura d'autres occasions.

Petra foudroya sa chef du regard.

— Ce n'est pas ce que j'ai entendu dire.

— Ce qui signifie ?

— Le bruit court qu'une opération de grande envergure contre Radecki va se monter. Et ça ne sera pas pour nous, chef. Ça fait des années que je me casse le cul à monter un dossier contre cet enfoiré, alors si ça doit être notre dernière occasion de le coffrer, j'ai l'intention de retourner ciel et terre au besoin.

Plesch détourna les yeux.

— Il ne s'agit pas d'une mission personnelle, Petra. Vous n'êtes pas investie de je ne sais quel droit divin qui vous désigne comme celle qui, en fin de compte, viendra à bout de l'organisation de Radecki. Peu importe qui le coffre, du moment que quelqu'un le fait.

— Alors vous confirmez qu'il se mijote quelque chose ? Et que l'affaire risque de nous échapper ?

Elle était en rogne, à présent, les yeux plissés, les joues enflammées, et se souciait peu de manquer de respect à sa supérieure hiérarchique.

— Ne me poussez pas à bout, Petra, rétorqua Plesch en se levant. Allez faire votre boulot et c'est tout. Il faut qu'on rediscute de tout ça, mais pas maintenant. Écoutez, on travaille ensemble depuis assez longtemps pour que vous compreniez que par moments, vous devez me croire. Ce n'est pas le moment de faire des vagues. Ne vous engagez pas sur cette pente-là. Ce n'est pas nécessaire, et pas souhaitable non plus. (Elle esquissa un sourire crispé.) D'ailleurs c'est un ordre. Ne mettez pas la vie de l'enfant en danger.

Petra était ressortie du bureau furax, les poings serrés. Ce fut seulement plus tard, une fois sa colère retombée, qu'elle analysa ce que Plesch lui avait dit. Elle avait confirmé, de façon détournée, cependant, qu'il allait y avoir du changement dans l'enquête à propos de Radecki. Mais elle avait l'air d'insinuer que Petra serait de la partie pour peu qu'elle se tienne à carreau. Sans être une promesse, cela atténuait un peu le refus que Plesch avait opposé au projet de sa subalterne.

Elle s'affala dans son fauteuil et se connecta pour récupérer ses mails internes. Non qu'elle attende grand-chose d'intéressant, mais c'était toujours mieux que de contempler le mur. Elle passa en revue la courte liste de nouveaux mails. La seule chose qui attira son attention était une réponse à la demande d'information qu'elle avait adressée à la police de Heidelberg. Échaudée par les déconvenues des deux derniers jours, Petra réprima son enthousiasme, mais elle ouvrit quand même le mail : *Walter Neumann, 47 ans. Lecteur en psychologie à l'université Ruperto Carola de Heidelberg.*

Le radar intérieur de Petra enregistra un frémissement. À nouveau un universitaire, à nouveau un psychologue. C'était prometteur. Elle fit défiler le texte. Trois semaines plus tôt, l'homme avait été découvert par un étudiant dans son appartement proche du campus d'Altstadt. Son ordinateur avait été fracassé par terre, et lui gisait, écartelé sur son bureau. Les détails correspondaient en tout point aux informations données par Marijke à propos du meurtre de Groot à Leyde, jusqu'à la cause du décès (noyade), au scalp des poils et de la peau du pubis.

— Jackpot ! s'exclama-t-elle à mi-voix.

D'accord, la règle voulait qu'en matière de meurtres, on ne parle de série qu'à partir de trois occurrences, mais deux assassinats obéissant à un *modus operandi* aussi délirant ne pouvaient pas être taxés de coïncidences. Ce qui étonnait Petra, c'était qu'une histoire pareille ait pu arriver sur le bureau de la brigade du grand banditisme. Elle continua à lire et trouva un semblant d'explication à la toute fin du document.

Les premières investigations n'ont révélé aucun mobile personnel pour ce meurtre. Cependant, d'après les renseignements dont nous disposons, Neumann entretenait des rapports avec le milieu de la drogue. Il faisait usage depuis longtemps, paraît-il, de cannabis et d'amphétamines, et la brigade des Stupéfiants qui s'occupe du trafic au sein de l'université avait eu vent de rumeurs d'après lesquelles Neumann revendait de la drogue à ses étudiants. Bien que nous ne disposions d'aucune preuve qui confirme ses activités de trafiquant, il semble possible qu'un meurtre aussi étrange ait pu être perpétré en conséquence de rapports avec le monde criminel qui gravite dans le milieu de la drogue. En bref, qu'il puisse s'agir d'une exécution destinée à faire passer un message indéchiffrable pour nous à l'intention de ceux qui pourraient être tentés de transgresser le code tacite de ces individus.

— Pipeau, grommela Petra à la lecture du dernier paragraphe. Si on traduit cette foutue langue de bois, ça donne : « On n'y comprend rien, alors filons ça à quelqu'un d'autre. »

Mais pour une fois, elle se réjouissait que ses collègues des provinces se soient débarrassés de ce dossier-là. S'ils n'avaient pas fait preuve de paresse et d'incompétence, elle n'aurait jamais pu établir le lien entre ce meurtre et l'affaire de Marijke, à Leyde.

La question qui se posait à présent était la suivante : que faire ? Il n'existait pas de coopération effective entre les polices des différents pays de l'Union européenne. Interpol n'avait rien à voir là-dedans. Europol s'occupait de diffusion des renseignements et du développement des stratégies de police, pas de missions internationales. Si Petra mettait officiellement cette affaire sur la table, elle allait sombrer dans la paperasserie bureaucratique et les histoires politiques entre ministères.

En revanche, si Marijke et elle enquêtaient ensemble sur ces deux affaires, partageaient leurs informations et regroupaient les pistes... Depuis qu'elle avait appris que le dossier Radecki menaçait de lui être retiré, elle avait besoin de se trouver un autre sentier menant à la gloire. Et celui-là conviendrait peut-être.

Elle cliqua sur l'onglet . *Veuillez envoyer rapport médico-légal et détails complets concernant Walter Neumann. Copies papier de préférence. Demande urgente et hautement confidentielle.*

Elle envoya son message puis se renversa contre le dossier de son fauteuil, un petit sourire satisfait aux lèvres. Si, comme le pensait Plesch, il y avait une place pour Petra dans ce qui se montait contre Radecki, tant mieux. Sinon, cette affaire-là lui servirait de garantie.

16

Trois jours, ce n'était vraiment pas assez. Carol contempla sa garde-robe, perplexe. Certains vêtements pourraient faire l'affaire, mais la plupart, non. Morgan lui avait accordé un budget astronomique pour acheter des tenues, mais il allait falloir le dépenser, et cela lui prendrait le plus clair de sa journée. Ensuite, elle devrait faire ses bagages en tenant compte de sa nouvelle identité, et bien veiller à ne rien emporter qui puisse révéler sa réalité personnelle.

Son frère Michael avait accepté de se charger de Nelson ; il comptait venir en voiture dans la soirée et rapporter le chat à Bradfield, dans le grand loft que Carol et lui partageaient autrefois. Michael n'avait posé aucune question gênante, n'avait pas demandé, par exemple, pourquoi il devait garder le chat jusqu'à nouvel ordre pendant que sa sœur s'en allait vers une destination non précisée. Elle avait annoncé qu'elle ne pouvait rien expliquer pour des raisons de sécurité, et aussitôt, il avait laissé tomber le sujet.

La seule chose qu'elle aurait voulu pouvoir faire, c'était se confier à Tony. Elle savait que sa vision des choses l'aiderait, et plus encore, que son soutien lui donnerait confiance. Mais elle ne pouvait pas se fier aux lignes téléphoniques ou à la communication électronique pour débattre d'une mission aussi sensible. Elle avait appelé Tony à l'issue de son entretien avec

Morgan, mais elle n'avait rien pu lui dire et cela l'avait beaucoup contrariée. Elle lui avait bien spécifié que si elle hésitait à parler librement, c'était parce qu'elle doutait de la sûreté des moyens de communication, et pas plus que Michael, il n'avait insisté.

Elle fouilla dans la penderie, choisit quelques vêtements qu'elle expédia sur le lit, derrière elle. Elle se réjouissait de pouvoir laisser de côté quasiment tout ce qu'elle possédait qui reflète sa propre personnalité. L'idée que Carol Jordan puisse avoir des choses en commun avec sa nouvelle création, Caroline Jackson, même à un niveau superficiel, ne la mettait pas très à l'aise. Le fait que les noms se ressemblent à ce point l'ennuyait un peu, bien que Morgan ait expliqué les raisons techniques qui en avaient décidé. « Nous tenons à conserver un prénom aussi proche du vôtre que possible pour vous éviter ces moments horribles où quelqu'un prononce votre nom et que vous ne réagissez pas. Nous avons par ailleurs conservé vos initiales. D'après les spécialistes, ça facilite les choses psychologiquement et on risque moins les faux pas. »

Son choix effectué, Carol referma les portes de la penderie et fit le tour de sa chambre, effleurant les objets familiers sur la commode, les étagères, comme si leur contact allait en imprimer le souvenir dans sa mémoire, les rendre accessibles chaque fois qu'elle aurait besoin de retrouver qui elle était vraiment. Elle s'arrêta devant les trois photos encadrées face à son lit. Michael, le bras autour des épaules de la femme avec qui il vivait depuis deux ans, le visage épanoui. Ses parents le jour de leurs noces d'argent. La mère avait la tête posée sur l'épaule du père, avec une expression d'affection indulgente, et lui regardait droit vers l'objectif, les yeux plissés par son habituel petit sourire. Et pour finir, un cliché d'elle en compagnie de Tony et de John Brandon, son ex-chef, pris lors de la réception organisée pour fêter la réussite de la première affaire sur laquelle ils avaient travaillé ensemble. Ils avaient tous les trois cet air un peu hagard qu'ont les gens qui s'acheminent vers l'ivresse sans y être tout à fait.

Sa rêverie fut brusquement interrompue par le grésillement de l'interphone. Carol fronça les sourcils. Elle n'attendait personne. Elle traversa l'entrée et décrocha le combiné.

— Oui ?

Déformée par la friture, une voix métallique lui répondit :

— Carol ? C'est moi, Tony.

Elle éloigna le combiné et le contempla, comme s'il s'agissait d'un objet inconnu. De l'autre main, elle appuya d'un geste machinal sur le bouton d'ouverture de la porte tout en s'efforçant d'enregistrer mentalement ce qu'elle venait d'entendre. Puis elle raccrocha, comme une somnambule, et alla ouvrir la porte d'entrée. En quittant l'excellente insonorisation de son appartement, elle perçut le couinement de l'ascenseur.

La porte de l'ascenseur coulissa. Carol se tendit en prévision du coup au cœur qu'elle éprouvait toujours à la vue de Tony. Il apparut ; l'éclairage cru lui faisait un teint blafard couleur cendre, une silhouette monochrome. Puis il s'avança et recouvra son allure humaine. Il s'était fait couper les cheveux depuis la dernière fois, remarqua-t-elle comme il approchait, l'air inhabituellement satisfait de lui-même.

— J'espère que je ne te dérange pas, à cette heure ?

Carol s'effaça sur le seuil et lui fit signe d'entrer.

— Qu'est-ce que tu fais par ici ? demanda-t-elle, incapable de réprimer le rire qui transparaissait dans sa voix.

Tony entra, la prit par le coude et se pencha pour lui déposer un chaste baiser sur la joue.

— Excuse-moi, c'est peut-être présomptueux de ma part, mais au téléphone, j'ai eu l'impression que tu avais besoin d'un peu de réconfort. Et telle que je te connais, je me suis dit que tu ne t'autoriserais pas à en attendre de qui que ce soit d'autre. (Il ouvrit les bras en un geste plein d'emphase.) Donc, me voilà.

— Mais... tu n'es pas censé travailler ? Comment es-tu venu ? Et quand ?

Avant qu'il puisse répondre, Nelson fit son apparition, attiré par une voix connue. Il se frotta aux jambes de Tony, laissant une traînée zigzagante de poils sur le bas du jean. Tony s'accroupit aussitôt pour gratter la tête de l'animal.

— Salut Nelson. Toujours aussi beau ! (Le chat se mit à ronronner, les paupières à demi closes, fixant Carol comme pour lui signifier qu'elle ferait bien d'en prendre de la graine. Tony leva la tête.) J'ai décollé d'Édimbourg ce matin. Je n'avais pas de cours aujourd'hui, alors je me suis dit que j'avais peut-être une chance de te trouver ici.

— Une chance onéreuse, répondit Carol. Tu aurais pu téléphoner, histoire de t'assurer que je serais chez moi.

Tony se redressa.

— Par moments, j'en ai marre d'être pragmatique.

Avant de pouvoir s'en empêcher, Carol lança :

— Et Frances, qu'est-ce qu'elle en pense ?

À peine les mots eurent-ils franchi ses lèvres que la mine de Tony changea. Son visage se ferma comme si un voile venait de s'abaisser sur son regard.

— Ce que je fais ne regarde plus Frances, répondit-il d'un ton qui excluait toute réplique.

Carol ne put réprimer le frisson ravi qui s'empara d'elle. Que Frances ait été reléguée aux oubliettes si peu après sa visite à elle ne pouvait pas être une coïncidence. Ce qui signifiait... toutes sortes de choses auxquelles elle ne pouvait pas se permettre de réfléchir. Elle devait se contenter de sa présence, là, pour l'instant, avec elle ; il était venu de son plein gré, sans qu'elle demande rien.

— Entre et viens t'asseoir. Café ?

— Oh ! oui, volontiers. On sait dresser la carte du génome humain, mais on n'arrive toujours pas à servir du bon café dans les avions.

— Installe-toi, fit Carol en désignant les canapés jumeaux disposés à angle droit de façon à profiter au mieux de la vue. Je n'en ai que pour une minute.

Elle partit vers la cuisine. Plutôt que de s'asseoir, Tony passa la pièce en revue. Le contenu lui était en grande partie familier, mais certains détails étaient nouveaux : les deux grandes affiches des films noirs de Jack Vettriano, dans leurs lourds cadres dorés patinés, auraient totalement détonné dans le cottage où Carol vivait auparavant, mais sur ces grands murs blancs, ils prenaient toute leur force et leur mélancolie. La collection de CD s'était agrandie de toute une série de groupes actuels dont il connaissait les noms mais pas du tout la musique. Et il n'avait jamais vu le tapis indien aux couleurs vives qui occupait le milieu de la pièce.

Mais il ne relevait rien qui jure avec sa perception de Carol. Elle était toujours telle qu'il l'avait connue. Debout à la fenêtre, il contemplait la vieille église incongrue au milieu des immeubles modernes. Il n'était pas sûr d'avoir bien fait de passer comme ça. Mais il fallait savoir prendre des risques, par moments. Sinon comment savoir qu'on est en vie ?

La voix de Carol le ramena à la réalité.

— Café, annonça-t-elle en posant la cafetière et deux tasses sur le plateau de verre de la table basse.

Il lui sourit.

— Merci.

Il ôta sa veste. Dessous, il avait un pull noir fin à col en V, plus chic que ce qu'il portait autrefois, Carol s'en fit la remarque. Ils s'installèrent avec leur café, chacun sur un canapé mais assez proches pour pouvoir se toucher le cas échéant.

— Bon alors, lança-t-il. Tu veux bien en parler ?

Carol ramena les pieds sous elle et cala sa tasse au creux de ses mains.

— Je meurs d'envie de te raconter. On me fait naviguer en eaux très profondes. Immersion totale sous une identité d'emprunt.

— Europol ?

— Pas tout à fait. C'est une opération britannique. À vrai dire, c'est un peu embrouillé. Je ne sais pas trop où commence le contre-espionnage et où finissent les Douanes dans cette histoire. Et les Renseignements tremperaient là-dedans aussi que ça ne m'étonnerait pas. (Elle esquissa un petit sourire narquois.) Tout ce que je sais, c'est que ma filière hiérarchique à moi passe par le commissaire Morgan, qui dépend du NCIS. Voilà tout ce que j'ai besoin de savoir.

Tony avait assez interrogé de tueurs récidivistes pour s'abstenir de laisser transparaître son inquiétude. Mais ce qu'il entendait ne lui plaisait pas. Le peu qu'il connaissait de la police britannique lui avait appris que les zones d'ombre sont toujours susceptibles d'être reniées. Pour peu qu'il faille un jour ou l'autre descendre quelqu'un en flammes, la seule personne en vue serait Carol. Et qu'elle ne le reconnaisse pas de son propre chef était préoccupant.

— En quoi consiste la mission ?

Carol lui répéta tout ce que Morgan avait expliqué concernant Tadeusz Radecki.

— À en croire Morgan, quand il a vu mon dossier de candidature pour Europol, il a cru avoir la berlue. Katerina était morte, et voilà que son double surgissait, postulait pour travailler en première ligne dans les services de renseignements. Il a alors eu l'idée de monter une opération où je servirais d'appât pour attirer Radecki dans le piège.

— Tu vas opérer sous identité d'emprunt dans le but de séduire Radecki ?

Tony eut l'impression que le sol se dérobait sous ses pieds. Il avait cru la tactique du charme éteinte depuis la fin de la guerre froide.

— Non, non, c'est bien plus subtil que ça. C'est un guet-apens. D'après Morgan, Radecki s'était arrangé une petite combine tranquille avec un truand de l'Essex, Colin Osborne. Osborne faisait entrer les clandestins de Radecki dans le pays via deux ou trois ateliers de couture qu'il dirigeait dans l'East End. Plusieurs fois par an, il graissait la patte d'un type de l'Immigration pour que ses sans-papiers soient introduits en douce dans des centres de transfert, puis il les remplaçait par le nouvel arrivage de Radecki. Il parvenait à garder les mains propres parce que les ateliers clandestins étaient toujours établis sous de faux noms et avec des références commerciales bidons.

— Ingénieux, fit Tony.

— Très. En tout cas, Osborne s'est fait descendre dans une fusillade entre bandes il y a à peu près un mois et demi. Tout le monde en est encore à pinailler pour savoir qui va reprendre la tête de son sale petit empire. Et pendant ce temps-là, personne ne met plus les clandestins de Radecki en lieu sûr.

— C'est là que tu interviens ?

— Exactement. (Carol lui adressa un grand sourire.) Je débarque à Berlin avec une proposition pour Radecki. Je m'appelle Caroline Jackson. (D'un revers du pouce, elle désigna le petit bureau attenant au salon.) J'ai un dossier épais comme ça sur le passé de Caroline. Où elle a fait sa scolarité, quand elle a perdu sa virginité, quand et comment ses parents sont morts, où elle a vécu, de quelle façon elle gagne sa vie. À présent, c'est une femme d'affaires prospère qui entretient quelques contacts très louches.

Tony agita l'index.

— Pas «elle », Carol. À partir de maintenant, il faut que tu emploies la première personne.

Carol se mordit les lèvres, confuse.

— J'ai un contrat de location qui me permet d'occuper une ancienne base aérienne américaine en East Anglia. J'y ai monté une boîte qui fabrique des jouets en bois artisanaux sur place, et je dispose des anciens locaux. Je dispose aussi d'une filière pour obtenir de faux passeports italiens. Je connaissais Colin Osborne et je savais qu'il se fournissait en main-d'œuvre auprès de Radecki. Maintenant que Colin est mort, je suis prête à reprendre le flambeau. J'ai besoin d'ouvriers et je peux leur proposer un plan encore meilleur que celui de Colin : ils travaillent gratuitement pour moi pendant un an, et je leur fournis des papiers européens légaux. Ainsi Radecki retrouve un marché pour écouler ses clandestins.

Tony hocha la tête.

— Je comprends que ça puisse l'intéresser. Mais pourquoi l'appâter en plus avec cette histoire de femme qui ressemble à sa petite amie décédée ?

— D'après Morgan, ce n'est pas la première fois qu'ils envisagent de faire intervenir quelqu'un dans le but de dévoiler le pot aux roses comme je vais le faire. Mais ils se sont abstenus jusqu'à maintenant parce qu'ils n'auraient probablement obtenu que des éléments concernant la dernière étape du trafic. Ils auraient sans doute pu coffrer Radecki, mais pas démanteler le réseau derrière lui. À ce moment-là, voilà que j'arrive dans le tableau. L'idée, c'est qu'il s'ouvrira davantage et plus vite à moi qu'à quelqu'un d'autre. À supposer que je gagne sa confiance, je pourrai découvrir dans le détail comment fonctionne son système. Et si j'utilise judicieusement mes atouts, il se pourrait qu'on mette un terme à son trafic de drogue, d'armes et de clandestins du même coup. Le jeu en vaut la chandelle.

L'enthousiasme de Carol inquiétait Tony. Il savait que pour mener à bien une mission aussi difficile, Carol devrait avoir un fort degré de confiance en elle. Elle allait dépendre de ses seules ressources la majeure partie du temps, et faute de croire en elle-même, elle coulerait à pic. Or refuser de prendre en considération les risques que présentait une mission aussi dangereuse, cela ne lui ressemblait pas.

— De toute évidence, ils ont vu juste sur le plan psychologique, répondit-il. Radecki sera forcément attiré. Et son engagement émotionnel te permettra de maintenir plus facilement ton identité d'emprunt. Il aura plus de mal à se montrer soupçonneux envers toi qu'envers qui que ce soit d'autre. N'empêche, tu seras en posture on ne peut plus délicate. Pour peu que ton identité d'emprunt vienne à être grillée, Radecki sera beaucoup plus vindicatif à ton égard qu'il le serait pour un quelconque autre flic. Il ne se contentera pas de t'éliminer. Il aura besoin de te faire souffrir. Tu en es consciente, n'est-ce pas ?

— Ça m'est venu à l'idée, en effet. Mais tu sais que je n'aime pas m'appesantir sur les éventualités.

— Tu dois connaître les pièges dans lesquels tu risques de tomber. Ça ne servirait à rien que je me contente de te débiter tout un tas de platitudes sur le talent dont tu vas faire preuve dans cette mission. Endosser une identité d'emprunt, c'est le boulot le plus dur qu'on puisse pratiquer dans la police. (Il se pencha en avant, le visage empreint de sincérité.) On est constamment en situation de travail. On ne peut *pas se permettre d'avoir envie d'être soi-même. On* est forcé d'habiter cette identité et c'est bien l'endroit le plus solitaire qui existe. En plus de ça, tu vas te trouver à l'étranger, ce qui ne fera qu'accentuer ce sentiment d'isolement.

Ses mots restèrent en suspens, flottant entre eux deux, avec une intensité qui dépassait leur sens apparent. Carol comprit tout à coup qu'il lui parlait de lui-même, de la façon dont il avait choisi de vivre.

— Tu en parles comme si tu avais connu ça, dit-elle doucement.

Passer pour un être humain, songea-t-il. Ce n'était ni le moment ni l'endroit de s'attarder sur ces considérations-là.

— Je vis ça depuis tellement longtemps que j'envisage une concession à perpétuité, répondit-il d'un ton qu'il voulait léger. Le milieu universitaire n'est pas mon habitat naturel. (Carol eut l'air déçue. À juste titre, se dit-il, elle méritait mieux que ça de sa part.) Et Frances non plus, ajouta-t-il. Mais je ne suis pas venu parler de moi. Est-ce qu'on aura moyen de rester en contact ?

— J'espère bien. Morgan a dit qu'on allait me fournir un accès e-mail sûr.

Tony finit sa tasse et se resservit du café.

— Ce serait bien. Je ne pense pas pouvoir être d'une grande aide pratique, mais ça me tranquilliserait de savoir que tu vas bien. Et toi, tu apprécierais sans doute de disposer d'un endroit où tu puisses être Carol Jordan quelques minutes par jour. D'un autre côté, tu t'apercevras peut-être que ça casse la continuité de ton rôle. Alors laisse venir les choses. Tu aviseras une fois en situation.

Carol posa sa tasse sur la table et se leva. Elle alla se poster à la fenêtre. Tony la voyait de profil, détaillait les méplats et les angles dont sa mémoire conservait un souvenir si précis. Quelques rides s'étaient creusées au coin des yeux, mais c'était le seul changement depuis qu'il la connaissait. Pour le moment, le pli de sa bouche était certes déterminé, mais son regard trahissait son inquiétude.

— J'ai peur, Tony. J'essaie de m'en empêcher parce que je sais que c'est une émotion néfaste dans une opération de ce genre. Mais j'ai très, très peur.

— Ne néglige pas l'utilité que peut avoir la peur. Tu vas être dopée à l'adrénaline d'un bout à l'autre de cette mission. La peur aide bien. Et ça coupe court aux excès de confiance en soi. Quoi que tu en penses pour le moment, tu vas devoir t'attacher à Radecki. Au début, il faudra que tu te comportes sciemment comme s'il t'attirait, mais le simple fait de maintenir cette attitude un certain temps aura tendance à rendre ce sentiment réel. C'est une variante du syndrome de Stockholm, le phénomène qui fait que les otages s'identifient à leurs ravisseurs. Que ça te plaise ou non, tu vas constater que tu te sens de plus en plus proche de lui, et qu'il commence à t'attirer. La peur est un très bon antidote pour ça.

Carol se frotta les yeux entre pouce et index.

— J'aspire tellement à récolter ce qu'il y a à la clé de tout ça que je crains d'être prête à faire tout ce qui peut être fait. Et si je tombe amoureuse de ce type ?

Elle se tourna vers Tony, l'air inquiète.

— Tu ne serais pas la première. Et il n'y a pas de recette toute simple pour éviter ça. (Il s'avança vers elle et lui prit les mains.) Pour peu qu'il soit agréable avec toi – et il n'y a aucune raison qu'il ne le soit pas – tu vas être très tentée de laisser les choses suivre leur cours. Ce qu'il faut faire, c'est garder en permanence à l'esprit un aspect de ce type que tu trouves totalement haïssable. Je ne sais pas ce que ça pourrait être dans ton cas, mais il doit bien y avoir quelque *chose dans son dossier qui t'a vraiment choquée.* Tu retrouves ce truc-là et tu te le répètes comme un mantra.

Il serra les mains de Carol entre les siennes, fraîches contre sa peau chaude, en s'efforçant de ne pas imaginer leur contact le long de son dos.

— C'est facile, dit-elle. La dureté. La façon dont il supervise tout ça sans jamais se mouiller. Je n'arrive pas à me défaire de l'image de ce dealer mort, étendu sur les marches du poste de police, la cervelle sur le trottoir. Et Radecki dans son luxueux appartement de Charlottenburg, bien à l'abri de toute cette merde, en train d'écouter Verdi ou Mozart, comme s'il n'avait rien à voir là-dedans. Voilà ce qui me choque.

— Eh bien ! chaque fois que tu sentiras que l'attirance à son égard devient trop forte, évoque ces deux images pour contrebalancer. Ça t'ancrera dans la réalité de ta mission. (Il lui lâcha les mains, recula d'un pas.) Tu y arriveras, Carol. Tu es de taille. Tu as la force qu'il faut. Et tu as quelque chose que tu retrouveras à ton retour.

Il soutint son regard. Pour la première fois depuis qu'ils se connaissaient, il lui faisait une promesse qu'il pensait être en mesure de tenir.

Si le Dr Margarethe Schilling avait su qu'elle vivait son dernier après-midi, elle aurait sans doute choisi de le passer autrement. Peut-être en aurait-elle profité pour refaire sa promenade préférée dans les bois en compagnie de son amant. Ou s'installer à table dans sa cuisine, avec ses amis les plus proches, partager un bon repas, du bon vin, et discuter librement. Ou plus probablement, pour faire un jeu sur ordinateur avec son fils de huit ans, Hartmut. Son salopard sans cœur d'ex-mari lui-même n'aurait pas refusé de modifier les conditions qui régulaient les visites de Margarethe à son fils, s'il avait su qu'elle allait mourir.

Mais faute de savoir ce qui l'attendait, elle considérait que les heures passées à la bibliothèque universitaire avaient été bien employées. Son principal domaine de recherche concernait les effets psychologiques des systèmes de croyances religieuses, et une récente visite au musée romain de Cologne lui avait inspiré quelques idées concernant l'influence sur les populations indigènes des rites et divinités que les Romains imposèrent lorsqu'ils occupèrent la Germanie. Elle était curieuse, en outre, de voir si le choc de deux systèmes religieux contradictoires avait eu des effets sur les occupants romains.

Ses recherches étaient encore au stade embryonnaire où elle devait rassembler des données pour pouvoir commencer à formuler des hypothèses. C'était la partie fatigante, fastidieuse du travail : des heures passées dans des archives poussiéreuses, à explorer des pistes qui bien souvent ne menaient nulle part. Elle avait entendu parler de chercheurs qui contractaient des maladies anciennes à force de fouiller dans des documents auxquels personne n'avait touché pendant des siècles, mais jusque-là, rien d'aussi extraordinaire ne lui était jamais arrivé.

Les risques qu'elle encourait dans le cadre de son travail étaient d'un tout autre ordre. Margarethe avait passé des années à travailler sur des sujets vivants, à explorer les recoupements entre leurs croyances religieuses et leur personnalité. Une partie de ces travaux avait entraîné des tentatives visant à déstabiliser ces croyances, et les résultats s'étaient parfois révélés troublants, pour ne pas dire plus. Elle rappelait alors aux sujets qu'ils avaient donné leur plein accord en vue des expériences cliniques, mais cela ne leur apportait guère de réconfort et à plusieurs reprises, Margarethe avait essuyé des injures nourries. En dépit de sa formation, elle trouvait pénible ce genre de confrontations et se disait que les recherches concernant un passé mort depuis longtemps avaient du bon.

Elle quitta la bibliothèque juste avant 4 heures, quand un début de migraine lui signala qu'elle s'était assez concentrée sur des documents obscurs. Retrouver la chaleur orageuse de l'après-midi lui avait fait l'effet d'une bénédiction, malgré l'humidité qui annonçait la pluie. Elle n'avait pas envie de retrouver sa maison vide plus tôt que nécessaire. Elle ne s'était pas encore habituée à vivre seule ; les pièces lui semblaient trop grandes, les échos trop sonores en l'absence de son fils.

À ses yeux, l'ironie la plus amère de son divorce tenait au fait que le point précis qui avait empoisonné son mariage se révéla l'argument même qui joua contre elle au moment d'obtenir la garde à plein temps de son fils. Le père était une véritable sangsue, un oisif qui prétendait s'occuper de son fils plutôt que de s'astreindre à travailler. Qu'il ne fasse rien dans la maison, qu'il la laisse s'occuper de la cuisine, du ménage et des courses entre son travail et le temps qu'elle allouait à Hartmut, n'avait eu aucune incidence. Pas plus que le fait qu'il se soit autorisé une liaison pendant que le petit était à l'école. En fin de compte, il était dans une situation idéale pour prétendre que c'était lui qui s'occupait de Hartmut au premier chef, et qu'il entendait bien continuer. Margarethe n'aurait pas aussi mal vécu la chose si elle avait su qu'il faisait tout ça par amour pour leur fils. Mais elle se doutait qu'il s'agissait davantage d'exercer un dernier vestige de pouvoir sur elle.

Elle préférait donc rentrer le soir seulement quand elle le devait. Elle travaillait tard, se plongeait dans la vie culturelle de la ville, voyait des amis, restait chez son compagnon. Mais ce fut plus que le désir de ne pas être chez elle qui l'amena à Brême ce jour-là. Elle avait toujours aimé se promener dans les petites rues pavées du Schnoor, l'enclave de maisons de pêcheurs médiévales devenues demeures bourgeoises. Là, elle se régalait les yeux des vitrines d'antiquaires, bien que les prix soient au-dessus de ses moyens. Si l'université où elle travaillait et la banlieue où elle vivait présentaient peu d'intérêt esthétique, la vieille ville compensait largement.

Elle consulta sa montre. Il lui restait encore deux heures avant d'aller retrouver le journaliste du nouvel e-zine. La rencontre promettait d'être intéressante, et c'était toujours bon de trouver de nouveaux débouchés pour ses travaux par les temps qui couraient, maintenant que la compétence professionnelle ne se mesurait plus à la qualité de ce qu'on enseignait aux étudiants. Margarethe s'engagea dans le Schnoor et traversa une des ruelles qui menaient à la Weser en crue dont les eaux filaient, couleur de boue. Elle longea le fleuve un moment, puis bifurqua dans l'une des rues les plus curieuses de la ville, la Böttcherstrasse, où se mêlaient gothique, art déco et purs délires des artistes et architectes locaux des années 1920, fondée par l'inventeur du café décaféiné. Cela amusait toujours Margarethe de se dire qu'un style aussi fantasque soit le fruit d'un produit aussi insipide.

Au bout de la rue, elle prit à gauche et se dirigea vers son bar favori du centre-ville, le Kleiner Ratskeller. Un verre ou deux de Bremer Weisse et une assiette fumante de *knipe* lui redonneraient des forces. Elle serait prête à répondre à toutes les questions qu'il plairait à son interlocuteur de lui poser.

Les gens qui mangeaient aux tables voisines n'imaginaient pas que le lendemain matin, ils seraient devenus des témoins dans une enquête pour homicide.

17

Ses mains maniaient adroitement les commandes de la petite grue qui souleva la Volkswagen de l'arrière du *Wilhelmina Rosen*. C'était à ce moment-là qu'il basculait d'une vie dans l'autre, qu'il cessait d'être le pilote respecté d'un beau bateau rhénan pour devenir un arrêt de mort ambulant. Ce soir, il serait à nouveau habité par la lumière et il fêterait sa dernière victoire en date entre les cuisses de quelque putain de Brême.

Il étreignit son large torse entre ses bras. Si elles savaient ce qu'elles laissaient entrer en elles quand elles écartaient les cuisses pour lui. Il était celui qui faisait surgir la lumière des ténèbres. Il avait transformé ses propres ténèbres en quelque chose qui scintillait en lui comme un joyau et voilà qu'à présent, il tournait cette lumière vers les recoins secrets du passé et les révélait au monde.

Tôt ou tard, mais le plus tard serait le mieux, se disait-il, quelqu'un de la police s'apercevrait que toutes ses victimes avaient traité des êtres humains comme des rats de laboratoire pour servir leurs propres fins égoïstes. Une fois le lien établi, l'étape suivante serait inéluctable. Les services de police étaient bavards, de notoriété publique. Les médias ne parleraient plus que de ça. Dès que les gens comprendraient que les crimes étaient commis au nom de la science, le bousillage de cerveaux humains cesserait.

Un tollé s'élèverait, les choses devraient changer. À ce moment-là, il pourrait arrêter.

Ça ne lui coûterait pas, parce qu'alors, il aurait accompli son travail. Il n'avait rien d'un tueur frénétique qui assassine pour prendre son pied. Sa vengeance, il est vrai, avait fini par dissiper les nuages qui lui obscurcissaient l'esprit, lui permettant de prendre sa place dans le monde en tant qu'homme, mais c'était là un bonus inespéré. S'il arrêtait, il pourrait quand même baiser, parce que ce n'était pas les meurtres qui l'excitaient. Il n'avait rien d'un pervers, il était simplement investi d'une mission. L'acte lui-même ne lui apportait aucun plaisir, c'était plutôt sa signification profonde. Le plaisir, pour lui, c'était ce qu'il éprouvait quand il écumait les voies navigables à bord du *Wilhelmina Rosen*. Son autre vie n'était qu'un travail, sans plus. Le bateau, voilà ce qui lui procurait de la joie.

Ils étaient arrivés au ponton de la Weser dans les temps pour décharger le bateau l'après-midi. Ils ne devraient prendre possession de leur prochain fret qu'à 10 heures, le lendemain matin. Tout se déroulait impeccablement, comme il l'avait prévu. Ils avaient amené le *Wilhelmina Rosen* jusqu'à la tête de ligne ferroviaire où ils embarqueraient du charbon, mais dans l'immédiat, il confiait le bateau à Gunther pour pouvoir mener à bien sa tâche personnelle à terre.

Il posa doucement la voiture sur le quai et relâcha les mâchoires de la grue.

— J'y vais, Gunther.

— Et c'est bien, là où tu vas ? demanda l'autre sans même lever les yeux de son livre de poche tout corné.

— Je vais voir deux ou trois armateurs. Je serais pas mécontent de trouver un peu plus de travail.

Gunther émit un grognement neutre.

— On rentre pas assez chez nous, ces temps-ci.

— Qu'est-ce qu'il y a de si spécial à Hambourg,

hein ? Tu es divorcé, et quand on est à terre, tu vois jamais tes gosses.

Gunther leva les yeux de son livre.

— Mes potes habitent là-bas.

— Tu en as partout, des potes, répliqua le capitaine en s'éloignant.

Il n'avait pas envie de perdre Gunther, mais trouver un nouveau matelot n'était pas la chose la plus difficile au monde. Si Gunther n'aimait pas les itinéraires que la mission de son capitaine leur imposait, il n'était pas obligé de rester. Bien sûr, les emplois dans la batellerie ne couraient pas les rues, en ce moment. Mais quelque chose lui disait qu'il n'aurait pas à chercher un autre matelot de sitôt. Il aurait tout de même préféré que Gunther s'abstienne de parler de Hambourg. Ça le tirait trop en arrière, vers le passé, lui qui aspirait tant à entrer dans son avenir.

Et cet avenir, pour l'instant, il se trouvait à Brême, à quelques kilomètres de là. Le prétexte qu'il avait imaginé pour se présenter à ses victimes tenait bien, il le reconnaissait. Il y avait longtemps travaillé, et dur, pour le mettre au point. Au début, il avait envisagé de se faire passer pour un confrère, mais il se rendit compte que ce serait trop facilement éventé. Les universitaires se rencontraient sans arrêt dans des conférences et des séminaires ; il y avait de fortes chances pour que sa victime connaisse bel et bien la personne dont il endosserait l'identité. Et en ces temps de communication facile par e-mails, ce serait simple à vérifier. Qu'est-ce qui pourrait bien décider ces gens à le rencontrer ?

La vanité, voilà la clé. Ils adoraient tous parler d'eux-mêmes et de leurs travaux. Ils étaient tellement sûrs d'eux, convaincus de tout savoir mieux que tout le monde. Mais comment exploiter ça ?

La réponse passait forcément par les nouvelles technologies. C'était un secteur où il était facile d'avancer masqué. Il y avait déjà un ordinateur à bord, bien sûr : quantité d'ordres d'acheminement et de manœuvres fluviales arrivaient par là, désormais. Il était curieux de voir comment la machine allait pouvoir l'aider dans sa mission. Il avait donc renvoyé l'équipage à Hambourg, amarré la péniche pendant une semaine, acheté un ordinateur portable et suivi une formation accélérée pour se familiariser avec Internet et la création de sites web. Il avait déposé le nom de psychodialogue.com et créé un site annonçant la parution imminente de *PsychoDialogue*, un nouveau magazine en ligne voué à la diffusion des courants de pensée actuels en psychologie expérimentale. En livrant des recherches pour trouver ses victimes, il avait glané assez de jargon pour faire vrai, pensait-il.

Puis il s'était fait imprimer des cartes de visite qui le présentaient comme Hans Hochenstein, directeur de rédaction de *PsychoDialogue*. Il avait adressé des e-mails à ses victimes pour convenir de rendez-vous et discuter de leurs travaux ; le reste s'était magnifiquement mis en place. Un des instructeurs de sa formation informatique, ancien hacker de son propre aveu, lui avait même montré comment envoyer des mails contenant une bombe logique qui les effaçait automatiquement du disque dur récepteur au bout d'un délai préétabli. Si bien que même cette bribe de preuve potentielle disparaissait.

Ce soir, le Dr Margarethe Schilling allait payer pour sa cruauté et sa vanité. Il vérifia les indications qu'elle lui avait données et savoura l'ironie de cette contribution volontaire de la victime à sa propre chute. Puis il se mit en route.

Elle habitait une rue des abords de la ville. Là, la *campagne s'agrippait à la terre du bout des doigts*, des doigts arthritiques, sous forme d'îlots perdus de taillis et d'herbes broussailleuses, uniques vestiges du paysage d'autrefois. Ces derniers reliefs de nature dessinaient des limites entre les lotissements, donnant aux habitants l'illusion de vivre à la campagne. Ils pouvaient regarder les bois noirs et s'imaginer être les seigneurs de tout ce qu'ils voyaient là, oublieux de leurs hideuses maisons cubiques abritant deux pièces principales, trois chambres, une salle de bains et demie, une cuisine intégrée, toutes identiques, pareilles aux fruits de monstrueuses naissances multiples essaimées tout au long de la rue. Pour sa part, il ne leur voyait aucun attrait. Il aurait préféré vivre dans un minuscule appartement au cœur de la ville plutôt que de reproduire cette laideur sur davantage d'espace. Mieux encore, s'en tenir à une cabine sur un bateau, un monde mouvant qui voyageait avec soi et permettait de changer quotidiennement de paysage.

Il roulait au pas dans la rue, phares allumés pour transpercer la bruine lugubre du soir, et vérifiait les numéros. Rien ne distinguait le pavillon de Margarethe Schilling de celui de ses voisins. La couleur des portes et les motifs des rideaux avaient beau être différents d'une maison à l'autre, ils se fondaient tous en une vague photo-robot. Il remarqua que la voiture de Schilling était rangée devant la porte du garage. La sienne ne serait-elle pas trop voyante, dans la rue, alors que tous les autres véhicules étaient parqués dans les garages ou les allées des maisons ? Il y avait de la place derrière la vieille Audi de son hôtesse. Il décida d'y garer la Golf.

Puis il se dirigea vers la porte d'entrée, son sac à la main, en espérant que les regards banlieusards s'intéresseraient à autre chose qu'à lui. Ils ne se souviendraient sans doute pas de quelqu'un d'aussi insignifiant. C'est intérieurement qu'il était remarquable. Il sonna et attendit. Quand la porte s'ouvrit, il se trouva face à une femme de taille et de stature moyennes. *Pas trop lourde à porter*, se dit-il avec satisfaction. Les cheveux blonds grisonnants étaient retenus en queue de cheval, révélant un visage fatigué, soucieux. Le rimmel avait un peu coulé autour des yeux, comme si la femme se les était frottés machinalement. Elle portait un pantalon à pinces anthracite et un pull en chenillette marron qui masquaient sa silhouette.

— Herr Hochenstein ? demanda-t-elle.

Il acquiesça.

— Dr Schilling ? Je suis ravi de faire votre connaissance.

Elle s'effaça pour le laisser entrer.

— Tout droit, dit-elle. J'espère que vous ne voyez pas d'inconvénient à ce que nous discutions dans la cuisine, c'est la pièce la plus confortable de la maison.

Il avait espéré qu'elle suggère le bureau. Mais en entrant dans la cuisine, il comprit que ce serait le lieu idéal pour ce qu'il comptait faire. Une table en pin tout éraflée occupait le milieu de la pièce, parfaitement placée pour la cérémonie qui les attendait. Plus tard, il trouverait le bureau et y laisserait son feuillet parmi les dossiers du Dr Schilling. Mais pour le moment, la cuisine suffirait.

Il se tourna vers son hôtesse, qui le suivait, et lui sourit.

— En effet, c'est très confortable.

— Je passe le plus clair de mon temps ici, expliqua-t-elle en passant devant lui pour se diriger vers la cuisinière. Vous voulez du thé, un café ? Quelque chose de plus costaud ?

Il évalua les distances. Le réfrigérateur offrirait les meilleures chances.

— Une bière, ce serait parfait, répondit-il, sachant que pour le servir, elle allait devoir lui tourner le dos.

Alors tout recommença. Mains et cerveau agirent avec une harmonie fluide, enchaînant les gestes du scénario familier sans heurts ni hésitation. Au moment où il se penchait pour lui attacher la cheville gauche au pied de la table, le timbre bref de la porte d'entrée le fit se redresser brusquement. La corde lui tomba des mains. Son cœur se mit à cogner dans sa poitrine. La panique lui étreignit la gorge. Quelqu'un était là, à vingt mètres à peine. Quelqu'un qui s'attendait à ce que Margarethe Schilling vienne ouvrir la porte.

Sachant qu'il venait, elle ne pouvait pas avoir prévu d'autre visite. Ce devait être un vendeur de bibles ou un démarcheur à domicile, se dit-il en luttant pour retrouver son calme. À moins qu'un des voisins, ayant vu la voiture de la maîtresse de maison dans l'allée, s'attende à la trouver chez elle. C'était forcément quelque chose comme ça. Non ?

La sonnette retentit à nouveau, plus longuement cette fois. Il ne savait que faire. Il s'éloigna de la table où Margarethe gisait, écartelée, tout habillée. Et si le visiteur insistait au point de contourner la maison ? Un coup d'œil à l'intérieur de la cuisine éclairée suffirait. Il éteignit d'une main mal assurée. Au moment où ses doigts se posaient sur l'interrupteur, il perçut un bruit qui le glaça encore plus que la sonnette. Une clé tournant dans une serrure.

Il se figea, la bouche sèche, en se demandant s'il fallait fuir. La porte d'entrée s'ouvrit et une voix d'homme lança : « Margarethe ? » Puis la porte se referma, des pas se dirigèrent vers la cuisine. « C'est moi », entendit-il.

Il empoigna une lourde poêle en fonte posée sur la cuisinière et se plaqua dos au mur à côté de la porte. L'homme ouvrit sans une hésitation. Sa haute silhouette apparut, franchit le seuil et s'arrêta net. Il entrait assez de lumière du dehors pour révéler la forme du corps de Margarethe, allongée sur la table. « Margarethe ? » répéta l'homme en tendant la main vers l'interrupteur.

La poêle s'abattit sur l'arrière de son crâne. L'homme tomba à genoux comme un cerf foudroyé. Il resta un instant dans cette position, le buste vacillant, puis il s'effondra face contre terre, en un amas désordonné.

Le batelier lâcha la poêle et ralluma. L'intrus était affalé par terre, un filet de sang lui coulait du nez. Mort ou évanoui, peu importait, du moment qu'il lui laissait le temps de finir ce qu'il avait commencé. Il lui décocha un violent coup de pied dans les côtes. Salaud. Pour qui se prenait-il, à faire irruption comme ça ?

Pressé, à présent, il se remit à l'ouvrage. Il acheva d'attacher la femme, puis arracha prestement le sparadrap qui la bâillonnait. De temps à autre, il vérifiait que l'homme était toujours inconscient, ce qui le ralentissait d'autant. Il ne prit donc pas la peine d'expliquer à cette salope pourquoi il faisait d'elle un exemple. Elle lui avait flingué son scénario, saccagé son plaisir du travail bien fait, elle ne méritait pas de savoir qu'il y avait une bonne raison derrière ce qui lui arrivait.

Être contraint d'agir en hâte le mettait en rogne à un point inimaginable. Il se sortit plutôt bien du scalp, mais pas avec la précision qu'il affectionnait. Jurant avec la vigueur du batelier qu'il était, il en termina avec la cuisine, essuya toutes les surfaces qu'il avait pu toucher et décocha au passage un coup de pied brutal dans les reins de l'inconnu, pour faire bonne mesure.

Il ne lui restait plus qu'à mettre le dossier en place. Il fila à l'étage et visita les pièces sans allumer, de peur d'attirer un peu plus l'attention sur sa présence.

La première était visiblement sa chambre à elle. Un grand lit à deux places y trônait, et une garde-robe intégrée occupait toute une cloison. La deuxième semblait être une chambre d'enfant, avec des affiches des footballers du Werder Bremen et une Playstation installée sur la table, près de la fenêtre.

Il trouva ce qu'il cherchait en ouvrant la porte de la chambre aménagée en bureau qui donnait sur l'arrière de la maison. Il ouvrit le tiroir du vieux classeur à dossiers en bois et glissa le feuillet dans une chemise. Il n'en était plus à se soucier de le mettre au bon endroit. Il voulait en finir et s'en aller avant que les choses se gâtent un peu plus.

Il entrouvrit la porte d'entrée avec soin. Rien ne bougeait et l'intrus était toujours inconscient. Une VW Passat était garée devant la maison, mais Dieu merci, elle ne bloquait pas l'allée. Tête baissée, il sortit précipitamment de chez Margarethe Schilling et s'engouffra dans sa voiture.

Ses mains étaient moites sur le volant, ses doigts nerveux et tremblants. La sueur lui coulait aux tempes, dans les cheveux. Il dut se contraindre à rouler au pas dans les rues de cette banlieue tranquille. Mentalement, il se repassait le bruit terrifiant de la porte d'entrée qui s'ouvrait, et chaque fois, la panique lui étreignait le cœur. La peur regagnait son territoire habituel en lui, et il luttait, gémissait en conduisant. Il se retrouva sur la route des quais avant même d'avoir pu maîtriser son souffle. Pour la première fois depuis qu'il avait entamé sa mission, il s'était directement frotté aux dangers de la voie qu'il avait choisie. Et il n'aimait pas ça du tout.

Ce n'était pas une raison pour s'arrêter, se dit-il. Pour l'instant, il avait juste besoin de chasser la terreur de son esprit. Trouver une femme. Il ralentit en arrivant à la hauteur d'une succession de bars dont les lumières luisaient faiblement dans la nuit. Là, il allait trouver. Il allait se choisir la première putain venue et la baiser jusqu'à ce que la lumière revienne.

notes d'observation

Nom : Margarethe Schilling

Séance numéro : 1

Remarques : La patiente est atteinte du complexe de Dieu. Elle se croit investie du droit divin de mettre en cause et détruire les croyances légitimes des autres dans le but d'améliorer son propre statut. Elle est dépourvue de tout sens de la mesure.
Son système de valeurs est irrécupérablement faussé par sa croyance abusive en sa propre infaillibilité. Elle cherche néanmoins à imposer sa vision du monde aux autres et refuse d'envisager qu'elle puisse avoir tort.
Il est clair qu'elle compense un sentiment d'infériorité inconscient. Comme bien d'autres femmes qui travaillent, elle est incapable de reconnaître ses faiblesses par rapport aux hommes qu'elle cherche à castrer psychologiquement en réaction.

Action thérapeutique : programme de redressement de la personnalité entrepris.

18

Tadeusz traversa le trottoir et monta à l'arrière de la Mercedes noire. Si ses voisins l'avaient vu, ils se seraient étonnés de son allure : à la place de ses vêtements de prix impeccables, il portait un vieux pantalon de coton gratté, des chaussures de chantier éculées et une ancienne parka de l'armée sur un gros pull marin. Mais personne ne va chasser en Armani, or c'était à la chasse qu'il prévoyait de passer le reste de la journée.

Darko Krasic était affalé à l'autre bout de la banquette, vêtu d'un vieux gilet de cuir tout éraflé, d'une chemise écossaise molletonnée dont les pans dépassaient sur un pantalon en velours côtelé tellement râpé que le tissu était lisse aux cuisses.

— C'est la journée idéale, dit-il.

— J'espère bien. Je suis d'humeur à tuer quelqu'un pour faire un peu d'air sur cette planète, répondit Tadeusz.

Il s'exprimait du ton blasé de l'homme qui vient de découvrir que le fruit dans lequel il a mordu est pourri. Depuis la mort de Katerina, il alternait entre apathie et cynisme. Tout ce qu'il entreprenait désormais visait à l'arracher à ces deux extrêmes et jusqu'alors, tout avait échoué. Il n'attendait donc rien de son après-midi.

— Vu qu'on n'a pas de flic sous la main, je vais être obligé de me contenter de quelque chose de petit et sans défense. À plumes ou à poil, reprit-il. Tu as pris les flingues ?

— Ils sont dans le coffre. Où est-ce qu'on va ?

— Dans un beau coin de forêt, en bordure de la Schorfheide. C'est ça, le grand avantage des réserves naturelles. Les animaux ne connaissent pas les frontières. Un de mes vieux amis a une propriété qui touche la zone protégée. Les canards des marécages ne savent pas faire autrement que de survoler ses bois. On devrait rapporter de belles pièces. Il nous prête deux de ses chiens de chasse pour qu'on puisse faire ça dans les règles de l'art.

Tadeusz tira une flasque en étain dépoli de sa poche de parka, dévissa le bouchon et prit une gorgée de cognac, puis la tendit à Krasic.

— Tu en veux ?

— Tu sais que je préfère garder les idées claires quand je dois manier des armes, répondit Krasic.

— À propos d'armes et d'idées claires, quelles nouvelles de Marlène ?

— Je ne sais quelle salope des Renseignements de la criminelle est allée fouiner de son côté. Elle lui a parlé à la GeSa et elle est retournée la voir en cellule. Marlène joue les idiotes et la boucle, mais ça la met à cran.

— Tu es sûr qu'on peut lui faire confiance ?

Krasic esquissa un sourire las.

— Tant qu'on aura la gamine, Marlene ne fera pas d'impair. C'est marrant comme les femmes tiennent à leurs gosses. À croire qu'elles ne peuvent en faire qu'un, vu la façon dont elles se comportent avec. Elles ont l'air d'oublier que tout ce que ça leur rapportera, c'est du chagrin. Surtout une fille comme Marlène. Elle pourrait avoir l'intelligence de comprendre qu'une gamine comme la sienne finira forcément par consommer, ou vendre elle-même. Mais apparemment, elle s'en fiche. Elle continue à prendre sa gamine pour la huitième merveille.

— Tant mieux pour nous, commenta Tadeusz. Où l'as-tu planquée ?

— J'ai un cousin qui a une petite ferme pas loin d'Oranienburg. Ses plus proches voisins habitent à huit cents mètres. Il a deux gosses, il sait s'occuper des chiards.

— Marlène ne se figure pas que c'est du bluff ?

Un rictus retroussa les lèvres de Krasic.

— Marlène me croit capable de tout. Elle ne jouera pas à la roulette russe avec la vie de la petite. Ne t'inquiète pas, Tadzio, tout est prévu au petit poil.

— J'aimerais pouvoir en dire autant côté anglais. Les gens qui tâchent de prendre la place de Colin ne sont qu'un ramassis de guignols. Ils n'ont pas l'envergure pour diriger une organisation efficace. Je ne leur fais pas confiance pour écouler la marchandise. Et d'un autre côté, ça bloque à Rotterdam. On ne pourra pas entreposer indéfiniment des clandestins.

— Il n'y aurait pas moyen de les acheminer jusqu'en Angleterre et de les larguer là-bas, tout simplement ?

Krasic s'exprimait comme un enfant boudeur qui ne comprend pas que le monde ne se plie pas à ses quatre volontés.

— Pas tous ceux qu'on a en réserve. Ça révélerait qu'une organisation à grande échelle est en train de se casser la figure. La dernière des choses à faire, c'est d'attirer l'attention des services d'immigration. Si je m'en sors aussi bien depuis longtemps, c'est parce que je n'ai jamais fait ce genre de choses. On avait mis au point un système impeccable avec Colin. Je n'arrive pas à croire qu'il ait pu être bête au point d'aller se faire descendre dans je ne sais quelle fusillade minable entre gangs.

— Si ça pouvait te servir de leçon, grogna Krasic. C'est tout à fait le genre de trucs qui arrivent quand on se frotte de trop près à l'action. Tu n'aurais pas dû être du voyage, l'autre fois. Je n'aime pas que tu t'exposes comme ça.

Tadeusz tourna un regard sombre vers l'extérieur. Krasic avait raison, il le savait, mais il n'aimait pas que qui que ce soit, pas même son assistant de confiance, lui dicte ce qu'il avait à faire. Il se sentait d'humeur rogue, à présent.

— Par moments, ça ne fait pas de mal de rappeler aux gens qui commande, lança-t-il.

— Ça aurait pu te péter au nez, Tadzio. S'ils avaient réussi à faire parler Kamal... Tu sais, on n'aura peut-être pas autant de chance la prochaine fois.

— Il n'était pas question de chance là-dedans. On a couvert tous nos arrières. (Il dévisagea longuement Krasic.) Ils sont couverts, non ?

— Bien sûr que oui. C'est bien pour ça qu'on graisse la patte à quelques flics.

— À propos de flics à qui on graisse la patte, pourquoi est-ce qu'on n'en sait pas plus sur l'enquête concernant l'accident de Katerina ? Ça s'éternise. Je veux avoir des précisions sur cette putain de moto. Fais pression, Darko. Ne les laisse pas s'imaginer qu'ils peuvent se permettre de me laisser moisir.

Krasic acquiesça.

— Je vais les tanner, patron.

— Vas-y. Et rappelle-leur bien que c'est le payeur qui mène la danse. Je veux la tête du type qui a tué Katerina. J'en ai rien à foutre des procédures légales. Je veux que ce mec-là paie d'une façon dont il gardera le souvenir toute sa vie. Alors dis à ces connards qu'ils arrêtent de tourner en rond et qu'ils nous ramènent des résultats.

Krasic soupira intérieurement. Il pressentait que

ces investigations-là finiraient tôt ou tard par les mener droit dans le mur. Il se serait volontiers dispensé d'avoir à le dire à Tadzio. Mais pour le moment, il pouvait se contenter de faire comme si.

— Je vais en toucher un mot à quelqu'un dès ce soir, promit-il.

— Parfait. J'en ai assez des problèmes. Je ne cracherais pas sur quelques solutions. N'importe lesquelles.

Il se rencogna dans le cuir souple et ferma les yeux, signifiant par là que la discussion était terminée. Jouer les brutes ne lui était pas naturel, mais il endossait ce rôle de plus en plus souvent depuis la mort de Katerina. Il n'arrivait pas à se dire que le reste de sa vie allait se dérouler comme cela, en une succession de crises et de problèmes. Il avait le sentiment que cette mort avait englouti toute la joie de sa vie et se demanda si un jour, il se sentirait à nouveau détendu et à l'aise. Peut-être la vengeance l'y aiderait-elle ?

Il ne lui venait rien d'autre à l'esprit pour le moment.

C'était la première fois que Petra Becker séjournait à La Haye. À sa surprise, la ville avait peu de cachet comparée à Amsterdam. Les maisons qui bordaient les canaux étaient des modèles de sobriété classique et arboraient très peu de ces ornementations qui font d'une simple promenade dans le centre d'Amsterdam un vrai plaisir pour l'œil. C'était une ville pour notes de frais, dépourvue du caractère bohème haut en couleurs d'Amsterdam, si riche dans sa diversité. La Haye, avec son air de prospérité léthargique, évoquait une raideur conventionnelle que Petra, berlinoise dans l'âme, trouvait viscéralement étouffante. Elle n'était arrivée que la veille mais déjà, les quartiers sordides lui manquaient.

Elle n'était pas très sûre de ce que la journée allait lui apporter. À 11 heures, elle devait rencontrer la flic britannique, Carol Jordan, inspecteur dans la brigade criminelle. Petra était censée lui communiquer tout ce qu'elle savait sur le compte de Tadeusz Radecki, et ça lui restait en travers de la gorge. Ça ne lui semblait pas juste de devoir transmettre des informations si durement acquises à quelqu'un qui n'avait pas pris part à la bagarre. Quand Hanna Plesch lui avait annoncé que son nouveau rôle allait consister à servir d'agent de liaison à quelqu'un qui agirait sous une identité d'emprunt, Petra s'était sentie flouée. Bien sûr, elle était trop connue dans Berlin pour prendre elle-même une identité d'emprunt, mais ça la mettait en rogne de constater que ses chefs s'étaient laissé embobiner et avaient remis tout le dossier aux Britanniques. Que savaient-ils, ceux-là, du grand banditisme en Allemagne ? Pour qui se prenaient-ils, à venir jouer les gros bras sur son territoire ? Et comment osaient-ils s'imaginer qu'ils allaient réussir là où son ministère avait échoué ?

Plesch avait lu cette réaction sur son visage, bien que Petra ait fait tout son possible pour la dissimuler. Elle lui avait alors donné le choix entre deux solutions : travailler avec Jordan, ou se détacher complètement de l'affaire Radecki. À contrecœur, Petra avait accepté la mission. Mais rien ne l'obligeait à s'en réjouir.

Elle se consolait en se disant que le démantèlement reviendrait forcément aux flics allemands. Les Britanniques ne s'occuperaient pas de ça. À la fin de l'opération, quand on choperait Radecki, Carol Jordan serait repartie depuis longtemps. Petra Becker, elle, serait toujours là, et ce serait à elle qu'on ferait appel pour entreprendre l'ultime démontage des réseaux de Radecki.

Elle trouva un café, commanda un express et deux petits pains chauds qu'elle emporta à la table près de la fenêtre. Elle sortit un mince dossier de sa vieille mallette et entreprit de le lire.

L'inspecteur-chef Carol Jordan, avait fait ses études à l'université de Manchester, après quoi elle était entrée directement dans la Police métropolitaine, à Londres. Elle y avait connu une promotion accélérée qui l'avait hissée au grade de sergent dans le plus court délai possible. Elle avait travaillé à la brigade criminelle, et un temps dans la section spéciale chargée de la criminalité lourde, meurtres et autres. Après avoir obtenu son diplôme d'inspecteur, elle avait quitté la police métropolitaine pour partir au nord, dans la ville industrielle de Bradfield. C'est alors que sa carrière avait véritablement pris son essor.

L'inspecteur Jordan a servi d'agent de liaison au Dr Tony Hill, un profileur agréé par le ministère de l'Intérieur, au cours d'une enquête concernant une série de meurtres, à Bradfield. Son travail a permis à la fois de découvrir l'identité de l'auteur de ces meurtres, et de sauver la vie du Dr Hill. À la lecture de ces phrases sèches, Petra se promit de chercher l'affaire en question sur Internet dès la première occasion. Les meurtres en série avaient toujours beaucoup de succès sur le réseau web mondial.

Elle poursuivit : *Ayant ensuite intégré l'East Yorkshire Police, Jordan a accédé au grade d'inspecteur-chef et pris la direction de la brigade criminelle du port de Seaford, sur la mer du Nord. Pendant qu'elle exerçait à Seaford, elle a renouvelé la collaboration professionnelle avec le Dr Hill en dirigeant une enquête qui a abouti à l'arrestation du tueur en série Jacko Vance. Le travail de l'inspecteur Jordan s'est révélé déterminant dans la condamnation de Vance, auteur présumé d'au moins huit meurtres de jeunes filles.* Encore une affaire de meurtres en série, remarqua Petra. Elle jetterait un coup d'œil là-dessus aussi. Peut-être Carol Jordan allait-elle l'aider à promouvoir sa carrière à double titre, en plus de l'affaire Radecki. Les officiers de police ayant traqué des tueurs en série n'étaient pas si nombreux que ça dans les environs. Et si Petra trouvait le moyen de soutirer à Jordan de quoi mettre au point une stratégie pour épingler le tueur qui, d'après elle, avait déjà frappé à Leyde et Heidelberg ? Pour peu que Jordan soit un aussi bon flic qu'elle semblait l'être sur le papier, ça valait le coup d'y réfléchir.

Petra se replongea dans le dossier. *Il y a deux ans, l'inspecteur Jordan a réintégré la Police métropolitaine, où en plus des enquêtes fonctionnelles qu'elle mène au sein de la brigade de la criminalité lourde, elle a entrepris un cursus exhaustif de formation à l'analyse des renseignements criminels. Pour les besoins de sa mission sous identité d'emprunt, elle est provisoirement rattachée à la brigade criminelle du NCIS.*

Le rapport s'arrêtait là. Rien dans le dossier ne laissait supposer que Jordan ait la moindre expérience en matière de missions sous identité d'emprunt. Peut-être s'en était-on tenu aux généralités ? Petra ne pouvait pas croire qu'on puisse lancer qui que ce soit dans une opération aussi dangereuse, à moins que la personne en question sache vraiment ce qu'elle faisait. Radecki était bien trop fin pour se fier aux apparences. Il se méfierait énormément de quiconque surviendrait tout à coup avec une proposition aussi apte à résoudre ses problèmes du moment. Il allait falloir que Jordan se révèle un agent extraordinaire pour survivre, tout simplement. Quant à mettre Radecki en confiance au point d'apprendre des choses intéressantes, c'était une autre affaire.

Le dossier contenait encore un feuillet. Voyant qu'il s'agissait d'une copie de photo, Petra le sortit de la chemise. Elle ne put retenir un hoquet de stupéfaction. Si la légende n'avait pas spécifié qu'il s'agissait de Carol Jordan, elle se serait crue devant la photo de la maîtresse morte de Tadeusz Radecki.

Qu'est-ce qui se tramait ? La ressemblance était telle que Petra en avait la chair de poule. Mais où avaient-ils déniché ce flic, bon sang ? Avec un physique pareil, quel que soit le passé de Carol Jordan, elle était désignée pour cette mission. Petra les entendait d'ici : si quelqu'un pouvait mettre Radecki en confiance, c'était bien cette femme des services de police britanniques. Ils n'avaient peut-être pas tort, après tout, mais pour sa part, elle aurait plutôt trouvé ce genre de coïncidence effrayante si on lui avait monté un plan pareil. Les comparses de Radecki n'allaient pas manquer de trouver ça louche, mais lui ne pourrait sans doute pas résister au sosie de Katerina. Un sourire lui monta lentement aux lèvres tandis qu'elle contemplait la photo. Pour la première fois depuis que Plesch l'avait informée, il lui tardait de connaître la suite.

De retour à son hôtel, comme elle avait du temps devant elle, Petra vérifia ses e-mails. Il n'y avait rien de particulièrement intéressant ni urgent. Elle alla donc consulter son site d'informations préféré sur le web pour voir ce qui s'était passé en Allemagne depuis son départ. Elle parcourut l'index des articles du jour jusqu'au moment où un titre relégué en bas de liste attira son regard. UNE UNIVERSITAIRE SAUVAGEMENT ASSASSINÉE À BRÊME, lut-elle avec un haut-le-cœur.

Elle cliqua aussitôt pour accéder à la totalité de l'article.

Une femme, professeur de psychologie à l'université, a été retrouvée hier soir, sauvagement assassinée chez elle, dans la banlieue de Brême. Le compagnon de la victime, qui a surpris l'assassin, a également subi des violences qui l'ont laissé pour mort.

Johann Weiss, 46 ans, architecte, a été frappé par l'agresseur au moment où il entrait dans le domicile du Dr Margarethe Schilling, 43 ans. Sitôt revenu à lui, il a découvert le corps de sa compagne et appelé la police.

Le Dr Schilling enseignait la psychologie expérimentale à l'université de Brême. Elle avait un fils de 8 ans, né d'un précédent mariage. L'enfant vit avec son père, près de Worpswede.

La police n'a pas accepté de divulguer de précisions quant à ce crime, mais dans l'entourage proche des enquêteurs, il se dit que le corps a été retrouvé nu et ligoté. La victime avait semble-t-il subi des mutilations rituelles.

L'un des porte-parole de la police a déclaré : « L'enquête sur la mort du Dr Schilling se poursuit. La police mène des investigations dans plusieurs directions. Ce meurtre se révèle particulièrement brutal, et nous sommes bien décidés à faire comparaître son auteur en justice. Nous prions tous les témoins susceptibles d'avoir vu qui que ce soit dans les parages de la maison du Dr Schilling hier soir de bien vouloir se mettre en relation le plus vite possible avec nos services. Nous tenons notamment à retrouver le conducteur d'une Volkswagen Golf de couleur foncée. »

Petra fixait l'écran, atterrée et excitée à la fois. Apparemment, le tueur venait de frapper à nouveau, et sur le territoire allemand. Cette fois, il y aurait sans doute une piste possible à explorer.

Carol suivait Larry Gandle, l'officier de liaison britannique d'Europol venu la chercher à l'aéroport, dans les couloirs du quartier général d'Europol, à Raamweg. Avec son costume chic et sa brosse de cheveux clairsemés, il ressemblait plus à un cadre de banque qu'à un officier de police. En revanche, quelque chose d'indéfinissable révélait qu'il était anglais, quelque chose de plus diffus que son accent nasillard du nord de Birmingham.

Il entraîna Carol jusqu'à une petite salle de conférence au troisième étage du bâtiment principal. L'unique fenêtre donnait sur une cour intérieure, à l'abri de tout regard indiscret. Comme Carol s'installait au bout de la longue table en bois blanc, la porte s'ouvrit et une femme brune élancée entra. Elle avait la foulée souple d'une athlète à l'aise dans son corps et portait une tenue décontractée, jean noir, pull gris foncé, veste en cuir fatiguée. Un cartable noir en bandoulière, frappé du logo du Berlin Film Festival, lui donnait l'air d'une productrice de télé plus que d'un flic.

Ses cheveux courts étaient coiffés à la mode, maintenus ébouriffés par du gel. Son visage triangulaire, large au niveau du front, s'étrécissait en un menton pointu sous une bouche aux lèvres minces. Elle avait un air sévère assez déconcertant, jusqu'à ce qu'elle sourie pour m'accueillir et que le coin de ses yeux se plisse démentant l'impression que donnait son visage au repos.

— Bonjour, lança-t-elle. Je m'appelle Petra Becker. (Elle traversa la pièce en droite ligne vers Carol, sans un regard pour Gandle.) Vous devez être Carol Jordan ? (Un léger accent germanique perçait sous sa diction américaine.)

Carol se leva et serra la main tendue.

— Ravie de faire votre connaissance. Je vous présente Larry Gandle, un des ALE britanniques.

Petra répondit d'un signe de tête et tira la chaise la plus proche de Carol, tout au bout de la table, ce qui exclut aussitôt Gandle de l'échange, à son insu toutefois. Il prit place en face de Carol, de l'autre côté de la large table.

— Enchanté de faire votre connaissance, Petra, lança-t-il d'un air condescendant. Je suis ici pour faciliter cette rencontre, répondre aux éventuelles questions qui pourraient relever de nos compétences. Mais il s'agit foncièrement d'une opération partagée entre Britanniques et Allemands. C'est donc à vous deux qu'il appartient de la mener à votre convenance.

— Merci, Larry, répondit Carol.

Sans tout à fait le congédier, elle concentrait visiblement son intérêt sur Petra, qui serait son lien avec la réalité dans les froides profondeurs de l'identité d'emprunt. Petra incarnerait sa première ligne de défense, mais paradoxalement, elle serait aussi la personne la plus susceptible de la mettre en danger. Il était vital pour Carol d'établir une relation de respect, au minimum. L'affection serait un plus.

— J'apprécie que vous ayez fait le déplacement jusqu'ici pour qu'on puisse déblayer le terrain, dit-elle. Je suis sûre que vous êtes aussi occupée à Berlin que je l'étais à Londres. Ce n'est jamais facile de s'arracher aux contraintes du boulot quotidien.

Un petit sourire releva un coin de la bouche de Petra.

— Tadeusz Radecki représente le plus gros de mon boulot quotidien depuis un bon bout de temps. Je n'ai pas l'impression de m'échapper, croyez-moi.

— Non, je vois bien. Mais ça me soulage d'un grand poids qu'on m'ait attribué un officier de liaison connaissant si bien le dossier. Je débarque dans cette affaire à froid, je vais avoir besoin de toute l'aide disponible. Ce que je comptais faire, si ça vous convient, c'est débattre des dispositions pratiques et de la façon dont on va s'y prendre pendant que Larry est là pour nous informer au fur et à mesure de ce qui est possible ou impossible. J'ai pensé qu'ensuite, vous et moi, on pourrait retourner à l'hôtel et voir en vrac tout ce que je dois savoir sur Radecki et son organisation. Qu'est-ce que vous en dites ?

Gandle eut l'air sur le point de protester, mais Petra perçut son mouvement du coin de l'œil et le devança :

— Parfait. Ces lieux de réunion officiels, moi ça m'étouffe, pas vous ?

— Exactement. Et j'ai besoin de comprendre Radecki non seulement avec ma tête, mais avec mon cœur. Je m'en remets donc à vous pour me le présenter.

— Je vais faire de mon mieux. (Elle s'interrompit et pencha la tête de côté en dévisageant Carol.) On m'avait dit que vous ressembliez à Basler, vous savez. Et c'est vrai que votre photo lui ressemble. Mais face à face, c'est incroyable. Vous pourriez être sa sœur jumelle. Vous allez scier Radecki à la base. Il va carrément flipper en vous voyant, je vous jure.

— J'espère que ça sera dans le bon sens, répondit Carol, gênée par le regard appuyé de son interlocutrice.

— À mon avis, oui. Je ne vois pas comment il pourrait résister. Je crois que ça va marcher, affirma Petra en souriant.

— Oui, ça va marcher ! renchérit Gandle d'un ton confiant. L'inspecteur Jordan est un sacré bon stratège.

Petra reprit, sans lui prêter attention :

— Donc, il va falloir qu'on décide où vous allez séjourner à Berlin, la manière de vous introduire dans le monde de Tadzio, et ensuite comment vous et moi, on reste en contact.

— Pour commencer.

Petra tira de son cartable un calepin à spirale design aux pages de toutes les couleurs de l'arc-en-ciel, dont la couverture noire était frappée d'un logo représentant deux maillons de chaîne. Elle l'ouvrit aux pages vertes et en arracha une.

— Je ne pense pas qu'un hôtel soit une bonne solution pour vous. Trop de gens ont accès à la chambre et ce serait un jeu d'enfant pour Radecki de soudoyer une femme de chambre qui les fasse entrer. Votre ressemblance avec Katerina va sans doute souffler Radecki, mais à mon avis, son entourage – et surtout Krasic, son lieutenant – se méfiera de vous. Krasic va chercher à se renseigner sur votre compte autant qu'il le pourra. Je crois que le mieux, c'est ça : entre le Ku'damm et Olivaerplatz, dans une rue tranquille, il y a un immeuble, un ancien hôtel aujourd'hui divisé en appartements tous loués par la même agence. Ce sont surtout des hommes et femmes d'affaires qui y vivent, ce que vous êtes censée être. Chaque appartement comprend salon, chambre, salle de bains et petite cuisine. Ils se louent à la semaine et une bonne vient deux fois par semaine changer les draps, le linge de maison, et faire le ménage. Ça sera plus sûr, et vous vous sentirez plus chez vous. Ce sera aussi plus reposant, non ?

Carol hocha la tête.

— Cela me paraît bien.

Petra lui tendit la feuille, sur laquelle étaient inscrits une adresse et un numéro de téléphone.

— Je me suis assurée ce matin qu'il y avait des appartements libres. Je me suis fait passer pour une de vos associées et je leur ai demandé d'en réserver un. Ils attendent votre appel. Vous avez des cartes de crédit à votre faux nom ?

— J'ai tout : passeport, permis de conduire, cartes de crédit, deux ou trois vieilles factures et des relevés bancaires. Je n'ai rien au nom de Carol Jordan sur moi : j'ai tout confié à Larry pour qu'il mette ça en sécurité. (Elle adressa un sourire à l'agent d'Europol.) N'allez pas vendre ma plaque de police au marché noir, Larry.

Il haussa les sourcils.

— Ne me tentez pas.

— Bon, maintenant il faut voir comment on reste en contact, reprit Petra.

— Là, j'ai quelque chose qui peut aider, intervint Gandle. Vous aurez un ordinateur portable, Carol, n'est-ce pas ?

— En effet. Les types m'ont préparé ça, à Londres. Ils n'y ont chargé que des trucs appartenant à Caroline Jackson. Un lot de vieux e-mails, divers dossiers et lettres d'affaires. Toutes sortes de pièces destinées à corroborer mon identité d'emprunt, et rien qui ne doive pas s'y trouver.

Gandle posa sur la table sa mallette en aluminium dernier cri, fit sauter les loquets, et en tira un boîtier noir plat dont sortait un câble.

— Ceci est un disque dur auxiliaire que vous pourrez brancher directement sur votre portable. On y a pré-chargé les codes d'accès dont vous aurez besoin pour vous connecter au TECS.

— Le TECS ? releva Petra.

— Le système informatisé spécifique à Europol. Il se compose d'un système d'analyse identique à celui sur lequel vous avez été formée, Carol, doublé d'un système d'index. Quant au système d'information, il vient juste d'être mis en place, donc vous pouvez accéder à tout ce qu'on sait sur Radecki et les associés qu'on lui connaît. Tout ce que Petra et ses collègues nous ont transmis s'y trouve, il suffit d'appuyer sur une touche. Il y a également un système d'encodage qui vous permettra d'envoyer des mails sûrs à tous ceux qui détiendront la clé. Nous allons mettre tout ça à votre disposition aussi, Petra, pour que Carol puisse communiquer en toute sécurité avec vous par e-mail, ce qui sera beaucoup plus fiable que par téléphone.

» Et pour mettre ce boîtier à l'abri des regards... (Il plongea la main dans sa mallette et en ressortit un appareil en plastique bleu au coin duquel dépassait une antenne trapue.) La super-radio branchée, annonça-t-il. Tous les magasins dans le coup en vendent. Seulement celle-là, ce n'est pas la même chose. Les techniciens lui ont sorti les tripes pour les remplacer par une mini-radio qui marche exactement comme l'autre, mais quand on ouvre... (Il fit jouer une languette métallique située sous l'appareil qui s'ouvrit en deux) on tombe sur l'emplacement prévu pour votre disque dur annexe.

Carol et Petra échangèrent un regard et éclatèrent de rire.

— Les mecs et leurs joujoux ! bafouilla Carol.

Gandle eut l'air vexé.

— Mais ça marche, figurez-vous. Personne ne sera tenté d'aller y regarder de près.

— Pardon, Larry. C'est très astucieux, déclara Carol qui ne voulait pas froisser son référent britannique. Et vous avez raison, ça passe complètement inaperçu. (Elle attrapa la radio, inséra le disque dur dans son logement et referma le boîtier. Puis elle appuya sur un petit bouton en plastique bleu et l'appareil se mit à crachoter.) Excellent. C'est pile ce qu'il me fallait, même si ça fait un peu James Bond.

— Bon, et ça résout vos problèmes de communication, reprit Gandle en refermant sa mallette avec un sourire satisfait.

— D'un point de vue technique seulement, lança Petra.

— Je vous demande pardon ? releva Gandle.

— Ça ne suffit pas. Travailler sous identité d'emprunt, c'est la merde. On évolue dans le monde le plus trouillant, le plus désolé qui soit. Et on risque en plus d'être victime du syndrome de Zelig.

— Le syndrome de Zelig ? s'étonna Gandle.

— *Zelig, comme le film de Woody Allen. Le héros,* Zelig, est tellement instable qu'il en devient un véritable caméléon humain et adopte non seulement le style et les manières des gens de son entourage, mais aussi leur aspect physique. C'est le grand danger qui guette le flic sous identité d'emprunt. Il passe tellement de temps avec ces gens, hors de sa propre culture, qu'il finit par s'identifier à eux.

— Il devient plus vrai que nature, commenta Carol.

— Exactement. Les mails, c'est très bien pour échanger des informations, mais ça n'offre aucune protection contre soi-même. Pour ça, on a besoin de rencontres.

Gandle n'avait pas l'air convaincu.

— Vous disiez que les types de Radecki allaient soupçonner Carol. Ils vont la surveiller. Et sauf votre respect, Petra, vous êtes un flic berlinois. Quelqu'un finira forcément par vous reconnaître. La dernière des choses qu'on souhaite, c'est bien que vous vous retrouviez régulièrement, c'est trop dangereux.

— Je crois qu'on peut organiser ça sans faire courir le moindre risque à Carol, répliqua Petra d'un ton ferme. À quelques rues de l'immeuble où se trouvent les appartements, il y a un club très huppé de gym pour femmes. En plus du gymnase et de la piscine, les adhérentes peuvent réserver à la demi-heure des cabines de sauna privées. Ni Krasic ni qui que ce soit d'autre de l'entourage proche de Radecki ne pourra nous suivre là-dedans. Croyez-moi, Larry, je n'irais pas prendre des dispositions susceptibles de mettre Carol en danger.

Gandle n'avait toujours pas l'air convaincu, mais Carol renchérit :

— Je suis d'accord. C'est important que je reste en contact avec la vraie vie. D'ailleurs par moments, on a besoin de régler certains détails de visu. Il se pourrait que j'entende ou que je voie des choses dont je ne comprends pas la portée, des choses que j'omettrais de mentionner dans mon rapport parce que je n'en mesure pas l'importance. Petra, elle, saura quelles questions poser pour obtenir de moi les bons renseignements. Je crois qu'elle a raison, Larry. Il faut qu'on entretienne des contacts réguliers.

Gandle tripota sa cravate en soie.

— Je me le demande, Carol. Vous allez entrer et sortir de Berlin tous les huit ou dix jours, on pensait réserver vos entretiens de synthèse à ces occasions-là. À Londres ou ici.

— Dix jours, ça peut être très long quand on est en première ligne, fit Petra. Mais c'est à Carol de juger, bien sûr...

Elle la regarda d'un air interrogateur. Carol hocha imperceptiblement la tête.

— Vous ne devez pas perdre de vue que je n'ai encore jamais travaillé sous identité d'emprunt. J'ai besoin du maximum de soutien possible. Si je me fais griller, je veux pouvoir dégager vite fait. Même avec la meilleure volonté du monde, Larry, vous ne me serez pas d'un grand secours ici, à La Haye. Si tout doit capoter, ce sera Petra qui devra régler ça sur place. Il faut qu'on s'arrange pour parer à cette éventualité. Il n'est pas question pour elle de rester scotchée à son écran vingt-quatre heures sur vingt-quatre, sept jours sur sept. Et si ça nous pète au nez, il se pourrait que je ne sois même pas en mesure de regagner l'appartement pour accéder à l'ordinateur. Je veux une garantie, Larry, et dans ma posture, cette garantie c'est Petra.

Gandle fit la moue.

— Ça ne me plaît pas. Il vaudrait peut-être mieux que j'aille moi aussi à Berlin. Vous pourriez ainsi être en liaison directe avec moi.

Carol secoua la tête.

— Vous ne connaissez *pas le dossier aussi bien* que Petra, et vous ne connaissez certainement pas la ville comme elle. (Il gardait l'air buté. C'était le moment de jouer son atout.) Morgan m'a dit que je devais m'organiser comme je le sentais. Si ça ne vous convient toujours pas, je propose qu'on s'en remette à lui.

Gandle s'empourpra.

— Je ne crois pas que ce sera nécessaire. Si vous souhaitez vous arranger de cette façon, je suis prêt à vous soutenir. Mais pour votre gouverne, sachez que j'ai des doutes.

— Merci, dit gentiment Carol, soulagée de constater que le nom de Morgan avait effectivement le poids qu'elle lui supposait. C'est donc réglé. Petra, vous vouliez parler de la manière dont j'allais m'infiltrer dans le milieu de Radecki. À quoi pensiez-vous ?

— Si vous devez en passer par là, autant faire les choses avec style. J'ai un plan qui, à mon avis, est à la fois classe et idéal pour toucher Radecki au défaut de la cuirasse.

Carol lui adressa un grand sourire.

— J'ai hâte d'entendre ça.

19

Le téléphone sonnait au moment où Tony entra dans son bureau après une conférence qui avait dû ennuyer ses étudiants autant que lui, il le craignait. Il empoigna le combiné et se laissa tomber dans son fauteuil.

— Tony Hill, annonça-t-il en dissimulant son ennui sous un ton enjoué.

— Dr Hill ? Ici Penny Burgess. Je ne sais pas si vous vous souvenez de moi...

— Je me souviens de vous, coupa-t-il abruptement.

Penny Burgess était la correspondante chargée de la criminalité au *Bradfield Sentinel Times* quand Tony travaillait avec la police locale sur sa première affaire de meurtres en série. Elle s'était attachée à ses pas et avait fait de son mieux pour faire connaître le nom du profileur.

— En fait, Tony, j'espérais que nous pourrions discuter un peu tous les deux. Compte tenu de ce qui s'est passé à la cour d'appel cet après-midi.

Les signaux de danger se mirent à clignoter dans la tête de Tony. Si l'appel de Vance avait été rejeté, personne ne se soucierait de ce que pensait le Dr Hill.

— Excusez-moi, lança-t-il pour temporiser. Je n'ai pas entendu les nouvelles aujourd'hui. De quoi parlez-vous ?

— Personne ne vous a appelé ?

— J'étais en cours. Je venais à peine d'entrer dans la pièce quand vous avez appelé. Que s'est-il passé à la cour d'appel ?

— Les juges ont décidé que la condamnation de Vance pour le meurtre de Shaz Bowman était caduque.

Tony eut l'impression qu'un gouffre s'ouvrait sous lui. Pris d'un étourdissement, il s'agrippa au rebord du bureau. Au travers du bourdonnement qui lui emplissait la tête, il entendait Penny Burgess continuer et se força à écouter :

— Ce n'est pas aussi grave qu'il y paraît, expliquait-elle. Il a aussitôt été réarrêté et inculpé du meurtre de Barbara Fenwick. Il est de nouveau derrière les barreaux, en détention provisoire. D'après un de mes contacts de la police, le témoignage d'un commerçant, au cours de l'enquête initiale, démolissait complètement l'accusation, si bien que le Service du Procureur de la Couronne a décidé de ne pas maintenir cette accusation-là.

— Je m'en souviens.

— Eh bien ! apparemment, une journaliste radio de la BBC a enquêté là-dessus et a réussi à faire avouer sur cassette au témoin qu'il avait déposé dans ce sens parce que Vance le lui avait demandé. Le type est complètement revenu sur sa déposition initiale. Le procès va donc être révisé, et d'après ce que j'ai entendu dire, le SPC n'a aucune inquiétude quant à l'issue. Je me demandais ce que vous pensiez de tout ça.

— Je n'ai pas de commentaire à faire, répondit-il d'un ton las.

— Je ne vous demande pas de commenter les nouveaux chefs d'inculpation, ça relève du secret de l'instruction, bien sûr. Mais ça doit vous remuer de savoir que Vance se sort en toute impunité du meurtre de quelqu'un qui se trouvait sous votre tutelle.

— Je viens de vous le dire, je n'ai pas de commentaire.

Tony raccrocha doucement. Il aurait volontiers fracassé le combiné sur son socle, mais l'habitude de garder son sang-froid était trop profondément enracinée. Il ferma les yeux et exhala un long soupir. Cet enfoiré de Vance avait juré un jour de transformer sa vie en cauchemar. Apparemment, il mettait sa menace à exécution. Il pourrait bien être condamné pour d'autres meurtres, maintenant, mais il s'était sorti de l'unique inculpation qui comptait vraiment aux yeux de Tony. Non seulement ça, mais l'anonymat relatif qu'il avait réussi à se ménager en tant que professeur venait d'être pulvérisé d'un seul coup de fil.

Avant qu'il puisse faire quoi que ce soit, le téléphone sonna de nouveau. Cette fois, il n'en tint aucun compte. Il se demanda combien de temps encore il allait être tranquille avant qu'un petit malin de journaliste frais émoulu de l'université ait la lumineuse idée de proposer une interview de Tony Hill comme sujet phare. D'un bond, il se leva et se dirigea vers la porte. Il était temps d'aller se mettre aux abris.

Certains jours, le fait d'avoir un frère spécialisé dans l'informatique présentait de nets avantages. Carol en avait assez appris de Michael pour savoir de quoi un fichier programme avait l'air, ce qui lui avait permis d'identifier celui d'encodage sur le disque dur annexe que Gandle lui avait remis. Il lui fallut quelques minutes pour envoyer le programme en question à son frère à Manchester en lui demandant de transmettre à Tony, en même temps que les indications pour l'installer. Ils échangeaient donc des mails en toute sécurité, à présent. Bien entendu, c'était tout à fait illégal – une infraction à la loi qui tenait les officiers au secret, pour le moins. Carol avait hésité un instant ; elle savait parfaitement comment son apparente désinvolture vis-à-vis de la sécurité pourrait être interprétée par quelqu'un ne connaissant pas Tony. Mais ça n'avait duré qu'un instant. Pour autant qu'elle le sache, personne ne respectait davantage la confidentialité que Tony et ne pouvait lui apporter autant d'aide sur le terrain d'une enquête compliquée. Et Carol s'était toujours fiée à son côté non-conformiste pour agir au mieux. Elle avait menacé Michael de mort s'il diffusait le logiciel, et savait qu'elle pouvait lui faire confiance. Si la chose venait à surgir au grand jour, elle se prévaudrait des ordres de Morgan qui l'autorisaient à faire tout ce qui pouvait la mettre à l'aise.

Ce soir, plus que jamais, elle était heureuse que la communication soit possible entre eux deux. Car elle détenait une information qui allait peut-être inciter Tony à sortir de la retraite qu'il s'était imposée. Et plus encore, qui allait peut-être l'amener à ses côtés. Carol se renfrogna en contemplant l'écran. Il fallait qu'elle formule ça de façon impeccable. Agacée, elle recula sa chaise du bureau et se mit à arpenter la pièce en essayant de rassembler ses esprits.

L'appartement de Berlin était exactement tel que Petra l'avait décrit. Confortable sans chercher à avoir l'air cossu, tranquille et sûr, d'une neutralité toutefois moins impersonnelle que celle d'une chambre d'hôtel. Caroline Jackson en apprécierait les mêmes aspects, elle en était convaincue. Les quelques objets personnels de la pièce définissaient le territoire de son alter ego. Pour sa part, elle n'aurait jamais choisi ces livres-là, ce cadre de photo, ces fleurs ultra-voyantes. Mais ce soir, elle avait besoin de se rappeler qu'elle était Carol Jordan. Caroline Jackson ne lui serait d'aucune aide pour composer le mail soigneusement formulé qu'elle voulait envoyer. Pour ce faire, elle avait besoin de ses qualités intellectuelles propres.

Les derniers jours s'étaient écoulés dans un tourbillon d'activité mentale. Carol avait été stupéfaite de découvrir la masse d'informations que Petra Becker possédait sur Tadeusz Radecki, et elle comprenait parfaitement à quel point la Berlinoise devait être contrariée de voir son équipe incapable de stopper l'organisation de Radecki et de le mettre derrière les barreaux. Ce type semblait jouir de la plus parfaite impunité, sans doute parce qu'il n'avait jamais commis l'erreur de la plupart des criminels qui finissaient par croire en leur propre invincibilité. C'était cette suprême arrogance qui les menait au désastre, Carol le savait d'expérience. Mais Radecki, lui, n'avait jamais perdu l'habitude de rester constamment sur ses gardes. Sa recette était celle du succès : il se fiait à très peu de gens, comprenait la différence qu'il y a entre réaliser un bon bénéfice et l'avidité, et apparemment, il n'avait jamais enfreint les limites dressées entre sa personnalité publique fallacieusement impeccable et les affaires louches qui lui assuraient son train de vie luxueux. La cerise sur ce gâteau parfait, c'était Krasic, un homme qui s'était acquis une réputation de brutalité avec beaucoup de délectation, semblait-il.

Pourtant, si Radecki avait tout fait pour rester hors d'atteinte des sanctions juridiques, cela ne l'avait pas mis à l'abri des recherches inlassables de Petra Becker. Elle avait constitué à son propos un dossier remarquable. Tout y figurait, depuis son goût pour la musique jusqu'aux boutiques où il achetait ses vêtements. Assimiler le tout avait été la première tâche de Carol, ce qui lui donna un réel avant-goût de la vie sous identité d'emprunt. Il lui fallait retenir autant d'informations que possible tout en les reléguant à l'arrière-plan de sa mémoire. Caroline Jackson, elle, ne saurait presque rien de la vie ou des goûts de Radecki, et Carol trouva profondément perturbante la nécessité de scinder ainsi son esprit. Ce fut alors qu'elle décida d'envoyer paître le protocole : elle avait besoin de joindre Tony.

Si elle avait eu le moindre doute quant au bien-fondé de sa démarche, il s'évanouit au cours de sa deuxième soirée en compagnie de Petra Becker. Les deux femmes avaient consacré la matinée à passer en revue tout ce que Petra savait sur le réseau criminel de Radecki, et l'après-midi à travailler sur la couverture de Carol, à pousser les arguments pour voir où ils risquaient de comporter des failles, à s'efforcer de localiser les zones de danger potentielles et à laisser Carol explorer la personnalité qu'elle allait endosser dans l'immédiat. Finalement, Petra avait écrasé sa vingtième cigarette de la journée et s'était renversée contre le dossier de sa chaise.

— Je crois qu'il est temps de souffler un peu, annonça-t-elle. Une fois de retour à Berlin, on ne pourra plus être vues ensemble, alors autant profiter de notre anonymat provisoire et aller dîner dans un chouette restaurant pour fêter la réussite de la première phase.

Carol s'étira en gémissant pour décrisper les muscles de son dos.

— C'est à ça que je porterai un toast.

Une demi-heure plus tard, elles étaient assises dans un coin tranquille d'un restaurant indonésien à l'éclairage tamisé. Au milieu de la salle, illuminé par des lampes chauffantes, trônait un buffet complet de spécialités disposées autour d'un énorme plat de riz monté en cône. Mais pour l'heure, elles savouraient un verre et prenaient le temps de souffler. Carol but une lampée de gin-tonic et Petra leva son verre :

— Ç'a été un plaisir de travailler avec vous ces

derniers jours, Carol. J'avoue que j'avais quelques a priori négatifs à propos de cette opération, mais vous m'avez rassurée.

— Et pourquoi négatifs ? Vous pensiez que je ne serais pas à la hauteur ?

Petra agita sa margarita tout en contemplant l'alcool qui léchait les parois du verre.

— En partie. Mais surtout parce que je me disais qu'on s'était bien cassé la tête à essayer d'épingler Radecki et que c'était injuste qu'on nous retire l'affaire.

— Je comprends. Je me serais dit exactement la même chose à votre place. Quand on passe tellement de temps sur une affaire, elle devient très personnelle.

Petra décocha un regard pénétrant à Carol. Puis, sa décision arrêtée, elle posa les coudes sur la table et se rapprocha de son interlocutrice.

— C'est ce qui s'est passé pour vous avec Jacko Vance ? Et avant, avec le Tueur Homo, à Bradfield ?

L'expression détendue de Carol céda instantanément place à de la méfiance.

— Vous vous êtes bien renseignée, rétorqua-t-elle d'un ton distant qui dissipa la connivence établie entre elles deux au fil des derniers jours.

Petra écarta les mains, paumes tournées vers Carol, en un geste apaisant.

— Bien sûr que je me suis renseignée. Je serais un piètre officier des renseignements si je ne l'avais pas fait. Mais je n'évoque pas ces affaires par curiosité malsaine. J'ai une bonne raison pour ça.

Il en fallait plus pour amadouer Carol.

— Je ne parle pas de ces affaires, décréta-t-elle d'un ton sans réplique. *En parler ? J'essaie même de ne pas y penser. Et j'aimerais bien ne pas en rêver non plus.* Elle avala le reste de son gin et fit signe à la serveuse de renouveler la consommation.

— Pas de problème. Je ne veux pas de détails sanguinolents. Je ne suis pas à la recherche de sensations fortes. Mais vous êtes le seul flic que j'aie jamais rencontré qui ait une telle expérience de la traque des tueurs en série. Et j'ai besoin de vos conseils.

Carol se demanda avec lassitude si elle parviendrait jamais à tourner cette page-là. Elle avait cru arriver dans un lieu où tout ce qui intéresserait les gens, ce serait sa prestation immédiate.

— Écoutez, Petra, je ne suis pas spécialiste. La première fois, il s'est trouvé que j'étais là, tout bêtement, en qualité d'officier de la crim' dans une ville où sévissait un tueur en série. Quant à la deuxième... eh bien ! je suppose qu'on peut appeler ça un service rendu à un ami.

— Sans doute le Dr Tony Hill ? insista Petra.

Carol se massa le front entre pouce et index, s'abritant les yeux sous la paume de la main.

— Sans doute Tony Hill, oui, concéda-t-elle d'un ton exaspéré.

Elle laissa retomber sa main et fixa Petra d'un regard froid, insolent. On aurait dit qu'elle mettait son interlocutrice au défi de tirer des conclusions.

Petra sentit qu'en mentionnant le nom de Tony, elle avait remué quelque chose d'enfoui chez Carol, mais elle n'avait aucun moyen de déterminer si c'était positif ou négatif.

— Pardonnez-moi, Carol. Je ne veux pas vous mettre mal à l'aise en vous parlant de ces affaires. Je comprends qu'elles ont dû être difficiles. Mon intention n'est vraiment pas de vous faire revivre de mauvais souvenirs. Mais si je peux expliquer... ?

Carol haussa les épaules. Elle allait devoir travailler avec Petra sur la mission la plus dure de toute sa carrière. Elle l'appréciait et la respectait déjà et savait qu'il fallait que ça dure. Écouter ce qu'elle avait à dire ne pourrait pas faire grand mal.

— J'écoute, lâcha-t-elle au moment où la serveuse arrivait avec sa deuxième consommation. Vous reprendrez quelque chose ?

Petra fit non de la tête.

— Pas tout de suite. Bon, alors, pour commencer, je suis lesbienne.

Carol s'était posé la question, mais elle n'y voyait pas matière à s'attarder.

— Pour moi, ça ne fait aucune différence.

— Je m'en doutais, mais je vous le dis pour une raison précise. J'essaie de vous expliquer comment tout a commencé. Je me connecte de temps en temps sur un site privé pour les flics homos et lesbiennes qui travaillent dans la police de la Communauté européenne. C'est là que j'ai rencontré Marijke. Elle est brigadier dans la police hollandaise, basée à Leyde. On discute trois ou quatre fois par semaine dans une *chat-room* privée, et depuis quelque temps, on est assez proches. (Petra esquissa un petit sourire plein d'autodérision.) Oui, je sais ce qu'on dit à propos des rencontres qu'on fait sur le Net, mais il n'y a pas de doute là-dessus, Marijke est bien celle qu'elle affirme être, pas je ne sais quel imposteur qui chercherait à pêcher des renseignements, ou un mordu de la police qui s'exciterait en se faisant passer pour un des nôtres. Donc, Marijke et moi avons trouvé l'une chez l'autre l'oreille amie qui nous manquait dans la vie de tous les jours.

— Ça ne fait pas de vous une imbécile pour autant, dit Carol avec un sourire réconfortant.

— Non. Toujours est-il qu'on a pris l'habitude de tout se dire. Il y a un peu plus d'une semaine, elle a eu droit à un meurtre à Leyde. Elle m'en a parlé parce que c'était une affaire très bizarre, sans aucun suspect en vue, ni la moindre piste. La victime, Pieter de Groot, était professeur de psychologie à l'université de Leyde. Il a été retrouvé nu, ligoté sur le dessus de son bureau. L'assassin lui avait enfoncé un genre de tuyau dans la gorge et y avait versé de l'eau jusqu'à ce que de Groot meure noyé.

Carol frissonna.

— C'est sacrément pervers.

— Ce n'est pas tout. Il a également scalpé sa victime. Pas la tête. Les poils pubiens.

Carol sentit sa nuque se hérisser. Elle en savait assez sur les psychopathes pour reconnaître l'œuvre d'une personnalité déséquilibrée lorsqu'elle y était confrontée.

— Eh bien ! fit-elle. Apparemment, ça présente quelques caractéristiques propres aux homicides sexuels. Ce qui signifie que votre homme a vraisemblablement déjà tué et qu'il y a des chances qu'il recommence.

— Les deux, à mon avis. Quand Marijke m'a parlé de l'affaire, ça m'a vaguement rappelé quelque chose. Puis j'ai découvert le meurtre du Dr Walter Neumann. (Petra expliqua brièvement ce qu'elle avait appris sur le crime de Heidelberg.) J'ai commencé à me dire qu'on avait peut-être affaire à un tueur en série qui agirait dans plusieurs pays.

Elle regarda Carol, guettant sa réaction.

— C'est une conclusion qui se tient. D'après ce que vous m'avez dit, ces crimes comportent des éléments qui les signent.

Elle fixa Petra d'un air scrutateur, pour voir si des explications allaient être nécessaires. Petra hocha la tête avec assurance.

— Bon, et donc, je me suis dit qu'on était confrontés à un gros problème. Comme vous le savez, il n'existe pas de liaison officielle entre les polices nationales de la communauté européenne, malgré Europol et Interpol. On est censé s'échanger les informations et travailler conjointement sur les crimes transnationaux, et d'ailleurs il arrive que ça fonctionne, comme pour Radecki. Mais on sait l'une comme l'autre à quel point les flics gardent jalousement leur territoire. Un truc aussi palpitant qu'un tueur en série, personne ne voudra monter une opération dont un autre pourrait s'attribuer le mérite. Amener les flics à partager, c'est pire que leur arracher une dent.

La remarque était grinçante, mais Carol reconnut que Petra disait vrai. Elle se doutait aussi que le prestige personnel de son interlocutrice entrait sans doute en ligne de compte, mais ce n'était pas forcément négatif. Elle se savait elle-même plus impliquée vis-à-vis des affaires qui la mettaient en valeur. Elle n'en était pas fière, mais c'était pourtant la réalité.

— Alors vous avez décidé de garder ça pour vous et d'enquêter dans votre coin ?

Petra eut l'air un peu mal à l'aise.

— Je ne pensais pas être allée jusqu'à en prendre la décision, avoua-t-elle. Mais c'est vrai que je voulais être celle qui dévoile le pot-aux-roses, alors j'ai demandé à Marijke de m'envoyer tous les détails possibles sur son affaire. Parce que, pour peu que j'aie raison, l'assassin a commencé à tuer en Allemagne, ce qui nous permettrait de revendiquer une priorité sur l'enquête. (Petra s'interrompit brusquement et attrapa son paquet de cigarettes.) Et voilà qu'il y a deux jours, un troisième meurtre a été perpétré. Je n'ai pas encore pu obtenir beaucoup de précisions, mais il semble qu'une certaine Dr Margarethe Schilling, de l'université de Brême, ait été victime du même assassin.

— D'autres vont sans doute faire le rapprochement, non ?

Petra haussa les épaules.

— *Pas nécessairement.* Les forces de police des différents länder n'ont aucun lien officiel les unes avec les autres. Il n'existe pas d'autorité qui centralise les informations pour les crimes tels que les meurtres, sauf pour le grand banditisme. L'Allemagne est un grand pays et franchement, la plupart des flics ont trop à faire avec leur propre boulot pour s'occuper de ce qui se passe dans d'autres villes, à des centaines de kilomètres. Et ce n'est pas comme en Amérique, où les meurtres en série font presque partie intégrante de la culture. Ici, en Europe, on continue à penser que ça n'arrive que dans les livres et les films. Non, Carol, la seule façon d'établir un lien, c'est quand un flic comme moi fait le rapprochement. Et qui va penser à relier le meurtre d'un homme à Heidelberg et celui d'une femme à Brême simplement parce qu'ils sont tous les deux profs de psycho ?

— Maintenant c'est *vous* qui allez devoir en faire un truc officiel, enchaîna Carol.

— Oh ! je sais, répondit Petra en rejetant la fumée par les narines. Mais c'est délicat. La première affaire allemande ne m'a jamais été confiée directement, alors si je soumets un rapport à Europol en leur demandant de m'aider à monter une enquête, je vais devoir expliquer que Marijke a rompu le secret auquel elle est tenue en me parlant de l'affaire de Leyde. Et ça va la mettre dans la merde vis-à-vis de ses chefs.

— Je comprends votre point de vue, dit pensivement Carol. Y a-t-il un autre moyen par le biais duquel vous auriez pu avoir vent de l'affaire de Leyde et remarquer les similitudes avec celui de Heidelberg, puis rapprocher ces deux-là du meurtre de Brême ?

Petra hocha négativement la tête.

— La presse ne donnait pas beaucoup de détails. Pas assez pour que cela me frappe et me rappelle un autre cas.

— Marijke n'a pas déposé de demande de recherche auprès d'Europol pour voir s'il n'y aurait pas eu d'affaires du même genre ?

— Je doute qu'il en ait seulement été question. La plupart des flics, surtout provinciaux, ne se sentent pas vraiment concernés par Europol. Ça ne fonctionne pas depuis assez longtemps pour faire partie de leurs références. Moi, j'y penserais, bien sûr, parce que mon boulot repose sur le renseignement. Mais quelqu'un comme le chef de Marijke n'en aurait même pas l'idée.

— Bon, eh bien ! si vous tenez sérieusement à protéger Marijke, ce serait la bonne façon de procéder. Dites-lui d'envoyer une demande de recherche à La Haye en arguant du fait que cette affaire présente des caractéristiques propres au genre de tueur susceptible de récidiver et de frapper ailleurs dans la communauté européenne. Elle paraîtrait dans le bulletin régulier d'Europol que vous devez avoir l'habitude d'éplucher, j'imagine ?

Petra acquiesça.

— Je crois que mon équipe fait partie des rares qui lisent bel et bien ce qui vient de La Haye, répondit-elle d'un ton narquois.

— Parfait. À ce moment-là, vous pouvez entrer en scène avec ce qui vous est revenu en mémoire concernant l'affaire de Heidelberg. Et suggérer l'affaire de Brême comme possibilité.

Petra, les yeux dans le vague, examinait sous tous les angles ce que Carol venait de lui soumettre. Ça marcherait, se disait-elle. Elle n'obtiendrait pas la gloire espérée, et pourtant, c'est à elle que reviendrait le mérite d'avoir fait le rapprochement avec la première affaire. Il se pourrait même qu'elle se voit chargée de la coordination de l'enquête, étant donné que l'affaire serait alors confiée aux Allemands et que personne ne voudrait la laisser aux mains des bourrins de Heidelberg. Cela dit, ces gars-là n'étaient peut-être pas des lumières, mais ils n'étaient pas complètement idiots.

— Il n'y a qu'un problème.

— Lequel ?

— La semaine dernière j'ai demandé à ce que les détails de l'affaire de Heidelberg me soient transmis. Pour peu qu'une nouvelle enquête soit ouverte, ils s'en souviendront sûrement.

— Merde, lâcha Carol. Vous avez raison, ils n'auront pas oublié. Écoutez, on va manger un morceau et réfléchir. Une fois rassasiées, peut-être qu'une solution nous viendra à l'idée.

Elles se dirigèrent vers le buffet et emplirent leur assiette d'un assortiment d'entrées. Pendant un moment, elles mangèrent pratiquement en silence, n'échangeant que quelques commentaires sur la qualité de la cuisine. À la moitié d'une brochette de poulet satay, Petra s'éclaira soudain d'un sourire rayonnant.

— Je crois que j'ai trouvé ! Au début, ils nous ont fait part de cette affaire parce qu'ils pensaient qu'elle relevait peut-être du grand banditisme. Le réseau de Radecki s'étend jusqu'au Rhin et au Neckar. Je pourrais dire qu'en préparant cette opération, j'ai exploré tout ce qui pouvait avoir un lien avec Radecki. Je suis obsédée par ce dossier, c'est bien connu. Personne ne trouvera à redire au fait que je me raccroche à toutes les branches possibles.

Carol soupesa. Le prétexte était mince, mais après tout, il ne serait sûrement pas soumis à un examen approfondi. Une fois lancée l'enquête pour meurtres en série, plus personne ne se demanderait vraiment ce qui avait déclenché tout le bazar.

— Ça passera, affirma-t-elle avec un demi-sourire sarcastique. Quelque chose me dit que vous devez être douée pour embobiner vos supérieurs.

— Embobiner ? releva Petra, sourcils froncés. Je ne connais pas ce mot.

— User de votre habileté verbale pour vous sortir de situations délicates.

— Ce n'est pas l'entraînement qui me manque. Merci de votre aide, en tout cas.

— Il n'y a pas de quoi. Vous aviez besoin d'un regard extérieur sur la situation, c'est tout.

Petra écarta son assiette vide.

— Il y a encore un truc qui me tracasse à propos de cet assassin.

Sacrée bonne femme, songea Carol. *Moi, à ta place, j'en serais malade, pas seulement tracassée.*

— Il ne s'arrêtera pas là. Pendant que la hiérarchie s'enferre dans je ne sais quelles disputes et querelles de territoires, cet enfoiré a tout le loisir de continuer à tuer.

En voyant Petra acquiescer d'un air entendu, Carol se rendit compte, à sa propre stupéfaction, qu'elle parlait comme Tony, qu'elle se glissait dans la tête de quelqu'un d'autre et en formulait les peurs.

— Vous venez de mettre en plein dans le mille. Cet assassin, c'est un calculateur. Il s'y prend bien et il n'a aucune raison de s'arrêter tant qu'il ne s'est pas fait choper. Pendant ce temps-là, les bureaucrates continuent leurs petits jeux et les enquêteurs, eux, n'ont pas les coudées franches. C'est énervant.

— C'est plus qu'énervant. Ça va carrément à rebrousse-poil de ce que votre instinct de flic vous dicte.

— Exactement. Bon alors, à ma place, Carol, vous feriez *quoi* ?

La question à un million de livres sterling, avec une seule réponse possible.

— Je téléphonerais à une amie, répondit ironiquement Carol.

Petra se renfrogna. Peut-être ne diffusait-on pas

Qui veut gagner des millions ? en Allemagne, se dit Carol.

— Je ne lâcherais pas, reprit-elle. Je ferais tout mon possible pour que l'enquête avance, et au diable les circuits officiels. D'ailleurs la première mesure que je prendrais, ce serait de demander qu'on établisse un profil.

Petra s'éclaira.

— Ah ! je vois. Vous appelleriez le Dr Hill ?

— C'est lui le meilleur. Oui, je l'appellerais et j'essaierais de le convaincre de sortir de sa retraite et de reprendre le collier.

— Il est à la retraite ? (La déception de Petra était palpable.) Je ne le savais pas si âgé.

Carol comprit soudain que toute la conversation n'avait été qu'un long préambule visant à obtenir les services de Tony pour une chasse au tueur en série en marge des voies officielles. Bien sûr, Petra avait réellement besoin d'une aide technique pour faire concorder son affaire avec le domaine public, mais le véritable but de sa démarche était d'enrôler Carol et Tony dans son équipe. Curieusement, Carol ne se sentait pas du tout utilisée. Cela l'amusait vraiment, car elle reconnaissait dans cette stratégie une démarche qu'elle aurait joyeusement tentée elle-même.

— Il n'est pas âgé, mais il ne profile plus. Après l'affaire Vance, il a décidé qu'il ne voulait plus exercer sur le terrain.

Petra eut l'air consternée.

— Merde, lâcha-t-elle. Je pensais que peut-être...

Elle secoua la tête, visiblement furieuse contre elle-même.

— Vous pensiez exactement ce que j'aurais pensé à votre place, dit doucement Carol.

Elle éprouvait de la compassion pour Petra, sachant à quel point elle se serait elle-même sentie découragée dans la même situation. Sur une impulsion, elle se décida :

— Écoutez, Petra, laissez-moi m'occuper de ça. J'ai vu Tony il y a quelques jours à peine, et j'ai l'impression qu'il serait prêt à mordre à l'hameçon. Sa vie tranquille ne lui plaît pas autant qu'il l'espérait. Cette histoire pourrait l'intriguer au point de le ramener dans l'arène. D'ici là, dites à Marijke de lancer la machine officielle. Le plus tôt sera le mieux. Et je ferai mon possible pour vous aider.

— Je crois que vous avez déjà bien assez de soucis en perspective, répondit Petra à contrecœur.

— Ce sera l'occasion de me rappeler qui je suis vraiment, répliqua Carol. Rien de tel que la réalité pour combattre le syndrome de Zelig.

À présent, il fallait donc tenir sa promesse envers Petra. Et trouver les mots qui sachent convaincre Tony d'apporter son aide. Elle avait un peu l'impression d'enfoncer une porte à demi ouverte, mais elle devrait quand même user de toute sa force de persuasion. Elle passa dans la kitchenette et ouvrit une bouteille de vin rouge. Il était temps de se donner un peu de cœur au ventre. Il fallait d'abord envoyer un e-mail à Tony. Et ensuite se préparer en vue du lendemain, où elle allait enfin rencontrer Tadeusz Radecki.

20

Tony s'étira et sentit craquer les articulations dans sa nuque et ses épaules. Il devenait trop vieux pour passer la soirée vissé sur une chaise devant un écran d'ordinateur. Mais c'était une façon comme une autre d'échapper à la réaction complexe qu'avait déclenchée chez lui la nouvelle à propos de Vance. Il avait débranché le téléphone et s'était plongé dans le travail pour fuir aussi bien ses pensées que les journalistes.

Il ferma le fichier qu'il venait de lire, premier jet du mémoire d'une de ses étudiantes de troisième cycle. Ce n'était pas mauvais, même si l'hypothèse anticipait les preuves en un ou deux endroits cruciaux. Il devrait serrer un peu la vis au cours de leur prochain entretien de travail. Il fallait qu'elle se débarrasse de ces travers maintenant, tant qu'ils n'étaient pas trop incrustés.

Avant d'éteindre l'ordinateur, il passa par son logiciel de courrier et cliqua sur Envoyer-Recevoir. Il était toujours bon de procéder à une vérification tardive : lui allait peut-être se coucher, mais les trois-quarts de l'Amérique étaient encore en train de travailler, or il entretenait des contacts réguliers avec plusieurs amis et collègues de l'autre côté de l'Atlantique.

Ce soir, il n'y avait qu'un message. Il activa le logiciel de décodage que le frère de Carol lui avait envoyé et ouvrit le mail.

Salut Tony.

Et voilà, je suis à Berlin. Ça bouge vraiment ici, on sent que la ville mène sa vie et bien. Et comme chacun sait, ce genre d'endroit est toujours un terrain propice aux crimes les plus sophistiqués !

Je n'ai pas encore rencontré TR. C'est prévu pour demain soir et à ce moment-là, on verra si la stratégie de Petra marche ou nous explose à la figure. Je sais que tu la trouvais bien conçue d'un point de vue psychologique, mais ça m'angoisse encore beaucoup. Maintenant que c'est tout proche, je suis un vrai paquet de nerfs. Je ne peux plus rien avaler et je sais que je vais avoir du mal à trouver le sommeil ce soir. Je savoure quelques verres de vin pour me détendre, mais je ne suis pas sûre que ça y change grand-chose. Petra m'a beaucoup fait bosser et je pense que ça devrait me donner un peu d'assurance. Je ne peux pourtant pas dire que ce soit déjà le cas. J'ai l'impression de bien connaître TR, mais je ne suis pas sûre de savoir qui est Caroline Jackson... Espérons que je ne me casserai pas la figure au premier obstacle !

Mais parler de ça ne fait que me rendre un peu plus nerveuse. Et en fait, la vraie raison pour laquelle je t'écris ce soir n'a rien à voir avec ma mission.

La dernière fois qu'on s'est vus, toi et moi, tu avais l'air de sous-entendre que tu remettrais volontiers tes talents de profileur en usage pour peu qu'une occasion valable se présente. Eh bien ! je crois avoir justement ce qu'il te faut.

Le scénario classique : deux, voire trois meurtres *recensés. Deux hommes,* une femme. Toutes les victimes étaient des psychologues travaillant à l'université. Les corps ont tous les trois été retrouvés couchés sur le dos, ligotés à leur bureau par les pieds et les mains. Leurs vêtements avaient été découpés de façon à les dénuder. La cause du décès était la noyade – on leur avait enfoncé un tuyau dans la gorge, puis on y avait versé de l'eau jusqu'à ce que mort s'ensuive. Une fois ses victimes mortes, l'assassin se livre à une mutilation intéressante : il leur scalpe le pubis. Aucun dégât aux parties génitales, il se contente de prélever les poils et la peau.

Le problème : le premier meurtre dont on ait connaissance s'est passé à Heidelberg, en Allemagne, le deuxième à Leyde en Hollande, le troisième (possible) à nouveau en Allemagne, à Brême. Le lien entre les trois a été établi parce que Petra a eu connaissance par hasard des détails de la première affaire et qu'une de ses amies, Marijke, qui est flic en Hollande, lui a parlé de la deuxième. Petra a alors repéré la ressemblance. Quand le troisième meurtre d'un prof de psychologie a été signalé, elle a tout de suite fait la relation, bien qu'elle ne dispose pas encore d'assez de précisions pour être sûre que ça cadre. Comme tu pourras le constater, on s'achemine vers un conflit de juridictions assez cauchemardesque. Pour couronner le tout, ce n'est pas encore un truc officiel puisqu'il a d'abord fallu qu'on trouve un moyen de relier les deux affaires sans causer d'ennuis à Marijke parce qu'elle avait divulgué des infos. Cela dit, dans les jours qui viennent, ça devrait circuler via Europol, et mettre peut-être la machine en marche.

Inutile de te décrire dans quel merdier bureaucratique l'affaire va s'enliser. Selon Petra, il y a peu de chances que quelqu'un d'autre ait établi le même rapprochement, étant donné le peu de communication entre les forces de police allemandes (ça ne te rappelle rien ? ? ?). Elle pense aussi, et je suis de son avis, que le temps qu'une équipe d'enquêteurs se mette en place, le type en question va faire d'autres victimes. Donc elle cherche à court-circuiter cette étape-là en menant une enquête officieuse.

Son équipe et elle travaillent en grande partie à l'aveuglette. Cet assassin a l'air très doué pour effacer toute trace. Apparemment, les labos médico-légaux n'ont presque rien trouvé chaque fois.

Pourquoi Petra a-t-elle pris le risque de tout me révéler ? Ma foi, n'oublions pas qu'elle travaille dans le renseignement. D'ailleurs elle s'était bien documentée à mon sujet. Ce qui l'a immanquablement menée jusqu'à toi.

De toute évidence, ce qu'elles veulent – non, ce qu'il leur FAUT –, c'est un profil. Et qui mieux que toi...

Petra veut ce qui se fait de mieux.

C'est l'occasion de reprendre le collier, Tony. Dans des conditions tranquilles. Parce que ce serait totalement officieux, tu travaillerais à l'abri du public, personne ne viendrait regarder par-dessus ton épaule dans l'attente de résultats immédiats. Pas d'articles dans la presse qui te somme de livrer la marchandise. Simplement un boulot tout en discrétion qui pourrait bien sauver quelques vies.

Bien entendu, si les filles arrivaient à décrocher quelque chose, tu en recueillerais le mérite qui te revient, ce qui t'ouvrirait peut-être quelques portes en Europe.

Je t'en prie, ne te crois pas obligé d'accepter à cause de moi. J'ai précisé à Petra que je n'avais pas grand espoir. Mais j'aimerais que tu acceptes pour toi-même, parce que je ne pense pas que ce que tu fais en ce moment t'apporte beaucoup de satisfaction. Alors que faire ce qui te réussit le mieux pourrait te rendre plus heureux.

Penses-y.

Je t'embrasse,

CJ

Tony remonta au début du message et le relut plus lentement, esquissant parfois un demi-sourire ironique. Elle était forte, il devait bien le reconnaître. Elle avait toujours été rapide, et elle avait appris en cours de route quelques habiles procédés pour le faire craquer. Il se demanda combien de temps elle avait mis pour rédiger ce mail en apparence innocent, mais qui n'en était pas moins calculé, de toute évidence, pour appuyer pile aux bons endroits. Il contenait juste assez d'informations sur les affaires en cause pour le mettre en appétit, mais pas suffisamment pour qu'il les juge inintéressantes au point de rechigner à s'y plonger.

Oh ! c'était habilement troussé. Jusqu'à la précision alléchante qu'il s'agirait d'un exercice au noir, en marge des circuits officiels, quelque chose de totalement niable, que cela tourne bien ou mal. « Dans des conditions tranquilles. » Ce qui sous-entendait, bien sûr, qu'il n'y aurait personne dans les parages pour assister à sa déconfiture si toutefois ses talents s'étaient rouillés et qu'il merdait. Il ne pensait pas que Carol s'attende à ça, mais il comprit qu'elle soupçonnait cette crainte chez lui. Et elle avait bien raison.

C'était tentant. Mais il n'était pas sûr d'être intéressé pour les bonnes raisons. Il se répétait que cette affaire lui fournirait une excuse valable pour prendre un avion pour Berlin, car naturellement, il devrait s'entretenir de façon approfondie avec Petra, apparemment aux commandes de cette opération au noir. Or pour le moment, Berlin signifiait Carol. Carol qui aurait peut-être besoin du soutien qu'il pouvait apporter. Carol qui n'avait pas quitté ses pensées depuis qu'il était reparti de Londres.

Et ça, c'était une mauvaise raison de saisir l'occasion. S'il allait à Berlin pour Carol, il ne serait pas concentré sur le boulot qu'il était censé y faire. Pire encore, sa présence pourrait se révéler un handicap pour Carol. Elle devait endosser son rôle autant que possible, or s'il n'arrêtait pas de surgir tel un diable d'une boîte, elle pourrait en souffrir. Fournir des renseignements et du soutien de loin était une chose ; être sur place en personne pourrait inciter Carol à trop se reposer sur lui. Pour peu que ça se gâte et qu'elle en soit réduite à ses seules ressources, elle manquerait peut-être de la confiance nécessaire pour mener les choses à bien.

Et pourtant, se dit-il, *ça ne ferait de mal à personne de vérifier sur le Net*. Il lança son moteur de recherche et tapa : « Brême + meurtre + professeur + psychologie », en optant d'abord pour le plus récent. Quelques secondes plus tard, il lisait le compte rendu qu'en donnait un journal allemand. Par chance, il avait appris l'allemand au collège et l'avait entretenu afin de pouvoir lire des publications scientifiques. Mais même s'il n'avait pas été capable de saisir la teneur de l'article, un détail lui aurait sauté aux yeux comme une fusée de feu d'artifice dans la nuit.

Tony fixait l'écran : il en croyait à peine ses yeux. Il devait y avoir une erreur. Ses poings se serrèrent et son visage se crispa. Il se frotta les tempes, tâchant de comprendre ce qu'il lisait.

Il n'y avait pourtant aucun doute. Il ne pouvait pas y avoir deux Margarethe Schilling psychologues à l'université de Brême. C'était impensable. Mais il était tout aussi impensable que Margarethe Schilling soit morte entre les mains d'un tueur en série.

Il revoyait son visage. Une grande bouche au sourire affable, des lignes rieuses au coin des yeux. Difficile de croire qu'un psychologue ait réussi à trouver en ce bas monde de quoi rire au point de lui donner cet air enjoué. Des cheveux blonds libres, qu'elle repoussait derrière les oreilles avec impatience lorsqu'elle débattait d'un point précis. Gaie, intelligente, versée dans la polémique au point d'en être exaspérante.

Ils s'étaient rencontrés trois ans plus tôt, pendant un séminaire à Hambourg. Tony s'intéressait à la relation entre les croyances religieuses et un certain type de récidivisme criminel, et les travaux expérimentaux de Margarethe avaient éveillé sa curiosité. Il avait écouté sa communication et relevé plusieurs points dont il souhaitait discuter avec elle. Ils étaient donc allés s'installer dans un bar avec quelques autres et avaient manqué le banquet officiel, absorbés qu'ils étaient par leur échange.

Margarethe et lui s'étaient découvert beaucoup de choses en commun. À tel point qu'elle l'avait convaincu de retarder son vol et d'aller passer deux jours avec elle à Brême où il pourrait consulter à la source les résultats de ses recherches. Ç'avait été une expérience captivante, et cet échange tonique d'informations et d'idées l'avait enthousiasmé. Margarethe l'avait même logé dans la chambre d'amis de la jolie grange rénovée du XIXe siècle où elle habitait avec son mari, Kurt, et leur fils Hartmut, dans un petit village proche d'une communauté d'artistes, à quelque sept ou huit kilomètres de la ville.

Il n'avait pas accroché avec Kurt, se rappela-t-il. L'homme n'avait pas fait de la nécessité une vertu mais un martyre et se plaignait de son existence monotone de parent à la maison depuis son licenciement de l'entreprise pharmaceutique pour laquelle il travaillait comme chercheur. Un soir au dîner, il s'était lamenté : « Évidemment, étant donné que je dois m'occuper d'un enfant à longueur de journée, je n'ai pas la possibilité de me tenir au courant dans mon domaine. Tout va bien pour Margarethe, elle peut continuer à gravir les échelons universitaires, mais moi, je suis coincé au fond des bois et je m'encroûte. »

Tony s'était rendu compte que Kurt se consacrait à l'éducation du petit non par nécessité, mais par paresse. D'après Margarethe, ses parents lui avaient laissé assez d'argent pour acheter la maison, et même un peu plus. Kurt avait sauté sur l'occasion et s'était fait licencier dans l'intention de mener une vie de dilettante. Margarethe lui avait raconté l'histoire avec un petit sourire malicieux : « La première chose que j'ai faite quand il m'a annoncé qu'il s'arrêtait, a été de renvoyer la nourrice. Il n'a rien pu dire parce que ce serait revenu à admettre qu'il ne voulait pas s'occuper de son fils. Mais il ne me l'a jamais pardonné. »

À l'époque, Tony avait trouvé que c'était là un regrettable manque de perspicacité psychologique de la part de quelqu'un qui gagnait sa vie en explorant le dédale de l'esprit humain. À moins, bien sûr, qu'elle n'ait souhaité l'échec de son mariage. Qui s'était ensuivi avec une inéluctabilité déprimante, comme il l'avait compris au travers des cartes qu'elle lui envoyait pour Noël et de ses e-mails occasionnels. En revanche, elle n'avait pas prévu que Kurt réclamerait la garde de Hartmut. Et Tony comprit en lisant entre les lignes que la perte de son fils avait détruit Margarethe.

Et voilà qu'à présent, s'il fallait croire ce compte rendu, l'enfant avait perdu sa mère de la façon la plus définitive qui soit. Tony n'arrivait pas à y croire. Cette mort comportait une part terrible de hasard.

Pour Margarethe, il était trop tard. Mais peut-être pas pour d'autres. Ce qui comptait, ce n'était pas que Tony ait justement besoin d'échapper à la presse qui le talonnait pour lui soutirer des commentaires sur Jacko Vance. Ce n'était pas non plus qu'il s'ennuyait à mourir dans son travail. Ni qu'il aspire à être près de Carol. Ce qui primait par-dessus tout, c'était de sauver des vies.

Son choix était fait, pour le meilleur ou pour le pire.

Petra profita de la demi-heure de battement dont elle disposait avant l'arrivée de Marijke dans la *chat-room* pour consulter Internet, parcourir divers sites consacrés aux tueurs en série pour voir si elle relevait la moindre ressemblance avec des affaires connues et les manies particulières des tueurs concernés. Mais ses recherches restèrent stériles. Les esprits dépravés dont les activités étaient rapportées avec un luxe de détails morbides n'étaient pas des adeptes de ce type de meurtre par noyade, et elle ne trouva aucun cas de scalp pubien – bien qu'elle ait découvert que cela portait un nom : le gynélophisme.

Comme chaque fois qu'elle surfait, Petra fut surprise de constater la rapidité avec laquelle le temps filait. Elle était déjà en retard de quatre minutes sur son rendez-vous avec Marijke. Elle se rendit sur le site et y trouva Marijke qui luttait pour ne pas se laisser entraîner dans un débat sur la législation européenne des droits de l'homme avec deux homos et une bisexuelle. Elle signala son arrivée en double-cliquant sur le nom de Marijke pour l'entraîner dans un lieu plus intime.

P : excuse-moi de t'avoir fait attendre, je me suis perdue sur le net.

M : Pas de problème. Je viens juste d'arriver aussi. Alors, comment tu trouves Carol Jordan ?

P : très professionnelle. très habile. elle pige au quart de tour et je crois qu'elle a la trempe qu'il faut pour mener cette mission à bien.

M : Elle est sympa ?

P : très. on voit que c'est un vrai flic de terrain, pas une fonctionnaire qui passe son temps derrière un bureau et qui a oublié à quoi ressemble notre vie à nous autres. je crois qu'on va bien s'entendre et former une bonne équipe. elle n'est pas hostile à quelques conseils.

M : Je croise les doigts pour que ça marche. Tu as trouvé une occasion de lui parler des meurtres ?

P : oui, et elle a eu une bonne idée à ce sujet. d'après elle, il faudrait que tu décides ton boss à envoyer un descriptif de ce meurtre à europol, assorti d'une demande d'information sur d'éventuelles affaires similaires. europol transmettra ensuite à toutes les autres forces de police, et moi je pourrai m'amener avec les affaires de brême et heidelberg en toute légalité. qu'est-ce que tu en dis ?

M : Tu crois que ça marchera ?

P : je crois que c'est le seul moyen de nous couvrir. une fois que ce sera devenu officiel, il faudra des semaines pour qu'une équipe commune soit mise en place vu que personne ne voudra lâcher cette affaire, et ils vont tous se battre pour que ce soit leur pays qui dirige l'enquête. pendant ce temps-là, nous on pourra continuer nos investigations. jordan va demander à son dr hill de nous établir un profil, ça nous donnera une longueur d'avance. on a encore une chance de bien s'en sortir, mais personne ne pourra nous montrer du doigt sous prétexte qu'on *aurait fait les choses de façon illégale.*

M : Il me semble que c'est la solution. Mais ça ne va pas être facile de convaincre Maartens de se tourner vers Europol pour obtenir de l'aide. Il a une conception très rétro de l'organisation. Il est réfractaire à tout ce qui amène les policiers à travailler dans leur bureau plutôt que sur le terrain.

P : fais-lui valoir qu'il a sans doute à y gagner. il aimerait peut-être être le premier à se rendre compte qu'il pourrait bien y avoir un tueur en série lâché dans la nature ? c'est son nom à lui qui figurera sur le rapport, pas le tien, pas vrai ?

M : Bonne idée. Pour peu que je sache le convaincre, il pourra présenter ça comme le triomphe des méthodes de police traditionnelles. Je m'y essaie demain matin.

P : tiens-moi au courant.

M : Demain soir ?

P : je vais essayer. plutôt en fin de soirée, alors. minuit. si tout se passe bien, jordan travaillera tard, ce qui veut dire que moi aussi. dors bien, ma belle.

M : Slaap ze, liefje. Tot ziens.

Tadeusz Radecki pria les autres convives de l'excuser et s'éclipsa de la table de restaurant en voyant s'afficher sur son mobile le numéro de Darko Krasic. Dans le couloir qui menait aux toilettes, là où ses respectables compagnons de table ne pouvaient plus l'entendre, il répondit au pépiement insistant de la sonnerie.

— Oui ?

— À quelle heure tu seras chez toi, patron ? demanda Krasic. J'ai du nouveau pour toi.

— Bon ou mauvais ?

— Rien qui presse.

— Ça ne peut pas attendre demain matin ?

— À mon avis, tu vas avoir envie de savoir.

Tadeusz consulta sa montre.

— Je te retrouve là-bas dans une heure.

— D'accord. À tout à l'heure.

Krasic coupa la communication et Tadeusz regagna la salle bruyante. On en était déjà au café. D'ici une demi-heure, chacun prendrait congé pour rentrer chez soi. Et comme Tadeusz n'avait pas l'intention de raccompagner la femme seule que ses quatre amis confortablement installés dans leur couple avaient invitée pour lui, il serait rentré sans problème dans moins d'une heure. Darko avait eu l'air très mystérieux au téléphone. Mais Tadeusz n'allait pas perdre son temps à essayer de deviner, il n'avait pas pour habitude de s'inquiéter avant d'avoir des raisons de le faire. Il se joignit à la conversation comme si l'appel n'avait eu aucune importance, mais pile trois minutes plus tard, il repoussa sa chaise et annonça qu'il devait se lever de bonne heure le lendemain matin. Il jeta sur la table une poignée de billets pour régler sa part, embrassa les trois femmes sur les joues, donna une accolade à ses amis et s'en alla.

La Mercedes noire habituelle attendait au pied de son immeuble quand il arriva au coin de la rue. Comme il approchait, Krasic en surgit et régla son pas sur celui de son patron.

— Alors, cette mystérieuse nouvelle, qu'est-ce que c'est ? demanda Tadeusz en entrant dans l'ascenseur.

— Je vais te faire attendre encore un peu.

Tadeusz rit.

— Te voilà bien prudent, Darko. Je te garantis que l'ascenseur n'est pas sous écoute.

— Ce n'est pas ça. Mais il se pourrait que tu aies besoin d'un remontant quand tu entendras ce que j'ai à te dire.

Tadeusz haussa les sourcils, mais se tut jusqu'à ce qu'ils soient entrés chez lui. Là, il servit deux verres d'alcool et en tendit un à Krasic.

— Et maintenant, annonce-moi cette nouvelle si terrible que j'ai besoin d'un cognac pour l'entendre.

Krasic semblait troublé.

— C'est un truc carrément bizarre, voilà ce que j'en dis. (Il alla se poster devant les trois photos de Katerina posées sur les étagères, dans leurs cadres d'argent.) J'ai fini par obtenir des renseignements sur la moto.

Tadeusz sentit son estomac se contracter en un spasme étrange qui sembla lui chavirer l'intérieur. Il s'attendait à tout, sauf à ça.

— Tu as un nom ?

— Non, rien d'aussi précis. Notre type est retourné discuter avec le jeune qui avait identifié la bécane comme une BMW. Le gosse est un vrai fana. Il n'arrêtait pas de proposer de se faire hypnotiser pour voir s'il arrivait à retrouver d'autres détails.

— Et alors ?

— Il a fallu un peu de temps pour organiser la séance, mais en fin de compte, il a fait venir une bonne femme qui a mis le gamin dans un état second. Et là, il a donné pas mal de nouveaux détails.

— Du genre ?

Tadeusz se pencha en avant, tendu comme un chien de chasse qui vient de flairer une piste.

— Par exemple, il a remarqué que la plaque minéralogique était illisible à cause de la boue. Il dit que l'immatriculation avait quelque chose de bizarre. Il n'a pas pu préciser quoi, mais il est sûr et certain qu'il y avait quelque chose qui clochait. (Krasic se détourna des portraits de Katerina et alla s'asseoir sur le canapé.) Il a pu décrire la moto avec beaucoup plus de précision. Des trucs comme les pots d'échappement, ce genre de conneries. En tout cas, notre type a tout noté. Ensuite il est allé chez BMW et il leur a demandé quel modèle cadrait avec cette description. Et c'est là que ça devient carrément très très bizarre.

Tadeusz se mit à tambouriner des doigts sur le mur.

— Bizarre à quel point de vue ?

— D'après BMW, la description que leur a donnée notre type ne cadre avec aucun des modèles jamais vendus en Allemagne. Notre gusse s'est dit que tout ça, c'était une perte de temps complète, d'avoir fait hypnotiser le gosse pour lui fouiller les méninges, et tout. Mais voilà que le type de chez BMW le rappelle.

— Bon sang, viens-en au fait, Darko, gronda Tadeusz.

— C'est bon, c'est bon, j'y arrive. Le mec de chez BM était allé vérifier auprès du personnel spécialisé de la maison, et il se trouve qu'ils ont bel et bien fabriqué un modèle qui répond à la description du gamin. Une série limitée de trois cent cinquante grosses cylindrées. Pour l'exportation uniquement. Ils les ont vendues en Grande-Bretagne et en Scandinavie. Et tiens-toi bien, presque toutes ces bécanes ont été vendues aux forces de l'ordre. Pour les motards et les agents spéciaux.

Tadeusz eut l'air déconcerté.

— Quoi ? Mais ça n'a aucun sens.

— C'est ce qu'a pensé notre gusse. Il a demandé comment une bécane qui ne se fabriquait que pour l'exportation avait pu être impliquée dans un accident survenu à Berlin. Ils n'en avaient aucune idée, mais ils lui ont donné toutes les spécifications de la moto. Et quand il en est arrivé aux services d'immatriculation, il s'est aperçu qu'il n'y a pas une seule putain de bécane immatriculée comme ça dans toute l'Allemagne.

— Tu es donc en train de dire qu'il y a toutes les chances pour que le type qui a tué Katerina l'ait fait sur une moto de police étrangère ? (Tadeusz avala une lampée de cognac et se mit à arpenter la pièce.) C'est complètement dingue. Ça n'a aucun sens.

Darko haussa les épaules.

— Je me demande. J'ai eu davantage le temps d'y

réfléchir que toi, et il y a une explication qui pourrait peut-être cadrer. Tu sais à quel point ces connards de cow-boys motorisés sont attachés à leurs engins. À croire qu'ils sont nés dessus. On peut imaginer que l'un d'eux ait décidé d'emmener sa bécane banalisée de flic en vacances. Mettons, simple supposition, que ce soit un Britiche. Pendant une fraction de seconde, il se goure de côté pour la conduite, provoque un accident grave, panique et met les gaz. En fait, il n'est déjà pas censé rouler sur cette bécane, et voilà qu'il vient de faucher quelqu'un sérieux. Tu penses qu'il détale aussi vite que possible !

— Et tu trouves que ça a du sens ? demanda Tadeusz d'un ton belliqueux.

Krasic s'agita sur son siège, ouvrit les pans de son pardessus et écarta largement ses cuisses charnues, jouant sur sa présence physique pour compenser son incertitude.

— Je ne vois pas d'autre explication.

— Moi non plus. Et c'est bien ce qui me déplaît. (Il frappa le mur du plat de la main.) Ça ne tient pas debout, quelle que soit la façon de voir.

— C'était un accident, Tadzio. Ça arrive à longueur de temps. Il va bien falloir que tu t'y fasses.

Tadeusz fit volte-face, le visage crispé par la colère.

— De la merde, oui ! Accident ou pas, quelqu'un va devoir payer.

— Ce n'est pas moi qui vais te contredire. S'il y avait la moindre chance de découvrir qui conduisait cette bécane, je serais le premier à sauter dessus et à faire payer cet enfoiré. Mais c'est hors de notre portée.

Soudain, toute combativité déserta Tadzio. Il s'affaissa dans un fauteuil, la tête renversée sur le dossier. Une unique larme perla au coin de son œil et roula vers sa tempe. Krasic se leva, gêné par l'émotion.

— Navré, Tadzio, fit-il d'une voix sourde.

Tadeusz essuya la larme du revers de la main.

— Tu as fait au mieux, Darko, répondit-il. Tu as raison, il est temps pour moi d'accepter. D'avancer. (Il esquissa un faible sourire.) Je te verrai demain. Il faut que je pense à l'avenir.

Krasic n'aimait pas voir son patron dans la peine, mais il quitta l'appartement d'un pas léger. Apparemment, ils allaient enfin pouvoir se concentrer à nouveau sur les affaires. Pour sa part, il avait une ou deux idées et se disait qu'il serait bientôt temps de les aborder. S'il nourrissait tout au fond de lui la plus infime inquiétude quant à l'identité du mystérieux conducteur de la moto qui avait tué Katerina, ce n'était pas maintenant qu'il allait y réfléchir. La paranoïa, c'était bon pour les faibles, et Krasic savait qu'il n'en faisait pas partie.

21

Tony franchit la porte des arrivées à l'aéroport Tegel et scruta la foule qui attendait les passagers. Il aperçut, un peu à l'écart, une grande femme mince aux cheveux noirs hérissés, qui tenait une pancarte annonçant « Hill ». Il s'avança, un sourire hésitant aux lèvres.

— Petra Becker ? demanda-t-il.

Il serra la main qu'elle lui tendait.

— Dr Hill. Je suis ravie de faire votre connaissance.

— Tony, je vous en prie, rectifia-t-il. Merci d'être venue me chercher.

— Pas de quoi. Vous m'avez permis d'échapper à un de mes collègues qui se plaignait que je lui aie confié la mission impossible de retrouver une gamine de six ans portée disparue.

Tony haussa les sourcils d'un air interrogateur.

— Je ne pensais pas que ce genre d'affaire était de votre ressort.

Petra émit un petit rire.

— Normalement, ça ne l'est pas. La gosse en question est détenue en otage par l'ami de Carol, Radecki, en échange de quoi la mère se tient à carreau. Et moi, j'ai besoin que la mère coopère, donc il faut que je retrouve la petite. Mais ne vous cassez pas la tête avec ça. Vous avez plus important à traiter. S'il y a quoi que ce soit que je puisse faire, vous n'avez qu'à demander.

Elle avait déjà fait beaucoup, songea Tony en la suivant vers sa voiture. Après avoir lu l'e-mail de Carol, il avait réservé une place sur le premier vol pour Berlin, prétextant auprès de la secrétaire de son département d'un décès inattendu dans sa famille pour prendre un congé. Il ne pourrait pas appeler Carol, bien sûr, mais il connaissait le nom de Petra Becker et savait qu'elle travaillait pour les Renseignements de la brigade criminelle. Au bout de quelques coups de fil, il parvint à la joindre. Elle se montra ravie d'apprendre qu'il venait en Allemagne. Il ne prit pas la peine de lui expliquer pourquoi ; inutile qu'elle change d'avis et décide de ne plus l'accueillir parce qu'il avait un lien trop personnel avec une des victimes du tueur en série.

— Il me faudra une chambre, avait-il dit à Petra. Ça m'aiderait bien si vous pouviez me réserver quelque chose dans le même immeuble que Carol. Elle sera surveillée, je suppose, c'est important qu'on ait un endroit où se rencontrer sans être repérés. Si on loge dans le même immeuble, ce sera plus simple pour nous deux.

Comme ils quittaient l'aéroport, Petra annonça :

— J'ai réussi à vous trouver un appartement dans l'immeuble de Carol. Vous êtes deux étages en dessous, mais c'est très facile d'aller et venir sans être vus.

— Merci. J'ai cru comprendre que toutes les deux, vous vous retrouviez dans un club de gym pour faire vos synthèses ?

— En effet. J'ai bien peur que vous ne puissiez pas vous joindre à nous là-bas, ajouta Petra avec un grand sourire.

— Non bien sûr, mais je peux voir Carol dans l'immeuble, et je suppose que vous, je peux vous trouver à votre bureau ? Je vais avoir besoin de consulter tous les dossiers que vous pourrez m'obtenir, et c'est sans doute l'endroit le plus approprié ?

Petra fit la grimace.

— Ça pourrait poser un problème, Tony. Vous savez, officiellement, je ne suis pas du tout censée m'occuper des meurtres en série pour le moment. Alors si vous venez au bureau, ma chef va commencer à me poser des questions très gênantes. Que diriez-vous de travailler chez moi ? Mon appartement est très civilisé, vraiment. Toute la doc dont je dispose se trouve là-bas, de toute façon.

— Ça me va parfaitement, du moment que ça ne vous dérange pas de m'avoir dans les parages. J'ai tendance à faire de grosses journées. Et j'ai hâte de me mettre à ce profil dès que possible.

— J'ai le dossier concernant Heidelberg et Leyde. Et j'ai adressé une demande à Brême pour qu'ils m'envoient leurs rapports d'enquête, donc on ne devrait pas tarder à recevoir des informations de leur part. Je leur ai dit qu'à mon avis, leur affaire pourrait bien recouper une de nos enquêtes en cours. Je crois qu'ils sont carrément soulagés à l'idée de partager le fardeau. C'est une petite brigade, ils n'ont pas tellement l'expérience de ce qui sort de l'ordinaire.

— Bon. J'ai besoin d'autant de renseignements que possible.

— Contente de voir que nous avons réussi à vous faire sortir de votre retraite.

Il lui adressa un bref regard en coin. Si l'ambition la poussait au point qu'elle en arrive à travailler en marge des voies officielles, elle ne serait sans doute pas choquée d'apprendre que lui aussi, avait un compte personnel à régler vis-à-vis de cette affaire.

— C'est un petit peu plus compliqué que ça. En fait, je connaissais Margarethe Schilling.

— Eh merde ! lâcha Petra. Je suis navrée. Carol ne me l'avait pas précisé.

— Carol ne le sait pas. Vous avez eu le temps de lui annoncer mon arrivée ? reprit-il pour dévier la conversation du sujet pénible qu'était la mort de Margarethe.

— Pardonnez-moi, mais je ne l'ai pas encore fait. Ce soir, elle doit affronter Radecki pour la première fois et il faut qu'elle se concentre.

— Très juste. J'espère qu'on pourra se contacter demain matin.

— Elle sera contente de vous voir. Elle dit beaucoup de bien de vous.

— Ça me fera plaisir aussi de la voir.

— C'est bien pour elle d'avoir quelqu'un à proximité qui la rattache à sa vraie vie, affirma Petra.

Elle fit une embardée pour éviter un automobiliste qui tentait de lui couper la route.

— Connard, marmonna-t-elle.

— Du moment que je ne la détourne pas trop de son personnage, répondit Tony.

— Je m'inquiéterais davantage de la voir s'engluer dans le rôle de Caroline Jackson. Radecki est un salaud bourré de charme. C'est difficile de résister quand on se sent seul. Votre présence la soutiendra.

— Je l'espère. Quant à elle, ses intuitions me seront utiles pour établir le profil qui m'attend. Elle a un fonctionnement mental très original. Elle aborde les choses sous des angles insolites, elle perçoit des détails que moi je ne vois pas toujours.

— Quand comptez-vous commencer ?

— Dès que possible. Si ça vous convient, je vais aller déposer mes bagages et ensuite, vous pourriez me conduire chez vous ?

— D'accord. Je vous donnerai une clé, ainsi vous serez libre d'entrer et sortir à votre guise. N'ayez pas peur de me déranger, je ne suis pratiquement jamais là et j'ai un sommeil de plomb. Nous y voilà. Attendez, je vais vous donner un coup de main.

Tony suivit Petra dans le petit bureau du concierge, à côté de l'entrée principale. Elle se chargea de remplir le formulaire, puis entraîna Tony dans le hall.

— Vous êtes au premier, et Carol deux étages au-dessus, au numéro 302. Je vous attends ici le temps que vous montiez déposer vos affaires.

Tony acquiesça et appela l'ascenseur. Cette fois, il avait brûlé ses vaisseaux. Pendant trop longtemps, il s'était dit qu'il pouvait faire comme les caméléons, prendre la couleur de son environnement, se mettre au diapason de la vie des autres parce qu'en vérité, il n'avait pas de points d'attache dans la sienne. Mais il commençait à comprendre qu'il s'était menti. Il existait *bel et bien* un noyau qui n'était autre que Tony Hill et lui seul. Et plus il s'efforçait d'échapper à son emprise, plus l'étau se resserrait. Au diable la neutralité, au diable les conventions ! Voilà l'homme qu'il était : un chasseur qui flairait l'air ambiant pour y déceler l'odeur délicate de sa proie. Il retrouvait son territoire, et c'était merveilleux.

Carol percevait toute l'ironie de l'opéra qu'elle suivait du dernier rang de l'orchestre, au Berlin Staatsoper. *Das Schlaue Füchslein*, *La Petite renarde rusée*, de Janácek. Le drame qui l'aurait peut-être distraite s'il s'était agi d'une autre œuvre ne faisait que lui rappeler de plus belle les dangers de sa mission. Le premier acte se déroula : la capture de la petite renarde par le garde-chasse, sa résistance aux agressions sexuelles du chien et aux tourments que lui font subir les enfants, ses efforts pour attirer les poules à sa portée, le massacre qu'elle livre dans leurs rangs et la fuite, avant que le châtiment s'abatte sur elle.

La petite renarde rusée, c'est moi, se dit Carol. Elle allait laisser Tadeusz Radecki croire qu'il l'avait attirée dans son camp parce qu'il l'avait voulu. Elle résisterait à toute tentative visant à lui faire révéler sa véritable nature, du reste elle se doutait qu'il allait falloir trouver un moyen de le tenir à distance. Puis elle s'immiscerait dans sa basse-cour, elle y égorgerait la poule aux œufs d'or et elle déguerpirait avant qu'il le lui fasse payer.

À l'approche du finale de l'acte, où la renarde rencontrait les humains qui l'avaient capturée, Carol se coula hors du fauteuil qu'elle avait choisi en bordure de travée et sortit de la salle. Son cœur battait à tout rompre, son estomac était douloureusement crispé. La soie de son fourreau bleu nuit avait beau être légère, elle sentait la sueur lui couler dans le dos. L'adrénaline lui parcourait tout le corps. Derrière elle, les applaudissements éclatèrent. C'est maintenant ou jamais, se dit-elle en se dirigeant vers l'escalier qui menait aux loges privées. Sur la gauche, comme Petra le lui avait indiqué.

Elle s'était bien renseignée. D'après elle, Radecki s'était remis depuis peu à fréquenter l'opéra. Il était toujours seul dans sa loge, n'en sortait pas pendant les entractes, évitait de se mêler à ses amis ou aux gens qu'il connaissait dans le public. Il buvait toujours sur place le champagne qu'il se faisait livrer avant la représentation par le personnel de l'opéra.

« Ce sera théâtral, comme cadre de première rencontre, avait annoncé Petra. Il allait toujours à l'opéra avec Katerina, il sera donc plongé dans ses souvenirs. » Tony avait confirmé que, psychologiquement, ce serait un moment fort que Carol pourrait exploiter. Pris complètement au dépourvu, Radecki serait encore plus sensible à l'aspect physique de Carol que dans n'importe quel décor professionnel.

Carol monta les marches. L'épais tapis étouffait le bruit de ses pas. Les portes de la salle s'ouvraient sur le flot des spectateurs, l'air s'emplissait de bavardages et de rires. Elle poursuivit à contre-courant et s'engagea dans un couloir annexe. Deuxième à droite, lui avait dit Petra. Carol fixa la porte du regard, récita une prière muette à tous les anges gardiens susceptibles d'écouter. Puis elle cala sa pochette de soirée sous son bras et frappa.

Elle n'obtint aucune réponse, frappa à nouveau, plus fort cette fois. Un silence, puis la porte s'ouvrit en coup de vent. Tadeusz Radecki surgit dans l'embrasure de la porte, sa silhouette mince dominant Carol d'une bonne douzaine de centimètres. *La photo ne le mettait pas en valeur*, pensa Carol hors de propos. Même crispé de colère, son visage était encore plus beau en chair et en os. Et la veste de smoking élégamment coupée mettait en valeur sa large carrure, ses hanches minces et ses longues jambes.

— *Was ist* ? demanda-t-il, les mots jaillissant avant que ses yeux n'aient pleinement perçu l'intruse.

L'information atteignit son cerveau avant que Carol ait le temps de répondre. Elle n'avait encore jamais vu quelqu'un se figer de stupeur, mais il n'y avait pas d'autre mot pour décrire la réaction de Tadeusz. Il se dressa de toute sa hauteur en reculant d'un pas. Ses yeux s'écarquillèrent et ses lèvres s'amenuisèrent. Il prit une inspiration spasmodique.

— Excusez-moi, je ne voulais pas vous faire peur, lança-t-elle en anglais en affectant une mine étonnée.

Une succession d'émotions vives se peignit sur le visage de Radecki. Elle imaginait ce qui se passait dans ses pensées. Était-il en face d'un fantôme ? Non, les fantômes ne parlaient pas. S'agissait-il d'un mirage ? Non, un mirage ne s'exprimerait pas en anglais. Mais alors qui était cette femme qui se présentait à la porte de la loge qu'il partageait autrefois avec Katerina ?

Carol profita de sa déroute pour franchir le seuil. Il recula à nouveau, buta dans une des chaises sans même regarder ce qu'il venait de heurter. Il ne la lâchait pas du regard, perplexe, le front barré de deux rides verticales.

— Mais qui êtes-*vous* ? lança-t-il d'une voix rauque.

— Vous êtes Tadeusz Radecki ? Je ne me trompe pas de loge ?

— Je sais qui je suis. Ce que je veux savoir, c'est qui *vous* êtes.

Radecki, ayant recouvré un peu de son sang-froid, formula sa question sur un ton presque totalement maîtrisé.

— Caroline Jackson, annonça-t-elle en avançant une main hésitante dans sa direction.

Il la serra délicatement, comme s'il craignait qu'elle disparaisse à son contact. Il avait les doigts frais et lisses, mais la poignée de main était curieusement molle, comme celle d'un politicien forcé de tâter des chairs plus souvent qu'à son goût. Il inclina légèrement le buste en un réflexe de bonnes manières qui lui permit de se ressaisir.

— Tadeusz Radecki, comme vous le supposiez.

Il lui lâcha la main et s'écarta un peu plus, les sourcils toujours froncés, mais un voile de méfiance sur son visage aux traits durs.

— Et maintenant, voudriez-vous me faire l'amabilité de me dire ce que vous faites dans ma loge ?

— Je voulais vous rencontrer. Excusez-moi de faire irruption de cette façon, mais je voulais être sûre de vous trouver seul. Dans un lieu privé. Ça vous ennuie si je m'assois ?

Carol tenait à se rapprocher de l'avant de la loge, d'où elle serait visible depuis les rangées de fauteuils des balcons. Elle savait que Petra était là, quelque part, et elle voulait aussi s'exposer aux regards pour se garantir toute la sécurité possible. Si cela devait mal se passer, elle n'avait aucune envie de subir des violences. Quoique son interlocuteur n'ait pas l'air du genre à en user.

Tadeusz lui avança une chaise, mais resta debout. Il s'appuya contre le rebord de la loge, dos tourné à la salle. Derrière lui, le brouhaha étouffé des conversations montait des loges. Il se croisa les bras et la dévisagea tandis qu'elle s'installait sur sa chaise de velours.

— Eh bien, madame, nous sommes en effet dans un lieu privé. Qu'est-ce qui vous amène ici ?

— Je connais... enfin, je connaissais Colin Osborne.

Radecki haussa les sourcils et plissa les lèvres en une moue qui semblait dire « et alors ? »

— Ce nom est censé m'évoquer quelque chose ? demanda-t-il.

Carol lui adressa un large sourire et savoura le trouble qu'elle lut dans les yeux de Radecki. Elle comprit qu'elle le tenait. C'était Katerina qu'il voyait devant lui, et en dépit de ses efforts pour se maîtriser, il était déconcerté. Précisément ce qu'elle voulait.

— Compte tenu des liens d'affaires que vous entreteniez, je pense qu'il serait très choqué de savoir que vous l'avez si vite oublié.

— Vous devez faire erreur, madame. Je ne me souviens pas avoir jamais fait affaire avec Mr... Osborne, avez-vous dit ?

Il s'efforçait d'adopter une aimable indulgence, mais sans y parvenir. La tension méfiante qui transparaissait dans son maintien aurait peut-être échappé à bien des observateurs, mais Carol, ayant retenu les leçons apprises de Tony entre autres, perçut le malaise de Radecki. Maintenant qu'elle était dans le feu de l'action, elle commençait à y prendre goût, à mesurer le pouvoir dont elle disposait pour maîtriser la situation.

— Écoutez, je comprends votre méfiance à ce sujet. Vous savez comment est mort Colin, alors évidemment, ça vous rend nerveux qu'une inconnue vienne vous parler de lui. Mais je sais que vous avez gagné beaucoup d'argent ensemble, et c'est de ça que je veux vous parler.

Il secoua la tête, avec un faible sourire qui ne parvenait pas à lui décrisper le visage.

— Vous devez vous tromper de personne, madame. La seule affaire dont je m'occupe, c'est une chaîne de magasins qui vendent et louent des vidéos. Maintenant, il se peut que votre Mr Osborne ait fait partie de nos fournisseurs, mais c'est mon personnel qui traite avec ces gens-là. Vous ne pensez quand même pas que je me charge personnellement de la gestion quotidienne des stocks ?

Son air légèrement condescendant était assez réussi ; il se ressaisissait à vue d'œil. Carol ne pouvait laisser faire. Pas tout de suite.

Elle se renversa contre le dossier de sa chaise en une attitude détendue.

— Vous êtes un excellent acteur. Si, si, vraiment, ajouta-t-elle en voyant qu'il prenait l'air étonné. Si je ne savais pas à quoi m'en tenir, je tomberais dans le panneau de « l'authentique businessman ». Mais je ne suis pas venue jusqu'à Berlin pour parler vidéos, Tadzio.

L'emploi de son diminutif était une autre tactique destinée à le désarçonner. Elle produisit visiblement son effet, Carol le constata au plissement des yeux. Il s'efforçait de surmonter sa réaction première, de jauger sa visiteuse, mais il ne parvenait pas à se dégager de l'emprise du souvenir.

— Dans ce cas, vous perdez votre temps, madame.

Elle secoua la tête.

— Je ne crois pas, non. Écoutez, Colin vous fait cruellement défaut, c'est évident. Je viens pour prendre le relais.

— Ça n'a aucun sens, répondit-il en haussant les épaules. (La sonnerie des cinq minutes retentit, annonçant la fin imminente de l'entracte.) À présent, si vous voulez bien m'excuser, je crois que vous devriez regagner votre place.

— La vue est bien meilleure d'ici, vous savez. Je crois que je devrais rester.

Elle posa son sac par terre, croisa les jambes et lui sourit, la tête inclinée de côté. Dans le regard incertain de Radecki, elle lut le combat que se livraient instinct et intérêts.

— Je ne crois pas, répliqua-t-il.

Carol poussa un soupir excédé.

— Écoutez, Tadzio, arrêtez la comédie. Vous avez besoin de moi.

Interloqué, il ouvrit la bouche, mais aucun son n'en sortit.

— Colin faisait du bon boulot pour vous, poursuivit-elle. Seulement Colin, c'est de l'histoire ancienne. Il vous faut quelqu'un qui vous débarrasse de vos clandestins à leur arrivée en Grande-Bretagne. Je peux m'en charger. On pourrait peut-être cesser de jouer au chat et à la souris et discuter sérieusement ? Naturellement, ça vous met mal à l'aise de discuter de ça avec une parfaite inconnue, mais à l'heure qu'il est, je crois être la seule personne en lice qui puisse vous ôter cette épine-là du pied. Que dois-je faire pour vous prouver que je suis digne de confiance ?

— Je ne comprends toujours pas de quoi vous parlez. (La mâchoire était butée, à présent.) Des clandestins ? Qu'est-ce que vous entendez par-là ? On ne vend pas de films pornos dans mes magasins. Et on n'en exporte certes pas en Grande-Bretagne.

Carol sourit à nouveau, ravie d'être un peu poussée

dans ses retranchements. Si les choses avaient été trop faciles d'emblée, ç'aurait été pour mieux se corser ensuite. Mais en l'occurrence, elle prenait ses marques, elle entrait dans la peau de Caroline Jackson au travers d'un débat qui allait amener Radecki à s'ouvrir.

— Oh ! je vous en prie, répliqua-t-elle sèchement. Cet argument-là a fait son temps. Écoutez, je suis au courant de ce que Colin et vous aviez mis au point. Je peux vous donner les adresses de ses ateliers dans l'Essex, où il faisait travailler les clandestins pour une misère. Je peux vous dire combien de vos exportations il a traitées l'an passé. Je sais où il habitait, avec qui il allait boire un coup, avec qui il couchait – et avant que vous tiriez je ne sais quelle conclusion, sachez que ce n'était pas avec moi. Je sais qui l'a tué et j'ai une idée assez précise de la raison, mais heureusement, ça n'a rien à voir avec vous ni avec ce que vous faites.

Il commença à répondre mais elle poursuivit sur sa lancée, sans le laisser parler.

— Votre tour viendra, Tadzio, je ne suis pas là pour vous créer des problèmes mais pour vous aider à les résoudre. Si vous préférez les conserver, si vous aimez les difficultés, soit. Je me retire. Mais je ne crois pas que ce soit votre volonté. Il paraît que vous cherchez à tout prix à mettre quelque chose au point de mon côté de la Manche. Alors pourquoi n'écouterions-nous pas tranquillement le deuxième acte pendant que vous réfléchissez à ma proposition ?

Il la regarda comme s'il n'arrivait pas à comprendre ce qu'elle venait de dire.

— Qui vous envoie ? demanda-t-il.

Carol fronça les sourcils.

— Personne. Je ne travaille pour personne d'autre que moi. Si nous faisons affaire, je ne travaillerai pas pour vous non plus. Nous travaillerons ensemble. Autant bien vous mettre ça dans la tête dès le départ.

Un fin voile de sueur lui perlait au front quand il répondit :

— Vous voulez peut-être rester pour le deuxième acte ?

Elle lui sourit d'un air mutin et tapota le siège voisin du sien.

— Je me demandais si vous finiriez par me le proposer.

Petra incarnait l'archétype de l'efficacité allemande, se dit Tony en passant en revue les cartons soigneusement étiquetés posés par terre dans le salon. Le contenu était classé, mais contrairement aux autres, le troisième carton était presque vide.

Avant même de songer à établir un profil du tueur, il fallait qu'il s'intéresse aux victimes. Peut-être semblaient-elles choisies au hasard, mais leur mort n'avait pas été orchestrée sans rime ni raison. Aux yeux du public remonté par des gros titres outranciers, quiconque s'en prenait à des inconnus les uns à la suite des autres ne pouvait être qu'un forcené. Mais Tony savait que ce n'était pas le cas. Les tueurs en série organisés agissaient selon leur logique propre, en individus mus par une mission, marchant en cadence au rythme d'un tambour qu'eux seuls entendaient. Le travail de Tony consistait à s'immiscer dans la vie des victimes dans l'espoir de percevoir un faible écho de cette pulsation. Ce n'était qu'en découvrant le rythme secret de la démarche du tueur qu'il pouvait commencer à comprendre la signification de ces crimes aux yeux de leur auteur. Et s'il parvenait à se glisser dans la tête du tueur, à revoir le monde en fonction de ses valeurs, Tony pouvait espérer glaner assez d'éléments-clés de la vie de cet individu pour pouvoir se lancer à sa poursuite.

Une des premières choses qu'il faisait systématiquement, c'était d'attribuer un surnom au tueur, de le personnifier. Ainsi il prenait corps, et sa psychologie propre pouvait s'incarner.

— Tu tues des gens obsédés par les rouages du cerveau humain, constata Tony à mi-voix. C'est une histoire de jeux d'esprit. Tu les noies. Une noyade au sens propre, ou figuré ? Tu leur scalpes le pubis mais tu ne touches pas à leurs parties génitales. Tu crois qu'il n'est pas question de sexe. Mais bien sûr que si. Simplement tu le nies. Tu crois avoir un motif plus élevé. Tu livres une guerre. Tu mènes la bataille. Tu es Geronimo, hein ?

Il se rappela une bribe curieusement pertinente de la *Tragédie espagnole* de Kyd : « *Hieronymo's mad againe.* »

« Allons-y pour Geronimo ! » décréta Tony.

Désormais, Tony tenait un nom, il pouvait établir un dialogue entre eux deux. Il allait pouvoir se glisser dans la peau de sa cible, ajuster son pas sur le sien et apprendre sa démarche. Il pourrait établir le schéma de sa progression et explorer ses fantasmes. Car ce genre de meurtres obéissait toujours à des fantasmes. Geronimo, comme tant d'autres avant lui, n'arrivait pas à se satisfaire de la réalité. Pour une raison donnée, il n'avait jamais réussi à y trouver sa place. Il n'avait jamais mûri au point de devenir un individu qui tienne debout, même s'il clochait un peu. Il en était resté au point où l'univers évoluait autour de lui, où les fantasmes pouvaient assouvir ses désirs, ce que lui refusait le monde réel.

Tony ne comprenait que trop bien cet état d'esprit. Il passait sa vie à se sentir en décalage par rapport au monde. Il vivait avec un sentiment de nullité qui lui interdisait d'aimer, car aimer impliquait que l'on soit convaincu de mériter de l'amour en retour. Et il n'avait jamais été capable de croire cela de lui-même.

Il s'était fabriqué toute une série de masques, une succession de façades ad hoc qui lui permettaient de se fondre dans le décor. *Passer pour un être humain*. Il s'était toujours dit qu'en d'autres circonstances, il aurait lui-même pu finir prédateur, et non chasseur. Cette constatation lucide l'accompagnait dans tout ce qu'il faisait. Elle lui conférait un talent extraordinaire pour comprendre les rouages mentaux des déséquilibrés, des dépravés.

Elle le rendait aussi extraordinairement inapte à établir des relations qui dépassent le superficiel. Il voyait là la contrepartie du talent si utile et bénéfique qu'il possédait. Carol Jordan était la seule personne qui lui ait jamais donné le sentiment que ce n'était qu'un mensonge de plus qu'il se racontait à lui-même.

Il savait qu'elle n'était pas pour lui. Mais plus il s'efforçait de s'éloigner d'elle, plus l'attirance se renforçait. Un de ces jours, il lui faudrait prendre le risque d'abandonner le rôle qu'il avait si bien joué pour tenter de devenir celui qu'il avait enfin compris être. Se comporter en homme et plus en acteur.

Mais ce n'était pas encore pour aujourd'hui. Tony se secoua mentalement et entreprit de décrypter la piste que Geronimo avait laissée derrière lui. Il commença à écumer les dossiers en prenant des notes au fur et à mesure. La documentation concernant les meurtres de Heidelberg et Leyde était complète : il y avait tout dans les cartons, depuis les dépositions des témoins jusqu'aux photos prises sur les lieux des crimes et aux comptes rendus des recherches sur le passé des victimes. Par chance, les dossiers hollandais avaient été traduits en anglais pour Petra, si bien que Tony n'eut pas de mal à les lire, à l'exception d'un ou deux passages curieusement formulés. Il n'y avait presque rien venant de Brême, tout simplement parce que l'enquête n'en était qu'à ses débuts et que la requête de Petra n'avait pas encore porté tous ses fruits.

Petra ne chercha pas à engager la conversation quand il se mit à l'ouvrage, et se contenta de poser une cafetière sur la table de la salle à manger où il travaillait. Elle se servit une tasse de café et annonça :

— Je ne vais pas tarder à sortir. Je ne dois pas perdre Carol de vue.

Il répondit d'un hochement de tête, sans vraiment écouter, trop absorbé dans l'étude des victimes. Il était plus de minuit quand il acheva sa lecture préliminaire, une pile de feuilles couvertes de notes. Il allait devoir dresser un tableau comparatif en bonne et due forme des trois affaires, mais d'abord, il fallait qu'il en sache un peu plus sur les domaines de recherche spécifiques des victimes. Il se leva et s'étira, sentit les muscles de son cou et de son dos regimber. Il était temps de changer de décor.

Il rassembla ses notes et quitta l'appartement. Un court trajet en taxi le ramena à son immeuble. De la rue, il regarda les fenêtres du troisième étage. Elles étaient toutes voilées d'obscurité. Pour peu que Carol soit chez elle, elle devait être couchée. Ils pourraient se voir plus tard.

Chez lui, Tony n'adressa pas un regard à ses bagages, qu'il n'avait pas défaits. Il installa son ordinateur portable sur le petit bureau, se connecta à Internet et lança le méta-moteur de recherche grâce auquel il trouvait sans peine les informations universitaires dont il avait besoin. Une heure plus tard, il disposait d'un panorama correct des secteurs de recherche de Walter Neumann, Pieter de Groot et Margarethe Schilling. Perplexe, il parcourut en tous sens les listes de données qu'il avait téléchargées. Il avait espéré y déceler un détail flagrant qui établisse un lien entre les trois psychologues assassinés. Mais leurs domaines allaient des systèmes de croyances religieuses (pour Margarethe) aux études sur les sévices mentaux (de Groot), en passant par les comportements sadomasochistes (travaux de Neumann).

Tony alla se faire du café dans la cuisine tout en relisant ce qu'il venait d'apprendre et en le comparant avec ce que l'expérience lui avait enseigné. Les tueurs en série avaient tous une idée du profil de leurs victimes. D'ordinaire, les points communs restaient strictement physiques. Que les victimes ne soient que des hommes, que des femmes, ou des deux sexes, il était presque toujours possible d'en tirer des conclusions sur le type qui intéressait le tueur. Les femmes âgées victimes d'une certaine catégorie de violeurs ; les constitutions frêles qui attiraient les tueurs ayant eux-mêmes subi des violences durant l'enfance ; les belles blondes qu'il fallait éliminer parce que jamais elles n'auraient un regard pour le misérable complexé qui s'en prenait à elles. Même si le détail des agressions pouvait varier à l'infini, le choix des victimes était révélateur, de même que les dispositions prises par le criminel pour donner à son acte un caractère unique.

En l'occurrence, un seul coup d'œil aux rapports de police suffisait à révéler que ces généralités ne s'appliquaient pas à Geronimo. Curieusement, c'était le rituel qui se maintenait de façon constante et inaltérable. Il semblait n'y avoir aucun signe d'escalade ou de changement motivé par une insatisfaction lors des meurtres préalables. Les victimes elles-mêmes étaient très différentes les unes des autres : de Groot, au physique entretenu et musclé, Margarethe, toute mince, et Neumann, d'une corpulence confortable. Ce qui signifiait qu'un autre élément devait entrer en ligne de compte dans le processus sélectif, et Tony était absolument certain qu'il fallait rechercher un intérêt professionnel partagé, étant donné que les morts n'avaient que cette caractéristique en commun. Ce qui prouvait bien à quel point il était stupide de formuler une hypothèse avant de disposer des informations, se rappela-t-il en rapportant sa tasse au salon.

— Qu'est-ce que tu ne peux pas supporter chez les psychologues, Geronimo ? demanda-t-il tout haut. Tu les détestes ? Est-ce qu'un des leurs aurait pris des décisions qui ont contrarié le cours de ta vie ? Tu crois qu'il faut les soulager de leur souffrance ? C'est une démarche égoïste, ou tu te perçois comme un altruiste ? C'est à toi, ou au monde que tu rends service ? (Il feuilleta à nouveau les informations qu'il avait recueillies sur Internet.) S'il s'agit de quelque chose que quelqu'un t'aurait fait, pourquoi t'en prends-tu à des universitaires ? Si c'est un psychologue scolaire qui t'a bousillé, ou je ne sais quel rapport ayant entraîné un verdict judiciaire, pourquoi ne pas t'attaquer à des praticiens ? Que font les universitaires que ne font pas les cliniciens ?

Si quelqu'un pouvait trouver la réponse, c'était lui, Tony. Il avait connu les deux aspects, après tout. Il avait débuté en tant que clinicien et ne s'était tourné que tout récemment vers l'enseignement universitaire. En quoi sa vie actuelle était-elle différente, mis à part, évidemment, qu'il n'avait pas de patients ? Était-ce la seule différence ?

— Tu te venges des universitaires parce qu'ils n'utilisent pas leur formation à bon escient, Geronimo ? demanda-t-il à l'ombre nébuleuse qui refusait de prendre forme dans son esprit. Non, je ne crois pas, poursuivit-il. C'est ridicule. Personne ne tue les gens parce qu'ils ne tripatouillent pas le cerveau des autres. (Il frotta ses yeux fatigués et se renversa contre le dossier du fauteuil. Que faisaient les profs *de fac ? Ils enseignaient. Ils dirigeaient les travaux* des étudiants de thèse. Ils faisaient de la recherche.) La recherche, souffla-t-il, se redressant brusquement. (Il relut précipitamment les articles et recensions rédigés par les trois victimes. Cette fois, il trouva.) Des expériences, s'exclama-t-il avec satisfaction.

Le point commun entre ces universitaires, ce que les trois victimes avaient pratiqué et dont on puisse vaguement dire que cela consistait à « bousiller le cerveau des autres », c'était les expériences livrées sur des sujets humains.

— Tu crois que ta souffrance est la conséquence d'expériences psychologiques, affirma Tony, sûr de lui à présent. Il s'est passé quelque chose qui a rendu ta vie différente de celle des autres, et tu en attribues la faute aux psychologues. Tu les considères comme des gens qui pratiquent la vivisection des esprits. C'est ça, hein, Geronimo ?

Tony sentait, à un niveau instinctif, qu'il venait de débusquer la motivation fondamentale que dissimulaient ces meurtres.

À présent, il était prêt à entreprendre le profil. Mais il était tard. Sentant qu'il vaudrait mieux commencer le lendemain, il éteignit à regret sa machine et ouvrit son sac de voyage. Il se doutait qu'il aurait du mal à dormir, mais il allait quand même essayer. Et demain, non seulement il s'attaquerait à ce qu'il faisait le mieux, mais il reverrait Carol. Il sourit à cette idée. Pour une fois, il était sûr que les éléments positifs de leur relation allaient contrebalancer les souvenirs amers du passé. Il se faisait peut-être des idées, mais il était disposé à mettre cette hypothèse à l'épreuve de la vérité.

22

Le deuxième acte s'éternisait. Carol n'arrivait pas à se concentrer sur la musique ; elle n'avait qu'une chose en tête, leur conversation, qu'elle se repassait en se reprochant ce qu'elle avait dit et la façon dont elle l'avait dit. Elle aurait voulu avoir l'occasion de répéter ce scénario à l'avance avec Tony. Au moins se serait-elle sentie sûre d'actionner les bonnes manettes. Elle n'avait pas compté que Radecki capitulerait tout de suite, mais elle s'attendait à mieux que ce refus obstiné de comprendre ce dont elle parlait.

Elle sentait son regard sur elle. La chaise qu'il occupait était légèrement en retrait de la sienne et du coin de l'œil, elle l'apercevait, qui l'examinait longuement. Faute de discerner son expression, elle se sentait à nu, nerveuse. Que se disait-il ? Quel effet lui faisait-elle ?

Elle réprima un soupir de soulagement quand le deuxième acte s'acheva avec le mariage de la renarde et de son compagnon. *Là, aucun écho,* se dit-elle avec gratitude. Juste avant que les lumières se rallument, Tadeusz se leva et se dirigea vers le fond de la loge. Elle tourna la tête au moment où il plongeait la main dans la poche du pardessus accroché à une patère, près de la porte. Il en ressortit un téléphone mobile.

— J'ai quelques coups de fil à passer, annonça-t-il

assez fort pour couvrir les applaudissements. Je reviens dans un instant.

— Ouiiii, souffla-t-elle d'un ton triomphant dès que la porte se fut refermée sur Radecki.

Il avait décidé de vérifier ses dires. Morgan avait garanti à Carol qu'elle n'avait pas à se soucier du côté britannique de l'histoire qu'elle raconterait à Radecki : tout avait été peaufiné de longue date. Son pseudonyme avait circulé en provenance de deux sources. Des flics en civil avaient mentionné Caroline Jackson qu'ils décrivaient comme une personnalité discrète, mais puissante du milieu. Et les gens interrogés après la mort de Colin Osborne avaient tous été pressés de questions la concernant. « On a vraiment fait pression sur eux, avait expliqué Morgan. Ceux qui se chargeaient des interrogatoires avaient tous reçu l'ordre de jouer les ébahis quand les suspects affirmaient n'avoir jamais entendu parler de vous. Ils ont répandu le bruit que vous étiez en relation avec Colin, que vous étiez dans la même branche des affaires, et que vous et lui aviez de grands projets d'avenir. Alors quand Radecki commencera à se renseigner sur votre compte – et il le fera, ne vous faites pas d'idées là-dessus – il découvrira que les gens ont déjà entendu votre nom. Que personne ne vous connaisse de vue peut jouer en votre faveur. Ça fait de vous quelqu'un de blanc comme neige, tout comme Radecki. »

Sur ce point-là au moins, Morgan avait vu juste. Carol était sûre que Radecki lançait ses premiers appels en cet instant même. Et elle avait un atout à abattre un peu plus tard dans la soirée qui couronnerait le tout et doublerait d'un intérêt professionnel celui que Radecki semblait lui trouver en tant que femme.

Tadeusz ne revint qu'après la fin du deuxième entracte. Le troisième acte était commencé depuis dix minutes. Carol mit son point d'honneur à ne pas se retourner quand il entra, feignant d'être toute à l'écoute de la musique. Comme l'opéra touchait à sa fin, elle se demanda si Radecki établissait des parallèles entre ce qui se déroulait sur scène et ce qui lui arrivait ce soir. La renarde agonisait, abattue par accident. Et le garde-chasse se retrouvait face à l'un des renardeaux, en lequel il reconnaissait le portrait craché de sa mère. Ceci n'éveillait-il aucune résonance chez lui ? Elle espérait que si. Plus sa ressemblance avec Katerina lui serait assenée, plus elle aurait de chances de réussir.

Quand le public éclata en applaudissements, Radecki avança sa chaise à la hauteur de Carol et se pencha vers elle. Elle perçut un effluve de cigare mêlé d'une eau de Cologne de prix.

— J'ai trouvé intéressant de faire votre connaissance. Même si je ne comprends toujours pas de quoi vous parliez.

Carol tourna la tête et croisa son regard.

— Vous êtes difficile à convaincre. C'est une chose que j'apprécie chez un collègue. Les gens qui se fient trop facilement aux autres ont tendance à se montrer trop bavards, ce qui n'est pas recommandé dans notre branche professionnelle. Écoutez, passez-moi un coup de fil demain ? Nous pourrons nous voir et débattre de questions qui nous intéressent l'un et l'autre.

— Je ne pense pas que nous ayons des intérêts communs. Du moins, pas dans le domaine professionnel. Mais je crois que j'aimerais vous revoir.

Carol secoua la tête.

— Pour moi, il s'agit d'un voyage d'affaires. Je n'ai pas de temps à perdre en mondanités.

— Dommage, répondit-il, le visage fermé.

Les applaudissements diminuaient. Carol ramassa sa pochette.

de son corps. L'adrénaline qui lui avait garanti une telle présence d'esprit dans la loge commençait à refluer. Elle se sentait épuisée, les jambes molles, mais elle ne pouvait pas encore se permettre de se détendre. Si Radecki était tellement avisé, il aurait pris des dispositions pour que quelqu'un lui emboîte le pas dès sa sortie de la loge, et ne la lâche plus. Petra et elle avaient discuté de l'attitude à adopter. Petra resterait loin derrière, mais assez près pour s'assurer que Carol montait dans un taxi et voir qui la filait. Elle leur emboîterait le pas, sans toutefois courir le risque de se faire repérer.

Bien qu'épuisée, Carol adopta le maintien le plus nonchalant possible et se dirigea vers le vestiaire où elle attendit son tour pour récupérer son manteau. Ou plutôt, le manteau de Caroline Jackson, un vêtement en agneau souple, assez chaud pour ce début de printemps berlinois. Sans regarder autour d'elle pour tenter de situer la filature à laquelle elle s'attendait, elle sortit du Staatsoper et se posta sur le trottoir, dans l'attente d'un taxi.

La moitié de Berlin en fait autant, se dit-elle avec lassitude au bout de cinq minutes, voyant que ses espoirs restaient vains. Une main toucha alors son bras. Elle fit volte-face, les yeux écarquillés, prête à fuir ou frapper. Radecki était là. Attitude calculée ou pas, il avait adopté la distance idéale pour ne pas la dominer de toute sa hauteur. Carol remarqua malgré elle à quel point c'était rare de la part d'un homme.

— Excusez-moi, je vous ai fait peur, lança-t-il.

Elle se ressaisit très vite.

— En effet, répondit-elle avec un sourire. Estimez-vous heureux que je n'aie pas mon flacon de poivre à portée de la main.

Il inclina la tête avec un sourire contrit.

— Je n'ai pas pu m'empêcher de remarquer que vous aviez du mal à trouver un taxi. Je peux vous venir en aide ? (Il sortit son mobile.) Mon chauffeur amènera la voiture d'ici cinq minutes. Il vous conduira où vous voulez.

Tellement plus facile que de me filer, songea Carol avec admiration.

— Ce serait très aimable, répondit-elle. J'ai les pieds gelés.

Il abaissa le regard vers les escarpins sexy à talons hauts qu'elle avait choisis ce soir-là.

— Pas étonnant. On voit que vous n'êtes pas berlinoise. Venez, retournons dans le foyer, il y fait meilleur.

Il la prit par le coude et l'entraîna à l'intérieur de l'opéra tout en parlant avec volubilité dans son mobile. Carol surprit les regards étonnés de quelques-uns des spectateurs qu'ils croisaient. C'était assez normal, s'ils connaissaient Tadeusz et Katerina, voir Carol à ses côtés allait susciter de sérieux commentaires. Elle imaginait déjà : « Dites, vous avez vu Tadeusz Radecki avec cette femme, à l'opéra ? C'est bizarre. Il faut être pervers pour sortir avec le sosie de sa maîtresse morte. »

Ils attendirent à l'intérieur, devant les portes, en laissant un peu de distance entre eux deux, sans un mot. Carol ne voulait pas rompre le silence en disant quelque chose d'inapproprié. Par moments, mieux vaut attendre que le poisson vienne de lui-même tourner autour de l'appât. Plusieurs personnes saluèrent Tadeusz en passant, mais personne ne s'arrêta pour lui parler.

Il avait dit vrai : à peine quelques minutes plus tard, il désigna une Mercedes noire qui se rangeait le long du trottoir.

— Ma voiture, annonça-t-il.

Il l'escorta jusqu'à la portière qu'il ouvrit pour elle.

— J'apprécie, vraiment, lança Carol en montant en voiture.

Radecki se pencha et parla au chauffeur.

— Je vous en prie, reprit-il en se redressant. Dites-lui seulement où vous voulez aller.

Il allait fermer la portière quand Carol lui demanda :

— Mais vous ne venez pas ?

— Non.

— Comment allez-vous rentrer chez vous ?

— J'habite tout près. Et de toute façon, je préfère marcher. (Cette fois, son sourire sembla sincère.) Je vous appelle demain, ajouta-t-il en refermant la porte qui claqua avec un son mat.

Carol indiqua son adresse au chauffeur et se carra contre le cuir ferme de la banquette. C'était habilement joué de la part de Radecki, de faire ainsi d'elle sa débitrice sans rien lui imposer. Elle aurait voulu crier très fort tant elle jubilait. Mais pas devant le chauffeur, qui serait certainement interrogé sur le comportement de sa passagère. Elle laissa donc aller sa tête contre le dossier et ferma les yeux. La phase numéro un était terminée. Et elle s'était mieux passée qu'elle n'aurait jamais osé l'espérer.

Elle y arriverait peut-être, finalement ?

Elle était peut-être capable, en effet, de se glisser dans la peau de quelqu'un d'autre ?

Le brigadier Marijke van Hasselt entra dans la salle de garde du poste principal de la brigade criminelle régionale à Leyde, tenant à la main un gobelet de café et un sachet de *smoutebollen*, les petits beignets recouverts de sucre glace qui constituaient son unique concession à la nourriture industrielle. Hydrates de carbone, caféine et sucre, il n'y avait que ça pour entamer la journée.

Si matinale qu'elle soit, Tom Brucke l'avait devancée. Installé devant un tas de rapports, il lisait, sourcils froncés, en tripotant ses boucles châtaines. Il leva la tête à son arrivée. Ses traits juvéniles étaient tirés, fatigués, des rides marquées lui soulignaient les yeux.

— Salut Marijke, lança-t-il. Et merde, je me demande bien si on va trouver un auteur à ce meurtre-là.

Marijke prit aussitôt sa décision. Deux cerveaux valaient infiniment mieux qu'un, elle l'avait déjà expérimenté.

— C'est marrant, Tom, mais hier soir, il m'est venu une idée là-dessus.

Elle empoigna une chaise, s'installa sur le côté de son bureau, et ramena une jambe sous elle. Tom s'enroula une mèche autour de l'index.

— Je suis confronté à tellement d'impasses, dans ce dossier, que j'envisage sérieusement de consulter une voyante. Je ne sais pas toi, mais moi, cette affaire me prend la tête.

— Je n'arrête pas de me réveiller la nuit avec l'impression que je me noie, avoua Marijke.

— La noyade, c'est dans cet océan de paperasse, enchaîna-t-il en désignant d'un geste les rapports entassés sur son bureau. Vivre pour son boulot, tu parles ! Apparemment, de Groot siégeait à toutes les commissions qui voulaient bien de lui. Et en plus, il organisait un week-end annuel de conférences pour les psychologues qui travaillaient dans son secteur. « Psychodynamique des sévices mentaux », va-t'en savoir ce que ça veut dire. Le résultat, c'est que la moitié de la planète semblait le connaître. Un vrai cauchemar. Alors c'est quoi ton idée géniale ?

— Je n'ai pas dit qu'elle était géniale, mais au moins, c'est un truc qu'on n'a pas encore exploré. On est bien d'accord, toi et moi, il s'agit d'un meurtre perpétré par un inconnu ?

— Rien, dans la vie de Groot, n'indique le contraire. D'un autre côté, il n'y a pas trace d'effraction. Estimation des probabilités ? Il ne connaissait pas son assassin.

Marijke ôta le couvercle de son gobelet de café.

— D'après tout ce que j'ai pu lire, les gens qui tuent de cette façon-là – sans lien apparent avec la victime et présence d'éléments sexuels – ne s'arrêtent pas à un seul meurtre. On est d'accord ?

— Oh ! ça, oui, je crois qu'au fond, on sait tous qu'il va recommencer. Surtout qu'on n'a pas l'air foutus de faire quoi que ce soit pour l'en empêcher, commenta Tom avec pessimisme. C'est des *smoutebollen* qu'il y a là-dedans ?

— Sers-toi. (Petra poussa le sachet vers lui.) Ça limitera ma déchéance. (Tom ouvrit le sachet et en sortit un des beignets. Le sucre glace se répandit sur sa chemise bleu pâle qu'il brossa d'une main impatiente.) Moi, en fait, je me demande si c'était bien le début de sa série.

Tom se figea, la bouche pleine, et déglutit tant bien que mal.

— Tu veux dire qu'il aurait déjà fait ça avant ?

Marijke haussa les épaules.

— Pour moi, ce n'est pas du boulot d'amateur. Si je devais me prononcer, je dirais qu'il fait ça, ou quelque chose d'approchant, depuis quelque temps.

Brucke secoua la tête d'un air dubitatif.

— On en aurait entendu parler. Les scalps pubiens, on n'en voit pas tous les jours, Marijke.

— On n'en aurait peut-être pas entendu parler s'il y en avait eu dans une autre juridiction. En France, par exemple, ou en Allemagne.

Tom se gratta la tête.

— Ce n'est peut-être pas faux, ce que tu dis là. Mais il n'y a pas grand-chose qu'on puisse faire.

— Mais si. Il y a Europol.

Tom ricana.

— Tu rêves, c'est un ramassis de ronds-de-cuir à la con.

— Peut-être, mais ce sont eux qui diffusent les bulletins internationaux.

— De la paperasse en plus. Qui lit ces conneries ?

— Moi, répondit-elle. Et je parie que je ne suis pas la seule.

— Alors comme ça, tu veux transmettre cette affaire aux gusses de La Haye ? demanda-t-il, incrédule.

— Non, ce n'est pas ce que je dis. Ce que je suggère, moi, c'est qu'on envoie une requête à Europol en donnant les détails de l'affaire pour qu'ils les diffusent auprès des États membres, en demandant si quelqu'un a vu quoi que ce soit de comparable dans son secteur. Comme ça, on pourra au moins savoir si notre assassin a déjà frappé. Et si c'est le cas, et qu'on puisse mettre des infos en commun avec l'équipe qui enquête sur place, on obtiendra peut-être un point de départ.

Tom la regarda d'un air pensif.

— Tu sais que ce n'est peut-être pas une si mauvaise idée, après tout ?

— Alors je peux compter sur ton soutien quand je soumettrai la chose à Maartens ?

Il rit.

— Tu es une enfoirée de manipulatrice, Marijke.

— Je considère que ça veut dire oui.

Elle se leva et ramassa les restes de son petit déjeuner. Elle allait s'asseoir à son bureau quand le Hoofdinspecteur Kees Maartens s'engouffra dans l'embrasure de la porte, tenant une canette de Coca qui semblait minuscule au creux de sa pogne charnue. Il but une gorgée et jeta la canette vide à la poubelle *au passage*. Le tri sélectif, c'était bon pour ceux qui n'avaient que ça à faire, pas pour les gens occupés comme lui, semblait dire son geste.

— Quoi de neuf ? demanda-t-il en s'arrêtant devant Tom.

— Rien d'important.

Maartens se tourna vers Marijke.

— Et vous, Marijke ? Des informations utiles en provenance du labo ?

Elle secoua la tête.

— Que du négatif. Rien qui nous permette d'avancer.

Maartens se frotta la mâchoire.

— Cette affaire ne me plaît pas, grommela-t-il. On passe pour des andouilles.

Marijke a eu une bonne idée, lança Tom.

Super, merci ! se dit-elle tandis que Maartens se tournait de son côté, ses gros sourcils arqués d'un air interrogateur.

— De quoi s'agit-il, Marijke ?

— J'ai réfléchi à la méticulosité dont a fait preuve l'assassin de Groot. Sa méthode et son organisation. Il n'a pas agi sur un coup de tête, c'était planifié. Ça m'évoque les façons de faire d'un tueur en série. Je sais qu'on craint tous qu'il recommence avant qu'on puisse l'épingler, mais il m'est venu à l'idée qu'il avait sans doute déjà tué par le passé.

Maartens opina, la tête penchée. Il s'approcha du bureau de Marijke et se laissa tomber dans la chaise la plus proche.

— Je ne peux pas réfuter cette hypothèse, dit-il d'une voix sourde. Mais on n'a pas déjà vérifié qu'il ne traînait rien du même genre dans les archives ?

— On ne peut vérifier que dans les archives hollandaises, répondit Marijke. Mais si ses précédentes victimes se trouvaient ailleurs ? S'il avait tué en Belgique, en Allemagne ou au Luxembourg ? On n'aurait aucun moyen de le savoir.

— Et en ces temps d'après Schengen, nous sommes tous des citoyens de l'Europe, commenta Maartens d'un ton acide. Je vois ce que vous voulez dire, Marijke. Mais en quoi ça nous avance ?

— Eh bien ! j'ai remarqué que ces derniers mois, les bulletins qu'Interpol diffuse de La Haye sont beaucoup plus pointus. Jusque-là, ils traitaient plutôt le tout-venant, mais maintenant, ils relaient beaucoup plus de demandes d'information concernant des domaines précis. Je me demandais si ça ne vaudrait pas le coup de les contacter pour leur demander de faire paraître une demande concernant des affaires du même type que la nôtre survenues ailleurs dans la Communauté européenne ?

Maartens eut l'air sceptique.

— Vous ne craignez pas que ce soit un peu trop terre à terre pour eux ? Ils ne s'intéressent qu'aux affaires qui leur permettent de faire joujou avec leurs bases de données tocardes. Ils n'ont pas envie de se salir les mains avec un truc aussi vulgaire qu'un meurtre.

— Mais en l'occurrence, il ne s'agit pas d'une affaire banale. Et les meurtres, ça fait partie de leurs attributions. J'ai vérifié sur leur site Internet. Dès qu'il y a des retombées internationales, ils sont tenus de centraliser aussi bien les renseignements concernant les meurtres que tout ce qui a trait au grand banditisme.

Maartens s'agita sur sa chaise.

— Ils vont nous croire trop bêtes pour mener à bien nos propres enquêtes, grogna-t-il.

— Je ne pense pas, chef. À mon avis, on va les impressionner en leur apprenant qu'on pourrait bien être en train d'enquêter sur une affaire de meurtres en série. Ça pourrait jouer en notre faveur. On passerait pour ceux qui ont eu l'intelligence de discerner la portée du dossier et le courage de dire : « Il nous faut l'aide d'autres juridictions. » Ils pourront nous citer en exemple pour illustrer comment la coopération transfrontalière devrait fonctionner au sein de la nouvelle Europe.

Marijke déployait tout son charme, décidée à convaincre Maartens d'adopter les mesures qui serviraient le projet qu'elle et Petra avaient déjà mis au point.

Maartens réfléchit un moment, puis pivota sur son siège pour regarder Tom.

— Et vous, vous trouvez que c'est une bonne idée ?

Tom désigna d'un geste la paperasse qui encombrait son bureau.

— On a épuisé tous les moyens traditionnels et on a récolté que dalle. Ce que j'en dis, moi, c'est qu'on n'a rien à perdre. Et il se pourrait qu'on ait beaucoup à gagner.

Maartens haussa les épaules.

— D'accord, on va tenter le coup. Marijke, vous me mettez ça par écrit et je veillerai à ce que ça parte dans la journée.

— Vous l'aurez dans moins d'une heure.

Maartens se leva et se dirigea d'un pas pesant vers son bureau.

— Ça ne veut pas dire qu'on suspend l'enquête, grogna-t-il en disparaissant derrière sa porte.

— Joli coup, commenta Tom. Comme une lettre à la poste, Marijke !

— Ouais, bon. On sait l'un comme l'autre que si ça marche, c'est lui qui tirera les marrons du feu. Et si, au contraire, ça foire, c'est moi qui paierai les pots cassés.

— C'est quand même bien de savoir que dans ce monde en constante évolution, il y a des valeurs immuables, commenta Tom avec un sourire narquois.

Et des valeurs qu'on peut faire avancer de force, songea gaiement Marijke en allumant son ordinateur. Et voilà. La grande occasion. Elle était bien décidée à ne pas la gâcher.

Carol était aussi excitée qu'une ado avant son premier rendez-vous. Il était venu à Berlin ! En se réveillant après sa grandiose soirée à l'opéra, elle avait trouvé un message codé de Petra lui annonçant que Tony occupait un appartement dans le même immeuble qu'elle, et travaillait à établir un profil du tueur en série. Et aussi qu'il l'attendait dans la matinée. Qu'est-ce que Petra aurait pu ajouter ? Elle n'avait aucune idée des relations complexes qui existaient entre Carol et Tony. Ni du soulagement qu'éprouverait Carol en apprenant l'arrivée de Tony, son sauveur !

Elle sortit en hâte de sa douche et enfila un jean et une chemise ample, la tenue la plus simple de la garde-robe de Caroline Jackson. Elle avait envie d'être aussi proche que possible de Carol Jordan. Elle se peigna avec les doigts et mit un peu de rouge à lèvres. Pas le temps de faire plus.

Son cœur battait à tout rompre tandis qu'elle attendait l'ascenseur. *Du calme*, se répétait-elle. *Ce n'est pas pour toi qu'il est venu*. Mais tout au fond, elle était sûre que si. Cette enquête était sans doute un prétexte idéal, mais Tony avait résisté pendant deux ans à la tentation de reprendre le collier. La seule nouveauté, en l'occurrence, c'était l'occasion qui leur était offerte de se retrouver.

Elle frappa, et tout à coup, il était là. Sur une impulsion, Carol s'avança vers lui. Ils s'enlacèrent et elle posa la tête sur son épaule tandis qu'il lui étreignait la nuque.

— Merci d'être venu, souffla-t-elle.

Tony se dégagea doucement et referma la porte d'entrée.

— Je connaissais Margarethe Schilling, lâcha-t-il.

Elle eut l'impression de prendre un verre d'eau en pleine figure. Le souffle coupé, elle sentit ses yeux picoter.

— Quoi ? releva-t-elle.

Elle se sentait stupide. Tony se passa une main dans les cheveux.

— La victime de Brême. Je la connaissais.

— Alors tu es venu... pour quoi ? Pour te venger ? demanda Carol en le suivant, puis en s'installant dans l'unique fauteuil du salon, le plus loin possible de la fenêtre.

Elle n'avait repéré personne qui la file, pourtant elle gardait à l'esprit que quelqu'un la suivait probablement dans tous ses déplacements. Pas question de se montrer en un lieu où elle n'était pas censée être.

Tony lui tournait le dos, posté devant la baie vitrée d'où il contemplait la rue en contrebas.

— En partie, oui. En partie parce que je suis assez imbu de ma personne pour me figurer que je peux aider à sauver d'autres vies. Et en partie aussi parce que... Parce qu'avec ce qui est arrivé à Margarethe, je me suis mis à craindre pour toi. (Il se tourna vers Carol, les bras croisés.) Je ne me crois pas investi de ta protection. À ma connaissance, personne ne saurait remplir cette mission mieux que toi. Personne n'est aussi indépendant, ni aussi fort. (Il baissa les yeux.) Mais s'il t'arrivait quelque chose que j'aurais pu contribuer à éviter, je ne me le pardonnerais pas. (Il lâcha un rire bref.) Je ne sais même pas ce que j'entends par là, c'est bizarre à dire pour un psychologue. Je veux seulement... en fait je crois que je veux être dans les parages pour le cas où je pourrais te venir en aide.

Ses propos avaient une valeur inestimable pour Carol. Au moment où elle pensait recevoir une gifle de sa part, il en faisait une caresse. Il y avait des années qu'elle attendait d'entendre Tony exprimer un souci aussi personnel, mais elle n'en regrettait pas une minute. Savoir qu'il tenait autant à elle était déjà bien en soi. C'était une certitude pleine de promesses, qui permettait de prendre les choses comme elles venaient, sans avoir à les forcer.

— Tu ne peux pas savoir à quel point c'est important pour moi que tu sois là. Quelle que soit la raison de ta présence, ajouta-t-elle. Je me sens tellement seule dans cette mission. Petra est adorable, mais elle ne fait pas partie de la vie de Carol Jordan. Si je me perds de vue moi-même, elle ne s'en rendra pas compte parce qu'elle ne sait pas vraiment ce que c'est que « moi-même ». Toi, tu le sais. Tu pourras être la référence de Carol Jordan, mon point d'ancrage. Et tu pourras m'aider à décider comment je vais aborder Radecki.

— Je peux essayer. Comment ça s'est passé hier soir ?

Carol lui raconta la première entrevue. Assis sur le canapé, Tony écoutait attentivement en posant une question de temps à autre.

— J'ai l'impression que tu t'en es bien sortie. Je craignais qu'il se méfie tellement de ta ressemblance avec Katerina qu'il en vienne à refuser de te parler. Mais apparemment, tu as surmonté cet obstacle.

— Peut-être. Cela dit, il n'a toujours pas appelé.

— Il le fera.

— Espérons. Mais on ne va pas perdre notre temps à s'occuper de mon cas. Je ne veux pas t'empêcher de faire ce que tu as à faire pour établir ton profil. C'est pour ça que tu es là. Et c'est ce qui compte le plus. Parce que si on n'arrête pas cet enfoiré, il va recommencer, encore et encore. Il faut qu'on le coffre. Et si quelqu'un peut y contribuer, c'est toi.

— Je l'espère. Ce salaud devra payer de sa vie. Ou au minimum, finir sa vie derrière les barreaux. Je n'arrive toujours pas à croire que Margarethe soit morte.

— Vous étiez amis de longue date ?

— Ce n'était pas une amie à proprement parler. Plutôt une collègue avec qui j'avais des centres d'intérêt communs. Elle m'a hébergé deux jours chez elle, une fois. On avait envisagé de travailler ensemble à la rédaction d'un article, mais c'est resté un projet. On échangeait quelques mails dans l'année, des cartes de vœux à Noël. Alors non, pas vraiment une amie, mais plus qu'une simple connaissance. Je l'aimais bien, beaucoup même. Elle était inventive, intelligente. Elle faisait du bon boulot. Et elle avait un fils. Qu'elle adorait. (Il secoua la tête.) Qu'est-ce qui se passe dans la tête d'un gosse qui perd sa mère ? Il doit avoir sept ou huit ans, quelque chose comme ça. Et il va devoir grandir en sachant que quelqu'un a traité sa mère comme un bout de viande.

— Tu me permettrais de t'aider ?

Tony eut l'air étonné.

— Tu n'as pas assez à faire de ton côté ?

— Je vais sûrement avoir beaucoup de temps libre. En dehors des moments où je suis avec Radecki, ou en train de rédiger mes rapports, je n'ai rien à faire.

Tony fronça les sourcils, songeur.

— Je travaille chez Petra. Mais bien entendu, tu ne peux pas venir si tu es suivie. En revanche, ça m'aiderait beaucoup de te soumettre quelques-unes de mes réflexions. Tu as toujours l'idée que personne d'autre n'aurait eue.

— Super ! (Carol sourit.) Alors, tu t'y mets quand ?

— J'ai commencé hier soir. (Il consulta sa montre.) L'idéal, ce serait que j'aille chez Petra maintenant, ça me permettrait de jeter quelques brouillons d'idées sur le papier.

— Tu veux qu'on se retrouve plus tard ? demanda-t-elle en se levant.

— On peut communiquer par e-mail en toute sécurité, n'est-ce pas ? On s'arrangera comme ça. (Il se leva, s'approcha de Carol et lui passa timidement le bras autour des épaules.) Je suis content d'être là.

— Moi aussi, tu sais.

Elle leva le visage vers lui. Ils échangèrent un sourire, puis s'écartèrent. Pour la première fois, Carol avait l'impression qu'ils disposaient de tout leur temps.

23

Tadeusz Radecki était sur les nerfs. À son retour de l'opéra, il avait cherché le sommeil pendant des heures. Cette rencontre, dans sa loge, aurait été troublante en n'importe quelles circonstances, car elle lui avait révélé quelqu'un qui s'était renseigné sur lui aussi minutieusement qu'il le faisait lui-même sur tous ceux avec qui il traitait. Mais, au-delà de l'inconfort naturel qu'il éprouvait à l'idée d'avoir été examiné, cette confrontation avec le sosie de celle qu'il venait de perdre lui donnait l'impression que le monde avait basculé.

Quand il avait posé les yeux sur Caroline Jackson, son cœur avait fait un bond dans sa poitrine. Il avait senti sa gorge se serrer, ses jambes trembler. Il s'était cru victime d'un mirage, de quelque phénomène névrotique. Mais dès qu'elle se mit à parler, il comprit qu'il s'agissait bien de la réalité et non d'une misérable projection de son désir le plus intime. Katerina ne lui aurait jamais parlé en anglais dans ses rêves, il s'en rendait compte malgré son égarement.

Heureusement, les années passées à surveiller son expression et ses propos lui permirent de dissimuler sa déroute. Du moins le pensait-il. Quoi qu'il en soit, la jeune femme n'avait pas eu l'air consciente de l'effet qu'elle produisait sur son interlocuteur. Lui était resté figé, la bouche sèche, frappé de stupeur par cette ressemblance qui remuait en lui un magma de souvenirs.

Et comme s'il ne suffisait pas de se retrouver face à une femme qui aurait pu être la jumelle de celle qu'il avait aimée plus que tout, la conversation s'engagea d'emblée sur un terrain on ne peut plus dangereux. Cette femme, qui le mettait sens dessus dessous, savait qui il était et ce qu'il faisait vraiment. Soit elle en avait assez appris sur ses activités pour comprendre de quoi il avait besoin dans l'immédiat, soit il s'agissait d'une autre coïncidence stupéfiante. Dans un cas comme dans l'autre, c'était une situation tellement incroyable qu'elle bousculait complètement toute sa conception du monde.

Il se demandait comment il avait réussi à tenir le coup pendant leur conversation ; tout ce qu'il savait, c'est que jamais il ne s'était senti aussi soulagé que lorsque cet entracte apparemment interminable avait pris fin. Il avait passé l'acte suivant absorbé dans le drame personnel qui se tissait autour de lui, sans prêter la moindre attention à la musique. Il était tendu au point d'en avoir les muscles douloureux, incapable de détacher les yeux de la jeune femme.

Il examina chaque trait de son visage, le comparant aux images stockées dans sa mémoire. À mieux y regarder, il décelait des différences. Les cheveux, bien sûr, n'étaient pas les mêmes. Les longues mèches dorées et soyeuses de Katerina étaient bien plus belles que la courte crinière de l'inconnue, d'un blond naturel cependant. Le profil différait légèrement sans qu'il puisse discerner en quoi. Les yeux de Katerina étaient d'un bleu jacinthe profond alors que, même dans l'éclairage diffus de la loge, il avait constaté que ceux de Caroline étaient bleu gris. La bouche était différente aussi. Katerina avait des lèvres sensuelles, pleines, au dessin parfait, qui semblaient toujours sur le point d'esquisser un baiser. Celles de l'Anglaise étaient plus fines, et sa bouche beaucoup moins prometteuse. Mais quand elle souriait, la différence s'estompait et la ressemblance était encore plus marquée. Voir cette bouche prononcer le « Tadzio » familier l'avait troublé plus que tout.

Le côté étrange de cet examen, c'était que tout en révélant nettement les petites différences avec Katerina, il accroissait l'effet produit sur Tadeusz par l'intruse. Ce n'était pas Katerina, il en éprouvait à la fois de la déception et du soulagement. Mais c'était une femme capable de l'émouvoir comme personne ne l'avait fait depuis la mort de Katerina. Une situation déconcertante, mais en même temps riche de possibilités étranges. L'idée de travailler avec elle lui inspirait à la fois appréhension et enthousiasme.

Pas au point, cependant, de lui faire oublier les règles du jeu élémentaires. Sitôt le deuxième acte terminé, Tadeusz avait entrepris de glaner le plus possible de renseignements sur Caroline Jackson. Il se souvint d'un homme rencontré deux ou trois fois à l'époque où il montait l'opération avec Colin Osborne. Nick Kramer, lui aussi de l'Essex, avait travaillé avec Colin par le passé. Visiblement, il ne jouait pas le rôle de lieutenant comme Krasic. Colin l'avait probablement amené pour donner l'impression que les équipes étaient à égalité. Tadeusz, qui assurait toujours ses arrières, avait encore le numéro de Kramer en mémoire sur son mobile.

Kramer répondit dès la deuxième sonnerie.

— Ouais, grommela-t-il.

— L'ami allemand de Colin à l'appareil, annonça Tadeusz. On s'est vus à Londres.

— Ah ! ouais, c'est vrai. Je me souviens de vous. Qu'est-ce qui se passe ?

— Je viens de tomber sur une femme qui se prétend l'amie de Colin. Je me demandais si vous la connaissiez.

— Elle s'appelle ?

— Caroline Jackson. D'après elle, ils envisageaient de travailler ensemble.

Un court silence suivit.

— Je la connais de nom. Mais je ne l'ai jamais rencontrée. J'ai entendu dire qu'elle traitait des affaires dans le même domaine que Colin et vous. Elle dirige une boîte je ne sais où en East Anglia. Elle bosse seule, paraît-il. Ah ! et j'ai aussi entendu dire qu'après... la mort de Colin, son nom a été mentionné pendant les interrogatoires. C'est tout ce que j'en sais. Désolé de ne pas pouvoir vous aider plus que ça, vieux.

— Vous connaissez quelqu'un qui l'ait côtoyée en personne ?

Soupir.

— Y a bien ce mec de Chelmsford. Un enrhumé chronique, si vous voyez ce que je veux dire.

Un dealer de cocaïne, traduisit mentalement Tadeusz.

— Vous auriez un numéro où je puisse le joindre ?

— Attendez une minute... (Bruit étouffé de conversation, puis Kramer revint et énonça un numéro de mobile.) Dites-lui de ma part que vous êtes réglo.

— Merci.

— Pas de quoi. Au fait, si vous avez besoin d'un plan – pas dans le genre fumigène, plutôt l'autre – passez-moi un coup de fil. Je suis bien branché dans ce secteur-là.

— Je m'en souviendrai.

Tadeusz coupa la communication. Il n'avait aucune intention de monter un trafic de drogue ou d'armes avec ce type-là. Il n'avait pas accroché avec lui, d'ailleurs à en juger d'après la conversation, Kramer manquait de prudence. Tadeusz composa le numéro qu'il venait d'obtenir et attendit.

Il allait renoncer quand une voix prudente se fit entendre :

— Allô ?

Tadeusz se lança :

— Je m'appelle Darko Krasic. C'est Nick Kramer qui m'a donné votre numéro.

— Et je le connais ?

— Eh bien ! il a votre numéro, en tout cas.

Le livreur de pizza aussi.

— Mon patron et moi, on bossait avec Colin Osborne.

Reniflement sarcastique.

— C'est pas lui qui va venir confirmer, à l'heure qu'il est, hein ? Écoutez, je ne traite pas par téléphone.

— Non bien sûr, je comprends bien. Tout ce que je veux, c'est savoir si un nom précis vous dit quelque chose. Quelqu'un s'est présenté pour travailler avec nous, et Kramer a l'air de penser que vous connaissez la personne en question.

— Je connais des tas de gens répondit-il d'une voix de nouveau prudente.

— Elle s'appelle Caroline Jackson.

Long silence.

— Je la connais, Caroline. Qu'est-ce que vous voulez savoir ?

— Tout ce que vous pourrez me dire.

— Eh ben, putain ! vous êtes pas du genre exigeant, vous. Écoutez, si vous envisagez de bosser avec Caroline, la seule chose à ne pas oublier, c'est qu'elle joue sérieux. Mais c'est une solitaire. Elle ne fait confiance à personne question business. Elle est futée, elle sait la fermer, et elle assure à mort dans sa partie. Si elle demande à travailler avec vous, allez-y les yeux fermés, elle fait partie des meilleurs. Vu ?

— Vu.

— Bon, vous avez eu ce que vous vouliez. Alors bonne nuit.

La communication s'interrompit brusquement. Tadeusz se sentait moins mal à l'aise que dix minutes plus tôt. Ce qu'il ne savait pas, c'est qu'il venait de parler à l'un des agents de Morgan, chargé de brosser un portrait crédible de Caroline Jackson.

Il passa le troisième acte à soupeser ce qu'il allait faire. Comme la *Petite renarde rusée* s'achevait, il se décida. Cette quasi-réapparition de Katerina devait être considérée comme un bon présage. Il allait suivre son instinct et voir ce que cette femme avait à lui proposer.

À la froide lumière du matin, cette décision semblait encore la bonne. Tadeusz aurait voulu en discuter avec Darko, mais son bras droit ne devait rentrer de Belgrade que dans l'après-midi. Et c'était un sujet trop important pour en débattre par téléphone. Tadeusz allait devoir se fier à sa seule intuition. Il décrocha le téléphone et composa le numéro qui figurait sur la carte qu'elle lui avait donnée.

— Allô ? (Sa voix était déjà familière.)

— Bonjour Caroline. Tadeusz à l'appareil.

— Contente de vous entendre.

Apparemment, elle était décidée à ne manifester aucun enthousiasme susceptible de ne pas être partagé.

— Je me demandais si vous seriez libre pour déjeuner ?

— Ça dépend, répondit-elle.

— De quoi ?

— Si c'est pour affaires, ou pour le plaisir, expliqua-t-elle d'un ton détaché.

— J'ai l'impression qu'avec vous, les affaires doivent toujours être un plaisir, répondit-il d'une voix amusée, s'étonnant de la facilité avec laquelle il flirtait légèrement avec elle.

— Vous n'avez pas répondu à ma question.

— Je crois qu'on devrait arriver à parler affaires. Mais d'abord, nous devons faire un peu connaissance. Voyez-vous, je traite exclusivement avec des gens que mon instinct juge fiables.

— Ah oui ? s'étonna Carol. Et vous avez quand même traité avec Colin ?

Son informateur avait dit vrai. Elle était futée.

— Si c'était une telle erreur, alors de votre propre aveu, elle vaut pour vous aussi, Caroline, souligna-t-il.

— Touché ! reconnut-elle.

— Alors, ce déjeuner ?

— Pas trop tard, alors. J'ai des coups de fil importants à passer cet après-midi.

— Midi, ça vous convient ?

— Parfait.

— J'enverrai la voiture vous chercher à moins le quart. Il me tarde d'y être.

— Merci, mais je dois sortir dans la matinée. Je ne sais pas si je serai rentrée à temps. Dites-moi où vous serez et je vous y rejoins à midi.

Il lui indiqua le nom et l'adresse du restaurant.

— J'ai hâte de vous voir, ajouta-t-il.

— C'est réciproque. À plus tard.

La conversation s'interrompit. Eh bien. Non seulement futée et prudente, mais indépendante et méfiante. Caroline Jackson commençait à l'intriguer. Et pas seulement sur le plan professionnel. Il se rendit compte qu'il attendait ce déjeuner avec appétit à plus d'un titre.

Tony avait les yeux rivés sur l'écran. Petra avait tenu parole. Les comptes rendus d'enquête en provenance de Brême l'attendaient quand il arriva chez elle. Il se força à mettre de côté ses sentiments à l'égard de Margarethe pour les lire le plus objectivement possible. Le tueur avait été interrompu. Cela permettait de recueillir quelques bribes d'informations utiles, mais les précisions les plus significatives étaient celles que donnait le compagnon de Margarethe. Celles-là pourraient être incorporées telles quelles dans le profil en ébauche.

À ce stade de son travail, il ne pouvait s'agir que d'un premier jet. Il avait encore des choses à faire et à observer. Il fallait qu'il aille à Brême, pour pouvoir être en paix vis-à-vis de Margarethe d'une part, mais surtout pour voir la maison où elle était morte, vérifier si le théâtre du crime lui révélait des choses sur celui qu'il cherchait. Il lui fallait de meilleures photos des lieux. Mais pour le moment, il pouvait commencer.

Il chargea son traitement de texte et ouvrit un nouveau profil dans son fichier modèle personnel. Un encart d'avertissement s'afficha. Il s'agissait peut-être d'une enquête officieuse, mais ce n'était pas une raison pour ne pas faire les choses correctement.

Le profil criminel qui va suivre n'est établi qu'à titre indicatif. En aucun cas il ne doit être considéré comme un portrait-robot. Il est peu probable que ce profil corresponde en tout point à la personnalité du criminel, mais je pense qu'une forte ressemblance doit exister entre les caractéristiques énoncées ci-dessous et la réalité. Les déductions proposées dans ce profil n'expriment que des probabilités et des possibilités. Ce ne sont pas des affirmations.

Un tueur en série laisse des signes et des indicateurs lorsqu'il commet ses crimes. Tout ce qu'il fait est calculé, consciemment ou pas, et participe du scénario. Découvrir le scénario sous-jacent révèle la logique propre au tueur. Cette logique ne l'est peut-être pas à nos yeux, mais pour lui, elle est vitale. Du fait de cette logique éminemment personnelle, le tueur ne tombera pas dans les chausse-trapes ordinaires. Parce qu'il est unique, les moyens mis en œuvre pour le capturer, l'interroger et reconstituer ses actes, devront l'être également.

Tony rédigea ensuite un bref résumé des trois affaires, en insistant particulièrement sur la nature des recherches universitaires des victimes. Puis il précisa, en intégrant les nouveaux renseignements :

Tous les psychologues universitaires qui se livrent à des recherches expérimentales sur des sujets humains sont susceptibles de devenir la cible de ce tueur. Étant donné que Margarethe Schilling avait informé son partenaire de son rendez-vous avec un journaliste représentant une nouvelle revue en ligne de psychologie, il est recommandé aux professeurs de psychologie de se mettre en contact avec l'équipe d'investigation s'ils reçoivent une proposition de ce genre. Il est clair, toutefois, que cela peut poser des problèmes. Si le tueur entretient des rapports avec la communauté universitaire, il peut être informé de cette mise en garde et modifier sa stratégie. Qui plus est, une telle mise en garde peut déclencher une réaction de panique parmi les gens exposés à ce danger. L'ampleur de l'opération n'est pas sans poser également problème. À notre connaissance, le tueur a déjà frappé dans deux pays de la Communauté européenne (Allemagne et Hollande). Rien ne permet de supposer qu'il se limitera à ces deux seuls pays.

Qu'avons-nous appris du tueur, jusqu'à présent, au travers de ses actes ?

1. Bien que ces crimes recèlent indéniablement un élément de sexualité, leur motivation n'est pas explicitement sexuelle. Les victimes n'ont pas un type physique donné et appartiennent aux deux sexes. Il est donc impossible de se fonder sur une quelconque description physique pour prévoir où il frappera la prochaine fois. À la lumière de ces constatations, et compte tenu du scalp pubien (qui ramène les victimes à une sorte d'état prépubère), je serais tenté d'affirmer que la sexualité du tueur lui-même est relativement inaboutie. J'entends par là qu'il n'a jamais établi de relation sexuelle adulte réussie. Il se peut qu'il ait fait l'objet d'humiliations sexuelles dans son jeune âge et ne veuille plus courir le risque de revivre ça. À un certain niveau, il attribue la responsabilité de son incapacité à établir des contacts sexuels normaux à la catégorie d'individus à laquelle appartiennent ses victimes. Je doute beaucoup qu'il soit marié ou engagé dans une forme ou une autre de relation durable. Il s'agit très probablement d'un célibataire n'ayant de passé d'ordre émotionnel avec aucun des deux sexes.

Tant de choses pouvaient expliquer la dégradation de la libido, se dit tristement Tony. Sa propre expérience de l'impuissance et l'analyse entreprise pour la comprendre avaient suscité chez lui une compassion unique à l'égard des individus que le reste du monde considère comme des pervers parce que leurs désirs naturels ont été brimés. Il y avait toujours une explication, toujours un enchaînement de circonstances aussi unique qu'une séquence ADN, enfoui sous ces surfaces étranges, et c'était l'un des nombreux paradoxes de la vie de Tony que de devoir son talent professionnel à ce qui l'avait tant fait souffrir sur le plan personnel. Peut-être, comme les tueurs, recherchait-il ce qui pourrait lui rendre un peu d'estime de lui-même.

2. Le choix de ses victimes donne au tueur un sentiment de supériorité. Ce genre de personnes lui a toujours donné l'impression d'être lent et fruste. Désormais, il peut évoluer dans leur monde et envahir leur territoire sans qu'ils puissent rien faire pour l'en empêcher. C'est une façon de se prouver à lui-même qu'il n'est pas le demeuré qu'il croit être. Il y a très peu de chances qu'il ait suivi des études supérieures. Je serais même tenté de dire qu'il n'a sans doute même pas poussé jusqu'au secondaire, bien qu'à l'évidence, il soit loin d'être stupide. Compte tenu de ce que je considère comme sa stratégie dans le choix de ses victimes (voir plus bas), il est probable qu'il a étudié leur domaine de spécialisation. Il s'est sans doute énormément documenté sur la psychologie et ses applications dans des livres aussi bien que sur Internet. Il se peut même qu'il ait suivi des cours pour adultes dans ce domaine. Il se prend vraisemblablement pour un spécialiste, bien que ses connaissances soient forcément superficielles.

3. Il est doué d'un sang-froid et d'un sens de l'organisation élevés. Afin de mener à bien son projet, il a mis au point une stratégie assez fine pour convaincre des victimes habituées à négocier avec le monde. Dans cette optique, il doit être capable de dissimuler son manque de familiarité avec leur univers.

4. Il doit avoir prévu de longue date cette succession d'agressions, car son choix de victimes nécessite des recherches préliminaires, contrairement à une sélection au hasard en fonction de certains critères physiques. Le peu de temps qui sépare les deux derniers meurtres indique qu'il dispose d'une liste préétablie de victimes. L'accélération des échéances signifie qu'il gagne en assurance, mais aussi qu'il a besoin de tuer à nouveau pour remplir sa mission, quelle qu'elle soit.

5. Quelle peut être la mission en question ? Le choix des victimes du tueur doit contenir la réponse. Les trois individus assassinés ont en commun d'être des psychologues universitaires ayant publié des travaux de recherche concernant des expériences menées sur des sujets humains (volontaires). À mon avis, le tueur nourrit la conviction que sa vie a été gâchée par un ou plusieurs psychologues ayant mené des expériences dont il pourrait avoir été la victime, mais j'en doute.

Si tel était le cas, il aurait une cible précise, et se serait vraisemblablement contenté de tuer le seul praticien responsable de ces expériences. Peut-être, enfant, a-t-il subi des violences de la part d'un parent ou d'un autre adulte ayant lui-même été victime de tortures psychologiques ? Compte tenu des abus auxquels se sont livrés, par exemple, les psychologues de la Stasi, cette hypothèse ne semble pas aussi douteuse qu'elle le pourrait en d'autres temps et lieux.

Tony relut ce qu'il avait tapé jusque-là. Ses suppositions prenaient tout leur sens grâce à ce qu'il avait réussi à glaner dans les dossiers. Mais on n'avait pas pour autant d'idée plus précise de l'identité du tueur. Il fallait maintenant qu'il s'éloigne un peu de ce qu'il savait et pouvait déduire logiquement, et aborde le domaine dans lequel il excellait : raisonner à rebours, en remontant du crime à celui qui l'avait commis.

Que nous apprennent tous ces détails sur le tueur lui-même ?

1. Il est sujet à de forts accès de stress que doit percevoir son entourage. Dans ces moments-là, son comportement est sans doute plus erratique qu'à l'ordinaire.

2. Il se fait passer pour un journaliste dans un magazine en ligne afin de s'introduire auprès des gens qu'il vise. Je crois qu'il doit fixer par e-mail les conditions de ses rendez-vous avec les victimes, car il est peu probable qu'il dispose de la compétence sociale requise pour mettre au point de visu, ou par téléphone, ses rencontres avec des victimes haut placées dans l'échelle sociale. Nous pouvons donc affirmer avec une relative certitude qu'il possède un ordinateur. Il ne prendrait pas le risque d'entretenir de telles communications à partir d'une configuration accessible à tout un chacun. Un examen approfondi des ordinateurs des victimes permettra sans doute de retrouver des traces de ces communications.

3. Il est peu probable qu'il soit au chômage : il peut acheter un ordinateur, voyager. De plus, il circule sans difficulté dans plusieurs pays, ce qui suggère qu'il les connaît bien. À mon avis, le tueur doit avoir un emploi qui implique des déplacements, mais ne requiert pas de diplôme. Ce pourrait très bien être un emploi exigeant un certain niveau d'intelligence et de responsabilité, sans pour autant être valorisé socialement. Peut-être est-il routier international, ou agent d'entretien d'un matériel spécialisé. Il conduit vraisemblablement une voiture moyenne et passe-partout, bien entretenue. Je doute qu'il emprunte les transports en commun pour se rendre sur le théâtre de ses crimes et en repartir. Par conséquent, soit il loue une voiture dans les villes où il tue, soit il dispose d'un véhicule de fonction.

4. Le premier crime que commet un tueur en série est généralement le plus proche de son lieu d'habitation. En l'occurrence, le premier se situait à Heidelberg. Je pense donc que le tueur doit vivre dans le centre de l'Allemagne.

5. Il avoisine probablement la trentaine. En règle générale, il faut du temps aux tueurs en série pour assouvir leur ambition. S'ils atteignent la fin de la trentaine sans tuer, ils ne commenceront sans doute jamais car ils auront trouvé d'autres moyens de sublimer leurs désirs.

6. Il est probable que par le passé, un membre de sa famille proche a fait l'objet de soins pour maladie mentale, ou de tortures psychologiques de la part d'instances officielles. Dans ce dernier cas, il se peut que la famille soit originaire de l'ex-Allemagne de l'Est.

7. S'il a un casier judiciaire, il doit comporter des condamnations pour exhibitionnisme ou voyeurisme. La plupart des tueurs en série ont un passé établi de violences, torture d'animaux, petit vandalisme ou pyromanie, mais en l'occurrence, je pense qu'il serait plus vraisemblablement question de condamnations pour violences sur des individus. Quelle qu'ait été la nature des dégâts infligés à sa psyché, ils ont suscité chez lui une énorme rage refoulée. Tant qu'il n'avait pas trouvé de cible appropriée (selon lui) à sa colère, il devait être enclin à des explosions de violence à l'encontre de ceux dont il se croyait la risée. Il se peut qu'il ait agressé des prostituées, ou des hommes qui plaisantaient sur le fait qu'il n'avait pas de petite amie.

Tony contempla l'écran d'un regard morne. À vrai dire, c'était maigre. Comme d'habitude, il avait l'impression d'être le prestidigitateur dont tout le monde attend qu'il sorte un éléphant de son chapeau et qui n'arrive à en tirer que l'habituel lapin fatigué. Il se rappela qu'après tout, il ne s'agissait que d'une ébauche. Il lui fallait plus de données et il avait besoin d'aborder une ou deux idées avec Carol avant de les consigner par écrit.

Il referma son portable et griffonna un mot pour Petra.

« Merci de votre aide. J'ai commencé à travailler sur le profil mais il faut que j'aille à Brême. Pouvez-vous me trouver d'urgence un train ou un avion ? Est-ce qu'il y a un moyen de se débrouiller pour que là-bas, je puisse m'entretenir avec les flics ? Ce serait bien aussi si vous pouviez me mettre en relation avec quelqu'un qui me parlerait de l'usage que faisait la Stasi de la psychiatrie. Je retourne à mon appartement... j'attends votre coup de fil. »

Il quitta l'appartement de Petra et regagna la rue d'un pas fatigué. C'était une belle journée de printemps, il faisait humide et frais, le soleil resplendissait. *Seul un plouc peut rester insensible aux possibilités qu'offre la vie par une journée pareille,* se dit Tony. Pourtant, quelque part, qu'il pleuve, qu'il neige ou qu'il vente, un tueur était en train de préparer son prochain coup. Et il incombait à Tony de veiller à ce que, cette fois, cela s'achève par un mat.

Le restaurant qu'il avait choisi l'étonna. Elle s'attendait à un lieu tout en recoins intimes, où ils pourraient s'entretenir sans craindre d'être entendus. Eh bien ! non. De hauts plafonds sillonnés de rampes d'éclairage en acier et tungstène, tables et chaises affirmant le parti pris design. C'était élégant et bruyant, le genre d'endroit où chacun observe machinalement les autres pour s'assurer que la clientèle branchée n'a pas migré ailleurs depuis la dernière fois.

Il était déjà installé quand elle arriva. Il fumait un petit cigare en examinant le menu, assis à une table au milieu de la salle. Carol remarqua qu'elle s'attirait quelques regards intrigués tandis que le serveur la conduisait vers Radecki. Elle allait devoir s'y faire, et le plus tôt serait le mieux.

Quand elle le rejoignit, Tadeusz se leva et la salua d'une petite courbette cérémonieuse.

— Merci d'être venue, dit-il.

— Merci de m'avoir invitée. (Le serveur recula la chaise et Carol s'installa.) Dites-moi, vous êtes un genre de célébrité à Berlin ?

Il fronça les sourcils.

— Qu'entendez-vous par là ?

— J'ai remarqué hier soir et encore à l'instant que nous attirions les regards. Et comme, à Berlin, personne n'a la moindre idée de qui je suis, ce doit être vous qu'ils reconnaissent.

Il s'empourpra violemment et baissa les yeux, tritura sa fourchette, puis releva la tête, les lèvres serrées. Carol comprit qu'il luttait pour dissimuler son émotion.

— Je ne suis pas une célébrité, non, bien que beaucoup de gens sachent qui je suis. Ce n'est pas pour cela qu'ils nous observent.

— Ah non ?

— C'est vous qu'ils dévisagent.

Carol émit un ricanement ironique.

— Je suis déçue. Je m'attendais à des flatteries un peu plus élaborées de votre part.

Tadeusz poussa un profond soupir.

— Il ne s'agissait pas d'une flatterie. Ce qui ne veut pas dire non plus que vous ne soyez pas belle au point de faire tourner les têtes. (Il prit une bonne inspiration.) Vous n'allez pas le croire.

— Ah non ?

Carol se dit qu'à présent, les soupçons de Caroline Jackson seraient éveillés. Elle prit donc l'air intrigué qui s'imposait. Tadeusz contempla son cigare, puis l'écrasa nerveusement dans le cendrier.

— Vous ressemblez étonnamment à quelqu'un.

— Quoi ? J'ai un sosie connu en Allemagne ?

Il fit non de la tête.

— Non, ce n'est pas tout à fait ça. (Il s'agita, mal à l'aise.) Vous êtes tout le portrait d'une certaine Katerina Basler. Qui était ma maîtresse. C'est pour cela que les gens vous regardent.

Carol haussa les sourcils.

— Ils croient que vous avez remplacé Katerina par un sosie ?

Il haussa les épaules.

— Je suppose que oui.

— Il y a longtemps que vous avez rompu ?

Il s'éclaircit la voix. Elle lisait la douleur sur ses traits et savait qu'il aurait eu besoin de quelques mots de réconfort, mais elle ne pouvait le laisser transparaître. Elle attendit.

— Nous n'avons pas rompu, finit-il par expliquer.

(Il prit son verre de vin et le vida d'une seule lampée.) Elle est morte, Caroline.

Carol s'était longuement préparée à ce moment-là. La réaction qui s'imposait était la surprise. Elle devrait avoir l'air stupéfaite. Atterrée, même. Choquée aussi, à un moment donné. Elle relâcha les muscles du visage, exprimant la stupeur, bouche bée.

Ce fut le moment que choisit le serveur pour faire son apparition. Il demanda ce que Radecki et Carol souhaitaient boire. Pris au dépourvu, Tadeusz écarta les mains en signe d'impuissance.

— Un whisky, lança Carol d'un ton décidé. Un double, avec des glaçons.

— Et un cognac, enchaîna Tadeusz en congédiant le serveur d'un geste évasif.

Carol se concentra pour maintenir son expression de compassion horrifiée.

— Elle est morte ?

Il hocha la tête, les yeux baissés.

— Il y a deux mois. Dans un accident de la route. Un accident très, très bête.

— Mon Dieu, je suis navrée de l'apprendre, dit Carol.

Cette fois, elle ne jouait pas la comédie. Il aurait fallu avoir le cœur bien dur pour ne pas être ému par le chagrin visible de Radecki.

— C'est moi qui devrais être navré de vous infliger une chose pareille.

D'instinct, elle posa la main sur celle de Radecki.

— Vous ne m'infligez rien. Je suis heureuse que vous me l'ayez dit. Je commençais à me sentir traquée. Mais c'est affreux pour vous, Tadzio. Je n'arrive pas à imaginer ce que j'éprouverais s'il arrivait une chose pareille à quelqu'un que j'aime.

— Ce n'est pas imaginable. (Il lui adressa un sourire douloureux.) Je crois que quand on aime vraiment quelqu'un, on se culpabilise toujours d'envisager ce qu'on éprouverait à sa mort. C'est banal, voire normal, je suppose. Mais rien ne nous prépare à ce que c'est dans la réalité. Toutes nos certitudes disparaissent. S'il peut nous arriver une chose pareille, il peut nous arriver n'importe quoi. On perd son point d'ancrage à la réalité.

— Je suis navrée, répéta Carol. Et vous dites que je ressemble à Katerina ?

Il ferma très fort les yeux.

— Vous pourriez être sa sœur.

— Pas étonnant que vous ayez paniqué en me voyant, hier soir, reprit Carol d'une voix douce. Je n'en savais rien, Tadzio. Il faut me croire, je n'en savais rien.

— Comment auriez-vous pu le savoir ? Vous n'aviez aucun moyen. Colin n'a jamais rencontré Katerina, il ne pouvait pas vous en avoir parlé. (Il prit une profonde inspiration et souffla lentement.) Je suis désolé. Quand j'ai proposé qu'on fasse plus ample connaissance, ce n'était pas pour cette raison.

— Non, j'imagine.

Avant qu'elle puisse en dire plus, le serveur arriva avec leurs consommations. Carol n'avait pas l'habitude de boire du whisky en pleine journée, mais Caroline Jackson avait besoin d'un solide remontant après la bombe que venait de lâcher Tadeusz. Elle but aussitôt une gorgée d'alcool.

Tadeusz trempa les lèvres dans son verre et lui adressa un sourire las.

— Eh bien ! maintenant, vous savez sans doute ce qu'il y a de plus important à mon sujet. Si vous me parliez un peu de vous ?

Carol haussa les épaules.

— Il n'y a rien de cet ordre-là en ce qui me concerne.

— Je ne tiens pas à faire de notre rencontre un événement triste et solennel, reprit Radecki. Comme je vous le disais, je crois que nous pourrions travailler ensemble, cependant il faut que je vous connaisse davantage avant de m'engager. Alors dites-m'en un peu plus sur vous. Mais avant, passons la commande.

Ils étudièrent la carte. Carol demanda conseil et choisit un plat de poisson traditionnel. Radecki commanda un steak. Quand le serveur s'éloigna, Tadeusz s'était totalement ressaisi.

— Bon, lança-t-il. Alors parlez-moi de Caroline Jackson.

Carol leva son verre et trinqua contre le rebord du sien.

— Il était une fois..., commença-t-elle avec un petit sourire en coin.

Après tout, elle racontait une histoire. Et elle avait intérêt à la rendre très, très convaincante.

24

Petra entra dans le club de gym, un sac de sport à l'épaule. Le choix de cet endroit comme lieu de rencontre avec Carol avait été une de ses meilleures idées. L'abonnement minimum était de trois mois, et elle était bien décidée à en profiter pleinement. Elle avait déjà passé une heure le matin même, sitôt levée, à s'exercer dans la salle de gym parfaitement équipée. Elle avait dit à Plesch qu'elle y passait pour réserver le sauna privé en vue du rendez-vous de synthèse de l'après-midi, mais elle avait calculé de façon à pouvoir profiter du lieu. Ce boulot d'agent de liaison lui permettait vraiment de goûter à la vie facile. Opéra la veille au soir, déjeuner dans un restaurant largement au-dessus de ses moyens, et accès à l'un des clubs de détente les plus chics de la ville. Et en plus de tout ça, la meilleure chance qu'elle puisse avoir d'épingler Radecki.

Évidemment, tout n'était pas toujours simple. Quand Carol avait envoyé un e-mail pour préciser où elle devait déjeuner avec Radecki, Petra avait dû déployer tout son charme pour obtenir une table à la dernière minute dans un endroit aussi branché. Pire encore, elle avait dû emmener le Requin en guise d'alibi. Il n'y avait que lui dans l'équipe qui ne soit pas trop pris à l'heure du déjeuner. Quel dommage que Marijke ne soit pas flic à Berlin, avait-elle regretté une fois de plus. Le Requin lui avait infligé le récit détaillé de ses efforts pour glaner des renseignements sur Marlene Krebs et sa fille disparue, mais Petra avait au moins réussi à se déconnecter de la conversation et à tenir Carol à l'œil. Et quand il avait proposé de l'accompagner tout le reste de l'après-midi, elle l'avait renvoyé à ses recherches. Supposant que Darko Krasic ne se fierait pas à grand monde pour garder la gamine de Marlene, elle conseilla au Requin de laisser tomber la mère pour le moment et de chercher où Krasic pouvait bien avoir planqué Tanja. Il ne trouverait rien, bien entendu, mais au moins, elle ne l'aurait pas dans les pattes pendant ce temps-là.

Elle prit la clé du sauna à la réception et passa au vestiaire. Carol ne devait arriver que dans vingt minutes. Petra avait le temps d'aller nager un petit moment. Elle fit une douzaine de longueurs tout en repensant à l'affaire des meurtres en série. Europol n'avait toujours rien envoyé, mais logiquement, elle ne pouvait s'attendre à rien avant le lendemain. En tout cas, Brême n'avait posé aucune question quand elle avait demandé des copies de leurs dossiers. Travailler pour les Renseignements de la brigade criminelle présentait parfois des avantages. Ça défrisait peut-être les officiers de police locaux, mais elle pouvait toujours jouer la carte du « besoin d'information » en cas de réelle nécessité. Elle espérait que Tony y avait trouvé des choses utiles. Avec un profil, ils prendraient de l'avance, Petra le savait.

En regagnant le vestiaire, elle y trouva Carol qui attendait sur un banc, vêtue de son seul drap de bain. Il y avait une ou deux autres femmes en train de se changer, aussi les deux officiers de police s'ignorèrent. Mais sous prétexte d'ouvrir son casier puis de se diriger vers les douches, Petra jeta discrètement la clé du sauna sur les genoux de Carol.

Cinq minutes plus tard, elles étaient assises côte à côte sur le banc de bois, nues, le corps luisant d'un voile de transpiration. Petra ne put s'empêcher d'admirer les courbes élégantes de Carol, les épaules et les cuisses bien dessinées, le ventre plat. Elle n'était pas tentée, mais il aurait fallu être obtuse pour ne pas voir.

— Quelqu'un vous a suivie à la sortie du restaurant ? demanda-t-elle.

— Je ne crois pas, répondit Carol. Je m'attendais à être filée, mais je n'ai repéré personne. Vous êtes sortie juste après moi, non ? Vous avez vu quelqu'un ?

— Non. Et moi aussi, ça m'a étonnée. J'étais sûre qu'il vous aurait placée sous surveillance. Il est tellement prudent, d'habitude, je n'arrive pas à croire qu'il vous laisse aller seule.

— Il est peut-être encore aveuglé par ma ressemblance avec Katerina.

Petra épongea son front moite.

— Même si Radecki flotte sur un nuage, je n'arrive pas à croire que Darko Krasic ne garde pas la tête froide, lui.

Carol haussa les épaules.

— Radecki ne lui a peut-être pas encore parlé de moi.

Petra eut l'air sceptique.

— Ça m'étonnerait. Et je ne crois pas que Radecki soit complètement aveuglé par votre physique. J'ai parlé à votre type, Gandle, en début d'après-midi, et il m'a appris que vos collègues du Royaume-Uni ont reçu un appel de Radecki en personne hier soir. Apparemment, il se faisait passer pour Krasic, mais quand on m'a précisé à quel point le type parlait bien anglais, je me suis dit que ça devait être Radecki lui-même.

— Il a sans doute appelé en quittant la loge pendant le deuxième entracte.

Carol se pencha et versa une louche d'eau sur les charbons ardents. La vapeur s'éleva en sifflant et la chaleur monta tout à coup, ce qui lui donna un léger tournis. Petra hocha la tête.

— Radecki cherchait quelqu'un qui puisse se porter personnellement garant de vous. On lui a dit que vous étiez très forte dans votre domaine, mais aussi très indépendante et très prudente dans le choix de vos partenaires. Je dois reconnaître que vos agents ont calculé pile ce qui pouvait plaire à Radecki.

— Ils n'auraient pas pu le faire sans votre aide, Petra.

La Berlinoise sourit d'un air satisfait, touchée par le compliment.

— Alors, ce déjeuner ?

Carol raconta de quelle façon Tadeusz lui avait parlé de sa grande ressemblance avec Katerina.

— Il m'a presque fait de la peine, ajouta-t-elle. Visiblement, il l'adorait.

— Même si c'était effectivement le cas, ça ne l'empêche pas de se livrer au genre de trafic qui prive les autres de ceux qu'ils aiment.

— Oh ! je sais. Non que ça excuse quoi que ce soit à mes yeux, mais c'est dur de ne pas être touché quand on voit quelqu'un souffrir à ce point. Même si on trouve la personne en question repoussante à presque tous les autres égards.

— Alors, vous avez réussi à le faire parler affaires ?

Carol s'essuya le visage.

— Non. D'ailleurs je ne lui ai pas forcé la main. Il a répété qu'il voulait mieux me connaître avant d'envisager la moindre association professionnelle. À l'évidence, c'est pour ça qu'il a choisi un endroit aussi fréquenté. Personne de sensé n'essaierait d'avoir une conversation privée là-bas. Du reste, si on lui avait dit que j'étais du genre prudent, il devait savoir que je n'aborderais aucun sujet sensible dans un lieu où on puisse nous entendre.

— Vous lui avez sorti votre histoire ?

— Oui, mais il a fallu qu'il se donne du mal pour l'entendre. En tout cas, je me suis débrouillée pour qu'il ait son compte de renseignements sur moi à vérifier. Les types de Morgan ont monté un tas de dossiers bidons et semé par-ci par-là des infos qu'on peut se procurer sans trop de mal. S'il mène des recherches à partir de ce que je lui ai servi aujourd'hui, Caroline Jackson va surgir de tous les coins.

— Vous avez fixé un autre rendez-vous ?

— Il a découvert que j'aimais bien les bateaux. Donc, demain, il m'emmène faire un tour sur la Spree. Il a un petit hors-bord, d'après ce qu'il dit. Ça veut sans doute dire un douze-mètres grand luxe.

— Non, je connais son bateau. C'est un petit hors-bord assez rapide, avec une cabine. Il vous emmènera sans doute faire le tour de la ville par le fleuve et les canaux. On devrait pouvoir vous tenir à l'œil depuis la berge, parce que la vitesse est limitée et il y a quelques écluses qui vous freineront. Je parie que je vais devoir passer l'après-midi à vélo.

Carol s'arracha au banc.

— Un peu d'exercice, ça ne fait pas de mal. Il faut que j'aille prendre une douche, ajouta-t-elle. Je crève, là-dedans. Vous venez ?

Petra la suivit sous les douches froides, en face. Elles lâchèrent toutes les deux un hoquet quand le jet d'eau glacée leur gifla la peau, resserrant d'un coup les pores dilatés par la chaleur. Carol cria grâce la première, sauta en arrière et retourna en courant dans la cabine de sauna. Petra l'y rejoignit quelques instants plus tard.

— Nom d'un chien, qu'est-ce que c'était froid !

s'écria Carol, plus par admiration que pour se plaindre.

— C'est bon pour le cœur.

— Ça passe ou ça casse. Il y a quand même une chose, à propos de la balade en bateau avec Tadeusz, reprit-elle en revenant à leur entretien. On sera tous les deux. Il va se sentir libre de parler.

— C'est dommage qu'on ne puisse pas vous installer un micro, coupa Petra.

Carol la regarda bizarrement. Aurait-elle enfin trouvé une faille dans le dispositif impeccable mis en place par sa collègue berlinoise ?

— Ce n'est pas nécessaire.

— Oh ! je sais. C'est un risque qu'on ne peut pas se permettre de prendre.

— Non, je veux dire qu'il est inutile de me mettre un mouchard. (Carol remarqua l'étonnement qui se peignit sur le visage de Petra.) On ne vous a pas dit, hein ?

— Pas dit quoi ?

Carol s'épongea les épaules avec sa serviette et se radossa à la paroi de bois chaud.

— J'ai la mémoire eidétique en ce qui concerne le discours.

— Je ne sais pas ce que signifie le mot eidétique.

— Je me souviens de tout ce que j'entends. Je peux retranscrire une conversation in extenso, à condition de le faire dans les jours qui suivent. Je n'ai pas besoin d'être mise sur écoute parce que je suis capable de me souvenir de tout.

Devant la mine dubitative de Petra, Carol reprit :

— J'ai été testée par des scientifiques. Ce n'est pas une prouesse de foire, c'est pour de bon. (Elle ferma les yeux.) « On m'avait dit que vous ressembliez à Basler, vous savez », répéta-t-elle en s'essayant à une approximation de l'accent de Petra. « Et c'est vrai que votre photo lui ressemble. Mais face à face, c'est incroyable. Vous pourriez être sa sœur jumelle. Vous allez scier Radecki à la base. Il va carrément flipper en vous voyant, je vous jure. – J'espère que ça sera dans le bon sens », enchaîna-t-elle sur son ton habituel. Puis elle revint à la diction de Petra : « À mon avis, oui. Je ne vois pas comment il pourrait résister. »

Petra essuya la sueur qui menaçait de déborder par-dessus ses sourcils.

— Comment est-ce possible, une chose pareille ?

— C'est une petite anomalie de ma mémoire qui me permet de me repasser des conversations au mot près. Je ne sais pas d'où ça vient. Personne d'autre ne peut le faire dans la famille. Il n'y a que moi.

— C'est un talent incroyable pour un flic.

— Il est vrai que c'est bien pratique, reconnut Carol. Donc vous voyez, il n'y a aucun souci à se faire, pas la peine de prendre de risque. C'est superflu.

— Je me disais bien que votre rapport était sacrément détaillé ! s'exclama Petra.

— Le seul ennui, c'est que je mets des siècles à retranscrire. (Carol roula sur elle-même pour se mettre à plat ventre.) Merci d'avoir trouvé un appartement à Tony dans mon immeuble.

— C'était bien la moindre des choses vu que vous l'aviez fait venir pour nous aider. Il n'a pas perdu de temps, hein ?

Carol sourit.

— Il est très motivé. Quand il se lance dans quelque chose, il dort, mange et respire avec.

— J'espère seulement qu'ensemble, on obtiendra des résultats avant que l'autre se remette à tuer. (Petra serra les poings.) Je commence à en faire une histoire carrément personnelle.

Krasic entra dans le Einstein Café, près de l'avenue Unter den Linden et scruta la salle. Il aperçut

Tadeusz, assis tout seul dans un des boxes en bois, au-delà du comptoir. Jouant des coudes, il se fraya un passage entre serveurs et clients, puis se glissa en face de son patron. Tadeusz releva la tête et lui adressa un sourire préoccupé.

— Salut, Darko, lança-t-il. Alors, ce déplacement ?

Le niveau sonore était tel, dans la salle, qu'il leur garantissait la même intimité que le salon de Tadeusz. Krasic se débarrassa de son pardessus et joignit le pouce et l'index en cercle.

— Super, répondit-il. Quand même, c'est à se demander : on pourrait croire qu'à l'heure qu'il est, le moindre connard des Balkans qui voulait un flingue en a une bonne demi-douzaine, mais leur avidité n'a pas de limite. (Le serveur approcha. Krasic commanda un café noir et un grand Jack Daniel's.) Il y a deux ou trois barjots qui veulent du plus sérieux. J'ai dit qu'on allait voir ce qu'on pourrait faire.

— La livraison de nos amis de l'Est arrive la semaine prochaine. Il devrait y avoir de quoi les satisfaire, fit Tadeusz. Beau boulot, Darko.

— Ah ! au fait, je suis passé chez mon cousin : la gosse de Marlene est toujours bien au chaud là-bas. Pas trace de qui que ce soit qui la rechercherait, dans le coin. Et ici, tout va bien ? reprit le Serbe qui se demandait ce qui tracassait son patron et espérait que rien n'était tombé à l'eau en son absence.

— Oui. Pas le moindre problème. Mais il m'est arrivé un truc très bizarre hier soir.

Krasic fut aussitôt sur ses gardes, tel un chien qui sent que le vent vient de tourner.

— Et c'était quoi ?

— J'étais à l'opéra. Une femme est venue dans ma loge pendant le premier entracte.

— La plupart des mecs trouveraient ça plutôt rafraîchissant après toutes ces beuglantes.

— Je ne pense pas que ce soit le moment de faire

de l'humour, Darko, rétorqua Tadeusz. C'est une Anglaise. Elle s'appelle Caroline Jackson. Elle affirme qu'elle connaissait Colin Osborne. Elle prétend qu'ils étaient sur le point de s'associer dans le business quand il s'est fait tuer. Et aussi qu'elle est de taille à prendre sa place, qu'elle s'en sortirait mieux que lui côté britannique avec nos clandestins.

— Ça me paraît une bonne nouvelle, à condition qu'elle soit vraiment celle qu'elle dit être. Tu as obtenu assez de détails pour prendre des renseignements sur elle ?

— J'ai passé deux ou trois coups de fil hier soir, et apparemment, elle serait réglo. Je l'ai revue aujourd'hui et là, j'en ai appris beaucoup plus. Mais je veux tout savoir d'elle avant qu'on envisage seulement de faire affaire.

— Tu ne lui fais pas confiance ? demanda Krasic d'un air sombre.

— Je lui fais trop confiance, Darko. C'est bien le danger.

Krasic eut l'air perplexe.

— Je ne comprends pas.

Tadeusz ouvrit l'étui en argent posé devant lui et en tira un cigare. Il prit le temps de le couper, puis de l'allumer. Krasic attendait. Des années à côtoyer son patron lui avaient appris que rien ne le ferait parler tant qu'il ne serait pas prêt. Une expression indéchiffrable s'afficha sur le visage de Tadeusz, puis il annonça :

— C'est le sosie de Katerina.

Le serveur arriva avec la commande, ce qui réduisit provisoirement Krasic au silence. Il but une gorgée de Jack Daniel's en se demandant quelle réaction adopter. Son patron avait-il fini par perdre les pédales ?

— Qu'est-ce que tu racontes ? demanda-t-il pour gagner du temps.

— Exactement ce que je viens de dire. Cette femme pourrait être la jumelle de Katerina. J'ai failli avoir une attaque quand elle est entrée dans ma loge, hier soir. J'ai cru voir un fantôme jusqu'au moment où elle a ouvert la bouche et s'est mise à me parler en anglais. Alors tu comprendras, Darko, que je ne suis pas en état de prendre la décision de nous fier à elle ou pas. Parce que chaque fois que je la regarde, j'ai un coup au cœur.

— Et merde. (Krasic versa le reste de son Jack dans sa tasse de café et en avala la moitié.) Tu es sûr que tu ne te fais pas des idées ?

— Certain. C'est pour ça que j'ai fait en sorte de la revoir aujourd'hui, histoire de m'assurer que je n'avais pas rêvé. Et il n'y a pas que moi que ça fait flipper. J'ai vu comment les gens la regardaient hier soir devant le Staatsoper, et aujourd'hui au déjeuner. Comme s'ils n'en croyaient pas leurs yeux. C'est vraiment un truc à devenir dingue, Darko.

— Et tu veux que je prenne des renseignements sur elle ?

— Jusqu'à plus soif. (Tadeusz plongea la main dans sa poche intérieure et en sortit une enveloppe.) Là-dedans, il y a un passeport italien qu'elle m'a donné pour prouver qu'elle est de taille à entrer dans le business. Et aussi son adresse à Berlin. Je l'ai fait raccompagner en voiture hier soir. Et j'ai noté tout ce qu'elle a dit dont je me sois souvenu. Soit c'est un putain de hasard carrément dingue, soit il se passe quelque chose de vraiment grave. À toi de trouver, Darko.

— Je m'y emploie déjà, patron. (Krasic finit sa tasse et se coula hors du box en ramassant son manteau au passage.) Si elle n'est pas claire, on la coincera. Ne t'inquiète pas.

Tadeusz hocha la tête, rassuré. Il regarda Krasic fendre la foule en jouant des épaules tel un taureau.

Darko allait tirer ça au clair. Soit Caroline Jackson mijotait quelque chose de louche, soit elle allait peut-être, oui, peut-être le ramener à la vie.

Le Rhin était en crue. Le pilote du *Wilhelmina Rosen*, planté sur les gigantesques marches du monument de la Deutsches Eck, au confluent du Rhin et de la Moselle, contemplait d'un regard noir le cours rapide des eaux boueuses, pour l'heure fermées à la navigation commerciale. Pour être franc, il s'y était attendu. Dernièrement, les crues étaient devenues une caractéristique du printemps, ce qui n'était pas le cas dans sa jeunesse. Sans doute le réchauffement de la planète. Mais il ressentait ça comme un élément de plus dans la vaste conspiration à son encontre.

Il avait pensé aller jusqu'à Cologne dans l'après-midi et mouiller dans le bassin situé juste en retrait du fleuve. Et voilà qu'ils étaient coincés là, à Coblence. Pour la première fois de sa vie, la promiscuité avec les autres membres de l'équipage l'oppressait. Il avait proposé à Manfred et Gunther de rentrer chez eux quelques jours, tant qu'à faire, puisque le fleuve ne donnait aucun signe de décrue et qu'il n'y avait pas de travail à bord. Il avait même offert de leur payer les jours qu'ils passeraient à terre. Mais ils n'avaient pas voulu profiter de sa proposition.

Gunther n'arrêtait pas de répéter d'un ton morne que de Coblence à Hambourg, il y avait un sacré bout de chemin, et qu'à peine arrivés, il serait déjà temps de retourner au bateau, que rien de tout ça ne serait arrivé s'ils avaient navigué sur l'Oder et l'Elbe, ce qui les aurait quasiment fait passer devant leur porte.

Manfred n'avait pas envie de s'en aller parce qu'il prenait du bon temps. Parmi tous les bateaux coincés là, *il était dans son élément. Il pouvait passer ses jour*nées et la moitié de ses nuits dans les bars, à échanger des anecdotes avec les autres mariniers. Sa résistance à l'alcool était légendaire mais il n'avait pas souvent l'occasion d'en profiter à ce point, sa femme étant de celles qui considèrent qu'un homme en congé doit rester à la maison.

Le pilote était donc coincé en compagnie des deux matelots qui le rendaient dingue à force de seriner de quel bar ils sortaient, qui ils y avaient vu, quels racontars ils avaient recueillis et où ils iraient ensuite. Tout ce qu'il voulait, lui, c'était la paix, le calme, la possibilité de retrouver son équilibre après Brême. Il avait besoin d'être seul, sans personne qui lui demande pourquoi il achetait tous les jours les journaux disponibles et passait en revue les articles à la recherche de détails concernant une affaire en particulier. Avec Gunther et Manfred dans les pattes, le seul moyen qu'il ait d'éplucher les nouvelles pour savoir s'il avait été repéré et décrit consistait à lire les journaux en ligne. Quand ses matelots eurent compris qu'il ne passait pas son temps à chercher des sites pornos sur Internet, ils perdirent tout intérêt.

Malgré les informations qu'il glanait de cette façon, il s'inquiétait. Il arrivait que certains sujets ne soient pas mentionnés dans les éditions en ligne. Ou publiés sous forme abrégée. Et même s'il recueillait tout ce qui était disponible, ça ne signifiait pas qu'on ne le recherchait pas. Seulement que ce n'était pas divulgué. Ils pouvaient très bien être en train d'écumer le pays avec son signalement. Au minimum, ils devaient savoir dans quelle voiture il roulait. Il se demanda s'il devait vendre la Golf dès maintenant, l'échanger contre un autre modèle d'une autre marque. Mais, pour peu qu'on recherche déjà une Golf noire immatriculée à Hambourg, s'en débarrasser ne ferait qu'attirer l'attention sur lui.

Il était dans un état épouvantable. Il n'arrivait pas à dormir plus d'une demi-heure d'affilée. La nourriture lui restait sur l'estomac. L'incident de Brême avait été terrifiant, ne serait-ce que parce qu'il n'avait jamais envisagé sérieusement de pouvoir être pris. Il avait été plus malin qu'eux tous, ces salauds diplômés et instruits, il leur avait montré qui était le maître. Il n'arrivait pas à croire qu'il ait manqué de si peu se faire attraper.

Lui qui prenait tant de précautions. Tout était prévu, jusqu'au plus petit détail. Et en fin de compte, si sa mission devait tourner court, son message ne serait pas compris, tout ça ne servirait à rien. Cette idiote avait failli tout gâcher parce qu'elle n'avait pas dit à son petit ami de ne pas venir. Idiote, salope d'idiote. Elle voulait sans doute montrer qu'à son âge, elle pouvait encore se taper un homme. Cette conne avait failli tout gâcher, et il n'avait aucun moyen de savoir s'il était hors de danger ou pas.

Dans les bons moments, il se rassurait en se disant que le petit ami n'avait rien pu dire aux flics qui puisse les mettre sur sa piste. Il était sûr de ne pas avoir été vu, et il devait bien y avoir quelques centaines de milliers de Golf noires dans toute l'Allemagne, à condition que le type se soit souvenu du modèle de voiture garé devant chez cette salope.

Dans ses mauvais moments, en revanche, il restait étendu sur sa couchette, exsudant par tous les pores la sueur âcre de la terreur brute. Ce n'était pas de la prison qu'il avait peur. Il ne pouvait rien lui arriver de pire que ce qu'il avait déjà connu. Ce qu'il craignait, c'était ce que l'échec lui révélerait de lui-même.

Et donc, pour combattre la terreur qui le rongeait de l'intérieur, il refusait de se laisser aller à prendre le fleuve comme prétexte. Il avait fixé un rendez-vous dans les mêmes conditions que les autres fois au Dr *Marie-Thérèse Calvet, dans un e-mail où il la flattait,* insistant sur l'apport que présenterait leur entretien pour son e-magazine : « Vos travaux sur la manipulation de la mémoire par la suggestion sous hypnose sont uniques en Europe. Votre étude de 1999 sur l'altération du souvenir des expériences sexuelles précoces a ouvert la voie. Je serais très intéressé d'entendre parler de vos travaux ultérieurs qui pourraient faire l'objet d'un dossier fantastique dans notre numéro de lancement. » Il n'avait pas fallu déployer beaucoup d'efforts pour qu'elle accepte de se laisser interviewer. Comme tous les autres, elle était bouffie de narcissisme, caractéristique qu'il allait pouvoir retourner contre elle comme une arme.

À présent, il fallait qu'il mène à bien l'entreprise de ce soir. Le Dr Marie-Thérèse Calvet avait souhaité le rencontrer dans un restaurant, sans doute parce qu'elle hésitait à introduire un étranger dans l'intimité de son domicile. À moins qu'elle espère lui extorquer un repas, se dit-il avec cynisme. Ils avaient trouvé un moyen terme en décidant de mener l'interview dans son bureau de l'université, quand il avait avancé qu'elle pourrait avoir besoin de consulter ses dossiers de recherches. Ce n'était pas l'idéal, mais au moins, en soirée, il n'y aurait pas grand monde pour le repérer.

La seule chose qui le tracassait, c'était l'eau. Il y avait peu de chances qu'il y en ait dans le bureau du Dr Calvet. Et il ne pouvait pas vraiment se déplacer dans un bâtiment universitaire avec des seaux. L'expérience lui avait appris, cependant, qu'il fallait étonnamment peu d'eau pour noyer ses victimes. Il avait donc mis quatre bouteilles d'un litre et demi d'eau minérale Spa dans son fourre-tout. C'était lourd, mais des années de dur labeur physique l'avaient rendu fort. Il s'était renseigné auprès du Dr Calvet à propos du parking. Elle lui avait expliqué qu'à cette heure de la soirée, il pourrait se garer sans peine dans une des rues qui longeaient l'Institut de Psychologie. La tâche ne serait pas trop ardue.

La journée passa plus vite qu'il l'aurait cru possible. Revoir mentalement son plan aidait toujours à tromper l'attente, il s'en était aperçu au cours de ces derniers mois. Les images de ce qu'il allait faire à Marie-Thérèse Calvet étaient largement plus distrayantes que n'importe quelle émission diffusée par l'autoradio. Avant même de s'en rendre compte, il se retrouva aux abords de Cologne, sur l'axe principal venant de Coblence qui le mena directement sur le boulevard de ceinture, tout près de l'université. Il consulta son plan et prit la direction de la Robert Koch Strasse. De là, il lui fallut à peine deux minutes pour arriver à l'institut. Par chance, Calvet lui avait donné des indications précises, et il n'eut pas à s'arrêter pour demander son chemin.

Le couloir conduisant au bureau n'était pas tout à fait désert. Deux étudiants arrivaient dans l'autre sens, en grande conversation. Avec la concentration de la jeunesse, ils ne lui adressèrent pas un regard quand il les croisa, la tête penchée de côté pour éviter qu'ils puissent le décrire par la suite. Après Brême, même une rencontre aussi fugace suffisait à lui déclencher des palpitations.

Il compta les portes. Quatrième à droite, avait-elle précisé. Il s'arrêta devant le battant de bois et lut l'inscription sur la plaque : DR M-T CALVET. Il prit une profonde inspiration et bloqua ses poumons pour tâcher de retrouver son calme. Puis il frappa un coup ferme. « Entrez », fit une voix assourdie au timbre aigu.

Il ouvrit la porte et passa la tête dans l'embrasure, avec un grand sourire.

— Dr Calvet ? Je suis Hans Hochenstein.

Puis il entra dans la pièce en fixant du regard la femme qui se levait du bureau. Elle était minuscule, pas plus d'un mètre cinquante, avec un visage juvénile à l'ossature fine et des cheveux châtains coupés courts. Le tout s'accordait bien avec sa tenue élégamment décontractée, un polo et un pantalon ajusté comme en portait Audrey Hepburn dans les vieux films qu'aimait Gunther. Malheureusement, se dit-il, elle n'avait pas les yeux d'Audrey Hepburn. Les siens étaient petits, rapprochés de l'arête étroite du nez, ce qui lui donnait l'air vaguement mécontente plutôt qu'insouciante et vulnérable. Elle lui tendit une main menue et osseuse. Il la prit doucement, l'enveloppant dans la sienne qui lui sembla tout à coup une masse trempée de sueur.

— Enchantée de faire votre connaissance, Monsieur. Asseyez-vous, je vous prie.

D'un geste, elle lui indiqua deux fauteuils disposés de part et d'autre d'un radiateur à gaz.

Il allait devoir agir vite car il n'avait aucun moyen de savoir combien de temps ils seraient seuls. Pour pouvoir se retrouver derrière elle, il fit un pas de côté suivi d'une courbette courtoise.

— Après vous, docteur.

Ses sourcils et ses lèvres s'arquèrent en un sourire ironique tandis qu'elle passait devant lui. Vif comme l'éclair, il plongea la main dans la poche de sa veste et en tira la lourde matraque. La femme dut percevoir un mouvement car elle se retourna au moment où le bras s'abattait en arc de cercle sur sa tête. Il avait eu l'intention de la frapper à l'arrière du crâne, mais il l'atteignit à la tempe. Elle tituba et poussa un gémissement mais, au lieu de s'effondrer, elle vacilla dans sa direction. Pris de panique, il leva à nouveau le bras et lui abattit le gourdin sur le dessus de la tête. Cette fois, elle s'effondra à ses pieds. Il lâcha un hoquet de soulagement, pris de tournis. Après ce qui s'était passé avec Schilling, le plus petit ennui suffisait à refermer aussitôt cet étau de terreur qui lui broyait la poitrine. Mais ça allait, se dit-il. Tout allait bien.

Il alla verrouiller la porte, puis revint précipitamment vers le bureau et d'un revers du bras, il balaya les livres et les documents qui s'éparpillèrent par terre. Il se pencha pour ramasser le Dr Calvet. Elle ne pesait pas plus lourd qu'un enfant, différence appréciable par rapport à ses trois précédentes victimes. Il l'allongea à plat dos sur le dessus du bureau et sortit les cordes de son fourre-tout. Ligoter poignets et chevilles aux pieds métalliques du bureau fut l'affaire de quelques instants. Il lui souleva une paupière : elle était toujours inconsciente. Inutile de la bâillonner. Il retrouvait son sang-froid.

Il sortit alors de son étui le rasoir coupe-chou de son grand-père et entreprit de découper soigneusement les vêtements de la femme. Elle n'avait que la peau sur les os. Si l'envie l'en avait pris, de l'index, il aurait pu lui compter les côtes comme les perles d'un abaque. Il recula d'un pas pour savourer le spectacle de sa victime impuissante, à sa merci.

Et tout à coup, le désir monta en lui, un soudain afflux de sang qui lui donna presque le vertige. Jusqu'alors, il avait toujours refusé d'admettre que cette montée d'impatience gorgée d'adrénaline qui le submergeait quand il se trouvait en face de ses victimes ait quoi que ce soit de sexuel. Le désir charnel n'avait pas sa place. Le sexe, c'était plus tard.

Mais peut-être s'était-il trompé ? Il prit une profonde inspiration, remarqua l'odeur citronnée du parfum de la femme qui couvrait l'odeur de sa peau nue. Pourquoi se borner à des putes de bas étage alors qu'il pouvait faire ce qu'il voulait de ses victimes ? Ne méritaient-elles pas cette humiliation suprême : se faire baiser, elles qui à leur manière, avaient aussi baisé leurs propres victimes ?

Il porta la main à son bas-ventre et ses doigts hésitèrent sur sa braguette. Tout à coup, la voix de son grand-père retentit dans sa tête, et ses sarcasmes occultèrent toute autre pensée. *Tu te prends pour un homme ? Qu'est-ce qui te retient, petit minable ? Tu as peur d'une femme qui ne peut même pas se rebiffer ? Tu n'es bon qu'à baiser des putes à matelots comme ta mère*. Il ravala un sanglot. Son désir se faisait impérieux, impossible à réprimer. Il allait montrer au vieux. Il tira de sa poche de veste la boîte de préservatifs qu'il gardait pour la suite, déchira hâtivement l'emballage en papier métallisé, déroula le latex sur son érection. L'impatience le rendait maladroit. Puis il se coucha sur la femme et s'efforça tant bien que mal de pénétrer son vagin sec.

Elle remua. Ses paupières frémirent, s'entrouvrirent sur le blanc des yeux. Ça n'avait plus d'importance, à présent. Il maîtrisait la situation. Elle ne pouvait rien faire. Il lui empoigna la gorge, haletant à mesure que son plaisir montait, culminait plus vite qu'il l'aurait cru possible. Il voyait le larynx de la femme se contracter tandis qu'elle tentait frénétiquement de trouver un peu d'air, mais il maintint sa prise impitoyable.

Des spasmes soulevaient la poitrine de la femme, ses poumons cherchaient désespérément un peu d'oxygène. Les yeux lui sortaient de la tête, des petits vaisseaux éclataient dans le blanc. Sa terreur animale était un spectacle splendide, car c'était lui qui la lui inspirait. Et tout à coup, elle s'affaissa, inerte. Il jouit aussitôt, le dos arqué par un spasme violent, et ce fut comme si une brume se dissipait dans son esprit.

Qu'avait-il fait ? Il avait tout gâché. Elle était morte alors qu'il n'avait pas encore accompli sa mission.

Furieux, il roula sur lui-même pour se relever et resta immobile, appuyé sur les poings, le souffle houleux. À quoi pensait-il ? Il avait un plan, une mission, et il avait échoué. Il l'avait tuée, mais pas de la bonne façon. Une vague de désespoir le submergea. Le vieux avait raison, il n'était qu'un pauvre minable, une demi-portion.

Il contempla le corps étendu devant lui et se traita intérieurement d'abruti. Alors il décela une minuscule palpitation dans le cou de sa victime. Était-ce le pouls ? Il tendit timidement la main. Sous ses doigts, il sentit le faible battement du sang. Tout allait rentrer dans l'ordre.

Fébrilement, il fouilla dans son fourre-tout et expédia les derniers préparatifs. Après avoir vidé la troisième bouteille dans l'entonnoir enfoncé dans la gorge de la femme, il tâta à nouveau les différents pouls. Il n'y avait plus de doute. Elle avait payé le prix.

Il reprit son rasoir et examina la zone qu'il allait mutiler. La femme avait une toison compacte, sombre, parsemée de quelques poils gris. La première femme qu'il avait scalpée était Margarethe Schilling, et cela avait exigé un peu plus de réflexion que les autres fois. Mais à présent, il opérait d'une main experte. Il incisa d'abord en travers du bas-ventre, à l'endroit où la peau blanche disparaissait sous les poils. Puis il traça deux autres entailles, en V, de part et d'autre du mont de Vénus. Délicatement, il inséra l'extrémité du rasoir sous la peau qu'il détacha doucement de la chair avant de la rabattre. Ça devenait chaque fois plus facile et ses gestes étaient de plus en plus assurés. À l'endroit où le pubis amorçait la courbe en direction des grandes lèvres, il trancha net et souleva la peau sur la lame du rasoir, ne laissant qu'un trapèze rouge vif d'où suintait le sang. Il dévissa alors le couvercle du bocal qu'il avait apporté et lâcha son trophée dans le formol, satisfait à la vue du tourbillon rouge qui virait au rosé à mesure que la peau était lavée du sang. Avec un sourire ravi, il referma le bocal. Puis il entreprit de nettoyer. La dernière étape consistait à essuyer avec un mouchoir tout ce qu'il avait touché, y compris la chair de la femme. Pour finir, il s'enveloppa les doigts dans le mouchoir, tira une mince chemise de son sac et alla la déposer dans le classeur à dossiers, à la lettre C. Ses notes d'observation sur cette garce étaient en place.

Le boulot était fait. Et mieux fait que jamais. Aucun doute : il était passé maître dans son art.

notes d'observation

Nom : Marie-Thérèse Calvet

Séance numéro : 1

Remarques : La patiente témoigne d'un manque de respect à l'égard des autres êtres humains. Son sentiment d'importance la rend aveugle aux besoins et aux droits des autres. Elle se considère comme le centre de son univers, comme quelqu'un à qui tout le monde doit obéissance. Les autres n'existent que pour lui permettre de satisfaire ses propres désirs.
Elle ne doit d'avoir atteint la position qu'elle occupe dans son domaine d'élection qu'à la mise en œuvre impitoyable de ses désirs, qu'elle réalise au détriment des autres. Elle tente de nier sa féminité en entretenant dans son cadre de travail un rapport agressivement masculin. Elle n'aime pas reconnaître la contribution des autres à ses travaux dont elle s'attribue immanquablement le mérite. La sensibilité et l'empathie lui font défaut.

Action thérapeutique : programme de redressement de la personnalité entrepris.

25

Darko Krasic se disait qu'il avait sûrement mieux à faire qu'attendre devant un immeuble proche du Ku'damm qu'une femme en sorte. D'un autre côté, le temps qu'il passait à empêcher son patron de faire des conneries, c'était du temps bien employé. Ç'avait été bien assez pénible comme ça quand Tadzio avait tenu à se montrer en première ligne. Il fallait voir où ça les avait menés. Krasic avait dû organiser un assassinat *et* une garde d'enfant, et il savait très bien ce qui, des deux, lui avait causé le plus de souci.

Qu'il veuille s'impliquer sur le terrain dans son propre business était encore compréhensible, mais avoir des hallucinations était le genre de choses qui coûtent une réputation, surtout dans la branche où ils exerçaient. Un zeste de mégalomanie, c'était bien porté, de même qu'un certain degré de paranoïa était quasi obligatoire dans les cercles où Krasic et son patron s'enrichissaient. N'empêche, voir le visage d'une morte dans celui d'une inconnue relevait nettement de la catégorie fous furieux. Krasic allait devoir étouffer ça dans l'œuf, sans quoi ils finiraient par faire tourner les tables avant qu'il ait pu réagir. Ils deviendraient la risée de tout le monde. Et pour le moment, Krasic avait plus que son compte de soucis, avec tous ces barjots d'Albanais qui réclamaient des missiles sol-air, et les gangs chinois de la Tête du Serpent qui s'énervaient à propos des bateaux qui assuraient le trafic d'héroïne et d'immigrants clandestins.

Il changea de position sur le siège de l'Opel passe-partout qu'il avait choisie pour exercer sa surveillance. Ce n'était pas une bagnole conçue pour les gens carrés, songea-t-il. Parfait pour des intellectuels maigrichons, mais pas pour les vrais hommes. Dix heures et demie et toujours aucun signe de qui que ce soit correspondant au signalement que Tadzio lui avait donné. Cela faisait trois heures qu'il attendait, mais personne qui ressemble même vaguement à Katerina n'était entré ni sorti.

Quel gâchis, cette histoire avec Katerina, se dit-il. Elle était un peu spéciale, dans son genre. Pas du tout un canon sans cervelle, mais pas non plus une de ces pouffes à la langue bien pendue qui croient très malin de remettre un type comme Krasic à sa place. Et mignonne, avec ça. Mais quand même, le mieux chez elle, c'était qu'elle rendait Tadzio heureux. Et Tadzio heureux, ça voulait dire Tadzio qui assure. Mais en ce moment, le patron n'était visiblement ni heureux ni au mieux de sa forme. Au bout du compte, il allait devoir accepter que l'accident n'était bel et bien qu'un accident. D'ici à ce que ça soit fait, Krasic voyait se profiler beaucoup de temps perdu.

Sur cette sombre pensée, la porte de l'immeuble s'ouvrit et Krasic resta bouche bée. S'il n'avait pas vu de ses propres yeux la dépouille de Katerina, il aurait juré que c'était elle qui s'avançait dans la rue. D'accord, celle-ci n'était pas coiffée pareil et paraissait un petit peu plus musclée que Katerina, mais de loin, il n'aurait pas fait la différence entre les deux femmes.

— Putain ! lâcha-t-il, effaré.

Ça lui apprendrait à mettre en doute les propos de Tadzio.

Dans sa stupéfaction, il faillit oublier pourquoi il était là. La femme s'était déjà éloignée quand il se ressaisit et descendit précipitamment de voiture. Elle marchait d'un bon pas, à belles foulées de ses longues jambes chaussées de mocassins plats. Krasic dut se magner pour ne pas la perdre de vue quand elle prit à droite au coin d'Olivaerplatz.

En y arrivant à son tour, il vit qu'elle s'était arrêtée à un kiosque à journaux. Il se mêla aux quelques personnes qui attendaient au feu, pendant qu'elle achetait un journal anglais. Puis elle se dirigea vers le café, un peu plus loin dans la rue. Le patron, optimiste, avait disposé cinq ou six tables sur le trottoir, mais le printemps n'était pas encore assez avancé pour que la plupart des Berlinois se risquent à l'extérieur. Comme eux, Caroline Jackson entra.

Krasic hésita. Peut-être attendait-elle quelqu'un, ou avait-elle des coups de fil à donner ? Il ne tenait pas à attirer l'attention sur lui aussi tôt, mais il ne pouvait pas non plus abandonner sa filature. Il passa d'un pas vif devant le café, remarqua que la moitié des tables étaient occupées. Il y avait assez de monde pour se fondre dans le décor. Il se planta devant une vitrine, le regard morne, pendant cinq minutes, puis retourna au café. Là, il s'installa au comptoir, d'où il apercevait la nuque de la femme. Il n'était pas mécontent de ne pas avoir à la regarder en face. C'était carrément trop flippant de se retrouver devant quelqu'un qui ressemblait à ce point à une personne qu'on savait morte.

Elle ne faisait pourtant que lire son journal en buvant un café noir. Krasic commanda un express et un Jack Daniel's qu'il fit durer. Trente-cinq minutes plus tard, elle replia son journal, le glissa dans son sac, paya et sortit. Krasic lui emboîta le pas d'assez près pour voir quelle direction elle prenait. *Vers*

Ku'damm, se dit-il avec accablement. Les femmes et les boutiques. Qu'est-ce qu'elles avaient, toutes ?

Deux heures s'étaient écoulées, et il la suivait toujours. Elle était entrée et ressortie d'une demi-douzaine de magasins où elle avait passé en revue les articles des créateurs. Elle s'était acheté deux ou trois CD de musique classique dans un magasin de disques, et n'avait adressé la parole qu'aux vendeurs. Krasic n'en pouvait plus. Et il se sentait autant dans son élément qu'une cerise sur un tas de fumier. Il allait devoir charger quelqu'un d'autre de la filer, c'était clair. L'idéal, ce serait une autre femme. Ou à défaut, un de ces types qui s'intéressent plus aux costumes Armani qu'aux pistolets automatiques Armalite.

Il se laissa un peu distancer quand elle tourna dans la rue où elle habitait. Il la regarda entrer dans l'immeuble. Eh bien ! la matinée avait été une pure perte de temps. La femme devait rejoindre Tadzio une heure plus tard. Krasic estima qu'il ne pouvait pas se passer grand-chose dans l'intervalle. Ça lui laissait le temps de mettre quelqu'un d'autre sur le coup. Il remonta dans l'Opel et sortit son téléphone. S'il y avait quoi que ce soit de louche chez Caroline Jackson, il le trouverait. Mais à partir de maintenant, quelqu'un d'autre allait se taper la filature.

Petra Becker ne cessait de grimper dans l'estime de Tony. Elle lui avait téléphoné à 9 h 17 pour lui annoncer qu'une voiture passait le prendre pour le conduire à l'aéroport de Tempelhof et qu'un vol bref l'amènerait jusqu'à Brême où un des officiers qui enquêtaient sur l'affaire Schilling l'accueillerait.

— Comment diable avez-vous mitonné ça ? demanda-t-il, encore sonné d'avoir trop peu dormi.

— J'ai menti, répondit-elle calmement. J'ai raconté que vous étiez un éminent profileur du ministère de l'Intérieur britannique, que vous veniez faire des recherches pour le compte d'Europol, et que nous leur serions très reconnaissants de bien vouloir vous traiter avec tous les égards.

— Vous êtes une femme étonnante, Petra.

— Ça m'a déjà été dit, mais en général, pas par des hommes, répondit-elle sans se départir de son sérieux.

— Dites-moi si je me trompe, mais j'ai l'impression qu'à Brême, personne n'a encore fait le lien avec le meurtre de Heidelberg ?

— Ceux de Heidelberg avaient tellement hâte de se débarrasser de leur meurtre insoluble qu'ils l'ont fourgué à la presse comme un crime crapuleux lié à une affaire de drogue et pas à un assassinat rituel, si bien que ça n'a pas fait de gros titres en dehors de la région. Ça m'étonnerait beaucoup que quelqu'un à Brême ait seulement lu un journal qui relate l'affaire.

— Ça ne vous fait pas drôle, d'être le seul flic du pays qui ait établi le rapprochement ?

Tony ne put résister à l'envie de sonder un peu. Il n'avait jamais pu.

— Vous voulez une réponse franche ?

— Bien sûr.

— Ça m'éclate. Oh ! je sais que je vais devoir revenir sur le droit chemin en ce qui concerne ces affaires, je ne peux pas continuer à faire comme dans un film. Mais pour le moment, je prends mon pied. Cela dit, je ne crois pas qu'on ait tellement le temps, vous avez un avion à prendre.

Tony sourit. C'était une échappatoire, manifestement, mais peu lui importait.

— Merci d'avoir arrangé tout ça.

— Tout le plaisir était pour moi. Bonne journée. On se revoit bientôt, non ?

— Je devrais avoir quelque chose pour vous dans

pas très longtemps. Mais n'attendez pas de miracles, ajouta-t-il, prudent.

Elle rit.

— Je ne crois pas aux miracles.

L'officier de police qui attendait Tony à l'aéroport était un blond trapu d'une petite trentaine d'années avec une vilaine peau. Il parlait un excellent anglais et se présenta comme « Berndt Haefs, mais appelez-moi Berndt. » Il avait l'air légèrement blasé de quelqu'un que rien ne peut choquer. Tony avait déjà vu ça chez certains flics. Ce qui l'inquiétait, c'était qu'en général, il ne s'agissait ni d'une attitude ni d'un mécanisme de défense. Cela indiquait plutôt un émoussement de la sensibilité qui éliminait toute capacité de compassion.

Berndt n'en manifestait certes pas vis-à-vis de la femme dont il était censé découvrir les circonstances de la mort. Il l'appela « Schilling » tout au long du trajet jusqu'à Brême. Tony mit obstinément son point d'honneur à toujours donner à Margarethe son titre de docteur.

Ils arrivèrent en ville par un large pont qui enjambait la Weser en crue dont les eaux sales couraient en un torrent rapide couleur de bière.

— Le niveau de l'eau est très haut, constata Tony pour meubler le vide qui s'installa quand Berndt fut venu à bout des bribes d'information concernant le meurtre, sans intérêt pour la plupart.

— Ce n'est pas aussi grave que le Rhin ou l'Oder, répondit Berndt. Je ne pense pas qu'elle débordera.

— Et les péniches ? Comment s'en sortent-elles ?

— Eh bien ! elles ne peuvent pas s'en sortir, voilà tout ! Elles n'ont pas la puissance voulue pour lutter contre un courant pareil. Si ça monte encore, la rivière sera fermée jusqu'à ce que le niveau redescende. C'est déjà le cas sur le Rhin. Les bateaux sont tous amarrés dans des bassins ou des voies navigables annexes. Les pilotes mangent leur casquette à l'idée du fric qu'ils perdent, et les matelots se soûlent.

— Pas très marrant pour les flics du coin, hein ?

Berndt haussa les épaules.

— Pendant ce temps-là, ils ne traînent pas les rues, répondit-il avec un petit gloussement aigu qui contrastait curieusement avec sa carrure trapue. Tenez, là-bas, c'est la cathédrale, reprit-il. (Le commentaire était un peu superflu : impossible de ne pas remarquer les deux flèches.) Schilling s'était rendue dans le centre-ville l'après-midi du jour où elle est morte. Elle a mangé toute seule dans un petit bar, derrière la grande place du marché.

— La maison du Dr Schilling est loin ? demanda Tony.

— À peu près dix minutes d'ici.

— Son compagnon a-t-il réussi à se souvenir de quoi que ce soit concernant son agresseur ?

— Le petit ami ? À peu près aussi utile qu'un eunuque dans un bordel, celui-là. Il n'a rien vu, rien entendu. Tout ce qu'il sait, c'est qu'il y avait une voiture inconnue dans l'allée. Une Golf, soit noire, soit bleu foncé. Enfin bon, il n'a même pas remarqué si elle était immatriculée dans le coin ou quoi. Vous imaginez combien de Golf noires ou bleu marine il y a ne serait-ce qu'à Brême ?

— Pas mal, je suppose.

Berndt lâcha un ricanement sarcastique.

— Tellement qu'on ne peut même pas envisager d'explorer cette piste-là. (Il quitta l'axe principal pour s'engager dans une rue tranquille bordée d'arbres.) C'est ici que commence la banlieue où elle habitait. Notre homme a donc dû arriver par là, c'est le seul itinéraire logique pour y venir et en repartir.

Tony regarda le paysage qui défilait derrière le pare-brise, imaginant la rue de nuit. Les maisons en retrait de la chaussée, bordées de petites pelouses bien entretenues. Derrière les portes closes, des vies privées qui suivaient leur cours. Aucune raison pour que quiconque prête attention à la forme noire d'une voiture roulant vers sa destination fatidique. Il se demanda si le tueur était venu en reconnaissance avant de commettre son crime. Les tueurs le faisaient souvent. Ils repéraient leur territoire, pistaient leur victime, se familiarisaient avec sa vie, apprenaient à évaluer le vide que leur mort laisserait. Mais il avait le sentiment que Geronimo n'appartenait pas à cette catégorie. Sa motivation était d'un autre ordre.

Tony se le représenta en train de fureter dans les rues sombres, de s'assurer qu'il tournait aux bons carrefours. L'itinéraire était compliqué, truffé de culs-de-sac dans lesquels on pouvait se fourvoyer.

— Je me demande s'il s'est perdu ? S'il a énervé quelqu'un en faisant demi-tour dans son allée.

Berndt regarda Tony comme s'il était devenu fou.

— Vous croyez qu'on devrait faire du porte-à-porte pour demander aux gens si l'assassin est venu les énerver ?

— Ça ne servirait sans doute à rien, reconnut Tony. Mais on ne sait jamais. Les gens peuvent être très possessifs quand il est question de leur maison, surtout s'ils ont l'habitude de voir des inconnus se servir de leur allée de garage comme d'un rond-point.

Berndt arborait une expression que Tony avait déjà vue chez d'autres flics. C'était la traduction musculaire d'une réflexion intérieure telle que : *Putain de psy, aucune idée de ce que c'est que le boulot de flic.* Il décida de se taire et de réserver ses idées à Petra et Carol.

La voiture tourna pour s'engager dans une petite rue bordée d'une douzaine de maisons qui s'achevait sur un rond-point goudronné. Ils se garèrent dans l'allée d'une maison semblable à toutes les autres, à l'exception des rubans de sécurité qui barraient la porte d'entrée.

— C'est là.

Berndt descendit de voiture et se dirigea vers l'entrée sans attendre de voir si Tony le suivait.

Le profileur resta un instant près de la voiture, à contempler les autres maisons de la rue. N'importe qui pouvait le voir très nettement d'une demi-douzaine de fenêtres.

— Tu n'as pas peur d'être vu, hein Geronimo ? Tu t'en fiches que quelqu'un t'aperçoive. Tu te crois tellement insignifiant qu'on ne se rappellera rien de toi.

Avec un hochement de tête satisfait, il rejoignit Berndt qui s'impatientait sur le seuil et tapait du pied, bras croisés.

Ils entrèrent, après s'être l'un et l'autre machinalement essuyé les pieds sur l'absence de paillasson.

— Les gars du labo l'ont emporté. Comme s'ils allaient trouver je ne sais quelle boue rarissime qui n'existe que dans une carrière bien précise, quelque part dans la Ruhr, commenta Berndt, sarcastique. Ça s'est passé de ce côté.

Il ouvrit la voie en direction de la cuisine.

Sous le voile de poudre à empreintes, tout avait l'air étonnamment chaleureux. Tony se souvenait même de la table, autour de laquelle ils avaient envisagé de rédiger un article ensemble, tout en buvant d'innombrables tasses de café et verres de vin rouge bon marché. L'idée que cette table ait pu devenir le support du martyre de Margarethe lui donnait la nausée. Il arpenta la pièce, remarquant l'ordre impeccable qui y régnait. On n'aurait pas dit le théâtre d'un meurtre brutal. Il n'y avait pas la moindre trace de sang en vue, et aucune des odeurs qu'il associait à une mort violente. Impossible d'imaginer que cette cuisine pragmatique ait abrité un acte aussi délibérément violent.

— Pas grand-chose à voir, lança Berndt. La plupart du temps, les meurtres tiennent plutôt de la boucherie. Mais là ? On nettoie la poudre et on peut faire à dîner pour six.

— Quelque chose indique qu'il serait allé ailleurs dans la maison ?

— Rien n'a été déplacé, d'après le petit ami. Alors non, en fait, il n'est pas allé visiter le tiroir à lingerie, ni se branler sur le dessus-de-lit, si c'est ce que vous voulez savoir.

Comme il ne trouvait rien de poli à répondre, Tony alla se poster à la fenêtre et contempla le jardin qui s'étendait jusqu'aux bois.

— Rien de ce côté-là non plus, précisa Berndt. On a vérifié, des fois qu'il ait passé du temps à l'observer depuis les bois, mais il n'y avait aucune trace révélant que quelqu'un se soit approché de la clôture.

— Je ne pense pas qu'il l'ait pistée. Pas physiquement, en tout cas. C'était le cerveau du docteur Schilling qui intéressait le tueur, pas sa personne physique, expliqua Tony, davantage pour lui-même que pour son compagnon. (Puis il tourna la tête et sourit à Berndt.) Je vous remercie de m'avoir amené. Vous avez raison, il n'y a pas grand-chose à voir.

— L'inspecteur Becker a dit que vous vouliez jeter un coup d'œil aux photos qui ont été prises sur les lieux du crime. C'est bien ça ?

Tony acquiesça.

— Si c'est possible.

— On en tire des doubles pour vous. Il va falloir passer les prendre au quartier général. Et ensuite, s'il n'y a rien d'autre, je pourrai vous reconduire à l'aéroport. Il y a un vol sur le coup des 2 heures. Si on le rate, il y en a un autre une heure plus tard.

Pas d'invitation à déjeuner, remarqua Tony. Visiblement, la collaboration avec Europol n'allait pas plus loin que ça.

— Ce serait parfait. (Il sourit.) Je voudrais bien être à Berlin à l'heure du thé.

Berndt regarda Tony comme s'il venait de lui confirmer tout ce qu'il pensait de ces excentriques d'Anglais. C'était précisément l'intention de Tony. Si Berndt devait garder un souvenir de cette visite, que ce soit ça plutôt qu'autre chose.

Petra s'engouffra dans la salle de repos sur la pointe des pieds. Jusque-là, l'opération contre Radecki se déroulait comme prévu. Et elle attendait beaucoup de la matinée. Aussi, même le spectacle du Requin en train de contempler d'un air abattu un écran d'ordinateur ne parvint-il pas à refroidir sa bonne humeur.

— Qu'est-ce que tu fabriques ? demanda-t-elle en traversant la pièce pour aller s'asseoir à son bureau. Je croyais t'avoir demandé de chercher des renseignements sur les complices de Krasic ?

Il leva la tête, son visage étroit tout pincé d'indignation.

— C'est bien ce que je fais, répliqua-t-il. Quelqu'un m'a dit que Krasic a de la famille en banlieue, alors j'essaie d'en trouver la trace dans les archives. Pour un truc comme ça, Krasic se fierait sans doute à des proches plus qu'à ses potes gangsters.

Ce n'était pas une mauvaise idée. Petra en fut surprise et impressionnée. On allait peut-être finir par en faire un flic.

— Bien vu, commenta-t-elle. Et tu trouves quelque chose ?

— Jusqu'à maintenant, non. Je suis obligé de procéder par recoupements pour des tas de trucs, alors ça prend un temps fou. Et votre opération, ça marche ?

— Très bien.

Elle alluma son ordinateur et fila droit sur la section Europol de leur base de données, où finissaient tous les bulletins émis par La Haye. Elle eut la satisfaction d'y trouver un message daté du matin même.

— Vous voulez un café ? demanda le Requin.

— Tu en refais ?

— Je crois que oui.

— Alors j'en prendrai un.

Elle ouvrit le bulletin. Il commençait par quelques lignes de bla-bla administratif. Elle fit défiler le document. À mi-hauteur de la deuxième page, elle trouva ce qu'elle cherchait : DEMANDE D'INFORMATION A L'INTENTION DE LA POLICE DE LA RÉGION DE LEYDE, HOLLANDE.

— Ouais, fit-elle à mi-voix.

Le texte était concis :

Des officiers de police de Leyde, en Hollande, qui enquêtent sur une affaire de meurtre craignent que l'assassin soit un tueur en série potentiel. Ils nous ont demandé de diffuser les détails relatifs au crime dans le but de comparer avec tout autre crime similaire survenu dans d'autres juridictions. La victime, Pieter de Groot, était professeur de psychologie à l'université de Leyde. Son corps a été découvert à son domicile, nu et ligoté sur son bureau, allongé sur le dos. Les vêtements avaient été découpés. Le décès est survenu par noyade. La méthode employée a semble-t-il consisté à insérer dans la bouche un entonnoir ou un tuyau dans lequel a été versée de l'eau. L'auteur du crime s'est livré à une mutilation posthume, sous forme d'un scalp de la zone pubienne. Les parties génitales elles-mêmes n'ont pas subi de dégradation.

Les officiers de police d'Europol sont priés de vérifier dans leurs dossiers d'homicides non élucidés, afin de voir s'il y est question de crimes non résolus du même genre, survenus dans leur juridiction. Les informations devront être directe-

ment transmises au Hoofdinspecteur Kees Maartens, de la région de Leyde, et une copie adressée à la Section de Renseignement d'Europol.

Petra ne put s'empêcher de sourire d'un air satisfait. Elle relisait le texte pour la deuxième fois quand le Requin surgit à côté d'elle.

— Qu'est-ce que c'est que ça ? demanda-t-il en posant un mug à gauche de Petra.

Le bulletin d'Europol.

— Vous êtes bien la seule personne que je connaisse qui se casse la tête à lire cette daube.

— C'est pour ça que je suis la seule ici qui avance un peu, Requin.

Il se pencha par-dessus l'épaule de Petra pour lire le bulletin.

— Waouh ! C'est du vilain, on dirait. Typique des Hollandais, ça : ils sont trop nases pour résoudre leurs propres meurtres, alors ils essaient de les refiler aux autres.

Petra le foudroya du regard.

— Là, tu te fourres le doigt dans l'œil jusqu'au coude. C'est drôlement futé de leur part de décrypter ce crime et de comprendre que cette affaire présente toutes les caractéristiques du meurtre commis par un tueur en série potentiel. Et c'est super-courageux de demander de l'aide.

— Vous trouvez ?

Petra appuya sur une touche pour imprimer la page du bulletin.

— Je ne crois pas, je sais. Et tu sais ce que je trouve le plus intéressant dans ce meurtre, Requin ?

— Non, mais je ne vais pas tarder à l'entendre, c'est ça ?

Il s'écarta et s'assit en équilibre sur le bord du bureau.

— Tu devrais déjà le savoir. Parce qu'on est *tous*

censés lire les trucs que nous adressent nos collègues des régions d'Allemagne. Tout comme on est *tous* censés lire tout ce qu'Europol nous envoie.

Il leva les yeux au ciel et gémit :

— Ouais, bon. Disons que je survole, d'accord ?

— Bien sûr, on le fait tous par moments. Mais il y a des trucs là-dedans auxquels on devrait prêter attention. Par exemple, un meurtre à Heidelberg, il y a cinq semaines. Ça te dit quelque chose ?

Il fronça les sourcils.

— Une histoire de dealer à la petite semaine, non ?

— C'est le prétexte qu'ils ont avancé pour nous refiler l'affaire. Mais ce n'était pas une histoire de drogue, ça se voyait gros comme le nez au milieu de la figure.

— C'est sans doute pour ça que je ne m'y suis pas tellement intéressé, coupa le Requin, sur la défensive. On n'était pas concernés.

— Un meurtre, ça devrait toujours concerner un flic. Moi, je l'ai lu, Requin. Et c'est ce qui m'amène à penser que l'homme qui a tué à Leyde l'avait déjà fait à Heidelberg. Et qu'il a recommencé depuis à Brême.

Petra joua de la souris et afficha le rapport de Leyde, puis elle lança l'imprimante pour obtenir une copie du dossier.

— Et c'est là que je vais rafler une tripotée de bons points en signalant ça à la chef.

Elle se leva, prit son café et alla se poster devant l'imprimante collective. Elle ramassa les feuilles et agita joyeusement le bras à l'intention du Requin.

— Il ne faut surtout pas que je te distraie de Krasic, décocha-t-elle en partant.

Elle trouva sa supérieure dans son bureau, en train d'éplucher des notes de frais. Plesch l'accueillit avec un sourire reconnaissant.

— Petra ! Vous m'apportez du solide, j'espère, pas des chimères ?

Petra haussa les épaules et se laissa tomber dans le fauteuil, face à elle.

— Des suppositions plus que des faits, j'en ai bien peur.

— Bon, eh bien ! tant pis. Ça fera toujours un peu de distraction. Qu'est-ce qui vous tracasse ?

Petra posa les feuillets imprimés devant sa chef.

— Le bulletin Europol de ce matin. La police hollandaise recherche des informations susceptibles d'avoir un lien avec un meurtre commis là-bas, à Leyde. Il se trouve que la semaine dernière, je passais en revue les meurtres non résolus dans le cadre de la mission sous identité d'emprunt. Histoire de voir s'il y en avait un qu'on puisse imputer à Radecki et Krasic. Je suis tombée sur une affaire à Heidelberg qui semblait vaguement prometteuse, donc j'ai demandé que les gars qui enquêtent sur place m'envoient un rapport détaillé. En le parcourant, j'ai tout de suite vu que ce n'était pas une affaire pour nous. Mais quand j'ai lu le détail du meurtre hollandais, tout m'est revenu en mémoire. J'ai vérifié, et il y a des similitudes frappantes.

Plesch ramassa les feuillets et commença à les lire, d'un air de plus en plus grave à mesure qu'elle relevait les points communs entre les deux affaires.

— Nom d'un chien ! lâcha-t-elle en arrivant à la fin.

— Ce n'est pas tout, reprit Petra. Il y a eu un autre meurtre à Brême. J'ai sorti les dossiers parce que ça me rappelait l'affaire de Heidelberg. Le *modus operandi* est le même.

Plesch haussa les sourcils.

— Le même connard de pervers ?

— Ça en a tout l'air. Alors, qu'est-ce qu'on fait ?

— On contacte Heidelberg. Il semble que ce soit là la Case Départ. Ils n'ont sans doute pas lu le bulletin Europol, là-bas dans leur cambrousse. Il va falloir qu'ils se mettent en relation via Europol avec le flic hollandais en question. Et qu'ils en parlent à ceux de Brême. (Elle souffla, lèvres pincées.) Je leur laisse ça de bon cœur. Quel cauchemar ! Toute cette paperasse et cette diplomatie !

— On ne pourrait pas se garder l'affaire ? demanda Petra.

— Sous quel prétexte ? Ce n'est pas du grand banditisme, ça ne relève pas de nos compétences.

— C'est nous qui avons établi le lien. On est spécialisés dans l'analyse de renseignements. On a l'habitude de travailler avec Europol.

— Vous vous payez ma tête, ou quoi ? Comme si vous n'aviez pas assez à faire avec Radecki. Allons, Petra, ce n'est pas notre truc à nous, et vous le savez. Je me charge d'appeler l'officier responsable de l'enquête à Heidelberg et de lancer la machine. Vous avez fait du bon boulot, en repérant ce truc. Mais maintenant, il faut transmettre.

Avant que Petra ait le temps de répliquer, la porte s'ouvrit en coup de vent et le Requin apparut sur le seuil, tout rose, les yeux brillants.

— Excusez-moi de déranger, chef, bafouilla-t-il. Mais cette affaire que Petra m'a montrée dans le bulletin... il y a quelque chose en rapport qui vient d'arriver par télégramme. Apparemment, il y en a eu un autre. Mais à Cologne, cette fois.

26

Petra ne s'était pas trompée à propos du bateau, se dit Carol. Il ne s'agissait pas d'un joujou de riche. C'était une vedette en bois, parfaitement proportionnée, équipée d'une cabine au toit incliné au centre. Tadeusz expliqua à son invitée que le bateau était une véritable épave quand il l'avait acheté après être tombé amoureux de ses irréprochables lignes effilées. Il l'avait fait restaurer comme à l'origine, si bien qu'à présent, c'était une pièce de musée impeccable, aussi fonctionnelle qu'à l'époque de sa construction, dans les années 1930. Dans la petite cabine, cuivres étincelants et acajou patiné rutilaient où que Carol pose les yeux. L'espace était parfaitement agencé : la banquette en U était percée de rainures dans lesquelles se logeait la table. Il était alors possible d'y installer un petit lit double. Des rangements étaient aménagés dans l'épaisseur des cloisons, ce qui permettait d'utiliser le moindre recoin sans nuire aux proportions élégantes du lieu.

Derrière la cabine, un peu en hauteur, un grand homme morose accoudé à la roue attendait que Tadeusz donne l'ordre de larguer les amarres.

— Il ne parle pas deux mots d'anglais, précisa Tadeusz en aidant Carol à monter à bord. Il est Polonais, comme moi. Nous sommes les meilleurs marins du monde, vous savez.

— Je crois que nous autres, Anglais, pourrions vous disputer ce titre, rétorqua Carol.

Il inclina la tête d'un air faussement résigné. Il n'avait plus rien de l'homme d'affaires sérieux qu'elle avait vu jusqu'alors. En jean et gros pull irlandais, coiffé d'un bonnet de laine, il ressemblait à n'importe lequel des marins qu'elle avait croisés sur le court trajet entre sa voiture et le bateau. Seules, ses mains le trahissaient, lisses et dépourvues des cals qui révèlent les travaux de force.

— Je vous fais visiter mon bateau, insista-t-il en l'entraînant vers l'escalier qui descendait à la cabine. Il s'effaça pour lui permettre de voir.

— Il est superbe, déclara Carol, sincère.

— Je pense qu'il a dû être construit pour quelqu'un de haut placé dans le parti nazi, avoua-t-il. Mais je n'ai jamais fait de recherches. Je crois que je préfère ne pas le savoir. Si j'en savais trop long sur son passé, ça me gâcherait le plaisir.

— Un peu comme dans une relation amoureuse, alors, conclut Carol avec un sourire narquois qui ôtait toute coquetterie à sa remarque.

L'ironie de la réflexion ne lui échappait pas. Qu'il s'enrichisse lui aussi en exploitant la misère humaine était une évidence qui crevait les yeux. Alors, qu'il se prétende plus élevé dans l'échelle morale que le propriétaire initial du bateau, c'était, selon elle, répugnant. Un tel aveuglement éthique faciliterait cependant le jeu sournois qu'elle allait devoir jouer.

— Je suppose, oui, répondit-il avec un regard amusé. Vous buvez quelque chose ? Ensuite nous remonterons sur le pont et je pourrai jouer les guides. (Il ouvrit un des placards aménagé dans les boiseries, où était niché un minuscule réfrigérateur contenant bière et champagne.) Trop petit pour un magnum, expliqua-t-il comme pour s'excuser de la demi-bouteille de Perrier Jouët qu'il lui présentait. Ça ira ?

Quelques minutes plus tard, ils étaient assis sur la banquette arrière, une flûte de champagne à la main, pendant que le pilote quittait tranquillement les eaux de la Rummelsbergersee pour rejoindre les longues étendues rectilignes de la Spree.

— On parle affaires, aujourd'hui, ou on se contente de faire connaissance ? demanda Carol.

— Un peu des deux. Moi, je voulais vous montrer la ville sous un autre angle, et j'ai pensé que, de votre côté, vous pourriez peut-être m'en dire un peu plus sur vos projets.

Carol acquiesça.

— Ça me paraît très bien.

Le bateau vira à gauche et s'engagea dans une écluse. Tandis qu'ils attendaient de pouvoir passer, Tadeusz raconta à Carol quelques anecdotes à propos des péniches. Comment elles avaient transporté vingt mille tonnes par jour de déblais pendant la reconstruction de la Potsdamer Platz. Ou quand une inspection de routine des douanes avait exhumé le cadavre de la femme du marinier, enfoui dans la soute à charbon. Le surnom de « canards » attribué aux agents de la police fluviale.

— Vous avez l'air de bien connaître la vie des mariniers, dit Carol tandis qu'ils traversaient Kreuzberg en direction du Tiergarten.

Les arbres qui longeaient le canal ployaient sous les fleurs et donnaient un air romantique à ce qui n'était, somme toute, qu'une route commerciale.

— Une partie de mes affaires repose sur les voies navigables, répondit-il prudemment. Comme vous l'avez appris par vous-même, j'aime savoir avec qui je traite. J'ai donc eu l'occasion de m'entretenir avec pas mal de *shippermen* au fil des années. Le bateau est un bon prétexte pour me fondre facilement parmi eux.

— Vous ne parcourez quand même pas toute l'Europe en bateau ? Ça vous prendrait des siècles !

— En général, je le fais transporter par la route là où j'ai besoin d'aller. Une fois sur place, je navigue un peu, je fais un peu de business. (Il sourit.) Rien de vraiment soupçonnable, vous voyez ?

— Astucieux, reconnut-elle, satisfaite de constater que sa mise en scène commençait enfin à porter quelques fruits.

Radecki montra plusieurs autres endroits particulièrement intéressants tandis qu'ils continuaient sur le canal et regagnaient la Spree. Quand ils tournèrent pour s'engager dans le Westhafenkanal, il tendit le bras vers la rive droite.

— Là, c'est Moabit. Pas le quartier le plus reluisant de Berlin, j'en ai bien peur. Il y a eu quelques épisodes sanglants entre des gangs mafieux d'Albanais et de Roumains qui se disputaient le trottoir pour y installer leurs prostituées. Des histoires crapuleuses, pas le genre de choses qui intéressent des gens d'affaires comme nous.

— Ce qui m'intéresse moi, c'est l'offre et la demande, répliqua Carol. Vous me fournissez ce dont j'ai besoin, et en échange, je peux vous fournir les papiers pour lesquels ils ont payé. Moyennant un prix, bien entendu.

— Tout a un prix. (Tadeusz se leva.) Il est temps de reprendre un peu de champagne, ajouta-t-il en disparaissant dans la cabine.

Et merde, se dit Carol. Elle en avait assez de tout ça. Non que Radecki ne fasse pas un compagnon charmant et intéressant, mais si elle avait voulu visiter Berlin, elle aurait pu se contenter de prendre un bus panoramique. Ce n'était pas facile de se détendre et d'apprécier l'architecture quand sa simple survie exigeait qu'elle reste constamment sur ses gardes. Elle avait envie d'en venir au fait, car plus vite ils commenceraient à discuter affaires, plus tôt cette mission serait terminée et elle pourrait réintégrer sa vie à elle.

Tadeusz revint avec une autre demi-bouteille de champagne.

— C'est bon. Il reste encore un peu de chemin avant le prochain tronçon vraiment pittoresque. Vous allez peut-être pouvoir m'expliquer ce que, selon vous, je peux faire pour vous venir en aide.

Carol se redressa et adopta l'attitude de quelqu'un qui se lance dans une discussion sérieuse.

— Ce qu'on pourra faire l'un pour l'autre, plutôt. Vous êtes disposé à jouer franc-jeu avec moi, cette fois, ou vous continuez à faire semblant de ne pas savoir de quoi je parle ?

Il sourit.

— Je vais être franc : je me suis livré à quelques petites recherches préliminaires histoire de vérifier si vous étiez bien celle que vous affirmiez être.

— Comme je l'ai fait de mon côté à votre sujet, coupa Carol. Je ne vous aurais pas abordé sans avoir longuement et minutieusement examiné votre passé professionnel. Alors ? Je suis bien la femme que j'affirme être ?

— Jusqu'à maintenant, tout concorde. Mes associés continuent leurs vérifications, mais pour ma part, je me fie beaucoup à mes réactions instinctives. Et j'ai une réaction favorable à votre égard, Caroline. Vous êtes manifestement intelligente, vous êtes prudente, mais vous savez vous montrer audacieuse si le résultat en dépend.

Carol leva son verre comme pour porter un toast ironique.

— Merci, c'est trop d'honneur. Je suis ravie de constater que nous avons les mêmes méthodes. Parce qu'en dépit de tout le bien que j'ai entendu dire de vous, si vous ne m'aviez pas fait immédiatement bonne impression lors de notre première rencontre, j'aurais disparu dans la nuit et vous ne m'auriez plus jamais revue.

Il étira le bras le long de la rambarde contre laquelle Carol était adossée, sans tout à fait la toucher cependant.

— Ç'aurait été dommage.

— Ça vous aurait coûté un tas de galères que je peux vous épargner, répondit-elle en ramenant fermement la conversation sur le terrain strictement professionnel. Que Radecki commence à s'éprendre d'elle ne nuirait en rien à sa démarche, mais il fallait qu'elle joue serré pour le maintenir à distance. Elle ne pouvait pas se permettre de laisser les choses en arriver au point où il semblerait bizarre qu'elle ne couche pas avec lui. Quand bien même elle en aurait envie, ce qui n'était pas le cas, elle se le rappela sans ambiguïté, ça ne ferait qu'anéantir sa mission, ôter toute valeur à ce qu'elle avait découvert sur lui et son trafic. Si Radecki était à même de prouver qu'ils avaient couché ensemble, ce serait du nanan pour la défense de son avocat. Le témoignage de Carol passerait du statut de déposition fiable d'un officier de police respectable à celui de propos revanchards de femme humiliée. En outre, ce serait un manque total de professionnalisme. Or Carol ne pratiquait pas le manque de professionnalisme.

— Vous croyez ?

— Je sais. Vous livriez entre vingt et trente clandestins par mois à Colin Osborne. Le seul ennui, c'est que Colin vous truandait sur sa prestation à lui. Il n'était pas en mesure de fournir les papiers pour lesquels vos clients avaient payé. C'est pour cela qu'il était obligé de les entuber avant qu'ils se rendent compte qu'il bluffait.

— Je n'étais pas au courant.

— Je me doute bien que non. Ce n'est le genre de contrat à l'issue duquel les clients non satisfaits viennent se faire rembourser auprès du Service Après-Vente, rétorqua Carol d'un ton acide. Une fois aux mains des services d'immigration, ils étaient soit expulsés, soit placés dans des centres de détention. Et ils n'avaient aucun moyen de se mettre en contact avec ceux à qui ils avaient versé la somme initiale. D'ailleurs Colin a toujours soigneusement fait en sorte de n'avoir aucun lien avec les boîtes dans lesquelles travaillaient ces gens. Il louait les locaux sous un faux nom, il s'assurait toujours que les stocks soient dégagés avant les rafles. Il n'a même jamais perdu ses machines à coudre. C'était vraiment une façon merdique de faire des affaires.

Tadeusz haussa les épaules.

— Il se disait sans doute qu'il faisait au mieux pour survivre.

— Vous croyez ? Ce n'est pas comme ça que je conçois les affaires. Quand on veut travailler en marge de la loi, il faut être plus honnête que les gens honnêtes.

— Qu'entendez-vous par là, demanda Radecki, sourcils froncés.

— Quand on fonctionne dans la société ordinaire et qu'on ne fournit pas ce à quoi on s'est engagé, on court le risque de perdre son boulot, ou son mariage, mais en général, il n'arrive rien de vraiment terrible. Alors qu'en marge de ce monde-là, dans notre milieu, quand on fait faux bond aux gens, tôt ou tard, ça coûte bien plus qu'on n'est disposé à payer. Si on vend de la came frelatée au coin de la rue, on se fera tabasser, soit par les clients qu'on a arnaqués, soit par les autres dealers. Mais qu'on double ses complices dans un casse de banque, et on passera le restant de ses jours à regarder par-dessus son épaule.

» Prenez Colin, par exemple. S'il a truandé sur un contrat, il y a de grandes chances pour qu'il l'ait fait aussi sur les autres. Et regardez ce qui lui est arrivé. Il s'est fait descendre dans un chemin de terre, en plein milieu des marais de l'Essex. Moi je n'ai pas envie que ça m'arrive, alors quand je fais affaire avec quelqu'un, je le fais honnêtement. Et j'attends la même chose de mes partenaires.

Tadeusz avait retiré son bras. Il la dévisageait avec une curieuse intensité, comme si elle était en train d'exprimer ses propres convictions.

— Apparemment, vous avez beaucoup réfléchi à la question, commenta-t-il.

— Je reviens de loin, répondit-elle simplement.

— Je vois ça.

— Écoutez, Tadzio, je ne suis pas une idiote. J'aurais pu gagner confortablement ma vie dans la société normale. Mais je n'ai pas envie de mener une existence ordinaire. J'ai envie de gagner beaucoup d'argent. Suffisamment pour m'arrêter assez jeune et en profiter. Alors j'ai trouvé un moyen de fonctionner hors du système. Et je suis méchamment douée pour ça. Je m'efforce de ne pas fréquenter de criminels à moins d'y être obligée, je couvre mes arrières et je respecte mes engagements. Alors, est-ce qu'on fait affaire, vous et moi ?

— Ça dépend.

— De quoi ?

— De qui a tué Colin Osborne.

Cette réponse prit Carol au dépourvu. Elle craignit que son expression trahisse sa surprise.

— Qu'entendez-vous par là ?

— La mort de Colin vous arrangeait bien. Et personne n'a l'air de savoir ce qui lui est arrivé au juste. Personne n'en a revendiqué la responsabilité. D'habitude, quand un truand en descend un autre, il ne demande qu'à récolter la gloire qui en découle. Le respect, la crainte. Vous savez comment ça marche. Alors, Caroline, avez-vous tué Colin ?

Carol ne savait pas ce qu'il fallait répondre. Peut-être Radecki bluffait-il ? Il en savait peut-être plus long qu'il ne le disait, et sa question était un test pour savoir jusqu'où elle irait pour gagner sa considération. Il espérait peut-être qu'elle l'ait tué, ce qui prouverait qu'elle savait être impitoyable. À moins que cela le dégoûte de traiter avec elle, lui fasse craindre que sa façon de réagir en situation de compétition puisse se retourner contre lui de la pire manière.

— Pourquoi aurais-je fait une chose pareille ? lança-t-elle pour gagner du temps.

— Pour prendre sa place.

Elle haussa les épaules.

— Quel besoin aurais-je eu d'en passer par-là ? Alors qu'il me suffisait de venir vous proposer de meilleures conditions. Je suppose que vous pouviez fournir assez de types pour nous satisfaire l'un et l'autre.

— Mais vous ne l'avez pas fait, n'est-ce pas ? Vous ne m'avez contacté qu'une fois Colin hors circuit. (Sa voix avait des inflexions dures, à présent, et ses yeux avaient perdu toute chaleur.) Voilà ce qui m'inspire des soupçons, Caroline. Ça, et le fait que vous ressembliez autant à Katerina. D'accord, Colin n'a jamais rencontré Katerina. Mais s'il était si doué que ça dans son domaine, il avait dû prendre des renseignements sur moi. Voir des photos de Katerina, au moins. Auquel cas, quand elle est morte, il a pu se dire qu'il tenait l'occasion de monter je ne sais quel guet-apens en se servant de vous pour m'atteindre. Seulement vous, vous avez décidé d'éliminer l'intermédiaire.

Carol était décontenancée. Il se trompait sur toute la ligne, mais il se trompait dans le bon sens. Tout à coup, l'ambiance avait basculé de la compagnie agréable au royaume tendu du soupçon. Elle ne savait plus que faire.

Elle posa son verre et s'éloigna de lui, les bras croisés.

— Déposez-moi à terre.

Il se rembrunit.

— Quoi ?

— Rien ne m'oblige à écouter des conneries pareilles. Je suis venue de bonne foi, pour traiter des affaires. Je ne vais pas rester plantée là, à vous écouter m'accuser de meurtre et de magouille. Dites à votre matelot de me déposer à terre, tout de suite. Vous préférez que je me mette à crier ?

Tadeusz parut amusé.

— Vous prenez les choses trop à cœur.

Carol afficha un air furieux.

— Ne vous avisez pas de me faire le coup du paternalisme. Vous n'êtes qu'un truand parmi tant d'autres, Tadzio. Rien ne vous autorise à me servir un sermon moralisateur. Je n'ai pas de comptes à vous rendre. Et je n'ai aucune envie de m'associer avec quelqu'un qui s'imagine le contraire. Vous me faites perdre un temps précieux. Alors maintenant, déposez-moi à terre, je vous prie.

Il fit un pas en arrière, visiblement déconcerté par la véhémence de sa réaction. Il lança un ordre au timonier, et le bateau vira en direction d'un ponton étroit auquel étaient amarrées deux vedettes.

— Je n'avais pas l'intention de vous froisser, Caroline, lança-t-il tandis qu'elle se dirigeait vers le platbord.

— C'est supposé me réconforter ? (Le bateau accosta et Carol sauta sur le ponton sans attendre que le timonier ait amarré.) Inutile d'appeler, lança-t-elle par-dessus son épaule en s'éloignant d'un pas décidé vers des marches en pierre.

En rejoignant la rue, elle tremblait de tous ses membres. Elle s'assura qu'il ne la suivait pas, puis s'avança au bord du trottoir pour héler un taxi.

Elle espérait ne pas avoir anéanti toute la mission. Mais elle n'avait rien trouvé d'autre. Les soupçons exprimés par Radecki avaient surgi de nulle part, or elle avait cédé à la facilité ambiante, elle n'avait pas réagi assez vite pour le persuader du contraire. Elle se laissa aller contre le dossier du taxi en espérant ne pas avoir commis une maladresse irréparable.

Dans le petit avion qui assurait la liaison entre Brême et Berlin, il n'y avait qu'un siège de chaque côté de la travée centrale, ce qui permettait à Tony de regarder en toute tranquillité les photos prises sur le lieu du crime que Berndt lui avait remises au quartier général de la police de Brême. Il les sortit de l'enveloppe, non sans une certaine appréhension. Il n'avait pas envie de voir le cadavre mutilé de Margarethe. Se pencher sur des photos de morts avait toujours un côté bizarrement intime, et Tony se serait volontiers passé d'une telle familiarité avec quelqu'un qu'il avait connu vivant.

Finalement, ce n'était pas aussi atroce qu'il s'y attendait. L'éclairage cru du flash transformait les clichés en images sans rapport avec la femme vivante dont Tony gardait le souvenir. Il examina les photos en détail, et s'en voulut de ne pas avoir emporté de loupe. À l'œil nu, il ne semblait pas y avoir de différences notables entre le corps de Margarethe et celui des autres victimes de Geronimo. Tous étaient disposés à l'identique, leurs vêtements découpés sous eux de façon à simuler une sorte de nappe, et présentaient à peu près la même plaie choquante due au scalp.

Tony s'apprêtait à ranger les photos quand quelque chose attira son attention. Un détail insolite dans les liens qui attachaient les membres de Margarethe aux pieds de la table. Il scruta plus attentivement, en s'efforçant de mieux distinguer. Le nœud paraissait différent des autres.

Une bouffée d'espoir s'empara de Tony. Ça n'avait peut-être pas l'air très important mais, à ce stade de l'enquête, la moindre petite anomalie était susceptible d'avoir une portée énorme. Et ce pouvait être d'autant plus crucial qu'en l'occurrence, le crime avait été interrompu. Dans l'affolement provoqué par cette intrusion, peut-être Geronimo avait-il relâché sa vigilance au point de faire une entorse à son implacable système de sécurité ?

Il mourait d'envie de retourner chez Petra muni de son ordinateur portable. Le taxi qui le ramena de Tempelhof parut se traîner et dénicher tous les embouteillages possibles du centre de Berlin. Tony entra dans l'appartement vide et fila directement dans le bureau, vers le scanner de Petra. Le temps que son ordinateur se mette en route, il prit sa loupe et examina les photos de plus près. Puis il regagna la salle à manger et sortit les autres photos. Quelques minutes d'examen lui donnèrent matière à se réjouir. Il avait vu juste. Les liens avaient tous l'air pourvus de nœuds ordinaires, simples ou doubles, à l'unique exception de celui qui figurait sur la photo cruciale de Brême.

Il regagna le bureau et brancha le scanner sur le port USB de son portable. Quelques minutes plus tard, il scrutait un agrandissement de la photo clé. Tony n'y connaissait pas grand-chose, mais il constatait que ce nœud-là était différent des autres. Il se connecta à Internet, lança un moteur de recherche et tapa . En quelques secondes, il disposait d'une liste de sites consacrés à l'art des nœuds. Le premier qu'il visita proposait un lien vers un groupe en ligne d'amateurs. Tony se dirigea vers la liste de diffusion et leur adressa un message :

Je ne connais rien à l'art des nœuds et j'ai besoin d'aide pour en identifier un d'après photo, ainsi que de renseignements sur sa provenance et ses utilisateurs éventuels. Y a-t-il quelqu'un à qui je puisse envoyer la photo en question en fichier JPG ?

Il lui faudrait attendre quelques minutes au moins pour obtenir une réponse, à condition qu'il y ait bel et bien un fana en ligne en cet instant précis. Pour calmer son excitation, Tony passa à la cuisine et fit du café. Pour la première fois depuis des heures, il se demanda comment Carol s'en sortait. Il se souvint qu'ils s'étaient promis de trouver un moment pour se voir, mais maintenant qu'il avait quelque chose à se mettre sous la dent, il ne savait plus quand il pourrait se libérer.

De retour dans le bureau, il lui envoya un e-mail lui proposant de se retrouver plus tard dans la soirée. Il y avait un message dans sa boîte à lettres, signé de quelqu'un qui se surnommait Jambe de Chien. Tony était assez informé pour reconnaître là le nom d'un nœud spécifique. Il ouvrit donc le message avec une bouffée d'espoir.

Salut novice ! Envoie-moi ton JPG et je verrai ce que je peux faire.

Dix minutes plus tard, Tony ouvrait le deuxième message que lui adressait son nouveau correspondant.

Relax, Max ! Ce n'est pas un nœud très courant mais rien de carabiné non plus. On appelle ça un « tour mort et deux demi-clés ». Les marins l'utilisent traditionnellement pour attacher un bout au bas d'une *voile carrée. Ça consiste en un nœud de cabestan* auquel on donne un tour de plus. Il est plus fiable que le demi-clé ordinaire, mais il a tendance à se desserrer facilement. Tu voulais savoir qui seraient les utilisateurs de ce type de nœuds, c'est ça ? Moi je dirais que comme c'est un nœud d'amarrage, c'est sans doute les marins qui s'en servent le plus souvent...

À une prochaine !

Jambe de Chien

Tony se renversa contre le dossier de la chaise et contempla l'écran, les sourcils froncés de concentration. Au bout de quelques minutes, il se leva et alla inspecter les rayonnages de livres qui tapissaient toute une cloison du bureau de Petra. Il trouva l'atlas qu'il cherchait sur l'étagère du bas, entre d'autres volumes de grand format, l'ouvrit et le feuilleta. Mais l'ouvrage n'était pas assez détaillé pour ce que Tony y cherchait.

Agacé, il retourna à l'ordinateur et au moteur de recherche. Il consulta d'abord les plans de toutes les villes où avaient eu lieu les meurtres. Puis il examina diverses cartes générales des pays concernés. Et pour finir, il se déconnecta d'Internet et se replongea dans son profil.

1. Le meurtre de Margarethe Schilling comporte une variante cruciale. Nous savons que l'assassin fut interrompu durant son acte, aussi toute variante de ce type prend-elle beaucoup de sens vu que lorsqu'on est soumis à une pression, on retrouve les gestes qui nous sont le plus naturels. En l'occurrence, la variante dans le scénario du tueur se manifeste sous la forme d'un des nœuds des liens qui attachaient la cheville gauche de la victime à la table. Tous les autres sont des nœuds simples qui ne requièrent aucune connaissance particulière. Mais celui-là précisément se compose d'un tour mort et deux demi-clés, un nœud de marin peu fréquent.

Il est intéressant de souligner que toutes les villes dans lesquelles les meurtres ont été commis disposent d'un accès aux voies fluviales. Heidelberg et Cologne sont situées sur deux grands fleuves navigables, le Neckar et le Rhin. Si Leyde n'est plus un port de commerce, elle abrite cependant un réseau important de canaux et est proche du carrefour de plusieurs des principaux itinéraires menant à Rotterdam. Après avoir conclu plus haut que notre assassin peut se déplacer sans difficulté en Europe, et compte tenu du fait qu'il se sert d'un nœud que la plupart des profanes ne connaissent pas, je suis prêt à m'engager en affirmant qu'il y a de fortes possibilités pour que l'assassin soit dans la navigation commerciale, qu'il travaille à bord d'une péniche. Bien entendu, il peut s'agir tout simplement de quelqu'un qui connaît le milieu de la navigation tout en étant employé dans un autre domaine, mais je crois que cette combinaison d'éléments nous indique qu'il s'agit fort probablement d'un marinier.

Suggestion : j'ignore complètement de quel type d'archives on dispose en matière de navigation fluviale, mais je préconiserais, si c'est envisageable, qu'on cherche à établir si certains bateaux bien précis se trouvaient dans les parages de tous ces meurtres aux dates concernées.

Tony s'accorda un moment de satisfaction. Il avait un bon pressentiment. Il lui semblait que les choses prenaient enfin tournure. Il se demandait jusqu'où Petra et son amie hollandaise pourraient aller étant donné leur marge de manœuvre restreinte, mais en tout cas, il était convaincu de leur indiquer la bonne direction. Il consulta sa montre. Pas moyen de savoir quand elle serait de retour. Il était fatigué et se sentait sale après sa journée de voyage. Il décida de retourner à son appartement en laissant un mot à Petra lui demandant de le rappeler quand elle pourrait. Avec un peu de chance, ils se verraient plus tard pour déblayer un peu ce qu'il avait glané jusque-là. Et pour peu que les dieux soient vraiment avec eux, elle aurait peut-être du nouveau pour lui à condition que la recherche Europol ait porté ses fruits.

Marijke se rembrunit en consultant ses notes. Hartmut Karpf, l'inspecteur de Cologne, avait décidé de l'appeler directement en plus de lui envoyer via Europol les premières notes qu'il avait prises, car il y avait entre leurs deux affaires des différences dont il voulait s'entretenir avec elle.

— J'en ai parlé à mes collègues de Heidelberg et de Brême. Je ne doute pas que nous ayons affaire au même assassin, avait-il ajouté. Mais selon moi, nous assistons à une sérieuse escalade, je crois utile de vous le dire.

— J'apprécie que vous preniez la peine d'appeler, répondit Petra. Alors, de quels éléments disposez-vous au juste ?

— Vous voulez entendre toute l'histoire ?

— Tout, depuis le début.

Froissements de papier dans l'écouteur, puis l'inspecteur reprit :

— Bon, Dr Marie-Thérèse Calvet, 46 ans. Professeur de psychologie expérimentale à l'université de Cologne. Elle ne s'est pas présentée sur son lieu de travail ce matin, et sa secrétaire n'a pas pu obtenir de réponse en appelant chez elle. Le Dr Calvet devait donner une conférence. Un de ses collègues a été désigné pour la remplacer, mais les diapositives qui devaient être projetées étaient enfermées à clé dans le bureau du Dr Calvet. Le collègue en question a donc emprunté l'autre clé au concierge et il est entré dans le bureau. Marie-Thérèse Calvet était étendue, nue et morte, ligotée à sa table. (Karpf s'éclaircit la gorge.) Le collègue ne s'est pas révélé particulièrement serviable : il a vomi partout sur les lieux.

— Si ça peut vous consoler, ça ne changera sans doute pas grand-chose. L'assassin ne laisse jamais rien qui puisse avancer le labo, répondit Marijke pour le rassurer.

— C'est ce que j'avais cru comprendre. Mais nos intervenants n'ont pas apprécié. Quoi qu'il en soit, pour notre gouverne, le corps du Dr Calvet gisait sur le dos, bras et jambes écartés et attachés aux pieds de la table, près du sol. Quatre nœuds ordinaires, soit dit en passant. Ses vêtements étaient étalés sous elle, découpés après qu'elle avait été attachée. Et ses poils pubiens avaient été prélevés, ainsi que la peau.

— Jusque-là, tout cadre avec le schéma habituel, commenta Marijke.

— Mis à part, bien sûr, que c'est la première fois qu'il tue une de ses victimes dans les murs de son université, rectifia Karpf. Toutes les autres avaient été découvertes chez elles.

— Exact, concéda Marijke en se morigénant intérieurement de sa propre bêtise. (Au moins savait-elle désormais qu'elle travaillait avec un inspecteur aussi vif que l'exigeait cette enquête.) Qu'avez-vous découvert d'autre ?

— J'ai sollicité une autopsie d'urgence. Le Dr Calvet présentait deux traces de coups violents à la tête, dont un au moins aurait pu l'assommer un certain temps. On a aussi relevé des marques sur la gorge qui révèlent une strangulation manuelle.

— Ça, c'est nouveau, confirma Marijke.

— Mais la cause du décès reste cependant la noyade. Un tuyau lui avait été inséré dans la gorge, dans lequel l'assassin a versé de l'eau. Comme dans les autres cas, me semble-t-il. Mais la différence vraiment notable, en l'occurrence, c'est que le Dr Calvet a subi un viol vaginal avant d'être tuée.

— Oh ! merde, souffla Marijke. Ça c'est moche, très moche.

— Je suis d'accord avec vous. Tuer ne lui suffit plus.

Il ne restait plus grand-chose à ajouter. Marijke avait promis d'envoyer à Karpf un rapport exhaustif du meurtre de Pieter de Groot, et il lui garantit en retour que tous les éléments de l'affaire dont il s'occupait allaient être transmis séance tenante à Europol. La seule chose que Marijke s'abstint de préciser, ce fut ce qu'elle allait faire ensuite. Elle ouvrit sa messagerie et commença à rédiger un mail. Une escalade, voilà qui pouvait modifier un profil de façon spectaculaire. Il fallait que le Dr Hill soit informé au plus vite de ce qu'elle venait d'apprendre. Marijke ne connaissait sans doute pas grand-chose aux tueurs en série, mais elle comprenait très bien que quand quelqu'un d'aussi calculateur que cet assassin commençait à perdre les pédales, les vies risquaient de ne plus valoir très cher.

27

Le salon particulier semblait être la copie d'un pavillon de chasse du XIXe siècle. Murs entièrement lambrissés qu'agrémentaient seulement quelques huiles chargées représentant des paysages de campagnes, tête de cerf sur un mur, de sanglier sur un autre, dont les chandelles faisaient luire les yeux de verre. Un feu était allumé dans une cheminée en alcôve flanquée de deux fauteuils club en cuir. Au milieu de la pièce, une petite table ronde était dressée, rutilante de cristal et d'argenterie, drapée d'une nappe aveuglante de blancheur. Mais tout cela n'était qu'une élégante imitation.

Un peu comme moi, ne put s'empêcher de penser Carol. Elle n'aurait pas cru revoir Tadeusz si vite après son départ inopiné du bateau. Mais dans l'heure qui suivit son retour chez elle, on lui livra un bouquet de fleurs tellement énorme qu'il dissimulait complètement la fleuriste. Sur la carte était écrit : *Pardonnez-moi. Je me comporte comme un malotru. Je vous rappelle dans un moment... ne raccrochez pas, je vous en prie. Tadzio.*

Le soulagement fut physique. Les épaules de Carol se relâchèrent et les muscles de son dos se dénouèrent. Elle n'avait pas tout gâché, en fin de compte. Par chance, sa réaction improvisée s'était révélée apte à le désarmer. Quand il rappela, il réussit à s'excuser élégamment sans donner l'impression de ramper. Elle avait donc accepté son invitation à dîner. Elle aurait aimé discuter stratégie avec Tony, mais il n'était pas dans les parages. Elle allait devoir se contenter d'un moment de synthèse tard dans la soirée.

Pour accéder au salon particulier, ils prirent l'ascenseur qui les mena au dix-septième étage d'un des gratte-ciel récents de la Potsdamer Platz, puis traversèrent la salle d'accueil d'un restaurant moderne. Franchir le seuil du salon, ce fut comme entrer dans un autre monde. Carol ne put retenir le gloussement qui lui monta aux lèvres.

— C'est ahurissant, dit-elle.

Tadeusz s'illumina, ravi.

— J'espérais que ça vous étonnerait. Je n'arrive pas à prendre le cadre au sérieux, mais la cuisine est vraiment exceptionnelle. À mon avis, c'est une expérience qu'il faut vivre au moins une fois.

Ils s'installèrent au coin du feu et le serveur leur apporta le champagne avant de s'éclipser discrètement, en précisant qu'on pourrait l'appeler en appuyant sur la sonnette lorsqu'il serait temps de commander le dîner.

— Je suis vraiment confus pour cet après-midi. Votre ressemblance avec Katerina doit me perturber. Ça m'empêche de réfléchir lucidement. Et bien sûr, dans notre branche, la paranoïa n'est jamais très éloignée de la surface, ajouta Tadeusz.

— J'avoue que j'étais furieuse. Je n'ai pas l'habitude d'être accusée de meurtre, répondit Carol en teintant ses propos d'une note légèrement acide.

Il hocha la tête d'un air penaud.

— Ce n'est pas une bonne base pour bâtir une relation de confiance. J'ai honte de ma réaction, si ça peut vous consoler.

— Essayons de passer par-dessus cet épisode. Je m'engage à ne pas tourner les talons. En contrepartie, vous ne me demanderez pas si j'assassine mes associés, dit-elle en souriant.

— C'est promis. Je peux peut-être vous prouver mes bonnes intentions en écoutant les détails de votre offre ? suggéra Tadeusz.

Carol sentit son estomac se contracter. C'était un des caps décisifs de la mission, elle le savait. Elle prit une profonde inspiration et entreprit de décrire à nouveau les grandes lignes de son affaire fictive dans l'East Anglia.

— En échange du toit et de la nourriture que je leur fournis, ils travaillent pour moi gratis pendant un an. Ensuite, ils obtiennent un passeport italien et la liberté. Voilà, c'est organisé comme ça, conclut-elle fermement.

Il haussa les sourcils.

— Un genre d'esclavage, alors ?

— Je préfère voir ça comme un contrat sous conditions, répliqua-t-elle. Bien entendu, je ne prends que des adultes. Je ne veux pas de familles... Les gosses ne me sont d'aucune utilité.

Carol s'émerveilla de la facilité avec laquelle elle endossait le rôle de la femme d'affaires endurcie. Elle avait l'impression de découvrir un aspect d'elle-même jusque-là insoupçonné. Elle n'était pas sûre d'apprécier cette personne froide et calculatrice, mais elle trouvait étonnamment facile de se glisser dans la peau de Caroline Jackson.

— Je ne pratique pas le trafic d'enfants.

Carol haussa les sourcils.

— J'étais loin de me douter que vous nourrissiez des penchants aussi sentimentaux.

— Il n'est pas question de faire du sentimentalisme ou des manières, rétorqua-t-il. Les enfants sont plus difficiles à cadrer. Ils font du bruit. Ils pleurent. Et ils déclenchent des réactions héroïques idiotes chez leurs parents. Donc, si nous décidons de traiter ensemble, vous pourrez être tranquille : je ne vous en fourguerai pas un seul.

Il parlait ouvertement, à présent, Carol le remarqua avec satisfaction. D'une manière ou d'une autre, elle avait percé ses défenses. Il ne lui vint pas à l'idée que la franchise dont Radecki faisait preuve tenait en partie à ce qu'elle était désormais sur son terrain à lui, et que si elle devait se révéler dangereuse, il pouvait définitivement la réduire au silence sans laisser de trace. Si elle avait songé à cette issue possible, elle n'aurait pas eu le courage de surenchérir comme elle le fit alors.

— Je suis heureuse de constater que nous nous comprenons. Mais avant d'aborder les termes et les détails, je veux voir comment vous vous y prenez. Vous pouvez me faire tomber n'importe quand, il vous suffit d'un coup de fil aux autorités britanniques. Je dois m'assurer que je m'associe à quelqu'un d'aussi strictement professionnel que moi.

C'était un défi, un gant qu'elle lui jetait. Tadeusz la dévisagea longuement, observant la lumière dansante qui jouait sur ces traits à la fois inconnus et tellement familiers.

— Qu'est-ce qui me prouve que je peux vous faire confiance ?

— Je vous l'ai dit : vous avez un avantage sur moi. Je vous montre mon jeu, vous me montrez le vôtre. Prenez votre temps. Ne décidez pas maintenant. Réfléchissez-y. Laissez la nuit vous porter conseil. Faites ce que vous jugerez utile pour vous assurer que je suis à la hauteur. Mais si vous n'êtes pas disposé à me montrer que vous êtes capable de mener une opération sérieuse, je ne prendrai pas le risque de m'associer avec vous.

Il la regarda d'un air indéchiffrable. Carol se demanda si elle n'avait pas été trop loin, trop vite.

L'avait-elle perdu avant même de l'avoir ferré ? Finalement, Radecki esquissa un sourire.

— Je vais voir ce qu'on peut organiser. Mais pour le moment, consacrons-nous aux choses agréables.

Une bouffée de pure allégresse envahit Carol. Elle avançait vraiment, cette fois, et c'était une sensation formidable. Elle replia les jambes sous elle dans le gros fauteuil de cuir et ouvrit le menu.

— Pourquoi pas ? répondit-elle.

Le pire, dans le travail de profilage, songea Tony en lisant le message de Marijke, c'était les morts qu'il n'arrivait pas à empêcher. Il travaillait sans relâche pour s'immiscer dans la peau du criminel, à trouver un sens à un comportement que le reste du monde considérait comme monstrueux ou pervers et condamnait. Il avait l'impression d'entretenir avec les morts un dialogue qui lui permettait d'établir une sorte de communication avec l'esprit du tueur vivant. Ce qui, théoriquement, offrait la possibilité de fournir aux policiers un jalon qu'ils pouvaient placer sur la carte des informations dont ils disposaient, et qui leur indiquerait la bonne direction. Quand un nouveau nom venait allonger la liste des victimes, il était impossible de ne pas prendre cela comme un échec personnel.

Tony savait qu'il ne fallait pas laisser cette déception éclipser les réussites enregistrées. Marijke ne lui apprenait rien qui contredise aucune de ses précédentes conclusions. Il allait maintenant devoir analyser les nouvelles informations et les incorporer à son profil. Il s'agissait simplement d'un ajout de données, pas d'une critique implicite de son travail, ni un constat d'échec, se répéta-t-il.

Il arrivait presque à s'en convaincre, mais pas tout à fait. Il relut ce qui était arrivé au Dr Calvet, pinçant les lèvres tandis qu'il se représentait la scène. Cette petite femme fragile, qui ne se doutait de rien, proie facile pour Geronimo. Curieux, se dit-il. La plupart des tueurs se seraient orientés d'emblée vers un meurtre aussi aisé. Mais celui-là avait tellement confiance en ses propres capacités qu'il s'était d'abord embarqué dans des défis bien plus risqués. Surpris à Brême, peut-être Geronimo manquait-il d'assurance, à présent, au point de choisir sciemment une victime plus faible. « Ça a dû drôlement te secouer, que quelqu'un fasse ainsi irruption, au beau milieu de ton heure de gloire, dit-il à mi-voix. Tu t'en es sorti, mais ça doit te tarauder. C'est pourquoi celle-là, tu l'as tuée dans son bureau ? Tu t'es dit qu'il y aurait moins de chances qu'on te surprenne là-bas le soir, une fois que tout le monde serait rentré chez soi ? »

Quelle que soit la réponse, le changement de lieu prouvait que Geronimo pouvait modifier certains éléments de ses crimes. Mais le viol et la tentative de strangulation n'étaient pas des indices d'adaptabilité. Ils révélaient tout autre chose. Tony attira le portable vers lui et se mit à taper.

Depuis le meurtre du Dr Calvet, à Cologne, le tueur doit être dans un état de nervosité considérable. Les trois premiers meurtres semblent dépourvus de tout aspect sexuel décelable. Cependant, les homicides en série avec éléments rituels sont toujours liés à la satisfaction érotique du tueur. Qu'il n'y ait eu aucune indication manifeste de ce lien lors des crimes précédents me donne à penser que le tueur refoulait la composante sexuelle de ses actes. Le viol du Dr Calvet ne doit donc pas être considéré, au sens strict du terme, comme une escalade. Concrètement, il représente l'émergence d'une motivation présente depuis le début, quoique réprimée.

Qu'il se soit laissé aller à perdre son sang-froid est plus significatif. Je crois que cette entorse à son schéma habituel peut être imputée à l'interruption du meurtre à Brême. Cet épisode a dû le perturber énormément et accroître sa nervosité au moment d'aborder le Dr Calvet. Selon moi, ses propres agissements de Cologne ont dû le choquer. Pour refouler comme auparavant la nature érotique de ses actes, il s'était probablement persuadé d'être investi d'une quelconque mission altruiste. Maintenant qu'il s'est abaissé au viol, cependant, il lui sera plus difficile de conserver cette illusion dans son intégrité.

Quelles conséquences cela entraîne-t-il en matière d'investigations et de prévention ?

Je crois qu'il va très vite chercher à tuer de nouveau, peut-être dans les jours qui viennent. Il se sent obligé de rétablir la vision qu'il a de lui-même en tant qu'ange vengeur, ou redresseur de torts, afin d'effacer cette défaillance passagère dans un comportement qu'il peut très bien considérer comme celui d'un criminel « ordinaire ».

Si j'ai vu juste en supposant qu'il avait probablement un lien avec la navigation, ses possibilités se limitent sans doute à une zone géographique assez restreinte. Je crois le moment venu d'informer ses victimes potentielles du danger qu'elles encourent. Je conseille fortement de procéder à cette mise en garde avec beaucoup de discrétion, de façon à éviter d'alerter le tueur lui-même. Des officiers de police devront recenser les départements universitaires comprenant une section de psychologie expérimentale et se rendre sur les campus pour y rencontrer les personnes concernées. Ils devront insister sur l'importance du secret s'ils veulent avoir les meilleures chances de capturer le tueur, et solliciter la coopération. Les professeurs contactés pour des entretiens avec un magazine en ligne devront être recensés, ce qui favoriserait la mise en place d'un guet-apens. La rapidité de ces mesures évitera peut-être un cinquième assassinat.

Tony relut ce qu'il avait écrit, puis l'envoya à Marijke et Petra, et adressa une copie à Carol. D'après ce que lui avait dit Marijke, les enquêtes avaient déjà sombré dans la paperasse administrative, et toutes les informations étaient expédiées par des moyens sûrs au centre informatique d'Europol, à La Haye. Il se prit à espérer qu'à eux tous, ils parviennent à accélérer la procédure d'enquête. Faute de quoi, tout le monde allait finir avec encore plus de sang sur les mains.

Tadeusz raccompagna Carol à pied jusqu'à la porte de l'immeuble.

— Merci, dit-elle. J'ai passé une soirée intéressante.

Il lui prit la main et s'inclina très bas pour y déposer un baiser.

— Merci d'être venue. Je vous rappellerai, d'accord ?

Soulagée de constater qu'il ne suggérait pas de monter prendre un café, Carol acquiesça.

— Avec plaisir. Bonne nuit.

Elle prit l'ascenseur jusqu'au troisième étage et entra chez elle. S'il guettait dans la rue, il verrait qu'elle était rentrée directement. Tout en se dirigeant vers sa chambre, Carol défit la fermeture Éclair de sa robe qu'elle laissa tomber à terre. Elle avait envie de voir Tony mais pas avec les vêtements de Caroline Jackson, imprégnés de l'odeur du cigare de Tadeusz. Elle enfila à la hâte un T-shirt propre et un jean, puis descendit deux étages par l'escalier en s'assurant qu'il n'y avait personne dans le hall avant de s'y aventurer.

Il a l'air tendu, se dit-elle quand il ouvrit la porte. Mais bon, il avait passé la journée à s'occuper du meurtre d'une amie. Ç'aurait été beaucoup plus surprenant qu'il l'accueille avec un grand sourire. Elle s'avança vers lui et l'embrassa sur la joue. Il répondit en la serrant très fort dans ses bras.

— Ça fait du bien de te voir, dit-il. Comment ça s'est passé, aujourd'hui ?

— C'était intéressant, répondit Carol. Comme un film peut être intéressant.

Tony l'entraîna jusqu'au salon où les rideaux étaient fermés, et ils s'installèrent chacun à un bout du canapé, aussi déconcertés l'un que l'autre.

— Raconte-moi, demanda-t-il en versant à Carol un verre de vin rouge.

Carol le mit au courant des événements de la journée. Il écouta attentivement, la tête penchée de côté, puis il dit :

— Il fallait que ça arrive. À un moment donné, la ressemblance entre Katerina et toi allait inévitablement le faire flipper et éveiller ses soupçons.

— Eh bien ! même si ce n'était pas totalement inattendu, ça m'a quand même désarçonnée. Pendant un instant, je n'ai pas su comment réagir.

— Tu t'es fiée à ton instinct, ce qui est toujours fructueux chez toi. Tu as une bonne intuition, Carol, et elle t'a servie au mieux cet après-midi. Tu n'as pas plié, tu as retourné la situation à son désavantage, et il n'y avait pas mieux pour lui changer les idées. Mais ne t'étonne pas si ce genre de circonstance se reproduit.

— Et qu'est-ce que je devrai faire, la prochaine fois ? Me vexer à nouveau ?

Tony se passa la main dans les cheveux.

— Je n'ai pas toutes les réponses, Carol. Et franchement, je me suis rarement senti moins infaillible que ce soir.

Carol haussa les sourcils.

— Hé, mais c'est toi qui as dit que tu voulais m'aider dans cette mission, protesta-t-elle.

— *Je sais, mais je n'ai pas vraiment envie* d'être tenu pour responsable si quelque chose tourne mal, répondit-il avec un sourire las.

Carol s'éloigna instinctivement de lui.

— Tu devrais donner des cours de culpabilité aux catholiques, tu sais. Écoute, Tony, je te demande simplement un conseil. J'endosse l'entière responsabilité de mes propres actes.

Il se maudit intérieurement de sa maladresse.

— Tu veux un conseil ? reprit-il sèchement. D'accord : sans aucun a priori, je crois que si Radecki te pose à nouveau la question, tu dois lui dire que tu n'as pas tué Osborne et que tu ignores qui l'a fait. Et que ta ressemblance avec Katerina te met aussi mal à l'aise que lui. Que tu n'as pas envie d'être prise pour le genre de femme qui exploiterait son chagrin afin d'en tirer un avantage professionnel. Et que d'ailleurs, franchement, ce serait plus facile pour toi de laisser tomber toute cette affaire, vu que s'approvisionner en main-d'œuvre clandestine n'a rien d'une gageure.

Carol hocha la tête.

— Merci, Tony. Je vais y réfléchir, ajouta-t-elle.

Il secoua la tête.

— Écoute, on est tous les deux fatigués et irritables, ne nous disputons pas. (Il lui prit la main et noua ses doigts entre les siens.) Dis-moi comment tu te sens.

Elle haussa les épaules.

— C'est difficile à exprimer. Je ressens un mélange d'enthousiasme, parce que je me débrouille mieux que j'aurais jamais osé l'espérer, et de pure frayeur parce que je sais que si je merde, je travaille sans filet. Je vis sur les nerfs, et c'est épuisant. Alors change-moi les idées, raconte ta journée.

— Rien de particulièrement réjouissant. Il y a eu un quatrième meurtre.

Carol écarquilla les yeux.

— Déjà ? Mais c'est très proche du dernier.

— Et il perd les pédales. (Il décrivit brièvement à

Carol ce qu'il avait appris de Marijke en début de soirée.) Tu veux voir le premier jet du profil ?

— Si ça ne t'ennuie pas de me le montrer.

Tony se leva et alla chercher quelques feuillets dans sa mallette.

— Voilà, dit-il en les lui tendant. Veux-tu du café ?

— Mmm, avec plaisir.

Carol parcourait déjà l'encart d'avertissement qu'elle connaissait bien. Pendant que Tony s'affairait dans la cuisine, elle étudia le court rapport avec attention. Il attendit qu'elle ait terminé, pour apporter le café.

— Alors, qu'est-ce que tu en penses ? Moi je trouve que c'est un peu mince. J'ai l'impression de ne rien avoir déniché qui fasse beaucoup avancer l'enquête.

— Compte tenu du peu d'éléments dont tu disposes, je trouve que tu as fait du bon boulot, répondit Carol, rassurante. Le plus important, c'est évidemment ton hypothèse du marinier.

— Oui, mais tu as une idée de la quantité de péniches qui assurent les échanges commerciaux entre la Hollande et l'Allemagne ? Il doit circuler des milliers de bateaux sur les voies navigables, et notre homme peut se trouver sur n'importe lequel d'entre eux. J'ai parlé à Marijke vite fait, ce matin. Elle a l'air de dire que les bateaux seraient tenus de se faire enregistrer aux passages d'écluses ou quand ils s'amarrent à quai, mais ça ne réduit pas tellement l'éventail des recherches, et compulser toutes ces données peut prendre des mois. On n'a pas des mois à notre disposition, Carol.

— Et même si on avertit ses victimes potentielles, ça n'aidera sans doute pas tellement à le capturer.

— *C'est juste. Il se pourrait qu'il se tienne à car*reau un temps puis qu'il resurgisse avec une nouvelle stratégie pour coincer ses victimes.

— S'il dispose d'une connexion Internet, est-ce qu'on n'aurait pas intérêt à vérifier auprès des libraires en ligne qui a acheté un large choix de manuels de psychologie ? suggéra Carol.

Tony haussa les épaules.

— S'il vit sur un bateau, c'est plus facile pour lui d'acheter ses livres dans une librairie plutôt que de se les faire envoyer à une adresse où ils l'attendraient peut-être pendant des semaines.

— Sans doute. Qu'est-ce que ça donne, du côté de la Stasi ?

— Petra s'est arrangée pour que je rencontre un historien demain. Mais là encore, autant chercher une aiguille dans une botte de foin.

— J'aimerais comprendre ce qu'il a en tête, déclara songeusement Carol. Pour peu que tu aies raison, et qu'il s'imagine que sa vie a été foutue en l'air parce qu'un de ses proches a subi des tortures mentales, quel but vise-t-il ? Est-ce qu'il s'agit d'une vengeance pure et simple ? Ou cherche-t-il à faire passer un message plus large ?

— Eh bien ! ça dépend si on envisage les motifs conscients ou subconscients, en l'occurrence, répondit Tony. Je dirais qu'inconsciemment, il essaie de se dédommager. Mais c'est trop personnel, trop mesquin pour qu'il reconnaisse ça comme sa motivation première. À mon sens, il se figure être en train de nettoyer les écuries d'Augias de la psychologie. Il livre un message : celui qui bousille le cerveau des gens doit s'attendre à mourir.

Carol se rembrunit et joua machinalement avec sa tasse.

— Ça va sans doute te paraître complètement dingue, mais tu ne crois pas qu'il considère ce qu'il fait comme une sorte de cure ? Une forme de thérapie suprême ? Dans le genre : et maintenant, on ne se laisse plus aller à ses vilaines habitudes destructrices ?

C'était précisément pour cette raison que Tony adorait travailler avec Carol. Elle laissait ses réflexions partir dans tous les sens et faisait des suggestions auxquelles il n'aurait lui-même jamais songé ou qu'il aurait écartées comme trop improbables. C'était déjà arrivé par le passé, et elle avait eu raison alors qu'il se trompait.

— Ce n'est pas une mauvaise idée, tu sais, répondit-il d'un ton mesuré. Mais ça te mène où ?

— Je ne sais pas trop... (Carol contemplait le mur d'en face en essayant de mettre en forme l'idée qui la tracassait.) S'il se prend pour un instrument de vengeance, ne pourrait-on pas imaginer qu'il choisit d'humilier un peu plus ses victimes en se servant des outils de leur art ? Et s'il avait écrit à des publications universitaires pour dénoncer les individus auxquels il s'en prend, ou pour critiquer leurs travaux ? On pourrait aussi chercher sur Internet, puisque apparemment il se fait passer pour un journaliste de magazine en ligne.

Tony acquiesça.

— Pourquoi pas. Ça mérite d'être tenté, en tout cas.

— Il a pu écrire aux départements d'université dont ses victimes dépendaient pour se plaindre de leur incompétence ? (Carol avait le regard lointain, à présent.) Peut-être qu'il conçoit leur face-à-face final comme une sorte de séance thérapeutique ?

— Tu veux dire qu'il les voit comme des patients et que ce serait lui qui détiendrait la capacité de soigner ?

— Exactement. Qu'est-ce que tu en penses ?

— Possible. Et alors ? insista Tony pour pousser Carol jusqu'au bout de son idée.

Elle se laissa glisser sur le canapé pour venir contre lui.

— Et alors, rien. Désolée, c'est tout ce que j'arrive à fournir.

— Ce n'est pas grave. L'inspiration ne vient pas toujours quand on l'attend. Je vais suggérer à Petra et Marijke de rechercher des critiques publiques ou professionnelles des travaux des victimes.

Il passa le bras autour des épaules de Carol.

— Ah ! qu'on est bien, là, soupira Carol. J'aimerais ne pas être obligée de remonter là-haut.

Tony déglutit péniblement.

— Tu n'es pas obligée.

— Je crois que si. On a longtemps attendu pour en arriver là. Je ne tiens pas à ce que l'ombre de Radecki plane sur notre première fois. Je veux que ce soit un moment entre toi et moi seulement, un moment spécial. (Elle leva la tête vers lui.) Je peux attendre encore un peu.

Il se pencha et lui déposa un léger baiser sur les lèvres.

— Tu es décidée à ne me laisser aucune excuse de ne pas être à la hauteur, hein ? demanda-t-il en masquant son angoisse sous un sourire.

— Arrête ça tout de suite. Je ne me fais aucun souci, et tu ne devrais pas non plus. (Elle se dégagea.) Mais je monte me coucher. Nous avons tous les deux trop de responsabilités sur les épaules pour nous permettre de manquer de sommeil. (Elle se leva.) Je retrouverai le chemin toute seule. Et je te vois bientôt.

Il la regarda sortir de la pièce, étonné de la chaude bouffée de satisfaction qu'il éprouvait. Peut-être, oui, peut-être que ça pourrait marcher entre eux deux.

Krasic arriva à l'appartement de Tadeusz peu après 8 heures, avec un sachet de gâteaux tout chauds achetés à la boulangerie turque voisine, à l'angle de la Karl Marx Allee. Pendant que son patron faisait passer le café, il versa le contenu du sachet sur une assiette et se mit à ramasser machinalement les miettes du bout du doigt.

— C'est un mystère, cette Caroline Jackson, lança-t-il. Personne n'a l'air de savoir grand-chose d'elle. Elle est connue de nom, mais il n'y a presque personne qui l'ait vue. J'ai reparlé à ce dealer à qui Kramer t'avait adressé. Il dit qu'il l'a rencontrée pour la première fois il y a à peu près six ans et qu'à l'époque elle s'occupait de je ne sais quelles magouilles immobilières à Norwich.

— Quel genre de magouilles immobilières ? (Tadeusz versa le café et apporta les tasses sur la table.) Arrête de manger les miettes, Darko, tu n'es plus paysan, ajouta-t-il affectueusement.

Krasic s'assit et but une gorgée de café bouillant. La chaleur ne semblait pas l'incommoder.

— Elle avait eu un tuyau à propos d'un projet de supermarché qui obligeait à raser de vieilles maisons. Certains des propriétaires ne voulaient pas vendre aux prix dérisoires qu'elle offrait, alors elle a eu recours aux bonnes vieilles méthodes traditionnelles pour les convaincre.

— La violence ? demanda Tadeusz en prenant un croissant semé de graines de sésame grillées.

— Uniquement en dernier ressort. Une forme plus globale de terrorisme domestique. Tu connais. Vitres de voitures défoncées. Merdes de chien dans les boîtes à lettres. Couronnes mortuaires sur le pas de la porte. Taxis qui se pointent toutes les vingt minutes pendant la nuit. Une femme très inventive, paraît-il. En tout cas, ils ont tous fini par vendre sauf une vieille dame qui ne voulait pas lâcher sous prétexte qu'elle était née là, et qu'elle y mourrait. Elle a tenu *jusqu'au jour où, en rentrant* de ses courses, elle a trouvé son chat cloué sur sa porte d'entrée.

Tadeusz siffla entre ses dents.

— Sans pitié. Ça me plaît, chez une femme, ajouta-t-il avec un grand sourire. Je suppose qu'elle a ramassé un sacré paquet en vendant le terrain au supermarché ?

— Le pote de Kramer pense qu'elle a dû rafler quelque chose comme un quart de million de livres. Elle s'en est servie pour financer d'autres achats immobiliers. Cela dit, elle ne se mouille jamais. Elle agit de loin, d'après lui. Et elle ne fait pas du tout dans la drogue. Il lui a proposé de l'associer à un deal, une fois, mais elle a répondu qu'elle ne voulait rien devoir au genre de truands avec lesquels il traînait. Il a entendu dire qu'elle monte quelque chose sur une ancienne base américaine en pleine cambrousse, mais il n'a aucune idée de quoi il s'agit.

— Eh bien ! ça colle, tout ça. (Tadeusz se tamponna la bouche avec une serviette en lin et attrapa son étui à cigares, à l'autre bout de la table.) Et sur le plan personnel ? D'où sort-elle ?

— Les trucs que tu m'as indiqués ont l'air réglo. Tu te souviens de ce type qu'on a payé pour qu'il pirate l'ordinateur du service des Douanes, l'an dernier ? Hansi le Hacker ? Eh bien ! je lui ai glissé une liasse pour qu'il nous trouve tout ce qu'il pouvait sur Jackson. Elle est bien née où elle le dit, et à la date qu'elle a donnée. Elle a fait ses études à l'université de Warwick. Elle habite au même endroit depuis trois ans, je ne sais quel manoir à la con dans le Suffolk. Elle paie ses impôts. Le fisc croit qu'elle est consultante indépendante en urbanisme, où je ne sais trop quoi. Sur le papier, elle passe pour une honnête citoyenne. Pas de casier judiciaire, bien qu'elle ait été accusée de complicité dans une tentative d'entrave à l'exercice de la justice. Mais ça n'a jamais été jugé.

— Et sur le plan amoureux ? Un mari ? Un amant ?

— Rien. Le copain de Kramer l'appelle la Reine des Neiges. Il ne l'a jamais vue avec qui que ce soit. Elle pourrait aussi bien être lesbienne, d'après lui.

Tadeusz hocha négativement la tête, un sourire aux lèvres.

— Elle n'est pas lesbienne, Darko.

Krasic eut l'air affolé, l'espace d'un instant.

— Tu ne l'as pas sautée, quand même ? demanda-t-il d'un ton mi-indigné, mi-incrédule.

Tadeusz ferma les yeux et exhala sa bouffée de fumée.

— Tu es vraiment obligé d'être toujours aussi grossier ? lança-t-il d'un ton coupant.

Krasic haussa les épaules.

— Ce n'est pas Katerina, Tadzio. C'est une hors-la-loi parmi tant d'autres, et puis voilà. Comme nous.

Tadeusz le foudroya du regard.

— Je sais très bien que ce n'est pas Katerina. Mais tu es quand même prié de lui témoigner du respect, Darko. C'est deux fois plus difficile pour une femme de s'en sortir dans notre milieu, et Caroline a su s'imposer. Alors ne t'avise pas de parler d'elle comme tu le ferais d'une quelconque traînée de bas étage. C'est clair ?

Krasic était trop avisé pour affronter la colère rentrée de son maître.

— Comme tu voudras, marmonna-t-il.

— Pour ta gouverne, sache qu'il n'y a rien entre Caroline et moi, reprit Tadeusz d'une voix glacée. J'apprécie sa compagnie. En sa présence, je me sens plus moi-même que je ne l'ai été depuis un bon moment. J'aurais pu croire que ça te ferait plaisir étant donné que tu as l'air de t'inquiéter pour ma santé mentale, ces derniers temps. (Il repoussa sa chaise et se leva comme pour mettre un terme à l'entrevue.) Au fait, tout est en ordre du côté de la gamine de Marlene ?

— Ouais. J'ai appelé mon cousin hier soir. Il n'a vu aucun visage inconnu dans les parages. Il dit que la gosse pleurniche à longueur de temps parce qu'elle s'ennuie, mais qu'est-ce qu'elle pourrait faire d'autre, enfermée toute la journée dans la maison ?

— Au moins, elle est à l'abri. Bon, et si tu allais discuter avec tes amis chinois pour voir s'ils n'auraient pas un autre chargement à nous envoyer ? On devrait être prêts à le réceptionner d'ici à la fin du mois.

— Tu vas t'associer avec elle ?

— Je crois que oui. Elle veut avoir un aperçu de la façon dont on travaille avant de s'engager. Alors fais en sorte que tout se passe sans problème, d'accord ?

Krasic s'efforça de dissimuler sa consternation.

— Tu vas faire entrer une inconnue dans notre organisation ?

— Caroline ne sera plus une inconnue, si ? Elle va devenir une des nôtres. On a fait toutes les vérifications à son sujet, non ? Bon, et maintenant, c'est elle qui veut se renseigner sur nous. Et elle le fait franco, au moins, pas en douce comme nous.

Krasic hocha la tête d'un air dubitatif.

— Moi je ne sais pas, mais on a toujours travaillé en petit comité et ça nous a réussi.

Tadeusz posa la main sur le bras de son lieutenant.

— Écoute, Darko, je sais que tu t'en méfies. Mais j'ai passé pas mal de temps avec elle ces deux derniers jours. Et mon intuition me dit qu'elle est des nôtres. Qu'on peut lui faire confiance. Alors maintenant, il faut que tu te fies à mon jugement, d'accord ?

Krasic fit mine d'accepter cette offre de paix.

— Si tu le dis, patron. Allez, il faut que je file. J'ai à faire.

Tadeusz le regarda partir avec une expression songeuse. Que Darko se méfie à ce point de Caroline n'était pas une mauvaise chose, se dit-il. Il avait parfaitement conscience qu'elle avait battu en brèche ses défenses. Qui pouvait dire ce que leur réservait cette intrusion ? Ce n'était pas plus mal que Darko veille au grain. Car s'il se trompait, quelqu'un devrait payer les pots cassés.

Allongée sur le banc du sauna, Carol sentait la sueur ruisseler sur ses tempes et au-dessus de ses oreilles.

— C'est vraiment le meilleur lieu de rendez-vous possible, soupira-t-elle.

Petra répondit d'un grand sourire, les yeux au niveau des seins de Carol.

— Ça a des aspects sympa, je l'avoue.

Carol étira la nuque en savourant la sensation des vertèbres qui se réalignaient.

— Ah ! bon sang, je suis vraiment rouillée, gémit-elle. À propos, je crois que Radecki me fait filer par quelqu'un. J'ai remarqué un jeune type en bas de mon immeuble, ce matin, et il m'a semblé l'avoir repéré hier. Pour venir ici, j'y suis donc allée de ma petite feinte en passant devant une vitrine. Vous voyez ce que je veux dire ? On passe, puis on se retourne tout à coup comme si on venait de se rendre compte que quelque chose a attiré notre regard.

— Bien sûr. Le genre de chose qu'on passe notre temps à faire, nous autres nanas sans cervelle.

— Exactement. Toujours est-il que je l'ai aperçu du coin de l'œil. Qui se planquait derrière une voiture avec l'air de vouloir traverser la rue. Assez professionnel, mais pas assez pour bluffer quelqu'un qui guette un fileur potentiel.

— Ça vous tracasse ?

— Pas *vraiment*. S'ils ne me tenaient pas à l'œil, ce serait de la négligence de leur part. Quoique je ne fasse rien pour les inquiéter. Maintenant, au moins, je saurai de quoi a l'air celui qui me file, des fois que j'aie besoin de le semer.

Petra hocha la tête d'un air approbateur.

— Pas mal. Au fait, j'ai lu votre rapport d'hier. Je dois dire que vous avez bien joué avec Radecki, dans le bateau. Vous avez l'air d'avancer à grands pas.

— Je suis assez contente de moi, mais en toute prudence. Hier après-midi m'a vraiment servi d'avertissement : pas question de me sentir trop en confiance.

Petra se leva et versa un peu d'essence de citron sur les charbons. L'épaisse fumée acidulée lui remit les idées en place.

— Ça marche parce que vous ressemblez à Katerina. Il a beau lutter pour ne pas vous faire confiance, ses émotions l'entraînent dans le sens contraire. Je suis étonnée qu'il n'ait pas encore essayé de vous séduire.

— Ah bon ? Moi, pas. Il avait placé Katerina sur un piédestal. C'était son ange, sa déesse. Il ne va pas sauter sur quelqu'un qui la lui rappelle à ce point. Il va me courtiser, expliqua-t-elle. J'en ai déjà parlé avec Tony, il s'était dit que ça se passerait comme ça. À propos de Tony, il m'a raconté le meurtre de Cologne.

Petra gémit.

— C'est horrible. Je suis vraiment furieuse, j'ai l'impression que l'enquête est engluée de tous les côtés dans les conneries bureaucratiques. À Heidelberg, ils sont montés sur leurs grands chevaux, apparemment. Ils insistent pour prendre la direction des investigations sous prétexte que leur affaire était la première de la série. Et c'est le même ramassis de connards qui a d'abord essayé de refiler l'enquête à mon équipe parce qu'ils n'arrivaient pas à la résoudre.

— Je croyais que tout passait par Europol ?

— Les renseignements transitent par eux, mais il y a une montagne de dossiers et personne pour les examiner en détail, mis à part Tony. C'est crispant au possible. Cela dit, j'ai trouvé que son profil soulevait quelques pistes intéressantes. En tout cas, l'inspecteur principal de Cologne a l'air d'avoir les idées bien en place. Il a tout de suite pigé l'intérêt de faire examiner par un spécialiste le disque dur de l'ordinateur de la victime. Marijke fait la même chose de son côté. Seulement ça peut prendre des jours, ou même des semaines pour donner des résultats. Marijke a aussi demandé aux équipes allemandes d'examiner votre idée de campagne de dénigrement auprès des universités.

Carol secoua la tête.

— Ce n'est pas la meilleure que j'aie eue. J'espère qu'ils ne passeront pas trop de temps là-dessus.

— Ça pourrait justement être la piste qu'il leur faut, répondit Petra. Nom d'un chien, ça me hérisse de ne pas pouvoir prendre part à cette enquête ! (Elle se leva.) Il est temps que je file à la douche. Et ensuite, je ferais bien de retourner au bureau.

Carol poussa un grognement.

— Et moi, je suis bonne pour la tournée des magasins de vidéos de Radecki, et avec l'air intéressé, si possible.

— Je vous laisse ça de grand cœur, lança Petra en sortant de la cabine de sauna. Faites bien gaffe à vous, Carol.

Ouais, c'est ça. Comme si j'avais le choix, se dit ironiquement Carol. Si faire gaffe avait été une priorité chez elle, jamais elle n'aurait accepté cette mission. Prendre des risques, c'était la règle du jeu. Et survivre. Et elle était bien décidée à survivre.

28

En règle générale, Darko Krasic aimait son boulot. Il avait le goût du pouvoir et éprouvait une totale indifférence à l'égard de la souffrance. Il connaissait ses limites et ne cherchait pas à supplanter Tadeusz Radecki à la tête de son empire. À quoi bon ? Il gagnait déjà plus d'argent qu'il pouvait en dépenser et il n'était pas imbu de lui-même au point de se croire plus malin que son patron.

Pourtant, même Krasic jugeait parfois certains aspects de son boulot répugnants. Entre autres celui-là : fouiner dans les sous-vêtements d'une femme, ce n'était pas un truc pour un homme comme lui. Un détraqué aurait peut-être trouvé ça excitant, mais Krasic n'était pas un détraqué. S'il devait un jour en être réduit à ne plus prendre son pied qu'en tripatouillant de la lingerie, il aurait toujours un de ses flingues à portée de la main pour se faire sauter la cervelle.

Enfin bon, il fallait que ça se fasse. Tadzio avait le cerveau dans le caleçon, ces jours-ci, alors quelqu'un était bien forcé de faire tourner la boutique. En quittant l'appartement du patron, Krasic avait appelé Rado, son petit cousin, le jeune type qu'il avait chargé de filer Caroline Jackson.

— Où est-elle ? demanda-t-il.

— Elle vient d'entrer dans ce club de gym branché

de Giesebrechtstrasse, répondit Rado. Avec un sac de sport.

Si Caroline Jackson pouvait s'offrir une adhésion temporaire là-dedans, se dit Krasic, c'est que vraiment elle n'était pas à court d'argent, et qu'elle ne craignait pas non plus de le dépenser. Elle en aurait au moins pour une heure, calcula-t-il.

— Rappelle-moi quand elle sort, ordonna-t-il à Rado.

Il s'arrêta chez un fleuriste et acheta un bouquet. Entrer dans l'immeuble se révéla simple comme bonjour. Il se contenta d'appuyer sur les sonnettes jusqu'à ce que quelqu'un réponde, puis d'annoncer une livraison pour le numéro d'appartement correspondant. Dans l'ascenseur, il griffonna quelques mots illisibles sur la carte et déposa le bouquet chez un homme d'affaires hollandais passablement perplexe. Il savait à quel numéro logeait Caroline Jackson car la voiture était venue la chercher pour le dîner de la veille. Il trouva la serrure d'une simplicité consternante. Il mit moins de cinq minutes à la crocheter, puis il entra.

Avant d'entreprendre sa fouille, il se livra à un examen rapide des lieux. Chambre, salle de bains, cuisine, salon. Pas de cachette digne de ce nom. Pas même un coffre pour les objets de valeur.

Il commença par le salon. Il y avait un ordinateur portable sur une petite écritoire, près de la fenêtre. Il l'alluma et le laissa se charger le temps de jeter un coup d'œil alentour. Il y avait quelques livres de poche sur une étagère, à côté d'une radio en plastique bleu. Il les feuilleta. Rien. Un paquet de journaux anglais en vrac sur la table basse ne révéla rien de plus que le goût et le talent qu'avait Jackson pour les mots croisés. Sur le carnet, à côté du téléphone, ne figuraient que la date et l'heure du rendez-vous avec Tadzio, au bateau. Dans une mallette étonnamment vide, il ne trouva que les fiches d'agents immobiliers décrivant deux ou trois domaines du côté d'Ipswich, en marge desquelles étaient griffonnées quelques appréciations, un premier tirage d'un catalogue de jouets en bois dont l'adresse de commande se situait à Norwich, une feuille couverte de ce qui se présentait comme des comptes, et un relevé bancaire émis par une agence de Bury St. Edmunds. Krasic prit note du détail du relevé, puis remit le tout en place, tel qu'il l'avait trouvé.

Il s'intéressa ensuite au portable. Elle n'avait même pas entré de mot de passe, remarqua-t-il dédaigneusement. Il ouvrit son serveur de messagerie et constata avec un frisson d'horreur que la boîte de réception devait bien contenir deux cents messages. Il en ouvrit quelques-uns au hasard, sans rien trouver de significatif. Ils semblaient émaner principalement d'amis ou de relations de travail et se limitaient en général à des indications concernant des rendez-vous, ou de potins. L'idéal aurait été de pouvoir passer quelques heures seul face à l'écran pour tout examiner, mais c'était hors de question.

Krasic s'intéressa ensuite au programme de traitement de texte. Il y avait là un dossier contenant des lettres dont un grand nombre traitaient du bail concernant une ancienne base aérienne américaine dans l'East Anglia, et des aménagements envisagés pour y installer de petites chaînes de fabrication ainsi que des logements pour la main-d'œuvre. D'autres avaient trait à des ventes et des achats immobiliers, mais rien qui évoque quoi que ce soit à Krasic. Il ouvrit un autre dossier intitulé « Projet EA ». Il eut un coup au cœur en voyant apparaître dans la liste un fichier « Radecki ». Il l'ouvrit aussitôt.

Tadeusz Radecki. 38 ans. De souche polonaise, vit à Berlin. Fournissait travailleurs immigrés à Colin

Osborne. D'après J., Radecki a des relations d'affaires poussées avec Charlie et Horse. Personnage clé en Allemagne centrale, avec ouvertures importantes vers l'exportation. Traite aussi marchandise vivante. Aurait débuté par commerce de logiciels dans les Balkans. Propriétaire d'une chaîne de magasins de vidéos. À la réputation d'être réglo à la livraison, et de ne prendre que de la bonne qualité. À pour lieutenant Darko Krasic, « connard de Serbe sans scrupules » (dixit CO), chargé du sale boulot pour que TR garde les mains propres. TR habite luxueux appartement de Charlottenburg. Roule dans une grosse Mercedes noire avec chauffeur. Aime voyager, surtout dans les grandes villes d'Europe. Goûts : opéra, chasse, restaurants, gagner de l'argent, faire de la photo. Loge perso au Staatsoper, qu'il fréquente seul. Meilleur endroit pour premier contact sans intervention intempestive du Serbe ?

Elle s'était bien renseignée, mais n'avait guère laissé d'indications quant aux sources de ses informations. Ça ne plaisait pas à Krasic qu'une inconnue en sache autant sur eux. Et voilà que maintenant, elle voulait fouiner un peu plus dans leurs affaires. Ça ne lui plaisait pas du tout. Pas venant de quelqu'un d'aussi habile.

Il referma le traitement de texte et essaya d'ouvrir le programme de comptes. Cette fois, il se heurta à la demande de mot de passe. Il ne pouvait pas lui en vouloir, il en aurait fait autant à sa place. Ça prouvait qu'elle faisait bien la distinction entre ce qui était risqué et ce qui ne l'était pas.

Krasic consulta sa montre. Il était dans l'appartement depuis trente-cinq minutes. Mieux valait éteindre l'ordinateur, à présent. Il n'en tirerait pas grand-chose de plus, et ça ferait mauvais effet si Jackson trouvait sa machine encore chaude en rentrant.

Il s'attaqua ensuite à la chambre. Vêtements dans

la penderie : un tailleur Armani, deux ou trois robes du soir de couturiers dont il n'avait jamais entendu parler, deux ou trois jeans Armani, un pantalon Paul Costello, une demi-douzaine de chemisiers griffés. Trois paires de chaussures en vrac : Bally, Fly et Manolo Blahnik. Qui avaient toutes l'air assez neuves : le nom du fabricant, à l'intérieur, se lisait encore bien. *Encore une Imelda Marcos*, se dit-il négligemment.

Et pour finir, les tiroirs. Sa lingerie n'avait rien de rare. Visiblement, elle préférait investir dans ce qui se voyait, et s'en tenait aux grands magasins pour les dessous. Un aperçu intéressant de ses mécanismes de réflexion, mais ça n'avançait guère Krasic dans ses efforts pour découvrir si elle était bel et bien celle qu'elle prétendait être. Agacé par le peu de résultats de sa fouille, il referma violemment le tiroir et se dirigea vers la salle de bains. Il venait d'ouvrir le placard, au-dessus du lavabo, quand son mobile se mit à sonner.

— Allô ?

— C'est moi, Rado. Elle sort. Elle a l'air de rentrer chez elle.

— Merci. Je te rappelle dans un moment.

Krasic fourra le téléphone dans sa poche et referma le placard. Il était temps de filer. Par chance, il n'eut pas besoin de ressortir ses rossignols, car il suffisait de tirer la porte pour la refermer. Plutôt que de s'aventurer dans l'ascenseur, il prit l'escalier de secours, au bout du couloir. Deux minutes plus tard, il était dehors et s'engouffrait dans un bar, sur le trottoir d'en face. Il avait descendu la moitié de son verre de Pilsner quand il la vit entrer dans l'immeuble. Rado survint, une bonne trentaine de mètres derrière. Krasic suivit Caroline Jackson des yeux, le regard mauvais. Il n'avait rien découvert de louche, mais elle ne lui inspirait pas confiance.

Emil Wolf avait une tête à avoir passé la majeure partie de sa vie au milieu d'archives poussiéreuses, se dit Tony en s'asseyant en face de lui dans le petit café de Prenzlauer Berg. Maigre comme un clou, des cheveux gris en bataille au-dessus d'un front parcheminé. Des yeux marron aux paupières rouges derrière les lunettes ovales, et les joues pâles. Les lèvres étaient réduites à un mince pli sévère, presque invisibles, jusqu'à ce qu'il prenne la parole.

— Je vous suis reconnaissant de m'accorder un peu de votre temps, dit Tony.

Un coin de la bouche de Wolf s'abaissa.

— Petra sait se montrer très persuasive. Est-ce qu'elle vous a dit que j'ai été marié à sa sœur ?

Tony hocha négativement la tête. Wolf haussa les épaules et reprit :

— Petra considère que nous sommes toujours parents. Par conséquent, je suis tenu d'obéir au doigt et à l'œil. Alors, en quoi puis-je vous être utile, Dr Hill ?

— Je ne sais pas dans quelle mesure Petra vous a informé de ma démarche ?

— J'ai cru comprendre qu'il était question d'une affaire confidentielle en rapport avec un crime grave. Et que vous pensez que l'auteur du crime en question, ou quelqu'un de sa famille, aurait souffert de tortures exercées par des psychiatres ?

— C'est exact.

— Je suppose que si vous m'en parlez à moi, et étant donné qu'il s'agit de mon domaine de compétence, vous pensez que ceci aurait pu être le fait de la Stasi ?

— Ça m'est venu à l'idée, en effet.

Wolf alluma une cigarette et fronça les sourcils.

— En Europe de l'Ouest, les gens ont tendance à mettre la Stasi dans le même sac que l'Union soviétique dès qu'il est question d'abus commis par les psychiatres à des fins politiques. Mais en réalité, les ressorts étaient très différents en Allemagne. La Stasi disposait de ressources énormes, et s'en est servie pour mettre sur pied un réseau d'informateurs unique en son genre. On a estimé qu'au sein de la population, un individu sur cinquante s'est ainsi trouvé directement en rapport avec la Stasi.

» Les membres de la Stasi s'appuyaient sur ce qu'ils appelaient la *décomposition* du peuple, c'est-à-dire son sentiment d'impuissance. Les gens étaient paralysés en tant que citoyens parce que convaincus que tout était contrôlé. Un de mes collègues a appelé ça « l'implacable mise en œuvre d'une coercition tacite menant à la soumission ».

» L'oppression qu'exerçait la Stasi était subtile : les gens étaient convaincus qu'une remarque désinvolte dans un café pouvait anéantir leurs chances de promotion professionnelle. On enseignait aux enfants qu'une rébellion d'adolescence pouvait leur coûter leur place à l'université. La collaboration, en revanche, était la voie vers une meilleure existence. On pratiquait donc les deux méthodes jumelles de la corruption et du chantage.

» Les agents de la Stasi visaient les gens chez qui ils flairaient une prédisposition à la collaboration, puis leur donnaient à croire qu'ils faisaient bien. Quand on vit dans une culture qui nous a conditionné à croire qu'on ne dispose d'aucun pouvoir, se voir offrir une occasion de prendre une part active à quelque chose est très alléchant. Et évidemment, quand on croit bien faire, c'est très difficile d'être ensuite confondu ou puni. La chute du communisme a entraîné un pourrissement de l'existence de beaucoup d'individus, car la divulgation des dossiers a révélé, bien sûr, dans quelle mesure ils avaient été trahis par leurs femmes, maris, enfants, parents, amis et professeurs.

» Dans ces conditions, vous comprenez que l'État n'avait guère besoin de pousser la psychiatrie à des abus. La population était déjà réduite en servitude.

Tony eut l'air sceptique.

— Il y a quand même eu des dissidents. Des gens ont été emprisonnés et torturés. J'ai lu qu'on incarcérait certains activistes dans des services psychiatriques pendant de courtes durées pour les empêcher de prendre part à des actions concertées contre l'État. Il serait certainement faux d'affirmer qu'il n'y a pas eu d'abus de la part du corps médical.

Wolf hocha la tête.

— Oui, vous avez raison. C'est arrivé, mais assez rarement. Et dans la plupart des cas, ces abus ont été largement commentés depuis. Une trentaine de psychiatres ont été discrédités parce qu'ils s'étaient laissé utiliser à ces fins, mais ils ne représentaient qu'une petite minorité. Et leurs noms sont connus. Si votre criminel avait un compte à régler avec la Stasi, il n'aurait pas besoin d'aller chercher bien loin pour trouver à qui s'en prendre. En fait, à l'échelle du système tout entier, leurs crimes étaient insignifiants. Voyez-vous, la Stasi avait sa façon bien à elle de traiter les dissidents. Elle les vendait à l'Ouest.

— Quoi ?

— Eh ! oui. Chaque année, la République fédérale achetait la liberté de citoyens d'Allemagne de l'Est emprisonnés pour avoir exprimé leurs opinions ou agi à l'encontre de l'État. Je ne parle pas seulement des personnalités comme les écrivains et les peintres, mais aussi de gens issus de toutes catégories sociales. Il n'était donc pas vraiment nécessaire de corrompre le corps des professions psychiatriques.

Ce n'était certes pas le discours auquel Tony s'attendait de la part d'un historien d'Allemagne de l'Ouest.

— Voilà qui ébranle fortement mes préjugés, déclara-t-il d'un ton narquois.

— Vous n'êtes pas obligé de me croire sur parole. Des études ont été menées aussi bien par des universitaires que des instituts gouvernementaux. Ils aboutissent tous aux mêmes constatations. Quelques cas isolés d'individus ayant perdu l'esprit à la suite de tortures psychologiques, mais très peu d'abus dans ce sens. Si vous voulez lire le détail des cas commentés, j'ai un collègue qui pourra sans doute vous fournir les dossiers. Il faut aussi se rappeler que le corps médical en général a résisté aux tentatives de mainmise de la Stasi. On n'y comptait qu'un très faible pourcentage d'informateurs internes, et les membres de la corporation ont fait tout ce qu'ils pouvaient pour maintenir le droit du patient au secret médical. D'ailleurs l'État ne se fiait pas à eux en tant qu'administrateurs de la politique gouvernementale.

Tony ne put réprimer sa déception en entendant les propos de Wolf. Il était venu convaincu que son hypothèse était la bonne, mais apparemment, il s'était trompé. Comme les praticiens coupables de l'ancien régime communiste avaient été nommés publiquement, si le tueur attribuait l'origine de ses ennuis au règne de la Stasi, il aurait choisi ces individus-là comme cibles, et non des universitaires de l'Ouest.

— Vous avez l'air abattu, Dr Hill. Je suis navré de ne pas avoir pu vous dire ce que vous vouliez entendre. Mais si vous êtes en quête d'abus graves et à grande échelle dans les domaines de la psychiatrie et de la psychologie dans ce pays, il va falloir remonter à l'époque nazie.

— Ça paraît bien loin, à présent.

Wolf écrasa sa cigarette.

— Pas forcément. N'oubliez pas qu'ils ont détruit la vie de nombreux enfants avec leurs pratiques eugénistes. Certains de ces enfants ont survécu. Ils doivent avoir dans les soixante-dix ans, aujourd'hui. Ça reste tout à fait d'actualité. Il est fort possible qu'ils aient raconté leur histoire à leurs enfants et petits-enfants. Et bien entendu, les responsables sont morts depuis longtemps, ce qui élimine la possibilité de s'en prendre à eux.

Tony reprit espoir en mesurant la portée de ce que lui disait Wolf.

— Existe-t-il des archives concernant les admissions dans les services psychiatriques de cette époque ?

Wolf acquiesça.

— Les nazis étaient des maniaques du registre. J'ai toujours trouvé que c'était un de leurs aspects les plus glaçants. Il fallait qu'ils trouvent une justification de leurs actes. La seule exigence de Hitler, fonder une race de seigneurs, ne suffisait pas. Ils se persuadaient donc qu'ils menaient de véritables recherches scientifiques. Il existe des registres d'admissions, de décès, et d'autres où sont consignées toutes les expériences qu'ils menaient.

Tony sentit son pouls s'accélérer.

— Et où se trouvent ces registres ?

— Ils sont conservés dans un château sur le Rhin : Schloss Hochenstein. Ils l'avaient baptisé Institut de Psychologie du Développement. En réalité, c'était une usine à exterminer où l'on pratiquait aussi des expériences psychologiques radicales. Après la guerre, c'est devenu le centre d'archives du programme d'extermination. On en a également fait une attraction touristique, mais son utilisation précédente n'est pas mentionnée dans l'historique du château, ajouta Wolf avec un rictus sarcastique. *Notre réconciliation avec le passé s'arrête là.* Nous n'aimons pas reconnaître que nous avons laissé massacrer nos enfants.

— Non, mais je comprends que la nation ait eu du mal à s'en remettre, dit Tony. Me serait-il possible de consulter les dossiers en question ?

Un sourire étira les lèvres minces de Wolf sur ses dents jaunies.

— En principe, il faudrait attendre les autorisations nécessaires, mais je suis sûr que Petra pourra shunter toute la paperasserie pour vous. Elle est très douée pour obtenir ce qu'elle veut.

Tony fit la grimace.

— Je m'en suis aperçu. (Il repoussa sa tasse de café à demi pleine.) Vous m'avez été d'une grande aide, Dr Wolf.

Son interlocuteur haussa les épaules d'un air modeste.

— Tous les prétextes sont bons pour m'évader une heure du campus.

— Je connais ça, renchérit Tony en comprenant soudain qu'intérieurement, il avait d'ores et déjà tourné la page et laissé cette vie-là loin derrière lui. Je vais dire à Petra qu'elle vous doit un verre.

Wolf lâcha un ricanement.

— Je peux toujours courir ! Bonne chance au Schloss.

La chance, Tony avait justement l'impression d'en être bardé. Le vent tournait peu à peu, lui permettant de remplacer de vagues idées par d'authentiques possibilités. Ce n'était pas trop tôt. Compte tenu de l'évidente escalade vers la sexualité que révélait l'affaire de Cologne, il fallait arrêter ce tueur avant qu'il perde encore un peu plus les pédales. Tony imaginait sans peine que l'homme puisse se déchaîner, s'abandonner à une frénésie meurtrière, s'ouvrir un passage à la mitraillette dans la foule d'un campus universitaire avant de retourner l'arme contre lui. Il était temps de mettre un terme à ça. Il bouillonnait d'appréhension. *J'arrive, Geronimo*, songea-t-il en sortant du café pour retrouver la lumineuse journée de printemps.

Carol jeta son sac de sport dans la chambre et alla au salon. Là, ses narines décelèrent une faible odeur de cigare. Soit le locataire d'en dessous était en train de faire un sort à une cave entière de Havane, soit quelqu'un était entré chez elle. Elle sourit. Elle s'attendait à ce qu'ils fouillent son appartement, comme elle s'attendait à la filature qu'elle avait repérée le matin même, en allant au club de gym. Que rien de tel ne se produise l'aurait davantage inquiétée. Cela aurait signifié que Radecki la prenait peut-être au sérieux en tant que femme, mais pas comme possible associée.

Chose intéressante, en revanche : la fouille s'était déroulée pendant qu'elle était au club de gym. Si elle avait dû l'organiser elle-même, Carol aurait choisi un tout autre moment. Celui de la balade en bateau avec Radecki, par exemple. Les visiteurs auraient alors su qu'ils disposaient d'au moins trois heures sur place. Compte tenu de leur choix, plus du léger effluve qui flottait dans l'appartement, Carol se demanda si Radecki ne s'était pas chargé de la fouille en personne. Si tel était le cas, cela révélait à quel point il avait succombé à ses charmes. Un homme vraiment épris n'aurait jamais laissé un de ses sous-fifres fouiner dans les petites culottes de sa dulcinée.

Elle alla prendre la radio sur l'étagère, en fit coulisser le panneau et sourit quand le disque dur lui tomba dans la main. Jamais ils n'auraient omis d'emporter une chose pareille s'ils l'avaient trouvée. Mieux valait vérifier quand même. Elle le brancha sur le portable et alluma. Puis elle lança le programme spécial de sécurité qui enregistrait toutes les connexions de l'utilisateur et constata avec satisfaction que personne ne s'était servi du disque dur après elle. Elle lança alors le programme d'encodage et envoya des e-mails à Morgan et à Gandle, pour les prévenir qu'elle était suivie et leur signaler la fouille. Elle lut le mail dans lequel Morgan la félicitait des succès remportés jusque-là et l'avertissait que Krasic avait pris des renseignements sur elle. Il lui assurait que sa couverture ne présentait aucune faille. *Comme si dans le cas contraire, on allait s'en douter*, pensa-t-elle cyniquement.

Elle se demanda comment Tony s'en sortait. Elle savait que, quoi qu'il fasse, ça laisserait des traces. La seule chose qui touchait immanquablement Tony, c'était que des gens soient victimes de criminels violents. Certes, les tueurs le fascinaient, mais le profilage n'était jamais un exercice aride avec lui. Il éprouvait de la compassion pour les morts ; comme Carol, il considérait que les enquêteurs étaient les représentants vivants des victimes. Leur rôle ne consistait pas à obtenir une vengeance digne de l'Ancien Testament, mais plutôt à fournir un genre de conclusion à ceux qui restaient. Et aussi à sauver la vie des victimes potentielles.

D'un côté, elle aurait voulu être sur le terrain avec lui, mais sa propre mission était assez prenante et captivante pour que cette envie ne la taraude pas vraiment. Pour le moment, elle le laissait avec joie se débrouiller seul, convaincue qu'une fois les choses tirées au clair, le monde ne serait plus le même à leurs yeux.

Marijke avait fui la montagne de paperasse qui l'attendait au bureau et se dirigeait vers la maison de Pieter de Groot, en bordure de canal. Hartmut Karpf l'avait appelée de Cologne pour lui demander de s'y rendre. Son équipe d'enquêteurs avait trouvé quelque chose d'étrange en passant au crible le classeur à dossiers de Marie-Thérèse Calvet. Ça ne faisait pas tellement avancer l'enquête, mais elle pensait que ça intéresserait beaucoup, beaucoup Tony.

Qui plus est, cela lui permettait de se soustraire aux regards incendiaires de ses hommes, qu'elle avait chargés de dresser la liste de tous les bateaux naviguant dans le pays qui se trouvaient dans un rayon de cinquante kilomètres autour de Leyde le jour de l'assassinat de Groot. Elle espérait que ses collègues allemands en faisaient autant, ce qui permettrait de comparer les résultats. Faute de quoi, l'exercice serait une pure perte de temps. Pour peu qu'ils détectent la moindre coïncidence, les Allemands pourraient vérifier ensuite si un des mariniers était en outre propriétaire d'une Golf foncée. Avec beaucoup de chance et d'acharnement, ils arriveraient peut-être à dénicher assez de suspects pour que le profil établi par Tony soit véritablement utilisable.

Elle avait également dépêché un de ses inspecteurs à la bibliothèque universitaire pour voir s'il trouvait des lettres ou des articles dénigrant les travaux de Pieter de Groot et des autres victimes. Elle était beaucoup moins sûre que cette idée-là, lancée par Carol, puisse donner des résultats dignes de ce nom, mais elle était décidée à explorer toutes les pistes, à envisager toutes les hypothèses.

Marijke devait bien avouer qu'elle était déçue par le résultat des recherches. Elle savait, bien sûr, que les profileurs ne faisaient pas de miracles, mais elle avait espéré plus concret que ce que Tony avait pu leur soumettre jusque-là. Peut-être attendait-on trop de lui. Apparemment, la seule façon de résoudre un jour ces affaires allait consister à suivre les bonnes vieilles méthodes de police, et à battre le pavé. Rien d'affriolant, mais ça donnait parfois des résultats.

C'était étrange de se retrouver dans le bureau de Pieter de Groot. Il ne restait guère de traces de ce qui s'y était passé. À peine une tache sur le bureau, où l'eau s'était infiltrée sous le vernis, et quelques résidus de poudre à empreintes que les techniciens n'avaient pas bien nettoyés en quittant les lieux. Maartens n'aurait pas apprécié. Il avait horreur que l'équipe scientifique laisse le lieu d'un crime en mauvais état.

Il restait une fine couche de poudre sur les surfaces planes de la pièce. Marijke ne pensait pas que la femme de ménage revienne de sitôt. Et pour le moment, l'ex-épouse ne s'était pas présentée pour réclamer la part d'héritage qui revenait à ses enfants. Elle n'avait sans doute pas très envie de retrouver son ancien domicile dans ces conditions.

Marijke s'approcha du classeur. Autant commencer par le plus évident et regarder directement à « de Groot ». Elle enfila une paire de gants en latex, ouvrit le tiroir concerné, et de ses longs doigts, fit défiler les chemises.

Et miracle, elle trouva ! Exactement ce que Karpf avait prédit. Un dossier suspendu, que distinguait seulement sa couleur, un ton plus clair de papier kraft. Il n'y avait pas de porte-étiquette sur le rabat, juste une étiquette adhésive ordinaire sur la chemise elle-même : « Pieter de Groot, notes d'observation ».

Marijke retira délicatement la chemise du tiroir. Elle l'approcha de la fenêtre pour mieux pouvoir lire le contenu. Elle examina d'abord l'extérieur, remarquant avec un frémissement exalté une légère trace foncée et grasse, comme de l'huile, au bas du rabat arrière. Elle renifla, mais ne décela rien. Puis elle ouvrit. La chemise ne contenait qu'un feuillet.

notes d'observation

Nom : Pieter de Groot

Séance numéro : 1

Remarques : Le manque d'affect du patient est frappant. Il évite tout engagement et fait preuve d'un niveau de passivité inquiétant. Il a cependant une haute opinion de ses capacités. Le seul sujet dont il semble disposé à s'entretenir est sa propre supériorité intellectuelle. L'image qu'il a de lui-même est surévaluée à l'extrême.
Son comportement ne saurait être justifié par sa réussite, qu'on peut qualifier au mieux de médiocre. Cependant, il a été conforté dans l'idée qu'il se fait de ses capacités par un noyau de collègues qui, pour des raisons inconnues, n'ont pas cherché à mettre en doute son opinion de lui-même. Il cite leur échec à cet égard comme preuve de leur adhésion à l'évaluation qu'il fait de son propre statut au sein de la collectivité.
La lucidité quant à son état fait défaut au patient.

Action thérapeutique : programme de redressement de la personnalité entrepris.

Marijke poursuivit sa lecture, de plus en plus stupéfaite. C'était une vision bizarre et distordue de la personnalité de Groot, s'il fallait accorder le moindre crédit aux affirmations concernant ses amis et collègues. La terminologie ressemblait plus ou moins à celle employée par les thérapeutes, ce qui allait dans le sens de l'hypothèse de Tony selon laquelle le tueur avait lu et assimilé quelques rudiments de jargon psy.

Elle avait hâte de lâcher les techniciens sur ce document. Il se présentait comme un feuillet tiré sur imprimante, mais au-delà de cet aspect passe-partout, il pouvait receler des traces porteuses d'une piste réelle. La tache sur le rabat, par exemple. Pour la première fois depuis des jours, Marijke sentit qu'elle avait une véritable preuve entre les mains.

Elle redescendit en hâte à sa voiture en se maudissant intérieurement. Elle aurait dû faire examiner les classeurs bien avant. Elle avait chargé quelqu'un de parcourir les papiers personnels de Groot, mais comme il ne donnait pas de consultations, Marijke n'avait pas pensé que les fichiers professionnels contiendraient quelque chose en rapport avec son assassinat. Si cette omission prouvait quoi que soit, c'était bien l'importance du partage des informations.

Elle regretta de ne pas avoir fait cette découverte elle-même. Mais elle avait au moins trouvé de quoi donner à Tony un aperçu du fonctionnement mental du tueur. C'était sans doute mieux que rien, se dit-elle.

Assis au volant de sa Mercedes, Darko Krasic piochait machinalement dans un grand paquet de pop-corn salé au beurre en contemplant au travers du rideau de pluie un petit lac aux abords de Potsdam. La portière s'ouvrit côté passager et un homme de haute taille s'inséra dans le siège, ôta sa casquette en toile et la secoua pour l'égoutter. Il était correctement vêtu d'un pantalon à pinces et d'un coupe-vent portant le logo d'une marque sportive sur la poitrine. Il avait la mine lugubre d'un individu convaincu que le monde ne peut apporter que des déceptions.

— Putain de temps de merde, lâcha-t-il.

— Il fait toujours un putain de temps de merde à Potsdam, répondit Krasic. Le soleil peut bien briller à Berlin, ici il fait gris et moche. Alors, tu as du nouveau pour moi, Karl ?

L'inspecteur Karl Hauser, de la KriPo, esquissa un sourire sarcastique.

— Pas de temps à perdre en bavardages, hein Darko ?

— On n'est pas potes, Karl. On le sera jamais. On te paie et c'est tout. Alors à quoi bon faire semblant ?

Krasic abaissa sa vitre et vida les miettes de pop-corn dehors. Malgré la pluie, les poules d'eau avisèrent la manne et se dirigèrent vers la voiture.

— Puisque tu parles fric, je crois que ce que j'apporte à ton patron mérite un extra.

— Ah ! ouais ? Tiens donc ! (*Enfoiré*, se dit Krasic.) Tu me laisseras en juger par moi-même.

— Cette bécane, la fameuse BMW... j'ai pioché un peu de ce côté-là.

— C'est bien pour ça qu'on te paie, nous les contribuables.

Karl se renfrogna.

— Écoute, Darko, ce que je fais pour vous dépasse largement le cadre du devoir. La mort de Katerina Basler a été entérinée comme accident de la route. On a des trucs plus importants que ça à régler.

— D'accord, Karl, d'accord, on apprécie ce que tu fais. D'ailleurs tu sais qu'on t'a toujours grassement récompensé par le passé. Alors comme ça, tu as pioché un peu... ?

— C'est ça. Je me suis dit que la bécane avait peut-être un peu morflé de son côté. Selon deux des témoins, elle aurait percuté l'aile de la voiture. Et je me suis dit aussi que si le conducteur n'était pas censé rouler dans la région de Berlin avec son engin, il l'avait peut-être fait réparer sur place. Alors j'ai fait le tour de tous les petits garages au noir spécialisés dans la mécanique moto. Et c'est vraiment un boulot casse-couilles, je peux te le dire.

Il s'interrompit, comme un enfant en quête de compliments.

— Et tu as trouvé quelque chose ? demanda Krasic, qui n'avait aucune envie de lui faire à nouveau plaisir.

Si utile qu'il soit, Karl Hauser n'était qu'un flic, en fin de compte, et Krasic n'avait aucune considération pour les gens qui ne respectaient pas leurs propres engagements.

— J'ai fini par tomber sur deux mécanos à Lichtenberg qui avaient remplacé la fourche d'une bécane répondant à la même description. Ils s'en sont souvenus pour deux raisons : déjà il leur a fallu une semaine pour obtenir la pièce auprès de BMW, et ensuite le conducteur était anglais. Ils se sont dit que les plaques devaient être fausses, mais ils ont noté le numéro du moteur, au cas où.

— Et pourquoi ils n'ont rien dit sur le coup ? demanda Krasic, soupçonneux.

— Ils prétendent qu'ils n'avaient pas entendu parler de l'accident. Ils ne lisent pas les journaux et ne regardent jamais les informations régionales.

— Quels cons ! grommela Krasic. J'imagine que le motard n'a pas réglé les réparations par carte bancaire ?

— Ce serait trop beau, répondit Hauser. En liquide, recta.

— Donc on n'est pas plus avancés.

Krasic abaissa à nouveau sa vitre et alluma un cigare sans en proposer à Hauser.

— Là, tu te goures, Darko, rétorqua l'autre, un petit sourire suffisant aux lèvres. Avec le numéro du moteur, j'ai réussi à me faire dire chez BM à qui la moto avait été vendue. Et c'est là que ça devient vraiment bizarre.

— Comment ça, bizarre ?

— La moto a été vendue à la Section nationale des affaires criminelles, en Grande-Bretagne. Et d'après les services d'immatriculation, ce serait toujours eux les propriétaires.

Hauser se tourna sur son siège pour mesurer l'effet produit par ses propos. Le Serbe resta impassible. Il porta le cigare à ses lèvres, inhala, puis tourna la tête pour exhaler des volutes de fumée par la vitre entrouverte. Il ne voulait pas que Hauser devine à quel point cette information le rendait perplexe. Il traînait beaucoup trop de Britanniques dans ce merdier. Et Krasic ne croyait pas aux coïncidences. La mort de Katerina provoquée par une bécane britannique, la branche britannique de leur trafic qui se casse la gueule à la suite d'un autre décès moche et pas clair, et mieux encore, voilà qu'une inconnue britannique venait faire du gringue à son patron. Ça le mettait très, très mal à l'aise.

— C'est bizarre, en effet, concéda-t-il enfin. Il y a moyen de savoir qui pilotait cette bécane ?

Hauser se claqua les cuisses du plat de la main.

— C'est jamais assez, avec toi, hein ? Je me suis décarcassé pour trouver ça, et toi tu en demandes plus.

Krasic glissa la main dans sa poche intérieure et en sortit son portefeuille.

— Y a pas que moi, il me semble ? Tiens, voilà ton extra, dit-il en comptant quelques coupures. Il y aura bien plus à palper si tu dégottes un nom.

Hauser prit les billets du bout des doigts, comme s'il se rappelait qu'il s'agissait d'une transaction sale et honteuse.

— Je prends de gros risques, là, se lamenta-t-il.

— Si tu veux essayer de vivre sur ta paie de flic, libre à toi, répliqua Krasic sans prendre la peine de dissimuler son mépris. Autre chose qui nous intéresse ?

Hauser enfonça la casquette sur ses cheveux grisonnants.

— J'ai entendu dire qu'un des frères Arjouni cherche à reprendre certains des dealers de rues de Kamal. Il va falloir que vous bouchiez le trou sans quoi vous allez perdre votre filière.

— Merci du conseil, Karl, lança Krasic d'un ton sarcastique. Mais Arjouni travaille pour moi. Alors tu peux laisser faire.

— Comme Marlene Krebs, c'est ça ? fit l'autre avec un rictus. Tu t'es bien débrouillé sur cette action, Darko. J'ai entendu dire que la gamine a disparu, en plus. Du beau boulot.

— Ça s'appelle envoyer un message, Karl. Un message que tu devrais essayer de capter.

Hauser ouvrit la portière.

— Pas besoin de le prendre sur ce ton. Je te recontacterai.

La portière n'était pas refermée que Krasic emballait déjà le moteur. Il exécuta un grand demi-tour d'un coup de volant et se dirigea vers la sortie tout en marmonnant entre ses dents :

— J'attends que ça, putain.

29

Planté sous la douche, il laissait l'eau bouillante ruisseler sur sa peau. Dieu merci, il allait enfin se sentir propre après ça. Au moins, dans ce port, il y avait des douches correctes et individuelles. Il se sentait sale depuis qu'il avait baisé cette salope de Calvet, et les sanitaires à bord du *Wilhelmina Rosen* étaient trop rudimentaires pour qu'un homme souillé comme il l'était puisse s'y nettoyer. Il fallait qu'il se débarrasse de toute cette crasse avant qu'elle pénètre sous sa peau et empoisonne jusqu'à son âme.

Il avait d'abord éprouvé de la fierté. Prendre cette salope comme ça, ça montrait bien au fantôme de son grand-père qui commandait à présent. Mais ensuite, avec la pute qu'il avait levée à Cologne, il n'y était pas arrivé. Pas moyen de bander et finalement, quand il avait pu, impossible de prendre son pied. Baiser Calvet, normalement ç'aurait dû le rendre plus fort, l'emplir de lumière et de puissance, alors qu'en fait, cette image n'arrêtait pas de s'allumer derrière ses paupières crispées, le détournait de sa besogne, chassait son excitation. Il s'était senti aussi incapable et ridicule avec cette prostituée de Cologne qu'à l'époque où il n'avait pas encore compris ce qu'il devait faire de sa vie.

Sur le trajet du retour, au volant, les ténèbres l'avaient envahi, lui avaient empli l'estomac de bile froide. Et s'il faisait fausse route ? Si les railleries du vieux l'avaient entraîné sur la mauvaise pente ? Inutile de se voiler la face, n'importe quel marin bourré se serait comporté de la même façon. Il avait cédé à l'instinct le plus bas, il s'était ravalé au rang d'animal tout comme les salauds qu'il avait juré d'éliminer. La conception qu'il avait de sa mission était pure jusqu'à ce qu'il baise cette salope, mais à présent, tout était confus. Les femmes, c'était toujours à cause d'elles qu'on chutait, elles entraînaient les hommes tels que lui au fond du cloaque. Calvet ne méritait pas quelqu'un comme lui, mais il avait eu la faiblesse de se laisser prendre au piège qu'elle lui avait tendu avec la complicité du vieux.

Les putes ne le méritaient pas non plus, mais au moins, leur dépravation était franche. Elles ne prétendaient pas être autre chose que ce qu'elles affichaient aux yeux du monde, contrairement aux victimes qu'il choisissait.

Il avait été lamentable. Il s'était laissé emporter, son corps l'avait lâché. Il avait trahi la pureté de sa cause, et plus jamais ça ne devrait se reproduire. Il fallait qu'il fasse revenir la lumière. C'est en reprenant sa mission et en l'exécutant correctement qu'il pourrait redevenir propre, pas autrement.

Et le plus tôt possible.

Cela faisait un drôle d'effet à Carol de voir Radecki debout au milieu du salon, regardant autour de lui comme s'il y venait pour la première fois. Il était arrivé avec dix minutes d'avance, et elle n'avait pas fini de se maquiller. Ç'aurait été grossier de le laisser attendre en bas. Elle l'avait donc invité à monter en se disant que Caroline aurait agi ainsi.

À présent, penchée devant le miroir de la salle de bains, elle se dessinait les yeux à l'eye-liner. Le plus ennuyeux, chez Caroline Jackson, c'était sa propension à se maquiller beaucoup plus que Carol s'en donnait habituellement la peine. Pour sa part, elle considérait que la vie était trop courte pour qu'on joue le grand jeu tous les jours. Mais Caroline, elle, attachait trop d'importance à la façon dont les gens la percevaient pour passer là-dessus.

— Ils sont vraiment sympa, ces appartements, lança Tadeusz du salon. Bien plus grands que je l'imaginais.

Le mobilier n'est pas trop mal non plus.

— C'est vrai. Un peu passe-partout, mais le contraire serait pire.

— Je m'y sens mieux qu'à l'hôtel, reprit Carol. C'est beaucoup plus spacieux, plus tranquille. Il n'y a pas de femmes de chambre qui viennent taper à la porte toutes les cinq minutes pour changer les serviettes ou vérifier le contenu du mini-bar.

— Comment l'avez-vous trouvé ? demanda Radecki.

Attention, se dit Carol.

— Une amie qui travaille dans le tourisme m'en a parlé. Elle a demandé à quelqu'un de Berlin de passer voir et de faire la réservation pour moi. Elle connaît mes goûts.

Satisfaite du trait d'eye-liner, elle s'attaqua au mascara.

— Donc vous voyagez beaucoup ?

— Beaucoup, c'est un grand mot, mais assez régulièrement. Et j'aime bien me sentir chez moi en déplacement. Et vous ? Vous voyagez souvent ?

Sa voix s'était rapprochée. Il était trop bien élevé pour regarder par la porte ouverte, mais apparemment, il était au seuil du salon, donc pas en train de fouiller dans les affaires de Caroline Jackson. Ce qui confirmait l'hypothèse de Carol, d'après laquelle il n'était pas l'auteur de la fouille.

— Je me déplace beaucoup en Europe, oui, mais la plupart du temps pour affaires.

— Vous allez voir vous-même sur le terrain, c'est ça ? demanda-t-elle.

— J'aime bien savoir avec qui je traite. Mais je laisse Darko Krasic, mon bras droit, se charger en grande partie du quotidien. J'espère que vous ferez bientôt sa connaissance. C'est un Serbe un peu fou, on le sous-estime trop facilement. Il a une mine de petit truand, mais en réalité, c'est un type très intelligent.

Donc pas celui qui me filait, se dit Carol. Celui-là ne pouvait certes pas être décrit comme un truand. Plutôt du genre élégant.

— J'espère bien, répondit-elle. Je mets du rouge à lèvres et je suis prête. Excusez-moi de vous faire attendre.

— Mais je vous en prie. Je suis heureux de voir où vous habitez. Ça me permettra de me représenter dans quel cadre vous êtes quand nous ne sommes pas ensemble. Je pourrais peut-être vous rendre la pareille ? Si nous dînions chez moi demain soir ?

Carol lâcha un petit rire.

— C'est que vous cuisinez, en plus ?

Il rit.

— Pas très bien. Mais je sais décrocher mon téléphone et commander un dîner dans le meilleur restaurant de Berlin.

Carol sortit de la salle de bains.

— Et voilà. Prête.

Il sourit d'un air appréciateur.

— Ça valait le coup d'attendre.

À la surprise de Carol, la voiture n'était pas là quand ils quittèrent l'immeuble.

— Ma boutique pilote n'est qu'à un petit quart d'heure d'ici à pied. J'ai pensé que puisqu'il ne pleuvait plus, nous pourrions marcher. À moins que ça vous ennuie ? Si c'est un problème, je peux appeler la voiture.

— Ce sera un plaisir. J'ai besoin de prendre l'air.

Il lui offrit le bras, elle y glissa le sien. *Joli*, songea-t-elle. Elle n'était pas la seule à placer la barre de plus en plus haut.

Les quelques heures qui suivirent ne sollicitèrent guère plus de sa part que de l'admiration et une question de temps à autre. Radecki ressemblait à un petit garçon montrant fièrement son plus beau train électrique. À la fin de l'après-midi, Carol en savait plus sur la location et la vente de vidéos qu'elle l'aurait jamais cru nécessaire. Mais au passage, elle avait également recueilli quelques pépites d'informations utiles sur les méthodes que Tadeusz mettait en œuvre pour blanchir ses bénéfices illicites grâce à son entreprise officielle. Les détails financiers n'avaient jamais particulièrement intéressé Carol, mais force était de constater l'ingéniosité du système. Elle savait qu'elle était en train d'apprendre des choses qui aideraient les comptables de la police à démêler l'imbroglio financier de l'empire de Tadeusz après son arrestation.

Presque aussi important que les chiffres qu'elle emmagasinait, le fait que leurs liens se tissent. Tadeusz ne manquait pas une occasion de la toucher. Rien d'ouvertement sexuel, mais c'était plus qu'un contact accidentel. Il lui effleurait les doigts en lui tendant une tasse de café. Lui posait la main au creux du dos en lui faisant visiter les boutiques, ou la prenait par le coude pour l'entraîner vers quelque chose de particulièrement intéressant à voir. En remontant en voiture, son genou frôlait celui de Carol.

La conversation était plus détendue aussi. Carol découvrait avec étonnement à quel point Tadeusz pouvait être distrayant. Tour à tour amusant ou sérieux, il savait rendre captivant ce qui aurait pu n'être qu'assommant. Tout en parcourant Berlin en voiture, il lui racontait des anecdotes et la régalait de détails sur les monuments et lieux marquants qu'il lui montrait. Pendant quelques instants, elle oublia qu'elle travaillait sous une identité d'emprunt, que cette relation ne pouvait mener qu'à la trahison, et se prit à véritablement apprécier sa compagnie. Ce fut une vidéo qui la ramena à la réalité. Dans l'un de ses magasins, Tadeusz lui montra un étalage.

— Les films de Woody Allen font un tabac dans ce quartier, alors on fait en sorte de les avoir tous, soit pour la vente, soit pour la location, expliqua-t-il en embrassant les étagères d'un geste.

Zelig sauta aux yeux de Carol et cela lui rappela brusquement qu'elle ne devait pas succomber au charisme de son compagnon, qu'il fallait garder en mémoire la cruauté dissimulée derrière le charme plein d'aisance et les manières raffinées.

À la fin de la tournée, il ordonna au chauffeur de les ramener à l'appartement de Carol. Comme à son habitude, il la raccompagna jusqu'à la porte, mais cette fois, au lieu de lui dire formellement au revoir, il plongea son regard dans le sien et se rapprocha. La décision de Carol ne pouvait pas attendre. Rompre l'intensité de l'instant et s'éloigner, ou l'attirer dans une complicité encore plus étroite. C'était un moment crucial, elle le savait. Elle se haussa sur la pointe des pieds et lui déposa un léger baiser au coin des lèvres.

— J'ai passé un excellent après-midi, dit-elle à mi-voix.

Il se pencha vers elle, lui enlaça la taille et l'embrassa, les lèvres entrouvertes. La chaleur de son corps fit monter en elle une étonnante bouffée de désir. Elle dut se rappeler à l'ordre pour ne pas se laisser aller à son étreinte.

— Je vous vois ce soir ? demanda-t-il d'une voix sourde.

Pour mettre un peu de distance entre eux, elle posa la main sur son torse. Sous ses doigts, le pouls battait.

— Je ne peux pas, j'ai du travail.

Tadeusz eut une moue déçue.

— Ça ne peut pas attendre demain ?

Carol s'écarta.

— J'ai des choses à envoyer à mon avocat dès ce soir. On est en pleines transactions autour d'un achat immobilier et il a une réunion demain matin. J'aurais dû m'en occuper cet après-midi mais vous m'avez détournée du droit chemin.

Il haussa les épaules.

— Tant pis. Alors demain soir ? Vous viendrez dîner chez moi ?

— D'accord. Mais vous avez toujours l'intention de me montrer l'aspect le plus intéressant des affaires, n'est-ce pas ?

— Bien sûr. J'ai deux ou trois choses à régler avant, dans la matinée, mais ensuite, je serai tout à vous.

— Parfait. Appelez-moi pour me dire où et quand on se retrouve. Merci encore, Tadzio, j'ai vraiment apprécié votre compagnie.

— Et moi la vôtre, répondit-il avant de regagner sa voiture. La dernière fois que j'ai ri à ce point remonte à je ne sais plus quand.

Carol ne put retenir un petit sourire dans l'ascenseur. Ça ne durerait sans doute pas, mais pour le moment, il jouait son rôle comme s'il suivait le scénario de Morgan. Pourvu que ça tienne quelque temps, se dit Carol.

Tadeusz ne prit pas la peine d'attendre l'ascenseur. Il grimpa les trois étages au pas de gymnastique, avec une énergie dont il ne se croyait plus capable. Comme Darko le lui serinait sans relâche, Caroline n'était pas Katerina. Les deux femmes n'avaient de commun que le physique. Mais en dépit des différences, elles lui faisaient le même effet. En présence de Caroline, il se sentait un être humain, or c'était la première fois depuis la mort de Katerina.

Il savait qu'il fallait rester sur ses gardes. Pas pour les raisons qui rendaient Darko méfiant, mais parce qu'il percevait bien le mécanisme du rebond émotionnel. S'éprendre de la première femme intéressante qu'il rencontrait et en faire une sorte de substitut affectif serait lamentablement prévisible. Il se disait cependant qu'en n'importe quelles circonstances, Caroline Jackson l'aurait attiré. Et si Katerina était encore en vie, il aurait eu conscience de cette attirance mais n'y aurait pas donné suite. Seulement Katerina était morte, et rien ne s'y opposait. Ignorer les sentiments qu'il sentait naître serait indéniablement plus prudent. Mais quelqu'un qui goûtait le risque comme lui ne pouvait pas plus adopter une politique de tiédeur prudente à l'égard des femmes que tourner le dos au monde survolté et lucratif qui lui procurait une existence si délicieuse.

Tadeusz poussa la porte antifeu et déboucha dans le vestibule qui menait à son appartement. Il n'était pas seul. Darko Krasic attendait, assis dans le renfoncement de la fenêtre, ses courtes jambes étendues devant lui. Un nuage de fumée de cigare épaississait l'atmosphère. Tadeusz se dirigea sans ralentir vers sa porte.

— Je ne m'attendais pas à te trouver là, lança-t-il en introduisant la clé dans la serrure.

— J'ai du nouveau et ça ne peut pas attendre, répondit Krasic en lui emboîtant le pas.

Tadeusz ôta son pardessus et l'accrocha dans une penderie de l'entrée. Krasic, lui, poussa jusqu'au salon et jeta sa veste en cuir sur le dossier du canapé.

— Je boirais bien quelque chose, déclara-t-il.

— Sers-toi, tu sais où c'est.

Krasic se versa une rasade de Jack Daniel's dont il avala les trois-quarts d'une seule gorgée. Puis il se resservit et s'installa dans un fauteuil design beaucoup plus confortable qu'il n'en avait l'air, écrasa son cigare au fond du cendrier en cristal qui trônait au bout de la table et se mit à tambouriner des doigts sur son genou.

Tadeusz entra d'un pas dynamique.

— Ça doit être une nouvelle vraiment urgente pour que tu campes sur mon paillasson, Darko.

Il se jeta dans le canapé, l'air imperméable à tout ce qui ne le concernait pas personnellement, s'étira de toute sa longueur et croisa élégamment les jambes au niveau de la cheville.

— J'ai vu Hauser cet après-midi.

Tadeusz gémit et leva les yeux au ciel.

— J'aime mieux ne pas y penser. Et alors, qu'est-ce qu'il avait à dire, ce cher Hauser ? Non, attends. Laisse-moi deviner. Il voulait t'annoncer l'inquiétante nouvelle : Arjouni cherche à prendre la place de Kamal, c'est ça ? demanda-t-il avec un grand sourire.

Krasic ne put s'empêcher de sourire à son tour. On pouvait dire ce qu'on voulait de Tadzio, mais il savait juger les gens. Les hommes, en tout cas.

— Exactement. Mais ça, c'était le dessert. Le plat de résistance était bien plus intéressant.

— Il faut que je devine ou tu veux bien me le dire ?

Le ton de Tadeusz restait léger et joyeux. Krasic pouvait avoir l'air lugubre, ça ne suffisait pas à dissiper le souvenir radieux de l'après-midi avec Caroline.

— Il a creusé un peu du côté de la moto. (Krasic n'eut pas besoin de préciser laquelle.) Et il a déniché de ces trucs, putain, carrément louches, Tadzio.

Radecki ôta les pieds de sur la table et se redressa d'un mouvement souple.

— J'écoute, fit-il, subitement sérieux, catapulté vers le monde implacable de la réalité.

— C'était une bécane britannique. Immatriculée au nom de la Section nationale des affaires criminelles, va-t'en savoir ce que ça désigne.

— Grand banditisme, répondit machinalement Tadeusz, ses réflexes anticipant la réaction consciente. Mais le conducteur ne pouvait pas se trouver officiellement à Berlin, sans quoi Hauser aurait trouvé le moyen de s'en assurer, non ?

— Je n'en sais rien. Si les types en question travaillaient avec les gars des renseignements criminels berlinois, Hauser n'aurait aucun moyen de le savoir. Tu sais qu'on a eu beau se casser le cul pour dégoter quelqu'un dans cette équipe, on n'y est jamais arrivés.

Contrarié, Tadeusz serra le poing.

— Alors on ne sait toujours pas qui conduisait cette bécane ?

— Non, avoua Krasic. Mais moi je te le dis, Tadzio, ça ne me plaît pas du tout, cette histoire. Il est trop question de Britanniques dans tous les coins, ces jours-ci. (Il décompta sur ses gros doigts trapus :) Premièrement, Katerina se fait tuer par une bécane de flic britannique. Deuxièmement, Colin Osborne fout en l'air notre réseau britannique en se faisant descendre dans ce qui ressemble de plus en plus à une drôle de fusillade. C'est vrai, quoi, personne n'a l'air de savoir ce qui est arrivé. Ça ressemblait à un règlement de comptes entre bandes, et c'est ce que les flics ont dit. Mais personne n'y croit, et ça c'est bizarre, selon moi. Et voilà maintenant que cette Anglaise s'amène, le portrait craché de Katerina, et comme par hasard, ce serait justement la personne rêvée pour régler tous nos problèmes. C'est trop beau pour être vrai, acheva-t-il avec une conviction qui semblait inébranlable.

— Tout ce que tu viens de dire est vrai. Mais les conclusions que tu tires peuvent être interprétées autrement. Comme tu le suggérais la première fois qu'il en a été question, le motard pouvait très bien être un flic britannique en vacances qui a dû filer parce qu'il n'était pas censé se trouver à Berlin avec sa moto. L'assassin de Colin, lui, fait profil bas parce que Colin avait des associés qui veulent le venger et prouver qu'on ne se met pas impunément en travers de leur chemin. Des gens comme Caroline, par exemple. À moins que ce soit Caroline qui ait fait descendre Colin pour éliminer une concurrence qui manquait de rigueur. Je crois qu'elle peut être dangereuse, mais pas pour les raisons que tu crois, Darko. Je suis sûr qu'elle est des nôtres. Elle agit comme une criminelle qui réussit. En tout cas, elle porte sur le monde le regard d'une criminelle à qui la réussite sourit. Et dans notre milieu, les femmes qui tirent leur épingle du jeu doivent être deux fois plus impitoyables que les hommes. (Il se leva, se dirigea vers le placard à alcools et se servit un petit verre de schnaps à la pomme.) Tu penses qu'il ne faut pas lui faire confiance, Darko, je le sais, mais c'est uniquement parce que le hasard veut qu'elle ressemble à Katerina. Si elle était moche comme un pou, tu serais bien moins méfiant.

— Ça va sans dire. Mais tu ne trouves pas, toi, que son physique a de quoi éveiller les soupçons ?

— Non. Je pense que c'est un des tours macabres que nous joue le destin. Je lui ferais plus facilement confiance si elle avait un autre genre de physique, répondit-il.

En son for intérieur, il était conscient que c'était là un mensonge, mais se refusait à offrir la moindre prise à Krasic. Puis il eut un trait d'inspiration, dicté par des années d'expérience.

— Dis-moi, Darko, c'est toi qui la files, non ?

Krasic eut l'air interloqué.

— Comment le sais-tu ? Elle s'en est rendu compte ? Elle a fait une réflexion ?

Tadeusz s'esclaffa.

— Non, elle n'a rien dit du tout. Je m'en suis douté. Et alors, elle a fait quelque chose de louche ?

Krasic le regarda d'un air penaud.

— Du lèche-vitrines. Et elle va tous les jours à ce club de gym chic pour femmes qu'il y a sur Giesebrechtstrasse.

— Oh ! alors là, il y a vraiment du souci à se faire : une femme qui cherche à entretenir sa forme ! À part ça, elle ne traîne pas dans les bars à flics, elle ne cherche pas à semer le type que tu as mis sur ses talons ?

Krasic hocha la tête.

— Non, rien de tout ça. Mais bon, si elle n'est pas claire, elle s'attend à ce qu'on la surveille.

— Allons, c'est toi qui es trop compliqué. Tu es un ami, Darko, mais je crois que cette fois, tu t'en fais trop pour moi et tu te laisses emporter par ton imagination. Je ne crois pas que Caroline soit impliquée dans je ne sais quel complot machiavélique contre moi qui mêlerait motos et truands morts.

— Ça ne veut pas dire pour autant que je vais interrompre la filature, rétorqua le Serbe, buté.

— Tu n'as aucune raison de l'interrompre. Mais les frais sont à ta charge, d'accord ?

Le ton était glacial, à présent. Krasic sut s'avouer battu. Il se leva.

— Couvre tes arrières, patron, lança-t-il d'un ton las.

Il attrapa sa veste et quitta l'appartement.

Le Requin savait qu'au boulot, personne ne le prenait au sérieux, et cela le hérissait. La plupart de ses collègues masculins lui faisaient clairement comprendre qu'ils le méprisaient. Et Petra, pour qui il se serait fait hacher menu sur place, le traitait avec condescendance, ce qui était parfois pire que du mépris. Le jour où il avait appris sa mutation dans les services de renseignements, il était fou de joie, mais le quotidien s'était révélé bien moins emballant qu'il s'y attendait. On ne lui confiait que les basses besognes indignes des autres. Il s'y connaissait assez en psychologie pour savoir qu'un groupe tourne bien quand il compte un bouc émissaire. Mais il aurait préféré que ce ne soit pas lui.

Il lui tardait de faire un coup d'éclat qui lui vaudrait leur respect. Mais ça n'arriverait pas tant qu'il resterait confiné dans le rôle de bonniche. Cette tâche que Petra lui avait collée sur le dos, par exemple. Comment était-il censé découvrir à qui Darko Krasic pouvait faire confiance pour garder une gamine ? Il avait parcouru la liste des associés connus de Krasic qui figurait dans les dossiers, mais pour la plupart, c'étaient des gens à qui on ne laisserait pas son chien le temps d'aller pisser, et encore moins une gamine. Puis il avait eu une idée de génie en cherchant si Krasic avait des proches dans le coin. Le Requin avait en tête un cliché du type des Balkans plaçant la famille au-dessus de tout, à l'instar des Italiens.

Il avait donc passé une éternité ou presque à écumer les archives publiques dans l'espoir d'y trouver quelqu'un ayant un lien de famille avec Krasic. Listes des services d'immigration, registres du fisc, du cadastre, partout il avait fait chou blanc. Il en était maintenant réduit à téléphoner aux postes de police des quartiers en demandant s'ils étaient au courant de quoi que ce soit. Il avait fait tout Berlin et commençait à étendre ses recherches aux campagnes du Brandebourg.

Il raya un numéro de plus sur sa liste et composa le suivant, un petit poste de police annexe de la banlieue nord d'Oranienburg, près de l'ancien camp de concentration de Sachsenhausen. On décrocha, et il se lança dans son laïus :

— J'appelle du siège de la brigade de renseignements criminels à Berlin. Je sais que c'est sans doute en pure perte, mais je cherche à retrouver la trace de quelqu'un qui puisse avoir un lien de famille avec un Serbe qui sévit ici, à Berlin. Un type du nom de Darko Krasic.

— Ne coupez pas, je vous passe un collègue qui va pouvoir vous aider.

Silence, puis son deuxième interlocuteur lança :

— Inspecteur Schümann, d'une voix laissant supposer qu'il avait la bouche pleine de gâteaux secs.

Le Requin débita à nouveau sa litanie sur fond de mastication.

— Ça doit être l'oncle de Rado, non ? demanda miraculeusement Schümann. Ou son cousin, quelque chose du genre, comment savoir avec ces Serbes ?

— Vous savez de qui je parle ? lança le Requin, ragaillardi.

— Oui, bien sûr. C'est mon boulot de savoir qui est en famille avec qui dans le coin, non ?

— Et qui est le Rado en question ?

— Radovan Matic, criminel de troisième zone, connard de première catégorie. Je l'ai alpagué il doit y avoir quatre ans de ça, alors que c'était encore à peine un ado, pour détention d'héroïne avec intention de revente. Il s'est fait taper sur les doigts. Ensuite il a filé à Berlin. On ne le voit plus trop par ici, en ce moment.

— Et c'est le neveu de Darko Krasic, hein ?

demanda le Requin en faisant son possible pour ne pas avoir l'air trop excité.

— Je crois bien que son père et Darko sont cousins.

— Le père, il habite toujours à Oranienburg ?

— Arkady ? Ouais, il tient une petite exploitation à une dizaine de kilomètres d'ici. Il fait du porc, je crois bien. Un type plutôt correct. Il n'a jamais trempé dans aucune affaire douteuse. Il a foutu une sacrée branlée à Rado quand on l'a relâché, d'après ce que j'ai entendu dire.

— Il a d'autres enfants, cet Arkady Matic ?

— Une fille, adulte, il me semble. Mais elle ne vit pas chez lui.

— Elle se trouve où, au juste, cette ferme ?

— Vous voulez l'adresse, ou les indications pour y aller ?

— Les deux, si ça ne vous dérange pas.

Le Requin avait conscience de son ton obséquieux, mais il se fichait bien de ramper. La seule chose qu'il voulait, c'était les renseignements. Schümann lui expliqua en détail comment trouver la ferme de Matic.

— Mais d'ailleurs, qu'est-ce que vous leur voulez ? demanda-t-il.

— Je ne sais pas vraiment. Je suis chargé de faire des recherches pour un des autres inspecteurs d'ici, répondit le Requin d'un ton contrit. Vous savez ce que c'est. Quand vous avez terminé votre boulot, on croit que vous avez du temps à perdre...

— Ne m'en parlez pas, gémit Schümann. Tenez, rendez-moi service : si votre collègue envisage de venir dans mon secteur, dites-lui de m'appeler d'abord.

— C'est une collègue, rectifia le Requin. Je lui transmettrai. Merci de votre aide.

De la merde, oui, se dit-il. Il n'allait pas s'amuser à

demander la permission de l'inspecteur Schümann pour aller jeter un coup d'œil du côté de la ferme Matic. Pas question de partager son heure de gloire avec Dieu sait quel flic de cambrousse.

Il se leva d'un bond et quitta la pièce au pas de course en attrapant sa veste au passage. Il avait un bon pressentiment. Une petite exploitation au milieu de nulle part, c'était l'endroit idéal où planquer la fille de Marlene Krebs. Là, il tenait quelque chose. Il allait montrer à Petra qu'il méritait son respect.

30

La voiture de location attendait Tony à Francfort, comme l'avait promis Petra. Il lui sut gré d'avoir trouvé le temps d'organiser le voyage pour lui ; ç'aurait été infiniment plus difficile s'il avait dû prendre ses dispositions lui-même. Sur le siège du passager, il trouva un itinéraire établi sur Internet retraçant le trajet entre l'aéroport et le schloss Hochenstein. Avec ça, il arriverait à l'heure au rendez-vous fixé avec la conservatrice des archives du château. Tony ne se figurait pas découvrir dans la matinée la réponse qui mettrait un terme à ses recherches, mais il aurait peut-être une chance de repartir avec une liste de noms. Et le cas échéant, les confronter aux potentiels candidats bateliers que Marijke et ses collègues allemands lui soumettraient.

Même par un beau matin de printemps, le schloss Hochenstein était lugubre. Au détour de la route sinueuse qui serpentait jusqu'au promontoire sur lequel il était bâti, on en apercevait parfois les murs gris sévères et les tours. Ce château-là n'avait rien des constructions féeriques de la région rhénane, constata Tony au sortir du dernier virage, quand il se retrouva nez à nez avec l'imposante forteresse. Rien de gracieux dans le schloss : tapi au sommet du pic comme un gros crapaud, il était lourd et impressionnant. Aux angles de la construction, se dressaient de vilaines tours trapues bardées de remparts crénelés. L'endroit était conçu pour semer l'effroi dans le cœur des ennemis, songea Tony en contemplant la façade.

Il gara la voiture au parking des visiteurs et franchit le pont-levis qui enjambait non pas une douve pleine d'eau, mais un profond fossé pavé hérissé de pieux métalliques. L'arche d'entrée était ornée de bas-reliefs représentant des combats d'animaux mythologiques : un griffon chevauchant une licorne, les serres plantées dans son échine. Un serpent étrange plongeant les crocs dans la gorge d'un dragon ailé. Tony pensa qu'en guise de devise d'accueil, on aurait aussi bien pu graver : « Toi qui entres ici, abandonne toute espérance. »

Sous la poterne, il y avait un guichet. Tony alla expliquer au vendeur de billets qu'il avait rendez-vous avec le Dr Marie Wertheimer. L'homme acquiesça d'un air morose et décrocha le téléphone.

— Elle vous rejoint dans un instant, annonça-t-il en faisant signe à Tony de pousser jusqu'à la cour du donjon.

De hautes murailles se dressaient tout autour, percées de meurtrières derrière lesquelles on imaginait une armée de regards hostiles. Tony pensa à la peur que ce lieu avait dû inspirer aux enfants rassemblés là, et il frissonna.

Une silhouette aux formes arrondies arriva de l'autre bout de la cour, emmitouflée dans un châle de laine marron. La femme ressemblait à un fruit des bois sur pattes, la tête surmontée d'un impeccable petit chignon gris torsadé.

— Dr Hill ? Je suis Marie Wertheimer, conservatrice des archives ici même, au Schloss Hochenstein. Soyez le bienvenu.

Elle parlait anglais pratiquement sans accent.

— Je vous remercie de prendre le temps de me recevoir, répondit Tony en serrant la petite main dodue de son interlocutrice.

— Tout le plaisir est pour moi. C'est toujours intéressant de rompre un peu la monotonie de la routine. Si nous allions prendre un café ? Vous pourriez m'expliquer ce qui vous intéresse au juste.

Il la suivit jusqu'à une petite porte en bois cloutée, au pied du donjon, puis ils descendirent une volée de marches usées.

— Soyez prudent, prévint-elle. Cet escalier peut être traître. Il est préférable de se tenir à la rampe.

Ils bifurquèrent dans un couloir bas de plafond éclairé de néons.

— Nous occupons la partie la plus sinistre du château, expliqua la conservatrice. Celle que les touristes ne voient jamais.

Elle tourna brusquement pour franchir une porte voûtée qui donnait sur une grande salle aux murs tapissés d'étagères métalliques fonctionnelles. À la surprise de Tony, l'un des murs était percé d'étroites fenêtres en ogive.

— La vue n'est pas captivante, reprit le Dr Wertheimer en remarquant son étonnement. On donne sur le fossé. J'ai quand même un peu de lumière naturelle, mais tous mes collègues ne peuvent pas en dire autant. Asseyez-vous, je vous en prie, et mettez-vous à l'aise.

Tony s'installa dans un des deux fauteuils décrépits qui trônaient dans le coin du bureau pendant que le Dr Wertheimer s'affairait avec bouilloire et cafetière. Elle lui apporta bientôt une grande tasse d'un café étonnamment onctueux et s'installa en face de son visiteur.

— Je suis très intriguée. Quand je me suis entretenue avec votre collègue de Berlin, elle n'a pas voulu me donner de précisions sur la nature de vos recherches.

Tony trempa les lèvres avec précaution. Il y avait assez de caféine là-dedans pour tenir un narcoleptique éveillé plusieurs jours.

— C'est une affaire très délicate, annonça-t-il.

— Nous avons l'habitude des affaires délicates, ici, rétorqua sèchement le Dr Wertheimer. Nos archives contiennent des documents que mes compatriotes ont encore énormément de mal à accepter. J'ai donc besoin d'entendre clairement le but de votre visite. Vous pouvez me parler en toute confiance, Dr Hill. Vos propos resteront entre nous.

Tony étudia d'un œil attentif le visage placide de son interlocutrice. Il était enclin à faire confiance à cette femme, et il se doutait qu'à moins de s'ouvrir à elle, il était inutile d'espérer qu'elle-même le fasse.

— J'exerce la profession de profileur, expliqua-t-il. On m'a demandé d'apporter mon aide dans une enquête concernant une série de meurtres qui, selon nous, ont été commis par la même personne.

Le Dr Wertheimer fronça les sourcils.

— Les professeurs d'université ? coupa-t-elle.

Stupéfait, Tony la regarda, bouche bée.

— Vous n'avez pas lu les journaux ce matin ? reprit-elle. (Elle se leva, fourragea dans une grande besace posée à côté de son bureau et en tira le *Die Welt* du jour, qu'elle ouvrit.) Vous lisez l'allemand ?

Il hocha la tête, toujours muet. Elle lui tendit le journal et se réinstalla dans son fauteuil pendant qu'il lisait. Le titre était explicite : LES TROIS MEURTRES SONT-ILS LIÉS ? L'article poursuivait en expliquant qu'au cours des deux mois écoulés, trois professeurs de psychologie avaient été découverts morts dans des circonstances douteuses. Dans les trois cas, la police avait évité de divulguer des précisions sur ces décès, tout en spécifiant qu'ils étaient considérés comme des meurtres. L'auteur se demandait s'il ne pourrait pas s'agir de crimes commis par un tueur en série, mais il n'avait trouvé personne au sein de la police qui accepte de confirmer son hypothèse.

— Je suppose que d'autres articles vont bientôt paraître, commenta la conservatrice pendant que Tony achevait sa lecture. Je ne pense pas qu'ils resteront aussi modérés. Alors, est-ce la raison qui vous amène à venir consulter nos archives ?

Tony acquiesça.

— Excusez-moi de ne pas m'être montré plus franc à votre égard, mais nous nous efforçons d'éviter que cette affaire vienne à la connaissance du public.

— Je m'en doute. Aucun officier de police n'aime travailler sous les projecteurs des chaînes de télé. Eh bien, qu'espérez-vous trouver ici ?

— Il faut que nous arrivions à restreindre notre éventail de suspects. Un travail de police monotone et fastidieux qui implique de confronter diverses listes. C'est long et barbant pour les policiers qui en sont chargés, mais ça pourrait donner un résultat qui permette de sauver des vies. L'analyse que j'ai faite des crimes m'amène à penser que, dans la famille proche de notre tueur, il y a sans doute eu quelqu'un qui aurait été victime de torture psychologique. On m'a dit que c'est vous qui détenez les archives concernant les enfants soit euthanasiés, soit soumis aux expérimentations des médecins nazis. J'espère qu'une liste des survivants figure quelque part dans vos archives.

Le Dr Wertheimer haussa les sourcils.

— Ça ne date pas d'aujourd'hui, Dr Hill.

— Je sais, mais je crois que notre tueur doit avoir *dans les vingt-cinq ans. Il se peut que son père ait* fait partie des survivants. Ou qu'il ait été élevé par un de ses grands-parents, lequel aurait souffert entre les mains des gens ayant exercé dans des établissements comme celui-ci.

Elle acquiesça.

— Ça me paraît tiré par les cheveux, mais je comprends que vous cherchiez à vous raccrocher au moindre élément pour essayer de traduire en justice un tueur de cet acabit. Cela dit, nous n'avons pas de liste exhaustive du genre de celle que vous évoquiez.

Tony ne put dissimuler sa déception.

— Alors je vous fais perdre votre temps, et je perds le mien ?

— Non, bien sûr que non. Ce que nous avons, en revanche, ce sont des listes propres à chacun des établissements impliqués dans le programme d'extermination. Il existait six centres dans lesquels se pratiquait l'euthanasie, mais ils chapeautaient tous plusieurs établissements auxiliaires. Nous avons des archives pour tous. (Voyant la consternation qui se peignait sur le visage de son interlocuteur, elle sourit.) Mais ne perdez pas espoir. La bonne nouvelle, c'est que toutes nos archives étant maintenant informatisées, elles sont assez faciles à consulter. Normalement, je devrais exiger que vous fassiez vos recherches ici, sur place, mais je comprends que les circonstances sont particulières. Si vous contactiez Petra Becker en lui demandant de me faxer une autorisation, ça me permettrait de vous fournir des copies de nos documents sous le sceau du secret professionnel...

Tony n'en croyait pas ses oreilles. Pour une fois, il tombait sur une fonctionnaire qui ne cherchait pas à lui mettre des bâtons dans les roues.

— Ce serait incroyablement utile pour nos recherches. Y a-t-il un téléphone d'où je puisse appeler ?

Le Dr Wertheimer lui désigna celui qui trônait sur son bureau.

— Allez-y. Je suppose qu'il lui faudra un moment

pour obtenir l'autorisation nécessaire, alors nous ferions bien de prendre un peu d'avance. Je vais demander à une de mes collègues de nous faire un tirage des documents qui nous intéressent. Je reviens dans un instant.

Elle quitta la pièce en coup de vent. Tony appela Petra sur son téléphone mobile et lui expliqua de quoi il avait besoin.

— Merde, maugréa-t-elle, ça ne va pas être facile.

— Quel est le problème ?

— Je ne suis pas censée travailler sur cette enquête, souvenez-vous. Je ne peux pas vraiment déposer une demande officielle de mandat pour une affaire avec laquelle je n'ai rien à voir. Vous avez lu les journaux ?

— J'ai vu *Die Welt*.

— Croyez-moi, c'est bien le cadet de nos soucis. Mais bon, maintenant que tout le monde sait qu'il y a un tueur en série dans la nature, on saura forcément que je ne suis pas concernée par cette affaire.

— Ah ! fit Tony.

Il s'était demandé à quel moment la femme qui pouvait tout faire finirait par se heurter à un mur. Dommage que ce soit justement maintenant.

— Que je réfléchisse..., reprit lentement Petra. Il y a un type de la KriPo qui rêve de venir travailler dans le renseignement. Je sais qu'il a les gens qu'il faut dans sa poche. J'arriverai peut-être à le convaincre que ça pourrait le rapprocher de mon équipe s'il faisait jouer certaines relations pour moi.

— Y a-t-il quoi que ce soit qui dépasse vos possibilités, Petra ?

— Il se pourrait bien que ce soit le cas, en l'occurrence. Tout dépend de la sensibilité du détecteur de conneries de ce type. Croisez les doigts pour que ça marche. Ah ! au fait, les enquêteurs de Cologne ont fait une découverte très intéressante. Marijke vient juste de me l'annoncer par e-mail. Ils ont trouvé une collègue du Dr Calvet qui s'est souvenue de l'avoir entendue mentionner un rendez-vous avec le journaliste d'une nouvelle revue en ligne, mais elle n'a pas su dire quand ils étaient censés se voir.

— Ça confirme ce que Margarethe avait dit à son compagnon.

— Mieux que ça, Tony : ça nous indique qu'on est sur la bonne piste.

Il perçut l'exultation dans le ton de Petra.

— Comment ça ?

— La collègue en question s'est souvenue du nom qu'utilisait le journaliste.

— Et alors ?

— Hochenstein.

— Vous plaisantez ? (Tony savait très bien que non.)

— Ça lui est revenu parce que ce n'est pas un nom particulièrement répandu, et bien sûr parce que Hochenstein a des connotations précises pour les psychologues expérimentaux d'Allemagne.

— Et comment ! Eh bien ! ça confirme au moins que je creuse le bon filon.

— Bonne chance. Je vous recontacte plus tard.

Tony reposa le combiné et alla se poster à la fenêtre. Le Dr Wertheimer avait raison : la vue n'était pas faite pour les dépressifs. Il imagina les enfants cloîtrés derrière ces hauts murs, avec des perspectives d'avenir réduites à la mort ou la torture. Certains devaient être trop profondément handicapés pour avoir conscience de leur environnement ou de leur destin imminent. Mais pour les autres, ceux qui étaient là en raison de pseudo-troubles du comportement ou de défauts physiques mineurs, l'angoisse devait être insupportable. Il y avait de quoi traumatiser le plus équilibré des enfants. Pour ceux qui avaient déjà souffert, ce devait être catastrophique.

Le retour du Dr Wertheimer interrompit ces réflexions.

— On est train de tout imprimer, annonça-t-elle. Nous avons des listes de noms et d'adresses, et dans la plupart des cas, un bref descriptif de certains des traitements subis.

— C'est incroyable qu'il reste quelque chose de ces archives, dit Tony.

Elle haussa les épaules.

— Pas vraiment. Les nazis n'ont pas imaginé un instant qu'ils auraient un jour des comptes à rendre. Pour les membres de l'institution, il était impensable que le Troisième Reich puisse s'effondrer de façon aussi spectaculaire et radicale. Le temps que la vérité leur apparaisse, il était trop tard pour envisager quoi que ce soit d'autre que la survie individuelle immédiate. Et il s'est vite avéré qu'il y avait bien trop d'hommes et femmes coupables. On s'est donc contenté de punir les plus haut placés. Nous avons commencé à archiver les documents au début des années 1980 et la réunification nous a permis de retrouver la majeure partie de ceux que détenait l'Allemagne de l'Est. Je suis heureuse que nous les ayons ici. Nous ne devrons jamais oublier ce qui a été commis au nom du *volk* allemand.

— Quels traitements au juste étaient infligés à ces enfants ? demanda Tony.

L'étincelle s'éteignit dans le regard du Dr Wertheimer.

— Ceux qui ont survécu ? Ils étaient traités comme des rats de laboratoire. En règle générale, ils étaient enfermés ici, dans toute une série de cellules et de dortoirs. Le personnel appelait ça le *U-boot*, le sous-marin. Pas de lumière naturelle, rien qui distingue le jour de la nuit. On y menait diverses expériences sur la privation de sommeil, en modifiant la perception de l'alternance jour nuit. On laissait un enfant dormir trois heures d'affilée, puis on l'éveillait en lui disant : « C'est le matin, voilà ton petit déjeuner. » Deux heures plus tard, on lui servait le déjeuner. Deux heures plus tard, le dîner. Puis on lui racontait qu'il faisait nuit et on éteignait les lumières. Ou bien on rallongeait les durées.

— C'était censé être de la recherche, n'est-ce pas ? demanda Tony, la gorge nouée.

Que les membres de sa propre profession puissent dévier à ce point de leur mission vis-à-vis des individus placés sous leur responsabilité ne manquait jamais de le consterner. Cette affaire avait un aspect horriblement personnel en ce qu'elle faisait surgir les images d'un cauchemar conçu par des hommes et des femmes qui, à un moment donné, avaient dû croire aux possibilités thérapeutiques de leur profession. Qu'ils se soient si volontiers écartés de cet idéal était terrifiant, car cela révélait sans détour à quel point le vernis de civilisation était mince, en vérité.

— En effet, c'était censé être de la recherche, confirma tristement le Dr Wertheimer. Destinée à informer les généraux sur ce qu'ils pouvaient exiger de leurs soldats. Bien entendu, ça n'a jamais été suivi de la moindre application. Il s'agissait tout bonnement d'exercer le pouvoir sur les faibles. Les médecins se laissaient aller à leurs fantasmes, testaient leurs conceptions personnelles de la destruction. Il y a ici une cellule qui était réservée à la torture par l'eau. Il s'y pratiquait des choses d'une inqualifiable cruauté tant physique que mentale.

— La torture par l'eau ? releva Tony, soudain intéressé.

— Cet établissement n'était pas le seul à posséder ce genre d'équipement. Il y avait une cellule du même type à la prison de Hohenschönhausen, à Berlin, mais pour adultes. Ici, les sujets étaient des enfants et le but consistait à les soumettre à des expériences plus qu'à des châtiments ou des interrogatoires.

— Arrivait-il qu'on introduise de force de l'eau dans la gorge des enfants ? demanda Tony.

Le Dr Wertheimer fronça les sourcils, le regard rivé au sol.

— Oui. Les nazis ont mené plusieurs séries d'expériences pour tester la résistance à ces traitements. Bien entendu, beaucoup sont morts. Il faut étonnamment peu d'eau pour noyer un enfant en lui introduisant de l'eau dans les voies respiratoires. (Elle secoua la tête, comme pour chasser ces idées.) Ils avaient aussi recours à ce procédé dans des expériences psychologiques. Je n'ai pas de précisions là-dessus, mais ça doit se trouver quelque part dans les archives.

— Pourriez-vous me trouver ça ?

— Sans doute pas aujourd'hui, mais je peux demander une recherche.

Avant que Tony ait eu le temps de répondre, le fax se déclencha. Le Dr Wertheimer alla regarder le papier qui se déroulait.

— Apparemment, votre collègue a obtenu l'autorisation, annonça-t-elle. Ça va mettre un moment à tout imprimer. Voulez-vous en profiter pour faire le tour du château ?

Tony hocha la tête en signe de dénégation.

— Je ne me sens pas vraiment une âme de touriste, à l'heure qu'il est.

— Je comprends ça. Nous avons une cafétéria dans la cour principale. Peut-être pourriez-vous attendre là-bas, je vous y rejoindrai avec les documents ?

Trois heures plus tard, Tony repartait, une épaisse enveloppe à côté de lui. Il n'avait pas particulièrement *hâte d'en lire le contenu, mais avec un peu de* chance, cela les rapprocherait du tueur.

Le vent malmenait les cheveux de Carol et chassait de ses poumons l'atmosphère fétide de la ville. Elle imaginait avec quelle facilité Caroline Jackson aurait succombé au plaisir de se laisser emporter sous un beau soleil printanier à bord d'un coupé décapotable BMW. Quelle femme aurait résisté ? Mais bien que d'un côté, elle savoure le fait de filer sur une *autobahn* à une vitesse bien supérieure à ce qui était autorisé en Grande-Bretagne, ses réactions n'avaient rien de mitigé. Carol était dans l'ombre de Caroline, mais elle savait parfaitement qui tenait les rênes.

Tadeusz était passé la chercher à 10 heures et demie après avoir téléphoné pour lui conseiller de mettre une tenue chaude et décontractée. En sortant de l'immeuble, elle l'avait trouvé au volant d'une Z8 noire décapotée. À la vue de la veste fine qu'elle portait par-dessus son pull, il avait eu une moue.

— C'est ce que je craignais.

Il fit le tour de la voiture en direction du coffre et en sortit un gros blouson d'aviateur en peau lainée qu'il lui tendit.

— Ça devrait vous aller, à mon avis.

Carol prit le blouson. Il n'était pas neuf. Des plis aux coudes l'attestaient. Elle l'enfila. Il avait raison. Le blouson lui allait aussi impeccablement que s'il sortait de sa propre armoire. Elle décela un faible effluve musqué d'un parfum qu'elle-même n'aurait jamais porté. Elle regarda Tadeusz, un sourire narquois aux lèvres.

— C'était le blouson de Katerina ?

— Ça ne vous dérange pas ? demanda-t-il d'un air inquiet.

— Du moment que ça ne vous fait rien.

Elle dissimula sa gêne sous un sourire. Porter les vêtements de Katerina avait quelque chose de désagréablement malsain. On aurait dit que dans la tête de Radecki, les limites commençaient à se brouiller.

Or cela présageait sans aucun doute d'un danger pour elle, d'une façon ou d'une autre.

Il secoua la tête et lui ouvrit la portière du passager.

— Je me suis débarrassé de la majeure partie de ses vêtements, mais j'en ai gardé un ou deux que j'aimais lui voir porter. Comme je ne voulais pas que vous ayez froid aujourd'hui, ça m'a semblé moins prétentieux que d'aller vous acheter quelque chose.

Elle se haussa sur la pointe des pieds et lui effleura la joue d'un baiser.

— C'est très attentionné de votre part, Tadzio. Mais vous n'avez pas besoin de me prendre en charge. Je suis une adulte, j'ai ma propre carte Platinum. Vous n'avez pas à anticiper mes besoins. Je suis de taille à les assumer moi-même.

Il accueillit aimablement la réprimande.

— Je n'en doute pas un instant. Mais par moments, Caroline, il faut vous laisser cajoler un peu.

Il lui adressa un clin d'œil et contourna la voiture pour regagner la place du chauffeur.

— Alors, où allons-nous ? demanda-t-elle quand ils prirent à gauche pour s'engager sur le Ku'damm en direction du périphérique.

— Vous avez dit que vous aimeriez voir comment se passaient les choses dans mon entreprise, répondit Tadeusz. Hier, vous en avez vu le côté légal. Aujourd'hui, je vais vous montrer comment nous acheminons nos denrées. Nous allons du côté de Magdebourg.

— Qu'y a-t-il à Magdebourg ?

— Vous verrez.

Finalement, Tadeusz quitta l'*autobahn* et sans s'arrêter pour consulter une carte, tourna à plusieurs *carrefours, ce qui les amena sur une paisible petite* route de campagne qui serpentait entre des fermes. Au bout d'une dizaine de minutes, la route s'arrêtait sur la berge d'une rivière. Il éteignit le moteur et annonça :

— Nous y sommes.

— Où ça ?

— Au bord de l'Elbe, répondit-il avec un grand geste en direction du fleuve qui coulait en contrebas. À peine plus haut, là-bas, il y a la jonction avec le Mittelland Kanal. (Il ouvrit la portière et descendit de voiture.) On continue à pied.

Carol le suivit sur un petit chemin le long du fleuve sur lequel circulaient toutes sortes de bateaux de fret, des longues péniches chargées de conteneurs aux petits bateaux transportant quelques caisses ou sacs.

— C'est très fréquenté, commenta-t-elle en réglant son pas sur celui de Tadeusz.

— Justement. Vous savez, quand les gens pensent au trafic de produits illicites, qu'il s'agisse d'armes, de drogues ou d'êtres humains, ils envisagent toujours les moyens les plus rapides. Avions, camions, voitures. Il n'y a pourtant aucune raison de faire vite. On n'achemine rien de périssable. D'ailleurs, la contrebande a commencé sur l'eau, ajouta Tadeusz.

Quand ils arrivèrent en vue du canal, il lui prit la main.

— Nous voici à l'un des carrefours des voies de navigation européennes, annonça-t-il. D'ici, on peut aller à Berlin ou Hambourg. Mais aussi plus loin, beaucoup plus loin. On peut emprunter la Havel et l'Oder pour remonter jusqu'à la Baltique ou au cœur de la Pologne et de la République tchèque. Dans l'autre sens, il y a Rotterdam, Anvers, Ostende, Paris, Le Havre. On peut aussi descendre le Rhin et le Danube tout du long, jusqu'à la mer Noire. Et personne n'y prête vraiment attention. Du moment qu'on a les bons scellés sur ses conteneurs et les papiers qu'il faut, il n'y a pas de souci à se faire.

— C'est comme ça que vous acheminez votre marchandise ? demanda Carol d'un air perplexe.

Il hocha la tête.

— Les Roumains sont totalement corruptibles. La drogue arrive par la mer Noire, ou par les Chinois qui s'en servent pour payer leur traversée. Les armes viennent de Crimée. Les clandestins entrent à Budapest ou à Bucarest avec des visas touristiques. On stocke le tout dans des conteneurs pourvus de scellés de douanes officiels, et le voyage s'arrête là où j'ai besoin qu'il s'arrête.

— Vous stockez les gens dans des conteneurs ? Pendant des semaines ?

Il sourit.

— Ce n'est pas si terrible. Nous avons des conteneurs ventilés équipés de toilettes chimiques. De réserves d'eau et de nourriture suffisantes pour qu'ils ne meurent pas d'inanition. Franchement, ils se fichent bien des conditions dans lesquelles ils voyagent pourvu qu'ils arrivent dans un beau pays de la communauté européenne avec protection sociale et procédure d'expulsion foireuse à souhait pour les demandeurs d'asile. Une des raisons pour lesquelles ils apprécient tant votre pays, ajouta-t-il en serrant doucement les doigts de Carol entre les siens.

— Vous les chargez donc tous sur les quais de la mer Noire ? Et tout le monde ferme les yeux ?

Même avec des douaniers corruptibles, Carol trouvait l'opération passablement risquée.

Tadeusz rit.

— Pas vraiment, non. Au départ d'Agigea, les conteneurs sont pleins de marchandises parfaitement légales. Mais je suis propriétaire d'un petit chantier naval à une cinquantaine de kilomètres de Bucarest. Près de Giurgiu. Les péniches s'y arrêtent et les chargements sont... comment dire ? Revus. Le fret légal est chargé dans des camions. Et les douaniers qui travaillent pour nous remplacent gentiment les scellés, si bien que tout est rigoureusement conforme. (Il lui lâcha la main et lui passa le bras autour des épaules.) Puisque je vous explique tout ça, vous voyez bien que je vous fais confiance ?

— J'apprécie, répondit Carol en s'efforçant de cacher sa joie. Combien de conteneurs mettez-vous en circulation en même temps ? demanda-t-elle en se disant que c'était là le genre de choses qu'une femme d'affaires comme Caroline voudrait savoir.

— Entre trente et quarante. Certaines fois, il n'y a qu'un petit peu d'héroïne à bord, mais ça mobilise quand même tout un conteneur.

— C'est un gros investissement, constata Carol.

— Croyez-moi, Caroline, chacun de nos conteneurs nous rembourse plusieurs fois notre mise de fonds en un an. C'est un système très lucratif. Si l'acheminement de clandestins est possible, vous et moi pourrons sans doute passer à d'autres marchandises ?

— Je ne pense pas, non, déclara-t-elle fermement. Je ne fais pas dans la drogue. C'est trop risqué. Il y a trop d'imbéciles persuadés que c'est de l'argent facile. On est obligé de traiter avec des gens tellement merdiques, des minables à qui on ne peut pas faire confiance. Des gens dont on ne voudrait pas dans son quartier et encore moins chez soi. D'ailleurs, la police s'intéresse bien trop à la drogue.

Il haussa les épaules.

— Comme vous voulez. Moi, c'est à Darko que je confie le soin de traiter avec les zonards. Je ne parle qu'aux gens du sommet de l'échelle. Et les armes ? Qu'est-ce que vous en pensez ?

— Je n'en utilise pas et je n'aime pas ça.

Tadeusz éclata d'un rire ravi.

— J'ai exactement la même politique vis-à-vis de la drogue. Mais il ne s'agit que d'affaires, Caroline.

On ne peut pas se permettre de faire du sentiment en affaires.

— Je ne fais pas de sentiment. J'ai une très bonne affaire qui rapporte beaucoup et je ne veux pas traiter avec des truands.

— Tout le monde a besoin d'une alternative.

— C'est pour ça que j'ai acheté la base aérienne. Et c'est pour ça que je suis ici aujourd'hui. Vous fournissez la main-d'œuvre, je n'ai pas besoin de plus.

Il l'attira à lui.

— Vous aurez ce que vous voulez. (Il se tourna et lui déposa un baiser sur les lèvres.) Promesse scellée par un baiser.

Carol se laissa aller contre lui, consciente qu'elle ne devait pas trahir la répugnance que ses révélations avaient engendrée.

— Nous ferons de bons associés, dit-elle à mi-voix.

— J'ai hâte de le vérifier, répondit-il d'une voix lourde de sous-entendus.

Elle émit un petit rire et se dégagea de son étreinte.

— Moi aussi. Mais rappelez-vous : je ne mélange pas les affaires et le plaisir. Occupons-nous d'abord des affaires. Ensuite... qui sait ?

Elle s'écarta de lui et partit en courant le long de la berge en direction de la voiture. Il la rattrapa à mi-chemin, lui enlaça la taille et l'attira à lui.

— D'accord, les affaires avant le plaisir, dit-il. Retournons à Berlin et mettons quelques projets au point. Je vais appeler Darko et lui dire de nous retrouver là-bas. On a un petit bureau tranquille dans Kreuzberg où on pourra établir nos plans et parler argent. Et ce soir, on pourra se détendre.

Et merde, se dit Carol. Les choses allaient bien trop vite à son goût. Comment allait-elle se sortir de là entière ?

31

Petra s'arracha avec soulagement à la contemplation de son ordinateur quand le Requin entra en trombe dans la pièce. Une pulsation lancinante lui battait les tempes et elle avait les yeux rougis par des heures devant l'écran. La seule pause qu'elle s'était autorisée avait consisté à obtenir l'autorisation pour Tony. Une lecture tardive des fichiers relatifs aux meurtres, suivie au matin par l'arrivée des comptes rendus de Carol et leur confrontation avec les dossiers existants sur Radecki, l'avaient convaincue qu'elle ne pouvait plus remettre une visite chez l'ophtalmo. Et voilà. Fin de la jeunesse. Il lui faudrait d'abord des lunettes de lecture, puis des lentilles de contact, et ensuite elle aurait sans doute besoin d'une prothèse à la hanche. Tout ça étant trop lugubre pour qu'elle ait envie d'y penser, le Requin lui-même était une distraction bienvenue.

— Tu n'aurais pas de la codéine ? demanda-t-elle avant qu'il ait le temps d'ouvrir la bouche.

— J'ai mieux que ça, répliqua-t-il. Je sais où est la gamine de Marlene.

Il resta planté sur place, un grand sourire aux lèvres, tel un enfant grandi trop vite qui sait qu'il a fait pile ce qui va faire plaisir à sa mère.

Petra en resta bouche bée.

— Tu plaisantes ?

Le Requin faisait littéralement des bonds sur la pointe des pieds.

— Oh ! que non. Je vous le dis, Petra, j'ai trouvé Tanja.

— Nom d'un chien, mais c'est super, Requin !

— C'était votre idée, reprit-il, les mots se télescopant dans sa hâte. Vous vous rappelez ? Vous m'avez envoyé vérifier qui connaissait Krasic ? Eh bien ! j'ai fini par dénicher son cousin, il élève des cochons dans une ferme tout près d'Oranienburg. Son fils Rado fait partie des sbires de Krasic, apparemment. Donc je suis allé voir sur place. Et ô miracle, ils ont la gamine !

— Tu ne t'es pas approché de la maison, hein ?

Petra eut un instant de panique. On ne pouvait quand même pas se fier au Requin ?

— Bien sûr que non. Je voulais y aller hier soir, et puis j'ai pensé que ça serait mieux d'attendre le matin. Le plein jour, tout ça. Alors je me suis levé avant le soleil, j'ai mis mes plus vieilles fringues et je suis parti dans les champs. J'ai trouvé un endroit d'où je voyais l'arrière de la maison et j'ai rampé sous une haie, bien planqué. Bon sang, c'était horrible. Froid, boueux, et on ne m'avait jamais dit que les cochons pétaient. On aurait dit que ces salopards savaient que j'étais là : ils n'arrêtaient pas de venir me péter au nez.

— Oublie les cochons, Requin. Qu'est-ce que tu as vu ?

— Eh bien ! il fait beau aujourd'hui, hein ? Super-journée de printemps ? Aux alentours de 7 heures, un type entre deux âges, bâti comme une méchante armoire à glace, est arrivé sur un petit vélo pliant et il a donné à bouffer aux cochons. Ensuite, il ne s'est *rien passé pendant un moment, puis* voilà la porte de derrière qui s'ouvre et une femme sort. La quarantaine tassée. Elle fait le tour de la cour, elle regarde bien partout. Il y a un chemin qui longe un côté de la cour ; elle passe la tête par-dessus la clôture, comme si elle vérifiait qu'il n'y a rien en vue. Puis elle retourne dans la maison et elle ressort avec une petite fille. J'avais mes jumelles, alors j'ai tout de suite vu que c'était la gamine de Marlene. Je n'en croyais pas mes yeux. En tout cas, la femme tient Tanja par la main, puis elle la lâche et là, je vois que la petite a une corde autour de la taille. Elle essaie de s'enfuir, mais elle n'a pas fait dix mètres que la corde la ramène vite fait. La femme la promène dans la cour pendant dix minutes, comme un chien en laisse, puis elle la ramène à l'intérieur.

— Tu es sûr que c'était bien Tanja ?

Le Requin hocha la tête comme s'il avait la danse de Saint-Guy.

— Je vous le dis, Petra, pas moyen de se tromper. J'avais emporté sa photo, au cas où. C'était bien Tanja. Pas de problème.

Il lui adressa un grand sourire plein d'espoir. Petra hocha la tête, médusée. Elle n'arrivait pas à croire que l'os qu'elle lui avait lancé pour le tenir tranquille se soit révélé nourrissant à ce point. Elle avait beau éprouver un respect croissant pour Carol Jordan et trouver son travail d'excellente qualité, elle rêvait toujours d'épingler Radecki elle-même. Et apparemment, tout semblait indiquer qu'elle tenait la manette qui le ferait basculer entre ses mains.

— C'est génial, mon Requinou !

— Et maintenant, qu'est-ce qu'on fait ?

— On va voir Plesch et on décide comment on peut libérer la gamine et mettre Marlene en sécurité hors d'atteinte de Krasic et Radecki. Bien vu, mec. Tu m'épates.

Il n'avait pas besoin d'en entendre plus. Il était hilare.

— C'était votre idée, Petra.

— Peut-être, mais c'est toi qui t'es décarcassé pour qu'elle marche. Allez viens, Requin. On va faire plaisir à Plesch.

Quand Tadeusz parlait d'un petit bureau, il n'exagérait pas : il y avait à peine assez de place pour une table et quatre chaises dans la pièce au-dessus de la galerie de jeux vidéo. Pourtant, malgré l'escalier délabré qui menait à l'étage, l'endroit était aussi luxueux qu'elle s'y attendait. Il y flottait une odeur de cigare froid, mais le coûteux mobilier se composait de fauteuils en cuir et d'une table en chêne massif cérusé. Une bouteille de Fine champagne et une de Jack Daniel's étaient disposées sur une petite table, flanquées de quatre verres à whisky et quatre cendriers taillés dans un bloc de cristal. Des dalles insonorisantes tapissaient murs et plafond si bien que le vacarme électronique d'en bas n'entamait pas le silence de cette retraite.

— Excellent choix, commenta Carol en faisant pivoter un fauteuil sur son axe. Je vois que vous aimez impressionner les gens avec qui vous faites affaire.

Tadeusz haussa les épaules.

— Pourquoi se priver de confort ? (Il consulta sa montre.) Mettez-vous à l'aise. Darko va arriver d'un instant à l'autre. Vous buvez quelque chose ?

Elle refusa d'un geste.

— C'est un peu trop tôt pour que je m'autorise un cognac.

Elle s'installa dans le fauteuil qui faisait face à la porte. Tadeusz haussa les sourcils.

— La place du garde du corps, hein ?

— Comment ça ?

— Les gardes du corps s'assoient toujours de façon à pouvoir surveiller la porte.

Carol rit.

— Et les femmes de plus de trente ans, dos à la fenêtre, Tadzio.

— Vous n'avez pas à vous soucier de ça, Caroline.

Avant qu'elle ait le temps de répondre au compliment, la porte s'ouvrit. *Putain, mais c'est un vrai char d'assaut sur pattes,* se dit Carol.

Krasic restait sur le seuil. Sa carrure emplissait quasiment l'embrasure. Ses sourcils froncés dissimulaient presque ses yeux. Il inspecta la pièce du regard. *Allez, branche le charme, Carol,* se dit-elle en se levant vivement. Elle traversa la courte distance qui les séparait, main tendue, un sourire masquant le profond malaise que la présence physique de cet homme lui inspirait.

— Vous êtes sûrement Darko, lança-t-elle d'un ton aimable. Ravie de faire votre connaissance.

Il lui prit la main dans une poigne étonnamment douce.

— Le plaisir pour moi, répondit-il avec un fort accent, son regard sombre contredisant ses propos.

Puis il regarda au-delà de l'épaule de Carol et lança quelques mots rapides en allemand.

Tadeusz lâcha un ricanement.

— Il dit que vous êtes vraiment aussi belle que je le disais. Darko, tu es un sacré fin parleur avec les dames. Allez, assieds-toi, bois quelque chose.

Krasic tira un fauteuil pour Carol, se servit un verre de Jack Daniel's et s'installa en face d'elle, les yeux rivés sur son visage.

— Alors, vous allez résoudre notre problème anglais ? lança-t-il sur le ton du défi.

Je pense qu'on va pouvoir s'entraider, en effet.

— Caroline a besoin de main-d'œuvre et elle dispose d'une source d'approvisionnement en papiers bien meilleure que tout ce que Colin Osborne a jamais pu proposer. Il ne nous reste plus qu'à planifier la livraison et le paiement, expliqua Tadeusz, très professionnel, en s'asseyant et en allumant un cigare.

— Tadeusz m'a montré comment fonctionne votre système. Je suis impressionnée par la qualité de l'organisation. (Elle adressa un sourire encourageant à Krasic.) Je ne travaille avec les gens qu'après m'être assurée qu'ils peuvent fournir ce pour quoi ils s'engagent, et j'en ai assez vu pour savoir que c'est votre cas, messieurs.

— Nous aussi on travaille seulement dans la confiance, répliqua Krasic. Est-ce qu'on vous fait confiance ?

— Voyons, Darko, ne fais pas ta tête de cochon comme ça. On a vérifié les références de Caroline, on sait qu'elle est des nôtres. Alors maintenant, quand peut-on lui livrer la première commande ?

Krasic haussa les épaules.

— Trois semaines ?

— Il va falloir si longtemps que ça ? demanda Carol. Je croyais que votre réseau fonctionnait très régulièrement.

— Les choses sont difficiles depuis la mort de Osborne, répondit Krasic.

— Et ceux qu'on stocke à Rotterdam ? suggéra Tadeusz. On ne pourrait pas en acheminer certains en Angleterre dans des délais plus brefs ?

Krasic se rembrunit.

— Je crois que oui. Vous êtes pressée ?

— Je réceptionnerai dès que vous pourrez livrer. Mais si vous avez stocké la marchandise, je veux la vérifier par moi-même avant qu'elle parte. Je n'ai pas envie de me retrouver avec un conteneur de cadavres sur les bras.

Krasic décocha un regard à son patron. Tadeusz écarta les mains.

— Mais bien sûr, Caroline. Darko, si tu prévoyais un voyage en début de semaine prochaine ? Caroline et moi, on te rejoindra à Rotterdam pendant le week-end, avant que tu charges, comme ça elle pourra vérifier par elle-même.

Krasic dévisagea Tadeusz d'un air incrédule, puis parla en allemand. Carol regretta de ne pas mieux connaître cette langue. Sa mémoire verbale ne marchait qu'en anglais ; il lui était impossible de répéter une conversation dans une langue étrangère. Tadeusz répondit à son lieutenant d'un ton réprobateur, puis revint à l'anglais.

— Excusez-moi, nous ne devrions pas vous exclure de nos discussions, mais Darko ne parle pas aussi bien anglais que moi. Il exagère un peu les précautions, en fait. Il est toujours inquiet quand je sors de mon rôle d'administrateur et que je m'implique dans l'action. Mais par moments, j'aime voir les choses de mes propres yeux. Alors, vous sera-t-il possible de venir à Rotterdam ce week-end pour inspecter votre marchandise ?

— Ce serait parfait. Et ça me laisse le temps de mettre les choses en place de mon côté. Je dois m'assurer que mes collaborateurs auront tout préparé.

— Combien pouvez-vous en prendre ? demanda Tadeusz.

— Trente pour commencer, lança-t-elle. (C'était un nombre convenu avec Morgan. Pas trop grand, de façon à ce que le voyage en conteneur reste vivable, et pas trop petit non plus, pour que Tadeusz y voit un intérêt.) Et ensuite, vingt par mois.

— Ça fait pas lourd, intervint Krasic. On peut fournir beaucoup plus.

— Peut-être, mais c'est tout ce dont j'ai besoin. Si les choses se passent aussi bien que je le pense, il est très probable que j'élargirai mon champ d'action. Ça dépend en grande partie de mon approvisionnement en papiers. On me fournit des documents de première qualité, et je ne tiens pas à compromettre ça en en demandant trop. Pour le moment, donc, ça sera vingt par mois. C'est à prendre ou à laisser, Mr Krasic.

Caroline n'avait aucun mal à parler sèchement. Elle avait passé assez d'heures avec des durs à cuire dans les salles d'interrogatoire pour affiner ses compétences dans ce domaine. Elle doublait ses propos d'un regard ferme et d'une expression impénétrable.

— Ces chiffres nous iront très bien, coupa Tadeusz. Trente pour la première livraison, suivis de vingt par mois. En effet, nous pourrions acheminer plus que ça, mais franchement, je préfère envoyer vingt types par bateau en sachant qu'il n'y aura pas d'accidents, plutôt que soixante sans garanties. Et maintenant, il ne nous reste plus qu'à mettre au point les arrangements financiers.

Carol sourit. Elle avait réussi. Et en un temps record. Elle regretta de ne pas pouvoir voir la tête de Morgan quand il recevrait son prochain e-mail. Tout était en place. Ce week-end, ils coffreraient enfin Tadeusz Radecki à Rotterdam, et son empire s'effondrerait autour de lui.

— Bien, lança-t-elle gaiement. Parlons argent.

Tony avait eu affaire à des quantités de psychologues cliniciens – de flics aussi – qui avaient bâti un mur entre eux et la réalité déprimante à laquelle leur travail les exposait. Il n'arrivait pas à leur reprocher d'établir cette distance. Aucun individu sain ne voudrait s'imposer les scènes auxquelles ils devaient assister, les torrents verbaux de souffrance et de colère qu'ils devaient écouter, les êtres humains délabrés dont ils devaient s'occuper. Mais dès le début de sa carrière de clinicien, il s'était promis de ne jamais se départir de sa compassion, quel qu'en soit le prix.

Si ce prix devenait trop élevé, alors il se tournerait vers une autre profession pour gagner sa vie. Mais perdre la capacité à comprendre la douleur des autres, criminels aussi bien que victimes, c'était à ses yeux une forme de malhonnêteté.

La liasse de feuillets qu'il avait rapportée du Schloss Hochenstein l'obligea à rassembler toute sa détermination. Les listes désincarnées de noms, de diagnostics et de prétendus traitements évoquaient une image tellement infernale qu'il aurait voulu pouvoir assimiler ces données avec une calme objectivité scientifique. Au lieu de quoi, il se sentait déchiré. Prendre connaissance de ces informations avait de quoi lui faire perdre le sommeil pendant longtemps, il ne le savait que trop.

Le Dr Wertheimer avait dit vrai à propos de la manie d'archiver du corps médical nazi. Il y avait là des centaines de noms, originaires de tout le pays. Chaque enfant avait droit à son descriptif : nom, âge, adresse, noms et professions des parents. Venait ensuite le motif de l'incarcération. Le plus courant était « arriération mentale », suivi de près par « handicap physique ». Mais certaines des raisons expliquant l'incarcération des enfants étaient profondément glaçantes : « paresse congénitale », « comportement asocial », « racialement contaminé ».

Qu'avaient dû éprouver les parents, obligés de se soumettre alors qu'on leur arrachait leur progéniture, car protester ne pouvait que faire fondre le châtiment sur leurs têtes sans aucun espoir de sauver l'enfant ? Ils se murèrent sans doute dans une révolte qui dut les détruire affectivement autant que psychologiquement, se dit Tony. Pas étonnant que les générations après-guerre ne voulaient pas entendre parler de ce qu'il était advenu de leurs enfants avec leur consentement apparent.

Le sort d'un grand nombre de captifs était libellé de façon très simple. « Traitement par injections de médicaments expérimentaux. Absence de résultat. » Suivaient la date et l'heure du décès. La formule codée de l'euthanasie, de toute évidence. C'était là un des rares exemples du seuil que l'arrogance du régime n'avait pas pu franchir. Même si les nazis étaient convaincus de ne jamais avoir à rendre de comptes sur ce qu'ils avaient fait à ces enfants au nom de la pureté aryenne, ils avaient éprouvé le besoin d'employer un euphémisme.

Ce qui ne signifiait pas pour autant qu'il subsistait par ailleurs beaucoup de respect pour l'innocence des victimes. Le sort des autres enfants était énoncé dans des termes à la lecture desquels Tony eut honte d'appartenir au corps médical. Certains étaient morts dans la souffrance après avoir subi des séries d'injections dans les yeux au nom d'expériences sur la couleur de l'iris. D'autres avaient été soumis à des recherches sur les cycles du sommeil qui les avaient rendus fous. La liste se poursuivait, émaillée de références à des publications scientifiques dans lesquelles figuraient les résultats.

Et personne n'avait été puni pour ça. Pire, dans certains cas, un accord tacite avait été conclu entre les Alliés et les nazis vaincus. Les résultats des recherches devenaient propriété des vainqueurs en échange du silence des auteurs de ces crimes.

Si Geronimo avait payé un terrible prix personnel pour les atrocités commises soixante ans plus tôt au nom de la science, Tony ne voyait rien d'étonnant à ce qu'il soit dévoré de haine et d'amertume. Toutes ces victimes, et pas un seul responsable. Lui-même était un individu mesuré, or cela le mettait en rage. Ce devait être infiniment pire d'être victime de cette sauvagerie alors qu'une ou deux générations s'étaient écoulées entre-temps.

Geronimo se trompait de cibles, cependant. Tony déplorait certes le résultat final, mais il n'arrivait pas à condamner totalement le désir de vengeance qui consumait le tueur.

*
* *

... P : c'est vrai, tu as raison, ces notes d'observation ont de quoi glacer le sang. est-ce qu'il y a des traces utilisables sur la chemise ?

M : Trop tôt pour le dire. Tout est au labo, pour le moment. Mais de mon côté, j'ai eu une idée cet après-midi. Les principaux carrefours sont maintenant placés sous surveillance télé, j'ai demandé qu'on me fournisse toutes les cassettes du jour du meurtre de Groot et je vais demander à mon équipe de les visionner pour voir si on arrive à repérer une VW Golf foncée avec des plaques allemandes.

P : super-idée.

M : Possible. Ça ne nous servira vraiment que si on arrive à confronter ça avec une autre des listes. Et il va falloir des siècles pour obtenir quelque chose de complet du côté des bateaux.

P : tony explore l'idée des victimes de tortures psychologiques. aujourd'hui, il est allé collecter des listes d'enfants victimes des nazis. il passe la soirée à entrer tous les noms sur une liste globale, comme ça il va pouvoir t'en fournir une aussi. ça en fera une de plus sur laquelle rechercher des noms.

M : On a du mal à sentir qu'on avance, quand même.

P : les articles des journaux de ce matin n'arrangent rien non plus.

M : En tout cas, ils n'ont pas l'air d'avoir flairé le lien avec notre affaire, alors on nous laisse en paix.

Est-ce que ça a déclenché un peu plus de coopération entre les polices allemandes ?

P : je n'en sais rien, en fait. je suis trop en dehors du circuit. tu auras sans doute des échos avant moi. mais les journaux télévisés de ce soir ont diffusé un truc comme quoi les professeurs d'université vivent dans la crainte de subir les attaques d'un tueur en série. j'ai bien peur qu'il se tienne à carreau, après ça.

M : Ou alors qu'il prenne plus de risques. S'il ne peut plus avoir recours à sa méthode habituelle pour piéger ses victimes, il va trouver un autre moyen. C'est vraiment déprimant, tout ça. Remonte-moi le moral. Comment vont les choses du côté de la mission sous identité d'emprunt ?

P : il semblerait qu'on ait localisé la fille de marlène krebs. ce qu'on va faire, c'est opérer une descente à l'endroit où la gamine est détenue et EN MÊME TEMPS placer marlene sous haute surveillance, hors de portée de radecki. une fois qu'on l'aura mis, lui, derrière les barreaux, on obtiendra tout ce qu'il nous faut. astucieux non ?

M : Du moment que ça ne met pas Jordan en danger.

P : tout est au point, crois-moi. du moins, ça va l'être. je crois qu'on peut s'arranger pour déclencher tout en même temps. c'est jordan qui se chargera du guet-apens et nous on mènera notre truc de notre côté, donc personne ne mettra qui que ce soit en danger.

M : Bravo ! Tu as travaillé dur pour en arriver là, je le sais !

P : je crois qu'il faut qu'on fête ça ensemble, marijke. tu viendrais à berlin ?

M : Je ne demande que ça. Mais pour le moment, je suis trop prise par cette affaire. Si tu t'octroyais quelques jours de congé une fois Radecki écroué, et que tu viennes à Leyde ?

P : pourquoi pas ? ça va être infernal ici, une fois qu'on l'aura épinglé. disons qu'on sablera le champagne dans une ville ou l'autre dès que nos deux affaires seront tirées au clair.

M : Ça marche. Mais il faut que tu saches que je n'ai aucune inquiétude au sujet de notre rencontre.

P : moi non plus. le trac, mais pas d'inquiétude non plus.

M : Il faut que je te quitte, maintenant. En fait, je suis encore au boulot et il me reste des trucs à faire.

P : ça marche. plus tu bosses, plus vite l'affaire sera élucidée, et on pourra envisager de se voir.

M : Tu crois ?

P : j'en suis sûre.

32

En d'autres circonstances, Carol aurait trouvé la soirée irréprochable. Un hôte attentionné, beau, un repas fin, un choix de vins exceptionnels, et un cadre à faire pâlir le directeur artistique de n'importe quelle revue de décoration d'intérieur. Sans parler de la conversation qui avait roulé sur la politique, la musique et les voyages à l'étranger avant d'aborder le territoire plus intime des relations du passé.

Mais ce n'étaient pas là des compensations suffisantes pour dissiper le malaise latent de Carol. Elle ne pouvait pas se permettre de baisser sa garde un seul instant, d'oublier qu'elle avait endossé le passé d'une autre femme, ou de réagir au plus simple commentaire de Tadeusz sans soupeser et mesurer sa réponse. Elle était si proche du but, à présent. Un seul faux pas pouvait tout anéantir.

Et en arrière-plan de ses préoccupations, subsistait le trouble permanent lié à la réapparition de Tony dans sa vie. Ce qui rendait ce flirt élégamment contrôlé avec Tadeusz doublement équivoque. Savoir qu'elle finirait la soirée avec Tony et non avec celui qui se donnait tant de mal pour la séduire chargeait l'atmosphère ambiante d'un arrière-goût étrange et d'implications multiples.

Tadeusz revint de la cuisine chargé d'un plateau. Debout sur le seuil de la salle à manger, il sourit à Carol.

— J'ai pensé que nous pourrions prendre le café au salon. C'est plus confortable et la vue y est plus belle.

C'est bien trouvé, songea-t-elle. Il entendait par là, bien sûr, qu'il lui serait plus facile de se jeter sur sa proie là-bas qu'au-dessus d'une table encombrée des restes d'un repas à cinq plats.

— Avec plaisir, répondit-elle en se levant.

En entrant dans la pièce, elle remarqua les deux canapés visiblement disposés pour la conversation et un fauteuil installé tout près. Opter pour le fauteuil établirait une distance entre eux, or si elle ne tenait pas à se montrer trop encourageante, il s'en fallait de beaucoup qu'elle soit tirée de ce mauvais pas. Tant que Radecki et son lieutenant ne seraient pas coffrés, elle allait devoir lui inspirer un sentiment de connivence intime.

Tadeusz avait posé le plateau sur une table basse en acier et verre, entre les deux canapés. Il leva les yeux vers Carol, son regard s'attardant sur la ligne moulante de la robe de cocktail.

— Installez-vous, dit-il en se baissant pour verser le café dans des tasses en porcelaine fine.

Carol prit place dans le canapé le plus proche du plateau et croisa les jambes en espérant émettre ainsi les signaux appropriés, sans se rendre compte que son geste soulignait la courbe fuselée de son mollet et la ligne de sa cheville. Tadeusz se pencha par-dessus la table, s'appuyant d'une main pour garder l'équilibre en tendant une tasse à Carol.

— Cognac ? proposa-t-il. Il ne peut plus être trop tôt, à présent.

Elle sourit, et d'un léger hochement de tête, signifia qu'elle relevait cette allusion à leur précédente entrevue, premier sous-entendu professionnel qu'ait fait son hôte au cours de cette soirée.

— Je préférerais du Grand Marnier, si vous en avez.

— Vos désirs sont des ordres.

Il s'éloigna vers la desserte à alcools et en revint avec un verre de cognac pour lui et un généreux Grand Marnier pour Carol. Comme elle le craignait, il profita de cette occasion pour venir s'asseoir à côté d'elle. *Ils sont d'un prévisible !* se dit-elle avec lassitude.

Elle se cramponna à son café. Qui serait assez fou pour se jeter sur une femme qui tient une tasse de café brûlant ?

— Le repas était délicieux, dit-elle. Je suis vraiment gâtée. Merci de vous donner tant de mal.

Il posa son verre, ce qui lui laissait les mains libres.

— Je ne me suis pas cassé la tête, à vrai dire. Un coup de téléphone, puis j'ai suivi strictement les consignes : allumer le four à telle température. Enfourner plat numéro 1. Attendre dix minutes. Enfourner plat numéro 2. Ce genre de choses.

Carol secoua la tête.

— Je me serais contentée d'une pizza express, vous savez.

— Cette robe mérite bien mieux.

Sa main s'aventura sur la cuisse de Carol et il effleura du bout des doigts le mélange délicat de lin et soie.

Et merde, nous y voilà, se dit-elle.

— La robe et sa propriétaire sont très honorées.

Il se tourna face à elle. Doucement, il lui prit la tasse des mains et la posa sur la table.

— C'est le moins que je puisse faire pour celle qui m'a réappris à rire.

Puis il s'avança et l'embrassa.

Carol s'efforça de trouver la réaction appropriée. L'haleine de Tadeusz sentait le cognac et cela l'écœurait, mais elle n'osait pas le montrer. Ni s'autoriser à savourer une étreinte à laquelle elle avait du mal à résister. Son corps répondait de façon automatique, animale. Malgré elle, elle trouvait Tadeusz séduisant, et ses hormones réagissaient indépendamment de son intellect. Elle l'embrassait avec autant de fougue que lui.

Elle sentait ses mains sur elle, à présent, qui l'attiraient à lui. Sans offrir de résistance, elle lui effleura le dos du bout des doigts. Leur baiser se prolongeait, leurs langues s'exploraient, leur souffle se fit plus rapide, plus saccadé. Il la renversa sur le canapé, glissa une main sous sa robe, brûlante au contact de la peau. Et brusquement, elle se rendit compte qu'elle n'avait pas envie qu'il s'arrête.

Sa raison déclencha une réaction pour contrer le désir de son corps. Des images lui traversèrent l'esprit. Des cadavres se déversant d'un conteneur de bateau. Morgan lui expliquant qu'il fallait mettre un terme au trafic d'êtres humains de Radecki. L'homme assassiné sur les marches de la GeSa. Puis le visage de Tony, le reproche dans son regard, sa bouche amère. Et tout à coup, Carol Jordan retrouva sa mainmise sur Caroline Jackson. Elle s'arracha aux lèvres ardentes de Tadeusz.

— Non, attends, fit-elle d'une voix entrecoupée.

Il se figea, la main sur la cuisse de Carol et demanda :

— Que se passe-t-il ?

Elle ferma les yeux.

— Je ne peux pas. Excuse-moi, je ne peux pas, tout simplement.

Il l'étreignit plus étroitement, refermant les doigts plus fort encore sur sa chair.

— Mais tu en as envie, je sais que tu en as envie.

Carol se dégagea comme elle put et repoussa la main de Tadeusz.

— J'avais envie. Je veux dire... j'ai envie. Mais... excuse-moi, Tadzio, ça va trop vite. C'est trop soudain.

— Je ne comprends pas. Tu m'as embrassé comme si tu me désirais. (Il haussait la voix, sourcils froncés, les yeux plissés.)

— Ce n'est pas que je ne te désire pas. Je t'en prie, ne crois pas ça. Mais... c'est très bizarre pour moi. Je n'ai jamais eu de liaison avec un associé. Je ne suis pas sûre d'en être capable. J'ai besoin d'un peu de temps pour prendre du recul.

— Seigneur Dieu ! (Il se releva d'un bond, tira un cigare de son étui et entreprit de l'allumer avec beaucoup d'application, comme s'il trouvait là une occasion de se ressaisir.) Je n'ai jamais cherché à avoir une liaison avec une associée, reprit-il d'un ton beaucoup moins mesuré que ses propos. Mais je ne vois pas pourquoi ça devrait empiéter sur nos relations professionnelles. Ça pourrait même les renforcer. Travailler main dans la main. On ferait une équipe formidable, Caroline.

Elle attrapa son verre et y trempa les lèvres.

— J'aimerais aussi, Tadzio. Mais j'ai besoin d'un peu de temps pour m'habituer à cette idée. Je ne suis pas en train de dire « jamais », simplement « pas ce soir ». (Elle détourna les yeux.) Il y a aussi autre chose.

— Ah oui ? Et qu'est-ce que ça peut bien être ? demanda-t-il en la dévisageant d'un regard insolent.

— Katerina, répondit-elle à mi-voix.

Le visage de Tadeusz se ferma aussitôt pour redevenir le masque qu'elle lui avait vu lors de leur première rencontre.

— Quoi, Katerina ?

— *C*'est toi qui m'as appris à quel point je lui ressemble. (Carol s'efforça de prendre un air implorant.) J'ai besoin d'être sûre que c'est vraiment avec moi que tu veux coucher, pas avec une nouvelle version de Katerina.

Le regard de Tadeusz se voila et ses épaules s'affaissèrent.

— Tu te figures que je ne me suis pas posé la question ?

— Je ne sais pas.

Comprenant qu'elle venait de trouver comment transformer la colère de Tadeusz en vulnérabilité, Carol se détendit un peu.

— La première fois que je t'ai vue, une fois le choc surmonté, je me suis dit que je ne porterais jamais la main sur toi parce que ce serait morbide. Mais plus je te connais, plus je t'apprécie. Maintenant, quand je te regarde, c'est Caroline que je vois, pas Katerina. Il faut que tu me croies.

— Je veux bien te croire, Tadzio. Mais je pense qu'il me faut encore un peu de temps.

Il croisa les bras.

— Je comprends. Prends le temps qu'il te faudra. Nous ne sommes pas pressés. Excuse-moi si j'ai brûlé les étapes.

Elle secoua la tête.

— Tu n'as aucune raison de t'excuser. Nous savons au moins à quoi nous en tenir. Où nous situer.

Il esquissa un faible sourire.

— Je sens que ça peut marcher, Caroline.

— Moi aussi, Tadzio. Mais je veux en être sûre. (Elle rajusta sa robe et se leva.) Et maintenant, je vais devoir rentrer.

*

* *

La lumière brillait toujours chez lui, les rideaux étaient encore grands ouverts. Ce fut la première chose dont Carol s'assura en descendant de la Mercedes de Tadeusz, après avoir dit bonsoir au chauffeur. Elle se sentait décoiffée et vaguement salie par l'épisode sur le canapé, mais peu importait. Elle avait trop besoin de voir Tony pour se soucier de ça.

La porte s'ouvrit très vite, comme si Tony attendait son arrivée. Il sourit d'un air appréciateur à sa vue.

— Tu es éblouissante, lui dit-il en la conduisant au salon. Comment ça s'est passé ?

Il n'y avait que quelques centimètres entre eux deux. Elle était belle à couper le souffle, avec ses cheveux qui scintillaient sur le fond noir de la fenêtre, sa bouche entrouverte sur un sourire incertain. Il émanait d'elle un parfum d'érotisme qu'il perçut avec un pincement d'amertume, reconnaissant qu'il éprouvait de la jalousie. Il aurait voulu que ce soit lui qui chavire Carol à ce point, et non une raclure comme Radecki, un vulgaire truand avec un vernis de raffinement.

— En début de journée, ça n'aurait pas pu mieux se passer. Il m'a emmenée à la campagne et m'a montré comment fonctionne son trafic par voies navigables. Et cet après-midi, on a rencontré son bras droit, Darko Krasic. Bon sang, une vraie brute, celui-là. Le genre d'homme qui vous pousserait à réfléchir à deux fois avant de laisser tomber votre identité d'emprunt. Et en plus il me déteste. Il me briserait l'échine sans hésiter s'il se figurait que je m'apprête à faire quoi que ce soit qui nuise à son précieux Tadzio.

— Puisse le Ciel nous préserver des amitiés viriles, commenta Tony. Ça devait être plutôt intimidant.

— Oui. Mais ça m'a aidé à me concentrer sur mon rôle. Et ça a marché, Tony, ça a vraiment marché. On a passé un accord. On doit aller à Rotterdam ce week-end pour voir les immigrants clandestins qu'il *va me livrer. On va pouvoir l'épingler* à cette occasion. Morgan ne va plus tenir en place quand il recevra mon compte rendu !

Tony hocha la tête.

— Tu t'es vraiment bien débrouillée.

— Je n'y serais pas arrivée sans ton aide.

— Ne dis pas de bêtises, bien sûr que si. Et comment s'est passée ta soirée ? Vous avez fêté votre nouveau partenariat ? demanda-t-il avec une pointe d'amertume.

— Il a essayé de me sauter dessus, répondit-elle avec une moue dégoûtée. Mais j'ai réussi à le tenir à distance. C'est délicat, je dois l'encourager à faire le premier pas et en même temps veiller à ne pas me prendre les pieds dans le tapis.

— Ça ne doit pas être facile, en effet.

Carol s'avança.

— C'est un homme attirant. Mon corps a l'air d'avoir plus de mal à lui résister que mon esprit. C'est très déroutant.

Tony gardait les yeux rivés au sol. Il avait peur de la regarder.

— Heureusement que tu es vraiment professionnelle, marmonna-t-il.

Elle lui posa la main sur le bras.

— Ce n'est pas mon professionnalisme qui m'a permis de m'en sortir. C'est parce que je pensais à toi.

— Tu ne te sentais pas de taille à affronter ma désapprobation, hein ?

Le demi-sourire qu'elle connaissait si bien resurgit sur les lèvres de Tony.

— Ce n'est pas tout à fait ça. C'est surtout que je ne perdais pas de vue ce que je désire vraiment.

Elle se rapprocha. Il sentait la chaleur qui émanait d'elle. Sans réfléchir, il ouvrit les bras. Elle se blottit contre lui. Ils s'étreignirent longuement, si fort qu'ils sentaient battre leurs deux cœurs. Il enfouit le visage dans les cheveux de Carol et huma profondément son parfum. Pour la première fois depuis sa visite au

Schloss Hochenstein, il oublia les visions d'horreur qu'il en avait rapportées.

Le répit fut de courte durée. Tout en lui caressant la nuque, Carol lui murmura :

— Excuse-moi. Je ne pense qu'à moi. Comment s'est passée ta journée ?

Il se raidit et s'écarta doucement d'elle.

— Ce n'est pas la peine que je te raconte ça, répondit-il.

Il alla prendre la bouteille de whisky posée sur la table et questionna Carol du regard, qui refusa d'un signe de tête. Il se servit alors un verre bien tassé et se laissa tomber sur la chaise, face à son ordinateur.

— Crois-moi, ce n'est vraiment pas la peine.

Carol s'assit sur l'accoudoir du canapé, les genoux à quelques centimètres de ceux de Tony.

— Je ne suis pas tout à fait une oie blanche en matière d'horreurs, lui rappela-t-elle. Ce genre de trucs te bouffe, tu le sais. Alors vas-y, partage le fardeau.

Il contempla le fond de son verre.

— Des gosses. C'étaient seulement des gosses. Oh ! bien sûr, je sais très bien ce qu'on fait subir aux enfants. (Il se rembrunit.) Mais en général, c'est le fait d'un seul individu. Un pauvre détraqué pédophile. Alors, on s'en sort en se disant que c'est un truc inadmissible. Un type qui n'a rien de commun avec nous. C'est comme ça qu'on se rassure. (Il avala une gorgée de whisky.) Mais là, ce qu'il y a de terrible, Carol, ce qui me donne l'impression d'avoir avalé un poison corrosif, c'est qu'il s'agissait d'une entreprise collective. Des dizaines, sans doute des centaines de gens ont contribué à ce qui a été fait à ces enfants. Les parents se sont abrités derrière leur sentiment d'impuissance et ont laissé ces salauds les emporter. Et pour quelle raison ? Parce qu'ils avaient un handicap physique. Ou qu'ils étaient mentalement déficients. Ou simplement parce que c'étaient des petits garnements intenables qui n'obéissaient à personne. (Il fourragea dans ses cheveux, le visage empreint d'un profond désarroi. Carol lui posa la main sur le genou et il la recouvrit de la sienne.) Ensuite, il y a les médecins et les infirmières. Pas des paysans ignorants, eux, mais des gens instruits. Et des gens comme toi et moi. Des gens qui avaient vraisemblablement embrassé cette carrière parce qu'ils éprouvaient le besoin de soigner les malades. Mais un décret venu d'en haut, et voilà que tout à coup, ils arrêtent de soigner pour se transformer en tortionnaires et en assassins. Enfin quoi, comment peut-on en arriver là ? Je n'ai jamais eu de mal à comprendre de quel aveuglement il faut faire preuve pour être gardien dans un camp de concentration. Quand on se sent vulnérable, diaboliser un groupe à part comme les Juifs, les Tsiganes ou les communistes, ce n'est pas un bien grand pas à franchir pour la majeure partie d'entre nous. Mais ces enfants-là étaient *allemands*. La plupart des gens qui les ont exterminés étaient sans doute eux-mêmes parents. Comment arrivaient-ils à dissocier leur métier de leur propre vie de famille ? Certains, au moins, ont dû y laisser leur équilibre mental. (Il secoua la tête.) Je suis doué pour la compassion. Doué pour ressentir la souffrance des gens qui ne savent agir qu'en transférant leur propre souffrance sur autrui. Mais je suis viscéralement incapable d'éprouver le plus petit degré de pitié pour aucun de ceux qui ont pris part aux agissements dont j'ai lu les descriptifs aujourd'hui.

— Je m'en veux beaucoup, dit Carol. Je n'aurais pas dû t'entraîner là-dedans.

Il esquissa un sourire fatigué.

— Tu n'as pas à t'en vouloir. Mais si j'ai raison, et que notre tueur est une victime éloignée de ce qui s'est passé dans ces prétendus hôpitaux, alors je tiens à dire qu'il n'est pas le seul fautif. Les gens qui portent réellement la responsabilité de ces meurtres sont largement hors de portée de la justice.

Dans la rue, en bas, Radovan Matic n'en revenait pas. Il avait passé une soirée barbante au pied de l'immeuble de Tadeusz Radecki, où il s'attendait à faire le pied de grue au moins jusqu'à l'aube. Aucun homme digne de ce nom n'aurait laissé une femme pareille sortir de chez lui sans se la faire. Et d'après ce que tonton Darko lui avait dit de Radecki, cet homme-là n'était pas un saint. Rado avait été un peu surpris de voir la Mercedes noire de Radecki se ranger devant l'immeuble sur le coup de 10 heures, et carrément stupéfait quand Caroline Jackson en sortit, seule, quelques minutes plus tard.

Il avait suivi la Mercedes jusque chez la femme, et eu la chance de trouver à se garer juste en face pendant qu'elle entrait dans l'immeuble. Il décida d'attendre que la lumière s'allume chez elle, puis d'appeler son oncle en espérant obtenir l'autorisation de rentrer se coucher. Il descendit de voiture et se glissa dans l'ombre d'une devanture de fleuriste pour mieux voir la façade de l'immeuble.

Les minutes s'écoulèrent, et toujours aucune lumière aux fenêtres qu'il savait être les siennes. Que se passait-il ? Pour avoir déjà filé la femme, il savait que dès qu'elle arrivait chez elle, la lumière de l'entrée filtrait jusqu'à la fenêtre du salon. Pourtant l'appartement restait plongé dans l'obscurité. Est-ce qu'il faisait erreur ? S'était-il trompé de fenêtres ? Il recompta, histoire d'en avoir le cœur net.

C'est alors qu'il la vit. Distinctement. Mais pas au *bon endroit. Au lieu d'être au troisième étage*, elle se trouvait au premier. Et en compagnie d'un homme qui n'était absolument pas Tadeusz Radecki. Et sous ses yeux, les deux silhouettes se rapprochèrent, visiblement plongées dans une conversation passionnée. Puis elles s'enlacèrent.

Cette garce était revenue tout droit de chez Radecki pour se jeter dans les bras d'un autre. Rado empoigna son téléphone. Ça, c'était un truc dont il fallait informer son oncle. Et vite.

Krasic arriva sur place moins de vingt minutes plus tard. Il était passé à l'orange tout le long du Ku'damm tellement il avait hâte de voir Caroline Jackson en train de faire quelque chose qu'elle n'était pas censée faire. Il se rangea devant une entrée de parking privée et remonta la rue à toutes jambes pour rejoindre le poste d'observation de son neveu.

— Qu'est-ce qui se passe ? demanda-t-il.

Rado tendit le doigt vers le rectangle de lumière du premier étage.

— C'est là qu'elle était. Avec le type. Le chauffeur de Tadeusz l'a déposée mais la lumière ne s'est pas allumée chez elle. Et voilà qu'après, je la repère avec l'autre à la fenêtre du premier. Ils discutaient, et ensuite ils se sont mis à se rouler des pelles. Et ils ont disparu. Alors, à mon avis, je dirais qu'ils sont en train de baiser, pas toi ?

— Je lui avais dit qu'il ne fallait pas lui faire confiance, gronda Krasic. C'est quel numéro, cet appartement ?

— Il se trouve deux étages en dessous du sien. Si elle habite au 302, le type doit être au 102. (Au moment où il prononçait ces mots, la silhouette masculine reparut.) C'est lui, tonton. Le type avec qui elle était ! s'exclama-t-il, tout excité, en désignant la fenêtre que Tony venait de longer avant de disparaître à nouveau.

Krasic rabattit le bras de Rado d'un coup brutal.

— Putain merde, Rado, tu veux que toute la rue nous voie ?

Rado tenait son bras douloureux.
— Pardon.
— Pas grave. C'est du bon boulot que tu as fait là, de repérer cette garce. Maintenant, il faut que je sache qui est le type. Ça devra attendre jusqu'à demain matin.
Il s'adressait à lui-même plus qu'à son neveu, fixant la fenêtre d'un regard halluciné, les sourcils froncés en une mimique d'attention intense.
Le temps passait. Rado s'agitait, mais Krasic restait figé comme une statue. Son entraînement militaire lui avait enseigné l'importance de savoir guetter sans être vu. Par la suite, il était arrivé que cette aptitude décide de sa vie. Il se demanda si ç'allait être à nouveau le cas.
Sa patience fut enfin récompensée. Impossible de ne pas reconnaître Caroline Jackson tant elle était l'incarnation vivante de la beauté de Katerina Basler. Elle parlait près de la fenêtre. L'homme resurgit, tout près d'elle, et l'embrassa. Et ce n'était pas le genre de baiser qu'échangent deux amis pour se souhaiter bonne nuit, jugea Krasic. Quand ils se séparèrent, Caroline lui ébouriffa les cheveux d'un geste affectueux et familier. Puis ils sortirent tous les deux du champ de vision de Krasic.
Deux ou trois minutes plus tard, l'homme reparut. Il s'avança jusqu'à la fenêtre et regarda dehors. Krasic poussa Rado dans le renfoncement de la vitrine, l'écrasant presque contre la porte de la boutique. Mais l'homme n'eut pas l'air de remarquer leur présence. Il contemplait le ciel.
Rado jeta un coup d'œil par-dessus l'épaule de son oncle et lança :
— Regarde, elle est rentrée chez elle.
Une lumière s'était allumée deux étages plus haut. Sous leurs yeux, la femme qu'ils connaissaient sous le nom de Caroline Jackson ferma les rideaux.

Cinq minutes plus tard, l'homme du premier étage tourna le dos à la rue et sa lumière s'éteignit.

— Rentre chez toi, Rado, ordonna Krasic. Tu vas avoir du travail demain matin. Je t'appellerai quand je saurai quoi exactement.

Il regarda le jeune homme s'éloigner, se félicitant d'avoir pensé à faire filer cette garce qui jouait un double jeu. On se demandait bien ce qu'elle fabriquait avec le type du premier, mais en tout cas, elle n'avait pas jugé bon d'en parler à Tadzio. Et d'après Darko, il devait s'agir de quelque chose dont elle ne tenait pas à les informer.

Krasic n'aimait pas les secrets des autres. L'expérience lui avait appris que c'était toujours du danger en perspective. Il ne lui faudrait pas longtemps pour savoir quels cadavres Caroline Jackson cachait dans les placards de l'appartement 102.

33

Le Requin n'avait pas exagéré à propos des cochons, songea Petra avec amertume en rampant à plat ventre dans un fossé boueux, sous une haie d'épineux. La puanteur était suffocante, et les porcs semblaient bel et bien se diriger sciemment dans sa direction pour lâcher leurs vents avec un grognement satisfait. Ce qu'il n'avait pas mentionné, c'était les rats. Petra était déjà tombée nez à museau avec l'un d'eux, et elle aurait juré que d'autres couraient sur ses mollets. À cette seule idée, elle avait la chair de poule.

Avant d'autoriser une opération de grande envergure pour libérer Tanja Krebs, Plesch avait exigé confirmation des dires du Requin.

— Non que je doute de vos capacités, avait-elle prétendu. Mais il est facile de se tromper, de voir ce qu'on a envie de voir au lieu de ce qui existe vraiment. Alors avant de mettre le grand cirque en branle, je veux que Petra aille voir sur place et confirme que la petite est bien séquestrée là-bas. Si vous avez vu juste, on mettra en place une surveillance en bonne et due forme et on lancera une opération de libération d'otage.

Petra n'avait jamais vu Plesch d'aussi bonne humeur. *Elle avait même accepté sans ergoter la pro*position de Petra : placer Marlene dans un centre de protection de témoins et agir vite de façon à faire coïncider ce coup de filet avec l'arrestation de Radecki à Rotterdam. Les rats et les cochons eux-mêmes n'auraient pu dissiper le sentiment de triomphe imminent qu'éprouvait Petra.

En dépit du pessimisme de Marijke, elle ne pouvait s'empêcher de penser qu'elles avançaient dans l'enquête sur le tueur en série, et ce, en partie grâce à Tony Hill. C'était un drôle de type. Visiblement, il y avait eu quelque chose entre Carol et lui. Ils avaient tous les deux l'air un peu gêné quand ils parlaient l'un de l'autre, et Carol était beaucoup plus détendue depuis qu'il était arrivé à Berlin. Cela dit, elle leur souhaitait bonne chance. Elle savait l'importance que peut avoir la connivence professionnelle dans une liaison.

Elle rectifia sa posture de façon à pouvoir porter les jumelles à ses yeux sans trop bouger. Elle était là depuis des heures et il ne s'était rien passé d'autre que la venue du père Matic qui avait donné à manger aux cochons. Elle foudroya du regard la grosse vieille truie qui s'avançait pesamment dans sa direction d'un air décidé, puis elle bloqua sa respiration.

Au moins il ne pleuvait pas.

Pas encore.

Allongé sur le lit confortable, Tony savourait la fraîcheur du coton blanc sur sa peau. La dernière fois qu'il s'était senti aussi calme se perdait dans ses souvenirs. En tout cas, ça ne lui était jamais arrivé au cours d'une enquête sur des meurtres en série. Mais ce matin, il avait l'impression d'être un nageur qui vient enfin d'atteindre la berge après une lutte interminable contre les vagues. Depuis sa toute première rencontre avec Carol, il bataillait pour comprendre les sentiments qu'elle lui inspirait. Il avait d'abord tenté de les nier, se sachant incapable de lui apporter la satisfaction sexuelle qu'elle méritait. Puis il s'était efforcé de les caser dans le compartiment « amitié », parce qu'il craignait que leur collaboration professionnelle sollicite trop leurs sentiments. Et finalement, il avait opté pour l'éloignement en se disant que le cœur ne languit pas de ce que les yeux ne peuvent voir.

Ces stratégies avaient toutes échoué. Mais désormais, la petite pilule bleue et son expérience avec Frances avaient balayé la première objection. La deuxième était tombée d'elle-même quand il avait compris que ce qu'ils avaient supporté ensemble pouvait les rendre plus forts, et non nuire à leur connivence. Et voilà qu'à présent, l'éloignement avait pris fin sans que la Terre cesse de tourner pour autant.

Jamais, au cours de sa carrière, il n'avait réussi à discuter ouvertement des sentiments qu'il éprouvait lorsqu'il était confronté aux atrocités qu'un individu peut infliger à un autre. Et pourtant, la veille au soir, il avait déversé toute son angoisse devant Carol sans se poser de questions. Alors même qu'il lui exposait tout cela, une voix réprobatrice au fond de lui l'avertissait qu'il en disait beaucoup trop. Mais il n'y avait prêté aucune attention et au lieu de susciter de l'effroi, il avait trouvé de la compassion. Après avoir lu les horreurs des archives nazies, il s'attendait à connaître une succession de nuits d'insomnie, à redouter de fermer les yeux et de retrouver ses cauchemars. Mais Carol l'avait en quelque sorte apaisé, l'avait libéré de l'emprise effrayante de sa propre imagination.

Pour la première fois depuis des années, il avait quelque chose à espérer après la fin de l'enquête. Une perspective séduisante. Mais d'ici là, il avait du travail. Il se redressa sur son séant. Quelque chose le tracassait qu'il n'arrivait pas à formuler. Quelque chose qu'il avait vu ou entendu à Brême, un détail qu'il n'avait pas jugé digne d'intérêt sur le moment, mais qui pourrait prendre tout son sens maintenant.

— Où es-tu, Geronimo ? demanda-t-il à mi-voix. Es-tu en train de préparer le prochain ? Où vas-tu frapper ? Où l'eau va-t-elle t'amener ? L'eau est ton élément, c'est pour ça que tu les noies. Et d'une certaine façon, l'eau a un rapport avec ce que tu as subi. Peut-être est-ce aussi le cas de celui ou ceux qui t'ont pris pour victime ? Peut-être que ton père, ou ton grand-père ont subi la torture infligée dans la salle d'eau de Hochenstein ? C'est ça, le lien symbolique qui établit ta supériorité sur tes victimes ?

En formulant ces questions, Tony acquit la conviction que l'individu recherché était quelqu'un en rapport avec le réseau de voies navigables d'Europe. L'eau était la clé de cette affaire.

Alors, parce que le cerveau fonctionne d'une façon que personne ne comprend, le détail qui lui échappait jusque-là lui revint :

Le fleuve ! s'exclama-t-il.

Il sauta à bas de son lit, attrapa sa chemise froissée de la veille et l'enfila. Il sourit en décelant un faible effluve du parfum des cheveux de Carol.

L'ordinateur portable était ouvert sur l'écritoire, en mode veille. Il le ranima et commença à rédiger un e-mail à l'intention de Carol, Petra et Marijke.

Mesdames, bonjour.

Impressions du jour : le fait que le tueur choisisse une méthode aussi insolite pour perpétrer ses meurtres doit avoir un sens à ses yeux. Je crois qu'elle a dû jouer un rôle majeur dans les expériences qu'il a vécues enfant et qui ont modelé sa psychologie. Je sais maintenant que des méthodes similaires se pratiquaient dans les tortures psychologiques des nazis, donc vraisemblablement à Hochenstein. Qu'il utilise ce nom-là comme pseudonyme renforce encore ce lien. Si, comme je le suppose, il travaille à bord d'un bateau, ce rapport à l'eau acquiert une résonance extraordinaire. S'il est marinier, l'eau est son élément. En l'utilisant pour tuer, il affirme que son pouvoir est plus puissant que le leur. Je crois vraiment qu'il faut laisser tomber les routiers et se concentrer sur les mariniers.

Qui plus est, quand j'étais à Brême, le flic qui me pilotait m'a dit qu'en raison de la crue, le Rhin était fermé à la navigation. Si notre homme vit à bord d'une péniche, cela signifie sans doute qu'il n'a pas pu partir. Il doit donc toujours être là où il se trouvait quand il a tué le Dr Calvet. Par conséquent, à Cologne même ou à portée de là. Je me rends bien compte que ça représente un vaste territoire, mais si vous pouvez commencer à restreindre le nombre des bateaux susceptibles de s'être trouvés dans les parages des autres crimes, ce sera plus facile pour vous de mettre la main sur lui.

Je suis désolé de vous soumettre ça par bribes, mais je ne perds pas de vue qu'il frappe à intervalles réduits et que l'intérêt des médias pèse sûrement sur l'enquête, donc je vous envoie les idées à mesure qu'elles me viennent.

Je m'apprête à aller chez Petra pour jeter à nouveau un coup d'œil aux dossiers. Je continuerai à relever mes e-mails pour le cas où une d'entre vous aurait besoin de me contacter.

Tony

Rado se barbait. Il attendait au pied de l'immeuble depuis l'aube, mais ni Caroline Jackson, ni l'homme du numéro 102 ne s'étaient montrés. Il avait beau être plus de 9 heures, les rideaux de Caroline étaient encore fermés et il ne se passait rien. Darko s'en sortait bien, lui, installé au café du coin, avec boissons chaudes et toilettes à portée de la main. Poireauter dans une voiture, c'était nettement moins agréable.

Il envisageait de pousser jusqu'au kiosque du bout de la rue pour acheter un journal, quand la porte de l'immeuble s'ouvrit et l'homme du 102 apparut, une mallette de portable à l'épaule. Rado appuya sur la touche de numéro abrégé de son oncle.

— Salut, c'est Rado, claironna-t-il. Le type se bouge. Il descend en direction du Ku'damm. Il a l'air de se chercher un taxi.

— Tu le perds pas de vue. S'il rebrousse chemin vers son appartement, tu m'appelles tout de suite, répondit Krasic.

Il interrompit la communication, avala le fond de son café et jeta un billet de vingt marks sur la table pour régler ses consommations. Puis il sortit d'un pas décidé et se dirigea droit sur l'immeuble en ouvrant l'œil pour repérer Caroline Jackson. Tomber sur elle était bien la dernière des choses qu'il souhaitait à cette heure.

La chance était avec lui. Au moment où il arrivait à la porte, un homme d'âge mûr à l'air soucieux se précipita dans la rue, une mallette sous le bras et une liasse de papiers à la main. Krasic poussa la porte avant qu'elle se referme. Il y était. Il monta au premier par l'escalier et crocheta la serrure du 102 en moins de trois minutes.

Cette fois, il commença par la salle de bains. Par terre, traînait un sac de voyage en cuir pourvu d'une dizaine de poches et compartiments différents. Krasic entreprit de l'inspecter méthodiquement. À l'intérieur d'une poche à fermeture Éclair, il trouva un passeport. Il sortit une vieille facture de sa veste et au dos, prit note des indications concernant le Dr Hill : le nom, qui ne lui disait rien. Date et lieu de naissance. Visas d'entrée et sortie des États-Unis, du Canada, d'Australie et de Russie. À part ça, le sac ne contenait rien d'intéressant.

Krasic passa rapidement en revue les vêtements de la penderie. Dans la poche intérieure d'une vieille veste en tweed, il trouva une photo d'identité sur une carte de Membre du Club du Personnel universitaire de St. Andrews. Il nota à nouveau les détails. Puis il passa au salon, sans y relever grand-chose. Il y avait bien un bloc-notes sur l'écritoire, mais la feuille du dessus était vierge.

Quand son téléphone se mit à sonner, il faillit tomber à la renverse.

— Qu'est-ce qu'il y a, Rado ? grommela-t-il.

— Je me suis dit que tu voudrais sans doute savoir qu'il a pris un taxi pour aller en face de Kreuzberg Park. Il est entré dans un appartement dont il a la clé.

— C'est bon. Prends note de l'adresse et ne le lâche pas des yeux. Fais comme je t'ai dit, appelle-moi quand il reviendra par ici.

Il fourra le téléphone dans sa poche et reprit sa fouille. L'unique autre chose intéressante qu'il trouva était un livre de poche tout corné du poète T.S. Eliot. Sur la page de garde, figurait une inscription : « À Tony, de la part de Carol, *La figlia che piange*. » Krasic trouva le poème qui portait ce titre, mais ne s'estima pas plus avancé après l'avoir lu. Il était question d'une statue représentant une fille en train de pleurer.

Tant pis. Il avait trouvé ce qu'il voulait. Et il savait précisément où aller chercher ce qu'il fallait savoir à propos du Dr Anthony Hill.

Marijke surgit du parking du commissariat et cligna des yeux en regagnant la lumière du jour. Elle avait tellement besoin d'un bon bol d'air frais qu'elle en aurait hurlé. Elle secoua les poignets pour se dégourdir les mains, puis fit quelques rotations d'épaules. Intellectuellement, elle savait que l'enquête avançait, mais sur le plan affectif, elle se sentait engluée dans un bourbier de paperasse et de communications informatiques. La seule quantité de documents qui arrivait lui interdisait de se tenir à jour, sans parler d'avoir le temps de les traiter et de prendre des décisions mûries. En plus de ça, il avait fallu qu'elle trouve le moyen d'intégrer à l'enquête les suggestions de Tony comme si elle en était l'auteur. Toute la matinée, elle avait distribué des tâches aux membres de son équipe au point de perdre le fil de ce qu'elle avait demandé et ce qu'il restait à faire. Et d'une minute à l'autre, Maartens allait s'amener comme une fleur et exiger qu'on le mette au courant.

Elle s'adossa au mur, prête à s'apitoyer sur son propre sort, quand un des civils qui travaillaient comme secrétaires sortit du bâtiment, l'air hésitant. Il regarda autour de lui, sourit quand ses yeux se posèrent sur Marijke, et s'avança vers elle.

— Vous êtes bien le brigadier van Hasselt ?

— C'est bien ça.

— Je m'appelle Daan Claessens ? Je suis contractuel ?

Il avait ce tic énervant qui consiste à formuler toutes ses phrases sur un ton interrogatif.

— Enchantée, Daan, répondit-elle d'une voix lasse.

— C'est juste que ce matin, j'étais à la cantine ? Avec certains des inspecteurs de votre équipe, et ils discutaient du meurtre de Groot et des autres assassinats ? Et ils ont dit comme ça que vous leur aviez demandé de regarder toutes les cassettes de surveillance de la circulation qui concernent le jour du meurtre ? D'essayer de repérer une Golf avec des plaques allemandes ?

— En effet. C'est une piste qu'on est en train d'explorer.

— Alors moi, je me suis dit que ça pourrait valoir le coup de vérifier les contraventions.

Il se tut, attendant un encouragement.

— Oui ?

Marijke était trop fatiguée pour manifester plus qu'un intérêt poli.

— Alors je suis allé voir. Et j'ai trouvé ça...

D'un geste théâtral, il sortit une feuille du dossier qu'il tenait et la tendit à Marijke avec la fierté du chien qui rapporte un bâton baveux.

C'était une contravention pour excès de vitesse provenant d'une des caméras disposées à un carrefour, en banlieue de la ville. La date et l'heure correspondaient à celles du meurtre de Pieter de Groot. Sur le cliché, on voyait une Golf noire équipée de plaques allemandes. Comme celle que le compagnon de Margarethe Schilling avait vue devant chez elle, dans l'allée. En lisant le descriptif, Marijke sentit la paume de ses mains devenir moite. La voiture était immatriculée au nom de Wilhelm Albert Mann. Vingt-six ans. Domicilié à bord du *Wilhelmina Rosen*, aux bons soins d'une compagnie de navigation de Hambourg.

— Incroyable, souffla-t-elle.

Apparemment, Tony avait raison sur toute la ligne.

— Ça va vous aider ? demanda Daan, plein de sollicitude.

— Oh ! oui, répondit-elle, étonnée de rester aussi calme. Oui, ça m'aide beaucoup. Merci, Daan. Ah ! au fait, si vous pouviez éviter de parler de ça pour le moment ? Secret de l'instruction, et tout le tralala...

Il acquiesça.

— Pas de problème, brigadier.

Il se sauva, se retournant à la porte pour lui adresser un petit signe de la main.

Et maintenant, que faire ? Quelque chose lui disait que les inspecteurs allemands allaient rechigner à considérer cette piste comme une priorité. D'une part, ça n'avait l'air que d'un banal mélange d'intuition et de coïncidence. Il y avait tellement de raisons innocentes pour que la voiture d'un marinier allemand se trouve à Leyde. Et pas l'ombre d'une preuve que Mann lui-même ait été au volant ce jour-là. Plus sérieusement, Marijke ne connaissait que trop bien les ressorts politiques du travail de police. Les inspecteurs pourraient bien brûler d'envie de tirer au clair les affaires dont ils s'occupaient, leurs chefs n'accepteraient pas que la police hollandaise leur donne des indications. Ils voulaient résoudre l'énigme de ces meurtres, mais ils tenaient à ce que leurs équipes s'en chargent. Et, même s'ils étaient heureux de mettre la main sur une piste dans une affaire aussi ardue, Marijke ne pensait pas qu'ils l'explorent avec autant d'empressement qu'elle le méritait. Et d'ailleurs, c'était son affaire à elle depuis le début. Sans Petra et elle, la police allemande serait bien moins avancée qu'elle l'était aujourd'hui. Si quelqu'un méritait de tirer au clair ces meurtres, c'était elles deux. Pour le moment, Marijke n'était disposée à céder cela à personne.

Il fallait que ses alliés officieux retrouvent le *Wilhelmina Rosen* et se renseignent sur Wilhelm Albert Mann. Pour peu que Tony ait vu juste en affirmant que le bateau du tueur était bloqué par la crue, il ne serait sans doute pas trop difficile d'écumer la région de Cologne pour dénicher la péniche de Mann.

Elle rentra en composant d'avance l'e-mail qu'elle allait envoyer.

Krasic toisa le jeune homme joufflu penché sur son clavier d'ordinateur tel un mini-Jabba le Hutt.

— Qu'est-ce que tu en dis ? Tu vas pouvoir dénicher quelque chose sur le Dr Anthony Hill ?

Hansi le Hacker sourit d'un air supérieur.

— Fastoche. Les trucs publics, je les sors en deux minutes, mais les renseignements perso comme l'adresse, les coordonnées bancaires, ça prend un peu plus longtemps. Je m'en occupe. D'ici quelques heures, j'aurai mis la main sur tout ce qu'il y a de disponible.

— Bon. Ah ! et pendant que tu y es... (Il lut tout haut l'adresse à laquelle Tony s'était fait déposer en taxi le matin.) Je veux savoir qui habite là. Et ce qu'ils font. Ça marche ?

— Et je suis payé quand ?

Krasic tapota la main graisseuse du jeune homme.

— Quand je verrai les résultats.

— Je vous ai encore jamais fait faux bond, protesta le hacker, qui déplaçait déjà le pointeur de sa souris sur l'écran.

— Eh ben ! c'est pas le moment de commencer.

Avant que Krasic ait le temps d'en dire plus, son téléphone se mit à sonner. Il s'isola à l'autre bout de la pièce haute de plafond de l'appartement de Prenzlauer Berg où se côtoyaient aspirants zonards et racaille authentique comme le type installé dans un coin.

— Allô ? grogna Krasic.

— Darko ? Arjouni à l'appareil.

L'accent turc à couper au couteau était immédiatement reconnaissable, se dit Krasic qui aurait bien voulu que son nouvel intermédiaire évite de donner des noms au téléphone.

— Qu'est-ce que je peux faire pour toi ?

— On est à court. Le stock qui devait rentrer, il est pas arrivé.

— Je sais. Tu n'as pas assez pour faire rouler ?

— Je suis presque à court. Je pourrai pas boucler le week-end, pas moyen.

— Merde, grommela Krasic. C'est bon, je m'en occupe. (Il raccrocha et appela Tadeusz.) Patron ? On a un problème de stock. On a une livraison en rade à cause de la crue.

— Loin du but ?

— Cologne. Je peux y être en quatre, cinq heures.

— Je viens avec toi.

— Pas besoin. Je vais me débrouiller.

— Je sais bien que tu vas te débrouiller, mais je veux venir. Ces deux derniers jours m'ont donné envie de voir comment tournent mes affaires.

— Je croyais que tu avais une interview télé en direct ce soir, dans *Business Berlin* ? protesta Krasic.

— Pas avant 10 heures. Ça nous laisse largement le temps de faire l'aller-retour, vu l'allure à laquelle tu conduis.

— Et ta nouvelle associée ? Tu n'es pas censé la voir, aujourd'hui ? demanda Krasic en tâchant de bannir tout sarcasme de son ton.

— Elle pourrait venir aussi. Elle aime bien voir comment ça fonctionne.

— Pas question. C'est trop chaud, cette fois. Lui expliquer c'est une chose, lui montrer, ce n'est pas pareil. Tu viens si tu dois, mais elle, non.

Il entendit Tadeusz soupirer.

— Bon, d'accord. Passe me prendre d'ici une demi-heure, ça marche ?

Krasic remit le téléphone dans sa poche et se dirigea vers la porte.

— Préviens-moi quand tu auras trouvé ce que je veux. Tu m'appelles, d'accord ?

— Ça marche, Darko. (Le hacker leva le nez de l'écran.) J'adore bosser pour toi. C'est jamais deux fois la même chose.

Tony cliqua sur l'icône de sa boîte de réception. Il vérifiait à peu près tous les quarts d'heure en essayant de se persuader que c'était pour l'enquête. En vérité, il avait envie d'avoir des nouvelles de Carol. Mais toujours rien. Il se demanda ce qu'elle était en train de faire. Elle n'avait pas parlé de ses projets de la journée, sauf pour dire que Radecki allait lui expliquer sous peu comment se passerait leur voyage à Rotterdam. Bon, eh bien ! en tout cas, Marijke lui avait répondu.

> Salut Tony,
> J'ai des nouvelles intéressantes. Je ne prends pas la peine de transmettre à Petra, puisqu'elle est en mission sur le terrain, aujourd'hui. Quant à Carol, elle est prise de son côté, bien sûr. Mais je tenais quand même à vous en parler.
> On a mis la main sur une contravention pour excès de vitesse concernant un certain Wilhelm Albert Mann, émise le jour du meurtre de Groot, peu après 21 heures. Par une caméra de circulation, et non un flic, si bien que nous avons une photo de la voiture, une Golf noire immatriculée à Hambourg. Mann est domicilié sur un bateau : le *Wilhelmina Rosen*. Je me suis renseignée auprès des services d'enregistrement fluviaux, il s'agit d'une grande péniche rhénane qui voyage dans toute l'Europe. Qu'en pensez-vous ? Est-ce que ça mérite des recherches ? J'hésite à appeler la police de Cologne, ils vont penser que c'est complètement idiot. Si vous estimez qu'il faut entamer des recherches, j'ai une liste d'endroits possibles, à Cologne et dans les environs, où un bateau rhénan serait à même d'attendre la décrue.
> Vous pouvez m'appeler, je pense.

Elle avait raison, il devrait l'appeler, mais il avait d'abord quelque chose à vérifier. Il fouilla dans son sac et en sortit les papiers du Schloss Hochenstein. Bien entendu, même si Mann était le tueur, il était *possible que la personne qui l'avait fait souffrir ne* porte pas le même nom. Son grand-père maternel, par exemple, porterait un nom totalement différent.

Mais si la chance continuait de l'accompagner, il trouverait peut-être une corrélation révélatrice là-dedans.

Il parcourut rapidement les listes alphabétiques. Mann était un nom assez courant, d'ailleurs il trouva huit enfants qui le portaient. Il en écarta cinq d'office. Ils avaient été euthanasiés au château sous prétexte de handicap mental ou physique. Un sixième, Klaus, était mort de pneumonie deux semaines après avoir été admis dans un des hôpitaux auxiliaires, en Bavière. Gretel, la septième, avait été internée à Hohenschönhausen, mais rien ne figurait dans les archives à son sujet. C'était le huitième nom qui se détachait du lot : Albert Mann, de Bamberg, qui avait été enfermé au Schloss Hochenstein à l'âge de huit ans, sur un diagnostic de comportement asocial chronique. La seule mention qui figurait sous la rubrique « soins » était *Wasserraum*.

Tony empoigna le téléphone et composa le numéro que Marijke lui avait indiqué.

— Marijke ?

— *Ja ?*

— Tony Hill à l'appareil. J'ai reçu votre e-mail.

— Vous pensez qu'il y a quelque chose là-dedans ?

— Quelque chose d'explosif. Ça cadre parfaitement avec une découverte que je viens de faire dans les archives du Schloss Hochenstein. Pouvez-vous m'envoyer une liste des endroits où je pourrais chercher ce bateau, à Cologne ? Je vais voir si je peux attraper un avion et je louerai une voiture sur place.

— D'accord, je vous renvoie ça tout de suite.

— Vous ne croyez pas qu'il serait temps d'informer vos collègues allemands, à présent ? demanda Tony.

— Je ne suis pas encore assez sûre. Et ça reste mon enquête. Sans Petra et moi... et vous, évidemment... il n'y aurait pas la moindre piste en vue. Je crois que nous sommes en droit d'explorer ça par nous-mêmes. D'ailleurs je tiens à vous remercier de tout ce que vous faites pour nous, ajouta-t-elle dans un anglais un peu guindé.

On ne pouvait pas opposer grand-chose à l'intérêt personnel affiché sans vergogne, se dit Tony. Mais ce n'était pas son problème à lui. L'expérience lui avait enseigné qu'en matière de capture de tueurs en série, lorsqu'on en arrivait à la phase finale, il valait toujours mieux se serrer les coudes au maximum.

— Vous savez, Marijke, ça fait des années que je ne m'étais pas senti aussi vivant. C'est moi qui devrais vous remercier. Je vous tiens au courant.

Un quart d'heure plus tard, il quittait l'appartement au pas de course, sa mallette d'ordinateur en bandoulière. Il disposait de quarante minutes pour rallier l'aéroport et attraper un vol pour Berlin. Par chance, il trouva presque aussitôt un taxi.

Dans sa fébrilité, il ne pensa pas une seconde à s'assurer qu'il n'était pas suivi.

Carol ne se souvenait même pas de la dernière fois qu'elle avait dormi aussi tard. La veille, elle s'était mise au lit juste avant minuit, épuisée sur le plan affectif, mais encore vibrante d'un tel enthousiasme qu'elle pensait mettre des heures à s'endormir. Pourtant, sitôt la tête sur l'oreiller, elle avait sombré, terrassée par le sommeil, et quand elle rouvrit les yeux, il était plus de 10 heures.

Quand elle comprit que non, le réveil ne s'était pas arrêté, elle bondit hors du lit et fila sous la douche. Elle n'avait pas écrit une ligne de compte rendu la veille, ça prendrait des heures. Morgan et Gandle *allaient finir par la croire morte, ou en train* de se faire Radecki. Mieux valait leur envoyer un e-mail rapide pour les prévenir de ce qui se préparait.

— Et merde et merde et merde, cria-t-elle debout sous le jet de la douche.

Elle aurait voulu traîner au lit, savourer le moment passé avec Tony la veille au soir, s'en repasser chaque minute. Mais il lui faudrait passer l'après-midi devant son clavier, à taper un rapport détaillé de ses rencontres avec Radecki et Krasic.

Elle sortait à peine de la douche quand le téléphone se mit à sonner. Ça ne pouvait être que Radecki, se dit-elle. Petra ne l'appellerait pas ici, Tony non plus, et personne d'autre ne savait où elle était. Nue et ruisselante, elle traversa le salon en courant et décrocha à la cinquième sonnerie.

— Allô ?

— Caroline ? Comment vas-tu aujourd'hui ? demanda la voix familière d'un ton neutre.

— Très bien, Tadzio, merci. Et toi ?

— Il faut que je file régler une affaire urgente. Je ne serai pas en ville avant ce soir.

— Tu as l'air fâché contre moi, Tadzio, dit Carol sans se départir de son ton calme.

— Pas du tout. (La voix s'adoucit un peu.) Je suis seulement déçu parce que j'espérais te voir, peut-être rediscuter un peu, mais ça ne sera pas possible. Crois-moi, ça n'a aucun rapport avec hier soir. Darko et moi, on a un impératif à régler.

— C'est bon, Tadzio. Les affaires, c'est crucial, on le sait l'un comme l'autre. Et j'ai amplement de quoi m'occuper.

— D'accord. Je ne voulais pas que tu croies que je te battais froid à cause de ce qui s'est passé hier soir.

Carol sourit. Elle aurait presque dit qu'il lui mangeait dans le creux de la main. Toujours les laisser sur leur faim, de toute évidence, c'était la bonne stratégie.

— Je ne veux pas qu'il y ait de gêne entre nous, répondit-elle.

— Bon. Au fait, si tu veux prendre la Z8, passe chez moi. Elle est garée au sous-sol. Le gardien a les clés. Je vais lui dire que tu viendras peut-être, d'accord ?

— Merci, Tadzio. Je n'aurai sans doute pas le temps d'aller me balader, mais c'est bien de savoir que j'en ai la possibilité. Appelle-moi dès ton retour, d'accord ?

— C'est promis. Et quand je serai rentré, on finira de régler ce qu'on a laissé en suspens ?

— J'espère bien. Au revoir, Tadzio.

Elle reposa le combiné, un sourire aux lèvres. Ça ne pouvait pas mieux tomber. Tadeusz parti, elle n'avait plus besoin de prétexte pour prendre le temps de rédiger son rapport. Mieux, même, elle allait pouvoir passer la soirée avec Tony. La vie allait être douce, désormais. Elle le sentait au plus profond d'elle-même.

34

S'il continuait à pleuvoir comme ça, il n'y avait guère de chances que la circulation puisse reprendre sur le Rhin avant très longtemps, se dit Tony en scrutant l'après-midi lugubre au travers du pare-brise de l'Opel de location. D'après les cartes étalées sur le siège du passager, il devait se trouver à proximité d'un petit mouillage en amont de là sur le canal. Il avait déjà fait chou blanc dans une bonne dizaine d'endroits autour de Cologne, et commençait à en avoir assez de se tremper jusqu'aux os pour ensuite sécher tant bien que mal dans la voiture.

Il avisa le petit chemin sur sa droite juste à temps pour tourner mais sans pouvoir mettre son clignotant. Concentré sur sa conduite, il ne vit pas la Volkswagen qui s'engouffra à sa suite, Rado Matic au volant, dans le quasi tunnel que formait le chemin encaissé entre de hautes haies. Rado se maintenait à bonne distance. Au bout de quatre à cinq cents mètres, ils débouchèrent sur un quai où une demi-douzaine de péniches rhénanes chargées étaient amarrées trois par trois bord à bord.

Tony se gara et descendit de voiture pour affronter le déluge, sans remarquer la VW qui passa devant lui et disparut derrière un bâtiment en ruines un peu plus loin. Il s'approcha en courant du bord, d'où il pouvait lire les noms des trois premiers bateaux. Pas de *Wilhelmina Rosen*. Il poussa un peu plus loin sur le quai pour voir les trois autres. Pas de chance non plus. De retour à la voiture, il sortit son mobile et appela Marijke.

— Vous pouvez rayer de la liste le numéro sept, annonça-t-il d'une voix lasse dès qu'elle répondit.

— Je suis navrée pour vous, Tony. Vous êtes en train de perdre votre temps.

Il faut bien le faire.

— Non, écoutez : vous êtes *vraiment* en train de perdre votre temps. J'ai chargé un de mes hommes de téléphoner aux principaux mouillages des canaux de la région, les payants. Et il vient de localiser le *Wilhelmina Rosen*.

— Vous plaisantez ?

— Non, c'est vrai. Le bateau est à quai à la marina Widenfeld. C'est sur la Moselle, rive gauche, juste à la sortie de Coblence.

— Où ça se situe ? demanda-t-il en fouillant parmi ses cartes à grande échelle pour en trouver une de la région.

— Il faut rebrousser chemin par où vous êtes venu de Bonn, descendre en longeant le Rhin jusqu'à l'endroit où la Moselle s'y jette. Ça doit faire à peu près une heure de route, d'après la carte que j'ai ici.

— Parfait, gémit Tony. Ça me laissera juste le temps de sécher avant de devoir me tremper à nouveau.

— Bonne chance, lui souhaita Marijke. Vous ne comptez pas l'aborder, n'est-ce pas ?

— Non, simplement jeter un coup d'œil. Je vous le promets.

Il raccrocha et démarra. À son grand étonnement, la pluie s'arrêta subitement quand il déboucha du chemin pour rejoindre la route principale. Il sourit.

— *C'est mieux, dit-il tout haut.* S'il ne pleut pas, je peux passer à pied et te dire que ton bateau est vraiment superbe. Tiens-toi bien, Geronimo, j'arrive.

Petra adressa un regard noir à Hanna Plesch, assise derrière son bureau.

— Vous disiez vous-même que ce serait cohérent de faire coïncider ça avec le guet-apens de Carol Jordan à Rotterdam. Ça laisse encore deux jours. Si on met le paquet dès maintenant du côté de Radecki et Krasic, ils risquent d'annuler leur voyage en Hollande et on perdra l'occasion de boucler leur réseau tout entier.

— La vie d'une enfant est en jeu. Je ne suis pas disposée à prendre le moindre risque. On peut faire transférer Krebs ce soir. On dira qu'elle a été admise à l'hôpital avec une péritonite. Ça nous laissera un peu de marge au cas où ça dégénère en prise d'otage, à la ferme. Je veux qu'on y fasse une descente dès la tombée de la nuit.

Petra était rouge de fureur.

— C'est quand même vous qui insistiez pour qu'on laisse Europol et les Britanniques prendre la direction des opérations. Et maintenant, vous voulez récupérer les lauriers.

Plesch la toisa froidement.

— Je ne pensais pas que ça déplairait à quelqu'un d'aussi ambitieux que vous, Petra.

Petra serra les poings.

— Je veux bien reconnaître que je tenais à épingler Radecki moi-même. Mais pas si ça doit mettre en jeu la mission de quelqu'un d'autre. La vie de quelqu'un d'autre.

— Notre mission ne met pas Jordan en danger. Et pour Tanja Krebs, on ne sait pas. Krasic a peut-être donné des consignes pour que la gamine soit éliminée s'il leur arrive quoi que ce soit, à Radecki ou à lui.

— Pourquoi aurait-il fait ça ? (Petra enrageait.) S'ils doivent se retrouver derrière les barreaux, raison de plus pour prendre des garanties. Vous faites feu de tout bois pour justifier vos décisions.

Plesch frappa le bureau du plat de la main.

— Suffit ! Vous vous laissez aller, Becker. C'est moi qui dirige cette section. Si vous souhaitez participer, il va falloir apprendre où s'arrête la discussion et où commence l'insubordination.

Petra ravala sa colère. Donner libre cours à sa fureur ne serait pas une solution.

— Bien, chef, articula-t-elle.

Les deux femmes échangèrent un regard noir. Quand Plesch reprit la parole, elle avait miraculeusement retrouvé le ton de la conversation ordinaire.

— J'ai cru comprendre que vous souhaitiez prendre part à cette opération ?

— En effet, chef.

— Bien. Je fais venir une équipe de renforts spéciaux pour mener l'assaut, à la ferme. Vous partagerez le commandement de l'opération sur le terrain. Je tiens aussi à ce que vous alliez voir Krebs pour l'informer de ce qui se passe. On a besoin de sa participation et je crois que vous êtes la personne indiquée pour nous l'assurer. Alors, allez discuter avec les gars de la Section spéciale de renfort et faites-vous conduire à la prison pour voir Krebs. On la transfère à l'hôpital d'ici une heure.

— Très bien, chef.

Petra tourna les talons et se dirigea vers la porte.

— Petra ? lança Plesch au moment où sa subalterne posait la main sur la poignée.

Petra se retourna.

— Oui ?

— Croyez-moi, c'est la bonne solution.

Le regard qu'elle reçut en retour lui disait clairement que Petra n'en croyait rien, mais sa collaboratrice se contenta de répondre :

— Si vous le dites, chef.

L'instant d'après, elle avait disparu.

Le Requin la trouva cinq minutes plus tard sur le parking, sous une pluie battante, un morceau de brique à la main, en train de cogner dans le mur. Il eut l'intelligence de ne rien dire et se contenta d'attendre qu'épuisée, elle s'arrête. Ils se regardèrent, le visage ruisselant.

— C'est bon, Requin, ça va.

— Vous croyez ?

— On va faire aller.

Elle lui passa le bras autour des épaules et, ensemble, ils rentrèrent dans le bâtiment.

*

* *

La Mercedes s'engagea nerveusement sur la bretelle de sortie de l'*autobahn,* Krasic au volant.

— Putain de temps, grommela-t-il tandis que les essuie-glaces bataillaient pour évacuer les projections du semi-remorque qu'ils doublaient.

La campagne environnante n'était qu'un brouillard vert zébré de pluie.

— Comme disait ma grand-mère, quand on n'y peut rien, autant endurer, répondit Tadeusz en levant les yeux de la revue qu'il feuilletait.

— D'accord. Mais elle n'a sûrement jamais dû foncer à Cologne en voiture sous la pluie sous prétexte que le bateau qui acheminait sa livraison d'héroïne était coincé par une crue du Rhin.

— Allez, Darko, c'est juste un désagrément. Prends donc les choses du bon côté : la police aime ce temps-là à peu près autant que nous. Ça nous garantit une meilleure tranquillité.

Krasic émit un grognement.

— J'espère qu'il fera meilleur pour monter à Rotterdam.

— Et si on y allait en avion ? On n'aura rien de prohibé à transporter.

— Je n'aime pas me déplacer en avion, à moins d'y être obligé, répondit Krasic. Les listes de passagers, c'est autant de traces qui restent, tu le sais.

— Alors en train ? C'est plus confortable qu'en voiture.

— Trop exposé. On ne peut pas parler, en train. Trop de vieilles fouines qui vont voir leurs petits-enfants.

— Bon sang, tu es vraiment de charmante humeur, aujourd'hui. Quelle mouche te pique ?

Krasic envisagea de parler de Caroline Jackson et d'Anthony Hill, puis se ravisa. Mieux valait attendre d'en savoir plus. Il avait du mal à imaginer qu'il puisse exister une explication innocente à la scène dont il avait été témoin la veille au soir, mais vu que son patron était complètement toqué de cette femme mystérieuse, Krasic préférait rassembler toutes ses cartouches avant de faire feu contre elle.

— Je n'aime pas la pluie, c'est tout, répondit-il.

Ils continuèrent en silence. Tadeusz se replongea dans sa revue. Au bout de trois heures de route, à plus des deux tiers du trajet, le téléphone de Krasic se mit à sonner. Il le sortit de sa poche et répondit pendant que Tadeusz émettait un petit bruit désapprobateur en constatant qu'il n'utilisait pas le kit mains libres.

— Allô ? lança Krasic.

— J'ai fini la recherche, répondit la voix à l'autre bout, distordue par un genre de filtre électronique qui la muait en basse caverneuse.

— Et alors ?

— Va falloir que vous veniez. Pas question de par*ler au téléphone*.

Krasic n'aimait pas ça du tout. Il savait que les hackers ont tendance à pratiquer la parano à pleins tubes, mais ça ne signifiait pas forcément qu'ils aient tort.

— Je ne peux pas venir pour le moment. Je suis à quatre cents kilomètres de Berlin.

Du coin de l'œil, il constata que Tadzio commençait à avoir l'air intéressé.

— Vous pouvez vous arrêter dans un cybercafé ?

— Quoi ?

— Dans un cybercafé. Un endroit qui loue des ordinateurs connectés à Internet.

— Je sais ce que c'est qu'un cybercafé. Mais à quoi ça va m'avancer ?

— Je crée une adresse et je vous envoie les trucs. Je passerai par hotmail.com. Vous tapez www.hotmail.com et ensuite votre adresse. Ça sera vos nom-prénom que j'aurai entrés. Et le mot de passe, c'est la rue où j'habite. D'accord ? Vous vous souviendrez de ça ?

— Bien sûr que je m'en souviendrai : www.hotmail.com, puis mon nom-prénom et la rue où tu habites. Tu es sûr que ça ne craint rien ?

— Ça craint bien moins que de parler au téléphone. Et d'ailleurs, à votre place, je traînerais pas. Faut que vous voyiez ça, et vite.

Son correspondant raccrocha.

— Putain de merde, marmonna Krasic en jetant le téléphone sur le tableau de bord. Où est-ce que je vais trouver un cybercafé, bordel ?

— Qu'est-ce qui se passe, Darko ? demanda Tadeusz. À qui parlais-tu ?

Krasic jura en serbe entre ses dents.

— Hansi le Hacker. Il a fait des recherches pour moi, et il se trouve que ça urge. Il faut que je dégote un cybercafé.

— Eh bien ! prends la prochaine sortie. Le moindre petit village a le sien par les temps qui courent. De quoi s'agit-il ?

Krasic se renfrogna.

— Tu vas pas aimer.

— Je pense que j'aimerai encore moins si tu me fais attendre.

— En sortant de chez toi, hier soir, Caroline Jackson est allée rejoindre un autre type.

Tadeusz eut l'air choqué.

— Tu la filais encore ?

— Je la faisais encore filer. Tu te figures que je vais croire une inconnue sur parole ? J'ai placé quelqu'un sur ses talons dès que tu m'as parlé d'elle. Et c'est la première fois qu'elle fait autre chose que bosser ou lécher les vitrines.

— Qui est le type en question ? Où l'a-t-elle rejoint ?

Tadeusz s'efforçait de conserver un ton uni, mais Krasic percevait la tension sous-jacente.

— Il a un appartement dans le même immeuble qu'elle. En rentrant, elle est directement allée le retrouver. Rado les a vus à la fenêtre. Elle l'embrassait.

Tadeusz hocha la tête d'un air incrédule.

— Rado a dû se tromper. Tu le connais. Il n'a pas inventé la poudre. Caroline devait dire bonjour au type en question.

Krasic fit non de la tête.

— Non. J'ai vu par moi-même. Ils s'embrassaient pour de bon. Et ça n'avait pas l'air d'être la première fois, en plus. Elle est restée chez lui une bonne heure et demie.

Tadeusz serra les poings.

— Mais elle n'y a pas passé la nuit ?

— Non. Elle n'est pas si bête, tu penses ! Des fois que tu lui passes un coup de fil, reprit Krasic sans égards. Elle te mène en bateau, patron.

— *Quelles recherches t'a fait Hansi le Hacker ?*

— Quand le type est sorti, ce matin, je suis allé fouiller son appartement. J'ai trouvé son nom et quelques infos. J'ai demandé à Hansi de me dénicher tout ce qu'il pouvait sur lui. C'est ce qu'il a dû faire.

— Et qui est-il, ce type ?

— Un certain Dr Anthony Hill. Il fait partie du personnel de l'université de St. Andrews, apparemment. Ça se trouve en Angleterre, c'est ça ?

— En Écosse. (La voix de Tadeusz était tendue et sèche.) Il y a bientôt une sortie. Tu la prends et on va voir ce que Hansi a à nous dire au sujet de ce Dr Anthony Hill. Et ensuite, on décide de ce qu'on fait vis-à-vis de Caroline Jackson.

Krasic décocha un bref regard à son patron. Le profil était grave, les muscles de la mâchoire crispés. Le Serbe n'aurait pas aimé être dans la peau de Caroline Jackson à leur prochaine rencontre. *Bien fait pour cette garce*, se dit-il en abaissant le clignotant pour changer de file. Ne jamais se fier à une femme.

Il avait passé la nuit à se tourner et se retourner fiévreusement dans sa couchette trempée d'une sueur aigre. Un martèlement sourd lui battait les tempes, des vagues noires lui emplissaient la tête. Toute la soirée, il s'était senti pris au piège dans le bateau. L'inactivité forcée le rendait fou. Les tâches mécaniques ne parvenaient pas à lui vider l'esprit de ses préoccupations lancinantes. Gunther et Manfred eux-mêmes avaient remarqué que quelque chose ne tournait pas rond. Quand, pour la énième fois, ils lui témoignèrent leur sollicitude, il leur hurla après. Leur mine offusquée lui avait subitement rappelé à quel point il était dangereux de perdre son sang-froid.

Il ne pouvait se permettre aucun faux pas, sans quoi tout ce qu'il avait péniblement accompli serait réduit à néant. Il lui restait encore beaucoup à faire avant d'être sûr que le monde comprenait sa mission, il ne devait pas perdre ça de vue un seul instant.

Mais il peinait à se contrôler quand des messages contradictoires lui déchiraient l'esprit. Chaque fois qu'il pensait avoir réglé le problème, un nouveau doute s'immisçait en lui et semait à nouveau la confusion. Il s'était d'abord persuadé d'avoir trahi sa mission en écoutant la voix de son grand-père qui le poussait à baiser Calvet. Puis il se persuada du contraire. Et voilà que le balancier repartait dans l'autre sens, et qu'il se retrouvait aussi perplexe qu'avant.

Pour couronner le tout, il avait eu la désagréable surprise de lire dans les journaux qu'on avait identifié ses agissements. Il avait beau s'y être préparé, cette découverte le perturbait beaucoup. On le traitait de monstre, comme il s'y attendait. Mais il s'était dit qu'il se trouverait au moins une personne pour comprendre qu'il y avait une explication solide, rationnelle à ce qui arrivait à ces salopards imbus d'eux-mêmes. Or personne ne formulait la moindre critique à l'égard de ses victimes. On les dépeignait comme des innocents, comme s'il était impensable qu'ils aient pu mériter de mourir ainsi.

Bien entendu, on émettait des suppositions sur les mobiles possibles. Un ou deux des journaux suggéraient même que l'auteur de ces crimes puisse être un militant antivivisection en proie à un accès de folie meurtrière. Incroyable. Ils avaient la réponse sous le nez, mais ils étaient trop bêtes pour la voir.

Plus il lisait, plus sa colère grandissait. Allait-il falloir qu'il leur explique ce qui se passait vraiment ? Mais pas question de prendre des risques. Il avait encore à faire, et ç'allait être beaucoup plus difficile, à présent. Selon un des journaux, la police enjoignait aux psychologues universitaires de signaler toute communication avec des inconnus travaillant dans les médias. Il ignorait comment ils avaient découvert de quelle façon il établissait un contact, mais en tout cas, il était grillé à présent. Tous ces salopards allaient se tenir sur leurs gardes. Il ne pourrait plus leur servir ce prétexte-là pour les attirer et leur faire un sort. Du moins, pas en Allemagne.

De toute manière, d'après ses prévisions, il frapperait son prochain coup en Hollande. Ces sales collabos étaient aussi coupables que les psychologues allemands, il le savait très bien. Il pourrait peut-être agir une fois de plus en toute sécurité, étant donné que le marché unique européen ne semblait pas encore s'appliquer à l'information. D'ailleurs, il n'avait pas le choix et il ne pouvait pas se permettre d'attendre. Il devait à tout prix effacer le souvenir trouble de Calvet et se prouver qu'il n'était pas un minable. Il suffirait de redoubler de précautions. Mais ensuite, il faudrait trouver une autre méthode pour prendre ses victimes au piège.

Ça faisait beaucoup trop. En se mettant au lit, il avait le tournis. Puis son corps se révéla aussi traître que son esprit, lui refusa le sommeil, alternant entre pics de fièvre et frissons glacés.

Le jour commençait à poindre quand il finit par sombrer dans un sommeil profond et réparateur. Et quand il s'éveilla, ce fut pour découvrir qu'un miracle s'était produit : le brouillard et la confusion s'étaient dissipés, lui laissant l'esprit aussi clair que le jour où il avait compris pour la première fois qu'il devait faire un sacrifice par le sang.

Intelligent comme il l'était, il allait trouver une ruse pour leurrer ses victimes. Il pourrait même attendre un peu pour frapper à nouveau. Que le scandale s'apaise, qu'ils oublient tous qu'ils pouvaient figurer sur sa liste. Tout allait bien se passer.

Il n'avait besoin que d'une chose, la décrue.

Tadeusz ne s'était pas trompé : même dans la petite ville qu'ils trouvèrent à la sortie de l'autoroute, il était possible de se connecter à Internet. Il n'y avait pas de cybercafé à proprement parler, mais le marchand de journaux du coin avait eu la bonne idée d'aménager une partie de sa boutique pour en faire ce qui s'intitulait fièrement EspaceNet, soit trois tables équipées chacune d'un PC, et un distributeur de Coca-Cola. Bien entendu, les trois ordinateurs étaient pris. Deux adolescents et une vieille femme contemplaient fixement leur écran.

Krasic émit un reniflement exaspéré.

— Merde, marmonna-t-il entre ses dents.

— Un peu de correction, Darko, rétorqua Tadeusz d'une voix tendue. (Il s'avança et s'éclaircit la gorge.) J'ai cent marks à donner à la première personne qui voudra bien avoir l'amabilité de céder son terminal à quelqu'un de passage dans votre ville.

La femme leva les yeux et gloussa. Les jeunes échangèrent un regard, hésitants. Puis l'un des deux se leva d'un bond.

— Pour cent marks, il est à vous.

Tadeusz sortit deux billets de son portefeuille et d'un geste, invita Krasic à aller s'asseoir.

— On s'y met.

Et il se pencha par-dessus l'épaule du Serbe, les yeux rivés à l'écran.

Krasic tapa le lien url qui permettait d'accéder à la messagerie gratuite. Au moment où il entrait ce que Hansi lui avait indiqué, le propriétaire de la boutique apparut.

— Il faut payer pour utiliser la machine.

— Très bien, répondit Tadeusz en agitant un autre billet de cinquante marks. Gardez la monnaie. Et maintenant, laissez-nous en paix.

— Il faut que tu te fasses remarquer hein, grommela Krasic en attendant que la messagerie accepte sa demande.

— Comme s'ils savaient qui on est. Allez, Darko, occupe-toi de ce qu'il y a sur cet écran.

Krasic ouvrit la boîte de réception et cliqua sur le message annoncé par Hansi. Il y avait une douzaine de pièces jointes. Il sélectionna tout de suite la première : elle contenait les informations élémentaires sur Tony, de son diplôme universitaire à son poste actuel.

— Qu'est-ce que c'est que tout ce bla-bla de profileur consultant pour le ministère de l'Intérieur ? releva Tadeusz. Ce mec est profileur ?

— Ou en tout cas il l'était, apparemment.

— Ce qui veut dire qu'il travaille avec les flics, reprit Tadeusz d'une voix sourde. Continue, Darko.

Hansi avait fait du bon boulot. L'adresse de Tony, son numéro de téléphone et ses coordonnées bancaires s'affichèrent à la suite du CV.

— Il ne roule pas vraiment sur l'or, hein ? constata Krasic.

Ça en disait long sur le manque de goût de Caroline Jackson. Ce type n'était même pas beau. On ne pouvait pas se fier à une femme capable de préférer ce pauvre couillon à son patron, c'était certain.

Il ouvrit la pièce jointe suivante. C'était un article de presse à propos du procès du tueur en série Jacko Vance. On y soulignait le rôle joué dans la capture de ce dernier par le psychologue profileur Tony Hill, fondateur du Corps national des Profileurs.

— Il travaille avec les flics, répéta Tadeusz, le regard noir de rage. Qu'est-ce qu'il y a d'autre ?

Un nouvel article de presse, à propos, cette fois, d'un tueur en série qui avait fait quatre victimes à Bradfield, grande ville du nord de l'Angleterre. L'auteur de l'article décrivait la façon dont le psychologue Tony Hill avait travaillé avec la police pour établir un profil qui les avait menés jusqu'à l'assassin, ce qui avait failli lui coûter la vie.

— Qu'est-ce que Caroline Jackson peut bien foutre avec lui ? demanda Tadeusz. Tu disais que tu t'étais renseigné sur elle, que les gens savaient qu'elle était des nôtres.

Krasic haussa les épaules.

— C'est peut-être à cause d'elle qu'il ne travaille plus avec les flics. Quand ta petite amie fait partie de la pègre, tu ne peux pas continuer à chasser de l'autre côté, hein ?

Krasic ne croyait pas à ses propres arguments, mais en feignant de ne pas être totalement négatif envers Jackson, il avait plus de chances de convaincre Tadeusz qu'elle n'était pas réglo.

Sa voix mourut quand il ouvrit le fichier suivant. C'étaient des photos de presse. Tony était au premier plan, de trois-quarts. Il semblait dire quelque chose à la femme qui se trouvait derrière lui. Or bien que le visage de cette dernière soit légèrement flou, on reconnaissait indiscutablement Caroline Jackson. Krasic garda la main posée sur la souris, immobile. Il aurait voulu faire défiler l'écran jusqu'à la légende de la photo, mais un étau glacé s'était refermé sur son estomac. Tout ça allait très mal finir.

Il cliqua sur la flèche qui permettait de descendre, et les mots apparurent : *Dr Tony Hill, profileur du ministère de l'Intérieur, en compagnie de l'inspecteur Carol Jordan, sur les lieux du meurtre de Damien Connolly*.

— Putain, elle est flic, lâcha Krasic avec une hargne retenue. C'est le loup dans la bergerie.

Tadeusz était blême. Il dut s'agripper au bord de la table pour empêcher ses mains de trembler. C'était avec cette femme qu'il avait voulu coucher la veille. Cette femme qu'il avait associée à son entreprise. Cette femme à qui il avait ouvert son cœur. Et c'était une traîtresse.

— *On retourne* à Berlin, lança-t-il.

Puis il fit volte-face et sortit en coup de vent du magasin, indifférent aux regards stupéfaits des clients.

Krasic jeta un coup d'œil par-dessus son épaule. Il y avait encore une pièce jointe à ouvrir. Il lut le texte, et son moral déclina un peu plus.

— Putain de Dieu, souffla-t-il.

Il quitta rapidement la messagerie, éteignit l'ordinateur, et s'élança derrière son patron sans prêter attention au marchand de journaux qui lui criait, furieux :

— Hé ! faut pas éteindre les machines comme ça !

Il trouva Tadeusz adossé à la voiture fermée, le visage ruisselant de pluie, comme en larmes.

— Je vais la tuer, cette salope, lança-t-il quand Krasic arriva. Je vais tuer cette salope de menteuse. (Il se redressa.) Allez, on y va.

— Attends, Tadzio. Écoute, on est venus jusque-là. Il nous reste moins d'une heure de route et on est à Cologne. On prend la came et ensuite on retourne à Berlin. Jackson ne va pas s'envoler. Elle ne sait même pas qu'on l'a démasquée. Et l'enfoiré avec qui elle baise non plus.

— Je veux rentrer tout de suite.

— Il faut qu'on réfléchisse. Parce que ce n'est pas tout.

— Comment ça, ce n'est pas tout ?

— Hill s'est fait déposer à une adresse, ce matin. J'ai demandé à Hansi le Hacker de se renseigner là-dessus aussi. L'appartement en question appartient à une certaine Petra Becker. Une flic. Elle bosse aux renseignements criminels. Les enfoirés qui cherchent depuis des années à nous coffrer.

Tadeusz abattit le plat de la main sur le flanc de la voiture.

— On rentre. On le trouve, lui, et ensuite on descend cette salope.

— Il n'est plus à Berlin. Rado m'a appelé de Tempelhof, Hill était en train de prendre l'avion pour Bonn et Rado essayait de partir par le même vol. (Krasic sortit son mobile et composa le numéro de Rado.) Où tu es ? (Il écouta attentivement et reprit :) Bon. Appelle-moi tous les quarts d'heure pour me tenir au courant. (Il poursuivit à l'intention de Tadeusz :) Hill fait le tour des mouillages fluviaux en voiture. Il se dirige vers Coblence, à l'heure qu'il est. On est beaucoup plus près de lui que de Jackson. D'ailleurs elle attend ton retour. Si tu veux qu'on s'occupe de lui, on peut. Et on peut envoyer Rado chercher l'héro à Cologne.

Tadeusz frappa à nouveau la voiture.

— On peut, oui.

Toute animosité avait déserté Tadeusz. Il s'effondra sur son siège. Krasic s'installa au volant et passa la première. Ils abordèrent l'autoroute à 120 kilomètres heure et l'aiguille du compteur continua à grimper. Tadeusz regardait droit devant lui avec une expression indéchiffrable. Au bout d'une vingtaine de minutes, il finit par lancer :

— Tu sais ce que ça implique, hein Darko ?

Krasic n'avait pas entendu une telle angoisse dans sa voix depuis l'enterrement de Katerina.

— Qu'on s'est peut-être bien fait baiser, répondit Krasic.

Tadeusz ne releva pas cette réponse.

— Si elle est flic, ce n'est pas une coïncidence qu'elle ressemble trait pour trait à Katerina. Ils ont mis ça au point de longue date, Darko. Ils n'ont pas déniché par hasard un sosie de Katerina. Ils ont monté tout ce truc *parce qu'ils* disposaient d'un flic qui aurait pu être sa sœur. (Un spasme proche du sanglot brisa son ton uni.) Ils l'ont tuée, Darko. Ils ont éliminé la femme que j'aimais pour pouvoir me tendre ce guet-apens. Maintenant je sais qui est responsable de la mort de Katerina. Ce n'est pas je ne sais quel connard de motocycliste négligent. C'est Carol Jordan.

35

Petra se cala dans le siège inconfortable et posa les pieds sur le lit étroit de l'hôpital pénitentiaire. Marlene avait la mine ravagée d'angoisse qu'arbore en prison n'importe quelle femme déjà pas très avantagée par la nature. Des cernes lui soulignaient les yeux, trahissant le manque de sommeil et peut-être quelques larmes. *Ça fera doublement mon affaire*, se dit Petra. Le moment choisi pour mener cette opération avait beau lui inspirer des sentiments mitigés, elle ne pouvait que s'engager sans réserves. Elle jeta un briquet et un paquet de cigarettes à Marlene qui les regarda d'un air soupçonneux, puis haussa les épaules et en alluma une.

— Qu'est-ce que je fous là ? demanda-t-elle. J'ai pas d'ennuis de santé.

— Tu as une péritonite, répondit Petra. Enfin bon, on pense que c'est ça. Si c'est confirmé, on te transférera dans un hôpital civil pour te faire opérer.

Marlene aspira une longue bouffée avec une mimique de profonde satisfaction quand la nicotine lui passa dans le sang.

— À quoi vous jouez, là ? reprit-elle en feignant l'ennui.

— Je sais où est Tanja.

Marlene croisa les jambes et jaugea Petra du regard.

— Et donc, ça veut dire ?

— On ne devrait pas séparer les enfants de leur mère.

— Ouais, mais avec vous, bandes d'enfoirés, on n'a pas le droit de les garder ici.

Marlene exhala une fine colonne de fumée en direction de Petra.

— Écoute, Marlene, la journée a été rude pour moi. Je n'ai vraiment pas envie de recommencer tout le grand jeu avec toi. Alors voilà le marché : je sais que Krasic se sert de Tanja pour faire pression sur toi. Tu la fermes, et il n'arrivera rien à ta fille. Personnellement, je considère qu'être tenue en laisse comme un chien dans la cour d'une ferme, c'est moche. Mais je ne suis pas à ta place.

— Tenue en laisse comme un chien, putain mais c'est quoi cette histoire ?

Petra continua sans se soucier de cette interruption.

— Voilà ce que je te propose : on libère Tanja, on te fait sortir d'ici et on vous fait bénéficier d'un programme de protection des témoins. Nouvelle ville, nouvelle identité, nouvelle vie. En échange, tu balances Krasic et Radecki.

Marlene la dévisagea, bouche bée. Elle en oublia même provisoirement de fumer.

— Qu'est-ce qui m'oblige à vous croire ? finit-elle par répondre.

Petra exhuma de sa poche un bout de papier qu'elle lui tendit.

— Je l'ai prise moi-même ce matin, avec un appareil numérique.

Marlene ouvrit la feuille. C'était un tirage d'imprimante représentant une fillette tirant sur la corde qui la retenait. Marlene lâcha un petit hoquet et porta la main à sa bouche.

— Désolée, c'est un peu flou, mais je l'ai prise au téléobjectif.

— Elle va bien ?

Petra haussa les épaules.

— Pour autant que j'ai pu en juger. Mais bon, si j'avais une gamine, ça ne me plairait pas trop de savoir que c'est le cousin éleveur de cochons de Darko Krasic qui s'en occupe. Qu'est-ce que tu en dis ? Alors, marché conclu ?

— Vous savez pas à quoi vous vous exposez, répondit Marlene d'un ton inquiet. Krasic est une bête féroce.

— Écoute, Marlene, je vais te mettre un peu dans la confidence. Tu n'es pas le seul argument dont on dispose pour faire pression sur Krasic et Radecki. D'ici quelques jours, il se pourrait bien que ce que tu as à dire, tout le monde le sache déjà. Ces deux-là, ils vont tomber, et plonger pour un sacré bout de temps. Mais je voudrais bien leur coller le meurtre de Kamal sur le dos en plus de tout le reste. C'est sûr, tu vas prendre des risques, mais ça sera vraiment de la petite bière à côté de ce qu'on leur prépare à eux. On va vous mettre en sécurité dans un refuge, toi et Tanja, je te le promets. Je m'y engage personnellement, tu as ma parole.

— La parole d'un flic ?

Marlene ricana. Sans cesser de triturer la couverture, elle contempla fixement le mur pendant ce qui sembla une éternité à Petra, une minute tout au plus, en réalité. Elle s'astreignit au silence, laissant Marlene peser le pour et le contre. Finalement, la détenue haussa les épaules d'un air agacé.

— Eh merde, qu'est-ce que j'ai à perdre, grommela-t-elle. C'est bon, marché conclu.

Petra poussa intérieurement un cri de joie. Elle allait maintenant pouvoir rejoindre les primates de la Section de renfort qui encombraient sa salle de brigade et les autoriser à libérer leur testostérone dans l'action.

— Tu as fait le bon choix. Pour toi et pour Tanja. On va te transférer directement en lieu sûr, et dans le même temps, annoncer à tout le monde que tu entres à l'hôpital. Et dès qu'on aura libéré Tanja, on te l'amènera. Attends ici, Marlene. Je te le dis entre nous, on va les faire plonger, ces enfoirés.

Marlene lâcha un ricanement.

— Écoutez-moi ça, mademoiselle s'en va-t'en guerre ! Vous n'avez aucune idée de ce qui vous attend, hein ? J'espère seulement que vous vous en tirerez aussi bien que vous l'annoncez.

Et moi donc, pensa Petra en sortant. *Et moi donc, pour notre bien à tous*.

Le temps que Tony finisse par trouver la marina Widenfeld, un soleil mouillé commençait à dissiper les derniers nuages. La marina était bondée de bateaux, depuis la péniche rhénane lourdement chargée jusqu'à la petite embarcation de plaisance à l'habitacle recouvert d'une bâche. On voyait quelques individus çà et là sur le pont, en train de laver après la pluie ou de faire de petits travaux d'entretien négligés quand le trafic fluvial fonctionnait normalement. Il y avait deux ou trois cafés sur les quais et des magasins de matériel pour bateaux qui affichaient le diesel à des prix compétitifs.

Tony trouva une place tout au bout du parking et resta un moment assis au volant, perdu dans ses pensées.

— Tu es ici, souffla-t-il tout bas. Je le sais. Aujourd'hui on va se rencontrer, Geronimo. Et tu n'auras aucune idée de mon identité. Je ne serai qu'un badaud de plus, qui tue le temps avant d'aller dîner et qui admire ton bateau en passant. Parce que mon intuition me dit que ton bateau mérite probablement l'admiration. Tu tues avec tellement de soin que tu ne dois pas vivre dans le laisser-aller.

Il descendit de voiture et se mit à déambuler lentement le long des boutiques de la marina. Les péniches attiraient particulièrement le regard. Toutes différentes, elles révélaient chacune la personnalité de son propriétaire et de l'équipage. C'étaient des bateaux impeccablement tenus, où des jardinières de fines herbes et de plantes étaient disposées partout où cela n'empêchait pas le passage. Certaines, malpropres, étaient affectées au transport du charbon, avec leur cabine mangée de rouille à la peinture cloquée. D'autres avaient aux fenêtres de jolis rideaux en dentelle, ou ornés de fronces et de ruchés compliqués. Les peintures vives, toutes récentes, voisinaient avec le bois ciré. Des bicyclettes étaient arrimées au plat-bord de plusieurs péniches ; sur d'autres, des voitures reposaient sur le toit du logement. Toutes étaient différentes, jusqu'aux fanions et drapeaux qui pendaient dans l'air calme.

Tony allait d'un pas nonchalant, l'appareil photo au cou, en faisant mine de temps à autre de prendre certains des bateaux les plus représentatifs. Il venait de longer sans succès toute une série de péniches et bateaux rhénans quand il arriva à l'angle de la marina et faillit buter dans une Golf noire. Juste à côté, était amarré un splendide bateau en bois verni. Il lut sur la poupe, en lettres cursives : *Wilhelmina Rosen, Hambourg*.

Le cœur de Tony fit un bond dans sa poitrine. Il recula pour contempler le bateau dans toute sa splendeur. Puis il le longea et revint sur ses pas pour le prendre en photo. Et en fin de compte, il repartit jusqu'à l'arrière sans cesser de l'admirer. Quand il arriva à la hauteur de la cabine, un jeune homme aux cheveux noirs retenus en queue de cheval sortit sur le pont. Malgré le pull informe, il était à l'évidence baraqué, avec de longues jambes sous son jean ajusté, et des chaussures de chantier aux pieds. Assurément, il était assez fort pour être le tueur, se dit Tony. En sortant, il ajusta une casquette de base-ball qui lui dissimulait les yeux.

— Vous avez un beau bateau, lança Tony.

Le jeune homme hocha la tête.

— *Ja*, répondit-il laconiquement.

Il longea le plat-bord jusqu'à la passerelle, à quelques mètres de l'endroit où se tenait Tony.

— Ce n'est pas souvent qu'on voit des bateaux anciens en aussi bon état, poursuivit ce dernier tandis que le jeune homme descendait à terre.

— Ça demande de l'entretien.

Il s'éloigna en direction de la voiture.

— Je n'ai pas pu m'empêcher de remarquer ce fanion pas courant que vous avez là, tenta Tony qui s'efforçait désespérément d'engager la conversation avec son tueur supposé.

Le jeune homme se rembrunit.

— Quoi ? Je ne parle pas bien anglais.

Tony désigna le fanion triangulaire accroché à un petit mât, à l'arrière : noir bordé de franges blanches. Au centre, était brodé un saule pleureur délicat.

— Le pavillon, dit-il. Je n'en ai jamais vu de pareil.

Le jeune homme acquiesça et un semblant de sourire éclaira brièvement ses traits banals.

— C'est pour la mort, expliqua-t-il d'un ton détaché. (Tony sentit un frisson lui parcourir l'échine.) Mon grand-père conduisait ce bateau avant moi. Mais il est mort depuis deux ans. (Il désigna le fanion.) On a drapeau pour souvenir.

— Je suis navré de l'apprendre, répondit Tony. Alors c'est vous qui pilotez, maintenant ?

Le jeune homme ouvrit la voiture et prit un atlas *routier dans le vide-poche* de la portière, puis rebroussa chemin en direction du bateau.

— *Ja*. C'est mon bateau.

— Ça doit être dur pour vous de ne pas pouvoir travailler à cause de la crue.

Le jeune homme s'arrêta sur la passerelle et se tourna vers Tony. Puis il haussa les épaules.

— Le fleuve donne et le fleuve prend. On s'habitue. Merci pour vos compliments du bateau.

Il esquissa un geste d'adieu et retourna à bord.

De l'art de lier conversation, se dit Tony, narquois. Il ne s'attendait pas à ce que son tueur déborde d'amabilité, mais il avait espéré lui en faire dire un peu plus. Rien ne permettait de confirmer ou de réfuter les soupçons qui pesaient sur le pilote du *Wilhelmina Rosen*. Si on excluait ce fanion de deuil légèrement macabre, ce que Tony était enclin à faire. Intéressant, que Mann ait pris la peine de spécifier que son grand-père était mort deux ans auparavant. Le lugubre pavillon avait l'air si peu usé qu'il ne devait être au mât que depuis quelques semaines à peine, certes pas des mois. Que Mann le change régulièrement pouvait être une façon de garder à l'esprit le souvenir de la mort de son grand-père. Mais il pouvait aussi y avoir une autre explication, plus sinistre. Peut-être le fanion n'était-il pas là pour le vieil homme mais pour Marie-Thérèse Calvet ? Tony sentait au plus profond de lui qu'il venait d'échanger quelques propos avec un tueur en série. Mann présentait sans aucun doute certaines des caractéristiques qu'on pouvait s'attendre à rencontrer chez un psychopathe : répugnance à engager la conversation, à soutenir le regard, maladresse du comportement. Mais ces traits pouvaient aussi s'appliquer à un simple timide. Bilan ? Pas l'ombre d'un élément qui puisse satisfaire l'intuition de Tony.

La seule chose à faire était sans doute de tenir Mann à l'œil jusqu'à ce qu'il ait choisi sa prochaine victime. Il était temps que Marijke laisse son ambition de côté et fasse venir les renforts de cavalerie.

D'ailleurs, il ferait bien de l'appeler. Mais d'abord, il fallait achever son petit tour de la marina pour ne pas attirer l'attention. Tony se détourna du *Wilhelmina Rosen* et continua le long du quai en s'arrêtant de temps à autre pour examiner certaines péniches. C'était barbant, mais nécessaire. Comme tant de choses dans la vie d'un profileur, se dit-il avec un petit sourire. Mais un moment fastidieux n'avait guère d'importance à côté de l'euphorie qu'on éprouvait à sauver des vies.

*
* *

Krasic tourna pour engager la grosse Mercedes dans la marina dont il fit le tour en roulant au pas.

— Je connais, ici, dit-il. On y a déjà eu des péniches amarrées. (Tout à coup, il tendit le bras vers le bord du quai où un homme se baladait, un appareil photo au cou, et contemplait les bateaux.) Le voilà. Ce connard de Hill, annonça-t-il.

— C'est lui ? (Tadeusz semblait incrédule.) Ce petit type avec sa veste en tweed à la con ?

— C'est lui, je te promets.

— Passe-moi ton flingue.

— Quoi ?

Krasic était pris au dépourvu. C'était lui, l'exécuteur, pas Tadzio.

— Passe-moi ton flingue, répéta Tadeusz en tendant une main impatiente.

— Tu ne vas pas l'abattre en plein jour ? demanda Krasic.

Compte tenu de l'humeur du patron, tout était possible.

— *Bien sûr que non.* Passe-moi simplement le flingue. Quand j'arrive à sa hauteur, tu amènes la voiture.

Krasic glissa la main dans son dos pour sortir de son holster en cuir matelassé le subcompact Glock G27 qu'il tendit à Tadeusz.

— Il y en a neuf dans le magasin, précisa-t-il tout net.

— Je n'ai pas l'intention de m'en servir. Du moins pas pour le moment, répondit froidement Tadeusz.

Il mit l'arme dans la poche de son imperméable, sortit de la voiture et se dirigea d'un pas vif vers l'homme qu'avait désigné Krasic. En arrivant derrière le promeneur, il referma la main sur la crosse rassurante, s'approcha et enfonça le canon dans les côtes de Tony.

— Pas un geste, Dr Hill, lança-t-il d'un ton brusque en empoignant le bras de Tony.

Aux yeux d'un simple observateur, les deux hommes auraient pu passer pour des amis qui se saluaient.

— C'est un flingue que vous avez dans le dos.

Tony se figea.

— Qui êtes-vous ? croassa-t-il sans pouvoir se retourner pour voir son agresseur.

— Je m'appelle Tadeusz Radecki.

Malgré lui, Tony sursauta violemment sous la poigne de Tadeusz.

— Je ne comprends pas. Qui êtes-vous ?

Tadeusz renfonça vigoureusement le canon de l'arme dans les côtes de Tony.

— Ne faites pas l'imbécile. (Il entendit le ronronnement du moteur de la Mercedes arriver derrière lui. La voiture s'immobilisa et Krasic en descendit.) Ouvre la portière arrière, Darko.

Krasic obéit et Tadeusz poussa Tony à l'intérieur tout en sortant le revolver de sa poche. Il s'engouffra à côté de Tony, le canon braqué vers l'estomac de son otage.

— Une perforation de l'estomac, c'est la pire mort qui existe, déclara-t-il d'un ton inexpressif.

— Écoutez, il doit s'agir d'une erreur, protesta faiblement Tony. J'ignore totalement qui vous êtes, et visiblement, vous me prenez pour quelqu'un d'autre. Laissez-moi partir et on oublie ça. (*Pitoyable*, se dit-il. *Où sont passées les techniques qu'on t'a enseignées ? Et ta fameuse intuition ?*)

— De la merde, oui, rétorqua sèchement Tadeusz. Non seulement vous baisez Carol Jordan, mais vous bossez avec elle. Darko, trouve-nous un coin où on puisse discuter.

Le cerveau de Tony se mit à fonctionner à la vitesse grand V. Ces types connaissaient l'identité de Carol. Elle était grillée. Ils savaient qui il était et supposaient à tort qu'il se trouvait là pour eux. Mais que faisaient-ils ici, d'ailleurs ? Comment pouvait-on l'avoir filé ? Il aurait dû s'en apercevoir, ses déplacements avaient été tellement erratiques. Mais le fait est qu'il n'avait pas cherché à savoir si on le suivait.

Il chassa cette pensée. La raison de la présence de Radecki n'avait aucune espèce d'importance. Ce qui comptait, c'était de trouver un moyen de protéger Carol. Tony ne se faisait aucune illusion sur les gens à qui il avait affaire. Ces types étaient des tueurs. Alors s'il fallait qu'il paie de sa vie la sauvegarde de celle de Carol, il le ferait. Une seule chose comptait : la sauver. S'il avait jamais eu besoin de toute son inventivité, c'était bien maintenant. Il se força à soutenir le regard de Radecki.

Il fut surpris quand la voiture s'immobilisa à nouveau. Il n'avait prêté attention qu'à l'homme devant lui. Il jeta alors un regard dehors. Ils étaient toujours dans la marina, mais dans un coin éloigné, un bassin beaucoup plus petit ne pouvant accueillir qu'une demi-douzaine de bateaux. Personne en vue. La Mercedes était arrêtée devant une péniche métallique peinte en gris, couleur navire de guerre.

— J'en ai pour une minute, patron, annonça Krasic en descendant de voiture.

Le coffre s'ouvrit et Krasic disparut derrière. Il en ressortit avec un pied-de-biche sous sa veste.

Tony regarda avec anxiété Krasic jeter un coup d'œil alentour, puis monter à petites foulées lestes la passerelle qui menait à la péniche. Il grimpa sur le toit de la cale et fit prestement sauter le moraillon du cadenas qui le maintenait fermé. Il le souleva et scruta l'intérieur. Puis il regagna la voiture au pas de course en levant les pouces pour signifier à Tadeusz que tout était en ordre.

— On va sortir et monter à bord de cette péniche. Si vous essayez de vous enfuir, je vous tire dans les jambes. Et je tire très bien, Dr Hill, ajouta calmement Tadeusz. Inutile de crier, il n'y a personne dans les parages.

Krasic ouvrit la portière et Tadeusz descendit sans lâcher des yeux Tony qui se glissa hors de la banquette, puis de la voiture. Krasic l'empoigna par l'épaule et le fit pivoter sur place. Le canon du revolver était à nouveau contre ses côtes. Il trébucha en avant et faillit tomber à l'eau.

Une fois à bord, on l'escorta jusqu'à la cale ouverte. Krasic monta sur l'échelle avec une souplesse étonnante pour un homme de sa corpulence et descendit dans l'obscurité. On entendit l'écho sourd de pas sur le sol métallique d'un espace vide, puis une faible lueur apparut dans la cale.

— Descendez là-dedans, ordonna Tadeusz.

Avec précaution, Tony se tourna face à lui et se rapprocha de l'échelle. Il venait de descendre deux barreaux quand une douleur terrible lui vrilla la main, si brusque et vive qu'il dut lâcher prise. Ses pieds dérapèrent, cherchèrent frénétiquement un appui, et pendant une seconde, il resta suspendu par une seule main, en proie à la panique. Il leva la tête et vit Tadeusz balancer la crosse de son revolver pour lui écraser les doigts. Transpirant de peur, il s'accrocha de son bras blessé à l'échelle, et parvint à poser un pied sur un barreau et retirer sa main valide au dernier instant. Il ne devait jamais comprendre comment il avait fait, mais il réussit à dégringoler l'échelle assez vite pour éviter de prendre encore un coup d'en haut.

Il venait de reprendre pied, les jambes tremblantes, quand Krasic lui tomba dessus et lui décocha un coup de poing au plexus. Tony se plia en deux, les poumons en feu, les muscles tétanisés, et resta prostré sur le sol métallique froid de la cale, un filet de vomissure coulant au coin de la bouche. Quand il reprit conscience de ce qui l'entourait, il vit Radecki se pencher sur lui, silhouette déformée par une perspective qui le rendait énorme et terrifiant.

Krasic souleva Tony par le col, l'étranglant presque, et le jeta sur un tas de bâches pliées.

— Tiens-toi droit, avorton de merde, gronda-t-il.

Tony se redressa tant bien que mal et s'adossa à la cloison froide.

— Et maintenant, déshabille-toi, hurla Krasic.

Pétrifié, Tony entreprit maladroitement de se dévêtir, la main gauche engourdie de douleur. Il devait avoir au moins deux doigts cassés. Les deux hommes l'acculaient dans ce coin comme des loups, tandis qu'il se débattait avec ses vêtements. Finalement, il se retrouva nu sur le tas de bâches, haletant comme s'il venait de faire deux kilomètres en courant. *Tout ça, c'est pour t'humilier, te rendre vulnérable. Ne te laisse pas impressionner. Continue à réfléchir, fais marcher ton cerveau.* Sa voix intérieure était ridiculement rassurante compte tenu de la situation extrême. Mais il ne pouvait se raccrocher qu'à ces exhortations.

— Tu travailles contre nous avec cette garce, lança Tadeusz.

— Non, vous faites erreur. Je travaille pour Europol sur une affaire de tueur en série. C'est mon métier, je suis profileur, répondit Tony, en se blindant en prévision de ce qui allait suivre.

Krasic lui décocha un violent coup de pied dans les tibias. Tony gémit malgré lui.

— Mauvaise réponse. (Tadeusz fit tourner le revolver dans sa main et l'empoigna par le canon.) Elle est flic et tu travailles avec elle pour me faire coffrer.

Tony essuya la traînée de salive qui coulait sur son menton et secoua la tête.

— Je vous en prie, croyez-moi : je vous dis la vérité. Carol a été flic, c'est vrai. Mais plus maintenant. Elle est passée de l'autre côté. Elle a changé de bord. Je l'ai connue quand elle était dans la police, j'essaie de la faire changer d'avis.

Il vit la crosse s'abattre mais ne put que tenter d'esquiver, en vain. Le coup l'atteignit quand même. Il entendit et sentit l'os de sa pommette se briser. Cette fois, il vomit bel et bien.

— Arrêtez de mentir, fit Tadeusz d'une voix douce et triste. Je sais la vérité. Comment est-ce qu'on appelle ça ? Une opération secrète. Le genre de coup tordu dont le public n'entend jamais parler. Je sais ce que vous avez mijoté, vous tous. Vous avez tué la femme que j'aimais parce qu'elle ressemblait à Carol Jordan. Et ensuite, Carol Jordan m'a mis le grappin dessus. Sur vos conseils avisés d'expert en psychologie, je suppose.

Putain, se dit Tony. *Si c'est vraiment ce qu'ils se figurent, il n'y a pas d'issue*. Il fallait pourtant tenter le tout pour le tout.

— Non, attendez, je vous en prie. Ça ne s'est pas du tout passé comme ça. Carol n'est plus flic, mais elle a encore des amis qui le sont. L'un d'entre eux lui a montré une photo de Katerina qui était déjà morte à l'époque. Il trouvait la ressemblance incroyable. (Il s'interrompit pour reprendre son souffle. Ne recevant pas de coup, il reprit espoir.) Alors elle a pris d'elle-même l'initiative d'en profiter. Elle s'est mis dans la tête qu'elle allait coucher avec vous. (*Que de belles explications pour un type aussi esquinté,* pensa-t-il.) Moi j'ai dû venir en Allemagne à cause de cette enquête criminelle. Le tueur qui s'en prend à des psychologues. Vous devez en avoir entendu parler dans la presse ?

Tadeusz et Krasic échangèrent un bref regard. Tony crut déceler une lueur de doute dans leurs yeux.

— Je vous dis la vérité, ajouta-t-il avec un sanglot. J'ai cru pouvoir dissuader Carol de passer à l'acte, la ramener dans le droit chemin pour ainsi dire. Je l'aime. Je ne veux pas la voir passer de l'autre côté.

Il se força à pleurer, s'arrachant des sanglots qui lui labouraient les côtes.

— Et qu'est-ce que tu foutais ici, à inspecter les péniches ? demanda Krasic en écrasant le poing dans le flanc de Tony, lui plaquant l'épaule contre le métal froid de la paroi.

Tony hurla de douleur et serra les bras sur son torse. Cette fois, les larmes étaient authentiques.

— On a un suspect, hoqueta-t-il. Pour les meurtres. On pense qu'il est marinier. Son bateau est ici. Le *Wilhelmina Rosen*. Je vous en prie, il faut me croire, supplia Tony.

Il essuya les filets de morve à goût de sang qui lui coulaient des narines.

— Pas mal trouvé, comme histoire, conclut Tadeusz. (Krasic le regarda comme s'il était devenu fou.) Vraiment pas mal. Presque assez bonne pour *être vraie*.

— Patron, coupa Krasic.

Tadeusz leva un doigt.

— C'est bon, Darko. Il y a un moyen très simple de vérifier si ce qu'il dit est vrai ou pas. On va ramener ce brave Dr Hill avec nous à Berlin. Il y a un hangar, là-bas, où on pourra le mettre en attente. Et ensuite, on pourra se livrer à notre petit test.

— Quel test ? demanda Krasic d'un air méfiant.

— S'il dit la vérité, Carol Jordan n'aura aucun scrupule à coucher avec moi, n'est-ce pas ?

Une terreur glacée étreignit le cœur de Tony. Qu'avait-il fait ?

36

Marijke reposa le téléphone, partagée entre l'inquiétude et la colère. Tony ne l'avait pas rappelée et elle ne savait que penser. Il la laissait en suspens, sans nouvelle de la piste quasi sûre qu'elle avait débusquée après des semaines d'investigations infructueuses sur l'affaire de Groot. Elle avait aussi découvert, à sa propre surprise, qu'elle se sentait coupable de cacher ses idées à ses collègues. Elle avait dû s'avouer qu'elle n'était pas suffisamment inébranlable ou sûre d'elle au point de placer son ambition personnelle au-dessus de la nécessité de mettre un terme à ces assassinats.

Elle avait mis de côté la paperasse qui l'attendait et griffonné un bref compte rendu des raisons qui la poussaient à soupçonner Wilhelm Albert Mann. Bien entendu, faute de pouvoir y rattacher le nom de Tony, l'hypothèse ne bénéficiait pas du poids de l'expertise, mais Marijke considérait que son rapport était assez convaincant. Elle terminait en déclarant que faute de preuves tangibles, il fallait placer Mann sous surveillance.

Puis elle était partie à la recherche de Maartens qu'elle avait fini par trouver au bar, de l'autre côté de la rue, où il s'était arrêté pour boire une bière vite fait avant de rentrer chez lui.

— Je voudrais envoyer ça aux flics de Cologne,

expliqua-t-elle en lui brandissant son rapport sous le nez.

Il le lut avec soin en sirotant son Oranjeboom, un brin méfiant.

— Beau boulot, Marijke, déclara-t-il quand il eut terminé. Votre connaissance des nœuds de marins m'impressionne.

— C'est Internet, expliqua-t-elle. Un super-instrument de recherche. Qu'est-ce que vous en pensez ? Je leur envoie ou ça va me faire passer pour une hystérique qui se fie à l'intuition plutôt qu'aux preuves ?

Maartens faillit recracher sa gorgée de bière et porta la main à ses lèvres.

— Marijke, si les gars de Cologne prennent en compte d'aussi petits détails que nous, ils vont vous porter en triomphe. Et sinon, ça leur fournira un début d'action. Il se pourrait que ce ne soit qu'une coïncidence, bien sûr, mais ce que vous dites me paraît vraiment sensé. Ce type n'a aucune raison légitime d'être ici, à Leyde, étant donné qu'on ne pratique pas la navigation commerciale sur nos canaux. Si ce truc-là devait atterrir ce soir sur mon bureau à moi, avant minuit j'aurais collé une équipe sur le dos de cet enfoiré, avec mission de ne pas le lâcher jusqu'à ce qu'il bouge ou que quelqu'un d'autre se fasse tuer à l'autre bout du pays. Allez, je vous offre à boire pour fêter notre premier pas en avant depuis que de Groot s'est fait liquider.

Marijke hocha négativement la tête.

— Merci, patron, mais je me laisserai tenter par un demi pression plus tard. Je veux faxer ça à Cologne sans attendre.

À Cologne, Hartmut Karpf ne perdit pas de temps. Un quart d'heure après avoir reçu le fax de Marijke, il la rappela.

— C'est vraiment intéressant comme document, lança-t-il d'un ton enthousiaste. Bon, je veux agir vite, mais il va falloir des effectifs supplémentaires pour ça. Est-ce que, par hasard, vous pourriez venir à Cologne demain ? Si vous étiez là en personne, ça m'aiderait à convaincre mon chef que ça en vaut la peine.

— Je dois demander à mon commandant, mais je ne pense pas qu'il s'y oppose. Je vous rappelle, d'accord ?

Une demi-heure plus tard, tout était arrangé. Elle devrait être à Cologne à midi le lendemain. Ce qui ouvrait quelques perspectives intéressantes. Marijke consulta sa montre. Avant de prendre la moindre décision, il fallait qu'elle s'assure des horaires des vols.

La journée se révélait très fructueuse. Si seulement Tony voulait bien rappeler, ce serait presque parfait.

Le chemin qui longeait la ferme de Matic était aussi sombre qu'une grotte. Les hautes haies cachaient les lumières de la ferme et des nuages masquaient le fin croissant de lune. Difficile d'imaginer qu'on n'était qu'à trois ou quatre kilomètres à peine de la ville tant le calme et l'obscurité régnaient en cette soirée de printemps. Petra examinait un monde en vert et noir dans ses jumelles à infrarouges, prêtées par le commandant de la Section spéciale de renfort. Elle avait l'impression d'être sous l'eau, que les hommes entraient et sortaient de son champ de vision en nageant comme de drôles de créatures aquatiques, le visage masqué par des lunettes et des masques qui les protégeraient des fumigènes et des gaz lacrymogènes qu'ils allaient utiliser quand ils donneraient l'assaut.

Les gros durs taciturnes qui s'étaient pavanés tout *l'après midi dans son bureau,* vautrés dans des fauteuils ou allongés par terre, s'étaient métamorphosés avec la tombée de la nuit. C'était maintenant une équipe d'agents disciplinés, économes de leurs mouvements et aussi furtifs que des chats. Dès qu'il fit noir, deux d'entre eux s'étaient glissés dans la cour, avaient installé sans un bruit des micros dans les murs de la ferme, puis avaient détourné la ligne téléphonique vers leur propre central de communication. Aucun appel entrant ne pourrait passer, et si Matic ou sa femme essayaient de téléphoner, ils n'entendraient qu'une sonnerie à laquelle personne ne répondrait.

L'équipe avait désormais encerclé la ferme. Quand ils en recevraient l'ordre, ils donneraient l'assaut, enfonceraient la porte à l'aide d'un bélier hydraulique. Petra connaissait le plan par cœur. D'abord les fumigènes, puis le gaz lacrymogène, puis les hommes entreraient dans la place. L'objectif premier était de mettre l'enfant en sécurité, et le second, de capturer Arkady Matic et sa femme. Petra devait attendre dans le chemin avec le commandant de la section, et n'approcher qu'une fois ces deux objectifs atteints.

Le commandant se tenait aux côtés de son radio.

— On en est où ? demanda-t-il.

— Ça discute dans la cuisine. Deux adultes, un homme et une femme. La gamine est là aussi. La femme vient de lui dire de s'asseoir à table. Ils s'apprêtent à dîner.

— Bon. On va attendre qu'ils soient assis et ensuite on y va. (Il se tourna vers Petra.) On vise le minimum de dégâts, alors on ira quand ils seront occupés à manger.

Elle acquiesça.

— Surtout, qu'on n'en arrive pas à la prise d'otage !

— Entendu, répondit-il vivement en tambourinant d'une main sur sa cuisse. Bon sang, ce que j'ai horreur de l'attente !

Ils restèrent deux ou trois minutes plongés dans un silence tendu, puis le radio leva le pouce.

— La femme les sert... Elle s'assoit à table. Ça y est, ils y sont tous.

Le commandant attrapa son émetteur.

— K-un à toutes les unités. On y va. Je répète, on y va.

D'un geste, il signifia à Petra de le suivre et ils couvrirent en courant les vingt mètres qui menaient à la barrière de la ferme. Des ombres mouvantes s'agitaient autour de la maison, se découpant sur l'écran faiblement éclairé des fenêtres aux rideaux tirés. Tout à coup, le fracas du bélier contre la lourde porte en bois pulvérisa la nuit, accompagné d'un cri :

— Police ! Nous sommes armés, pas un geste !

Le craquement du bois volant en éclats leur parvint, porté par la faible brise nocturne, puis le crépitement léger des grenades à fumigènes et le raclement des cartouches de gaz lacrymogène sur une surface dure. Des cris étouffés suivirent, puis le bruit que Petra redoutait : une seule détonation. Épouvantée, elle tourna la tête vers le commandant.

— Fusil de chasse, commenta-t-il, laconique.

Une rafale d'arme automatique retentit alors. Puis plus rien.

— Qu'est-ce qui se passe ? cria Petra.

— À mon avis, le fermier a tiré avant qu'un des nôtres l'ait touché. Ne vous inquiétez pas, ça ne va pas dégénérer en fusillade. (Sa radio se mit à grésiller. Il l'approcha de son oreille. Sans pouvoir distinguer les mots, Petra percevait une voix précipitée.) J'arrive tout de suite, répondit le commandant. (Il abattit la main sur l'épaule de Petra.) Allez venez, c'est fini. Ils ont la gamine.

Elle lui emboîta le pas et ils remontèrent le chemin. Des traînées de fumée s'échappaient par la porte béante, retenue par un seul gond. Comme ils arrivaient à la ferme, un des hommes en sortit avec une fillette hurlante dans les bras. Petra accourut et lui prit la petite.

— Tout va bien, Tanja, dit-elle en caressant les cheveux mous et sales de la petite fille. Je t'emmène voir maman.

Le commandant avait disparu.

— Que s'est-il passé ? demanda Petra au policier qui avait sorti Tanja de la maison.

— Ce con a sorti son fusil, expliqua-t-il. Un de nos gars est blessé au bras et à la cuisse. Mais rien de grave, à mon avis.

— Et Matic ? demanda-t-elle en berçant Tanja qui geignait.

Le policier esquissa le geste bien connu de la main tranchant la carotide.

— On n'a pas eu le choix. Mais c'est une galère, de toute façon. À entendre ce qui se raconte après ce genre d'opérations, on croirait que nous descendons les gens pour le plaisir.

— Vous n'avez guère d'autre solution quand quelqu'un vous braque une arme sous le nez, renchérit Petra. Écoutez, je veux emmener Tanja. Vous pourrez dire à votre chef que je suis partie ? Il va falloir qu'on fasse le point sérieusement, mais ça peut attendre demain matin.

L'homme hocha la tête.

— Je transmettrai.

Petra s'éloigna de la ferme en regrettant que sa voiture soit garée si loin. Tanja pesait de plus en plus lourd et elle n'était pas sûre de pouvoir la porter jusqu'au bout. *Quelle journée*, se dit-elle. Elle se demanda comment Carol s'en sortait. Un rapport sur la rencontre de la veille avec Radecki attendait sans doute dans sa boîte de messagerie, mais pas question de réceptionner ça avant plusieurs heures. Il fallait amener Tanja au refuge et s'assurer que la sécurité était nickel. Demain, elle organiserait le premier des entretiens qu'elle comptait avoir avec Marlene, en espérant lui soutirer assez pour faire comparaître Radecki devant la justice en Allemagne, et non en Hollande où les lois étaient indulgentes.

Il y avait à faire. Mais quelle récompense d'assister à l'audience le jour où Radecki plongerait pour de longues années. Elle arbora un grand sourire malgré son mal de dos. Bon sang, qu'elle aimait ce boulot !

Carol avait fini par trouver de quoi s'occuper agréablement. Marijke l'avait tenue au courant des activités de tous les autres, et elle était contrariée de ne pas pouvoir donner un coup de main. Mais il ne servait à rien de s'énerver. Après un long bain, elle s'était sentie détendue comme cela ne lui était pas encore arrivé depuis son arrivée à Berlin. Elle découvrit que la télé de l'appartement recevait une chaîne câblée qui diffusait des films en anglais le soir, si bien qu'allongée sur le canapé, vêtue du kimono en soie de Caroline Jackson, elle savourait à présent l'humour noir de *Petits Meurtres entre amis*, et une bouteille de sancerre.

Au moment où Christopher Ecclestone se retranche au grenier avec l'argent, l'interphone grésilla. Étonnée, elle coupa le son, se releva nonchalamment et se dirigea vers l'entrée. Ça ne pouvait être que Radecki. Elle n'était pas d'humeur à le recevoir, mais elle arriverait sans doute à se débarrasser de lui.

Elle décrocha le combiné.

— Oui ?

— C'est moi, Tadeusz. Je peux monter ?

— Je suis en train de travailler, Tadzio. On ne pourrait pas se voir demain, plutôt ?

— *J'ai vraiment besoin* de te voir. Je ne resterai pas longtemps, il faut que je sois aux studios de télé d'ici une heure.

Une heure, ça pouvait passer, se dit-elle en ouvrant la porte du hall avant de foncer dans sa chambre. Un kimono en soie, c'était beaucoup trop suggestif pour Radecki à pareille heure, elle le savait. Elle enfila un large pantalon en lin, agrafa son soutien-gorge en vitesse et attrapa une chemise juste avant qu'il frappe à la porte.

Il l'attira aussitôt dans ses bras et l'embrassa impétueusement sur la bouche. Sans la lâcher, il entra dans l'appartement et referma la porte d'un coup de pied. Carol réussit à s'arracher à son baiser, se cabra et lâcha un rire nerveux.

— Hé ! C'est un peu brusque, dit-elle.

— J'ai pensé à toi toute la journée, répondit-il avec une intensité dans la voix qu'elle n'avait encore jamais perçue. Je sais que tu voulais prendre le temps de réfléchir, mais tout ça me rend dingue. J'ai tellement envie de toi que j'en perds l'appétit et le sommeil.

Il la caressait partout à la fois, ses mains fortes et pressantes ne laissaient aucune chance à Carol de se libérer. Il lui enfouit le visage dans le cou, lui mordilla l'oreille.

La peur gagna Carol. Cette scène ne figurait pas dans le scénario qu'elle avait imaginé. Jusque-là, elle avait maîtrisé la situation, mais à présent, elle sentait qu'elle ne la contrôlait plus.

— Attends, Tadzio, supplia-t-elle.

— Pourquoi ? Hier soir, tu avais envie de moi autant que je te désirais. Je le sais, je l'ai senti. Alors pourquoi attendre ?

— Je ne suis pas prête, répondit-elle en essayant d'échapper à son étreinte. Mais il était trop fort et la serrait trop étroitement dans ses bras.

— Tu sais bien que si, reprit-il d'une voix adoucie. Je ne voulais pas te faire peur.

Il lui caressa la nuque. Malgré elle, Carol commençait à se laisser envahir par la sensation purement instinctive du corps de Radecki contre le sien. Impossible de se soustraire à l'intensité impérieuse du désir qu'il manifestait. Mais elle ne pouvait pas se permettre de succomber. Elle était flic, se rappela-t-elle. Tout serait anéanti si elle se laissait séduire. De plus, elle n'allait pas faire quelque chose qu'elle aurait honte de raconter à Tony.

— Je n'ai pas peur, répondit-elle. Simplement, je ne suis pas décidée.

— Moi, je vais te décider, répliqua-t-il en forçant Carol à reculer dans le salon tandis que ses mains couraient le long de son dos jusqu'à ses fesses.

Carol saisit l'occasion et réussit à se libérer. Puis elle s'écarta prestement.

— Ça va trop vite, protesta-t-elle.

Tadeusz la dévisagea d'un air égaré, les cheveux en bataille. *Bon sang, il est superbe.* Elle se sentit coupable de cette simple pensée.

— Je t'en prie, Caroline, implora-t-il d'une voix brisée. Je sais que tu me désires. On avait tous les deux envie l'un de l'autre hier soir. Si tu n'as pas assez confiance en toi pour faire l'amour avec moi alors que tu en meurs d'envie, pourquoi devrais-je croire que je peux te faire confiance en affaires ? Quelle importance ? On est adultes tous les deux. On a envie de baiser comme des fous. Il n'y a personne d'autre dans nos vies, alors ? Pas d'histoire d'infidélité. Simplement deux êtres qui n'en peuvent plus de désir.

Quelle était la bonne réaction ? Carol s'efforçait de trouver une réponse que Tadeusz puisse entendre, qui ne compromette pas leur marché mais la préserve, elle.

— Je ne peux pas t'expliquer, répondit-elle. J'ai besoin d'un peu de temps, c'est tout. (Il s'avança vers elle et elle recula.) Je t'en prie, Tadzio, ajouta-t-elle avec un sourire qu'elle espérait convaincant.

Il fondit sur elle et soudain, toute fuite devint impossible. Plaquée contre le mur, elle était à nouveau dans ses bras. À nouveau, il l'embrassait et le poids de son corps la clouait sur place. Il referma la main sur un de ses seins et pressa doucement le mamelon qui se durcit aussitôt.

— Tu vois ? Ton corps connaît la réponse.

Sa main descendit alors plus bas, lui effleurant le ventre.

Elle rassembla ses forces et le repoussa, le déséquilibrant pour s'échapper à nouveau. Elle se planta au milieu de la pièce.

— Ce n'est pas le bon moment, Tadzio.

Il se retourna pour lui faire face. Cette fois, il n'y avait plus aucune tendresse dans son regard. Ses yeux étaient sombres, ses sourcils froncés.

— Il n'y aura jamais de bon moment, hein *Carol* ?

Il cracha son nom avec un rictus rageur.

Jusque-là, Carol ne s'était pas vraiment sentie menacée. Tadeusz lui avait plutôt fait l'effet d'un soupirant importun ; elle avait pensé pouvoir compter sur ses bonnes manières pour se protéger. Mais ces deux syllabes dissipèrent l'illusion. Elles la frappèrent comme une gifle. Il connaissait son vrai nom. Elle s'efforça de garder sa contenance, mais ne put s'empêcher d'écarquiller les yeux.

— Oui, en effet, je sais qui tu es, reprit-il en avançant à nouveau vers elle.

Elle voulut se retourner pour fuir, mais son pantalon accrocha le pied d'une chaise, ce qui laissa à Tadeusz le temps de la rattraper par le poignet.

— Bien sûr, que tu sais qui je suis, répliqua-t-elle d'un ton qu'elle souhaitait apaisant. Tu t'es renseigné à mon sujet.

— Je me suis renseigné sur Caroline Jackson, fit-il d'une voix sourde et menaçante. Mais aussi sur Carol Jordan.

Ce n'était plus l'heure de feindre, elle le comprit. Il n'y avait plus rien à dire. La seule arme dont elle disposait était le silence. Elle soutint le regard de Radecki en s'efforçant d'y inscrire force et défi.

— Ton cher ami nous a raconté des choses, Carol. Le Dr Hill a essayé de me faire avaler que tu n'étais plus flic. Que tu étais passée de l'autre côté, que tu avais entrevu et saisi l'occasion. Mais si c'était vrai, tu aurais couché avec moi. Tu m'aurais laissé te baiser tout mon soûl hier soir, et à nouveau ce soir. N'importe quoi pour obtenir ce que tu voulais. Il n'y a qu'un flic pour s'abstenir. Je ne me trompe pas, hein ? Tu es toujours flic ?

Elle garda le silence, espérant rester imperturbable, pour ne pas laisser transparaître la terreur qui s'était emparée d'elle quand il avait mentionné le nom de Tony. Comment avait-il découvert Tony ? Où était-il ? Que lui avaient-ils fait ?

Tout à coup, il lui tira violemment le bras, lui faisant perdre l'équilibre. Alors qu'elle vacillait, il la frappa au visage de sa main libre.

— Tu n'as pas voulu baiser avec moi, mais tu es rentrée ici directement pour le baiser lui, hein, salope ?

Carol se redressa et le toisa avec mépris.

— Alors c'est ça ? Une affaire d'amour-propre masculin ?

À peine les mots avaient-ils franchi ses lèvres qu'elle se rendit compte de son erreur. Il se jeta sur elle plus vite qu'elle l'aurait cru possible et son élan les renversa tous deux à terre. Il avait maintenant les deux mains libres et se mit à la gifler à coups redoublés. Le vertige s'empara d'elle.

Puis soudain elle se retrouva libérée de son emprise. Elle roula sur le côté et se remit tant bien que mal à genoux. La pièce était un kaléidoscope tournoyant autour d'elle. Elle sentit qu'on la soulevait. Ses pieds cherchèrent désespérément un appui mais avant qu'elle puisse se rétablir, Radecki l'écrasa contre le mur avec violence. Elle sentit son nez craquer. Un goût métallique de sang descendit dans sa gorge. Ses genoux cédèrent et elle s'effondra à nouveau à terre.

— Je m'en fous que tu te tapes tous les mecs de Berlin, gronda Radecki. Ce qui compte, c'est que vous avez tué Katerina pour que tu puisses venir jouer ta petite comédie dégueulasse.

Carol parvint à s'asseoir. Il savait ce qu'il faisait, elle était tellement sonnée qu'elle n'arrivait plus à enchaîner deux pensées. Cependant, elle ne perdait pas de vue que les propos de Radecki n'avaient aucun sens.

— Non, geignit-elle. C'est faux. On a seulement... profité de la situation.

Il se pencha sur elle, l'empoignant par sa chemise, et la remit sur ses pieds.

— Tu me prends pour un imbécile ? Tu crois encore que ça sert à quelque chose de me mentir ?

— Je ne... mens pas, articula Carol entre ses lèvres meurtries. On n'a pas tué Katerina.

— Arrête tes salades, bordel, lui cracha-t-il au visage. La moto qui a causé l'accident est immatriculée auprès de votre putain de Section des affaires criminelles. C'est vous qui avez tué Katerina. Et ensuite, vous avez tué Colin Osborne, comme ça vous disposiez de deux places toutes chaudes où vous caser.

— Je n'ai rien à voir avec la mort de Katerina, protesta-t-elle faiblement. Il y a deux semaines, je n'avais encore jamais entendu ton nom.

À présent, il la traînait dans la pièce. Hébétée, Carol ne comprit pas ce qu'il faisait. Manifestement, il allait la tuer, alors autant en finir.

Quand elle se rendit compte qu'il l'entraînait en

direction de la chambre, son cerveau embrumé trouva la réponse qui s'imposait. La panique qui s'empara d'elle dissipa sa confusion. *Ah ! non,* se dit-elle. *Pas question que ça m'arrive à moi*. Elle se laissa aller de tout son poids, inerte, pour tenter de freiner Radecki. Mais il était en proie à une rage primitive, une fureur démesurée qui décuplait ses forces.

Elle commença à se tortiller, à battre des bras et des jambes dans l'espoir de lui faire desserrer sa prise. Il cessa un instant de la traîner et se pencha sur elle.

— Tu sais ce qui t'attend, hein, salope ? Je ne vais pas te tuer. Je vais te faire vivre ce que tu m'as fait à moi.

Puis il la frappa à nouveau, si fort qu'elle crut que son cou allait se rompre. Cette fois, elle sombra dans l'inconscience.

Quand elle revint à elle, elle ne savait plus où elle se trouvait ni pourquoi la tête lui faisait si mal. Elle ne comprenait pas davantage pourquoi ses mains ne répondaient pas quand elle essayait de les dégager de derrière son dos. Puis Radecki entra dans son champ visuel et elle recouvra toute sa lucidité. Elle était nue sur le lit, les mains liées dans le dos. Et lui n'avait qu'une idée : se venger.

— Vous avez détruit ma vie, éructa-t-il. Vous avez tué Katerina et vous vous êtes débrouillés pour détruire mon réseau, c'est clair. Eh bien ! maintenant, c'est mon tour. Tu vas écoper de ce que tu mérites. Et ensuite, j'irai tuer ton mec. Et toi, il faudra que tu vives en sachant que tu es responsable de la mort de quelqu'un que tu aimais. Comme vous m'avez forcé à le faire. Et moi, je disparaîtrai.

— Tu... ne... t'en..., marmonna Carol.

— *Je ne m'en sortirai pas comme* ça ? Bien sûr que si. Tu crois que je n'avais pas prévu que ça arriverait ? Vous n'aurez pas mon fric. Demain matin, je serai quelque part où vous ne pourrez pas m'atteindre, toi et tes chefs, même si vous arriviez à me localiser. Alors tu vois, tout ça n'a servi à rien.

Tout en parlant, il se déshabillait, posant délicatement chemise et pantalon sur une chaise, jetant ses chaussettes dans ses chaussures. Puis il se retrouva nu devant elle. Son érection fit horreur à Carol.

Il s'avança vers le lit. Carol se cambra, cherchant désespérément à lui échapper. Mais elle ne pouvait pas se servir de ses mains, et son cerveau ne fonctionnait plus. Radecki s'agenouilla sur le lit et lui écarta les jambes de force.

— Vas-y, débats-toi encore. Que ça m'excite un peu plus, railla-t-il.

Carol fit appel à tout son courage et lui cracha au visage. Il ne prit même pas la peine de s'essuyer. Il se contenta de sourire et dit :

— Je crois que je vais prendre mon pied, salope.

Puis il s'allongea sur elle et Carol eut envie de mourir.

37

Assis au volant de la Mercedes, Darko Krasic fumait un cigare. Il n'avait pas envie de penser à ce qui se passait trois étages plus haut. Il n'avait pas cru un mot des conneries que Hill avait essayé de leur faire gober, mais Tadeusz en pinçait sérieusement pour la femme, assez pour se raccrocher même à une branche aussi mince que celle-là. Si ça n'avait tenu qu'à lui, ils auraient achevé Hill à Coblence et l'auraient laissé pourrir au fond de la péniche. Parce que s'il avait raison, si Carol Jordan était bien flic, ils étaient finis et, au lieu de déconner, ils devraient être en train de mettre en œuvre leur plan de fuite établi de longue date.

Après avoir déposé Tadeusz à l'appartement, Krasic avait emmené Tony jusqu'à un petit hangar où il leur arrivait d'entreposer des marchandises. Il y était entré avec la voiture, puis il avait sorti du coffre le ballot enveloppé de bâches et l'avait laissé tomber sur place sans même prendre la peine de vérifier si l'homme était encore vivant. Krasic s'en fichait comme d'une guigne.

Mais en remontant en voiture, il avait été tenté de prendre la tangente. La loyauté avait supplanté son impulsion, et il était retourné chercher Tadeusz comme convenu. Mais il ne pouvait s'empêcher de penser qu'il se comportait comme un imbécile. Il tapota son cigare sur le bord de la vitre ouverte et jeta un coup d'œil à la pendule du tableau de bord. Ça se goupillait bien. Mais s'il fallait que Tadeusz parle à la télé dans trois quarts d'heure, il ferait bien d'y aller.

Krasic n'avait vraiment pas envie de penser à ce qui le retenait si longtemps.

La porte de l'immeuble s'ouvrit enfin et Tadeusz apparut, le manteau flottant au vent tandis qu'il accourait vers la voiture. Il ouvrit la portière et s'engouffra à l'intérieur. L'odeur de sueur et de sexe couvrit même la fumée du cigare de Krasic. Le Serbe embraya, l'estomac noué.

— Qu'est-ce qui s'est passé ? demanda-t-il, inquiet à l'idée que cette salope ait pu se débrouiller pour rouler son patron dans la farine.

— Elle est flic, répondit Tadeusz.

Une énergie fébrile semblait émaner de lui et emplissait la voiture d'une tension contenue.

— Alors on est baisés ?

Radecki lâcha un rire rauque.

— Quelqu'un l'est, ça c'est sûr. (Il se frotta les yeux avec le poing.) Oui, Darko, dans les faits, on est baisés.

— Donc on se tire, c'est ça ?

— Oui. Ce soir. Dès que j'aurai liquidé les impératifs. On va au studio télé, je fais mon numéro, puis on finit ce qu'on a commencé avec Hill. Et ensuite, on dégage. On sera à Belgrade à l'heure du déjeuner.

Krasic se rembrunit. Il n'aimait pas ça. L'expérience lui avait prouvé que lorsqu'il y avait une chose à faire il fallait se décider vite et foncer. Ne pas s'emmerder avec les fioritures.

— Pourquoi ne pas se tirer tout de suite ?

— Parce que je ne veux pas déclencher les sirènes d'alarme. Si Jordan a raconté ce qu'elle sait aux flics d'ici et que je ne me montre pas à cette émission de télé, ils peuvent en déduire que je suis en train de quitter la ville. Et on ne pourra peut-être même pas sortir du pays.

— Bon. Fais ton émission. Mais laisse tomber ce connard de Hill.

— Pas question. Lui, il va mourir.

— De toute façon, il va mourir, Tadzio. Il est ficelé comme un colis de Noël, avec son caleçon dans la bouche en guise de bâillon. Il a quelques fractures et rien sur le dos. Et personne ne sait où il est. Il va mourir, d'une mort lente et douloureuse.

Tadeusz secoua la tête.

— Ça ne suffit pas. Je veux le voir mourir. Je ne laisserai rien au hasard de ce côté-là.

— Et elle, tu l'as tuée ? finit par demander Krasic après avoir rassemblé son courage.

Tadeusz regarda dehors.

— Non. C'est pour ça que je veux le tuer, lui. Qu'elle vive en sachant ce que c'est de perdre la personne qu'on aime sans qu'elle ait rien fait pour le mériter. Mais ne t'inquiète pas, Darko. Elle n'est pas en état de lâcher les chiens à nos trousses. Je l'ai ligotée comme un rôti.

Il n'y avait vraiment rien à répondre à ça, se dit Krasic. Tadzio avait perdu les pédales et ça ne servait à rien de discuter quand il était dans cet état d'esprit. Krasic ne se souvenait que trop de la période qui avait suivi la mort de Katerina. La seule chose qu'il puisse faire, c'était tenter de limiter un peu les dégâts.

— C'est bon, répondit-il. Mais on fait ça vite et bien. Je veux qu'on soit en route à minuit.

— Ne t'inquiète pas, on y sera.

Krasic ralentit en arrivant à la barrière qui fermait le parking des bâtiments de la télé. Il espérait vraiment *ne pas être en train* d'entendre les derniers mots de son patron.

Finalement, elle avait feint de s'évanouir. Il ne s'en fallait pas de beaucoup que ce soit vrai, car à ce moment-là, elle devait lutter pour rester consciente. Elle l'écouta se déplacer dans la chambre, se rhabiller, entendit ses pas dans l'entrée, puis enfin, le claquement de la porte de l'appartement.

Alors, seulement, elle cessa de retenir ses larmes. Brûlantes, lourdes, elles lui coulèrent des paupières, glissèrent sur ses tempes pour se mêler à la sueur qui collait ses cheveux. Elle n'avait pas voulu qu'il la voie pleurer. C'était un lambeau de victoire, mais suffisant pour qu'elle ne se sente pas totalement broyée.

Elle n'éprouvait pourtant rien de positif, pour l'heure. On aurait dit qu'en envahissant son corps, Radecki l'avait également vidée d'elle-même. Mais la douleur physique était une aide. Carol pouvait se focaliser dessus. Son corps violé, sodomisé et battu occupait toutes ses pensées.

En dépit du brouillard de souffrance et de chagrin, du sentiment écrasant de dégradation, Carol savait qu'elle ne pouvait pas rester là, inerte, terrassée par la douleur. Radecki allait tuer Tony. Il était sans doute trop tard pour l'arrêter, mais elle devait tenter le coup.

Elle tira à nouveau sur les liens qui maintenaient ses poignets. Inutile. Impossible de les détendre. Elle essaya de bouger les jambes et se rendit compte qu'elles étaient ligotées aussi. Un sanglot de désespoir lui contracta la gorge. Il allait bien falloir qu'elle y arrive d'une façon ou d'une autre.

Elle planta les talons dans le matelas et tressaillit, de nouveaux élancements au bas-ventre se propageaient dans tout son corps. Petit à petit, centimètre par centimètre, au prix de souffrances déchirantes, elle se traîna jusqu'au pied du lit. Là, elle se contorsionna et réussit à poser les pieds par terre. Ses muscles protestèrent violemment quand elle tenta de s'asseoir. L'effort la laissa pantelante.

Avec précaution, elle essaya de se lever. À la première tentative, ses genoux se mirent à trembler lamentablement et elle s'effondra sur le lit. Un flot de bile lui monta à la gorge. Elle cracha, indifférente à la bave dégoulinant sur sa poitrine. La deuxième tentative fut plus fructueuse. Elle vacillait comme un roseau sous la bourrasque, mais elle tenait debout.

Debout, mais sans pouvoir esquisser la moindre avancée. Elle ne pouvait pas plus sauter à pieds joints qu'elle n'aurait pu se balancer au plafond. Rien à faire. Elle allait devoir rouler sur elle-même. Pleurant presque de découragement, elle se laissa tomber à terre. En combinant roulades et reptations convulsives, elle réussit à atteindre le salon en ricochant péniblement entre les montants de porte. Le téléphone posé sur le bureau semblait à une distance pharamineuse, mais il fallait impérativement l'atteindre. La seule chose qui la poussait à agir, c'était de savoir que la vie de Tony dépendait sans doute du peu de forces qu'il lui restait. Elle ne pouvait pas s'attarder à réfléchir à ce qu'elle avait subi ; il y avait des choses beaucoup plus importantes en jeu.

Dans un brouillard d'angoisse, elle traversa la pièce et se cogna au bureau. Elle le contourna alors tant bien que mal de façon à attraper le fil du téléphone avec les dents, puis elle expédia l'appareil à terre, le combiné tombant à trente centimètres de sa tête. Elle plissa ses paupières bouffies de larmes et scruta les touches. Elle se rappelait avoir mémorisé le numéro du mobile de Petra dans ce qui lui semblait une autre vie, et pria le Ciel de ne pas se tromper.

Un chiffre après l'autre, Carol enfonça les touches avec le menton. Finalement, elle se recroquevilla sur elle-même de façon à pouvoir poser la tête contre le récepteur. Elle entendit le bruit béni d'une sonnerie à l'autre bout. La sonnerie s'arrêta soudain, puis le bip électronique d'un répondeur se fit entendre. La voix de Petra énonça gaiement un message en allemand, puis il y eut un autre bip.

Carol tenta de parler, mais ne parvint qu'à émettre un coassement rauque. Elle s'éclaircit la voix avec peine.

— Petra, c'est Carol. J'ai besoin de ton aide tout de suite. Viens chez moi. Je t'en prie.

Ce fut tout ce qu'elle parvint à dire. Dans un dernier sursaut d'énergie, elle coupa la communication en roulant sur le clavier du téléphone.

Sa mission urgente accomplie, Carol perdit pied et se laissa sombrer dans l'inconscience.

*

* *

Tony n'avait jamais eu aussi froid de sa vie. C'était déjà terrible dans le coffre de la voiture, mais au moins, il était allongé sur un tapis. Il n'avait aucune idée de l'endroit où il se trouvait à présent, mais d'après ses perceptions, il devait être allongé sur du béton ou de la pierre. Il avait été pris de tremblements irrépressibles un moment plus tôt, mais son corps ne semblait plus capable d'un tel effort. Des crampes lancinantes lui vrillaient les muscles et chaque fois qu'il respirait, il sentait les extrémités cassées de ses côtes protester et frotter les unes sur les autres. Est-ce que ça s'était passé comme ça pour les enfants du Schloss Hochenstein ? Est-ce qu'ils grelottaient, terrorisés, seuls, en attendant la mort ?

L'inconfort physique, cependant, n'occupait qu'une piètre deuxième place par rapport à la torture mentale. Il ne comprenait pas comment c'était arrivé, mais Radecki l'avait trouvé à Coblence et savait précisément qui il était. Il s'était cru malin, à déballer son histoire, même plausible, à propos de Carol. Mais tout ce qu'il y avait gagné, c'était de la mettre encore plus en danger qu'avant.

Le pire, c'était qu'en raison de son don pour saisir les pensées des autres, il ne se faisait aucune illusion sur les sommets que la nature humaine est capable d'atteindre dans le mal. Quelqu'un de moins perspicace n'aurait pas compris le message que Radecki avait émis haut et clair. D'une façon ou d'une autre, il allait coucher avec Carol. Or, Tony savait que jamais Carol ne serait consentante. Ses vains efforts dans le but de la sauver n'avaient donc réussi qu'à provoquer son viol.

Il avait entendu toutes les théories prétendant que le viol n'était pas la pire des choses qui puisse arriver à une femme, mais il ne les avait jamais trouvées convaincantes. Pour des femmes comme Carol, dont l'identité se fondait sur le sentiment de leur propre force, de leur propre invincibilité, un viol faisait voler la personnalité en éclats. La matière qui cimentait la personne se délitait. Il ne lui restait plus que des fragments de l'individu qu'elle pensait avoir été. Et cela détruisait toutes les certitudes qu'elle pouvait avoir à son propre égard.

Et non seulement il avait laissé une chose pareille arriver à Carol, mais il l'avait provoquée. Il aurait mieux valu ne rien dire du tout. Même avouer toute la vérité lui aurait sans doute laissé plus de chances de s'en sortir.

Oh ! je t'en prie, protestait sa voix intérieure. *Arrête d'en faire tout un plat. Tu te sers de la culpabilité pour te donner de l'importance. Dès l'instant où Radecki s'était mis dans la tête que Carol faisait partie d'une opération secrète qui avait eu pour but de tuer sa petite amie, il avait décidé de se venger de cette façon-là. Alors arrête de t'apitoyer sur toi-même et commence à réfléchir.*

L'ennui, c'était que réfléchir ne pouvait rien régler à sa situation présente. Il était aussi impuissant que ces enfants dont le sort n'avait cessé de hanter ses pensées depuis qu'il était entré dans la forteresse lugubre du schloss. Ligoté, bâillonné, emmailloté d'une bâche puante, il était trop faible pour offrir la moindre résistance. D'une façon ou d'une autre, il allait mourir. Soit Radecki le tuerait, soit il le laisserait tout simplement ici, où il connaîtrait une mort lente et terrible. Et tout ça, parce qu'un mégalomane à la con avait lancé Carol dans une opération secrète.

Car, curieusement, Tony ne mettait pas en doute ce que lui avait dit Radecki. Sa version donnait de la cohérence à la ressemblance entre Carol et Katerina qui semblait une coïncidence extraordinaire. Il avait toujours eu du mal à avaler que Morgan et son équipe soient tombés par hasard sur Carol après la mort de Katerina. Mais c'était plus facile de taxer le destin de fantasque que d'accepter qu'une femme innocente puisse être sacrifiée à seule fin de tendre un guet-apens à son amant.

Tout pouvait être réfuté, bien entendu. Si Carol survivait – mais les chances étaient désormais réduites de moitié – personne n'avouerait jamais de quelle façon elle avait été dupée par ses supérieurs. On avait profité de la première faveur professionnelle qu'elle sollicitait, mais elle porterait toujours la mort de Katerina comme une croix. Chaque fois qu'elle se regarderait dans le miroir, elle se souviendrait de l'accident génétique qui avait coûté la vie à une autre femme.

Quelle que soit l'issue de la journée pour Carol, Tony savait qu'elle n'en sortirait pas indemne. Cette désintégration lui serait insupportable, et à son profond regret, il ne serait plus là pour lui offrir un peu d'aide. Il n'avait jamais été enclin aux remords. Pour lui, les choix qu'on faisait étaient les seuls possibles à tel ou tel moment de la vie. Mais au seuil de la mort, il se rendait compte que finalement les remords avaient leur vertu : regretter ce qu'on a fait et défait pouvait pousser à l'évolution.

Mais seuls, les gens qui n'avaient pas d'avenir étaient à même de s'en rendre compte.

Petra sortit du refuge avec un sentiment profond d'accomplissement. Mère et fille s'étaient retrouvées avec ce qu'il fallait d'émotion, et Marlene se comportait comme si Petra était depuis peu sa meilleure amie. Pour la première fois, elle avait divulgué des renseignements de son propre chef et révélé qu'elle en savait bien plus sur les activités de Darko Krasic que Petra le supposait.

— Le père de Tanja bossait pour Radecki et Krasic. Son frère travaille dans une compagnie de transport fluvial et Rudi était l'intermédiaire qui aidait à organiser le transport pour eux les premiers temps.

— Où est Rudi, à présent ?

— Il nourrit les poissons. On a retrouvé son corps dans la Spree il y a deux ans. Un accident, paraît-il. Il était bourré, on a dit qu'il était tombé à l'eau et qu'il s'était noyé. On avait déjà rompu, à l'époque, mais je me suis toujours demandé. Radecki et Krasic n'aiment pas que les gens en sachent trop long sur leurs affaires.

Une nouvelle piste à explorer. Mais ça pourrait attendre le lendemain matin. Épuisée, Petra regagna sa voiture, sortit son portable et le remit en marche. Elle l'avait éteint au refuge pour éviter toute interruption pendant qu'elle s'entretenait avec Marlene. Une sonnerie lui annonça qu'elle avait un message. Au début, elle ne comprit rien, et ne reconnut Carol que parce *qu'elle parlait anglais.* Elle le repassa précipitamment, se bouchant l'autre oreille pour couper le bruit de la circulation.

Cette fois, elle comprit parfaitement les mots, et le ton désespéré de la voix. Qu'avait-il bien pu se passer, nom de Dieu ? Petra courut vers la voiture et rallia l'appartement de Carol en conduisant comme dans les séries américaines. Elle abandonna sa voiture sur une place pour handicapés et remonta jusqu'à l'immeuble au pas de course tout en fouillant dans son sac pour retrouver le double des clés de l'appartement. Elle avait été bien inspirée d'en faire fabriquer un deuxième jeu. Par chance, l'ascenseur attendait au rez-de-chaussée.

Au moment de mettre la clé dans la serrure, elle eut un bref doute : et si c'était un piège ? Si Radecki ou Krasic avaient obligé Carol à l'appeler ?

Petra écarta cette pensée. Carol ne mettrait pas la vie d'un collègue en danger comme ça. Si on l'y avait contrainte, elle se serait arrangée pour formuler les choses de façon à alerter Petra. Elle ouvrit la porte et entra. Le silence régnait dans l'appartement, mais de l'entrée, elle apercevait la lumière tressautante de l'écran de télé. Elle décela l'odeur du sexe et du sang et se figea sur place.

— Carol ? appela-t-elle.

Rien. Petra glissa la main dans son sac où le Walther PPK réglementaire était logé dans une poche facilement accessible. Avec précaution, elle le sortit et ôta le cran de sécurité. Après avoir posé en douceur son sac par terre, elle s'avança lentement vers la porte du salon, dos au mur, braquant le revolver à deux mains.

Elle pivota vivement à l'intérieur, campée sur ses jambes en posture de tir. Le spectacle qui l'attendait était pire, bien pire que ce qu'elle avait imaginé. Carol gisait, recroquevillée par terre, chevilles attachées et poignets liés derrière le dos à l'aide de lanières en cuir. Son visage n'était qu'un magma sanguinolent souillé de salive, de mucus et de larmes. Elle avait le nez enflé et dévié de façon inquiétante et on ne voyait pas ses yeux au milieu des chairs tuméfiées, violacées. Des traînées de sang lui zébraient les cuisses. Ce qui s'était passé là ne faisait aucun doute.

— Putain de merde, gémit Petra.

Elle traversa la pièce à grandes enjambées en glissant son arme dans sa ceinture. Des larmes de rage et de pitié lui montèrent aux yeux tandis qu'elle cherchait fébrilement le pouls au cou de Carol. À son immense soulagement, elle sentit sous ses doigts la lente pulsation du sang.

Par où commencer ? Petra se rua dans la cuisine et ouvrit les tiroirs à la hâte, cherchant un couteau bien aiguisé. Elle attrapa un torchon et le passa sous le robinet d'eau froide.

Avec soin, elle trancha les ceintures qui retenaient les pieds et les mains de Carol et jura en constatant qu'elles laissaient des marques profondes. Les bras de Carol retombèrent le long du corps et un gémissement s'échappa de ses lèvres. Petra s'accroupit derrière elle et entreprit de l'installer dans une position plus confortable en la berçant tendrement. Tout en lui tamponnant le front à l'aide du torchon mouillé, elle ne cessait de lui répéter :

— Carol, c'est moi, Petra. Je suis venue te sortir de là.

Un instant plus tard, les paupières enflées de Carol palpitèrent et s'entrouvrirent.

— Petra ? murmura-t-elle.

— Je suis là, Carol. Tu ne risques plus rien, à présent.

Carol se débattit entre ses bras.

— Tony. Ils ont Tony, cria-t-elle.

— Qui ça, Radecki ? demanda Petra, convaincue de savoir qui était l'auteur de ce carnage.

— Il a attrapé Tony. Il va le tuer. Il me l'a dit. Il

sait qui je suis. Je suis grillée. Et il va tuer Tony parce qu'on a tué Katerina.

Petra s'efforçait de comprendre ce que lui disait Carol, et d'en saisir la portée. Qu'est-ce que ça voulait dire, qu'ils avaient tué Katerina ? Elle secoua la tête. Ce n'était pas le moment de s'occuper de ça, il y avait plus urgent. Elle n'avait aucune idée de la durée qui s'était écoulée depuis l'agression de Carol. Et aucune idée non plus de l'endroit où Radecki et Krasic pouvaient être. Elle alla directement à l'essentiel :

— Où est-ce qu'ils l'ont emmené ? Tu le sais ?

— Non, je n'en sais rien. Mais il faut que tu les retrouves. Empêche-les. Tu ne peux pas les laisser tuer Tony.

Une urgence désespérée transparaissait dans le ton de Carol. Des larmes coulèrent au coin de ses yeux tandis qu'elle s'agrippait à Petra comme une enfant terrorisée.

— C'est Radecki qui t'a fait ça ?

Petra voulait une confirmation.

— Oui.

— On va devoir aller au poste pour la déclaration de viol. Il faut que tu voies un médecin.

— Ça n'a pas d'importance pour le moment. Je suis en vie. Tony pourrait bien ne plus l'être très longtemps. Il faut faire quelque chose, Petra.

Avant d'avoir eu le temps de répondre, Petra entendit la sonnerie de son mobile.

— Je vais répondre, expliqua-t-elle.

Elle se dégagea doucement de l'étreinte de Carol, se leva et alla chercher son sac.

— Salut, ma belle.

La voix familière et joyeuse détonnait dans l'appartement.

— Marijke ?

— Gagné. Devine où je suis ?

— Quoi ?

— Devine où je suis.

— Aucune idée, répliqua impatiemment Petra.

— Presque à la Zoo Station. Dans un taxi. Alors, où tu veux qu'on se retrouve ?

— Quoi ? Tu es à Berlin ?

Petra se demanda si elle n'était pas en train de perdre les pédales. C'était complètement dingue. Qu'est-ce que Marijke foutait à Berlin ?

— Je dois être à Cologne demain, alors je me suis dit que j'allais faire le détour pour venir te voir. Je pensais que ça te ferait plaisir.

— Nom d'un chien, Marijke, ça ne peut pas tomber plus mal... Non, attends, tu vas pouvoir m'aider ici. Je n'ai pas le temps d'expliquer, mais il faut que tu viennes chez Carol. Tu peux faire ça ?

— Bien sûr. Où est-ce ?

Petra lui indiqua l'adresse.

— Je te verrai un petit peu plus tard. Je t'expliquerai. Il faut que je file, excuse-moi, ajouta-t-elle.

Jetant un coup d'œil par-dessus son épaule, elle vit Carol se redresser en prenant appui sur une chaise.

— Il faut absolument les retrouver, Petra, lança-t-elle d'un ton pressant.

— Oui, oui. Marijke arrive. Elle t'emmènera au poste.

— Qu'est-ce qu'elle fait à Berlin ? demanda Carol, aussi déconcertée que Petra.

— J'en sais foutre rien. (Petra composa un numéro et attendit impatiemment.) Allô ? C'est toi, Requin ? Dieu merci, tu es encore là ! Alors écoute, j'ai besoin de toi. Je n'ai pas le temps d'expliquer, mais il faut choper Radecki et Krasic tout de suite. Je veux que tu fasses savoir ça à ceux de la KriPo, SchuPo, police *urbaine*, tout le monde. Je veux que tout ce que la ville compte de flics recherchent ces deux types. Il me les faut tout de suite.

Pour une raison incompréhensible, le Requin s'était mis à rire.

— Dites donc, Petra, ce n'est pas souvent que je vous coiffe au poteau, lança-t-il en s'esclaffant.

— Quoi ? Tu veux dire qu'ils sont déjà en garde à vue ?

— Non, mais de là où je me trouve, je vois Radecki.

— Quoi ?

— Il est à la télé : *Business Berlin*. Vous connaissez, cette émission en direct où on fait venir des cadres dynamiques sur le plateau pour bavarder avec des politicards.

— Il est en studio en ce moment ?

Petra n'en croyait pas ses oreilles.

— Ben, oui. Puisque c'est en direct.

— Merci mon Dieu, murmura Petra. Requin, il y a qui dans le coin ?

— Ben, de l'équipe, il n'y a que moi. Mais il reste trois gars de la Section spéciale et leur chef. Ils sont en train de taper leurs rapports à propos de la descente à la ferme. J'aurais bien voulu y être, ça avait l'air dément. Ah ! et puis il y a deux ou trois Britanniques aussi, qui vous cherchent en fait.

— Des Britanniques ?

— Une grosse légume du nom de Morgan, et un des bureaucrates de La Haye, Gander ou quelque chose comme ça.

Tout à coup, Berlin devenait le centre du monde.

— Ceux-là, oublie-les. Dis-leur de s'adresser à Plesch. Tu peux me passer le commandant de la Section spéciale ? Tout de suite, Requin ? (Pendant qu'elle attendait en piaffant, Petra couvrit le combiné et s'adressa à Carol :) Je n'arrive pas à y croire ! Radecki passe en direct à la télé en ce moment même. On va pouvoir le filer, avec un peu de chance il nous mènera droit jusqu'à Tony.

— Ah ! bon sang, c'est vrai. J'avais oublié. En arrivant ici, il a dit qu'il devait aller à la télé. Nom d'un chien, ce que je peux être conne, gémit Carol.

— Mais non, tu es traumatisée, c'est tout. (Petra consulta sa montre.) L'émission n'est commencée que depuis sept minutes. Elle dure trois-quarts d'heure. Les studios ne sont qu'à cinq minutes d'ici. Ça sera bon.

Une voix retentit au creux de son oreille. Elle leva la main pour signaler à Carol qu'elle était à nouveau en communication.

— Allô ? C'est moi, Becker, à l'appareil. Écoutez, j'ai besoin de votre aide. On monte une opération primordiale contre un certain Tadeusz Radecki. Il vient de violer et de tabasser une des nôtres et nous pensons qu'il s'apprête à tuer un de ses associés. Je n'ai pas le temps de passer par les voies officielles, mais la vie d'un homme est en jeu. Vous pouvez vous déplacer et me rejoindre devant les studios de la 5 d'ici vingt minutes ? On pourra filer Radecki à partir de là et peut-être réussir à empêcher ce meurtre ?

— Vous ne pouvez pas mettre plutôt la KriPo là-dessus ?

Petra insista avec force :

— On n'a pas le temps. Écoutez, si ce n'était pas vital, je ne vous le demanderais pas. Radecki et son acolyte Krasic sont ce qu'il y a de pire. Drogues, armes, clandestins... ils trafiquent tous azimuts. Et ce sont des tueurs. Ils savent qu'ils sont grillés. Si on ne les chope pas maintenant, on court le risque de perdre plus d'une vie.

— Et puis merde. Pourquoi pas ? C'est bon, on vous retrouve devant les studios de la 5 d'ici vingt minutes.

— Je vous revaudrai ça, déclara Petra.

— *Putain j'y compte bien* ! À tout de suite.

Elle raccrocha, infiniment soulagée.

— Je crois qu'on le tient, annonça-t-elle doucement. On sait où il est. On va pouvoir le filer et prier le Ciel qu'il nous mène jusqu'à Tony à temps.

Carol était debout. D'un pas chancelant, elle se dirigea vers la salle de bains.

— Il a dû aller au studio directement en sortant d'ici. Tony est sans doute encore en vie.

— Où vas-tu ? demanda Petra.

— Prendre une douche. Je veux venir avec toi.

— Ne fais pas l'idiote. Il faut que tu voies un médecin de la police, il va falloir recueillir les preuves de ce que tu as subi.

Carol continua, imperturbable.

— Peu importe. On en sait assez sur Radecki pour le faire plonger à perpétuité. J'ai besoin de venir avec toi. J'ai besoin de m'assurer que Tony va bien.

— Pas question, trancha Petra. Tu n'es pas en état d'aller où que ce soit. C'est d'ailleurs pour ça que Marijke vient ici, pour s'occuper de toi.

— Je t'accompagne, insista Carol, têtue.

— On n'a pas le temps. Je pars tout de suite.

Petra ramassa son sac et se dirigea vers la porte.

— Tu ne peux pas me faire ça, Petra, cria Carol.

— Si, Carol. Parce qu'il le faut. J'ai besoin de concentrer toute mon énergie pour choper Radecki et sauver la vie de Tony. Je ne veux pas avoir à me soucier de toi en plus de ça. Tu restes ici. Je t'appelle dès que j'ai du nouveau. (Elle allait ouvrir la porte quand la sonnerie de l'interphone retentit. Petra décrocha.) *Ja ?* (Elle écouta un instant, puis appuya sur le bouton d'entrée.) Marijke monte. Je t'appelle, c'est promis. Je t'appelle.

Petra ouvrit la porte et traversa le hall jusqu'à l'ascenseur. Jamais, dans ses rêves les plus débridés, elle n'aurait pu concevoir un tel scénario pour sa première rencontre avec Marijke. Difficile d'imaginer moins romantique que de la laisser réconforter la victime d'un viol pendant qu'elle-même partait à la recherche d'un tueur.

Les portes s'ouvrirent et les deux femmes se retrouvèrent face à face. Petra ne put réprimer son sourire. Plus grande qu'elle se l'était représentée, mais beaucoup plus attirante en chair et en os que sur les photos qu'elle lui avait envoyées.

— Dis donc, lança-t-elle. C'est chronométré au petit poil !

— Je croyais que ça te ferait plaisir, répondit Marijke d'un air vexé.

— Misère, Marijke ! Carol s'est fait violer, Radecki détient Tony et il va le tuer. Je suis incapable de penser à quoi que ce soit d'autre pour le moment.

Le visage de Marijke se crispa.

— Comment c'est arrivé ?

Petra s'engouffra dans l'ascenseur tout en bafouillant des explications.

— L'identité d'emprunt de Carol a été grillée va-t'en savoir comment. Je ne sais pas ce qui s'est passé, je n'ai pas eu le temps de lui demander. Radecki l'a violée, tabassée. Elle est dans un état abominable. Il faut que j'essaie d'empêcher ce mec de tuer Tony. Toi, veille sur Carol, il ne faut pas la laisser seule. (Elle déposa un baiser bref sur les lèvres de Marijke et la poussa doucement hors de l'ascenseur.) Je t'appelle. (Au moment où les portes se refermaient, elle cria :) Je suis super-contente que tu sois venue, Marijke.

Abasourdie, Marijke resta plantée devant les portes en acier brossé. Ce n'était pas comme ça qu'elle avait fantasmé cette rencontre. Elle n'était pas certaine de son anglais, mais il lui semblait avoir entendu Petra dire que Carol s'était fait violer et que Tony risquait d'être *abattu*. C'était difficilement concevable. Elle les avait eus tous les deux au téléphone à peine quelques heures plus tôt. Elle haussa les sourcils, redressa son sac à dos d'un coup d'épaule et chercha le numéro 302.

La porte était entrouverte, et Marijke entendait de l'eau couler. Elle entra, referma derrière elle. C'était le jet d'une douche qu'elle entendait, et il provenait de la gauche. Elle posa son sac à dos et frappa assez fort pour être entendue par-dessus le bruit de l'eau.

— Hé oh ! lança-t-elle timidement.

L'eau s'arrêta.

— Marijke ?

— Oui, c'est moi.

— Entrez, ce n'est pas fermé.

La douche reprit. Marijke entra et se retrouva face à celle qu'elle supposa être Carol Jordan, adossée à la paroi de la douche, en train de s'étriller à l'aide d'un savon. Elle avait le visage en bouillie. Les chairs tendres étaient gonflées, le nez visiblement cassé et les yeux cernés d'ecchymoses. Les cheveux trempés collés au crâne n'arrangeaient pas le tableau.

— Je suis vraiment navrée pour vous, dit Marijke.

— Ça va aller, répondit Carol. Vraiment.

— Je crois que vous ne devriez pas vous laver, reprit Marijke.

— Petra m'a déjà avertie. Ça n'a pas d'importance. Ce qui compte pour le moment, c'est Tony. Vous pouvez me passer une serviette ? Et peut-être aussi m'aider à sortir de là ?

Marijke se précipita pour lui prêter main-forte, l'enveloppa dans un des draps de bain moelleux accrochés à la barre.

— Je ne comprends pas ce qui se passe.

Carol ferma les yeux, épuisée par l'effort qu'elle avait fourni pour se tenir debout dans la douche.

— Il faut que je m'assoie, dit-elle.

Marijke la soutint jusqu'au siège des toilettes.

— Vous voulez bien aller me chercher des vêtements dans la chambre ? Je n'ai pas le courage de retourner là-bas pour le moment. C'est en face, de l'autre côté de l'entrée. Un jean, un pull, des sous-vêtements, ce que vous trouverez. Je vais vous expliquer, promis.

Une fois Marijke partie, Carol réussit à s'essuyer tant bien que mal. La douleur était presque insupportable quand elle essayait de frotter entre ses jambes. Elle n'avait pas envie de penser à ce que Radecki lui avait infligé. Elle aurait toute la vie pour y repenser.

Marijke revint avec une brassée de vêtements.

— Vous ne préférez pas vous contenter d'une robe de chambre ?

— Je sors, expliqua Carol d'un ton las.

— Je ne crois pas, non, répliqua Marijke. Vous ne tenez pas debout.

— Il faut que j'y aille avec eux. Vous voulez bien m'aider à m'habiller ?

— D'accord. Mais s'il vous plaît, expliquez-moi ce qui se passe.

Carol gémit.

— C'est une longue histoire. Et je ne sais pas tout.

Marijke s'accroupit et enfila des chaussettes à Carol.

— Alors commencez par ce que vous savez.

38

La chaîne de télé consacrait visiblement tout son budget éclairage aux studios, se dit Petra. Si n'importe quel autre parking avait été aussi mal éclairé la nuit, les clients se seraient plaints des risques d'agressions. Et pourtant, elle supposa qu'il devait être plutôt sûr, compte tenu de ses difficultés pour franchir le barrage des gardiens, à l'entrée. Si Kamal s'était rendu à une émission de télé en direct, et non à la GeSa, Marlene n'aurait jamais pu le descendre.

Elle appuya sur le bouton ‹recherche› de la radio, agacée par la séance débile d'appels de spectateurs qui venait de commencer. Qu'est-ce qui retenait Radecki ? L'émission devait être terminée depuis un bon quart d'heure. Il ne s'était quand même pas attardé pour boire un verre avec le présentateur et ses autres invités ? Il ne pouvait pas être déjà parti non plus : de nuit, la seule issue possible était la porte qui donnait sur l'arrière et le parking. D'ailleurs, d'où elle se trouvait, elle apercevait la Mercedes noire de Radecki et le profil caractéristique de Darko Krasic, au volant.

Bon sang, elle espérait qu'ils allaient la conduire jusqu'à Tony. Et qu'il serait encore en vie. Pour autant qu'elle le sache, Radecki pouvait très bien avoir menti à Carol, et Tony avoir été assassiné avant que cet enfoiré de Polonais se pointe chez elle. Elle ne comprenait toujours pas comment l'identité d'emprunt de Carol avait pu être grillée. Ils avaient pris un tel luxe de précautions. Comment Radecki avait-il fait le rapprochement entre Tony et Carol ? Et pourquoi avait-il enlevé Tony ? Comment se pouvait-il qu'un plan encore parfaitement agencé le matin même ait donné lieu à un bordel pareil le soir ?

Eh bien ! peut-être obtiendrait-on quelques réponses d'ici la fin de la nuit. Les dispositions qu'elle avait prises lui inspiraient confiance. Trois autres voitures étaient de sortie en plus de la sienne. Le Requin servait de chauffeur à un des types de la Section spéciale. Les deux autres roulaient dans une voiture de police banalisée. Et leur commandant avait pris son propre 4 x 4 break. Petra n'avait pas tellement apprécié qu'il emmène avec lui Larry Gandle et un autre flic britannique nommé Morgan, mais elle ne pouvait pas se permettre de leur dire d'aller se faire foutre et de laisser ça à la police locale. En tout cas, les conducteurs connaissaient la marche à suivre et savaient se placer tour à tour en tête au cours de la filature. Petra ne pensait pas que Krasic ait la moindre chance de les semer.

La porte qui donnait sur l'arrière du bâtiment s'ouvrit et trois hommes sortirent, visiblement en grande conversation. Elle repéra aussitôt Radecki. En temps normal, elle aurait prévenu le reste de l'équipe, mais ils s'étaient mis d'accord pour observer le silence radio. Face à un tandem de truands aussi malins que Radecki et Krasic, il était crucial de prendre le moins de risques possible. Et même ainsi, les récents événements l'avaient prouvé, ils étaient encore capables de faire des ravages.

Radecki échangea une poignée de mains avec les *deux autres, puis* se dirigea d'un pas vif vers sa voiture. Avant même qu'il arrive, Krasic alluma les phares et démarra. Petra démarra à son tour pendant que la Mercedes se coulait en direction de la sortie. Elle suivit à bonne distance et les rattrapa au moment où la barrière se levait. La Mercedes tourna à gauche ; comme convenu, Petra prit à droite et adressa un appel de phares aux autres voitures. Elles se mirent en route en un convoi irrégulier tandis que Petra exécutait un demi-tour au milieu de la rue puis venait se placer à la suite du 4 x 4.

Aucun d'eux ne remarqua la BMW Z8 noire qui se glissa derrière la voiture de Petra.

— Les voilà, s'écria Carol au moment où la Mercedes sortait du parking. Allez, Marijke, allez-y !

— Une minute. Petra et ses collègues vont les suivre, on le sait. Il ne faut surtout pas nous mettre en travers de leur chemin. Si elle vous voit, elle va vous renvoyer chez vous.

Marijke guettait attentivement et remarqua que la voiture sortie aussitôt après la Mercedes faisait demi-tour pour se ranger derrière les trois autres véhicules qui se suivaient.

— C'est le moment ? demanda Carol.

Marijke hocha la tête et embraya.

— Oui, maintenant c'est le moment.

— Merci, souffla Carol en se renfonçant dans son siège.

Elle aurait aimé que le mal de tête qui la taraudait s'arrête un moment. Les quatre comprimés de paracétamol qu'elle avait pris avant de partir avec Marijke n'avaient fait aucun effet.

La dispute n'avait rien arrangé non plus. Marijke était inébranlable : elles ne bougeraient pas de l'appartement. Carol, également inébranlable, soutenait qu'il n'y avait pas un instant à perdre. La situation parut insoluble pendant quelques minutes, puis Carol s'éloigna en titubant vers la porte.

— Vous ne pouvez pas me retenir ici contre mon gré, avait-elle dit, puis elle avait ajouté avec une pointe de sarcasme : Cette juridiction n'est pas sous votre autorité.

— Qu'est-ce que vous comptez faire, Carol ? Le suivre en taxi ? avait rétorqué Marijke, sur quoi elle avait ramassé son sac à dos et emboîté le pas à Carol.

— Je sais où me procurer une voiture. (Elle consulta sa montre.) Ils en ont encore pour un quart d'heure sur le plateau de l'émission. Un taxi pour aller chercher la voiture, puis le temps de filer aux studios. J'y serai peut-être à temps.

— Vous n'espérez quand même pas conduire ?

— Comment faire autrement ?

— Vous êtes en état de choc. Vous avez perdu connaissance. Vous pourriez vous évanouir à nouveau. Et vous tuer.

Carol haussa les épaules et tressaillit.

— Ma foi, il y a un moyen d'éviter ça. Conduisez, vous.

Marijke n'avait jamais eu affaire à quelqu'un d'aussi entêté. Elle leva les bras au ciel.

— C'est bon, vous avez gagné. Où est-elle, cette voiture ?

— Chez Radecki. Il a laissé les clés pour le cas où je voudrais m'en servir.

Elles eurent de la chance. Un taxi en maraude passa moins d'une minute après et bientôt, elles se retrouvèrent au pied de l'immeuble où habitait Radecki.

— Ce serait mieux que vous alliez chercher la voiture, conseilla Carol. Moi, j'ai une tête d'accidentée de la route. Faites-vous passer pour moi auprès du gardien et dites-lui que Herr Radecki a laissé les clés de sa BMW pour vous.

Marijke partit au pas de course et Carol resta seule, adossée au mur. Ses pensées revinrent au cauchemar qu'elle venait de vivre, firent défiler derrière ses paupières les images qu'elle aurait voulu gommer à tout jamais de sa mémoire. Le visage de Radecki au-dessus du sien. Son corps déchiré, envahi. La transformation brutale d'un acte jusque-là agréable en une scène bestiale. Le terrible sentiment de perte qu'elle ressentait après avoir été dévastée, écartelée. Et les larmes qui se mettaient à couler en dépit de sa résolution.

Il n'existait aucune issue à ces pensées. Carol avait l'impression qu'un cataclysme venait de dévaster sa vie passée, de la réduire à une enveloppe flétrie et insignifiante. Quant à l'avenir, elle n'osait pas y penser, car un avenir d'où Tony serait absent n'offrait rien d'autre qu'une perpétuelle culpabilité.

Le répit arriva sous la forme inattendue d'un cabriolet BMW qui surgit en rugissant du parking souterrain. Carol traversa la chaussée d'un pas mal assuré et se glissa précautionneusement à l'intérieur.

— Je ne sais pas y aller, annonça-t-elle, à nouveau au bord des larmes.

Marijke sourit.

— Moi, si. J'ai demandé au gardien du parking. Il dit que c'est tout près. À deux ou trois minutes d'ici, à peine.

Carol consulta sa montre.

— On va arriver trop tard. L'émission est finie depuis dix minutes.

— Bon, eh bien ! Alors, dépêchons-nous.

Marijke écrasa la pédale d'accélération. La voiture bondit en avant.

Le gardien du parking avait dit vrai : le studio n'était qu'à quelques rues de là.

— Je suis sûre qu'on l'a loupé, dit Carol d'un ton morne tandis qu'elles se rangeaient à une vingtaine de mètres de la barrière.

— Moi je ne crois pas, répondit Marijke. Il y avait quelqu'un assis au volant de deux des voitures devant lesquelles on vient de passer. Et un passager, en plus, il me semble.

Carol ferma les yeux et laissa l'espoir l'envahir.

— L'équipe de filature. Merci Petra.

L'attente n'avait pas été longue. Et voilà qu'à présent, elles faisaient partie du train de véhicules qui parviendrait peut-être, oui, peut-être à sauver la vie de Tony.

Cela faisait une vingtaine de minutes qu'ils roulaient en se conformant scrupuleusement aux consignes. Toutes les cinq ou dix minutes, la voiture de tête bifurquait dans une rue adjacente, puis faisait demi-tour et revenait fermer la marche, laissant place à une nouvelle paire de phares dans le rétroviseur de Krasic. Petra n'avait aucune idée de leur destination. Le point positif, c'était que manifestement, ils ne s'acheminaient pas vers l'appartement de Radecki. Les chances d'être en route vers le lieu de détention de Tony étaient donc plus grandes.

Ils avaient quitté Berlin par l'est, en prenant la Karl Marx Allee, et roulaient à présent dans les faubourgs de Lichtenberg. Petra était en deuxième position, derrière le 4 x 4. Soudain, la Mercedes tourna à droite dans une petite zone industrielle proche de la gare de triage. Le 4 x 4 continua tout droit. Petra éteignit ses phares avant de tourner à son tour. Elle laissa la Mercedes prendre une bonne avance sans pour autant perdre de vue ses feux arrière. Les freins s'allumèrent, puis le noir se fit. Petra coupa le contact de peur qu'on entende son moteur et alla se ranger en roue libre sur le bas-côté. Dans son rétroviseur, elle discernait les contours de la voiture du Requin sur la silhouette plus sombre d'un hangar. Elle coupa le plafonnier et descendit de voiture en se retenant de claquer la portière, attrapa son Walther au passage et jeta son sac au pied du siège conducteur.

Sept ombres surgirent derrière elle.

— Ils se sont arrêtés un peu plus loin. À une cinquantaine de mètres, annonça Petra à voix basse. Il faut qu'on aille voir. On va se déployer et aborder le local de front et sur les côtés. Dès qu'on a la certitude qu'ils détiennent Tony là-dedans, j'entre la première. La Section spéciale derrière moi. Toi, Requin, tu restes dehors, tu couvres nos arrières. Tout le monde a capté ?

Le commandant de la Section spéciale lui répondit d'un grand sourire qui fit étinceler ses dents blanches.

— Bien pensé. Je prends par la façade avec vous. Vous deux, par la gauche. Et toi, tu fais le tour par la droite avec le Requin. On se rejoint devant si la voie est libre.

— On vient avec vous, décréta Morgan.

— Je crois que non, répliqua Petra d'un ton ferme.

— Écoutez, je ne sais pas ce que Tony Hill est venu foutre dans l'opération que je dirige, mais c'est un citoyen britannique, alors je ne vais pas me contenter de jouer les spectateurs. Je suis prêt à vous coller mon billet que j'ai mené beaucoup plus d'opérations que vous, inspecteur Becker.

— Vous êtes armé ? demanda Petra.

— Non.

— Dans ce cas, vous êtes un poids mort.

— Je me tiendrai en retrait.

— On est en train de perdre du temps, maugréa le commandant de la Section spéciale. Laissez-le venir. S'il se fait descendre, nous ne serons pas responsables.

Petra leva les bras au ciel.

— Bon, très bien. Vous venez, mais le bureaucrate (elle désigna Gandle) reste avec le Requin.

Morgan acquiesça.

— C'est bon. Alors, on y va.

Quelqu'un tira la bâche par un bout, ce qui précipita Tony sur le sol râpeux. Il sentit le béton lui arracher la peau mais il resta immobile et se contenta de battre des paupières dans la lumière soudaine. Il n'avait pas la force de faire plus. Radecki était campé devant lui, bras croisés, jambes écartées.

— Tu m'as menti, lança-t-il d'un ton affable. Darko, s'il te plaît, ôte-lui ce chiffon de la bouche.

Krasic se baissa et arracha le caleçon. Tony avait la bouche tellement desséchée qu'il sentit des lambeaux de chair partir avec le tissu. Il avait l'impression d'avoir une saucisse à la place de la langue. S'il fallait parler, il n'y parviendrait sans doute pas.

— C'était plausible, comme mensonge, poursuivit Radecki. J'y ai presque cru. Il faut dire que j'avais envie d'y croire. C'est une belle femme. Enfin bon, je devrais plutôt dire que c'était une belle femme. Je ne crois pas que son physique la serve tellement à l'avenir.

Tony s'efforça de ne pas laisser transparaître la souffrance que lui infligèrent les propos de Radecki. Il soutint son regard sans ciller.

— Je l'ai soumise à une petite épreuve, vois-tu. Je savais qu'elle crevait d'envie de baiser avec moi hier soir, mais elle s'est retenue. Pour peu que tu aies dit la vérité, elle allait se lâcher en comprenant qu'à jouer les prudes, elle courait le risque de passer à côté du petit marché qu'on avait conclu, elle et moi. Alors que si tu mentais, jamais elle n'allait accepter de baiser avec moi, hein ? Parce qu'à ce moment-là, ça compromettrait tout son témoignage. Si on devait se retrouver un jour devant le tribunal, mon avocat la massacrerait. (Il décroisa les bras et enfonça les *mains dans les poches* de son pantalon. C'était une pose, Tony l'identifia comme telle.) Donc, j'ai établi, pour ma propre satisfaction, que tu mentais bel et bien. (Sa bouche se retroussa sur un sourire sans chaleur.) Mais de toute manière, je l'ai baisée. Par la bouche, par le con, par le cul. Je vais te tuer, et tu devrais m'en remercier parce qu'après ce que je lui ai fait, l'envie de l'approcher t'aurait définitivement passé.

La confirmation de sa mort imminente procura une sorte de soulagement à Tony. Au moins, il n'aurait pas à vivre avec la culpabilité. Il essaya de parler, mais aucun son ne franchit ses lèvres.

— Je crois que notre ami a besoin d'un petit lubrifiant, Darko.

Krasic disparut et revint avec une bouteille d'eau minérale. Il s'accroupit, empoigna Tony par les cheveux et lui déversa l'eau glacée sur le visage et dans la gorge. Tony s'étrangla et suffoqua, mais sa bouche n'était plus mortellement sèche.

— Vous alliez dire quelque chose, Dr Hill ? reprit poliment Radecki.

— Ça ne m'intéresse pas, coassa Tony. Tuez-moi, et qu'on en finisse.

Radecki fit la moue.

— Mais qu'est-ce que vous avez, vous autres, Britanniques ? Vous ne savez pas vous amuser. Cette garce de Carol n'a même pas daigné se débattre. Peut-être qu'elle aimait ça, après tout ?

Tony n'allait pas relever une provocation aussi grossière. Il s'abstint de répondre.

— Tu sais pourquoi je vais te descendre ? Pas seulement parce que tu m'as menti. Mais parce que toi et les tiens, vous avez tué Katerina. Elle n'avait rien fait de mal, si ce n'est qu'elle m'aimait. Ah ! et aussi, bien sûr, elle avait le malheur de ressembler à un inspecteur de police qui tombait à point nommé. Et moi, je dois vivre en sachant ça. (Pour la première fois, son visage exprima une émotion autre que le triomphe ou le mépris.) Tout comme Carol Jordan devra vivre en sachant que ce qu'elle est t'a coûté la vie.

Il tira alors un revolver de sa ceinture.

Carol posa la main sur la poignée de la portière.

— Pas tout de suite, fit Marijke.

— Pourquoi ça ? Petra et son équipe y sont tous. Maintenant qu'on est venues jusqu'ici, je veux en être.

— Réfléchissez, répliqua Marijke en prenant la main de Carol entre les siennes. Peut-être que ce n'est pas ici. Si Petra vous voit, elle va être furieuse. Elle nous obligera à repartir. Vous savez que c'est la première fois qu'on se rencontre, elle et moi ? Je n'ai pas envie de passer pour une idiote à ses yeux. De toute façon, poursuivit-elle en haussant le ton pour couvrir les protestations de Carol, je ne crois pas que vous soyez en état d'aller jusque là-bas. On va attendre et s'ils entrent, on ira en voiture et vous pourrez assister à toutes les opérations.

— Je vous demande pardon, Marijke, je n'ai pas les idées très claires. Vous avez raison.

— Je sais que c'est dur. Vous l'aimez, hein ?

— Oui, je l'aime. (Jamais elle ne l'avait avoué à qui que ce soit. Il était un peu tard pour le faire, à présent, mais Carol avait le sentiment qu'elle devait ça à Tony.) Mais je ne pense pas qu'il y ait jamais cru.

— Vous êtes amants, oui ?

Carol secoua la tête.

— C'est compliqué. Les circonstances ne s'y sont jamais prêtées. Du moins, c'est ce qu'on a cru. (Elle soupira.) Aujourd'hui, je regrette que ça se soit passé comme ça.

— Ne perdez pas espoir. Il est sûrement encore en vie. Petra va le sortir de là.

Carol lui étreignit la main.

— Même s'il s'en sort vivant, Marijke, nous n'avons aucune chance de nous retrouver. Pas après ce que Radecki m'a fait ce soir. Et rappelez-vous, c'est moi qui ai entraîné Tony dans cette affaire. Si je ne lui avais pas demandé de venir, il serait chez lui, à l'heure qu'il est. En sécurité.

Il n'y avait rien à ajouter, se dit Marijke. Du moins, pas pour l'instant. Elle avait trop souvent côtoyé des victimes de viols, toutes ces années, pour énoncer des platitudes en un moment pareil.

*

*   *

Petra prit une bonne inspiration et s'élança d'un pas rapide mais furtif en direction de l'endroit où elle avait vu les feux de la voiture s'éteindre. La Mercedes vide était garée devant un petit bâtiment en tôle ondulée. Une grande porte à glissière barrait la façade, flanquée d'une plus petite, en bois. Entre eux et ces deux accès, le terrain n'offrait aucun couvert mais il n'y avait pas non plus de fenêtres susceptibles de trahir leur arrivée.

Elle baissa la tête et se mit à courir, ses baskets martelant le goudron sans un bruit. Elle s'adossa à la paroi d'un côté de la porte en bois, Morgan et le commandant de la Section spéciale de l'autre. Puis, centimètre par centimètre, Petra avança, l'oreille plaquée contre le battant. Rien. Elle secoua la tête. Son vis-à-vis cligna de l'œil et sortit d'une de ses nombreuses poches un petit vilbrequin qu'il appliqua contre la porte avant de manœuvrer délicatement la poignée. Même postée comme elle l'était, à côté de lui, Petra n'entendait rien.

Une fois le trou percé, il y inséra un petit micro, puis lui tendit un des écouteurs. La voix de Radecki résonna, claire et nette, au creux de son oreille, comme si quelqu'un venait d'actionner un interrupteur. « ... vais te descendre ? Pas seulement parce que tu m'as menti. Mais parce que toi et les tiens, vous avez tué Katerina. Elle n'avait rien fait de mal, si ce n'est qu'elle m'aimait... » Petra arracha l'écouteur.

— Il est là. Tony. Radecki est en train de le menacer. Il faut entrer tout de suite.

Le commandant acquiesça.

— Écartez-vous.

Petra recula d'un bond. Il sortit son pistolet-mitrailleur semi-automatique, fit sauter la serrure d'une seule rafale, ouvrit la porte d'un coup de pied et se rua à l'intérieur. Elle s'élança sur ses talons, le revolver au poing pour la deuxième fois de la soirée. Elle n'avait aucune idée de l'endroit où se trouvait Morgan, et s'en souciait comme d'une guigne.

Son esprit enregistra instantanément la scène : Radecki pivotant pour leur faire face, l'arme au poing. Krasic un peu plus loin, qui plongeait la main dans son dos avec tout à coup un air éperdu et horrifié. Le corps blanc de Tony, nu et ligoté, entre Radecki et eux.

— Police ! Nous sommes armés, pas un geste ! tonna une voix qu'à sa stupéfaction, Petra reconnut comme la sienne.

La panique s'inscrivit sur le visage de Radecki. Il tira, mais la balle partit dans le décor. Petra visa, son monde se rétrécit autour d'un point unique. Avant qu'elle ait pu appuyer sur la détente, une nouvelle rafale se fit entendre. Des gerbes rouge vif giclèrent en tous sens des jambes de Radecki. Il s'effondra à terre en hurlant et son arme sauta hors de sa portée.

Du coin de l'œil, Petra vit Krasic bondir sur le commandant de la Section spéciale. Elle pivota et sans prendre le temps de réfléchir, tira une seule fois. La balle cueillit le Serbe au creux de l'estomac et l'abattit sur le coup.

Petra resta figée sur place, les oreilles fracassées par les détonations, l'odeur de cordite plein les narines. Radecki continuait de hurler comme un goret pendant que Krasic gargouillait comme un tuyau bouché. Elle entendit des pas accourir, puis la voix du Requin protester :

— Et merde, j'arrive toujours après la bagarre, moi !

— Il nous faut des ambulances, Requin. Je ne veux pas que ces deux enfoirés perdent tout leur sang. Cours appeler les infirmiers par radio. Et dis aussi à la KriPo de s'amener, ajouta Petra d'une voix sourde.

Elle jeta son arme à terre et se dirigea tel un zombie vers Tony, s'accroupit à côté de lui, ôta son blouson et le lui posa sur les épaules. Il avait le visage en bouillie, mais ce n'était rien à côté de celui de Carol.

— Quelqu'un peut me trouver un couteau ? lança-t-elle.

Un des hommes de la Section spéciale accourut, ouvrit un couteau suisse et le lui tendit. Pour la deuxième fois de la soirée, elle libéra de ses liens quelqu'un qu'elle aimait et respectait. Tony poussa un cri déchirant quand ses membres ankylosés retrouvèrent soudain leur liberté de mouvement.

Morgan s'agenouilla à côté de lui et entreprit de lui masser les jambes.

— C'est une chierie mais ça passe vite, dit-il.

Tony se crut alors victime d'hallucinations. Il entendit la voix de Carol, torturée d'inquiétude :

— Tony ? Tony, ça va ?

Il tenta de rouler sur le dos, mais ses bras n'avaient aucune force. Doucement, Morgan le prit par les épaules et le tourna face à la porte.

Petra se releva d'un bond, stupéfaite, en voyant arriver Carol et Marijke.

— Nom de Dieu, mais qu'est-ce que vous foutez là, toutes les deux ? s'écria-t-elle, partagée entre rire et larmes.

Sans lui prêter attention, Carol se dirigea vers Tony, comme mue par un aimant. Gandle s'interposa.

— Inspecteur Jordan ? fit-il d'un ton hésitant, en posant une main sur le bras de Carol.

— Ôtez vos pattes, rétorqua Carol, l'air mauvais, sans s'arrêter.

Inconsciente de ses propres blessures, elle s'agenouilla à côté de Tony et se mit à lui bercer la tête contre sa poitrine.

— Pardon, murmura-t-elle d'une voix étranglée. Pardon, Tony.

Parler était au-dessus de ses forces. Il s'agrippa à elle. Perdus dans leur étreinte, inconscients du brouhaha qui les environnait tandis qu'une foule d'infirmiers et de policiers arrivaient sur les lieux, ils restèrent indifférents au reste du monde jusqu'à ce que la voix de Radecki hurle tout à coup par-dessus le vacarme :

— Tu te figures que tu as gagné, salope ? (Le silence se fit, tout à coup.) On me colle peut-être en taule, mais comparé à toi, je suis libre. Tu n'arriveras jamais à te libérer de moi.

39

Petra entra chez elle et referma doucement la porte. Il n'était pas très tard, mais elle ne voulait pas réveiller Tony, si par hasard il avait réussi à s'endormir. Il restait chez elle parce qu'elle le lui avait proposé avec insistance à sa sortie de l'hôpital. On ne l'y avait gardé qu'une nuit, plus pour éviter une hypothermie qu'en raison de la gravité de ses blessures. Trois côtes cassées, deux doigts fracturés et une pommette fêlée, ça ne suffisait pas pour mobiliser un lit, avait fermement expliqué le médecin à Petra qui protestait qu'on le relâchait trop tôt.

— Il aura sans doute besoin de passer en chirurgie esthétique pour la pommette, mais il faudra que ça attende un peu, avait-il déclaré.

Petra avait donc ramené Tony chez elle. Elle ne pensait pas qu'il soit en état de rester seul, et il refusait de rentrer chez lui tant que Wilhelm Mann n'aurait pas été arrêté. La place qu'il tenait dans cette enquête était désormais connue de tous, et le profil établi par ses soins avait été diffusé auprès des équipes de police allemandes qui enquêtaient sur les meurtres. Elle savait, parce qu'il le lui avait dit, qu'il s'était entretenu au téléphone avec les policiers de Heidelberg, Brême et Cologne, mais il était resté discret sur les sujets abordés et s'était contenté d'ajouter qu'apparemment, ils prenaient son analyse au sérieux. En vérité, il n'avait guère fait de commentaires, et passait de longues heures le regard dans le vide, sans paraître se rendre compte de la présence de Petra.

Bien entendu, Gandle et Morgan avaient emmené Carol à La Haye en toute urgence. Ils avaient annoncé à Hanna Plesch qu'ils allaient interroger Carol là-bas. Ils transmettraient ensuite tous les renseignements à la brigade des renseignements criminels berlinoise qui travaillait d'arrache-pied à démanteler les réseaux de Radecki en Allemagne et au-delà des frontières. Petra avait récriminé à ce propos aussi, mais elle aurait mieux fait d'économiser sa salive. Plesch s'estimait parfaitement heureuse d'être déchargée d'un souci au plus fort des remous causés par le dénouement spectaculaire et imprévisible de l'opération Radecki.

Petra avait eu un entretien épineux avec sa chef à propos de la présence de Tony à Berlin et du rôle qu'elle-même avait joué dans l'enquête sur le tueur en série. Mais quand il apparut que la presse ne divulguerait rien des détails les plus insolites de l'affrontement du hangar, Plesch s'était radoucie. Elle s'inquiétait davantage de devoir éventuellement répondre à des questions concernant la présence d'une flic hollandaise et de deux officiers du renseignement britanniques dans une opération menée par la Section spéciale, que de ce qu'elle appelait le comportement anarchique de Petra. Elle pouvait se permettre d'être indulgente compte tenu du résultat brillant, estimait Petra.

Marijke était partie pour Cologne le lendemain matin de bonne heure, en avion. Petra et elle n'avaient pas réussi à passer plus d'une heure seules au cours de cette nuit de folie, et les événements les avaient trop abasourdies l'une et l'autre pour qu'elles puissent échanger plus que quelques propos perplexes de temps à autre. Petra avait l'affreuse impression qu'elles n'arriveraient jamais à retrouver leur connivence d'avant, et la regrettait déjà.

Elle entra doucement dans le salon où Tony était assis, très droit, sur le canapé.

— Salut, lança-t-elle.

— La journée a été bonne ?

D'un coup d'épaules, elle se débarrassa de son blouson de cuir qu'elle jeta sur une chaise.

— Beaucoup de boulot. On a passé notre temps à appréhender les sous-fifres de Radecki puis à trouver assez de monde pour les interroger. On a beau avoir suspendu tous les congés, ça coince.

— Mais au moins, vous avez le sentiment d'avancer, reprit Tony.

— Pour ça, oui, on avance.

— Ce n'est pas comme Marijke.

Petra lui adressa un regard interrogateur.

— Vous lui avez parlé, aujourd'hui ?

Tony acquiesça.

— Elle a appelé cet après-midi. Elle doit retourner à Cologne demain et elle voulait savoir si elle pouvait passer par Berlin. Comme elle n'arrivait à vous joindre ni au bureau ni sur votre mobile, elle a appelé ici.

— Qu'est-ce que vous lui avez dit ?

Tony sourit.

— Je lui ai dit qu'elle allait devoir prendre une chambre d'hôtel étant donné que je vous ai virée de votre propre lit, et que je vous voyais mal partager le canapé.

Petra se sentit rougir jusqu'à la racine des cheveux.

— Alors elle arrive quand ?

Tony consulta sa montre.

— Elle va sonner d'une minute à l'autre.

Une profonde consternation se peignit sur le visage de Petra.

— Et merde ! Il faut que je prenne une douche, je suis dégueulasse.

— Je ne pense pas qu'elle y fasse attention.

— Mais moi, si ! (Petra s'éloigna vers la salle de bains et au même moment, l'interphone de la porte de l'immeuble sonna.) Et merde ! répéta-t-elle.

— Trop tard. (Tony s'avança au bord du canapé et tressaillit quand ses côtes regimbèrent sous l'effort.) Je crois que je vais aller m'allonger.

— Non, restez, lui ordonna Petra d'un air inquiet. (Elle appuya sur le bouton d'ouverture et s'essuya la bouche d'un revers de la main.) Bon sang, ça me met vraiment dans tous mes états.

Elle déglutit avec peine, puis alla ouvrir la porte de l'appartement, s'appuya au chambranle et tendit l'oreille, guettant le bruit des pas qui montaient dans l'escalier.

Et tout à coup, Marijke fut là, le visage fendu d'un grand sourire.

— Bonjour ! lança-t-elle. Je ne te dérange pas ?

Petra ouvrit les bras et la serra contre elle.

— Je suis super-contente de te voir, lui souffla-t-elle dans les cheveux.

— J'ai pris une chambre d'hôtel comme me l'a conseillé Tony. Mais je voulais d'abord discuter avec vous, annonça Marijke en posant un baiser au coin des lèvres de Petra.

— Tony et moi ?

Marijke hocha la tête. Petra la prit par la main et l'entraîna à l'intérieur. Ils se saluèrent tous les trois et échangèrent quelques propos compatissants à propos des blessures de Tony pendant que Petra débouchait une bouteille de vin.

— Bon, alors, reprit-elle. De quoi voulais-tu discuter *avec Tony et moi ?*

— Je dois retourner à Cologne pour débattre de ce qu'on fait à propos de Mann, expliqua Marijke. Voilà maintenant quatre jours qu'on le surveille et il n'a strictement rien commis de louche. Et voilà qu'on me dit que demain, le Rhin va rouvrir à la navigation commerciale, donc qu'il sera difficile de maintenir la surveillance une fois le *Wilhelmina Rosen* en route.

Petra lâcha un ricanement.

— Ce qu'ils entendent par là, c'est que ça coûtera trop cher. Nom d'un chien, ce qu'ils peuvent m'énerver, ces ploucs, à gratter trois sous dès qu'ils peuvent !

— Il se peut aussi qu'ils craignent de le perdre de vue, que lui, tue à nouveau et que les médias leur tombent dessus pour les descendre en flammes, fit remarquer Tony.

— Je ne crois pas qu'ils aient l'intention de lâcher le morceau. Mais on sait maintenant que la prochaine destination du *Wilhelmina Rosen* sera Rotterdam. Mann doit être au courant de la chasse à l'homme lancée contre lui ici, en Allemagne, mais jusque-là, on a réussi à éviter que les journalistes fassent le rapprochement avec l'enquête qu'on mène à Leyde. À mon avis, il se sentira plus libre de tuer en Hollande.

— Donc, vous allez maintenir la surveillance une fois qu'il aura franchi la frontière ? demanda Petra

— C'est ce qui doit se décider demain. S'il vient en Hollande, je veux en finir. Je ne veux pas que ça s'éternise. Mais à moins qu'il frappe de nouveau, on n'a rien à retenir contre lui, tout juste des présomptions. Alors j'ai besoin de votre aide. Je me dis que peut-être, vous aurez de meilleures idées que moi ?

Petra se leva et se mit à arpenter la pièce.

— Voyons de quels éléments on dispose. La voiture que le compagnon du Dr Schilling a vue, et une voiture identique immatriculée à Hambourg, photographiée près du lieu du meurtre de Groot, ce qui nous amène à Wilhelm Mann. Une tache d'huile de moteur de bateau sur la chemise qu'il a laissée dans le classeur à dossiers de Pieter de Groot...

— Aucune des équipes scientifiques n'a trouvé de chemise sur le théâtre des trois autres meurtres, coupa Marijke d'un ton morne.

Petra poursuivit sans se laisser abattre :

— Nous avons également un nœud de marin, ce qui nous ramène à Wilhelm Mann.

— Comme à des milliers d'autres gens, fit remarquer Tony.

— Merci, Tony, riposta Petra avec un sourire sarcastique. Grâce au boulot effectué la semaine dernière par la police fluviale, on peut situer le *Wilhelmina Rosen* sur les lieux des quatre meurtres, ou tout près, ce qui nous conduit aussi à Wilhelm Mann. Notre tueur utilise le pseudonyme Hochenstein. La liste que Tony a obtenue du Schloss Hochenstein nous apprend qu'un nommé Albert Mann faisait partie des enfants rescapés des expériences des psychologues nazis.

Marijke intervint :

— Hier, on a eu des nouvelles des flics de Hambourg. Ils ont fait une recherche en archives à propos de Wilhelm Mann, qui lui attribue un grand-père nommé Albert Mann ayant la même date de naissance que celui qui figure sur la liste du Schloss Hochenstein. Décédé il y a deux ans. L'enquête préliminaire a conclu à un accident, mais si on examine ça en se disant que son petit-fils est un tueur, on se rend bien compte que ça peut avoir été un meurtre.

— Bon sang, avec toutes ces présomptions, pourquoi est-ce que Cologne ne l'appréhende pas pour l'interroger ? Moi, c'est ce que je ferais, gémit Petra.

— Ça n'avancerait à rien, dit Tony. Je pense qu'il ne *dirait rien*.

— Alors, qu'est-ce qu'on fait ? demanda Marijke d'un ton suppliant.

Un long silence s'installa. Petra se jeta sur le canapé, ce qui fit tressaillir Tony. Serrant les dents, il dit :

— Je pense que moi, je serais en mesure de le forcer à parler.

— Vous ne seriez pas autorisé à l'interroger, décréta Petra.

— Je ne parle pas d'un interrogatoire officiel. Je parle d'un entretien entre lui et moi, seul à seul.

Petra hocha négativement la tête.

— Pas question. Vous n'êtes pas en état. Il pourrait vous tuer comme de rien.

— Je ne suis quand même pas délabré à ce point, protesta Tony. Je me déplace beaucoup mieux, aujourd'hui. Les anti-inflammatoires commencent à agir. J'y arriverai.

— Vous n'aviez pas dit qu'il parlait mal anglais, objecta Petra.

— *Ich kann Deutsch sprechen*, rétorqua Tony.

Petra le dévisagea, bouché bée.

— Vous ne vous en êtes pas vanté.

— Comment croyez-vous que j'aie réussi à lire les comptes rendus d'enquêtes ? (Il adressa un petit signe de la tête à Marijke, en remerciement.) Je vous suis vraiment reconnaissant d'avoir fait traduire vos documents en allemand ; je ne comprends pas du tout le hollandais.

— Ça reste beaucoup trop dangereux, déclara Marijke.

— Est-ce qu'on a le choix ? On se contente d'attendre qu'il tue à nouveau ? (Tony était véhément, tout à coup.) Je me suis mêlé de cette affaire parce que j'avais envie de sauver des vies. Je ne peux pas rester sur la touche pendant qu'un tueur en série est lâché dans la nature et qu'il a tout le loisir de faire encore des victimes.

— Marijke a raison. C'est très imprudent, insista Petra.

Tony secoua la tête.

— Il reste deux possibilités, maintenant. Soit la police m'aide, soit je me débrouille seul. Alors ? Laquelle sera la bonne ?

Il gagnait de la force de jour en jour. Au début, il s'était dit que ce qu'il avait fait avec Calvet était une faiblesse, et il avait failli en être détruit. Des jours et des nuits s'étaient succédé pendant lesquels il avait craint de ne plus jamais arriver à chasser les ténèbres. Mais petit à petit, il en était venu à comprendre que sa première réaction avait été la bonne. La faire sienne avait été la démonstration suprême de son pouvoir. Il fallait être quelqu'un de particulier pour mener à terme un plan comme celui-là et il savait, maintenant, que l'avoir baisée n'avait pas entaché sa mission. Cela lui rendit la paix, et avec la paix lui vint une légèreté d'esprit qui dissipa tous ses doutes. Les maux de tête disparurent et il se sentit libéré.

Son rétablissement personnel alla de pair avec la réouverture du fleuve, le lendemain. Il allait pouvoir reprendre sa mission. Il avait écumé les journaux et Internet, mais personne ne semblait s'être rendu compte qu'il avait franchi les frontières et tué en Hollande. Il était donc en mesure de penser que, là-bas, ses victimes seraient moins sensibilisées au danger. Sans quoi la peur lui glacerait l'âme et l'empêcherait d'agir.

En apprenant que la vie reprenait son cours normal, il avait envoyé un e-mail à sa prochaine victime pour modifier la date de leur rendez-vous. Il lui faudrait être prudent : peut-être la police tenterait-elle de lui tendre un piège en *taisant volontairement* la mort de Groot. Il allait devoir s'assurer qu'il ne se précipitait pas dans une embuscade. Mais dans trois jours, il savait qu'il frapperait à la porte d'une maison d'Utrecht. Le Professeur Paul Muller paierait pour les traitements qu'il n'aurait pas dû infliger aux autres.

Accoudé au bastingage de l'arrière, il regarda le fanion de deuil qui battait dans le petit vent léger. C'était le cinquième qu'il accrochait là depuis la mort de son grand-père, pour se rappeler constamment ce qu'il était parvenu à accomplir. Envisager ce qu'il allait faire à Muller était agréable. Exactement le genre de projet qui faisait battre son sang plus vite. Ce soir, il descendrait à terre et irait se trouver une femme, excité par la perspective prometteuse d'Utrecht. Il avait vraiment progressé. Désormais, il était capable d'utiliser le corps de ces femmes pour répéter et aussi pour se soulager.

Par la fenêtre, Carol contemplait le paysage et les gros bourgeons brun roux dont l'arbre était couvert. Elle ignorait quel arbre c'était et peu lui importait. Tout ce qu'elle savait, c'était que ce paysage était profondément reposant pour l'œil. De temps à autre, le conseiller lui posait une question pour tenter de susciter une réaction, mais elle s'était rendu compte qu'il était facile d'ignorer les questions banales.

Elle aurait voulu retrouver sa vie d'avant. Revenir à une existence où la trahison n'était pas monnaie courante, où les gens qui se proclamaient justes ne bafouaient pas le droit au même titre que les mauvais. Elle aurait voulu échapper à la certitude que ceux de son camp l'avaient traitée encore plus mal que l'ennemi.

Radecki l'avait violée, mais elle pouvait survivre à ça parce que d'un certain point de vue, c'était un acte de guerre légitime. Elle avait fait tout ce qui était en son pouvoir pour l'anéantir, mais dans le même temps, elle avait pris le risque qu'il riposte.

L'attitude de Morgan était infiniment pire. Censé

être dans son camp à elle, il lui devait la considération. Ou à tout le moins, l'honnêteté. Or il l'avait jetée dans la fosse aux lions sans hésiter, au nom d'un calcul froidement soupesé. Il lui avait monté un guet-apens au même titre qu'à Radecki.

Elle savait, à présent, que Radecki disait la vérité, ni plus ni moins, quand il l'avait accusée d'avoir pris part à une conspiration dont la première étape avait consisté à tuer sa maîtresse. Elle le savait parce que, le premier matin à La Haye, dans la salle de réunions, elle avait refusé de parler tant que Morgan n'aurait pas répondu à ses questions.

Elle n'avait pas passé une seule nuit à Berlin. Morgan l'avait accompagnée à l'hôpital et était resté à ses côtés pendant qu'un médecin exténué lui remettait le nez en place. Il avait eu la décence de la laisser seule pendant l'examen gynécologique qui confirma qu'elle n'avait subi aucune lésion irréparable en dépit de la brutalité de l'agression de Radecki. Il avait ensuite insisté pour qu'on confie Carol à ses bons soins. Elle n'avait pas eu l'énergie de protester. Une voiture les attendait pour les conduire à l'aéroport, puis un avion privé pour les amener à La Haye.

On l'avait alors laissée en paix pendant vingt-quatre heures dans une pièce calme des bâtiments d'Europol où les seules irruptions furent celles d'un médecin heureusement peu loquace qui venait régulièrement s'assurer qu'elle ne souffrait pas d'une commotion cérébrale. Le lendemain matin, Gandle fit son apparition et annonça à Carol que Morgan l'attendait. Elle demanda qu'on lui accorde le temps de prendre une douche et de se changer, puis elle se rendit dans la salle de réunion.

Morgan se leva, tout sourire.

— Carol, comment vous sentez-vous ? Je n'ai pas de mots pour vous dire à quel point je suis navré de la façon dont tout ça s'est terminé.

Elle fit mine de ne pas voir la main qu'il lui tendait et s'assit en face de lui, sans un mot.

— Je comprends que vous soyez très affectée, mais je tiens à ce que vous sachiez que vous pouvez compter sur tout le soutien dont vous aurez besoin. Nous avons pris des dispositions pour vous permettre de bénéficier de l'assistance d'un psychologue et dès que vous vous sentirez fatiguée au cours de ces séances d'interrogatoire, il faudra nous le dire, nous ferons une pause.

Morgan s'assit, nullement déconcerté, semblait-il, par l'indifférence grossière dont Carol faisait preuve.

Elle garda le silence, ses yeux gris pleins de froideur entre les chairs rouges et enflées des paupières. Que mon visage soit pour lui un reproche, se disait-elle.

— Il faut que nous nous penchions sur vos comptes rendus dans le détail. Mais d'abord, je crains que nous soyons obligés de vous demander ce qui s'est passé à la fin entre Radecki et vous. Est-ce que cette question vous gêne ?

Carol fit non de la tête.

— J'ai des questions à poser d'abord.

Morgan eut l'air surpris.

— Eh bien ! allez-y, Carol.

— Êtes-vous à l'origine du meurtre de Katerina Basler ?

Morgan écarquilla les yeux, mais le reste de son visage demeura impassible.

— Je ne vois pas d'où vous sortez une idée pareille, répondit-il.

— La moto qui a provoqué l'accident dans lequel Katerina est morte était immatriculée comme propriété de la Section nationale des affaires criminelles, répliqua sèchement Carol. Radecki le sait. De là à supposer que vous étiez derrière tout ça, il n'y a qu'un pas.

Morgan tenta un sourire indulgent.

— Cela n'a aucun rapport avec ce qui s'est passé l'autre soir. Et c'est plutôt là-dessus que nous devrions nous pencher.

— Vous n'avez pas compris ? Je ne dirai rien tant que vous n'aurez pas répondu à mes questions. Et si vous n'y répondez pas, je continuerai à les poser jusqu'à ce que je trouve quelqu'un pour répondre.

Morgan savait reconnaître une trempe d'acier.

— Radecki était un cancer qui s'étendait en Europe. Quand on diagnostique un cancer, on opère. Et ça veut parfois dire qu'on retire des tissus sains en même temps.

— Donc, vous avez tué Katerina.

— Katerina a fait partie des dommages collatéraux. Au nom du bien commun, répondit prudemment Morgan.

— Et Colin Osborne ? Dommages collatéraux aussi ?

Morgan fit non de la tête.

— Osborne n'avait rien d'un innocent. Quand on couche avec les chiens, on se réveille avec des puces. Il a accroché son wagon au train de Radecki, il a payé le prix.

— Vous l'avez tué aussi ?

Morgan haussa les sourcils.

— On n'est pas dans la cour de récréation, Carol. Ces individus sont responsables des souffrances d'un nombre incalculable d'êtres humains. Vous n'allez quand même pas me dire que la mort d'une ordure comme Colin Osborne vous empêche de dormir ?

— Non, en effet. Je n'attache pas particulièrement d'importance au sort de je ne sais quel truand de l'Essex qui faisait commerce de vies humaines. Mais à *ma vie, si. Cela compte,* à mes yeux, que vous ayez monté cette opération secrète sous prétexte que quelqu'un, quelque part, vous a dit que dans les rangs de la Police métropolitaine, il y avait une inspectrice ambitieuse qui était le portrait craché de Katerina Basler. Et que vous ayez décidé que l'occasion était trop belle pour qu'on la manque. Et que vous m'ayez piégée. Vous m'avez remontée à bloc et laissée partir, or depuis le début, vous saviez que j'étais assise sur une bombe à retardement.

La voix de Carol vibrait d'une rage froide. Morgan gardait les yeux rivés à la table.

— Je suis navré que vous ayez dû en passer par-là, Carol. Mais si vous me demandez si c'était trop cher payer pour enfermer Radecki et mettre un terme à ses réseaux d'extorsion, je me verrai obligé de répondre par la négative.

— Espèce d'enfoiré, dit doucement Carol.

Morgan leva les yeux et croisa son regard.

— Vous êtes flic, Carol. Vous avez ça dans le sang, tout comme moi. Si nos rôles avaient été inversés, vous auriez fait exactement la même chose que moi. Et c'est justement ce qui vous ravage en ce moment. Ce n'est pas que je vous aie trahie. C'est la certitude que si vous aviez mené la danse, vous auriez agi exactement comme moi.

40

Tony reprenait des forces de jour en jour. Il s'en fallait encore de beaucoup pour qu'il soit au mieux de sa forme, mais il se sentait moins faible que les deux ou trois premiers jours qui avaient suivi son passage à tabac aux mains de Radecki et Krasic. Ses mouvements étaient encore raides et maladroits, mais il pouvait se déplacer sans avoir l'impression que son corps allait tomber en miettes.

Et il fallait reconnaître qu'être à nouveau dans le bain était vraiment revigorant, surtout après les affrontements ravageurs qu'il avait subis. Il avait insisté pour accompagner Marijke à la réunion au sommet à Cologne, pour exposer son point de vue sur l'arrestation de Mann. Mais si la police allemande lui avait su gré de ses conseils de profileur, elle ne voulut rien savoir d'une opération à ce point marginale. Les officiers supérieurs, estimant que les tribunaux considéreraient une telle stratégie comme un piège, refusèrent de risquer un procès en se conformant à la proposition de Tony. Il argumenta avec toute sa persuasion, mais ils restèrent inébranlables. La seule chose qu'ils étaient prêts à faire, c'était maintenir la surveillance sur Mann et son bateau.

À l'issue de la réunion, Marijke l'entraîna jusqu'à un bar tranquille, tout près des locaux de la police.

— Au début, je n'étais pas d'accord avec vous, reconnut-elle. Mais je vous ai écouté tout à l'heure et je crois que votre projet est sans doute le seul qui permettra de mettre un terme à tout ça.

Tony fixait la table du regard, sachant que si Marijke comprenait pourquoi il tenait tant à affronter Mann, elle cesserait de le soutenir. Il n'existait rien de plus dangereux qu'une opération de police dans laquelle les sentiments personnels empiétaient sur les réactions professionnelles. Tony avait l'impression que, depuis son arrivée en Allemagne, il n'avait fait que rendre les choses intenables pour la personne qu'il aimait. Il avait donc désespérément besoin de se racheter. Il garda ces pensées pour lui et se contenta de répondre que ce qu'il leur fallait maintenant, c'était un plan.

— La communauté universitaire doit bourdonner de rumeurs, ajouta-t-il. Comme je le disais en réunion, notre tueur va s'écraser jusqu'à ce que l'agitation retombe, sans quoi la prochaine victime qu'il vise refusera de le rencontrer. On n'a aucun moyen de prévoir ce qu'il fera s'il voit ses plans contrecarrés de cette façon-là. Je sais qu'il a été question aujourd'hui de lui tendre un guet-apens, mais les cibles potentielles sont beaucoup trop nombreuses pour que ce soit envisageable, surtout s'il modifie sa stratégie d'approche. Je comprends que la police hésite à donner son aval pour que je rencontre Mann face à face, pourtant c'est le seul moyen. Alors, comment va-t-on convaincre vos compatriotes de me soutenir ?

Ils rejetèrent toutes les suggestions qui leur venaient à l'esprit jusqu'à ce qu'il s'en présente une qui semblait envisageable. Marijke, actuellement dans les petits papiers de Maartens, avait réussi à convaincre son chef qu'elle devrait participer aux recherches. Elle avait loué un petit dix mètres à moteur pourvu de deux couchettes, d'une mini-cuisine et de W-C chimiques malodorants. L'idée, c'était de rester à portée de vue du *Wilhelmina Rosen* le temps qu'il remonte le Rhin jusqu'à la Hollande. Si Mann faisait mine de trouver une victime en route, la police allemande prendrait les mesures qui s'imposaient. Mais s'ils atteignaient la frontière hollandaise sans incident, alors Tony essaierait de rencontrer Mann et de lui arracher des aveux, avec le soutien de l'équipe de Marijke à l'arrière-plan. Marijke avait dû déployer toute sa force de persuasion, mais elle avait fini par convaincre Maartens. La tentation d'être celui qui réussirait là où les Allemands avaient échoué se révéla la plus forte. Petra leur avait fourni une panoplie de surveillance ultramoderne : un minuscule émetteur radio serti dans un stylo dont Marijke capterait le signal sur un récepteur longue distance. Dès que Tony aurait obtenu assez d'éléments, Marijke et ses collègues sonneraient la charge et arriveraient à la rescousse.

C'était une stratégie éminemment dangereuse, mais Tony était aussi déterminé que Marijke à mettre un terme à la folie meurtrière de Mann.

— Avec le dernier meurtre, le niveau de violence s'est accru de façon spectaculaire. Désormais, il sexualise ouvertement ses meurtres, il va vouloir en augmenter la fréquence. En outre, il n'y a aucune raison qu'il se limite à l'Allemagne et la Hollande. Si la situation devient difficile pour lui quelque part, il lui suffit de franchir une frontière et de recommencer. On ne peut pas se contenter d'attendre une erreur de sa part qui confirme nos suppositions. Je ne vais pas rester à me rouler les pouces pendant que toute une communauté est exposée comme un agneau de sacrifice, avait-il déclaré à Marijke en montant à bord de la petite *vedette de location.*

Ils avaient donc passé les deux derniers jours à écumer le Rhin, tantôt en amont du *Wilhelmina Rosen,* tantôt loin en aval, se postant à tour de rôle dans l'habitacle avec une paire de jumelles puissantes pour observer les faits et gestes des trois hommes à bord de la péniche. Toutes les deux heures environ, Karpf et Marijke communiquaient par téléphone, s'informaient mutuellement des déplacements de la péniche. Le premier soir, elle avait fait route jusqu'à minuit, puis s'était amarrée à l'écart, en retrait du chenal navigable. Marijke et Tony avaient dû continuer sur près de deux kilomètres avant de trouver un ponton. Marijke avait insisté pour qu'ils ne dorment pas plus de quatre heures de peur de manquer le passage de la péniche.

— Je commence à trouver que la police allemande n'avait pas tort à propos des problèmes que pose la surveillance d'un bateau, lança-t-elle d'une voix lasse en remontant la fermeture Éclair de son sac de couchage.

— On sait au moins qu'il ne tuera personne ce soir, répondit Tony. Là où il est, il ne peut pas descendre sa voiture à terre.

Marijke était pelotonnée dans l'habitacle, une tasse de thé fumante au creux des mains, quand le *Wilhelmina Rosen* passa devant eux juste après six heures. Elle appela Tony pour qu'il prenne la barre pendant qu'elle larguait les amarres et bientôt, ils furent à nouveau à ses trousses. À la fin de la journée, ils étaient à la frontière et la péniche entrait dans le premier port commercial du territoire hollandais : Vluchhaven Lobith-Tolkamer.

— Et maintenant, qu'est-ce qu'on fait ? demanda Tony.

— Ça fait une heure que j'ai alerté mon équipe. Ils ne devraient pas tarder à arriver. D'après le plan, on est autorisé à mouiller dans ce port, expliqua Marijke. On va regarder où le *Wilhelmina Rosen* s'amarre, je vous dépose à terre, puis je vais chercher le mouillage des bateaux de plaisance, d'accord ?

Plus facile à dire qu'à faire. Ils parvinrent à garder leur objectif en vue, mais il n'y avait aucun endroit où Tony puisse débarquer. La seule possibilité aurait consisté à escalader une échelle métallique de quatre mètres de haut scellée dans le mur du port et Tony dut reconnaître que, dans son état actuel, c'était largement hors de sa portée. Finalement, Marijke trouva un ponton d'où il put tant bien que mal regagner la terre ferme, mais ils bouillonnaient l'un et l'autre de contrariété et d'inquiétude.

Tony retourna en hâte à l'endroit où ils avaient vu le *Wilhelmina Rosen* pour la dernière fois, ce qui était plus facile en théorie qu'en pratique à cause de la façon apparemment anarchique dont pontons et môles étaient raccordés aux quais. Il finit par se retrouver au bout d'une longue jetée d'où il aperçut le *Wilhelmina Rosen*. À son soulagement, il constata que la Golf était encore à la poupe.

Il n'y avait aucun endroit surélevé d'où il puisse surveiller la péniche. Le lieu n'était pas de ceux où l'on va se promener le soir pour regarder passer les bateaux. C'était un port industriel où les gens travaillaient. Le seul avantage, pour Tony, c'était qu'il faisait pratiquement nuit. D'ici une demi-heure, plus personne ne le verrait, debout dans l'ombre du bâtiment de brique qui s'étirait au bout du quai. Il s'efforçait d'avoir l'air de quelqu'un qui attend un rendez-vous, faisant les cent pas tout en consultant sa montre.

Vingt minutes s'écoulèrent. La nuit s'épaississait, trouée par les halos crus des lampadaires qui éclairaient les pontons et les taches de lumière plus diffuses qui provenaient des bateaux. Absorbé par sa surveillance, Tony n'entendit Marijke que lorsqu'elle fut à côté de lui.

— Je viens de parler aux gars de mon équipe. Ils seront là dans une vingtaine de minutes. Du nouveau ? demanda-t-elle.

— Aucun signe de vie.

— Bon, alors maintenant, on attend l'arrivée de mes hommes.

— De toute façon, on est obligés d'attendre. Il faut que je l'aborde quand il sera seul.

— D'accord, mais il faudra être prêts quand les autres arriveront. (Marijke sortit l'émetteur radio, accrocha le stylo à la poche de veste de Tony et s'enfonça l'écouteur au creux de l'oreille.) Allez au bout de la jetée et dites-moi quelque chose, lui demanda-t-elle en préparant le mini-magnétophone qui complétait l'équipement.

Tony s'éloigna, les nerfs à vif, en se contraignant à marcher lentement. Trop lent, et il passerait pour un touriste égaré ; trop rapide, et il attirerait l'attention sur lui. Ses pensées galopaient déjà vers le face-à-face avec Mann. Il essaya de se calmer en se concentrant sur ce qui l'entourait. La soirée était fraîche, ce qui rachetait l'odeur lourde des fumées de diesel et les bouffées de cuisine qui s'échappaient de temps à autre des péniches amarrées tout près. Mais Tony avait trop chaud, il se sentait moite, la transpiration lui collait la chemise à la peau et la rendait aussi inconfortable qu'une combinaison de plongée aurait pu l'être à terre.

Il était à mi-longueur de la jetée quand deux silhouettes sortirent du logement du *Wilhelmina Rosen*.

— Merde, lâcha-t-il à voix basse. Marijke, il y a du mouvement. Deux hommes, mais je n'arrive pas à voir si Mann en fait partie.

Le cœur battant à tout rompre, il continua d'avancer tandis que les deux hommes descendaient la passerelle et se dirigeaient vers lui. Comme ils se rapprochaient, il vit qu'aucun des deux n'était celui qu'ils recherchaient. Ils croisèrent Tony sans même lui adresser un regard. Il marmonna :

— Négatif. Je pense qu'il doit être seul à bord, à présent. Je vais faire demi-tour. Si vous m'entendez, avancez dans la lumière et faites-moi signe.

Il rebroussa chemin et vit Marijke surgir dans un cône de lumière. Elle leva un bras et le laissa retomber.

L'attitude raisonnable aurait consisté à retourner auprès d'elle et attendre que l'équipe de renfort soit là. Mais à ce moment-là, Mann ne serait peut-être plus à bord. Ou ses matelots seraient peut-être revenus. Et Tony n'était pas d'humeur à opter pour l'attitude raisonnable.

Il se sentait voué à saisir l'occasion quand elle se présenterait. Il était conscient des risques, mais il ne tenait plus assez à la vie pour s'en soucier. La culpabilité qu'il éprouvait à l'égard de Carol lui rongeait le cœur et n'irait qu'en s'aggravant avec le temps. Il n'était pas sûr de pouvoir vivre avec ça. Alors s'il fallait que tout s'arrête là, tant pis.

— Excusez-moi, Marijke, je ne peux pas attendre. J'y vais. On croise les doigts.

Tony ferma les yeux un instant, inspira profondément. Il était tendu. Ça ne servait plus à rien d'avoir peur, à présent. Il lui fallait toute sa concentration pour affronter Mann.

Il s'engagea sur la passerelle du *Wilhelmina Rosen* et appela :

— Hé oh ! Je peux monter à bord ?

Il savait qu'il existait toutes sortes de règles de courtoisie pour aborder un bateau sur lequel vivaient des gens, et ne tenait pas à alerter Mann prématurément.

Il n'obtint pas de réponse, bien qu'il distinguât de la lumière dans la cabine et le logement en dessous. Il s'avança un peu plus sur la passerelle et appela à nouveau. Cette fois, une tête apparut à la porte de la cabine. C'était le jeune homme à la queue-de-cheval qu'il avait déjà vu à Coblence, il plissait les yeux pour essayer d'identifier la silhouette se découpant sur l'éclairage des quais.

— Je peux monter à bord ? demanda-t-il.

— Qui êtes-vous ? demanda l'homme que Tony supposait être Wilhelm Mann.

— Je cherche Wilhelm Mann.

— C'est moi, Willi Mann. Qu'est-ce que vous me voulez ?

— On peut discuter à l'intérieur ? C'est une affaire personnelle, répondit Tony d'un ton qu'il espérait anodin, bras pendants le long du corps, dans une attitude pacifique.

C'était un moment clé : une nuance infime pouvait éveiller les soupçons de Mann et tout faire rater.

Le jeune homme fronça les sourcils.

— Quel genre d'affaire personnelle ?

— À propos de votre grand-père.

Tony s'avança encore d'un pas, d'une démarche tranquille destinée à le faire passer pour un homme aux intentions parfaitement inoffensives.

Mann eut l'air interloqué.

— Mais je vous ai vu à Coblence. Vous me suivez, ou quoi ? Qu'est-ce que vous me voulez ?

— Juste vous parler. Je peux ?

Tony continua jusqu'au bout de la passerelle, comme s'il n'y avait rien de plus normal.

— Il faut croire que oui. Venez jusqu'à la cabine, répondit Mann à contrecœur.

Quel endroit étonnant, pensa Tony en entrant. Tout y étincelait : les boiseries astiquées brillaient comme des miroirs, et les cuivres qui scintillaient doucement semblaient illuminés de l'intérieur. Sur une étagère, étaient rangées des cartes bien pliées et il n'y avait pas même une tache de café sur la tablette.

La pièce embaumait la cire et l'odeur fraîche d'un désodorisant d'intérieur. Mann s'adossa à la paroi, bras croisés. Il avait l'air jeune et sur la défensive. Tony entrevit brièvement le gamin perturbé caché en l'homme et sa compréhension instinctive lui revint, comme à l'accoutumée. Qui pouvait dire ce qu'avait subi cet individu pour en arriver là ? Tony le devinait, et ce n'était pas pour le réconforter. Une chose était sûre : quand bien même singer la brutalité verbale du grand-père serait la meilleure façon de briser les résistances de Mann, il n'allait pas s'y risquer. Il devait exister un autre moyen de mettre fin à ces tueries et c'était à lui de le découvrir.

— Qu'est-ce que vous avez à dire sur mon grand-père ? demanda Mann.

— Je sais ce qu'il a subi au Schloss Hochenstein.

Mann écarquilla les yeux et croisa les bras plus étroitement sur son torse.

— C'est-à-dire ?

— Qu'on l'a arraché à sa famille et traité comme un animal. Je suis informé de ces expériences. Je suis même au courant de la torture par l'eau. Des choses atroces ont été faites à des enfants au nom de la science. Ça a dû avoir des effets terribles sur lui. (Tony constata que ses propos faisaient mouche. Mann semblait se recroqueviller sur lui-même. Mais il fallait l'amener à s'ouvrir.) Vous avez dû payer chèrement ce qu'il avait subi.

— Qu'est-ce que ça peut vous faire ?

Le ton du jeune homme était hostile et insolent, son attitude, celle de quelqu'un de déterminé à se sortir de la situation coûte que coûte.

Tony fit un point éclair. Les souffrances de Mann avaient beau lui inspirer beaucoup de compassion, il n'était pas confronté au genre de situation dans lequel une approche thérapeutique tout en douceur ferait l'affaire. Il faudrait trop longtemps pour l'amener au point où formuler ses cauchemars le soulagerait. Il était temps de mettre le feu aux poudres.

— Je pense que c'est pour cette raison que vous tuez mes collègues.

Mann plissa les paupières et parut enfoncer la tête entre les épaules comme un oiseau aux aguets. Tony sentait une odeur de sueur filtrer au travers des parfums artificiels du petit espace.

— Votre allemand n'est pas aussi bon que vous le croyez. Ce que vous dites n'a aucun sens, répliqua Mann en une pitoyable parodie d'arrogance. Et d'ailleurs, qui êtes-vous ?

— Tony Hill. Le Dr Tony Hill. Je suis psychologue. (Il sourit. De l'équilibrisme sans filet. Et sans prudence non plus.) C'est bien ça, Willi. Je suis l'ennemi.

— À mon avis, vous êtes fou. Et vous allez descendre de mon bateau tout de suite.

Tony secoua la tête. Les failles commençaient à apparaître. Mais il n'avait encore rien recueilli qui puisse passer pour un aveu. Il était temps d'actionner quelques manettes supplémentaires.

— Je ne crois pas que tu le souhaites vraiment. Ce que tu veux, c'est que quelqu'un reconnaisse la signification de ce que tu fais. Tu ne t'es pas mis à tuer parce que ça t'amusait. Tu as commencé pour les forcer à interrompre ce qu'ils faisaient. Mais si personne ne comprend, alors ça ne sert à rien. Ça ne changera rien. Ils continueront à bousiller les gens. Et toi, tu seras en prison. Parce qu'ils savent que c'est toi qui as tué, Willi. Et tôt ou tard, ils le prouveront.

Mann émit un son rauque qui se voulait sans doute un rire.

— Je ne sais pas ce que vous racontez.

Tony s'assit sur la chaise, à côté de la tablette destinée aux cartes. Pour amener quelqu'un comme Mann à s'ouvrir, le secret consistait à déchiffrer ses réactions et à adapter la trajectoire. Se conformer à un scénario préétabli ne servait à rien. Tony avait déjà modifié son approche et il était temps d'ajuster le cap à nouveau. Feindre une bienveillance raisonnable était désormais sa meilleure arme. Il lui fallait agir comme si ce qu'il disait allait de soi.

— Tu peux nier tant que tu voudras. Mais ils t'épient. Quand tu sortiras demain soir, ou après-demain, ils seront sur tes talons. Ils ne te laisseront pas tuer à nouveau, Willi. Si tu refuses de m'écouter, tu n'auras plus que deux solutions : soit tu arrêtes, soit ils t'attrapent. Et dans un cas comme dans l'autre, personne ne prêtera attention à ton message.

Mann ne bougeait pas le moindre muscle. Il dévisageait Tony en respirant bruyamment par le nez.

Tony s'avança sur sa chaise, adoptant une attitude qui respirait la sincérité.

— Voilà pourquoi tu as besoin de moi. Parce que, jusqu'à maintenant, je suis le seul qui ait compris ce que tu cherches à dire. Viens avec moi. Rends-toi. Moi je saurai leur expliquer. Les gens ordinaires éprouveront de la compassion pour toi. Ils te comprendront. Ils seront épouvantés quand ils apprendront ce que vous avez subi, toi et ton grand-père. N'importe quel individu civilisé le serait. Ils obligeront les psychologues à répondre de leurs actes. Ils insisteront pour qu'on mette fin aux agissements qui ont massacré ton enfance. Tu auras gagné.

Mann secoua la tête.

— Je ne comprends pas pourquoi vous me dites tout ça, rétorqua-t-il d'un ton buté.

Une fine sueur perlait à sa lèvre supérieure.

— Parce que c'est bientôt la fin. Et tu as commis une erreur, n'est-ce pas ?

Le trouble se lisait à présent dans le regard de Mann, qui détourna les yeux en mordillant sa lèvre inférieure. Tony comprit qu'il marquait enfin des points.

— Marie-Thérèse Calvet, c'était une erreur. Tu leur as fourni un prétexte pour te traiter comme n'importe déséquilibré sexuel. Ils ne pourront plus discerner la réalité au-delà, parce qu'ils sont bornés, idiots. Tu crois peut-être que tu auras une chance de t'expliquer devant les juges, mais crois-moi, tu ne seras sans doute jamais jugé. Après ce que tu as fait au Dr Calvet, ils n'auront pas besoin d'une bien grande excuse pour t'abattre comme un chien.

Mann s'essuya la bouche d'un revers de la main, geste qui révélait enfin son désarroi.

— Pourquoi vous me parlez comme ça ?

Une supplique affleurait dans sa voix, que Tony ne put ignorer.

— Parce que c'est mon travail d'aider les gens qui se mettent dans le pétrin. La plupart regardent les gars comme toi en se disant qu'ils sont mauvais. Ou pervers. Moi, je vois simplement quelqu'un qui a souffert. Je ne peux pas retirer la souffrance, mais j'arrive parfois à la rendre supportable.

Ce n'était pas la chose à dire. Mann se redressa brusquement et se mit à arpenter le minuscule espace entre la cloison et la tablette à cartes. Son air vulnérable avait disparu, remplacé par une expression de colère menaçante. Serrant et desserrant convulsivement les poings, il déversa une tirade où les mots se bousculaient pour franchir ses lèvres :

— Vous êtes un salopard de psychologue. Vous manipulez les mots. Vous venez ici, sur mon bateau, chez moi, et vous racontez des mensonges sur moi. Vous n'avez pas le droit. Vous racontez tous des mensonges. Vous dites que vous voulez aider, mais vous n'aidez jamais. Vous aggravez les choses. (Il s'interrompit soudain et avança d'un pas vers Tony, lui barrant l'issue, se dressant au-dessus de lui. Puis il reprit, d'une voix lente et claire cette fois :) Je pourrais vous tuer à l'heure qu'il est. Parce que je ne vous crois pas. Personne ne sait qui je suis. Personne ne me connaît.

Tony s'efforça de dissimuler la peur qui lui nouait la poitrine. Il comprit soudain que, contrairement à ce qu'il s'était dit sur la jetée, il avait très envie de vivre.

— Moi, je te connais, Willi. Je sais que tes intentions sont pures, dit-il, la gorge serrée, sachant que seuls les mots lui permettraient de s'en sortir. Tu as perçu ce qui devait être fait et tu l'as fait. Mais tu as suffisamment démontré ton point de vue. Laisse-moi parler en ton nom. Laisse-moi expliquer.

Mann secoua violemment la tête.

— Ils me prendront mon bateau. Je préfère être abattu comme un chien plutôt que de leur laisser mon bateau.

Il bondit alors sur Tony. Dans l'affolement, ce dernier tomba de la chaise et s'affala par terre, hurlant quand son épaule blessée et ses côtes cassées heurtèrent le plancher. Convulsé de douleur, il attendit que s'abatte un coup qui ne venait pas.

Car ce n'était pas Tony que visait Mann, mais le tiroir sous la tablette des cartes. Il l'ouvrit violemment et y plongea la main. Il en sortit un gros revolver qu'il manipulait maladroitement, l'examina un instant, puis s'enfonça le canon dans la bouche. Tony regarda, impuissant, effaré, le doigt de Mann appuyer sur la détente. Au lieu d'une détonation assourdissante, retentit un pauvre claquement métallique.

Mann sortit le revolver de sa bouche et le contempla d'un air perplexe. À ce moment-là, Marijke surgit en trombe par la porte de la cabine, serrant son Walther P5 à deux mains. Elle enregistra aussitôt la scène : Tony à terre, immobilisé, Mann brandissant une arme. En une fraction de seconde, elle se décida.

Pour la deuxième fois en moins de trente secondes, un doigt appuya sur une détente.

Cette fois, cervelle, os et sang éclaboussèrent les cloisons de la cabine impeccable du *Wilhelmina Rosen*.

C'en était terminé.

ÉPILOGUE

Les choses à dire ne manquaient pas ; il y en avait plutôt trop et ni l'un ni l'autre ne savait par où commencer. Ni même si commencer était vraiment une bonne idée.

En fin de compte, ils se rencontrèrent sur un terrain aussi neutre que possible. Assis face à face dans un café du hall des départs internationaux de l'aéroport Schipol. À la fois un no man's land topographique et un rendez-vous limité dans le temps puisqu'ils avaient tous les deux un avion à prendre.

Ils laissèrent un instant se prolonger un silence qu'ils trouvaient plus rassurant que les mots. Le nez de Carol ne retrouverait jamais son aspect initial, mais l'hôpital de Berlin avait fait du bon travail. Les ecchymoses étaient en grande partie résorbées bien qu'elle ait encore les yeux gonflés comme si elle s'était endormie en pleurant. Les blessures de Tony allaient mettre plus longtemps à cicatriser. Ses doigts lui faisaient encore mal et ses côtes cassées le tourmentaient en permanence. Mais tout ça finirait par passer.

L'un comme l'autre, ils avaient entrepris de faire tout leur possible pour se reconstruire. Mais chacun craignait que ce qui était brisé en l'autre ne puisse jamais être réparé.

Finalement, ce fut Carol qui rompit le silence :

— Tu te souviens de ce qu'a dit Radecki à la fin ?

— Qu'il avait gagné parce que tu n'arriverais jamais à te libérer de lui ?

— Oui. Il se trompait, tu sais. Il n'est jamais entré en moi. Il n'a pénétré que mon corps. Et ça, ça ne compte pas. Pas vraiment. C'est lui, qui n'arrivera jamais à se libérer. Parce que moi, je suis entrée en lui. Alors tu vois, Tony, ce n'est pas lui qui a gagné.

Le sourire de Tony était imperceptible, mais il lui alluma le regard.

— J'en suis heureux, Carol. Tu vas rester dans la police ?

— C'est la seule chose pour laquelle je suis douée. Mais je refuse de travailler avec Morgan et ses congénères. Peu importe ce qu'il en pense. Je ne suis pas faite sur le même moule que lui et je ne le laisserai pas me convaincre du contraire. Ils m'ont accordé un peu de temps pour décider où je veux aller et ce que je veux faire. Et toi ? Tu vas continuer à te planquer ?

— Non, je ne peux plus. Si ces dernières semaines m'ont prouvé une chose, c'est que le profilage est ce que je sais le mieux faire. Je vais tâter un peu le terrain à mon retour, voir si peut-être, il n'y aurait pas quelque chose pour moi du côté d'Europol. Je pourrais faire du bon boulot aux côtés de flics telles que Marijke et Petra.

— C'est un soulagement d'entendre ça. J'avais peur que cette affaire t'ait écœuré aussi.

Ils se turent à nouveau. Puis ce fut Tony qui reprit la parole :

— Bon, maintenant que nous voilà repartis, on va où ?

Carol haussa les épaules.

— Aucune idée. Sûrement de l'avant, et plus haut.

— J'aimerais bien faire partie du voyage, dit-il.

Elle sourit.

— De toute façon, je ne crois pas que tu aies le choix.